# ÜBERSICHT TAI ARK'TUSSAN
## um 10.500 da Ark

# Atlan

# DIE LETZTEN VARGANEN

# Perry Rhodan

# Atlan

## DIE LETZTEN VARGANEN

MOEWIG

www.moewig.de
Bearbeitung: Rainer Castor
Redaktion: Klaus N. Frick
Titelillustration: Arndt Drechsler
Druck und Bindung: Ebner & Spiegel, Ulm
Printed in Germany 2004
www.perry-rhodan.net
ISBN 3-8118-1523-7

# *Vorwort*

8000 Jahre vor Beginn der irdischen Zeitrechnung steht das Große Imperium der Arkoniden in der Blüte seiner Entwicklung. Von der Kristallwelt Arkon I aus regiert Imperator Orbanaschol III., der seinen Bruder Gonozal VII. ermorden ließ, über Tausende von Planeten des Tai Ark'Tussan.

Der Sohn und designierte Thronerbe des Ermordeten, Kristallprinz Atlan, ist seitdem auf der Flucht. Inzwischen durch den aktivierten Extrasinn mit einem inneren Ratgeber ausgestattet, ist es sein Ziel, den Tyrannen vom Kristallthron Arkons zu stürzen.

Auf der Welt Kraumon gelang es Atlan und seiner langsam wachsenden Zahl an Mitstreitern, eine Basis zu schaffen und erste erfolgreiche Nadelstichaktionen durchzuführen. Die Suche nach dem »Stein der Weisen« entwickelte sich für Atlan und seine Freunde zu einem Wettrennen mit dem Blinden Sofgart und Orbanaschol. Stets waren die Widersacher dem Kristallprinzen einen Schritt voraus.

Von dem Barbaren Ra hatte Atlan erstmals von der »Goldenen Göttin« Ischtar erfahren, einer rätselhaften Frau aus dem Volk der Varganen, das offensichtlich viele Spuren hinterlassen hat, die letztlich zum »Stein der Weisen« führen sollen. Die Begegnung des Kristallprinzen mit der geheimnisvollen Frau lieferte ihm zwar einen neuen Hinweis, doch der Zweikampf zwischen ihr und Farnathia endete mit dem tragischen Tod von Atlans eifersüchtiger Freundin. Dank Ischtar überlebte Atlan die Konfrontation mit dem Blinden Sofgart, bei der zudem der Chef der gefürchteten Kralasenen umkam.

Zwar endete vorläufig die Suche nach dem »Stein der Weisen«, weil es keine weiteren Hinweise mehr gab. Aber weiterhin scheint Ischtar eine Schlüsselfigur zu sein. Im vorliegenden Buch bekommt es der Kristallprinz mit dem Henker Magantilliken zu tun, er lernt seinen und Ischtars ungeborenen Sohn *Chapat* kennen, erfährt erstmals von der *Eisigen Sphäre* – und er begegnet den letzten Varganen.

*Es ist der Start des Zyklus »Die Varganen« – ein neuer Handlungsabschnitt der Jugendabenteuer des Kristallprinzen Atlan!*

Im Rahmen der insgesamt 850 Romane umfassenden ATLAN-Heftserie erschienen zwischen 1973 und 1977 unter dem Titel *ATLAN-exklusiv – Der Held von Arkon* zunächst im vierwöchentlichen (Bände 88 bis 126), dann im zweiwöchentlichen Wechsel mit den Abenteuern *Im Auftrag der Menschheit* (Bände 128 bis 176), danach im normalen wöchentlichen Rhythmus (Bände 177 bis 299) insgesamt 160 Romane. Mit dem vorliegenden Blaubuch haben wir also jenen Abschnitt erreicht, in dem nur noch Jugendabenteuer veröffentlicht wurden, wenngleich nicht alle ausschließlich aus Atlans Sicht geschildert wurden. Andere Hauptprotagonisten – unter anderem Lebo Axton alias Sinclair Marout Kennon, der Magnortöter Klinsanthor und Algonkin-Yatta, der Kosmische Kundschafter – werden wir zu gegebener Zeit kennen lernen.

Um aus fünf Einzelheften einen geschlossenen Roman zu machen, der dennoch dem ursprünglichen Flair möglichst nahe kommen soll, werden die Blaubücher von mir bearbeitet. Folgende Hefte flossen ungeachtet der notwendigen, aber doch möglichst sanften Eingriffe, Korrekturen, Kürzungen und Ergänzungen ein: Band 172 *Henker der Varganen* von Clark Darlton, Band 174 *Die Insel der Goldenen Göttin* von Peter Terrid, Band 177 *Apokalypse für Glaathan* von Dirk Hess, Band 178 *Atlan und der Ungeborene* von Marianne Sydow sowie Band 180 *In der Hand des Henkers* von Clark Darlton.

Zusätzlich vorhanden sind jene in Blauband 17 nicht berücksichtigen Passagen der aktuellen Handlung von Band 179 *Die Verschwörer von Arkon* von Harvey Patton, dessen Hauptteil vorgezogen wurde, weil in ihm die ursprünglich in Band 100 nur kurz erwähnten Ereignisse geschildert wurden, die Atlans Vorgeschichte ausmachten – seine wahre Herkunft als Kristallprinz des Großen Imperiums und die Ermordung seines Vaters. Abschließend findet sich schließlich eine Passage aus Band 181 *Der Kristallprinz und der Seher* von Peter Terrid.

Wie stets auch der Dank an die Helfer im Hintergrund: Michael Beck, Andreas Boegner, Kurt Kobler, Heiko Langhans, Michael Thiesen – sowie Sabine Kropp und Klaus N. Frick.

Viel Spaß – ad astra!

Rainer Castor

# *Prolog*

1182. positronische Notierung, eingespeist im Rafferkodeschlüssel der wahren Imperatoren. Die vor dem Zugriff Unbefugter schützende Hochenergie-Explosivlöschung ist aktiviert. Fartuloon, Pflegevater und Vertrauter des rechtmäßigen Gos'athor des Tai Ark'Tussan. Notiert am 24. Prago des Messon, im Jahre 10.498 da Ark.

*Bericht des Wissenden. Es wird kundgegeben: Inzwischen können wir auf ein bemerkenswertes Jahr voller Abenteuer, Rückschläge, aber auch Erfolge zurückblicken. Viel ist geschehen, seit Kristallprinz Atlan nach dem Erringen des dritten Grades der ARK SUMMIA am 24. Prago des Messon 10.497 da Ark öffentlich seinen ihm zustehenden Anspruch auf den Kristallthron des Tai Ark'Tussan verkündete.*

*Mit Kraumon haben wir eine sichere Basis, von der aus in Zukunft operiert werden kann und deren Ausbau fortschreitet; mit Corpkor konnte ein auf Atlan und mich angesetzter Kopfjäger für unsere Ziele gewonnen werden; eine Flotte von sechshundert Robotschiffen wurde in die Sogmanton-Barriere gelenkt und in der Person von Ka'Mehantis Freemush Ta-Bargks ein Mitglied des Berlen Than ausgeschaltet; schließlich traf es auch einen der Brudermörder persönlich – der Blinde Sofgart ist tot, seine gefürchteten Kralasenen sind ohne Anführer und zeigen unzweifelhaft Auflösungserscheinungen und interne Machtkämpfe!*

*Zunächst galt Sofgart nur als verschollen, Orbanaschols Ungeduld wuchs allerdings von Prago zu Prago, wartete er doch auf Ergebnisse hinsichtlich der Suche nach dem geheimnisvollen Stein der Weisen. Wir haben den Dicken ziemlich zappeln lassen, bis wir unsere Pläne umsetzten und am heutigen Prago Sofgarts Tod medienwirksam publik machten. Es war nicht leicht, die Vorbereitungen waren eine logistische Meisterleistung – aber es gelang uns, Sofgarts konservierten Leichnam bis ins Arkonsystem nach Arkon II zu schaffen und so zu »platzieren«, dass die Sensationsmeldung verbreitet wurde, ehe Orbanaschol oder die Geheimdienste es verhindern konnten. Das fürchter-*

*liche Toben des Fetten soll im ganzen Kugelsternhaufen Thantur-Lok zu hören gewesen sein und dauert weiterhin an …*

*In den letzten Votanii haben wir uns darauf konzentriert, unsere Basis zu festigen und auszubauen. Logistik, Informanten, Ausweichstützpunkte, Erweiterung von Ausstattung und Ausrüstung – alles Dinge, die unbedingt notwendig, aber in den seltensten Fällen mit spektakulären Aktionen verbunden sind. Atlan widmet sich zwar intensiv diesen Aufgaben, doch ich kann dem Jungen ansehen, dass es nicht »sein Ding« ist. Viel lieber würde er vorstürmen und Orbanaschol eigenhändig an den schwabbeligen Hals gehen; ihm ist allerdings auch bewusst, dass ein solches Vorpreschen keinesfalls zum Ziel führen würde, ganz im Gegenteil.*

*Wir müssen Schritt für Schritt vorgehen, unsere Kräfte ausbauen und geschickt platzieren. Je breiter die Basis unserer Möglichkeiten und Unterstützer ist, desto erfolgreicher werden die eigentlichen »Schläge« sein, die wir Orbanaschol und seiner Clique zufügen können. Der Kristallprinz sieht das ein und zügelt seine jugendliche Ungeduld, macht aber auch keinen Hehl daraus, wie sehr er sich im Grunde langweilt, wie ihm alles zu träge und zu langsam voranschreitet. Dutzende Pläne haben wir ausgearbeitet, zum Teil wieder verworfen, andere modifiziert und ergänzt – doch abgesehen vom Transport Sofgarts ins Arkonsystem verzichteten wir bislang auf vorschnelle Einzelaktionen.*

*Unsere anfänglich nur unbedeutende Streitmacht ist auf dreitausend Intelligenzwesen angewachsen, zum größten Teil Arkoniden, denen Orbanaschol, der Brudermörder, genauso verhasst ist wie Atlan und mir. Sie alle haben dem Kristallprinzen die Treue geschworen und sind bereit, ihr Leben für das große Ziel einzusetzen – und das war schon mehr als nur einmal notwendig gewesen.*

*Kraumon ist der einzige Planet einer kleinen roten Sonne, eine Welt mit überwiegend wüstenähnlichem Charakter. Auf einen Besucher aus dem Raum wirkt der Planet wenig einladend, da es nur einen schmalen Grüngürtel entlang des Äquators gibt. Doch gerade hier ist der Stützpunkt – Gonozal-Mitte getauft – in einem lang gestreckten Tal mit dschungelähnlichen Wäldern, Flüssen und Seen errichtet worden.*

*Die Basis entstand in den Jahren um 10.475 da Ark auf Befehl Seiner Erhabenheit, Imperator Gonozal VII., als eine ganze Reihe von über das Große Imperium verstreuten Stützpunkten geschaffen wurde. Im Notfall sollten sie dem Zhdopanthi, seiner Familie und seinem Regierungsstab Unterschlupf und Sicherheit gewährleisten. Die Anlagen waren für eine halbe Ewigkeit konserviert worden, unzugänglich für unberechtigte oder zufällige Besucher.*

*Kraumons relative Nähe zum galaktischen Zentrum, 22.130 Lichtjahre vom Kugelsternhaufen Thantur-Lok und Arkon entfernt, verspricht uns ein Höchstmaß an Sicherheit. Der Stützpunkt war ausgelegt, bei Bedarf in den ursprünglich 47 Gebäuden zehntausend oder mehr Dauerbewohner aufzunehmen. Der informierte Kreis jener, die die Koordinaten Kraumons kennen, bleibt weiterhin auf ein absolutes Minimum beschränkt; die Daten in den Raumern sind selbstverständlich verschlüsselt und gegen unbefugten Zugriff gesichert.*

*Unter der Oberfläche von Kraumon entstanden inzwischen Hangars und Energieanlagen, bombensichere Unterkünfte und positronisch gesteuerte Abwehrforts. Sollte man uns eines Tages entdecken, werden wir dem Gegner empfindliche Verluste zufügen, ehe wir der Übermacht weichen und zu einem neuen Versteck fliehen. Zwanzig Kilometer nordöstlich befindet sich das neu fertig gestellte Raumlandefeld von rund fünf Kilometern Durchmesser.*

*Langsam vergrößert sich auch unsere kleine »Flotte«: Neben der GONOZAL und der POLVPRON II verfügen wir über die 500 Meter durchmessende KARRETON. Die erste POLVPRON war für uns durch Oghs Aktion im Yagooson-Sektor verloren gegangen. Die GONOZAL ist eine schnelle diskusförmige Jacht der Leka-Baureihe mit ausgezeichneten Flugeigenschaften, einem tadellos funktionierenden Ferm-Taàrk-Transitionstriebwerk und allen nur denkbaren technischen Einrichtungen, die man von einem tüchtigen Kleinraumer verlangen kann – bei fünfzig Metern Durchmesser und zwanzig Metern Höhe.*

*Wiederholt gab es Flüge zu Richmonds Schloss in der Sogmanton-Barriere; in Hanwigurt Sheeron haben wir einen wertvollen Mitstreiter gefunden. Dank der Unterstützung der Piraten der Sterne ist es gelungen, drei der in die Sogmanton-Barriere gelenkten Robotraumer zu bergen und umzurüsten – einen der 200 Meter durchmessenden Schweren Kreuzer hat Atlan FARNATHIA getauft. Der hohe Automatisierungsgrad sowie leistungsfähige Katastrophenschaltungen ermöglichen es, dass alle unsere Raumer bei Bedarf sogar von einem einzigen ausgebildeten Raumfahrer geflogen werden können.*

*Die heiße Spur zum Stein der Weisen, der wir unter großen Gefahren gefolgt waren, gibt es nicht mehr. Mit dem Tod des Blinden Sofgart ist auch sie verschwunden, als hätte es sie nie gegeben. Wir alle sind überzeugt davon, dass es sie gibt und dass wir sie wieder finden müssen, denn der Stein der Weisen soll ein gewaltiges Machtmittel sein. Leider lässt sich aus dem Wust der Legenden und Erzählungen nicht herausfiltern, um was genau es sich bei diesem kosmischen Kleinod wirklich handelt. Die meisten Sucher verbinden mit ihm offenbar Unsterblichkeit. Es könnte aber auch etwas ganz anderes sein, obwohl der Weise Dovreen im Wall der dreißig Planeten eindeutig davon gesprochen hat, dass uns der Stein der Weisen das ewige Leben schenken könne.*

*Der fünfzehn Kilometer durchmessende varganische Kugelkörper, der im System des Kometen Glaathan als Aktivator für das Quaddin-Zentralorgan gedient hatte, war nach Sofgarts Tod verschwunden, ohne dass wir sagen konnten, ob er nur unseren Ortern und Tastern entzogen war oder das System verlassen hatte. Die neun Raumer der Kralasenen jedenfalls befanden sich noch an ihrer alten Stelle. Seit der Auswertung der gesamten Ortungsdaten gehen wir davon aus, dass Glaathan insgesamt ein künstliches Produkt und keineswegs ein natürlicher Komet ist. In welchem genauen Zusammenhang er mit der Riesenkugel steht, bleibt uns verschlossen.*

*Ihr Verschwinden bedeutete, dass wir keinen weiteren Hinweis mehr für eine weitere Suche nach dem Stein der Weisen haben. Ob wir sie jemals wieder aufnehmen können, ist eine unbeantwortete Frage. In langen Diskussionen konnte ich den Kristallprinzen halbwegs davon überzeugen, dass es derzeit nichts bringt, ohne weitere konkrete Anhaltspunkte diesem Phantom hinterherzuhetzen – ich fürchte allerdings, dass das Thema noch längst nicht erledigt ist.*

# 1.

Aus: *Gedanken und Notizen*, Bauchaufschneider Fartuloon

*Auf den Prago genau vor fünf Votanii nach Arkon-Zeitmaß kam es am 33. des Tedar zur schicksalhaften Begegnung auf Frossargon mit der weiterhin geheimnisvollen Varganin Ischtar, in deren Verlauf die Freundin des Kristallprinzen umkam. Farnathia Declanter starb im Zweikampf mit dem als »Goldene Göttin« umschriebenen Wesen, das den Kristallprinzen auf eine Weise verführt und beeinflusst hat, die mich weiterhin schaudern lässt. Sie behauptete, das Geheimnis des ewigen Lebens zu kennen und es ihrem und Atlans Sohn Chapat vermitteln zu wollen!*

*Seit Ras Berichten und seiner Besessenheit, sie wieder zu finden, war uns bekannt, welche Macht dieses Weib auf einen Mann haben kann. Mein Fehler war, dass ich es seiner »barbarischen« Natur zugeschrieben habe und nie gedacht hätte, dass es in gleicher Weise auch den Jungen treffen könnte. Ein fataler, unentschuldbarer Irrtum, der Farnathia vermutlich das Leben gekostet hat! Atlan hat mir keine Vorwürfe gemacht, aber ich muss mit der bedrückenden Last leben, die zu den vielen anderen hinzukommt, die sich im Verlauf meines langen Lebens angesammelt haben.*

*Auf Alfonthome ist der Junge dann allerdings in einem Maß über sich hinausgewachsen, das sogar mir gewaltigen Respekt einflößt. Ich weiß ganz genau, was er da geleistet hat. Dass er die Bewohner einer ganzen Welt gerettet und die von Valvpiesel ausgehende Gefahr beseitigt hat, ist hierbei nur der Sekundäreffekt. Viel wichtiger ist, dass er sich letztlich dem größten Feind gestellt hat, den es für ihn gibt – den aus dem eigenen Ich erwachsenden Ungeheuern. Ich bin überzeugt davon, dass Atlan auf diese Weise auch die zurückliegenden Abenteuer und Tiefschläge aufgearbeitet hat und aus allem gestärkt und gekräftigt hervorgegangen ist.*

**Kraumon: 1. Prago des Ansoor 10.498 da Ark**

Fartuloon nickte mir ziemlich griesgrämig zu, als ich den Konferenzraum betrat. Er saß neben dem leeren Sessel, der für mich bestimmt war, hatte die Hände auf seinem dicken Bauch gefaltet und machte den Eindruck, als habe er gerade ein ordentliches Frühstück hinter sich und gedenke, es in aller Ruhe zu verdauen. Ich grüßte zurück und nahm Platz. Die anderen Teilnehmer der obligatorischen Besprechung waren Techniker, Raumschiffskommandanten, geflohene Orbtonen der arkonidischen Flotte – alles Frauen und Männer, die den Imperator lieber tot als lebendig sahen. Aber bis dahin war noch ein weiter Weg.

Fartuloon war einer der härtesten Kämpfer, die ich kannte. Der anachronistisch wirkende Harnisch und das Dagorschwert wirkten auf den ersten Augenblick skurril und unpassend. Kein Arkonide hätte den korpulenten Mann mit dem schwarzen Vollbart und der spiegelnden Glatze für einen perfekten Bauchaufschneider gehalten. Er eröffnete die Konferenz, indem er heftig auf den Tisch klopfte. »Meine Damen und Herren, ich heiße Sie willkommen«, sagte er ohne Enthusiasmus. »Die übliche Besprechung. Hat jemand eine Mitteilung von Bedeutung zu machen?«

Niemand meldete sich. Das ging nun schon seit vielen Tagen so. »Einer der Gleiter fiel aus«, teilte schließlich ein bärbeißig wirkender Offizier mit. »Er wurde inzwischen repariert.«

Der Bauchaufschneider nickte ihm spöttisch zu. »Großartig, Athor. Das ist eine wichtige Mitteilung, die wir speichern müssen. Sonst noch was?«

Von Morvoner Sprangk kam ein abfälliges Schnaufen. Der Verc'athor war ein harter, narbengesichtiger, kahlköpfiger Kämpfer. Als Kommandant der 5. Raumlandebrigade des 94. Einsatzgeschwaders hatte er unter dem Oberbefehl von De-Keon'athor Sakál einst im Dienst meines Vaters gestanden, ehe er für zwei Jahrzehnte zwischen den Dimensionen verschollen gewesen war.

»Die Kühlanlage in Sektor Drei hat einen Riss«, meldete sich ein anderer. »Ich habe eine entsprechende Anweisung erlassen, damit …«

*Das hat alles nichts mit dem zu tun, was wir eigentlich besprechen wollten*, kam es mir in den Sinn, aber ich war plötzlich zu träge, eine entsprechende Bemerkung zu machen. Ich saß am Tisch und hatte das Gefühl, alles nur zu träumen. Es war mir völlig egal, was die anderen sagten. Mir schien, als ginge mich das alles nichts mehr an. *Ischtar!* Warum musste ich ausgerechnet jetzt an sie denken? Eigentlich hatte ich allen Grund, sie zu hassen, denn sie hatte Farnathia getötet – aber ich hasste sie nicht. Ganz im Gegenteil: *Ich bewundere sie. Oder liebe ich sie sogar?*

Fartuloon stieß mich an. »Was hast du denn? Du bist ganz blass geworden. Ist dir nicht gut?«

Ich hörte seine Worte wie durch Watte, sie drangen kaum bis zu meinem Bewusstsein vor. Ich begriff ihren Sinn, aber der war mir völlig egal. Überhaupt war mir auf einmal alles egal, was hier gesprochen und beraten wurde. Wie unwichtig das alles war, wie nebensächlich und ohne jede Bedeutung. Wichtig war nur noch Ischtar, die Goldene Göttin, in ihrer betörenden Schönheit, die mich verzaubert hatte.

»Alles in Ordnung«, flüsterte ich. »Macht ruhig weiter, ich komme gleich zurück …«

Fartuloon nickte, aber er glaubte mir nicht. Als ich mich ein wenig schwankend erhob, stand auch er auf, um mich zu begleiten. Er machte den anderen ein Zeichen, in der Besprechung fortzufahren, winkte Morvoner und Ra zu – und geleitete mich aus dem Raum. Ich wusste, dass meine drei Freunde bei mir waren, aber ich beachtete sie nicht. »Ischtar«, murmelte ich immer wieder. »Sie hat mir etwas mitzuteilen. Ich muss die Daten speichern.«

Fartuloon sah Ra an, dann Morvoner. »Eine Art Posthypnose vielleicht? Ischtar hat ihm damals offenbar etwas mitgeteilt, und nun kann er sich plötzlich daran erinnern.«

Sie führten mich zur Positronik, wo ich sofort mit einer geheimnisvollen Tätigkeit begann. Es war, als sei ich eine Puppe, die von unsichtbaren Fäden gelenkt würde. Ich fütterte Daten in die KSOL der Hauptkuppel und murmelte unverständliche Worte vor mich hin, deren Sinn unklar blieb. Ich tat das, was Ischtar mir befahl, ich tat es unbewusst, jedoch ohne mich gegen die Beeinflussung zu wehren.

*Sie muss dir die Daten ins Unterbewusstsein eingepflanzt haben*, flüsterte der Extrasinn. *Genau wie sie dich mit dem paranormalen Schutz ausgestattet hat.*

Als ich von dem Schaltpult zurücktrat, kehrte ich auch in die Wirklichkeit zurück. Ich wusste plötzlich wieder, wo ich war und was geschehen war. Fartuloon schilderte mir kurz die Einzelheiten meiner Verwandlung. Ich winkte ab. »Schon gut, alter Freund, ich erinnere mich. In der Positronik sind die Daten eines Planeten verankert, den wir aufsuchen müssen. Sie schlummerten in meinem Unterbewusstsein. Ich habe die Koordinaten einer *Versunkenen Welt* der Varganen gespeichert. Was seht ihr mich so an? Ich bin nicht verrückt. Posthypnose! Vielleicht war ein Stichwort der auslösende Faktor, vielleicht musste auch einfach nur eine gewisse Frist verstreichen. Ich weiß es nicht. Jedenfalls hat mir Ischtar die Daten einer Welt gegeben, und das bestimmt nicht ohne Grund! Wir werden so bald wie möglich starten!«

Der ehemalige Leibarzt meines Vaters hob abwehrend beide Hände. »Willst du wirklich in eine Falle tappen, die dir von dieser ... Person gestellt wird? Sie hat dich verführt, um dich für ihre Zwecke einzuspannen, und nun fällst du schon wieder auf sie herein. Ich weiß nicht, was sie wirklich bezweckt, aber es kann nichts Gutes sein.«

Er schielte in Richtung des Computers. Ich murmelte: »Margon heißt der Planet, auf dem ich mich zweifellos einfinden soll. Eine der Versunkenen Welten. Eine Welt, die von den Varganen bewohnt wurde und zu ihrem einstigen Imperium gehörte. Sie haben Margon aus unbekannten Gründen verlassen, wie andere Welten auch. Die Natur hat den Planeten zurückerobert. Die Spuren der Zivilisation liegen vielleicht Dutzende von Metern unter seiner Oberfläche, für alle Zeiten dem flüchtigen Beobachter verborgen.«

»Margon?« Fartuloon schüttelte den Kopf. »Noch nie gehört.«

»Ischtar gab mir den Namen und die Koordinaten. Es handelt sich um eine gelbe Normalsonne mit vier Planeten, Margon ist der zweite. Auf ihm, hoffe ich, werden wir den Beginn einer neuen Spur zum Stein der Weisen entdecken.«

»Du bist verrückt!« Fartuloon klang noch rauer als zuvor. »Nur weil du in Trance ein paar Daten von dir gegeben hast, willst du dich auf ein so ungewisses Abenteuer einlassen?«

»Eine geringe Chance ist besser als gar keine.« Ich wusste, dass mich nichts mehr von meinem Vorhaben abbringen konnte. »Ischtar will mir helfen, ganz sicher. Sie wird schon ihre Gründe haben, dass sie mir die Daten nicht schon damals offen mitteilte. Gute Gründe, nehme ich an.«

Nun kam mir Morvoner zu Hilfe. »Atlan hat Recht, Fartuloon.

Warum sollte die Varganin Atlan in eine Falle locken wollen? Sie hat sein Leben gerettet! Ra, was sagst du?«

Der Barbar wirkte nicht gerade begeistert. »Vielleicht hast du Recht. Zumindest sollten wir uns diesen Planeten ansehen. Zur Umkehr ist es dann noch immer früh genug.«

»Du willst ja bloß deine Goldene Göttin wiedersehen«, knurrte Fartuloon ungehalten. »Und dann prügelst du dich wieder mit Atlan.«

Ich winkte ab. »Keine Sorge. Es geht um viel mehr.«

»Richtig!«, bestätigte Ra kurz angebunden, doch in seinen Augen funkelte es plötzlich, während vom Extrasinn ein warnender Impuls in mein Wachbewusstsein drang. Aus den Augenwinkeln musterte ich den mittelgroßen Mann. Er hatte dunkelbraune Haut, bis zum Nacken reichendes schwarzes Haar und schwarze Augen. Unter der Kombination zeichneten sich wahre Muskelpakete ab. Die Stirn war im Vergleich zu uns Arkoniden niedrig. Das wettergegerbte Gesicht mit den Stammesnarben auf der Stirn war das eines Mannes, der unter primitiven Verhältnissen auf einer Welt ohne echte Zivilisation aufgewachsen war.

Seine Heimat umkreiste eine gelbe Sonne, irgendwo in den fremden Weiten der Öden Insel. Deutlich standen mir die Szenen vor Augen, die Ras Erzählungen begleitet hatten. Bei jeder hatte die Türkisperle von Kolchos Auge reagiert und dem akustischen Bericht eine eindringliche zusätzliche Dimension verliehen. Den ersten hatte Ra auf Kraumon abgegeben, zwei weitere im »Ring des Schreckens« des Dreißig-Planeten-Walls. Jedes Mal hatte der Türkisglanz der Perle unsichtbare Fäden gewoben, die uns miteinander verbanden, die Umgebung verschwimmen ließen und Impressionen Platz machten, deren Intensität mich in den Bann zog und nicht mehr losließ.

Ich sah die primitiven Höhlenbewohner in den Felsen des Flusses und den »Mann mit dem Feuer«, Feuer, das die Goldene Göttin Ra geschenkt hatte. Und ich erlebte mit, wie Ra von arkonidischen Raumfahrern gefangen und entführt wurde, die jene Welt zufällig entdeckt und später sicherlich wieder vergessen hatten. Ich erinnerte mich aber auch an Ras ungestüme Wut und Eifersucht auf Frossargon, an die Attacke, die mich fast umgebracht hätte, und dachte an seinen verträumten Blick, sobald Ischtar erwähnt wurde …

Der Bauchaufschneider verzichtete auf weitere Einwände. »Die Kugelraumer sind überholt und einsatzbereit. Ich kümmere mich um die Vorbereitungen.«

Ich sagte: »Wir nehmen die FARNATHIA!«

»Nicht gerade ein glücklicher Einfall, wenn du mich fragst. Wir fliegen zu einem Planeten der Varganin, und das mit einem Schiff, das den Namen ihrer Rivalin trägt. Denkst du, dass sie darüber besonders erfreut sein wird?«

»Sie muss sich damit abfinden«, entgegnete ich kurz angebunden und dachte daran, dass die KARRETON mit Eiskralle und Vorry erst in einigen Tagen von der Sogmanton-Barriere zurückkommen würde. So lange wollte ich nicht warten.

Er zuckte die Achseln. »Also gut, wie du willst. Ich kümmere mich um die Daten und die Startvorbereitungen. Das Schiff hat siebzig Mann Besatzung. Soll das so bleiben?«

Ich war einverstanden.

In dieser Nacht schlief ich unruhig und wurde von grauenhaften Träumen geplagt. Immer wieder erlebte ich Farnathias Tod, aber dann wich ihr liebliches Gesicht mehr und mehr jenem Ischtars, bis die Varganin mein Bewusstsein voll und ganz ausfüllte. Ich konnte an nichts anderes mehr denken – und auch nicht träumen. Ich stand sehr früh und übernächtigt auf, machte Toilette und kleidete mich an.

Die Wachtposten grüßten mich erstaunt, als ich aus dem Gleiter stieg. Ich wollte mich davon überzeugen, dass die Startvorbereitungen während der Nacht nicht unterbrochen worden waren. Die FARNATHIA stand auf ihren Teleskopstützen, aus den offenen Luken drang Licht. Ein Techniker hatte mich bemerkt, kam mir entgegen und sah mich fragend an.

»Wie lange dauert es noch?«, erkundigte ich mich.

»Das Schiff ist einsatzfähig. Eine letzte Routinedurchsicht ist in wenigen Tontas beendet.«

Trotz der beruhigenden Auskunft ließ ich es mir nicht nehmen, mich selbst zu überzeugen. In den Hangars standen die Gleiter und Beiboote, die Kampfanzüge hingen fein säuberlich nummeriert in den Vorkammern der Luftschleusen, die Betten in den Kabinen waren frisch überzogen, und in der Zentrale zeigten die Instrumente volle Funktionsbereitschaft. Ich rief die Daten ab, stellte den entsprechenden galaktischen Sektor unseres Ziels fest, schob den Ausdruck der Sternkarte in die Tasche und kehrte zum Stützpunkt zurück. Unser Ziel war 6701 Lichtjahre von Kraumon entfernt, die Distanz zum eigentlichen Zentrum der Öden Insel betrug 4896 Lichtjahre.

Beim gemeinsamen Frühstück traf ich Fartuloon und Morvoner. Viel Begeisterung sprach nicht aus ihren Worten. Sie waren davon überzeugt, dass wir die Spur zum Stein der Weisen endgültig verloren hatten und auf Margon vermutlich nicht wieder entdecken würden. Ra blieb schweigsam. Ich konnte mir vorstellen, welche Gefühle ihn bewegten und in welcher Richtung seine Gedanken den Ereignissen vorauseilten. Und ich konnte ihn gut verstehen, denn mir erging es ähnlich.

Fartuloon schob mir die Karte zu. »Zum Glück abseits des hauptsächlichen Aktionsgebiets der Flotte. Zehn bis dreizehn Transitionen, über den Daumen gepeilt. Trotzdem die reinste Zeit- und Energieverschwendung, wenn du mich fragst.«

»Die FARNATHIA ist startbereit«, gab ich zurück und lächelte ihn freundlich an. »Wir werden also keine Zeit versäumen.«

»Fangt nicht schon wieder damit an«, bat Morvoner mit gequältem Gesicht.

Ich ließ die Karte wieder in der Tasche verschwinden. »In sieben Tontas also, Freunde. Und über den Wert oder Unwert des Fluges nach Margon unterhalten wir uns, sobald wir ihn absolviert haben. Einverstanden?«

»Von mir aus«, knurrte Fartuloon und stopfte sich den Mund voll.

Die sieben Tontas vergingen schnell, denn ich hatte genug zu tun: zwei Konferenzen mit den Wissenschaftlern, eine mit den militärischen Leitern des Stützpunktes und eine letzte Besprechung mit dem Einsatzstab unserer kleinen »Flotte«. In einem versiegelten Speicherkristall übergab ich ihnen die Position Margons. Nach einer gewissen Frist konnten die Daten abgerufen werden. Saßen wir fest, würde nach einiger Zeit Hilfe eintreffen. Die Gewissheit des Rückhalts beruhigte mich, obwohl ich nicht annahm, dass Ischtar uns in eine Falle locken wollte. Aber ich kannte den Sektor der Galaxis nicht, in den wir vordringen würden. *Niemand weiß, was uns dort erwartet.*

Eine Tonta vor dem Start war ich an Bord der FARNATHIA und

sah zu, wie Morvoner die Speicherdaten noch einmal überprüfte und endgültig bestätigte. Fartuloons Laune schien sich inzwischen gebessert zu haben. Er sah nicht mehr so mürrisch aus, als er sich schwer in seinen Kontursessel fallen ließ. Auch Morvoner nahm Platz.

»Wo ist Ra?«, fragte ich ihn.

»Der ist gleich in seine Kabine gegangen. Der Start wird ihn nicht so sehr interessieren wie unser Ziel.«

Da erging es ihm nicht viel anders als mir, aber er wurde auch nicht in der Zentrale benötigt. Wahrscheinlich hätte ich mich an seiner Stelle auch in die Kabine zurückgezogen.

Die Zeit verstrich mit den letzten Vorbereitungen, dann stieg die FARNATHIA auf und startete außerhalb der Atmosphäre mit hoher Beschleunigung durch. Der Countdown für die erste Transition lief an.

**An Bord der FARNATHIA: 3. Prago des Ansoor 10.498 da Ark**

Es waren in der Tat dreizehn Transitionen, ehe wir mit knapper Lichtgeschwindigkeit dem vor uns aufgetauchten System entgegenflogen. Die Fernorter meldeten vier Planeten, von denen unser Ziel rechts von der gelben Sonne stand. Die große Sternendichte in diesem Bereich der Öden Inseln, nicht einmal fünftausend Lichtjahre vom exakten Zentrum entfernt, bedingte Einzeldistanzen von zum Teil deutlich unter einem Lichtjahr. Allein fünf der dreizehn Transitionen hatten wir für vergleichsweise kurze Korrektursprünge benötigt. Nun aber war unser Ziel erreicht.

Die Massetaster begannen mit ihrer Arbeit. Aus der Analytischen Abteilung trafen die ersten Ergebnisse der Untersuchungen ein, noch bevor Einzelheiten der Planetenoberfläche auf dem Bildschirm zu erkennen waren. Margon hatte einen Durchmesser von 13.280 Kilometern, eine Achsneigung von 15 Grad und eine Schwerkraft von 1,15 Gravos. Der Umlauf betrug 687,7 Tage zu 12,18 Tontas. Es gab schwache hyperenergetische Emissionen an verschiedenen Orten, deren Quelle stets unter der Oberfläche lag. Die Instrumente zeigten eine üppige Vegetation an und keine Anzeichen einer Zivilisation mit ihren üblichen Begleiterscheinungen. Städte jedenfalls gab es nicht, auch keinen Funkverkehr. Ich hatte es nicht anders erwartet.

»Möchte wissen, was wir hier sollen«, knurrte Fartuloon. »Eine der Versunkenen Welten – na schön. Aber was soll das?«

»Wir sind noch nicht gelandet«, machte ich ihn aufmerksam. »Und wir werden auch nicht mit der FARNATHIA landen. Sie wird in einer Umlaufbahn bleiben, während wir ein Beiboot nehmen. Hast du Lust, dich an einem Erkundungsflug zu beteiligen?«

Ich sah es ihm an, aber er sagte nur: »Wenn du unbedingt meinst, kann ich ja mitkommen. Wer sonst noch? Morvoner und Ra?«

Ich lächelte. »Kannst du dir vorstellen, dass Ra zurückbleiben würde? Ich nicht.«

Nach einer Tonta passierten wir die gelbe Sonne in großer Entfernung und näherten uns dem zweiten Planeten. Auf dem Panoramaschirm waren die Einzelheiten der Oberfläche zu erkennen. Drei größere Kontinente, dazu zahlreiche Inseln. Die Energiestrahlung stammte von der größten der Landmassen, dort würden wir landen. Soweit wir feststellen konnten, war der gesamte Kontinent von dichten Urwäldern und weiten Savannen bedeckt, dazwischen erhoben sich riesige Gebirge, meist kahl und ohne Vegetation. Die Meere selbst waren tief und – wie die Instrumente verrieten – voller Leben. Auch in den Wäldern und Steppen gab es Leben in vielfacher Form.

Es war mir ein Rätsel, warum Ischtar mich ausgerechnet hierher bestellt hatte, es sei denn, die Versunkene Welt barg ein Geheimnis, das es noch zu lüften galt. Gab es dieses Geheimnis wirklich, *würde* ich es lüften. Dazu war ich fest entschlossen.

Dreimal umrundeten wir Margon, dann sagte ich: »Fartuloon, Morvoner, Ra und ich werden mit einem Beiboot landen. Die FARNATHIA bleibt im Orbit, bis ein gegenteiliger Befehl erfolgt. Für alle Fälle habe ich im Logbuch Anordnungen gespeichert. Sie richten sich nach ihnen, sollten wir nicht zurückkehren. Übernehmen Sie, Athor Kellon.«

Damit erhob ich mich und nickte den beiden Freunden zu. Ra wirkte äußerst ruhig und gefasst. Wir bestiegen das Beiboot – einen Leka-Diskus von zwanzig Metern Durchmesser und acht Metern Höhe –, Morvoner übernahm den Platz des Piloten. Kurz darauf schoss die F-1 aus der Schleuse und entfernte sich schnell von der FARNATHIA.

Unter uns lag der unbekannte Planet. Er sah aus wie tausend andere Urwelten auch, nur wusste ich diesmal, dass auf dieser Welt einst eine technisierte Zivilisation existiert hatte, die aus unbekannten Gründen erloschen war. Die Energiestrahlungen bewiesen, dass noch Reste vorhanden sein mussten. Wir beschlossen, vor der endgültigen Landung eine weitere Umrundung Margons in niedrigem Abstand vorzunehmen. Immerhin bestand die berechtigte Aussicht, Dinge zu entdecken, die wir vorher nicht hatten sehen können. Die Ortergeräte durchdrangen die Vegetationsdecke, ohne allerdings Geheimnisse zu enthüllen. Unter dem Dach des Urwalds existierten noch Gebäudereste, das ergaben die Messungen, aber ihre Unregelmäßigkeit ließ darauf schließen, dass sie längst zerstört und zerfallen waren. Eine Energiestrahlung konnte hier nicht festgestellt werden.

Wir überquerten den Ozean, überflogen ein Gebirge und glitten dann über endlose Savannen hin. Wir sahen gewaltige Herden von grasenden Vierbeinern. In den ruhig dahinfließenden Strömen tummelten sich Tiere aller Arten, ihre Zahl ließ darauf schließen, dass sie sich seit vielen Jahrtausenden ungestört hatten entwickeln können. *Wie lange schon ist Margon eine der Versunkenen Welten?*

Abermals näherten wir uns dem größten Kontinent, auf dem wir landen wollten. In diesem Augenblick sagte Morvoner von den Kontrollen her: »Vor uns liegt eine Hochebene, zwischen dem Gebirge und der Stromniederung, die mit dichtem Wald bedeckt ist. Sogar ohne Orter sind Gebäude zu erkennen, die von Schutt und Pflanzen befreit wurden. Es sieht alles nicht mehr neu aus, aber ohne jeden Zweifel gab es da unten jemand, der für etwas Ordnung sorgte.«

Ich sah die verfallenen Gebäude und nickte. Der nicht sehr dichte Wald war gerodet, an den Mauern der Gebäude war gearbeitet worden. Unsere Energietaster und Orter registrierten Emissionen, deren Quelle unter der Oberfläche lag. Mehrere lang gestreckte Hallen, einige davon ohne Dach oder mit eingestürzten Wänden, umgaben einen Innenhof, von dem das quaderförmige und schmucklos graue Hauptgebäude aufragte. Insgesamt ein Areal von nicht einmal fünfhundert Metern Durchmesser. Weiter nördlich lockerte der Wald weiter auf und machte kahlen Felsen Platz.

»Eine technische Oase«, prägte Fartuloon eine treffende Bezeichnung. »Möchte wissen, wer da am Werk ist.«

*Ischtar? Hat sie dort unten einen geheimen Stützpunkt errichtet?*

*Hat sie mich deshalb gerufen? Was will sie mir mitteilen?* Laut sagte ich nur: »Landen!«

Unweit des restaurierten Gebäudetrakts setzte die F-1 auf. Der Antrieb verstummte. Morvoner griff nach seinem Kombistrahler und sagte: »Sehen wir uns das mal an.«

Ra eilte voraus und war als Erster an der Schleuse. Obwohl die Atmosphäre atembar war, trugen wir die leichten Kampfanzüge. Ich öffnete die Außenluke. Laue und wohlriechende Luft schlug uns entgegen, ein wenig mit dem Geruch faulenden Laubes und blühender Blumen vermischt. Ra ließ mich vorbei, so dass ich als Erster die kurze Leiter hinabklettern und den Boden Margons betreten konnte. Es war nicht die erste fremde Welt, die ich betrat, aber es war immer wieder das gleiche erwartungsvolle Gefühl – und diesmal war es besonders stark, denn ich zweifelte keinen Augenblick, dass Ischtar diesen geheimen Stützpunkt restauriert hatte.

*Aus welchen Gründen auch immer sie das getan haben mag*, dachte ich, *sie hat mich hierher bestellt.*

*Vielleicht genau deswegen?*, meldete sich mein Logiksektor. *Ein varganischer Stützpunkt mit varganischer Supertechnik würde dir und deinen Plänen zweifellos sehr helfen.*

Fartuloon kam zu mir und sagte: »Ischtar muss eine Hilfstruppe oder Arbeitsroboter zur Verfügung haben. Aber ich sehe nichts. Zumindest hätte ich doch ein Empfangskomitee erwartet.«

Morvoner knurrte: »Was ihr so alles verlangt! Seid froh, dass man uns nicht gleich abgeschossen hat, sondern in aller Ruhe landen ließ. Warum sollte sich eine Varganin hier einen Stützpunkt einrichten? Ich nehme also an, dass wir von etwas ganz anderem erwartet werden als von ihr. Jedenfalls rate ich zur Vorsicht.«

Ra sagte: »Warum stehen wir herum? Gehen wir!«

Fartuloon rückte sein *Skarg*, das geheimnisvolle und äußerst vielseitige Dagorschwert, zurecht. Sein Gesicht zeigte einen grimmigen Ausdruck. Er schien entschlossen zu sein, das Rätsel zu lösen, das uns hierher gelockt hatte.

»Es kann schon Votanii her sein, dass jemand hier war«, vermutete ich. »Aber eine Antwort auf unsere Fragen werden wir nur erhalten, wenn wir uns die Gebäude ansehen. Jedenfalls wächst das Gras hoch, Spuren kann ich auch keine entdecken.«

Mit gezogenen Kombistrahlern setzten wir uns in Marsch, nachdem wir die Luke des Beiboots positronisch gesichert hatten. Ich ging voran und bahnte den Pfad durch das hohe Gras. Die anderen folgten mir dicht auf den Fersen. In der warmen Luft war das Summen von Insekten. Jeden Augenblick rechnete ich damit, dass aus dem Grünzeug eine Schlange geschnellt kam, um uns anzugreifen. Aber nichts dergleichen geschah. Aus der Nähe war zu erkennen, dass die Reparaturarbeiten an den Mauern notdürftig ausgeführt worden waren. Es hatte den Anschein, als sei der ganze Komplex ausgegraben und flüchtig renoviert worden, ohne dass man Wert auf Dauerhaftigkeit gelegt hatte. Ich hatte den Eindruck, dass es nur darum gegangen war, die Mauern am Zusammensturz zu hindern.

*Aber unter den Mauern haben wir Energieabstrahlung gemessen. Es muss also unter der Oberfläche noch etwas geben, was arbeitet und funktioniert – etwas, das mit Technik und Zivilisation zu tun hatte. Die renovierten Ruinen scheinen nichts anderes als Tarnung zu sein.* Es war mein erster Gedanke. Aber dann verwarf ich ihn wieder. *Wozu eine Tarnung? Eine Falle vielleicht …? Eine Falle – für wen? Doch nicht für mich! Warum sollte mich Ischtar in eine Falle locken wollen? Und dazu noch in eine so komplizierte? Das hätte sie sicherlich einfacher und leichter haben können. Was also wird auf Margon* wirklich *gespielt?*

Der Stützpunkt war leer und verlassen. Es gab mehrere Eingänge, die in das Innere des Gebäudetrakts führten. Wir hielten unsere Waffen schussbereit und wagten uns weiter vor. Niemand begegnete uns. Wir gelangten auf den weiten Innenhof, den wir schon von der Luft her gesehen hatten. Von ihm aus war ein halbes Dutzend offener Türen zu erkennen, die weder eine Füllung noch Schlösser besaßen. Aus der Nähe betrachtet, erwies sich der Quader des Hauptgebäudes als Ruine. Risse, klaffende Löcher und Schutthalden am Fuß der Mauern zeugten von der Kraft über Jahrhunderte oder Jahrtausende wuchernder Pflanzenwurzeln und dem Einwirken von Wind und Wetter.

»Wir müssen auf jeden Fall zusammenbleiben«, sagte ich, als ich die zweifelnden Gesichter meiner Freunde bemerkte. »Auf keinen Fall dürfen wir uns trennen. Ich habe ein merkwürdiges Gefühl …«

Das schienen sie alle zu haben, denn sie stimmten mir wortlos zu. Wir standen auf dem Innenhof, in dem das Gras so hoch wuchs, dass es uns bis zum Gürtel reichte. »Nehmen wir den da«, riet Fartuloon und deutete mit dem *Skarg* auf einen der Eingänge. »Es spielt keine Rolle ...«

Der Gang erwies sich als Sackgasse. Wir kamen nur wenige Meter weit, dann war er zu Ende. Schutt der eingestürzten Decke verhinderte das weitere Vordringen. Wir kehrten um und betraten den zweiten Gang. Auch diesmal kamen wir nicht weit, denn ein Trümmerhaufen versperrte ihn dermaßen, dass wir die Hoffnung sofort aufgaben, an dieser Stelle weiterzukommen.

Es begann bereits zu dämmern, als wir den siebten Eingang untersuchten, der einen etwas besseren Eindruck machte. Die Wände waren von Unrat befreit worden. Verwitterungslöcher hatte man mit einer unbekannten Masse gefüllt, ebenso den Boden. Diesmal versperrte uns kein Hindernis den Weg. Wir mussten die Helmlampen einschalten. Der Gang führte leicht abwärts. Meiner Schätzung nach waren wir zweihundert Meter gegangen und befanden uns etwa zwanzig Meter unter der Oberfläche, als wir plötzlich vor einer metallenen Tür standen, die fabrikneu wirkte. Es konnte kein Zweifel daran bestehen, dass sie erst kürzlich hier angebracht worden war.

Fartuloon deutete auf den runden Drehknopf in einem Meter Höhe. »Vorsicht!«

Ich sah mir den Drehknopf an. Als ich Ischtars »Gefangener« gewesen war, hatte ich in ihrem Schiff einen ähnlichen Knopf bemerkt. Er musste demnach varganischer Herkunft sein. Fartuloon hinderte mich nicht daran, näher an die Tür heranzugehen und die Hand auszustrecken. Vorsichtig berührte ich den Knopf und drehte ihn nach rechts. Sofort ertönte ein summendes Geräusch, dann glitt die Tür zur Seite und gab den Eingang frei. Dahinter erkannten wir im Licht unserer Lampen einen größeren Raum, der mit Instrumenten aller Art angefüllt war. Schaltpulte und Anzeigetafeln ließen vermuten, dass es sich um eine Art Laboratorium oder Kontrollstelle handelte. Ich konnte nichts entdecken, was sich bewegt hätte. Eine zweite Tür gab es nicht. Aber es gab drei Nischen zwischen den Instrumententafeln, in die Dutzende von Stromleitungen hineinführten – wenigstens nahm ich an, dass es welche waren.

»Zumindest wissen wir jetzt, woher die Energiestrahlung stammt, die wir angemessen haben«, sagte Morvoner mit gepresster Stimme. »Alles automatisch. Oder ferngesteuert.«

»Was ist das hier überhaupt?«, ließ Ra sich endlich auch einmal vernehmen. »Ein technisches Labor?«

Fartuloon sagte gar nichts, sah sich nur aufmerksam um, das *Skarg* in der Hand. Sein Interesse galt in erster Linie den drei Nischen, in die wir von unserem Standort aus nicht hineinblicken konnten. »Wir werden es gleich wissen«, sagte ich und ging weiter. »Aber wenn mich nicht alles täuscht, haben wir es mit einer Art Konservierungsanlage zu tun. Die Technik der Varganen unterscheidet sich in dieser Hinsicht nicht so sehr von jener der Arkoniden.«

Die Nische, die ich als Erster erreichte, bestätigte meine Vermutung. In ihrer Mitte befand sich eine mehr als zwei Meter lange Wanne, die durch die Leitungen mit der Kontrollstation in direkter Verbindung stand und von einem transparenten Kraftfeld überwölbt war. Im Hintergrund bewegten sich fast unmerklich die Zeiger der Instrumente auf einer Tafel. Über eine Skala lief ein Leuchtpunkt, der in regelmäßigen Zeitabständen steil nach oben stieg und dann wieder zur ursprünglichen Ebene abfiel. In der Wanne lag ein Mann.

Hinter mir hörte ich Fartuloons leisen Ausruf und dann sein heftiger werdendes Atmen. Morvoners Schritte verstummten, Ra blieb wortlos im Hintergrund stehen. Der Mann in der Wanne war nackt, außergewöhnlich groß und sehr schlank. Die rotblonden langen Haare waren in der Mitte gescheitelt. Es wirkte, als hätte er sich seit Fertigstellung der Frisur keinen Millimeter mehr von der Stelle gerührt. Seine Haut besaß einen bronzegoldenen Schimmer, ein markantes Zeichen.

Morvoner war neben mich getreten. »Ein Vargane«, flüsterte er. »Ist er tot?«

Ich schüttelte den Kopf. »Ganz bestimmt nicht. Das Lebenserhaltungssystem scheint einwandfrei zu funktionieren. Du siehst es an den Instrumenten. Ich frage mich nur, wer die Anlage wartet. Jemand *muss* es tun, sonst sähe es hier anders aus. Roboter wie in Ischtars Schiff?«

Fartuloon war zu den anderen Nischen gegangen. »Sie sind leer«, sagte er. »Die Wannen sind leer, bei den Instrumenten rührt sich nichts.«

Ich gab keine Antwort. Genau wie ich dachte er zweifellos an die tief schlafende Ischtar, die wir auf Frossargon in ihrem Raumer gefunden hatten. Offenbar griffen die Varganen insgesamt auf diese Methode zurück, um längere Zeitspannen ohne Alterung zu überbrücken. Auch wir Arkoniden kannten den Biotiefschlaf; das Prinzip der suspendierten Animation, dessen Erfindung aus den ersten Jahren der stellaren Raumfahrt stammte, sah eine freie Auswahl der Phasenlänge innerhalb bestimmter Grenzen vor. Als Maximalwert, der ohne gesundheitliche Schäden überstanden werden konnte, galten etwas mehr als vierhundert Arkonjahre.

Um ein über diesen »Scheintod« hinausgehendes völliges Sterben zu verhindern, war natürlich eine permanente medizinische Überwachung notwendig. Dennoch handelte es sich um einen belastenden Vorgang: Je nach Tiefschlaflänge vergingen zwischen 25 und 30 Tontas, bis der Tiefschläfer erstmals wieder das Bewusstsein erlangte. Hierbei war es vor allem für uns Arkoniden notwendig, dass das Erwachen von akustischen und optischen Reizen begleitet wurde, die unmittelbar vor dem Tiefschlaf stattfanden, um das Gehirn zur höheren Aktivität anzuregen: Vor dem Schlaf paramechanisch aufgezeichnete Szenen wurden abgespielt, um den »Anschluss« ans bewusste Leben zu gewinnen, weil ansonsten unter Umständen Wahnsinn drohte. In einem zweiten Schritt musste – abhängig von der Tiefschlafdauer insgesamt – dann der Körper wieder ans bewusste Leben gewöhnt werden: Massagen, Aktivierungsprozeduren und eine langsame Rückgewöhnung an feste Nahrung waren erforderlich. Anschließend folgte das Muskelaufbautraining.

In aller Ruhe studierten wir das System der Anlage. Es würde meinem Lehrmeister sicher nicht schwer fallen, den Schlafenden zu wecken, sollte es sich als erforderlich erweisen. *Vielleicht hat Ischtar mich aus diesem Grund hierher bestellt? Will sie, dass ich den Varganen aus seinem Tiefschlaf hole? Aber warum? Hat sie niemanden, der das für sie tun kann?* Dann tauchte eine andere Überlegung auf: *Der Schläfer ist ein* Vargane*; sicherlich steht er Ischtar näher als ich oder Ra. Warum soll ich ihn wecken? Soll er uns vielleicht helfen, mit der Technik der Varganenstation zurechtzukommen?*

»Was tun wir jetzt?«, riss mich Fartuloons sachliche Frage aus den Gedanken.

*Wenn ich das nur selbst wüsste!* In meiner Brust fochten die Neugier und aufkeimende Eifersucht einen heftigen Kampf, der vorerst unentschieden blieb. »Ich weiß es noch nicht«, gab ich zu. »Vielleicht sollen wir die Anlage in Gang setzen, damit der Vargane erwacht. Aber ohne einen konkreten Hinweis, dass Ischtar es wirklich will, lassen wir es besser. Ich bin dafür, dass wir warten. Wo immer sie sich auch aufhalten mag, sie wird wissen, dass wir hier sind, und sich melden. Die posthypnotische Weitergabe von Margons Koordinaten war ganz ohne Zweifel an ein Zeitlimit gebunden.«

»Optimist!«, knurrte Morvoner. »Ich würde dem Mann gern ein paar Fragen stellen. Auf jeden Fall möchte ich wissen, wie lange er hier schon schläft. Erst, als man das Labor freilegte? Oder lag er schon hier, als Margon noch kein Versunkener Planet war?«

*Der Gedanke ist faszinierend*, musste ich zugeben. Stimmte Morvoners kühne Vermutung, lag vor uns der lebendige Zeuge einer Zivilisation, die als untergegangen galt; jemand, der viele Jahrtausende alt sein musste. »Ich stimme dir zu«, sagte ich. »Trotzdem schlage ich vor, dass wir warten. Wir müssen die Anlage gründlicher kennen lernen, ehe wir sie auch nur anrühren. Der geringste Fehler kann den Tod des Schläfers verursachen, und das käme einer Katastrophe gleich, die wir nicht verantworten können. Gehen wir wieder nach oben. Wir bleiben die Nacht über hier.«

Dagegen hatte niemand etwas einzuwenden, und so verschlossen wir die Tür und kehrten zur Oberfläche zurück. Es war inzwischen völlig dunkel geworden, aber die Luft hatte sich kaum abgekühlt. Die Klimadaten ließen eine warme und niederschlagsfreie Nacht erwarten. Fartuloon, der meine Gedanken erriet, schlug vor: »Warum übernachten wir nicht gleich hier im Innenhof? Das Gras ist weich und trocken, es ist warm …«

Wir waren einverstanden, allen voran natürlich unser Barbar. Ich ging noch einmal ins Beiboot und nahm über den leistungsstarken Sender Kontakt mit dem Kommandanten der FARNATHIA auf, um ihm einen kurzen Bericht zu geben. Im Schiff sei alles in Ordnung, erhielt ich zur Antwort. Allem Anschein nach gab es im ganzen System der namenlosen gelben Sonne außer der FARNATHIA kein anderes Raumschiff. *Was nicht viel heißt*, knurrte der Logiksektor. *Ischtars Schiff konntet ihr auf Frossargon ebenfalls nicht orten!*

Ich kehrte zu den anderen zurück und setzte mich so ins Gras, dass ich mit dem Rücken gegen die Mauer lehnte. Licht brauchten wir nicht, als wir unsere Konzentrate verzehrten, denn über uns standen die Sterne dicht bei dicht. Wir tauschten noch Vermutungen aus, die Meinungen gingen weit auseinander. Weder Fartuloon noch Morvoner wussten eine eindeutige Erklärung dafür, warum Ischtar uns hierher gelockt haben könnte – sofern es sich nicht um die Station selbst drehte. Auch der Bauchaufschneider spekulierte in diese Richtung: »Wir sollten die Station finden, aus welchem Grund auch immer.«

»Und den Schläfer wecken?«, vergewisserte ich mich.

Er nickte. »Wahrscheinlich. Sobald er erwacht, werden wir mehr erfahren. Das Ganze könnte eine Art Nachrichtenübermittlung sein. Der Vargane kann niemandem außer uns mitteilen, was er weiß. Und vielleicht ist er es, der dir Ischtars eigentliche Botschaft übergibt.«

Das klang vernünftig. Ich erhob keinen Widerspruch, auch Ra sagte nichts dazu. Er war überhaupt sehr schweigsam. Einer nach dem anderen schliefen wir schließlich ein. Wir hatten keine Wachen eingeteilt, denn wir begannen uns auf Margon sicher zu fühlen. Außer uns schien es niemand auf dieser Welt zu geben. Bevor ich endgültig die Augen schloss, sah ich noch einmal hinauf in das Gewimmel der Sterne, und da entdeckte ich einen besonders großen, der langsam vor den anderen vorbeiwanderte.

*Die FARNATHIA*, dachte ich noch, dann schlief ich ein.

## 2.

Aus: *Gedanken und Notizen*, Bauchaufschneider Fartuloon

*Bleibt das Problem Ischtar. Langlebige oder gar unsterbliche Varganin; Nin-ana, Herrin des Himmels, die Goldene Göttin, letzte Königin der Varganen …*

*Vor über fünf Arkonjahren war sie auf Ras Heimatwelt. Irgendwann kam sie nach Frossargon, versetzte die Prulth-Statue, war vielleicht sogar auf Than Ard oder gar in dem Paralleluniversum. Schließlich zog sie sich in die künstliche Hibernation zurück. Kaum zu sich gekommen, machte sie sich an den Kristallprinzen heran, wollte von ihm einen Sohn! Sie war nicht einmal sonderlich verblüfft, Ra gegenüberzustehen. Es gibt keinen Zweifel, dass sie viel mehr weiß, als wir bislang erfahren haben. Ich sehe mich jedoch außerstande, ihre Beweggründe, Motive und Hintergedanken genauer abzuschätzen.*

*Nachfolgend notiere ich nochmals die aus Ras Bericht stammenden Aussagen und Stichwörter:*

*»Seit Äonen durchquere ich die Galaxien«, hatte sie dem Barbaren gesagt. »Verstehst du nun, weshalb ich einsam bin? Ich bin eine der letzten lebenden Varganen, als deren letzte Königin man mich einst bezeichnet hat. Sie sind alle verschwunden oder tot. Der letzte, dem ich begegnete, schenkte mir den Himmelsstier. Ich sah sein Raumschiff niemals wieder ...«*

*Sie erwähnte weiterhin den Planeten Tabraczon, die Insel mit ihrer Station, die subplanetarische Fabrik, in der aus Plasma riesenhafte Tierwesen hergestellt werden konnten – ähnlich jener, die wir auf der Dunkelwelt Za'Ibbisch erlebten? Weitere Namen und Begriffe waren Mamrohn, Vargo, Kreton, die Welt Dopmorg sowie der Wall der dreißig Planeten.*

*Von besonderer Bedeutung schien für die Frau eine »Silberkugel« zu sein – vergleichbar jener, die wir von dem Weisen Dovreen erhielten? –, zu der sie sagte: »Ein altes Geheimnis meines Volkes. Nicht einmal ich kenne die ganze Geschichte. Ich brauchte sehr lange Zeit, um ein wenig über die Kugel zu erfahren. Ich weiß nur so viel, dass es das Bindeglied zu den verschollenen Varganen darstellt. Es wird mir bei der endlosen Suche helfen.«*

*Für mich steht fest, dass sie ihre eigenen Pläne verfolgt. Ebenso sicher ist aber auch, dass sie dem Jungen das Leben gerettet hat, mehrfach sogar. Sie heilte seine eigentlich tödlichen Wunden auf Frossargon, sie half ihm mit dem posthypnotisch verankerten Schutzfeld und stattete ihn – wie immer das auch im Einzelnen möglich war – mit der Fähigkeit aus, im Falle akuter Lebensgefahr seine Geistesenergie zu einem paranormalen Schockstrahl zu bündeln, der seinen Gegner vernichtete. Sogart starb auf diese Weise. Als sie mit ihrem goldenen Oktaederraumer von Frossargon startete, konnte es die KARRETON nicht einmal anmessen! Das Technologieniveau der Varganen ist beachtlich – es wäre uns eine gewaltige Hilfe, könnten wir auf diese Mittel zurückgreifen.*

**Margon: 4. Prago des Ansoor 10.498 da Ark**

Es war nicht die Sonne, die mich weckte, sondern Fartuloon, der vor mir stand und mich mit dem Fuß nicht gerade sanft anstieß. »Einen Schlaf hast du, um den man dich beneiden könnte. Steh auf,

Atlan! Die FARNATHIA meldet sich nicht mehr. Ich habe es zuerst mit dem Minikom versucht, dann mit dem Sender des Beiboots. Kommandant Kellon gibt keine Antwort.«

Ich war sofort hellwach. Ra und Morvoner saßen an der Mauer und frühstückten. Dass sich die FARNATHIA nicht meldete, schien sie nicht sonderlich aufzuregen. Mir aber war sofort klar, dass es kein Zufall sein konnte, wenn der Kommandant weder auf die Anfragen des Telekoms noch des Bordsenders reagierte. Und dass die Funkgeräte in der FARNATHIA ausgefallen waren, schien noch unwahrscheinlicher. Fartuloon half mir auf die Beine. »Jedenfalls eine merkwürdige Geschichte.«

*Die Geschichte ist mehr als merkwürdig*, fand ich. Ohne fremden Einfluss konnte sie überhaupt nicht stattfinden. »Wann warst du im Beiboot?«

»Vor einer Dezitonta. Ich versuchte es dann noch einmal mit dem Helmsender. Nichts.«

Ich entsann mich meiner Beobachtung vor dem Einschlafen. *Der wandernde Stern kann nur ein Raumschiff oder eine Station gewesen sein*, betonte der Logiksektor. Ich berichtete Fartuloon von dem dahinziehenden Lichtpunkt.

Er runzelte die Stirn und sah unwillkürlich hinauf in den wolkenlosen Himmel. Wie ich dachte er wohl an den hervorragenden Ortungsschutz, der Ischtars Oktaederraumer auf Frossargon vor unseren Ortungsgeräten verborgen hatte. »Da treibt sich noch jemand hier herum, der sich auf technische Spielereien versteht. Es würde mich nicht wundern, wenn er bald bei uns aufkreuzt. Treffen wir besser unsere Vorbereitungen. Vielleicht wäre es angebracht, wenn wir so schnell wie möglich zur FARNATHIA fliegen, um festzustellen, was passiert ist.«

»Ich kann ja hier bleiben«, erbot sich Ra schnell.

»Na gut«, war ich einverstanden, »aber betrete nicht die Anlage.«

»Ich warte hier«, versprach er feierlich.

Morvoner erhob sich nun ebenfalls. Er sah besorgt aus. Fartuloon ging voran und passierte kaum das Tor, das ins Freie führte, als er mit einem Ruck stehen blieb und die Arme ausbreitete, um uns am Weitergehen zu hindern. Ohne sich umzudrehen, sagte er heiser: »Sie waren schneller als wir!«

*Wer, zum Gork?*, dachte ich und drängte mich an ihm vorbei, um besser sehen zu können. Immerhin war ich vorsichtig genug, in Deckung zu bleiben. Auch Morvoner schob den Kopf weiter vor.

Schräg aus dem Himmel herab rasten ein Dutzend schalenförmige Gleiter, landeten rings um unser Beiboot und schlossen es regelrecht ein. Dann quollen die Mitglieder der Besatzungen aus den Gleitern und nahmen Aufstellung. Ich stellte auf den ersten Blick fest, dass es sich nicht um Arkoniden, Varganen oder sonstige Intelligenzen handelte, die ich kannte. Sie waren oval, nicht sehr groß, besaßen zahlreiche Laufglieder, Arme und einen kaum erkennbaren Kopf. Roboter konnten es nicht sein, dazu waren ihre Bewegungen nicht gleichmäßig genug, deshalb schloss ich auf Lebewesen, die künstlich erschaffen worden waren. Das erleichterte meinen Entschluss. »Androiden! Wir müssen sie vertreiben, ehe sie sich am Beiboot zu schaffen machen. Wenn sie es zerstören und die FARNATHIA sich nicht meldet, sitzen wir hier fest.«

»Denen werden wir es schon zeigen«, murmelte Fartuloon und zog sein *Skarg*. »Die sollen mich kennen lernen, diese Käfer!«

Ra war ebenfalls herbeigekommen und betrachtete die Androiden mit einer gewissen Abscheu. Ich entsicherte den TZU-4, schaltete auf Thermomodus und trat vor. Sofort eröffneten sie das Feuer. Das war das Zeichen für Morvoner, den Angriff nach altem Flottenreglement zu eröffnen. Er rannte einige Meter auf die Gruppe der Fremden zu und warf sich dann in die erstbeste Mulde, wo er gegen weitere Strahlschüsse gut gedeckt liegen blieb. Von hier aus eröffnete er das Gegenfeuer, das drei der Androiden das »Leben« kostete.

Fartuloon ließ sein Schwert kreisen: Ich sah blaue Flammenblitze, die aus seiner Schneide drangen, einen Halbkreis beschrieben und in die Reihen der Gegner fuhren, die gleich zu Dutzenden umfielen, ohne jedoch zerstört zu werden. Auch Ra und ich beteiligten uns nun an dem Gefecht. Die Androiden schienen keine gute Ausbildung genossen zu haben, denn sie schossen wild drauflos, ohne zu zielen. Das erleichterte unseren Gegenangriff. Wir drangen vor und waren bald nur noch fünfzig Meter von unserem Leka-Beiboot entfernt.

Da geschah etwas, das unseren Vormarsch jäh stoppte. Es war reiner Zufall, dass ich nach oben sah. Vielleicht wollte ich nur feststellen, ob weitere Gleiter im Anflug waren, um noch mehr Androiden abzuladen. Jedenfalls entdeckte ich einen Punkt, der langsam näher kam, aber es war kein Gleiter. Es war überhaupt kein Fahrzeug, sondern ein wallender Mantel von tiefblauer Färbung, der aus dem Himmel zu uns herabgeschwebt kam. Der Anblick war so verblüffend, dass ich keinen Ton hervorbrachte.

Das Gebilde glich eigentlich mehr einem Umhang, der den Körper eines Mannes umflatterte und diesem die Fähigkeit des Fliegens oder zumindest Gleitens verlieh. Als er näher kam, konnte ich Einzelheiten feststellen. Der Mann war zweifellos ein Vargane, das verriet schon seine goldbronzene Hautfarbe. Er war so groß wie der Schläfer im Labor, aber ein wenig kräftiger gebaut. Er hatte übermäßig lange Arme und Beine und wallendes rotblondes Haar. Der Umhang reichte ihm bis zu den Knien, am Hals war er mit einer silbernen Kette geschlossen. Als er sich einmal zur Seite wandte, sah ich auf dem Umhang in einem schwarzen Kreis das Symbol eines gelben Streifens, der derart verschlungen war, dass er nur eine durchgehende Fläche aufwies.

Der Fremde landete zwischen den Androiden und uns. Meine Freunde stellten das Feuer ein, denn der Geheimnisvolle gab den Androiden einige Befehle, worauf diese sofort zurückwichen und nicht mehr angriffen. Jetzt erst wandte sich der Vargane uns zu, und ich sah, dass er goldene Augen besaß. Er wirkte Ehrfurcht gebietend und so, als sei er das Befehlen von Jugend an gewohnt. In *Satron* sagte er: »Man nennt mich Magantilliken. Es ist mein Auftrag, die letzten noch lebenden Varganen zu finden, um sie heimzuführen. Ihr habt nichts mehr von meinen Dienern zu befürchten, obwohl ihr einige vernichtet habt.«

Fartuloon hatte sein Schwert in die Scheide geschoben, um seinen Friedenswillen zu bekunden, und betrachtete den Varganen mit einer Mischung aus Ehrfurcht und Verwunderung, sagte aber nichts. Das überließ er mir.

»Wir sind Arkoniden«, sagte ich. »Wir haben diese Welt zufällig entdeckt und landeten auf ihr. Keineswegs ist es unsere Absicht, Sie in Ihrer Arbeit zu stören. Im Gegenteil, vielleicht können wir Ihnen behilflich sein. Leider haben wir die Verbindung zu unserem Raumschiff im Orbit verloren.«

Magantilliken lächelte. »Keine Sorge, es kann nur keine Funkverbindungen herstellen und vorläufig auch die Umlaufbahn nicht verlassen. Wenn ihr zu ihm zurückkehren wollt, wird euch niemand daran hindern. Ich hebe dann die *Neutralisation* sofort auf.«

*Varganentechnik!*, raunte der Extrasinn.

»Darf ich eine Frage stellen?« Ich sah fasziniert in die goldenen Augen, die mich sehr an jene Ischtars erinnerten und mich einen warnenden Impuls des Logiksektors ignorieren ließen. »Sie sagen, dass Sie die letzten lebenden Varganen suchen, um sie heimzuführen. Heimführen – wohin?«

»Unsere Welten versanken, als die Zivilisation erlosch und sie der Natur zurückgegeben wurden. Die letzten Varganen leben in der *Eisigen Sphäre*, ich handele in ihrem Auftrag. Viele weitere Angehörige unseres Volkes leben noch auf verschiedenen Welten im Universum verstreut. Sie alle will ich heimführen zu den anderen, die in der *Eisigen Sphäre* auf sie warten. Wie wollt ihr mir dabei helfen?«

Ehe Fartuloon mich daran hindern konnte, erwiderte ich: »Unter uns in einem Labor liegt ein Mann in der Lebenserhaltungsanlage im Tiefschlaf. Wir haben ihn gestern gefunden. Ist es einer von denen, die Sie suchen?«

Magantilliken nickte, ohne das geringste Erstaunen zu zeigen. »Ja. Es ist Meschanort. Er schläft noch, vorläufig werde ich ihn auch in diesem Zustand belassen. Es ist möglich, dass es noch mehr Schläfer auf dieser Welt gibt. In erster Linie aber suche ich *Ischtar.*«

Es war, als durchzucke mich ein elektrischer Schlag, als er ihren Namen nannte. Ra rührte sich nicht von der Stelle. Fartuloon warf mir einen warnenden Blick zu, mich nicht zu verraten, und ich sah Morvoner an, dass er mir am liebsten auf die Füße getreten wäre. Ich achtete auf keines der warnenden Zeichen und sagte hastig: »Ischtar? Ich kenne sie, wir kennen sie alle. Ihr haben wir es zu verdanken, dass wir hier sind.«

Sofern mir mein Extrasinn zur Vorsicht riet, vernahm ich es nicht. Die Nennung von Ischtars Namen schien eine Art Kurzschluss verursacht zu haben. Jedenfalls verriet Magantillikens Gesicht zum ersten Mal so etwas wie gelindes Erstaunen. Er sah mich aufmerksam an. »Sie kennen Ischtars Namen? Und Sie behaupten, dass Sie es ihr zu verdanken haben, dass Sie hier sind? Das ist seltsam, äußerst seltsam. Sie müssen mir mehr darüber berichten, denn damit helfen Sie mir wirklich, sie zu finden und heimzuführen.«

Nun hielt Fartuloon es nicht mehr länger aus. Ehe ich antworten konnte, rief er: »Heimführen – wohin? In diese *Eisige Sphäre?* Das hört sich nicht sehr vertrauenerweckend an. Sie müssen uns schon mehr darüber erzählen, ehe wir Ihnen helfen.«

Magantilliken betrachtete ihn aus zusammengekniffenen goldenen Augen. »Sie werden alles früh genug erfahren. Sie müssen mir vertrauen. Sie sind keine Varganen, es ist also besser, wenn Sie sich nicht zu sehr um *unsere* Angelegenheiten kümmern. Wir kümmern uns auch nicht um die Ihren.« Er sah nun wieder mich an. »Erklären Sie mir, wieso Sie es Ischtar zu verdanken haben, dass Sie jetzt hier sind.«

Diesmal zögerte ich, denn ich wusste, dass ich mich auf Fartuloon und seine Ahnungen verlassen konnte. Seinen Warnungen hatte ich schon mehr als einmal mein Leben zu verdanken. Aber auf der anderen Seite würde ich kein Wort mehr über Ischtar erfahren, errang ich nicht das Vertrauen des Varganen. »Ich habe sie getroffen, dabei muss sie mir einen posthypnotischen Befehl eingepflanzt haben. Sie gab mir die Koordinaten dieses Planeten, den sie Margon nannte. Das ist alles.«

Es war genug, das sah ich ihm an. Aber es reichte auch Fartuloon, der sich mir wütend zuwandte. »Du bist ein leichtsinniger Schwätzer! Du hörst den Namen einer Frau, und schon verlierst du den Verstand. Ich hätte dich für klüger gehalten. Was wissen wir schon von diesem Mann, der sich Magantilliken nennt? Gar nichts!«

Magantilliken hörte dem Wutausbruch mit unbewegtem Gesicht zu, dann lächelte er plötzlich voller Nachsicht. »Ich verstehe Ihre Aufregung und nehme sie Ihnen nicht übel. Sie sollten den Rest des Tages der Erholung widmen und die Nacht in tiefem Schlaf verbringen. Morgen reden wir weiter. Sie werden sehen, dass die Vernunft die Oberhand gewinnt. Allerdings kann ich Ihnen den Funkkontakt zu Ihrem Schiff vorerst nicht gestatten. Morgen werden Sie frei sein und jederzeit zum Schiff zurückkehren können, wobei es keine Rolle spielt, wie Sie sich entscheiden. Aber ich möchte, dass Sie bis dahin den Rest des Tages und die Nacht verstreichen lassen. Jede Übereilung wäre fatal für Sie.«

Sollten seine Worte eine Warnung darstellen, hatte er sie geschickt und fast höflich formuliert, ohne jedoch konkret zu sagen, weshalb er uns den Rückflug verwehrte. Natürlich musste er uns gegenüber vorsichtig sein, das konnte ich durchaus verstehen. Wichtig war für mich, dass er Ischtar suchte und wahrscheinlich mehr über sie wusste als wir alle zusammen. Sicher würde er mir viel über sie berichten können. Fartuloon erriet auch diesmal meine Gedanken und Motive – und er hatte Verständnis für sie. Er sagte zu dem Varganen: »Also gut, wir sind einverstanden. Morgen teilen wir Ihnen unsere Entscheidung mit. Sind Sie allein hier?«

»Sehen Sie noch jemanden?«

»Die Androiden.«

»Oh, das sind meine Diener. Unter der Oberfläche von Margon gibt es gewaltige technische Anlagen. Eine davon neutralisiert übrigens Ihr Kugelschiff. Es wird also besser sein, wenn Sie sich zu einer Zusammenarbeit bereit erklären. Die letzten Varganen werden Ihnen die Hilfe niemals vergessen.«

Fartuloon, der sich leise mit Morvoner unterhalten hatte, machte einen überraschenden Vorschlag: »Ich will versuchen, mein Misstrauen zu unterdrücken. Es würde sogar beachtlich schwinden, böten Sie unserem Freund Sprangk die Gelegenheit, in den Kugelraumer zurückzukehren. Ich hoffe, Sie verstehen ...«

»Natürlich verstehe ich das. Ich bringe ihn in Ihr Schiff.«

»Kann er nicht mit dem Beiboot ...?«

»Nein, es würde ebenfalls neutralisiert.« Er drehte sich um und schwebte mit wallendem Umhang davon, während die Androiden zurückblieben, sich jedoch nicht mehr rührten.

Am Nachmittag begleitete Morvoner den Varganen zu einem der Gleiter, der sofort startete und im klaren Himmel verschwand. So klein die Fahrzeuge auch sein mochten, sie waren raumtüchtig. Jedenfalls kehrte Magantilliken eine halbe Tonta später ohne Morvoner zurück und berichtete, ihn wohlbehalten abgeliefert zu haben. Als Beweis übergab er mir eine schriftliche Botschaft, in der Morvoner versicherte, an Bord der FARNATHIA sei alles in Ordnung.

Magantilliken sagte: »Ich verlasse Sie nun und melde mich morgen wieder. Verbringen Sie eine ruhige Nacht und denken Sie nach. Jede Drohung ist mir zuwider, aber ich würde sie notfalls doch aussprechen, denn ich benötige Ihre Mitarbeit, um meine Aufgabe zu erledigen. Sie würden im umgekehrten Fall nicht anders handeln.«

Ohne eine Antwort abzuwarten, schritt er davon. Der Umhang wehte hinter ihm her. Der gelbe verschlungene Streifen wirkte auf mich wie eine geheimnisvolle Offenbarung. Wir zogen uns wieder in den Innenhof des halb verfallenen Gebäudekomplexes zurück. Fartuloon streckte sich sofort im Gras aus und tat so, als gäbe es Ra und mich nicht mehr. Er schien tatsächlich so etwas wie beleidigt zu sein. »Hör zu, ich konnte nicht anders handeln«, sagte ich nachdrücklich. »Hätte ich den Mund gehalten, wären wir keinen Schritt weitergekommen.«

»Sind wir das denn?«, fragte er, ohne die Augen zu öffnen. »Was wissen wir denn schon von diesem Kerl, der sich Magantilliken nennt und behauptet, den letzten Willen der Varganen zu erfüllen? Gut, er hat Morvoner zum Schiff gebracht, aber das ist auch alles. Auf keinen Fall hättest du verraten dürfen, dass Ischtar dir einen posthypnotischen Befehl gab. Er wird vermuten, dass du noch mehr weißt. Wir kennen nun seine Möglichkeiten, und du kannst Gift darauf nehmen, dass er sie auch bei dir anwendet, um die Wahrheit herauszufinden.«

»Was soll er schon erfahren? Ich weiß nicht mehr, als ich ihm schon sagte.«

»Er könnte aber *andere* Dinge erfahren!«, brüllte Fartuloon mich an.

*Das stimmt allerdings.* Betroffen schwieg ich. Ich legte mich ebenfalls ins Gras und blickte hinauf in den klaren Himmel. Irgendwo dort oben kreiste die FARNATHIA.

Magantilliken kehrte an diesem Tag tatsächlich nicht mehr zurück. Wir waren uns selbst überlassen, und das brachte wahrscheinlich auch Fartuloon auf einen phantastischen Gedanken. Er hatte etwas geschlafen und zeigte sich bei Anbruch der Dämmerung versöhnlicher. Jedenfalls erwähnte er den Vorfall nicht mehr, der unsere Gemüter so erhitzt hatte. Er aß, machte ein paar nebensächliche Bemerkungen, ehe er endlich mit dem herausrückte, was ihn offensichtlich schon längere Zeit bedrückte.

»Ich hätte da eine Idee«, sagte er wie nebenbei. Ra warf mir einen kurzen Blick zu und lehnte sich wieder gegen die Mauer. Ich selbst sah Fartuloon erwartungsvoll an, mehr nicht. Sollte er nur von sich aus mit der Sprache herausrücken. Und das tat er dann auch. »Da unten liegt doch der schlafende Vargane – wie hieß er noch?«

»Meschanort.«

»Richtig, Meschanort. Wie wäre es, wenn wir ihn wecken?«

Nun war ich doch überrascht und verbarg es auch nicht. »Bist du verrückt? Magantilliken wird schon seine Gründe haben, ihn vorerst noch schlafen zu lassen. Wir können ihm doch nicht ins Handwerk pfuschen.«

»Vielleicht doch. Die beiden scheinen sich zu kennen. Wir können also von Meschanort erfahren, was mit diesem Magantilliken wirklich los ist.«

»Er sucht Ischtar, wollte sie vielleicht sogar hier treffen. Ich möchte ihn nicht zum Feind haben.«

»Verdammte Weibergeschichten!«, fauchte er mich wütend an. »Was hat das denn damit zu tun? Ich will wissen, woran ich bin, und deshalb will ich den Schläfer wecken.«

»Er sprach von Technik und Möglichkeiten. Wo immer er jetzt sein mag, er beobachtet uns bestimmt oder lässt uns überwachen. Er würde es sofort erfahren, würden wir den Schläfer wecken.«

»Na, soll er doch! Aber ich glaube, dass er etwas anderes zu tun hat, als ständig auf uns aufzupassen. Wir warten, bis es dunkel geworden ist, dann gehen wir ins Labor. Ra wird hier oben auf die Androiden aufpassen. Sie haben sich bisher nicht von der Stelle gerührt, sind also irgendwie desaktiviert worden.«

Ra war ohne Widerrede einverstanden, setzte sich neben den Hofeingang und schwieg. Fartuloon und ich standen auf und betraten den Gang. Erst als wir ein Stück in ihn eingedrungen waren und die Hand nicht mehr vor den Augen sahen, schalteten wir unsere Lampen ein. Wir kannten den Weg und erreichten den Laborraum nach kurzer Zeit. Der Vargane lag unverändert in seiner Wanne. Allein wäre es mir wahrscheinlich nicht gelungen, die Anlage in Betrieb zu setzen, aber Fartuloon musste sich den ganzen Tag damit beschäftigt haben. Jedenfalls hantierte er an den Kontrollen, als hätte er sein ganzes Leben nichts anderes getan, als schlafende Varganen aufzuwecken.

*Schon in Ischtars Raumschiff hat er die Erweckungsprozedur eingeleitet*, erinnerte mich der Extrasinn, *als kenne er diese oder vergleichbare Geräte ganz genau.*

Nach einem Blick auf die Messinstrumente sagte Fartuloon: »Es dauert noch eine Weile. Magantilliken wird sich freuen, dass wir ihm die Arbeit abgenommen haben.«

»Ich habe das dumpfe Gefühl«, gab ich zurück, »dass er durchaus nicht erfreut sein wird. Sieh nur, das rechte Auge bewegt sich bereits …«

Fartuloon ging nicht auf das heikle Thema ein. Gemeinsam beobachteten wir den komplizierten Erweckungsprozess und verfolgten ihn an den Instrumenten und Skalen. Es gab mehrere Tiefschlafverfahren. Dieses hier war mir unbekannt, aber weniger kompliziert, als ich anfangs befürchtet hatte. Fartuloon jedenfalls kannte sich aus, seine Seitenblicke verrieten, wie zufrieden er mit sich selbst war. Immer mehr Lebensfunktionen des Varganen wurden angezeigt, während mir immer mulmiger wurde. Überraschte uns Magantilliken hier, konnte eine Menge passieren, dessen war ich mir sicher. *Auf der anderen Seite hat er deutlich durchblicken lassen, dass er unsere Hilfe benötigt oder zumindest gern sähe.*

»Noch eine halbe Tonta«, sagte Fartuloon schließlich in mein Schweigen hinein. Meine Tätigkeit beschränkte sich darauf, den langsam erwachenden Varganen zu beobachten, dessen Gesichtsausdruck mir sympathischer erschien als jener Magantillikens. Ihm fehlte das Befehlsgewohnte und Herrschsüchtige. Vielleicht lag das aber daran, dass er noch schlief. Als ich keine Antwort gab, sagte Fartuloon: »Sieh mal zu, was Ra macht. Wir können ungestörter arbeiten, wenn wir wissen, dass alles in Ordnung ist. Den Helmfunk möchte ich nicht benutzen.«

Da hatte er allerdings Recht. Also kehrte ich zur Oberfläche zurück und überzeugte mich davon, dass Ra unverändert auf seinem Posten saß und die Gleiter beobachtete, neben denen unbeweglich die Androiden verharrten.

»Alles bestens«, teilte ich Fartuloon mit und sah, dass der Vargane nun endgültig zu erwachen begann; das Kraftfeld über der Wanne war erloschen. »Wie lange noch?«

»Nicht mehr lange. Bin gespannt, wie er reagiert.« Das war ich ebenfalls. Wir wussten nicht, wie lange er geschlafen hatte und was sich inzwischen ereignet hatte. Selbst wenn er uns fragte, hätten wir ihm keine Auskunft geben können, denn wir wussten so gut wie nichts über die Varganen und ihr Schicksal. Kannte er Ischtar? Ich kam nicht mehr dazu, diese Vermutung und ihre Konsequenzen weiter auszuspinnen, denn Fartuloon sagte: »Es ist so weit. Halte ihn fest, sollte er versuchen aufzustehen. Es dauert noch eine Weile, bis er seine Kräfte voll zurückgewinnt.«

Seine Hautfarbe war noch goldener geworden. Die Augen waren

weit geöffnet, aber allem Anschein nach sahen sie noch nichts. Die Hände bewegten sich, auch seine Beine. Er begann zu atmen, immer schneller und tiefer. Und dann traf mich sein Blick voll und lebendig. Seine Lippen öffneten sich, als wollte er etwas sagen, aber ich hörte keinen Ton. Fartuloon war mit den Instrumenten und Kontrollen beschäftigt, schaltete eine Anlage nach der anderen aus. Dabei ging er so systematisch vor, dass ich mein Erstaunen nur schwer verbergen konnte. Kannte er die Anlage? Der Vargane richtete sich langsam auf, ich hinderte ihn nicht daran. Fartuloon protestierte nicht, als ich dem Erwachenden half, bis er aufrecht in der Wanne saß und sich forschend umblickte. Sein Blick fiel abermals auf mich, dann auf Fartuloon. Er betrachtete uns nachdenklich, als müsse er in seiner Erinnerung nach einem Anhaltspunkt suchen. Wieder öffneten sich seine Lippen, aber ich konnte die Worte nicht verstehen. Sie waren in einer mir fremden Sprache.

Ich sagte: »Ganz ruhig bleiben, Meschanort, wir werden Ihnen alles erklären. Sie sind noch zu schwach. Wir helfen Ihnen.«

Eine Weile erfolgte keine Reaktion, aber dann sagte Meschanort in gebrochenem *Satron* und mit leiser Stimme, in der jedoch keine Furcht mitschwang: »Ist es so weit? Wo ist der *Henker …*?«

Fartuloon und ich hielten für etliche Augenblicke die Luft an und rührten uns um keinen Millimeter von der Stelle. Da holten wir einen Varganen aus dem Tiefschlaf, und seine erste Frage galt einem Henker? *Vielleicht*, dachte ich, *ist er ein zum Tode Verurteilter, den man lediglich zu Versuchszwecken einschläferte und der nun glaubt, seine letzte Tonta sei gekommen.*

Mein erster Impuls war, ihn sofort zu informieren, aber diesmal kam mir Fartuloon zuvor, indem er sagte: »Meschanort, beruhigen Sie sich, bitte. Es gibt keinen Henker. Wir sind Arkoniden, die Ihnen helfen wollen. Wir fanden diese Anlage, entdeckten Sie und weckten Sie auf. Fühlen Sie sich stark genug, oder sind Sie noch zu schwach?«

Meschanort hob prüfend das rechte Bein und setzte es entschlossen über den Rand der Wanne auf den Boden. Er schwankte ein wenig, wir mussten ihn stützen, aber dann stand er aufrecht vor uns.

»Dies ist Fartuloon, ich heiße Atlan.« Durch die Ereignisse des vergangenen Tages gewarnt, sagte ich nicht mehr.

Der Vargane sah uns aufmerksamer als bisher an. »Sie nannten meinen Namen, als ich erwachte. Woher kennen Sie ihn?«

Fartuloon übernahm die Antwort: »Wir hatten ein Zusammentreffen mit einem anderen Varganen, der alles über Sie zu wissen schien. Er behauptete, Sie wecken und zur Heimstätte der letzten Varganen bringen zu wollen. Das sei, behauptete er weiter, seine Aufgabe. Von ihm erfuhren wir Ihren Namen.«

Meschanort stützte sich mit den Händen an der Wand ab. Ich bemerkte, dass seine Knie zitterten. »Wie hieß dieser Vargane? Trug er einen tiefblauen Umhang mit dem Zeichen der Dimensionen?«

Mein Lehrmeister nickte verblüfft, und ich erwiderte: »Ja, er trug einen solchen Umhang und nannte sich Magantilliken.«

Der Vargane erlitt einen regelrechten Schwächeanfall, setzte sich auf den Rand der Wanne und starrte uns fassungslos und voller Entsetzen an. Dann stammelte er: »Magantilliken – der Henker der Varganen! Also doch!«

Fartuloon und ich begriffen, dass zwischen seiner ersten Bemerkung und dem jetzt Gesagten ein enger Zusammenhang bestand. Wir wussten plötzlich, dass es noch viele Fragen zu stellen gab und dass Magantilliken zweifellos eine ganz andere Rolle spielte, als er vorgab. Ein Blick in Meschanorts Augen verriet, dass er nicht log.

»Henker der Varganen? Wie meinen Sie das?«, erkundigte sich Fartuloon schließlich. »Er behauptet, die noch lebenden Varganen in die Eisige Sphäre heimführen zu wollen.«

»Ja, die Eisige Sphäre! Sie wurde der Zufluchtsort für viele Varganen, das ist zwar richtig, aber es scheint Gründe dafür zu geben, dass jene, die noch außerhalb dieser Sphäre leben, sterben sollen. Sie zu suchen und zu töten, *das* ist Magantillikens Aufgabe, nicht die Heimführung!«

Ich war geneigt, Meschanort mehr Glauben zu schenken als Magantilliken. Doch bevor ich mich entschied … »Haben Sie je den Namen Ischtar gehört?«

Meschanort warf mir einen merkwürdigen Blick zu, dann nickte er. »Natürlich – jeder Vargane kennt den Namen der letzten Königin! Sie ist das Hauptziel Magantillikens. Wo immer er sie findet, wird er sie sofort töten. Das muss unter allen Umständen verhindert werden!«

»Da sind wir Ihrer Meinung«, stimmte Fartuloon zu, während mir tausend weitere Fragen auf der Zunge brannten. »Aber ich verstehe noch immer nicht, in wessen Auftrag der Henker handelt. Im Auftrag der Varganen in der Eisigen Sphäre – was immer das sein mag?«

»Wahrscheinlich. Sie wollen die außerhalb der Sphäre lebenden Varganen töten – aber ich kann keinen einzigen Grund für diese grausame Maßnahme nennen. Magantilliken jedenfalls wird ihn uns kaum verraten. Ehe Sie fragen: Ich weiß nicht, was genau die Eisige Sphäre ist und wo sie sich befindet – ich war niemals dort.« Meschanort erhob sich plötzlich und legte seine rechte Hand auf meine Schulter. »Atlan, fast hätte ich die wichtigste Frage vergessen: Wo ist Magantilliken jetzt?«

Wir erklärten ihm, was geschehen war und dass der Henker mit einem Gleiter davongeflogen sei, um in wenigen Tontas – es war schon lange nach Mitternacht – zurückzukehren. Meschanort wurde sehr aufgeregt, als er das hörte. »Er kommt, um mich zu töten. Sollte er meine Schlafkammer leer finden, wird er sich euch zuwenden. Nehmt euch vor ihm in Acht, er ist gefährlich. Ihm steht die versunkene Technik dieser Welt zur Verfügung, er weiß mit ihr umzugehen. Flieht, wenn euch euer Leben lieb ist!«

Ich schüttelte den Kopf, Fartuloon tat es ebenfalls. »Wir lassen Sie nicht allein. Wir haben Sie geweckt und ins Leben zurückgerufen. Damit tragen wir die Verantwortung. Gemeinsam werden wir Magantilliken stellen und Aufklärung fordern.«

»Lasst den Unsinn! Flieht, solange es nicht zu spät ist. Früher oder später wird der Henker seinen Auftrag ausführen und mich töten, aber warum solltet auch ihr sterben? Euer Tod wäre sinnlos.«

»Haben Sie Ischtar vergessen? Wir dürfen sie nicht Magantilliken überlassen, ohne den Versuch zu unternehmen, sie zu warnen. Wir glaubten, sie auf Margon zu treffen, aber bisher fanden wir sie nicht. Vielleicht war das ihr Glück.«

Meschanort deutete zur Tür, ging mit keinem Wort darauf ein, dass wir Ischtar kannten. »Wir müssen diese Station verlassen, so schnell wie möglich. Nicht weit von hier gibt es eine weitere. Erreichen wir sie, sind wir vorerst in Sicherheit. Ich weiß, dass dort Waffen verborgen sind, es gibt technische Anlagen, mit denen wir dem Henker das Leben schwer machen können. Verlieren wir keine Zeit mehr.«

Wäre ich in meinem Entschluss noch schwankend gewesen, hätte Fartuloons schnelle Reaktion mich überzeugt. Er nahm Meschanorts Arm, half ihm, die neben der Schlafwanne in einem Kasten bereitliegende goldene Kombination anzuziehen, und führte ihn aus der Station hinaus. Ich folgte den beiden und fragte: »Wie lange haben Sie geschlafen?«

»Welches Jahr schreiben Sie in Ihrem Tai Ark'Tussan?«

»Zehn-vier-achtundneunzig.«

»Hm, dann waren es nur knapp zwei Jahre Ihrer Zeitrechnung. Ich habe mein kleines Raumschiff im Ozean vor der Küste versteckt und desaktiviert, hoffte, dass mich der Henker hier nicht findet.«

Draußen begann es bereits zu dämmern. Ra berichtete, dass sich beim Boot nichts geändert hatte.

»Es ist unmöglich, an Ihr Schiff oder die Gleiter heranzukommen«, versicherte Meschanort auf meinen fragenden Blick hin. »Die Diener des Henkers sind so programmiert, dass sie in Aktion treten, sobald jemand in ihre Nähe kommt. Sie geben sofort Alarm, der Magantilliken warnen würde. Wir nehmen die andere Richtung und marschieren zu Fuß. Es ist nicht sehr weit. Noch vor Tagesanbruch erreichen wir die andere Station. Ich habe einen der Zugänge nur leicht getarnt, wir können ihn in kürzester Zeit freilegen.«

Ich musste die Energie des Varganen bewundern, dessen Entschlossenheit uns förmlich mitriss. »Haben Sie die Gebäude renoviert?«

Er sah sich um und runzelte die Stirn. »Nein! Jemand muss nach mir …«

»Ischtar!«, sagte Ra.

Meschanort sah uns nacheinander an, vor allem mich musterte er lange. »Sie kennen sie, waren sogar einmal Träger einer Schutzaura!«

»Von Ischtar erfuhren wir die Koordinaten dieser Welt«, murmelte ich, obwohl ich den warnenden Blick meines Lehrmeisters bemerkte.

»Verstehe.« Das Gesicht des Varganen blieb unbewegt. »Sie müssen ihr viel bedeuten, Atlan.«

Ich dachte an die gemeinsamen Tontas in ihrem Raumschiff, an das Kind, das sie von mir wollte, an ihre Aussage, als sich in höchster Not der geistige Schockstrahl aktivierte und Sofgart tötete. Ein

Schlag hatte mir die Besinnung geraubt. Irgendetwas zerriss in meinem Innersten. Und plötzlich hatte ich die Stimme Ischtars vernommen: *Das ist ein posthypnotisch verankertes Schutzfeld. Ich will nicht, dass du stirbst. Im Falle akuter Lebensgefahr bündelt sich deine Geistesenergie zu einem psionischen Schockstrahl, der deinen Gegner vernichtet. Mehr kann ich für dich nicht tun. Fortan bist wieder ganz auf dich allein angewiesen. Auch deine Feinde erkennen dich wieder als Kristallprinzen von Arkon. In diesem Augenblick erlischt deine Schutzaura. Du musst kämpfen, wenn du nicht sterben willst. Ich denke an dich, Atlan, denn ich liebe dich!*

Ich glaubte ihre Augen vor mir zu sehen. Augen, die mir wie unergründliche Bergseen erschienen, in denen ich zu versinken drohte. Leichter Schwindel erfasste mich, in mir hallten ihre Worte nach: »*Wenn ich dir gefalle, gibt es kein Aber. Glaube mir, ich kann dich glücklich machen. Ich weiß mehr von der Liebe, als du dir vorstellen kannst. Wir werden einen Sohn zeugen, der das Erbgut der Varganen in die ferne Zukunft weiterträgt. Atlan, ich kenne das Geheimnis des* ewigen Lebens, *und ich werde es unserem Sohn übermitteln. Er wird* Chapat *heißen.*«

Und später: »*Folge der Spur des Kometen Glaathan, dann wirst du den Vorsprung deiner Gegner wettmachen, Atlan! Ich hoffe sehr, dass wir uns unter einem besseren Stern noch einmal begegnen. Vermutlich wirst du deinem – unserem – Sohn erst in ferner Zukunft begegnen und dann Entscheidungen treffen müssen, die dir sehr schwer fallen. Dann denke immer daran, dass Chapat das Produkt unserer Liebe ist! Und nun, verlasse mein Schiff, Geliebter! Meine Roboter haben inzwischen das Beiboot repariert. Viel Glück auf allen deinen Wegen, Atlan!*«

*Und nun die posthypnotisch gespeicherten Koordinaten dieser Welt*, durchfuhr es mich. *Es scheint so, als habe sie mir abermals helfen wollen – mit den technischen Hinterlassenschaften dieser Versunkenen Welt der Varganen.*

Fröstelnd schüttelte ich die vom fotografischen Gedächtnis exakt reproduzierten Szenen ab. Wir packten unsere Sachen zusammen und folgten dem Varganen. Das Gelände war in der sich aufhellenden Morgendämmerung gut zu übersehen. Nach einiger Zeit wurde der Wald lichter, das Gras spärlicher und machte schließlich nacktem Fels Platz. Als wir die Hügel überquert hatten, war der vom Schutt befreite Gebäudekomplex endgültig unseren Blicken entschwunden. Es wurde heller, von der Luft aus waren wir leicht zu entdecken. Hinzu kam, dass Magantilliken über technische Mittel verfügte, mit denen er uns bald aufspüren konnte.

Ich begann plötzlich daran zu zweifeln, dass wir richtig gehandelt hatten. Immerhin war der Vargane, den Meschanort den Henker nannte, relativ höflich zu uns gewesen. Zwar war mir klar, dass er uns brauchte, aber er konnte vielleicht unsere Hilfe für überflüssig erachten, handelten wir gegen seine Anordnungen. Einen Augenblick später schämte ich mich meiner Unentschlossenheit. Fartuloon und ich waren schon in aussichtsloseren Situationen gewesen und nicht vom Glück verlassen worden. Meschanort war auf unserer Seite, er wirkte nicht wie ein Feigling. Und was Ra anging, so würde er bedenkenlos sein Leben opfern, um Ischtar zu retten.

Wir erreichten einen runden Talkessel, der von nicht sehr hohen Felswänden umgeben war. Der Boden war ziemlich eben, nur in der Mitte fielen mir einige Unregelmäßigkeiten auf. Darunter musste sich die Station befinden, von der Meschanort gesprochen hatte. Inzwischen war die Sonne höher gestiegen, aber bisher hatten wir noch nichts von einer Verfolgung bemerkt. Ich hoffte, das Magantilliken mit anderen Dingen beschäftigt war und keine Zeit gefunden hatte, sich um uns zu kümmern. Meschanort deutete auf einen kleineren Schutthügel. »Dort ist ein Nebeneingang. Wir brauchen nur die Steine beiseite zu räumen. Es ist durchaus möglich, dass wir in der Station Verbindung zu Magantilliken aufnehmen können.«

»Glauben Sie, er verhandelt mit Ihnen? Kann er seinem Auftrag zuwiderhandeln?«

»Nein, das kann und wird er nicht.« Der Vargane begann damit, den Eingang freizulegen. Wir halfen ihm. »Aber er wird versuchen, Zeit zu gewinnen. Mein Tod bedeutet ihm nichts, aber Ihr Leben bedeutet ihm eine ganze Menge, denn Sie können ihn vielleicht zu Ischtar führen. Deshalb wird er mit uns verhandeln.«

Das klang logisch und gab uns eine gewisse Sicherheit. Wir nützten dem Henker nur, wenn wir lebten. Tot waren wir wertlos. Meschanort leider nicht. Sein Tod gehörte zum Auftrag des Henkers.

Der Eingang entpuppte sich als zerkratzte Metallplatte, die einen uralten Eindruck machte. Trotzdem ließ sie sich leicht öffnen. Wenig später stiegen wir über halb verfallene Stufen in die Tiefe, nachdem wir den Eingang wieder verschlossen hatten. Zur Tarnung fehlte uns allerdings die Möglichkeit. Als ich Meschanort darauf aufmerksam machte, winkte er ab. »Der Henker weiß längst, wo wir uns befinden. Das Signalsystem, das alle Stationen verbindet, wurde beim Eindringen automatisch ausgelöst. Magantilliken wird sich melden, wenn er es für richtig hält. Bis dahin aber haben wir Zeit, uns zu bewaffnen.«

Ich machte mir Sorgen um die FARNATHIA. Magantilliken konnte sie als Druckmittel einsetzen, denn sie befand sich praktisch in seiner Gewalt. Wir brauchten unsere Lampen nicht, denn überall flammte automatisch das Licht auf. Meschanort führte uns in tadellos erhaltene Lagerräume, in denen alles vorhanden war, was eine moderne Technik im Kampf gegen den Feind einsetzen konnte. Nur ließ sich im Augenblick nicht viel damit anfangen. Immerhin schien es den Varganen zu beruhigen, dass er sich mit Handwaffen ausrüsten konnte. In einer riesigen Kontrollzentrale deutete er auf die Sessel, die an einer instrumentenfreien Wand standen.

»Setzt euch, denn mehr ist im Augenblick nicht zu tun. Vielleicht kann ich feststellen, ob sich auf Margon weitere Schläfer befinden, die von dem Henker nicht entdeckt und getötet wurden. Wenn wir Glück haben, ist auch Ischtar dabei.«

Das allerdings glaubte ich nicht, denn warum sollte sie jetzt schlafen? Andererseits hatten wir sie schlafend an Bord ihres Raumers gefunden. Aber ich gab keinen Kommentar, warf Fartuloon und Ra nur einen bezeichnenden Blick zu und setzte mich. Wir waren alle müde und erschöpft, denn in der vergangenen Nacht hatte keiner von uns ein Auge zugemacht. Meschanort wanderte von Schaltpult zu Schaltpult, probierte ohne sichtbaren Erfolg einige Kontrollen aus und musterte schließlich die Bildschirme, die mir schon beim Betreten der Halle aufgefallen waren. Einige von ihnen leuchteten plötzlich auf und zeigten das Innere anderer Stationen und überwucherte Oberflächenlandschaften. Einer der großen Schirme leuchtete zwar auf, zeigte aber kein Bild. Meschanort deutete auf ihn und sagte: »Die Verbindung ist auf Empfang geschaltet. Der Henker wird sich melden. Bleibt hier, ich kümmere mich um unsere künftige Armee.«

»Um – was?«, vergewisserte sich Fartuloon, der wohl annahm, sich verhört zu haben.

Meschanort lächelte grimmig. »Auch der Henker hat seine Armee und seine Diener. *Unsere Helfer* warten in den Lagerräumen auf ihren Einsatz. Ich werde sie neu programmieren und aktivieren. Es handelt sich ausschließlich um Roboter, nicht um Androiden. Ich bin bald zurück.«

Er verschwand in einem der Gänge. Fartuloon sah mich lange an, ehe er sagte: »Ich fürchte, wir stehen auf der Seite des Verlierers. Wenn sich Magantilliken meldet, müssen wir sehr diplomatisch vorgehen. Sei bitte nicht wieder so unvorsichtig. Ischtar ist ein guter Trumpf in unserer Hand, aber wir kennen die Motive des so genannten Henkers und seiner Auftraggeber nicht. Bevor das nicht der Fall ist, sollten wir uns kein Urteil über ihn erlauben.«

»Aber er will auch Ischtar töten«, warf Ra ungehalten ein. »Solange er das will, ist er mein Feind.«

»Seid trotzdem zurückhaltend, um Meschanort nicht zu schaden. Noch stehen wir zwischen den beiden Fronten.«

Ein plötzliches Flackern, das ich aus den Augenwinkeln wahrnahm, lenkte meine Aufmerksamkeit von der Unterhaltung ab. Der große Bildschirm zeigte nun klar und deutlich Magantillikens Gesicht. Im nächsten Moment kam seine Stimme aus einem verborgenen Lautsprecher. »Sie sind mir zuvorgekommen, als Sie Meschanort weckten. Das wäre eigentlich meine Aufgabe gewesen, aber ich verzeihe Ihre Neugier. Allerdings haben Sie sich selbst damit in eine unangenehme Lage gebracht, denn er ist wahnsinnig. Er glaubt, ich sei dazu berufen, ihn zu töten, was natürlich unsinnig ist. Doch ich kann ihn nicht vom Gegenteil überzeugen, wahrscheinlich wird sich seine Befürchtung bewahrheiten, sollte er den Kampf gegen mich beginnen. Verhalten Sie sich neutral! Ich verlange nicht von Ihnen, ihn in Ihre Gewalt zu bringen, aber ich bitte Sie, nicht am Kampf teilzunehmen, es sei denn, meine Diener greifen Sie an.«

Fartuloon stand auf und näherte sich dem Bildschirm. »Haben Sie alles gehört, was wir sprachen? Brauchen wir Ihnen keine Erklärungen zu geben?«

»Sie wären überflüssig. Ich weiß, was auf dieser Welt geschieht, nichts bleibt mir verborgen. Meschanort aktiviert die Roboter, um sie gegen mich in den Kampf zu schicken. Er ist davon überzeugt, dass ich der Henker bin, und wenn er schon sterben soll, will er auch als Held sterben. Ich kann ihn nicht daran hindern. Aber ich warne Sie, Arkoniden! Kämpfen Sie nur dann, wenn Sie dazu gezwungen sind. Das ist alles, was ich von Ihnen verlange.«

Das klang fair, musste ich zugeben. Aber Fartuloon blieb misstrauisch. »Was ist mit unserem Schiff? Gestatten Sie uns wenigstens die Funkverbindung!«

»Das lässt sich machen, allerdings erst im Verlauf des Tages. Versuchen Sie es in regelmäßigen Abständen. Ich werde dafür sorgen, dass die Neutralisation zeitweise aufgehoben wird. Sie werden verstehen, dass ich mich schützen muss. Meschanort hat die Roboter in Marsch gesetzt, ich muss mich darum kümmern. Denken Sie an meine Ratschläge.«

Ich sah Fartuloon an, der zu uns zurückkehrte und sich setzte. »Sehr diplomatisch«, lobte ich. »Aber er weiß es, denn er hört jedes Wort, das wir wechseln, auch jetzt. Doch welche Rolle spielt das schon? Er sucht Ischtar, wir suchen den Stein der Weisen. Ich beginne zu glauben, dass wir uns gegenseitig von Nutzen sein können.«

»Du willst Ischtar gegen den Stein der Weisen eintauschen?«, rief Ra zornig. »Das lasse ich nicht zu!«

Ich warf ihm einen warnenden Blick zu und erwiderte: »Von einem Tausch kann nicht die Rede sein, denn wir wissen nicht einmal, wo Ischtar sich aufhält. Und noch viel weniger wissen wir, ob Magantilliken je vom Stein der Weisen gehört hat. Aber sollte das der Fall sein, wird er es uns vielleicht verraten.«

Ra schwieg verbissen. Auch Fartuloon sagte nichts, denn soeben kehrte Meschanort in die Kontrollhalle zurück und näherte sich uns mit zufriedenem Gesicht. Ich versuchte, an ihm Spuren des Wahnsinns zu entdecken, jedoch ohne Erfolg. Er wirkte sympathisch und Vertrauen erweckend. »Die Roboter sind aktiviert und in Marsch gesetzt, Freunde. Sie werden dem Henker eine Menge Ärger verursachen. Damit rette ich hoffentlich vielen Varganen das Leben – oder ich schiebe zumindest ihren Tod hinaus. Mehr kann ich nicht tun.«

Fartuloon ergriff vor mir das Wort: »Magantilliken hat sich gemeldet und zu uns gesprochen. Er hat erklärt, dass Ihr Verstand verwirrt sei. Er selbst sei kein Henker, eine solche Beschuldigung sei unsinnig. Weiter bat er uns, in dem bevorstehenden Kampf neutral zu bleiben, soweit das möglich ist. Sie werden zugeben müssen, Meschanort, dass wir vor einer schweren Entscheidung stehen, denn Magantilliken ist Ihnen gegenüber im Vorteil, auf der anderen Seite haben wir Sie geweckt, und Sie sind uns sympathisch. Wozu raten Sie uns?«

Diese Frage hielt ich für absolut überflüssig, denn wir würden darauf niemals eine objektive Antwort erhalten. Es schien aber eine Eigenschaft des varganischen Charakters zu sein, jede subjektive Beurteilung auszuschalten. »Sie haben mehr Vorteile, wenn Sie den Rat des Henkers befolgen. Ich weiß, dass ich vermutlich auf verlorenem Posten kämpfe, aber das ist besser, als aufgeweckt zu werden und sofort sterben zu müssen; wehrlos und von der Hand des Henkers. Darum bin ich Ihnen dankbar. Auch dann, wenn Sie neutral bleiben und mir nicht helfen. Ich fechte meinen Kampf aus, obwohl das Ergebnis schon jetzt festzustehen scheint. Ich bin kein Krieger. Sollten Sie jemals Ischtar begegnen, warnen Sie sie vor Magantilliken, mehr verlange ich nicht.«

Seine Reaktion war für mich eine ungemeine Erleichterung. Meine Gewissensbisse schwanden, die Sympathie für ihn stieg. »Gibt es nichts, was wir für Sie tun können?«

»Ich sagte es bereits: Warnen Sie Ischtar. Das ist alles.«

Auf einem der Bildschirme erschienen nun arkonoid konstruierte Kampfroboter. Sie trugen Energie- und andere Waffen und schienen darauf programmiert zu sein, die Station anzugreifen, in der Meschanort geschlafen hatte. Ein anderer Bildschirm zeigte Gleiter, die vom Himmel stürzten, landeten und zahlreiche Androiden ausspuckten, die sofort die Roboter angriffen. Diese wiederum waren besser bewaffnet und vernichteten mehr als die Hälfte ihrer Angreifer. Die überlebenden Androiden wichen in das unübersichtliche Gelände aus, da ihre Gleiter von den Robotern zerstört oder umstellt worden waren, und setzten ihren Vormarsch auf unsere Station fort. Dann erschien über der Szene ein flaches Flugboot und eröffnete ein verheerendes Feuer auf die Roboter, die von dem plötzlichen Angriff überrascht wurden. Sie wehrten sich mit allen zur Verfügung stehenden Mitteln, erlitten jedoch empfindliche Verluste, ehe es ihnen endlich gelang, den Kampfgleiter zu zerstören.

Meschanort hatte sich während der Kämpfe jeden Kommentars enthalten, nun aber sagte er: »Ich muss noch mehr Roboter aktivieren. Ihnen rate ich, sich auf die Verteidigung vorzubereiten. Die Androiden werden eindringen, ihr Auftrag lautet: Tod allem, was lebendig ist!«

Er ging, ohne eine Erwiderung abzuwarten. Ra, der inzwischen mit seinem Minikom versucht hatte, die FARNATHIA zu erreichen, rief aufgeregt: »Kontakt, Atlan! Es ist Morvoner! Er meldet sich!«

Also hatte Magantilliken sein Wort gehalten. Ich übernahm und antwortete. Es war wirklich Morvoner. »Hier Sprangk. FARNATHIA! Die Funkverbindung war unterbrochen.«

Ich schilderte in aller Kürze, was vorgefallen war. Dann fügte ich hinzu: »Ihr bleibt in der Umlaufbahn, was immer auch geschieht. Wir befinden uns nicht in unmittelbarer Lebensgefahr, viele Dinge sind noch ungeklärt. Haltet Funkkontakt, solange es möglich ist. Vielleicht wird Magantilliken euch wieder neutralisieren. Nicht unüberlegt handeln! Wir melden uns wieder.«

Aber Morvoner, der alte Soldat, war damit nicht zufrieden. »Sollen wir nicht versuchen, in die Kämpfe einzugreifen? Wir könnten einige unserer Kampfroboter absetzen und …«

»Nein!«, unterbrach ich ihn entschlossen. »Auf keinen Fall! Wir bleiben neutral, vorerst wenigstens. Im Augenblick ist Magantilliken mächtiger als wir.«

»Na schön«, knurrte Morvoner. »Ich bleibe auf Empfang.«

Fartuloon drängte: »Wir sollten den Standort wechseln. Entweder stellen wir die Androiden auf der Oberfläche, oder wir versuchen, weiter in die Station einzudringen. Meschanort behauptet, sie habe Verbindung zu anderen Stationen, in denen wir sicher sind. Kommt, wir haben keine Zeit zu verlieren.«

»Und Meschanort? Sollen wir ihn wirklich …?«

»Siehst du eine andere Möglichkeit? Es geht jetzt nur noch um uns und unser Leben. Wir können nichts anderes tun, als das Ergebnis des Kampfes zwischen den beiden Varganen abzuwarten. Magantilliken wird sich schon wieder melden.«

Ra und ich sahen ein, dass wir keine andere Wahl hatten, als Fartuloons Rat zu befolgen. Die Verbindung zur FARNATHIA war wieder unterbrochen. Magantilliken schien uns nur gelegentlich Gespräche erlauben zu wollen, um uns zu beweisen, dass dem Schiff nichts geschehen war und die Besatzung noch lebte. Wir durchquerten mehrere Maschinen- und Kontrollräume, ohne jemandem zu begegnen. Lifte brachten uns in die Tiefe, wo weitere Anlagen und endlose Korridore in alle Richtungen führten. Fartuloon hetzte uns weiter, bis wir einen kleineren Raum entdeckten, in dem es keinerlei technische Einrichtungen gab. Er setzte sich einfach auf den glatten Metallboden. »Pause!«, schlug er vor. »Nehmt

Platz. Ich glaube, dass wir hier sprechen können, ohne dass Magantilliken uns hört. Wir brauchen nun keine Rücksicht mehr zu nehmen. Ra, schalte den Minikom aus! Also, Atlan … was meinst du?«

»Hast du deine Meinung geändert? Ich bin noch immer dafür, neutral zu bleiben.«

»Nein, wir werden nur so tun! Ich denke, dass Meschanort nicht gelogen hat. Magantilliken handelt im Auftrag jener Varganen, die in der Eisigen Sphäre leben und wollen, dass alle anderen getötet werden. Obwohl es mir widerstrebt, müssen wir Meschanort opfern. Sein Kampf ist ein anderer als der unsere. Er führt den Krieg gegen den Henker mit Waffen, wir müssen ihn mit List ausfechten. Unser Gegner ist stärker als wir. Versuchen wir wenigstens, auf die Dauer klüger und intelligenter zu sein. Nur so erreichen wir unser Ziel!«

»Und wenn er unsere wahren Absichten erfährt?«

»Das müssen wir verhindern. Sobald wir diesen Raum verlassen, sprechen wir nicht mehr darüber, und wenn wir reden, dann im Sinn Magantillikens. Vergesst das nicht.«

Ich war nicht sonderlich davon überzeugt, dass wir mit dieser List durchkamen. Immerhin aber wusste ich nun, dass auch Fartuloon Meschanort mehr glaubte. Umso bedrückender war die Aussicht, Letzterem nicht helfen zu dürfen. Wir gingen weiter. Zum Glück arbeiteten die Messinstrumente unserer Kampfanzüge tadellos. So konnten wir feststellen, wie tief wir uns unter der Oberfläche befanden und in welche Richtung wir uns bewegten. Auch die Gruppe der in die Station eingedrungenen Androiden bemerkten wir rechtzeitig.

»Es ist, als könnten sie uns wittern«, knurrte Ra. »Sie folgen uns unbeirrt, nehmen offenbar sogar Abkürzungen, die wir nicht einmal bemerkt haben. Früher oder später holen sie uns ein.«

»Sie haben uns bereits den Weg abgeschnitten.« Fartuloon beschäftigte sich mit seinem *Skarg*. »Sollen sie kommen, wir haben die Erlaubnis, uns zur Wehr zu setzen, und das werden wir auch. Kommt weiter, hier ist nicht der rechte Ort, einen Kampf auszufechten.«

Die Streuemissionen der Androiden und ihrer Waffen waren stark genug, um von den Geräten registriert zu werden. Je näher wir ihnen kamen, desto intensiver wurde diese Strahlung. Schlugen wir einen anderen Weg ein, folgten sie uns sofort. Also besaßen auch die Androiden die Möglichkeit, uns aufzuspüren, oder Magantilliken leitete sie.

Endlich erreichten wir einen fünfzig Meter unter der Oberfläche gelegenen Maschinensaal mit riesigen Aggregaten, deren Bedeutung uns verborgen blieb. Es gab Dutzende von Gängen zwischen den hausgroßen Metallblöcken, die eine ausgezeichnete Deckung boten. Geräte, Roboter, Waffen und was es sonst noch in den Stationen geben mochte – mehr denn je war ich davon überzeugt, dass Ischtar mir genau deshalb die Koordinaten von Margon mitgeteilt hatte. Mein Extrasinn bestätigte raunend: *Diese Ansammlung varganischer Technik würde euch im Kampf gegen Orbanaschol ohne Zweifel sehr helfen!*

»Ich denke, hier bleiben wir«, murmelte Fartuloon und kontrollierte abermals die Einstellungen am Griff des Dagorschwerts. »Mal sehen, ob der neue Kleinprojektor hält, was seine Konstrukteure versprochen haben …«

Wurden wir von den Androiden zum Kampf gefordert, war dies ohne Frage ein günstiger Ort. Wir konnten uns verteilen und die Verfolger in die Zange nehmen, ohne uns eine Blöße geben zu müssen. Die Instrumente zeigten an, dass die Gegner weiter in unsere Richtung vorrückten. Wir bezogen unsere Stellungen und warteten. Ich war gespannt, auf welche Art Fartuloon diesmal sein *Skarg* einsetzen würde. Obwohl die Waffe wie ein ganz normales Schwert aussah, besaß sie bemerkenswerte Eigenschaften. Im Griff war eine leistungsstarke Speicherzelle eingebaut, die die für die Zusatzfunktionen notwendige Energie lieferte. Ich hatte das *Skarg* Stahlwände und Schutzfelder durchschneiden sehen. Ra lag schräg neben mir hinter einem Generatorblock, den Kombistrahler entsichert vor sich. Er starrte unentwegt auf den Gang, durch den die Androiden kommen mussten. Auch ich hatte meine Waffe entsichert, auf Desintegratorwirkung geschaltet und nicht die Absicht, das »Leben« der halborganischen Wesen zu schonen.

Und dann kamen sie. Sie quollen förmlich in den Raum und überschwemmten die Saalgänge, ehe wir das Feuer eröffnen konnten. Fartuloon erhob sich halb, so dass sie ihn sehen konnten. »Kehrt um!«, rief er ihnen entgegen. »Wir haben nichts mit dem Privatkrieg zwischen Magantilliken und Meschanort zu tun und sind neutral! Aber wir werden euch vernichten, wenn ihr angreift! Verschwindet!«

Zu meinem Erstaunen gab es bei den Androiden tatsächlich so etwas wie Verblüffung, obwohl sie uns hier in diesem Saal geortet haben mussten. Es dauerte fast eine Weile, ehe sie seitlich in Deckung glitten und dann mit sämtlichen zur Verfügung stehenden Waffen das Feuer auf Fartuloon eröffneten, der längst wieder in Deckung lag und langsam sein Schwert vorschob. Die erste Salve zerstörte einen Teil der Einrichtung. Als ich die eintretende Feuerpause zu einem Gegenangriff nutzen wollte, kam mir der Bauchaufschneider zuvor. Er sprang auf, streckte sein Schwert aus und drückte auf einen verborgenen Knopf am Griff.

Von überall her, selbst aus den nicht einzusehenden Verstecken, schwebten die Androiden mit vehementer Geschwindigkeit in die Höhe. Sie stiegen mit unglaublicher Beschleunigung senkrecht nach oben, bis sie mit voller Wucht gegen die Felsendecke dreißig Meter über uns prallten. Sie unterlagen nach dem Aufprall sofort wieder der Schwerkraft und stürzten in die Tiefe.

Fartuloons Anblick faszinierte mich. Er stand da, das *Skarg* vorgestreckt, und wirkte trotz seiner beachtlichen Leibesfülle wie einer der Heroen. Ein Grinsen überzog sein Gesicht, als die Androiden auf den Boden krachten, dann drehte er sich um und ließ das Schwert sinken. »Das erspart uns eine Menge Arbeit«, stellte er trocken fest. »Ihr könnt aufstehen, Freunde. Der nächste Trupp ist noch weit entfernt. Leider erschöpft sich die Speicherzelle des Antigravprojektors ziemlich schnell; da werde ich noch dran arbeiten müssen.«

Wir kamen aus der Deckung. Keines der künstlich erschaffenen Wesen regte sich mehr. Fartuloon hatte sie alle außer Gefecht gesetzt. Allerdings waren auch einige Maschinenanlagen zerstört worden. Aus einem verborgenen Lautsprecher drang Magantillikens Stimme: »Gut gemacht, Arkoniden! Ich weiß, ihr verfügt über ausgezeichnete Waffen. Aber nun geht nicht mehr weiter. Bleibt, wo ihr jetzt seid.«

Wir stellten eine Frage, erhielten aber keine Antwort. Fartuloon, der das *Skarg* wieder in die Scheide gesteckt hatte, sagte rau: »Er muss ungemein mit Meschanort beschäftigt sein und hat keine Zeit für uns. Eine gute Gelegenheit, weiterzugehen.«

»Aber er hat uns gewarnt«, gab Ra zu bedenken.

»Eben deshalb müssen wir ja weitergehen. Vermutlich befindet sich in Nähe die Kontrollstation für Roboter und andere Kampfmittel. Das sehen wir uns an!«

Fartuloon sprach mir aus dem Herzen, obwohl auch ich Bedenken hatte. Aber Bedenken hin, Bedenken her, wir konnten nicht hier warten oder gar an die Oberfläche zurückkehren, solange der Kampf zwischen den beiden Varganen nicht entschieden war. Wir folgten Fartuloon.

Wir fanden ein Laufband, das allerdings nicht funktionierte. Unsere Messinstrumente besagten jedoch, dass es genau in die Richtung führte, aus der eine starke Streustrahlung kam.

»Worauf warten wir?«, erkundigte sich Fartuloon.

»Mit Neutralität hat das aber nichts zu tun«, machte ich ihn aufmerksam.

Auch Ra zog ein bedenkliches Gesicht. »Wenn Magantilliken uns das übel nimmt, war die Verweigerung der Hilfe für Meschanort vergeblich.«

»Der Henker hat jetzt keine Zeit für uns«, versicherte Fartuloon. »Ich glaube, dass wir nun lange genug die Braven gespielt haben. Um es geradeheraus zu sagen: Ich bin es leid, eine Garrabofigur in einem undurchsichtigen Spiel zu sein!«

Ich war das schon lange leid, aber gerade Fartuloon war es gewesen, der mich und Ra immer wieder zur Vorsicht gemahnt hatte. Ich fragte mich, was ihn zur Änderung seiner Taktik bewogen hatte, wagte es aber nicht, diese Frage laut zu stellen. Das Laufband hatte eine unendlich erscheinende Länge, aber endlich erreichten wir nach fast zwei Tontas eine Verteilerstation, von der aus Gänge in alle Richtungen führten. Wieder halfen uns die Instrumente. »Der mittlere«, stellte ich fest. »Größte Intensität!«

Obwohl ich eine Warnung des Henkers erwartete, erfolgte keine. Fartuloon schien mit seiner Vermutung, dass er genug mit Meschanort zu tun hatte, Recht zu behalten. Jedenfalls erreichten wir nach einiger Zeit eine Metalltür, die wir mühelos öffnen konnten. Dahinter lag eine Kontrollstation, deren Zweck uns allerdings im ersten Augenblick nicht klar wurde.

Erst nach eingehender Untersuchung fasste Fartuloon zusammen, indem er seine und meine Erkenntnisse kombinierte: »Die Zentralkontrollstelle der Abwehr Margons! Ich wundere mich nur, dass Magantilliken seine Schlacht nicht von hier aus schlägt. Wir sind jetzt in der Lage, Meschanort entscheidend beizustehen. Wir könnten sogar Magantilliken erheblichen Schaden zufügen, obwohl uns nicht alle Kontrollen vertraut sind. Zum Glück jedoch ähnelt das Prinzip unserer eigenen Technik. Meine Frage an euch lautet: Wie entscheiden wir uns? Bleiben wir neutral, oder ergreifen wir endlich die Initiative?«

»Und die FARNATHIA?«, fragte ich besorgt.

Fartuloon winkte ab. »Mit dieser Kontrollstation haben wir einen Trumpf in den Händen, den wir bald ausspielen sollten. Vielleicht wird das Neutralisationsfeld sogar von hier aus gesteuert.«

»Das müssten wir genau wissen«, sagte ich unentschlossen.

Ra blieb erstaunlich sachlich und praktisch. »Dort sind Bildschirme. Wir sollten sie aktivieren und versuchen, den Ereignissen zu folgen. Wir wissen nicht, was geschieht. Vielleicht hat Meschanort die Schlacht bereits gewonnen …«

»Kaum«, gab Fartuloon zurück. »Aber wenn wir ihm helfen, wäre das vielleicht möglich. Ich bin zuversichtlicher als noch vor wenigen Tontas.«

Ich war es allerdings nicht, aber zum Glück – oder Unglück – wurde ich einer Antwort enthoben. Magantilliken meldete sich: »Sie machen einen großen Fehler! Verlasst die Kontrollzentrale. Sie hat keinen Wert für euch. Nehmt den noch intakten Lift, der euch zur Oberfläche bringt. Bleibt dort, bis ich mit Meschanort fertig bin. Es kann nicht mehr lange dauern.«

»Hören Sie zu!«, rief ich, ehe er wieder abschalten konnte. »Sie können unsere weitere Neutralität nur dadurch erreichen, dass Sie uns sofort zu unserem Schiff zurückkehren lassen. Wir sind bereit, Sie an Bord zu empfangen und mit Ihnen zu verhandeln. Es gibt keinen anderen Kompromiss.«

»Abgelehnt! Ihr tut, was ich euch sage, oder ihr werdet diesen Planeten nicht mehr lebend verlassen. Euer Schiff wird zerstört werden. Also – entscheidet euch, aber schnell!«

»Und Ischtar?«, fragte ich wütend. »Sie wollen sie doch finden? Nur wir können Ihnen dabei helfen.«

»Das werdet ihr auch«, erwiderte er und verstummte.

Fartuloon sagte wenig später, als wir noch unentschlossen herumstanden: »Du hast die Höflichkeit vermissen lassen, die wir vereinbarten. Er wird es sich merken.«

»Soll er doch!«, rief ich, immer noch aufgebracht. »Los, kümmern wir uns eingehender um diese Station. Der Henker legt Wert darauf, dass wir sie verlassen, also ist sie wichtig, vielleicht sogar entscheidend. Schade nur, dass wir keine Verbindung zu Meschanort haben. Er könnte uns helfen.«

»Wir haben ihm auch nicht geholfen«, warf Ra ein.

Das stimmte. Unser Entschluss, auf der Seite des geweckten Schläfers einzugreifen, kam vermutlich zu spät. Wir verloren keine überflüssigen Worte mehr. Fartuloon gelang es nach kurzer Zeit, einige der Beobachtungsschirme zu aktivieren, so dass wir die Oberfläche sehen konnten. Es gab Kämpfe zwischen Robotern und Androiden, sogar Flugpanzer griffen in die Auseinandersetzungen ein, aber kein einziges wirklich lebendes Wesen. Eine Materialschlacht im wahrsten Sinne des Wortes. Von Meschanort entdeckten wir nicht die geringste Spur.

»Wir müssen Magantillikens Armee ausschalten«, murmelte Fartuloon. »Dann ist er erledigt.«

Das war leichter gesagt als getan. Zwar konnten wir nach einiger Zeit die Geschehnisse auf der Oberfläche und in einigen Stationen optisch verfolgen, aber keinen Einfluss auf ihren Verlauf nehmen. Es gab uns jedoch zu denken, dass Magantilliken so großen Wert darauf legte, dass wir uns aus der Kontrollstation entfernten. Es musste also in ihr noch etwas geben, was äußerst wichtig war. Aber was? Es war Ra, der durch Zufall die Antwort fand. Während Fartuloon und ich systematisch eine zweite Durchprüfung der Gesamtanlage vornahmen, lehnte er lässig an einer Schalttafel, über der zwölf Bildschirme angebracht waren. Auf ihnen tobten die Kämpfe zwischen den Robotern und den Androiden. Ra bewegte den Arm und drückte dabei einen Hebel nach unten. Die Androiden waren mitten im Gefecht zur Bewegungslosigkeit erstarrt und ließen sich widerstandslos von den angreifenden Robotern Meschanorts vernichten. *Ra hat die Androiden desaktiviert!*

Er deutete auf den Hebel. Fartuloon überzeugte sich von der Richtigkeit der Funktion, indem er die Androiden noch einmal erwachen ließ, dann klopfte er Ra anerkennend auf die Schulter. »Gut gemacht! Jetzt haben wir den Henker.«

Leider war unsere Freude nur von kurzer Dauer. Magantilliken meldete sich über die Nachrichtenanlage: »Ich sehe, dass Sie die Station noch nicht verlassen haben. In genau zwei Zentitontas Ihrer Zeit können Sie Verbindung zu dem Kugelraumer aufnehmen.

Danach entscheidet euch endgültig, auf welcher Seite ihr zu stehen gedenkt. Ich melde mich wieder.«

Das war alles, aber es genügte, unsere Stimmung erheblich zu dämpfen. Wir schalteten die Minikome ein und warteten, bis die genannte Zeit vergangen war. Dann rief ich die FARNATHIA. Morvoner meldete sich sofort, und ehe ich eine Frage stellen konnte, sprudelte es aus ihm heraus: »Dieser Magantilliken hat Kontakt mit uns aufgenommen und mit sofortiger Vernichtung gedroht, solltet ihr nicht auf seine Forderungen eingehen. Zum Beweis seiner Absichten hat er eine Energiewolke angekündigt, die auch prompt angemessen werden konnte. Sie nähert sich der FARNATHIA, die nicht mehr manövrierfähig ist. Wir sind verloren, sofern sie nicht verschwindet. Es gibt kein Gegenmittel, die Schutzschirme lassen sich nicht aufbauen. Wir haben exakte Messungen vorliegen …«

»Manövrierunfähig? Was heißt das?«

»Alles wird neutralisiert! Ihr müsst etwas unternehmen. Sogar die Klimaanlage ist ausgefallen. Wir sitzen in einer perfekten Falle.«

»Die Beiboote …«

»Sind ebenfalls ohne Funktion.«

Ich sah Fartuloon an, dessen Gesicht nicht mehr so zuversichtlich aussah. Er zuckte die Achseln, ratlos und resignierend. Der Henker hatte uns in der Hand. Ich entschloss mich zum Nachgeben. »Gut, wir tun, was Magantilliken von uns verlangt. Es bleibt uns nichts anderes übrig. Aber du versuchst, mit uns unter allen Umständen in Verbindung zu bleiben.«

»Wenn es möglich ist – natürlich.«

Wir hatten keine Zeit mehr, über unsere Lage zu diskutieren, denn Magantilliken meldete sich: »Ihr Entschluss ist weise. Sie werden sehen, dass ich mein Wort halte. Sie können dort bleiben, wo Sie jetzt sind, sofern Sie die Finger von den Kontrollen lassen. Der Kampf mit Meschanort ist noch nicht zu Ende. Schiebt den Hebel der Androidensteuerung wieder in seine Ausgangsstellung zurück.«

Fartuloon fragte: »Wohin sollten wir gehen?«

»Ich blockiere zur Sicherheit die Ausgänge. Verfolgt den Kampf über die Bildschirme!«

Stille. Ringsum schlossen sich die Schotten der Ausgänge. Wir waren gefangen. Es gab noch einmal Kontakt mit der FARNATHIA. Morvoner bestätigte, dass sich die Energiewolke zurückgezogen habe, aber dem Schiff in großem Abstand folge. Die Lebenserhaltungssysteme an Bord arbeiteten wieder einwandfrei. Im Augenblick bestand keine Gefahr mehr für die Besatzung. Dann wurde die Funkverbindung endgültig unterbrochen.

## 3.

Meschanort: *Der Vargane unterdrückte seine Enttäuschung über das Verhalten seiner drei neuen Freunde, die unter dem Druck der Ereignisse zur Gegenseite überwechselten. Er hatte es ihnen selbst geraten, also wollte er ihnen auch keinen Vorwurf machen. Aber nun musste er seine ganze Konzentration einsetzen, um den Anschlägen des Henkers zu entgehen. Meschanort hatte nicht die geringste Ahnung, warum er und die anderen überlebenden Varganen sterben mussten. Er wusste nur, dass Magantilliken der Henker war. Ein Henker, der über alle nur denkbaren Vollmachten und Machtmittel verfügte.*

*Die Androiden griffen erneut an und dezimierten seine Armee der Roboter. Aber zum Glück gab es noch mehr Kampfmittel, und er kannte sie. Da fast alle Transportmittel der subplanetarischen Anlagen nicht von ihm in Betrieb genommen werden konnten, musste er oft weite Strecken zu Fuß zurücklegen und verlor viel Zeit, in der sein Verfolger Gelegenheit hatte, den Angriff neu zu formieren. Mehr als einmal musste er blockierte Eingänge mit dem Strahler aufschweißen und sich dann gegen eine Horde von Androiden verteidigen, die jedoch ohne klares Konzept angriffen und daher leicht erledigt werden konnten.*

*Es war sein Ziel, bis in die Hauptzentrale vorzudringen, in der sich der Henker aufhalten musste. Stellte er ihn dort, hatte er eine geringe Chance. Zur Oberfläche konnte er nicht mehr, da alle Ausgänge geschlossen waren. Die dicken Stahltüren ließen sich nicht so leicht aufschmelzen wie die Zugänge im Innern der einzelnen Stationen, die alle miteinander in Verbindung standen. Er konnte nur von einer zur anderen hetzen und dabei hoffen.*

*Als er die Kontrollstation der automatischen Kampfgleiter erreichte, schöpfte er neue Zuversicht. Mit ihr konnte er die Oberfläche beherrschen, ohne sie betreten zu müssen. Allerdings würde sie ihm nicht helfen, den Kampf in den Stationen fortzusetzen. Aber auch ein Krieg der Maschinen zögerte das wahrscheinlich unvermeidliche Ende hinaus, und für Meschanort war jeder Augenblick Leben wertvoller als alle Reichtümer. Das Geschwader der Kampfgleiter ließ sich aktivieren, ehe der Henker seine Absicht bemerkte. Die Ausflugsluken der Hangars öffneten sich, mehr als drei Dutzend der kampfstarken Gleiter schossen mit großer Beschleunigung in den Himmel Margons.*

*Sie waren ausnahmslos automatisiert und konnten per Fernsteuerung kontrolliert werden. Sie schossen mit allen Energiegeschützen auf jeden Gegenstand, der sich bewegte, sofern es nicht einer der Roboter war, die auf Meschanorts Seite standen. Aber es würde nicht mehr lange dauern, bis auch der Henker eine entsprechende Roboterarmee in den Kampf schickte. Und wirklich: Magantilliken schickte mehrere hundert Robotpanzer auf das Schlachtfeld. Zwischen ihnen und den Kampfgleitern entbrannte eine gigantische Materialschlacht mit erheblichen Verlusten auf beiden Seiten. Leben kam nicht zu Schaden, abgesehen von den Tieren und Pflanzen, die zufällig zwischen die Fronten gerieten. Meschanort war vollauf damit beschäftigt, seine Hilfskräfte zu dirigieren und möglichst Erfolg versprechend einzusetzen. Er fügte dem Henker erhebliche Verluste zu, dessen Reserven jedoch unerschöpflich schienen. Immer wieder warf er neue Automaten in den Kampf.*

*»Vielleicht schaffe ich es doch noch, den Henker zu besiegen«, sagte er einmal laut, wissend, dass zumindest der Henker ihn hören konnte. Aber vielleicht hörten auch die Arkoniden und ihr dunkelhäutiger Begleiter ihn. »Und dann seid gewiss, dass ich euch euer erzwungenes Verhalten nicht nachtrage. Ihr seid mir als Freunde willkommen, gemeinsam werden wir nach Ischtar suchen, die für viele Varganen das Sinnbild der Erlösung bedeutet. Wünscht mir Glück, ich kann es brauchen …«*

*Das Ergebnis war ein neuer und heftiger Angriff des Henkers mit ferngelenkten Flugpanzern auf die Station. Eine Armee von Robotern drang in sie ein, Meschanort musste fliehen, wollte er nicht auf der Stelle getötet werden. Damit verlor er einen wichtigen strategischen Stützpunkt und wurde abermals zu einem Gehetzten, der um sein nacktes Leben rennen musste. Doch er gab den Kampf nicht verloren. Noch einmal schien sich das Blatt zu seinen Gunsten wenden zu wollen, als er nach langer Wande-*

*rung durch die Korridore tief unter der Oberfläche von Margon eine Station erreichte, die ohne Zweifel die Kontrollzentrale einer Klimaanlage darstellte. Von hier aus, erkannte er blitzschnell, ließen sich Luftzusammensetzung und Temperatur anderer Stationen regeln. Ein Plan vermittelte ihm zudem einen genauen Überblick auf die Lage sämtlicher subplanetarer Stützpunkte. Er benötigte nur wenige Augenblicke, um seinen eigenen Standort festzustellen und herauszufinden, wo sich das Hauptquartier des Henkers befand. Die Flussdiagramme des Schaltpults ermöglichten ohne besondere Vorkenntnisse die Inbetriebnahme der Anlage und genaue Zieleinschaltung.*

*Meschanort handelte schnell, überlegt und eiskalt. Der Henker war im Hauptquartier, daran konnte kein Zweifel bestehen. Er musste in der zentralen Kontrollstation sein, wollte er alle zur Verfügung stehenden Kampfeinheiten einsetzen. Jede Station war von der anderen isoliert, sobald die Zugänge hermetisch abgeriegelt wurden. Das war nun der Fall. Die zentrale Kontrollanlage war etwa fünfzig Kilometer entfernt. Da es mit Sicherheit noch intakte Transportmöglichkeiten gab, bedeutete das nichts. Meschanort war sich nicht sicher, ob sein jetziger Angriff erfolgreich sein würde, aber er musste es versuchen.*

*Zuerst stoppte er die Zufuhr der Frischluft für die zentrale Kontrollanlage, um dann sofort eine drastische Temperatursenkung vorzunehmen. Gleichzeitig ließ er die Pumpen anlaufen, die normalerweise die Aufgabe hatten, verbrauchte Luft aus den Räumen abzusaugen. Da jedoch keine neue mehr nachdringen konnte, würde die Kontrollanlage rasch in ein Vakuum verwandelt werden, falls alle Ausgänge hermetisch verschlossen waren. Das Ergebnis seiner Aktion konnte er an den Messinstrumenten ablesen. Luftdruck und Temperatur. Auf einem dritten Instrument las er die Tourenzahl der Pumpen ab. Die Veränderung auf der Plankarte befriedigte ihn: Der Teil, der das Hauptquartier des Henkers bezeichnete, färbte sich allmählich rot.*

*Doch Meschanorts Freude war nur von kurzer Dauer. Hinter ihm war plötzlich die Stimme des Henkers, und als er herumfuhr, sah er das Gesicht des Verhassten auf einem Bildschirm. »So also wolltest du mich besiegen. Fein ausgedacht, aber umsonst. Ich habe den Druckabfall und die sinkende Temperatur sofort bemerkt. Die Gegenschaltung ist bereits wirksam geworden, deine Anlage wird desaktiviert. Gib auf!«*

*»Du bist ein Monster«, keuchte Meschanort in verzweifelter Wut.*

*»Ich bin der Henker«, korrigierte Magantilliken ungerührt. »Was hättest du mit mir gemacht, wäre ich auf deinen Trick hereingefallen?«*

*»Ich hätte deine vereiste Leiche in eine Umlaufbahn gebracht, damit du für alle Zeiten als abschreckende Mahnung Margon umkreist hättest.«*

*Magantillikens Gesicht verzog sich zu einer Grimasse. »Besten Dank für die Anregung. Vielleicht hast du mir jetzt eben dein eigenes Schicksal geschildert. Ich muss dafür sorgen, dass meine Kampfmaschinen dich nicht vernichten, denn ich will deinen Körper unversehrt. Sei also vorsichtig, wenn du stirbst …«*

*Der Bildschirm erlosch. Meschanort hockte vor den Kontrollen und versuchte, seine Fassung zurückzugewinnen. Er hatte eine entscheidende Niederlage erlitten, daran konnte es keinen Zweifel geben, aber damit war die Schlacht noch nicht endgültig verloren. Hatte der Henker die gesamte Gegenschaltung aktiviert, nützte Meschanort diese Station nichts mehr. Er musste weiter – aber wohin? Der Henker fand ihn überall. Aber er wollte ihn heil und in einem Stück, das schränkte seine Mittel ein. Vor allen Dingen durfte Meschanort sich von nun ab nicht mehr zu lange in derselben Station aufhalten, denn Magantilliken kontrollierte jetzt die Klimaanlage. Selbst schlafen durfte er nicht, denn er war keinen Augenblick vor dem Anschlag sicher.*

*Er nahm seine Waffe und hastete weiter. Einmal fand er sogar einen noch funktionierenden Lift, der ihn weiter in die Tiefe brachte. Auf einem Rollband legte er mehr als zwanzig Kilometer zurück und kam dem Hauptquartier des Henkers ein gutes Stück näher. Einmal wurde er von Androiden angegriffen, die er jedoch leicht abwehren konnte. Er wusste selbst nicht, wohin er genau wollte und was er damit erreichte; ihm ging es nur darum, immer wieder seinen Aufenthaltsort zu wechseln, damit dem Henker keine Zeit blieb, einen Teil der Anlagen unter Gas zu setzen oder luftleer zu pumpen. Das Labyrinth unter der Oberfläche von Margon war ein gigantisches Höhlensystem. Meschanort wusste, dass auch später, als der Planet bereits zu den Versunkenen Welten zählte, weiter an den Stationen gebaut worden war. Vielleicht sogar von Ischtar selbst.*

*Er erreichte einen Teil der Anlage, der Wohnzwecken gedient hatte. Hier hatte nicht mehr die Technik den Vorrang, sondern die Bequemlichkeit der verschwundenen Besatzung. Es gab gut eingerichtete Aufenthaltsräume mit sanitären Anlagen, ein großes Schwimmbad war vorhanden und eine ganze Reihe von fast luxuriös anmutenden Appartements. Er machte sich daran, nach verborgenen Kameras zu suchen, entdeckte aber keine. Dann setzte er sich auf eins der Betten und stützte den Kopf in die Hände. Er spürte die Müdigkeit, die ihn zu übermannen drohte, jetzt mehr denn je zuvor. Das Bett war zu verlockend.*

*Aber er bekämpfte den Drang, sich ebenfalls hinzulegen und zu schlafen. Zwar glaubte er daran, dass der Henker ihn im Augenblick aus den positronischen Augen verloren hatte, aber er konnte nicht absolut sicher sein. Auf der anderen Seite würde Magantilliken, wurde er der Jagd müde, die Ausgänge hermetisch abriegeln. Meschanort raffte sich noch einmal auf. Ein Bad würde ihn erfrischen. Er zog sich aus und suchte die Schwimmhalle auf, die er entdeckt hatte. Das Becken war halb gefüllt, das Wasser nicht zu kalt. Instinktiv stieg er vorsichtig hinein, um keinen Lärm zu verursachen, so unsinnig das auch sein mochte. Die frische Kühle belebte ungemein, mit kräftigen Stößen durchquerte er mehrmals das Becken. Er spürte, wie seine Kräfte zurückkehrten – und damit auch seine Zuversicht, doch noch einen Ausweg zu finden. Er wurde grausam enttäuscht. Als er über die kurze Leiter aus dem Becken stieg und sich an dessen Rand niederließ, um zu trocknen, hörte er Magantillikens Stimme. Sie schien aus allen Richtungen zu kommen und hallte von den kahlen Wänden der Schwimmhalle mehrfach zurück.*

*»Du bist ein guter Schwimmer, und wenn es die alten Zeiten noch gäbe und unsere Tradition lebendig geblieben wäre, hätte ich dich für den Wettbewerb vorgeschlagen. Doch nun ist es dazu viel zu spät. Es war dein letztes Bad.«*

*Meschanort blieb ganz ruhig sitzen und unterdrückte den Impuls, aufzuspringen und davonzurennen. Die Tür hinter ihm war offen. Sie schloss sich auch nicht, als er prüfend hinter sich blickte.*

*»Ein Bad würde auch dir nicht schaden, Henker«, sagte er ruhig. »Komm her, dann tragen wir unseren Kampf im Wasser aus.«*

*Das gellende Lachen wurde zu einem Inferno und verhallte in dem langen Gang, der zu den Aufenthaltsräumen und den Appartements führte. »Eine ausgezeichnete Idee, aber leider kommt sie zu spät. Nie und nimmer würde ich in das Wasser steigen, das dir so gut gefiel. Es enthält nämlich einige Zutaten, die dem Körper eines Varganen nicht sonderlich zuträglich sind. Das Beste daran ist ein Konservierungsmittel.«*

*Meschanort blieb regungslos sitzen. »Du willst mich nur erschrecken.«*

*Wieder das grauenhafte Gelächter des Henkers. »O nein, mein sterbender Freund, ich will dich nicht erschrecken. Ich gebe dir den guten*

*Rat, dich zum Schlaf niederzulegen, aus dem du dann allerdings nicht mehr erwachen wirst. Doch das ist besser, als wach auf den sicheren Tod zu warten, der bereits in dir ist. Spürst du noch nicht die Kälte, die langsam von den Füßen nach oben kriecht? Erreicht sie dein Gehirn, stirbst du. Aber wie ich dir schon sagte: Erwarte den Tod im Schlaf, dann kommt er leichter und ohne Angst.«*

*Meschanort sah auf seine Füße. Sie verloren allmählich ihre gesunde goldene Farbe und wurden gelblich. Er fror plötzlich. »Warum soll ich schlafend sterben, nur weil der Tod dann leichter für mich ist? Ich glaube nicht an dein Wohlwollen, Henker.«*

*»Ich bin nicht grausam, denn ich fürchte den Tod wie du. Man hat mich zum Henker bestimmt, ich erfülle meine Aufgabe, so gut ich es kann. Aber ich quäle niemanden. Du hättest einen schlimmeren Tod verdient, denn du hast mir eine Menge Schwierigkeiten bereitet und sogar versucht, mich umzubringen. Meine einzige Reaktion besteht nur darin, dir genau das Schicksal zu bereiten, das du mir zudachtest.* Du *bist es, der für alle Ewigkeiten den Planeten Margon umkreisen wird.«*

*»Darum also das Konservierungsmittel, obwohl es überflüssig gewesen wäre …«, murmelte Meschanort.*

*»Ich weiß nicht, wann ich Zeit haben werde, dich in den Weltraum zu schaffen – deshalb. Genug der Worte. Die Kälte dürfte bereits deine Knie erreicht haben. Begib dich zu Bett, ehe die Beine dir den Dienst versagen und du in der Schwimmhalle stirbst. In einem Fach über den Kopfkissen findest du ein Schlafmittel …«*

*Meschanort legte die Hände auf seine Knie und spürte die eisige Kälte, die sie ausströmten. Der Tod kroch immer höher. Er hatte das Duell gegen den Henker verloren, der ihn langsam und bewusst sterben ließ. Mühsam erhob er sich und schwankte zur Tür. Er musste sich mit den Händen an der Wand abstützen, so schwach fühlte er sich plötzlich. Die Beine drohten nachzugeben, aber er wollte unter allen Umständen noch das Bett erreichen, das ihm vorher so verlockend erschienen war. Er verfluchte die Tatsache, dass er sich nicht gleich hingelegt und geschlafen hatte, aber dann wäre dem Henker sicherlich etwas anderes eingefallen.*

*Er taumelte in das Appartement und sank in die weichen Polster. Die Kälte hatte die Oberschenkel erreicht. Und sie kroch unaufhaltsam weiter. Er streckte sich lang aus und schloss die Augen. Beobachtete ihn der Henker mit Hilfe einer versteckten Kamera und erfreute sich an seinem Sterben? Vielleicht blieb ihm aber auch keine Zeit dazu. Die drei Fremden beschäftigten ihn zweifellos. Der Tod war leichter, wenn er im Schlaf kam. Meschanort war müde und konnte sich kaum noch rühren.*

*Noch einmal öffnete er die Augen, um das von der Welt sehen zu können, was für ihn übrig geblieben war – ein wohnlicher Raum mit Tisch und Sesseln, eingebauten Schränken, einem Bett und die kahle Decke darüber. Langsam dämmerte er hinüber. Seine letzten Gedanken enthielten keine Bitterkeit mehr, denn sie galten den drei Fremden, denen keine andere Wahl geblieben war, als ihn im Stich zu lassen. So schlief er ein – und starb.*

**Margon: 5. Prago des Ansoor 10.498 da Ark**

Ich hatte einige Tontas geschlafen und fühlte mich ein wenig erfrischt. Ein richtiges Bett wäre mir lieber gewesen, aber das stand uns leider nicht zur Verfügung. Fartuloon schnarchte noch friedlich, aber Ra war bereits wach. Er musterte mich mit finsteren Blicken, ehe er sagte: »Magantilliken hat sich gemeldet, aber er wollte deine Ruhe nicht stören. Ich traue seiner Freundlichkeit nicht. Er ist falsch und hinterhältig, denn er will Ischtar töten. Er hat Meschanort getötet.«

»Wie kommst du darauf? Noch kämpfen die beiden, und …«

»Nein, Meschanort ist tot. Magantilliken hat mir seine Leiche gezeigt. Du wirst sie auch noch sehen. Der Kampf ist beendet, der Henker hat seine Arbeit getan.«

Ich gab keine Antwort und richtete mich auf. Ich stieß Fartuloon mit dem Fuß an, bis er mit einem unwilligen Grunzen endlich erwachte. Er hatte einen Schlaf, um den man ihn beneiden konnte. »Was ist denn? Kann man nicht einmal in Ruhe … Oha!« Er richtete sich ebenfalls auf. »Und ich hatte so schön geträumt …«

»Keine Zeit zum Träumen. Ra sagt, dass Meschanort tot ist. Magantilliken hat ihm die Leiche gezeigt. Ich nehme an, der Henker wird sich bald melden.«

Der Bauchaufschneider nickte mehrmals. »Ja, das wird er wohl, denn nun hat er Zeit für uns. Ich bin gespannt, was er sich ausgedacht hat. Jedenfalls sind wir in seiner Hand.«

»Wir wissen, was Magantilliken von uns will«, sagte ich. »Er wird hoffentlich wissen, was wir als Preis für unsere Mitarbeit verlangen.«

Ra warf mir einen wütenden Blick zu. »Ja, Ischtar!«

Ich schüttelte den Kopf. »Du solltest keine voreiligen Schlüsse ziehen. Ischtar lockte uns hier in eine Falle, und ich sehe nicht ein, dass wir ihr dafür dankbar sein sollen.« Ich versuchte, ihm möglichst unauffällig zuzublinzeln, damit eine versteckte Kamera es nicht erfassen konnte, war mir aber nicht sicher, ob er es bemerkte. »Sofern uns Magantilliken hilft, den Stein der Weisen zu finden, versage ich ihm meine Unterstützung nicht. Du musst das endlich begreifen. Unser Leben hängt davon ab, wie wir uns verhalten. Du hast Meschanorts Leiche gesehen. Ich möchte nicht auch deine sehen.«

Fartuloon bekam ein ausdrucksloses Gesicht, das mir verriet, dass er mich verstanden hatte. Es war ihm klar, dass der Henker uns belauschte und sogar optisch beobachtete. Wir mussten sein Vertrauen gewinnen, um überhaupt etwas zu erreichen. Das schien nun zum Glück auch Ra endlich zu begreifen. Er blickte mich kurz an, ehe er sagte: »Also gut, ich richte mich nach euch. Machen können wir so und so nichts gegen diesen Magantilliken. Aber ich bin strikt dagegen, dass wir auch Ischtar in eine Falle locken. Ergeht es ihr so wie Meschanort …«

»Was dann?«

»… bringe ich Magantilliken eigenhändig um!«

Ich lächelte extrem kalt, damit der Henker es auch deutlich sah. »Hat Meschanort das nicht auch versucht?«

Endlich schwieg Ra. Ich wurde das Gefühl nicht los, dass der Henker uns durchschaute. Ihm war bewusst, dass wir seine Überwachungstätigkeit zumindest ahnten. Da er uns zweifellos für intelligent hielt, würde er sich nicht vorstellen können, dass wir so dumm waren, unsere wahren Gedanken und Gefühle so offen preiszugeben. *Er muss wissen, dass wir Theater spielen.*

Fartuloon knurrte unwillig: »Jetzt treiben wir uns lange genug in diesem Labyrinth herum, ohne etwas erreicht zu haben. Magantilliken sollte sich endlich melden und uns einen annehmbaren Vorschlag unterbreiten.« Er sah zur Decke, wo er Kamera und Mikrofon vermutete. »He, Magantilliken, melden Sie sich! Wir machen Ihnen einen Vorschlag.«

Obwohl ich nicht damit gerechnet hatte, erfolgte sofort eine Antwort: »Sie haben mir einen Vorschlag zu machen? Sehr interessant. Ihr Freund Ra wird Ihnen berichtet haben, dass Meschanort tot ist. Um nun *meinen* Vorschlag zu hören, unterbreiten Sie mir einen. Das ist eine völlig neue Verhandlungsführung. Aber gut. Verlassen Sie die Station und folgen Sie nur den Gängen, in denen automatisch das Licht aktiviert wird, dann gelangen Sie zu einem Lift, der Sie an die Oberfläche bringt. Dort erwarte ich Sie. Aber ich möchte Sie warnen. Die Anlage steht ständig unter meiner Kontrolle, auch jener Teil, der Ihren Kugelraumer festhält. Sollte mir etwas zustoßen, wird automatisch die Vernichtungsvorrichtung ausgelöst.«

Fartuloon sah Ra und mich an. »Bringt eure müden Knochen in Schwung, es geht an Licht und Sonne. Ehrlich gestanden, ich bin diese Höhlen endgültig satt. Hinauf an die frische Luft!«

Es war mit Hilfe des Henkers einfach, den richtigen Weg zu finden. Noch bevor wir einen der vielen Gänge betreten konnten, flammte in einem das Licht auf. Auch die Laufbänder funktionierten nun wieder, und so erreichten wir in kürzester Zeit einen Lift, der uns nach oben brachte.

Draußen war Vormittag. Die Sonne stand noch nicht im Zenit. Es war warm und wolkenlos. In der Zwischenzeit musste es geregnet haben, denn das Gras war feucht. Wir standen auf einem Felsplateau über einer Ebene. Wir hatten keine Ahnung, wohin wir uns wenden sollten. Da deutete Fartuloon nach oben in den Himmel. »Ein Gleiter! Entweder kommt er, um uns zu töten – oder er will uns an unseren Bestimmungsort bringen. Besonders lieb wäre mir natürlich der Landeplatz unseres Beiboots.«

Von irgendwoher erklang auf einmal Magantillikens Stimme: »Der Gleiter wird euch dorthin bringen. Steigt ein!«

Er landete dicht vor uns. Der Einstieg öffnete sich automatisch. Ich zuckte die Achseln und ging voran. Es gab keinen Piloten, der Gleiter wurde ferngelenkt. Als sich die Luke schloss, sagte Fartuloon: »Magantilliken hat so ziemlich alles zur Verfügung, was man sich nur vorstellen kann. Die Technik eines ganzen Planeten gehört ihm. Und sie gehorcht ihm auch.«

Es war mir klar, dass er das nur für die Ohren des Henkers sagte. Er wollte sein Vertrauen gewinnen. Das war alles. Der Gleiter startete und landete knapp eine Dezitonta später an dem uns bekannten Platz. Unser Diskusbeiboot stand unverändert an seinem Platz, aber die Androiden waren verschwunden. Kaum waren wir ausgestiegen, schloss sich die Luke, und der Gleiter startete wieder.

Fartuloon machte sofort die Probe aufs Exempel und kletterte in unser Beiboot. Wenig später kehrte er mit einem Paket zurück. »Die Notverpflegung.« Grinsend begann er, den Verschluss zu lösen. »Mal sehen, ob meine Anordnungen befolgt wurden. Ich habe befohlen, dass die Notverpflegung aus psychologischen Gründen besonders schmackhaft sein soll. Nicht nur Konzentrate, sondern auch konservierte Genüsse der arkonidischen Welten. Ich lade euch zu einem Festmahl ein, Freunde. Manchmal ist es das letzte ...«

Ich fand seinen Humor makaber, aber gegen eine gute Mahlzeit hatte ich nichts einzuwenden. Mein Versuch, Funkverbindung zur FARNATHIA aufzunehmen, schlug fehl. Aber das hatte nichts zu bedeuten. Der Henker konnte sich nicht gleichzeitig um alles kümmern. Ra sammelte Holz und entfachte im Innenhof des Gebäudes ein Lagerfeuer. Das war eine Angewohnheit, die ihm noch von früher im Blut steckte, niemand hinderte ihn daran. Fartuloon lehnte sich schließlich ins Gras zurück. Er strich sich zufrieden über den Bauch. »Das tat gut. Nun kann Magantilliken erscheinen. Satt lässt es sich besser verhandeln. Was meinst du, Junge?«

»Je früher, desto besser. Ich bin diese Ungewissheit leid. Außerdem will ich wissen, was mit Morvoner und der Besatzung ist. Ehe ich das nicht erfahre, mache ich den Mund nicht auf – falls Magantilliken wirklich erscheint.«

»Er wird! Und nun werde ich ein wenig die Augen schließen und dösen. Das erneuert das Denkvermögen.«

Auch Ra streckte sich lang aus und schloss die Augen. Mir konnte das nur recht sein, denn ich brauchte Ruhe, um nachdenken zu können. So unsympathisch mir Magantilliken auch sein mochte, wir waren auf seine Zusammenarbeit angewiesen. Mir war klar, dass er uns nicht ohne triftige Gründe verschont hatte. Mir kamen wieder Zweifel, ob nicht Meschanort vielleicht doch der Lügner gewesen war. Vielleicht war er wirklich wahnsinnig geworden und hatte die Kontrolle über sich verloren, nachdem wir ihn geweckt hatten? Vielleicht handelte Magantilliken legal und im Interesse der Varganen, obwohl er Meschanort getötet hatte?

Ohne eine Antwort auf meine Fragen zu finden, schlief ich schließlich ein, obwohl die Sonne direkt über mir stand. Als ich erwachte, dämmerte der Abend, das Feuer war fast niedergebrannt.

Magantilliken kam mit einem flach gebauten Fluggleiter und landete neben unserem Beiboot. Als er ausstieg, flatterte sein blauer Umhang im lauen Abendwind. Soweit ich beobachten konnte, trug er keine Waffe. Aber ich war fest davon überzeugt, dass er sich anders abgesichert hatte. »Es ist gut«, sagte er nach der knappen Begrüßung, »dass Sie nicht versucht haben, mit Ihrem Boot zu starten. Es wäre in tausend Metern Höhe detoniert.«

Trotz Fartuloons finsterem Gesicht hielt ich das für eine ganz vernünftige und logische Vorsichtsmaßnahme. An seiner Stelle hätte ich sicherlich ähnlich gehandelt. Als wir keine Antwort gaben, fuhr er fort: »Ich versichere Ihnen noch einmal, dass ich Meschanort aus Selbstverteidigung töten musste. Er war wahnsinnig. Er war es schon, bevor er den Tiefschlaf begann. Auf Ihre Frage, warum er nicht schon früher unschädlich gemacht wurde, kann ich Ihnen keine Antwort geben, denn ich kenne sie nicht.«

»Wirklich nicht?«, erkundigte sich Fartuloon spöttisch.

Ich jedenfalls beschloss, nun wieder höflicher zu sein und diplomatischer vorzugehen. Es hatte in unserer Situation wenig Sinn, den Unmut des Varganen hervorzurufen. »Ich versuche, Ihnen Glauben zu schenken, aber Sie werden einsehen, dass Ihre Handlungsweise eine Menge Vermutungen aufwirft. Meschanort nannte Sie den Henker, Sie haben ihn umgebracht. Nun suchen Sie Ischtar, und wenn Meschanort die Wahrheit sprach, werden Sie auch sie töten wollen. In diesem Fall sind wir nicht gewillt, Ihnen bei der Suche behilflich zu sein.«

»Ich verstehe Ihr Misstrauen.« Magantilliken raffte den Umhang und setzte sich auf einen Stein, der neben unserem Lagerfeuer lag.

Ra rückte ein wenig zur Seite, als habe er Angst, der Stoff könne ihn berühren. Fartuloon blieb im Gras liegen, die Hände unter dem Kopf verschränkt. Selbst auf mich wirkte er in diesem Augenblick mehr als nur unhöflich. Er drehte sich nun sogar auf die andere Seite und wandte uns seinen breiten Rücken zu. Ihn schien das Gespräch nicht zu interessieren.

In meine Zweifel hinein sagte der Vargane: »Wie ich hörte, suchen Sie den Stein der Weisen. Um ehrlich zu sein, ich weiß nicht, wo er genau zu finden ist, aber sicherlich wäre es mir möglich, euch diese oder jene Spur zu zeigen. Es gibt sie überall, man muss nur verstehen, sie zu finden.«

»Sie erzählen uns nichts Neues«, sagte ich und lauschte dem warnenden Impuls des Extrasinns nach. »Was wir brauchen, sind handfeste Hinweise. Mit vagen Andeutungen ist uns nicht gedient.«

»Sie können nicht verlangen, dass ich Sie gleich jetzt zum Stein der Weisen bringe.«

Fartuloon drehte sich wieder um und sagte: »Na schön, immer der Reihe nach, damit bin auch ich einverstanden. Sind wir nun Gefangene oder Ihre Partner? Eine Hand wäscht die andere. Fangen wir also mit der Wäsche an.«

»Wie meinen Sie das?«

»Ganz einfach: Sie geben uns die volle Bewegungsfreiheit zurück und desaktivieren das Neutralisationsfeld, das die FARNATHIA bindet. Mit anderen Worten: Behandeln Sie uns wie Verbündete, nicht wie Gefangene. Dann reden wir weiter.«

»Das ist leider noch unmöglich. Ich gehe niemals ein Risiko ein.«

»Dann eben nicht!« Fartuloon rollte sich wieder zur Seite. »Ich bin müde und möchte schlafen.«

»Daran hindert Sie niemand. Ich verhandele weiter mit Atlan, er scheint mehr Verstand zu besitzen.« Er wandte sich mir wieder zu. »Ich hoffe, Sie haben Verständnis für meine Vorsicht. Von ihr hing schon mehrmals mein Leben ab. Ich suche Ischtar, Sie suchen den Stein der Weisen. Sie haben Informationen über Ischtar, ich über den Stein der Weisen. Die Vernunft gebietet, zusammenzuarbeiten. Ich verstehe nicht, was es da noch zu überlegen gibt.«

Von seinem Standpunkt aus gesehen, hatte er natürlich Recht, aber was war überhaupt sein Standpunkt? Was immer er von Ischtar wollte, wirklich helfen konnte ich ihm auch nicht, denn weder ich noch Fartuloon oder Ra wussten, wo sie sich aufhielt. *Soll ich ihm gegenüber ehrlich sein?* »Die Frage ist«, sagte ich, »wer wem mehr helfen kann. Wir Ihnen – oder Sie uns. Ich fürchte, allzu viel können wir Ihnen nicht mitteilen. Ich bekam die Margon-Koordinaten posthypnotisch von Ischtar. An sonst etwas kann ich mich nicht erinnern. Sollte weiteres Wissen vorhanden sein, schlummert es in meinem Unterbewusstsein.«

Fartuloon drehte sich sehr schnell wieder um und warf mir einen warnenden Blick zu, den natürlich auch Magantilliken bemerkte. Ich konnte ihm nicht erklären, warum ich diese Situation bewusst herbeigeführt hatte. Waren in meinem Unterbewusstsein wirklich weitere Daten und Kenntnisse vorhanden, war ich an ihnen mindestens genauso interessiert wie Magantilliken. Wahrscheinlich verfügte er über die technischen Mittel, mein Unterbewusstsein zu erforschen; erfuhr er die Daten, dann auch ich. Zumindest hoffte ich das.

»Das Erkunden des Unterbewusstseins ist ein einfacher paramechanischer Vorgang«, sagte Magantilliken, »der mit keinen Unannehmlichkeiten verbunden ist. Posthypnotisch verankertes Wissen tritt zutage und ist kein Geheimnis mehr. Außerdem erfahre ich so, ob Sie die Wahrheit gesprochen haben, Atlan, und das kann für uns alle nur von Vorteil sein, besonders aber für Sie und die Besatzung Ihres Schiffes. Ich meine, da gibt es nichts mehr zu überlegen.«

»Und was ist mit dem Stein der Weisen?«

»Eins nach dem anderen. Ich bin in der besseren Position, also verlange ich die erste Anzahlung. Meine Leistung richtet sich nach dem, was Sie mir anzubieten haben.« Er erhob sich und deutete zum Gleiter. »Sie begleiten mich, Atlan. Ich bringe Sie so schnell wie möglich wieder hierher zurück. Sie, Fartuloon und Ra, werden die Freundlichkeit haben, hier zu warten. Es wird eine laue Nacht, und wie ich beobachten konnte, lieben Sie den Schlaf unter freiem Himmel.«

Er gab mir einen Wink, ihm zu folgen. Fartuloon hielt mich am Arm fest. »Ich fürchte, du hast einen großen Fehler gemacht. Nun wird er alles erfahren, was wir nicht einmal selbst wissen.«

»Du verrätst Ischtar!«, hielt Ra mir vor.

Ich schüttelte den Kopf. »Warten wir es ab, Freunde. Der Weg, den ich jetzt gehe, scheint mir der einzige zu sein, der uns dem Ziel ein kleines Stück näher bringt. Hättet ihr eine bessere Lösung gewusst, wäre sie euch sicherlich rechtzeitig eingefallen. Aber ihr habt geschwiegen. Wartet also mit eurer Kritik, bis wir alles hinter uns haben.«

Ich folgte Magantilliken. Fast hatte ich das Gefühl, der Vargane könne den Gleiter mit den bloßen Gedanken lenken und den Kurs bestimmen. Er wurde mir immer unheimlicher. Bald war das Lagerfeuer, an dem meine beiden Freunde die Nacht verbrachten, nur noch ein winziger Lichtpunkt in der schnell heraufziehenden Dämmerung. Vor mir lag das Unbekannte.

Magantilliken hatte mich in eine fast hundert Kilometer vom Landeplatz des Beiboots entfernte Station gebracht. Sie lag tief unter der Oberfläche und wirkte fast neu. Ich konnte mir nicht vorstellen, dass sie noch aus der alten Zeit stammte.

»Legen Sie sich hin und ruhen Sie«, sagte er und verschwand.

Ich nahm an, dass er noch einige Vorbereitungen treffen musste, und befolgte seinen Rat. Im Augenblick fühlte ich mich sicher. Zwar konnte ich nicht einschlafen, aber ich schloss die Augen und dachte nach. Beging ich wirklich einen Fehler? Ich war mir nicht mehr so sicher, richtig und klug zu handeln, aber auf der anderen Seite hatte es wenig Sinn, Magantilliken zur Gewaltanwendung zu zwingen. Er würde auf jeden Fall erfahren, was er wissen wollte, und so sicher war es ja auch nicht, dass in meinem Unterbewusstsein spezielle Kenntnisse schlummerten.

Ich musste doch ein wenig eingeschlafen sein, denn ich schrak hoch, als er sagte: »Es wird Zeit. Alles ist vorbereitet. Sie können liegen bleiben, das Bett bringt Sie ins Labor.« Es schien zu schweben, denn ich spürte nicht die geringste Erschütterung, als es an dem Henker vorbeiglitt und durch den Korridor in einen hell erleuchteten Saal gelangte. »Sie werden dort unter der Metallglocke liegen. Das Wissen Ihres Unterbewusstseins wird von ihr gesammelt und konzentriert weitergeleitet, verstärkt und in klare Informationen verwandelt. Noch nicht abgerufene posthypnotische Daten werden hierbei ebenfalls erfasst, selbst wenn das Stichwort fehlt oder der Zeitpunkt weit in der Zukunft liegt. Sie sehen, ich bin offen zu Ihnen. Ich bin Ihnen für Ihren Willen zur Kooperation dankbar.«

Ich nickte stumm. Die schimmernde Metallkugel schwebte nun dicht über mir. Sie wirkte relativ harmlos. Es gab keine Leitungen, die mit meinem Körper verbunden wurden. Ich konnte lediglich bemerken, dass der Hohlspiegel matt zu flimmern begann und ein eigenartiges Kribbeln meinen ganzen Körper erfasste, um sich allmählich nur noch auf meinen Kopf zu konzentrieren. Magantilliken stand abseits an einer Kontrolltafel. Ein Bildschirm, den er halb mit seinem Körper verdeckte, leuchtete auf. Ich schloss die Augen, lag ganz ruhig da und glaubte zu fühlen, wie mein Gehirn förmlich leer gesaugt wurde. Aber ich wusste nicht, was der glockenförmige Hohlspiegel aus ihm herausholte und welche Informationen Magantilliken erhielt.

Ich wollte ihn fragen, ihn rufen, doch ich brachte keinen Ton über die Lippen. Es war, als sei ich plötzlich stumm geworden, aber ich konnte noch immer klar denken. Eine merkwürdige Erschöpfung machte sich in mir breit, schien den Körper in Blei zu verwandeln. Mehrfach fielen mir die Augen zu. Schließlich gab ich es auf. Ganz ruhig blieb ich liegen und wartete auf das Ende der Prozedur, abermals im Zweifel, ob ich richtig gehandelt hatte. Aber nun war es für jede Korrektur zu spät. Ich befand mich endgültig in der Gewalt des Henkers der Varganen, und vielleicht rettete mich nur die Tatsache, dass ich kein Vargane, sondern ein Arkonide war, vor der Vollstreckung des Urteils. Schließlich erlosch das matte Flimmern über mir. Magantilliken stand noch vor seinem Bildschirm, ich hörte ihn ein Wort murmeln. »Tabraczon …«

Ich kannte den Begriff aus Ras Berichten. Verbunden damit war Ischtars Gedanke an eine Insel mit ihrer Station und an die subplanetarische Fabrik, in der aus Plasma riesenhafte Tierwesen hergestellt werden konnten. Ich schwieg, als das Bett aus dem Labor schwebte und an seinen Ausgangspunkt zurückkehrte. Erst als Magantilliken kam, um nach mir zu sehen, fragte ich schwach: »Habe ich Ihnen helfen können, oder war alles umsonst?«

Er lächelte müde. »Nein, es war nicht alles umsonst, obwohl ich keine direkten Informationen über Ischtars Aufenthaltsort erhielt. Es war nichts dabei, was für Sie von informatorischem Wert sein könnte. Trotzdem danke ich Ihnen.«

»Und was ist mit der Gegenleistung?«

»Ich halte mein Wort, glauben Sie mir. Ich werde Sie baldmöglichst zum Beiboot zurückbringen.«

»Und dann?«

»Meine weitere Handlungsweise liegt nicht allein in meinem Ermessen. Ich muss gewisse Entscheidungen abwarten. Haben Sie Geduld.«

»Und die FARNATHIA?«

»Ich werde Ihnen morgen einen Kontakt ermöglichen, damit Sie sich vom Wohlergehen der Besatzung überzeugen können. Damit Sie sicher sind, es nicht mit einer Datenspeicherung zu tun zu haben, können Sie mit Ihren Leuten die Uhrzeit vergleichen und auch sonst Stichproben vornehmen. Das sollte Sie überzeugen, wirklich mit Ihren Leuten zu sprechen.«

Er ließ mich in meiner Ungewissheit allein. Was hatte er in Erfahrung gebracht? Sehr zufrieden schien er nicht zu sein, aber das konnte auch ein Täuschungsmanöver sein. *Tabraczon …?*

Die Laboruntersuchung hatte mich so erschöpft, dass ich eingeschlafen war, noch ehe Magantilliken zu mir zurückkehren konnte. Aber wahrscheinlich hatte auch er den Rest der Nacht schlafend verbracht, denn als er wieder bei mir erschien, wirkte er frisch und munter.

»Ich werde Sie mit einem Gleiter zu Ihren Freunden zurückbringen lassen. Der Funkkontakt mit Ihrem Schiff ist mittags möglich. Ich selbst komme, sobald die erwähnten Entscheidungen gefallen sind. Bis dahin müssen Sie sich gedulden.«

Ich stand auf und ging in den nebenan liegenden Waschraum, um mich zu säubern. Ich hatte Hunger, aber eine Weile konnte ich es aushalten. Magantilliken brachte mich zur Oberfläche hinauf, wo uns ein flacher Gleiter erwartete. Zu meinem Erstaunen war er nicht ferngesteuert, denn an den Kontrollen bemerkte ich einen der Androiden, die an überdimensionale Käfer erinnerten. »Er hat seine Anordnungen und wird Sie sicher ans Ziel bringen. Sie sind zuverlässig, meine Diener.«

Ich stellte keine weiteren Fragen mehr. Er nickte mir Abschied nehmend zu, als ich in den Gleiter stieg, der sich sofort erhob und in geringer Höhe nach Süden flog. Es war schon hell, die Sonne war längst aufgegangen. Immer wieder versuchte ich, unter mir Anzeichen anderer Stationen zu entdecken, aber ich sah nur Wald, Steppe und kleinere Hügel. Meine Aufmerksamkeit konzentrierte sich auf meinen seltsamen Piloten. Er war unbewaffnet.

»Kleiner Freund«, sagte ich, »kennst du unser Flugziel?«

Selbst wenn er mich nicht verstand, war er doch in der Lage, meine Worte zu hören, denn er machte eine halbe Wendung in seinem Sitz und sah mich aufmerksam an. Seine Augen wirkten klug, sie wirkten vor allen Dingen lebendig. Dennoch war es ein Androide, ein künstliches und halborganisches Retortengeschöpf. Er drehte sich wieder um und widmete sich den Kontrollen. Natürlich konnte ich mich täuschen, aber mir war, als hätte ich in seinen Augen für einen Augenblick etwas aufleuchten gesehen, etwas wie Sympathie oder Mitleid, jedenfalls hatte das Leuchten ein Gefühl zum Ausdruck gebracht, und ich begann mich zu fragen, ob diese Androiden Emotionen und Selbstbewusstsein besaßen.

Unser Ziel kam in Sicht und ich vergaß den Androiden. Das Leka-Beiboot stand unverändert an seinem Platz, neben dem Gebäudetrakt erkannte ich Fartuloon und Ra, die dabei waren, Holz zu sammeln. Sanft landete der Gleiter neben dem Beiboot. Ich ging nach vorn und klopfte dem Androiden leicht auf die Schulter.

»Danke«, sagte ich. Wieder war das Leuchten in seinen Augen, und diesmal war ich sicher, dass es Dankbarkeit und Freude ausdrücken sollte. Ich stieg aus, dann startete der Gleiter und verschwand in nördlicher Richtung.

»Du scheinst ja mit den Androiden Freundschaft geschlossen zu haben«, sagte Fartuloon, als gäbe es keine anderen Probleme. »Hübsche Verabschiedung, muss ich zugeben. Zu mir waren diese Käfer nicht so freundlich.«

Ich grinste und setzte mich neben dem Eingang zum Innenhof ins Gras, den Rücken zur Mauer. »War ein netter Bursche, mein Pilot. Magantilliken wird sich sehen lassen, sobald er Zeit dazu hat.«

»Und wie lange müssen wir noch hier bleiben?«, erkundigte sich Ra. »Wüssten wir das genau, könnte ich auf die Jagd gehen und Fleisch besorgen.«

»Geh nur«, riet ich ihm gelassen. »Heute jedenfalls bleiben wir noch hier. Vielleicht sogar noch ein paar Tage. Übrigens können wir gegen Mittag Kontakt mit Morvoner aufnehmen. Mal sehen, wie es ihm und der Besatzung geht.«

Fartuloon ließ sich neben mir nieder. »Also, nun berichte schon!«

Ich winkte Ra zu. »Komm her – ich habe keine Lust, die Geschichte zweimal zu erzählen.« Er kam so schnell gelaufen, dass er fast das Holz fallen ließ. Als er saß, berichtete ich und schloss: »Damit haben wir eine Pause erreicht, mehr nicht. Jedenfalls sind wir in Sicherheit und brauchen uns keine unnötigen Sorgen um die FARNATHIA zu machen. Was weiter geschieht, weiß ich so wenig wie ihr. Es scheint jedenfalls nicht allein im Ermessen Magantillikens zu liegen.«

»Ob das günstig für uns ist?«, murmelte Fartuloon voller Zweifel.

Ich zuckte die Achseln. »Das wird die Zukunft zeigen. Jedenfalls glaube ich, dass Ra beruhigt losziehen kann. Wie ich ihn kenne, bringt er uns einen saftigen Braten …«

Ra stand auf, rückte sein Messer zurecht und verschwand zwischen den Büschen. Fartuloon sah mich nachdenklich an. »Er scheint dir vergeben zu haben. Er nimmt nun nicht mehr an, dass du Ischtar verraten wolltest. Ich habe mit ihm darüber gesprochen.«

»Ich glaube nicht, dass Magantilliken viel erfahren hat. Wie immer sein Verhältnis zu Ischtar auch sein mag – ich bin sicher, dass er über sie mehr weiß als wir alle zusammen.«

Gegen Mittag erhielten wir Kontakt mit der FARNATHIA. Morvoner behauptete zwar, sie alle stürben fast vor Langeweile, aber das klang nicht sehr überzeugend. Wir unterhielten uns eine Dezitonta mit ihm, dann wurde die Verbindung wieder unterbrochen.

Fartuloon hatte sich im Gras ausgestreckt. »Ich schlafe jetzt ein wenig, aber wecke mich, sobald Ra zurückkehrt ... oder besser, lass mich schlafen. Wenn ich frisches Fleisch rieche, möchte ich davon geweckt werden. Du kannst schon mal Holz sammeln ...«

Wenig später schnarchte er bereits. Ich lag noch lange in der warmen Sonne, bis ich endlich Schritte hörte. Ra kehrte zurück, auf dem Rücken schleppte er ein erlegtes Stück Wild. Fartuloons Nasenflügel begannen leicht zu vibrieren, dann verstummte sein Schnarchen mit einem Gurgeln – und er war wach. Wie ein ausgehungertes Raubtier stürzte er sich auf Ras Beute und begann sie zu zerteilen, während ich das Feuer anfachte.

In der Nacht, als alle schon schliefen, glaubte ich plötzlich ein Geräusch zu hören. Es war ein feines Summen, dann ein Schleifen, schließlich wieder Stille. Doch als ich weiter lauschte, vernahm ich deutlich Schritte. Sie kamen näher. Vorsichtig rollte ich mich seitlich von der noch glimmenden Glut des Lagerfeuers weg und stand langsam auf. Ich entsicherte den Kombistrahler und schlich mich bis zum Ausgang des Innenhofs, um zu sehen, wer uns einen nächtlichen Besuch abstattete. Im Licht der Sterne erkannte ich die Umrisse des Beiboots. Daneben bemerkte ich die Silhouette eines Androiden, der sich mir näherte. Ich trat ins Freie und richtete die Waffe auf ihn.

»Halt!«, befahl ich leise, aber eindringlich. »Keinen Schritt weiter! Was willst du? Hat Magantilliken dich geschickt?«

Er blieb sofort stehen, gab aber keine Antwort. Hinter mir hörte ich Fartuloon sagen: »He, Atlan, was ist? Führst du Selbstgespräche?«

»Komm her und bring die Lampe mit. Wir haben Besuch.«

Als das Licht des kleinen Scheinwerfers auf den Androiden fiel, hatte ich sofort das Gefühl, es mit meinem Piloten zu tun zu haben. Ich versuchte, ihn an seinen lebendigen Augen wieder zu erkennen, an seinen Reaktionen, die er mit ihnen ausdrückte.

»Was will er denn?«, fragte Ra, der ebenfalls wach geworden war.

Der Androide machte einige Armbewegungen, deren Deutung nicht allzu schwer wurde. »Er will, dass ihn jemand begleitet«, sagte Fartuloon. »Und ich bin mir sicher, dass er dich meint. Aber diesmal werde ich zur Vorsicht mitkommen.«

»Es wird besser sein, du lässt mich allein gehen«, widersprach ich. »Noch wissen wir nicht, ob der Bursche im Auftrag Magantillikens handelt oder nicht. Ich werde es herausfinden.«

»Du bist leichtsinnig.«

Der Androide wiederholte die Zeichen immer wieder, bis ich sagte: »Ich soll dir folgen, ist das richtig?« In seinen Augen war wieder das bekannte Leuchten, das Dank oder Zustimmung bedeutete. Er hatte mich verstanden. Fartuloon schärfte ich ein: »Lass den Minikom auf Empfang. Ich werde mich melden und komme zurück, sobald es mir möglich ist.«

»Sei vorsichtig.«

Der Androide ging zu dem Gleiter, stieg ein, setzte sich hinter die Kontrollen und wartete, bis auch ich Platz genommen hatte, dann startete er und flog nach Norden. Es hatte wenig Sinn, mit dem Androiden sprechen zu wollen. Entweder befolgte er nur die Befehle Magantillikens, dann konnte ich ihn ohnehin nicht beeinflussen, oder er handelte selbstständig. Dann würde ich bald erfahren, was er von mir wollte.

Ich musste mich auf mein Gefühl verlassen. Es sagte mir, dass er mir etwas zeigen wollte, was für mich wichtig war. *Sie haben Emotionen, diese Diener des Varganen, und unzweifelhaft empfindet mein Pilot so etwas wie Sympathie für mich. Vielleicht hat während seiner Existenz noch niemals jemand zu ihm danke gesagt. Vielleicht war das der auslösende Faktor?*

Ich wusste es nicht, doch der Extrasinn bestätigte meine Vermutung: *Du hast ihn wie ein richtiges Lebewesen behandelt, bist freundlich zu ihm gewesen und hast ihm gedankt. Das scheint seine Bioprogrammierung durcheinander gebracht zu haben.*

Mit Hilfe des Logiksektors stellte ich fest, dass wir eine Strecke von etwa hundertfünfzig Kilometern zurücklegten, ehe der Gleiter landete. Ich war gespannt, was nun folgen würde. Durch Zeichen gab mir der Käferandroide zu verstehen, dass wir das Fahrzeug verlassen sollten. Ich folgte ihm über das unwegsame Gelände, bis wir nach einigen Dutzend Metern den Eingang zu einem Korridor erreichten, der schräg in die Tiefe führte. Es gab kein Licht, und er protestierte nicht, als ich meine Lampe einschaltete, um besser sehen zu können. Er ging vor mir her, ein Androide, der wie ein Käfer aussah und wie ein Freund handelte. Wenigstens hoffte ich es.

Der Gang schien endlos zu sein, es dauerte ungefähr eine halbe Tonta, ehe mein Führer seitlich eine Tür öffnete und mir durch ein Zeichen zu verstehen gab, dass ich das Licht ausschalten sollte. Ich tat es sofort, denn vor mir schimmerte Helligkeit durch die Fugen einer halb geschlossenen Tür. Die Spannung in mir stieg. Das Verhalten des Androiden bewies mir nun einwandfrei, dass er etwas *Verbotenes* tat, sonst wäre er nicht so vorsichtig gewesen. *Er will mir helfen. Mein Gefühl hat mich nicht getrogen.*

Behutsam stieß er die Tür auf, bis der Spalt so groß war, dass wir den Raum dahinter betreten konnten. Unmittelbar neben dem Eingang stand ein Maschinenblock, weiß vor Frost und brusthoch, hinter den mich mein neuer Verbündeter hastig zog. Ich musste mich ducken, um in Deckung zu bleiben, denn was ich sah, verschlug mir den Atem, soweit es die schreckliche Kälte noch nicht getan hatte, die hier herrschte.

Mitten in dem riesigen Raum hing unter der gewölbten, hohen Decke eine mit vielen dreidimensionalen Bildern gefüllte Energiekugel, die gerade genug Helligkeit verbreitete, um die gesamte Umgebung erkennen zu lassen. Unter der mindestens zehn Meter durchmessenden Energiekugel stand Magantilliken, beide Arme wie betend ausgestreckt, in fast demütiger Haltung. Zu meiner Verblüffung war er trotz der Kälte *nackt* und der Körper *halb transparent*. Ich konnte seine Organe erkennen und sah das Blut durch seine Adern fließen. Sein Herzschlag war ungewöhnlich schnell, ein sicheres Zeichen, dass er ungemein aufgeregt sein musste. Aber dann vergaß ich ihn, denn die Energiekugel über ihm, eingeteilt in mehrere Dutzend Sektorenbilder, faszinierte mich mehr. Besonders deshalb, weil ich in einem dieser dreidimensionalen Bilder Ischtar erkannte. Sie bewegte sich, sie atmete – sie *lebte!*

Das war keine Aufzeichnung, keine gespeicherte Projektion! *Das ist jetzt! Magantilliken kann sie sehen – aber er weiß nicht, wo sie ist. Darum also braucht er meine Hilfe.* Dann erst begann ich mir zu überlegen, wie dieses optische Wunder möglich war. In vielen Dingen war uns die Technik der verschollenen Varganen überlegen, daran konnte kein Zweifel bestehen. Waren sie in der Lage, jeden beliebigen Ort der Galaxis auf den Kugelbildschirmen zu projizieren? Wäre das System vollkommen gewesen, hätte Magantilliken nicht meine Hilfe in Anspruch genommen. Das war ein Trumpf, der in meinen Händen geblieben war. Ihn auszuspielen – selbst wenn ich es gekonnt hätte – wäre ein Fehler gewesen. Und wahrscheinlich auch mein Tod.

Ein Brausen erfüllte die Luft, es wurde noch kälter, weißer Reif schlug sich nieder. Die plötzliche Kälte ließ mich schaudern. Der Androide schien sie nicht zu spüren; unbeweglich stand er neben mir und rührte sich nicht von der Stelle. Er hatte mich hierher gebracht, und ich war überzeugt, dass er mich auch wieder zurückbringen würde. Allmählich gewann ich einen Überblick. Ich konnte die einzelnen Bilder in der Energiekugel unterscheiden. Ischtar war mir sofort aufgefallen. Ihr Bild leuchtete, wie viele andere auch, in einem klaren Weiß. Es gab welche in Rot, aber nur wenige. Ein Arm meines Androiden deutete nach vorn, in eine ganz bestimmte Richtung. Ich entdeckte Meschanort. Sein Bild war blutig rot. Rot wie manche andere. Das konnte nur eines bedeuten: Die Farbe der Bilder in der Energiekugel zeigte, welche Varganen Magantilliken erfolgreich hingerichtet hatte. Sie waren die Bestätigung seines Auftrags. Meschanort hatte nicht gelogen. Magantilliken *war* der Henker der Varganen. *Und sein nächstes Opfer soll Ischtar sein.*

Ich wusste nicht mehr, wie lange ich hinter dem schützenden Maschinenblock hockte und den verfluchten Henker beobachtete, ich wusste nur, dass ich nichts, absolut nichts, gegen ihn unternehmen konnte. Wir waren in seiner Gewalt, vielleicht erhielt er bald den Befehl, auch uns zu liquidieren. *Warum aber,* fragte ich mich zum wiederholten Mal, *hat mich der Androide hierher geführt? Um mir die Wahrheit zu zeigen? War es Sympathie, echte Emotion? Oder handelte er im Auftrag des Henkers?*

Er drehte sich mir zu und gab mir ein Zeichen, das ich sofort verstand. Ich sollte ihm folgen. Ich warf einen letzten Blick auf die gespenstische Szene, dann kroch ich auf allen vieren hinter ihm her, bis ich den Ausgang erreichte und im Gang war. Dann erst erhob ich mich. »Danke!«, flüsterte ich. Das Aufleuchten in seinen Augen konnte ich nicht sehen, denn noch wagte ich es nicht, meine Lampe einzuschalten. »Ich danke dir, mein Freund. Bringe mich bitte wieder zu meinen Gefährten zurück.«

Diesmal nahm ich seine Hand und ließ mich führen, bis wir weit genug von der Halle mit der Energiekugel entfernt waren. Dann erst schaltete ich meine Lampe ein. Es dauerte nicht lange, bis wir die Oberfläche erreichten und den Gleiter unversehrt vorfanden. Hastig kletterten wir hinein, ich atmete auf, als wir starteten und den Rückflug antraten. Er dauerte nicht lange, dann sah ich im Dunkeln das Lagerfeuer. Wir hielten genau darauf zu, der Gleiter landete neben dem Beiboot.

Fartuloon näherte sich vorsichtig, das *Skarg* in der Hand. Ich stieg aus dem Gleiter und rief ihm ein paar beruhigende Worte zu. Gerade wollte ich mich umdrehen, um dem Androiden zu danken, als dieser ebenfalls herauskletterte und sich neben mich stellte. Mit den Armen machte er merkwürdige Bewegungen, die ich nicht sofort zu deuten wusste. Er zeigte immer wieder auf Fartuloons Schwert und dann auf sich.

»Schon gut«, sagte ich. »Ich danke dir für deine Hilfe, aber nun musst du zurückkehren, wenn du keinen Verdacht erregen willst. Warum du mir geholfen hast, weiß ich nicht, aber ich danke dir nochmals. Kehr um und starte!«

Aber er gehorchte mir nicht. Er setzte seine seltsamen Armbewegungen fort, bis Fartuloon mit gedämpfter Stimme sagte: »Begreifst du wirklich nicht, was er von dir will?«

Ich schüttelte stumm den Kopf, obwohl ich begriff.

»Er will, dass du ihn tötest. Du sollst mein Schwert nehmen und ihn töten. Ich nehme an, sein Verrat an Magantilliken kostet ihn ohnehin das Leben, aber er will es durch dich, nicht durch ihn verlieren.«

So sinnlos es auch war, ich versuchte, dem Androiden klar zu machen, dass ich ihn niemals für etwas töten konnte, was er für mich getan hatte. Ich würde ihn beschützen, sagte ich ihm, und Magantilliken würde ihm verzeihen, versicherte ich ihm. Er gab mir keine akustische Antwort, aber seine Zeichensprache war eindeutig. Fartuloon hielt mir sein Schwert entgegen. »Warum tust du es nicht? Er will es, und du kannst ihm seine Bitte nicht abschlagen. Du hast selbst gesagt, dass er dir geholfen hat, und nun versagst du ihm *deine* Hilfe.«

Ich nahm das Schwert nicht. »Wie kann ich jemanden oder etwas töten, dem ich zu Dank verpflichtet bin?«

»Manchmal ist der Tod eine Gnade. Ich glaube, ich werde es dir erklären – später. Doch tue jetzt deine Pflicht.«

»Pflicht?«

»Ja, Pflicht, aus Dankbarkeit! Vernichte den Androiden, er bittet dich darum.«

Ich sah den Androiden undeutlich vor mir im Dämmerschein des grauenden Morgens. Immer wieder deutete er auf das *Skarg*, dann auf mich und dann auf sich selbst. Er wollte durch mich getötet werden, aber ich vermochte es nicht. Fartuloon fasste einen blitzschnellen Entschluss. Ehe ich überhaupt begriff, was er vorhatte, holte er aus und schlug zu. Der Androide wurde in der Mitte glatt durchgeschnitten und fiel in zwei Teilen zu Boden. Fartuloon schob das Schwert in die Scheide zurück. »Er hat es hinter sich«, sagte er nur und ging zum Innenhof zurück. Ich sah Ra neben dem Eingang stehen. Er hatte alles mitverfolgt. »Komm jetzt und berichte, was er dir gezeigt hat.«

Ich folgte ihm nur langsam. Das plötzliche Ende des Androiden hatte mich erschüttert, obwohl ich wusste, dass er nur ein künstlich erschaffenes Wesen war, das mich ohne Zögern angegriffen hätte, wäre es entsprechend programmiert gewesen. Aber es hatte Emotionen gehabt, Emotionen, die in Verbindung mit seiner ursprünglichen Bioprogrammierung die Vernichtung verlangten.

Ra hatte Holz nachgeschoben, das Feuer loderte hell auf, als ich in den Innenhof trat. Fartuloon saß wieder auf seinem Platz und sah mir gespannt entgegen. Sein Gesicht war ohne jede Regung. Er schien den Vorfall bereits wieder vergessen zu haben. »Nun?«

Ich setzte mich. War er so gefühllos, oder tat er nur so? »Magantilliken ist offenbar *wirklich* der Henker der Varganen«, begann ich mit der Schlussfolgerung meiner Beobachtungen und schilderte den Vorfall. Als ich bemerkte, dass ihre Gesichter im Schein des neu angefachten Lagerfeuers immer besorgter wurden, fügte ich abschließend hinzu: »Im Grunde genommen ist alles die Sache der Varganen, wir kennen ihre Beweggründe nicht. Aber die Umstände haben uns in aktiv handelnde Personen verwandelt, so dass wir nun unmittelbar beteiligt sind. Die Energiekugel ist offenbar so etwas wie eine Kontaktstelle. Durch sie steht Magantilliken wahrscheinlich direkt mit dieser Eisigen Sphäre in Verbindung und nimmt die Befehle entgegen.«

Ra legte Holz nach und sagte nichts. Als ob ihn das alles nichts anginge, wickelte er ein Stück Fleisch aus den Blättern, in die er es eingerollt hatte, schob es auf einen Ast und legte es so neben die Glut. Fartuloon fragte bedächtig: »Wärst du mit der *Gehirnkontrolle* einverstanden gewesen, hättest du das vorher gewusst?«

Ich zuckte die Achseln. »Einverstanden oder nicht – er hätte sie ohnehin früher oder später vorgenommen. Jetzt kann er nicht mehr behaupten, wir seien nicht zur Zusammenarbeit bereit. Sorge machen mir nur der von dir zerstörte Diener und sein Gleiter. Sobald Magantilliken erscheint, wird er sofort ahnen, was geschehen ist.«

»Deshalb mach dir nur keine Sorgen. Vermutlich weiß er es bereits. Sollte er wirklich keine Ahnung haben, können wir ihm noch immer vorflunkern, der Diener sei gelandet und habe uns angegriffen. Verteidigung hat er uns ja erlaubt.«

Das schien mir eine gute Lösung zu sein. Schweigend sahen wir zu, wie Ra geschickt den Spieß drehte und das Fleisch allmählich von allen Seiten braun wurde. Im Osten begann der Morgen zu grauen, und ich fragte mich, wie es nun weitergehen sollte.

»Wenn Magantilliken gestern etwas aus dir herausgeholt hat«, sagte Fartuloon nachdenklich, »und er heute Kontakt mit seinen Auftraggebern hatte, steht das in engem Zusammenhang. Er wird neue Instruktionen erhalten haben, deren Auswirkungen wir bald zu spüren bekommen – fürchte ich. Denk an den Namen Tabraczon, den er nach der Untersuchung aussprach.«

Ich wiegte den Kopf. »Er dürfte genügend Vollmachten besitzen, über unser Schicksal allein zu entscheiden. Trotz unserer – nun ja, nennen wir es einmal Kapitulation – hat er uns die Waffen gelassen. Wir können uns relativ frei hier bewegen und hatten täglich Funkverbindung mit der FARNATHIA. Wir sind demnach weder Verbündete noch Gefangene, sondern etwas dazwischen.«

Und wieder stellte sich heraus, dass unser Barbar den praktischsten Verstand von uns besaß. Er hob den Spieß und sagte: »Etwas dazwischen – ein gutes Stichwort. Wie wäre es mit Essen? Fartuloon könnte Wasser holen. Atlan, würdest du die Güte haben, den Braten aufzuteilen …?«

Fartuloon seufzte und stand auf. »Immer ich! Immer schickt er mich ins Boot, statt mal selbst zu gehen. Als sei ich der Einzige, der den Wassertank finden kann!«

Ich nahm das Messer und schnitt das Stück Fleisch auseinander. Fartuloon brachte einen Plastikbehälter mit Wasser und setzte ihn schnaufend ab. Wenig später aß er mit seinem üblichen Heißhunger, der mich immer wieder in Erstaunen versetzte. »Da ist eben übrigens ein Gleiter gelandet«, sagte er, als er Luft holte und sein halbes Stück bereits verzehrt hatte. »Zwei Androiden waren in ihm. Einer stieg aus, beachtete mich nicht, kletterte in den verlassenen Gleiter deines toten Freundes – und dann flogen beide davon. Was sagst du dazu?«

Ich hatte aufgehört zu essen. »Was soll ich dazu sagen? Magantilliken weiß, was geschehen ist, das ist alles. Es ändert nichts.«

»Da bin ich nicht von überzeugt, aber ich lasse mir den Appetit nicht verderben.« Und mit vollem Mund fügte er noch hinzu: »Es kann nun nicht mehr lange dauern, bis der Henker auftaucht. Er wird dich fragen, was passiert ist.«

Wortlos schob ich den Rest meines Fleisches den beiden zu, die gleichzeitig danach griffen. Mir war jeder Hunger vergangen, als ich daran dachte, Magantilliken Rede und Antwort stehen zu müssen. Mein Optimismus war plötzlich geschwunden. Ich legte mich zurück und starrte in die kleiner werdenden Flammen. Es wurde schnell heller, dann färbte sich im Osten der Himmel rot. Bald ging die Sonne auf.

## *4.*

1184. positronische Notierung, eingespeist im Rafferkodeschlüssel der wahren Imperatoren. Die vor dem Zugriff Unbefugter schützende Hochenergie-Explosivlöschung ist aktiviert. Fartuloon, Pflegevater und Vertrauter des rechtmäßigen Gos'athor des Tai Ark'Tussan. Notiert am 6. Prago des Ansoor, im Jahre 10.498 da Ark.

*Bericht des Wissenden. Es wird kundgegeben: Während wir auf Magantilliken warten, nutze ich die Gelegenheit dieser Notierung. Noch ist unklar, wie der Vargane, der tatsächlich ein Henker zu sein scheint, auf Atlans Lauschaktion reagieren wird. Bei seiner Undurchschaubarkeit sind jedoch Schwierigkeiten vorprogrammiert, auch und nicht zuletzt vor dem Hintergrund der technischen Machtmittel, die dem Varganen zur Verfügung stehen. Diese beziehen sich zweifellos nicht nur auf jene der Versunkenen Welt, sondern auch auf das Raumschiff, mit dem Magantilliken hierher gekommen sein muss. Zwar konnte die FARNATHIA nichts dergleichen orten, seit Frossargon kennen wir aber die hervorragenden Antiortungseinrichtungen der Varganen.*

*Atlans Vermutung, dass die varganischen Hinterlassenschaften der Grund für Ischtars posthypnotische »Hilfestellung« gewesen sein könnten, hat einiges für sich. Im Gegensatz zu dem Jungen bin ich zwar keineswegs davon überzeugt, dass die Varganin aus purer Liebe und Altruismus so gehandelt hat, möchte es allerdings auch nicht völlig ausschließen. Wie aber stellt sich bei näherer Betrachtung der Hintergrund dar?*

*Nach dem Tod Farnathias hatte Atlan sich geweigert, Ischtar persönlich gegenüberzutreten. Die Varganin, zumindest sehr langlebig, wenn nicht sogar potenziell unsterblich, akzeptierte seinen Wunsch. Dass sie ausgerechnet den Kristallprinzen als Vater für ein gemeinsames Kind erwählte, kann man natürlich auch positiv interpretieren – ich weiß ja, dass der Junge etwas Besonderes ist. Da nicht von einer direkten genetischen Kompatibilität zwischen Arkoniden und Varganen auszugehen ist, muss es zu einer gentechnischen Verschmelzung der Erbanlagen kommen – angesichts der Heilung Atlans denke ich, dass die Varganen dazu in der Lage sind.*

*Wie auch immer – Ischtars Aussage war, dass sie auf eine spätere Begegnung unter günstigeren Bedingungen hoffte. Sie gab Atlan den Hinweis auf das System des Kometen Glaathan, stattete ihn mit der Schutzaura aus und verankerte posthypnotisch – wie wir nun wissen – auch die Koordinaten von Margon, Letzteres verbunden mit einem Termin. Die Ereignisse rings um Sofgart und das aktivierte Quaddin-Zentralorgan konnte sie nicht voraussehen, deshalb stellt sich die Frage, wie der Margon-Termin einzuschätzen ist. Ging Ischtar davon aus, dass Atlan den Stein der Weisen erringen würde? Rechnete sie mit einem Scheitern?*

*Von Sofgart erfuhren wir, dass das Zentralorgan aus varganischen Wissenschaftlern entstand, die vor langer Zeit eine Symbiose mit Tieren und ganz speziellen Pflanzen eingingen, um »ihr Bewusstsein zu erweitern und noch unglaublichere Dinge zu erschaffen, als sie ohnehin schon zuwege gebracht hatten«. Wie Atlan in diesem Zusammenhang richtig feststellte, müssen die Varganen ein experimentierfreudiges Volk gewesen sein; verwiesen sei auch auf den »Zeitwächter« Ngulh, dem der Kristallprinz im Dreißig-Planeten-Wall begegnete und der sich als »Verschmelzung von Varganenbewusstseinen mit einem elektronischen Trägerkörper« bezeichnet hatte.*

*Laut Sofgart kannte das Zentralorgan den Weg zum Stein der Weisen. Eine Verlängerung des Kurses der* KARRETON *hätte uns höchstwahrscheinlich zum Rand der Öden Insel oder gar in den Leerraum hinaus gebracht. Dazu kam es bekanntlich nicht, der Kerl starb, das Quaddin-Zentralorgan wurde von Atlan mit meinem* Skarg *vernichtet. Damit hatten wir die Spur verloren. Allerdings fragt sich, ob wir am Ziel der Reise wirklich schon den Stein der Weisen gefunden hätten. Ich gehe nicht davon aus, dass es die Varganen den Suchern »so einfach« machten. Mit großer Wahrscheinlichkeit hätten wir selbst bei einem Erfolg die galaktische Schnitzeljagd fortsetzen müssen. Ich weiß nicht, wo sie uns hingeführt hätte – gilt dies aber auch für Ischtar? Was weiß sie, was nicht? Wie passt Margon in das Puzzle?*

*Vieles deutet darauf hin, dass Ischtar von Meschanort wusste, dass sie nach Beginn seines Tiefschlafs diese Versunkene Welt besuchte. Hätte er uns helfen sollen? Fest steht, dass er und Ischtar sich kannten. Und beide wussten von Magantilliken, seinen vermeintlichen Auftraggebern, den Varganen der Eisigen Sphäre – was immer das auch sein mag –, und somit auch von dem Hinrichtungsauftrag. Welchen Plan verfolgt Ischtar? Hofft sie vielleicht, Atlan könne ihr gegen Magantilliken helfen? Ist ihr Ziel viel langfristiger zu sehen?*

*Dovreen der Weise wie auch Meschanort bezeichneten sie als die Letzte Königin der Varganen. Auf Endroosen war eine goldene Ischtar-Statue ein eindeutiger Hinweis darauf, dass die Frau in diese Zwischenstation der Suche nach dem Stein der Weisen eingebunden war – ob nun mit oder ohne ihr Wissen sei einmal dahingestellt.*

*Wie ich es auch immer drehe und wende – der Varganin kommt eine Schlüsselrolle zu. Sie ist ohne Zweifel einerseits Hauptziel des Hen-*

*kers, verfolgt andererseits ihre eigenen Ziele, in denen Atlan und ihr gemeinsames Kind eine wichtige Rolle spielen. Atlan ist der Kristallprinz, er wird nach der Ausschaltung Orbanaschols der Imperator des Großen Imperiums sein. Königin der Varganen, Herrscher des Tai Ark'Tussan, ein gemeinsames Kind – spielen hier gar dynastische Überlegungen eine Rolle? Die Herrschaft über ein Reich von Arkoniden und Varganen?*

*Je länger ich darüber nachdenke, desto sicherer bin ich, dass ich nicht einmal einen Zipfel dessen erfasse, was hinter alldem steckt! Nur Ischtar selbst kann uns vielleicht darüber Auskunft geben – fragt sich allerdings, ob sie das überhaupt will …*

**Margon: 6. Prago des Ansoor 10.498 da Ark**

Magantilliken kam erst gegen Mittag. Er landete mit einem größeren Gleiter, dessen Kabine auch einen Flug in den Weltraum ermöglichte. Ein Dutzend seiner Androidendiener stieg aus und wartete auf seine Anordnungen. Fartuloon, Ra und ich blieben neben dem Gebäudetrakt stehen. Wir sahen zu, wie auch Magantilliken den Gleiter verließ, einige Worte zu den Androiden sprach und dann zu uns kam. Wenige Meter vor mir blieb er stehen. »Sie haben einen nächtlichen Ausflug unternommen, wie ich erfahren habe … Nein, keine Ausflüchte, ich weiß alles. Ich weiß auch, dass Sie von einem meiner Diener abgeholt wurden und nicht aus eigener Initiative handelten. Nur verstehe ich nicht, warum Sie meinen Diener zerstörten, nachdem er Sie zurückgebracht hatte.«

Ich überlegte, ob ich ihm die Wahrheit sagen sollte. Ehe ich mich entscheiden konnte, kam Fartuloon mir zuvor und sagte: »Er wollte es und bat uns darum. Aber das werden Sie sicherlich nicht verstehen, oder befassten Sie sich schon einmal mit der Psyche Ihrer Androiden?«

»Sie werden programmiert und besitzen keine Psyche. Es kann sich nur um einen Produktionsfehler handeln. Er handelte gegen die Bioprogrammierung und musste als logische Konsequenz seine Zerstörung verlangen.«

Fartuloon nickte. »Wenn Sie das als einen Produktionsfehler bezeichnen, muss ich Ihnen Recht geben.«

Magantilliken beendete die Diskussionen um seinen ungetreuen Diener mit einer wegwerfenden Handbewegung. »Ich muss

Sie bitten, mich jetzt zu begleiten. Wir unternehmen einen Ausflug.«

»Ausflug?« Ich sah ihn verdutzt an. »Steht dieser Ausflug in irgendeinem Zusammenhang mit dem Vorkommnis der letzten Nacht?«

Er lächelte dünn. »Das hat nichts damit zu tun. Nein, er war geplant, bevor Sie mich belauschten. Folgen Sie mir bitte in den Gleiter.«

»Und die Androiden?«

»Bleiben hier.«

»Und warum nehmen wir nicht gleich unser Beiboot? Es ist größer und schneller als Ihr Gleiter.«

»Sie können das Beiboot zu Ihrem Kugelraumer schicken.«

»Wir sollen alle drei mitkommen?«, vergewisserte sich Ra, dem es zwischen den Ruinen offenbar recht gut gefiel. Als der Henker Zustimmung signalisierte, fügte er schnell hinzu: »Wartet noch einen Augenblick, ich hole nur den Rest unserer Vorräte …«

Ehe Magantilliken protestieren konnte, verschwand er im Innenhof und kehrte mit einem Blätterpaket zurück. Fartuloon grinste und sagte entschuldigend: »Unser Fleisch. Sie müssen es ja doch einmal erfahren: Wir sind nämlich Barbaren.«

Der Henker reagierte nicht. Er verstand wohl keinen Spaß. »Wir haben keine Zeit zu verlieren. Nehmen Sie Kontakt zu Ihrem Kugelschiff auf, ich werde es aus der Neutralisierung entlassen – und schlage vor, dass Sie es zum Heimathafen zurückschicken. Einstweilen wird es Ihnen nicht von Nutzen sein.«

*Er spricht von »Heimathafen«*, flüsterte der Logiksektor. *Demnach hast du bei der Untersuchung nichts über Kraumon verraten.*

*Oder es hat ihn nicht interessiert*, dachte ich. *Sofern er nicht ohnehin lügt.*

Noch während Magantilliken sprach, hatte Fartuloon die Funkverbindung zur FARNATHIA hergestellt. »Endlich!«, rief Morvoner mit einem erleichterten Seufzen. »Was ist passiert?«

Ich gab ihm einen knappen Bericht über unsere letzten Erlebnisse, den er mit steigender Spannung verfolgte. »Und jetzt?«, wollte er wissen, nachdem ich geendet hatte. »Wie geht es weiter?«

»Ihr fliegt nach Kraumon und wartet auf weitere Befehle.«

»Und ihr?«

»Wir fliegen nach Tabraczon«, warf Magantilliken ein. »Es ist einer der vielen zentralen Stützpunkte, die mein Volk früher errichtet hat. Von dort aus kann Atlan Sie ohne Mühe per Hyperkom erreichen. Beruhigt Sie das?«

»Beträchtlich.« Ich wusste genau, dass Morvoner ganz anders dachte. Natürlich wäre er gern in unserer Nähe geblieben, aber ich war mir sicher, dass Magantilliken dann Schwierigkeiten machen würde. Aus seinen Worten war zu schließen, dass wir an Bord seines Raumschiffs gehen würden. Dass wir von diesem im Margon-System nicht die geringste Spur entdeckt hatten, bewies eindrucksvoll, dass es über vergleichbar leistungsfähige Antiortungseinrichtungen wie Ischtars »Doppelpyramidenschiff« verfügen musste.

*Vielleicht kreist es gar im Orbit nahe der FARNATHIA, ohne dass wir etwas davon bemerkt haben*, durchfuhr es mich. Laut sagte ich: »Nehmt die F-eins in Fernsteuerung und schleust den Diskus ein. Wir melden uns, sobald es möglich ist.«

»Verstanden.« Seiner Bestätigung war anzuhören, dass ihm ganz andere Worte auf der Zunge lagen, doch der Verc'athor verzichtete darauf, sie auszusprechen. Die notwendigen Schaltungen waren rasch ausgeführt, kurz darauf startete das Beiboot.

Magantilliken wies auf den Gleiter und ließ uns den Vortritt, was jedoch keiner von uns als einen Akt der Höflichkeit auslegte. Ich stieg als Erster ein und nahm in der zweiten Reihe hinter den Kontrollen Platz. Fartuloon und Ra folgten. Als Letzter stieg der Henker ein und setzte sich hinter die Kontrollen. Die Luke schloss sich, das Dach wurde transparent, so dass wir nach draußen sehen konnten. Unter uns versanken die Ruinen und unser Beiboot. Die Androiden wurden zu winzigen Pünktchen und entschwanden unseren Blicken. Wir flogen nach Westen und stiegen immer höher, bis der Himmel dunkelblau und dann violett wurde. Ich lehnte mich in die Polster zurück. Eins wusste ich ganz sicher: Unser Leben war nicht unmittelbar bedroht. *Aber das*, ahnte ich, *kann sich mit einem einzigen Gegenbefehl aus der Eisigen Sphäre ändern.*

Es dauerte nicht lange, bis das wie pures Gold schimmernde Gebilde größer und größer wurde, das aussah wie zwei mit ihren Grundflächen verbundene Pyramiden. Ein gewaltiges Oktaeder, da die Begrenzungsflächen aus acht gleichseitigen Dreiecken bestanden. Unwillkürlich fragte ich mich, ob es die gleichen Abmessungen wie Ischtars Raumer besaß. Wir näherten uns der Äquatorkante, ein Schleusentor glitt auf. Mein Extrasinn verglich die Abmessungen und setzte sie in Relation zu dem Gleiter, als wir in die erleuchtete Halle schwebten, und teilte mit: *Kantenlänge rund 600 Meter, Gesamthöhe 848 Meter. Offenbar varganisches Standardmaß.*

Wir stiegen aus und folgten dem Varganen in einen bläulich beleuchteten Gang. Ich hatte versucht, seinen Gefühlszustand an den goldenen Augen abzulesen, scheiterte aber kläglich. Der Vargane strahlte eine überlegene Ruhe aus. Welche Rolle wir in seinem Weltbild spielten, war nicht festzustellen, besorgt war er jedenfalls nicht. Fasziniert betrachtete ich das Symbol auf seinem tiefblauen Umhang, den gelben verschlungenen Streifen im schwarzen Kreis. *Ein etwas seltsames Symbol für einen Henker,* dachte ich. *Zu einem Philosophen oder Dimensionsmathematiker hätte das Zeichen weit eher gepasst als zu einem Scharfrichter, auch wenn er einem so alten Volk wie dem varganischen angehört.*

Nach einigen hundert Metern ließ uns Magantilliken in einem Saal nahe der Zentrale zurück. Wortlos deutete ich auf die Aggregatblöcke, wies auf die Instrumente und Kontrollen des Varganenschiffes, aber Fartuloon schüttelte wiederholt den Kopf. Das Problem war klar und brauchte eigentlich nicht besprochen zu werden. Ich hatte vor, mit Magantilliken zu fliegen, der Bauchaufschneider war skeptisch. Mit meiner Geste wollte ich ihm klar machen, was für uns auf dem Spiel stand: Offenkundig gehörte das Schiff Magantilliken, aber außer ihm gab es anscheinend kein weiteres Besatzungsmitglied an Bord. Das bedeutete, dass er – wie Ischtar – ganz allein in der Lage war, das Schiff zu steuern. *Schon die Einrichtungen, die ihn dazu befähigen, sind für uns von unschätzbarem Wert.*

»Ich traue dem Varganen nicht«, sagte der Bauchaufschneider rau. Wir konnten zwar frei sprechen, mussten allerdings mit Abhöreinrichtungen rechnen. »Ich hatte schon immer eine Abneigung gegen Henker. Zu viele haben schon versucht, mich um meinen Kopf zu bringen. Und dir geht es nicht anders.«

»Das ist mir bekannt. Aber noch wissen wir nicht, was Magantilliken plant. Es fehlt der letzte Beweis, dass er der Henker der Varganen ist.«

»Wenn er ihn liefert«, sagte Ra gelassen, »wird es für uns zu spät sein.«

*Die Einwände sind berechtigt,* signalisierte der Logiksektor. Das war selbstverständlich, schließlich waren meine Freunde gewohnt, gründlich nachzudenken, bevor sie Einwände erhoben. *Da der Var-*

*gane offensichtlich ohne Hilfe sein Raumschiff beherrscht, dürften ihm auch die Waffen der FARNATHIA nicht gewachsen sein.*

Das klang nicht sehr beruhigend.

Magantillikens Bild erschien in einer Holoprojektion; er nickte stumm, während seine Finger über ein Instrumentenpaneel huschten. Dann ertönte ein schwaches Summen, das aus dem Schiffsinnern kam. Weitere Holoprojektionen flammten auf und zeigten uns die FARNATHIA, aus deren Ringwulstdüsen die Impulsstrahlen grell hervorbrachen.

*Das varganische Schiff fliegt auf gleichem Kurs und mit gleicher Geschwindigkeit,* meldete der Logiksektor. Das war eine neue Überraschung, denn ich konnte nichts von den Geräuschen des Antriebs hören, die normalerweise die Beschleunigung eines Raumschiffs begleiteten. Entweder war Magantillikens Schiff mit einem unerhörten Aufwand schalldicht gemacht worden – ich kannte derlei von extrem kostspieligen Luxusjachten arkonidischer Milliardäre –, oder aber der Antrieb war von sich aus so leise. Mehr denn je war ich daran interessiert, Zugang zu diesen Maschinen zu erhalten. Nur mit überlegener Technologie war Orbanaschol III. auf die Dauer beizukommen, nur so hatten wir eine Chance, notfalls den Kralasenen oder Verbänden der Arkonflotte entwischen zu können, falls sie uns eines Tages aufstöbern sollten.

Magantilliken verzog keine Miene, als Morvoner die Aggregate der FARNATHIA mit höchster Kraft arbeiten ließ. Mit einer kleinen Handbewegung beschleunigte auch er sein Schiff, dann trennte er die Funkverbindung. Später sahen wir auf einem großen, kreisförmigen Instrument einen kurzen Ausschlag; vermutlich verursacht durch die Strukturerschütterung, die bei der Transition der FARNATHIA entstanden war.

»Wir sind am Ziel«, verkündete Magantilliken kaum eine Tonta später gleichmütig.

Ich schnappte nach Luft, neben mir hörte ich Fartuloon leise stöhnen. Die Holoprojektion bewies uns, dass der Vargane nicht versuchte, uns auf den Arm zu nehmen. Wir sahen einen Planeten, um den das Doppelpyramidenschiff offensichtlich kreiste. Sofort sah ich, dass es sich nicht mehr um Margon handeln konnte.

*Magantilliken muss die Wahrheit gesagt haben. Das hat atemberau-*

*bende Konsequenzen. Wir haben nichts gespürt, keine Beschleunigung, keinen Transitionsschock, wie er sonst die Besatzungen quält,* dachte ich. *Was für einen Antrieb hat das Schiff? Der technologische Vorsprung der Varganen lässt sich vermutlich nur in Jahrtausenden ausdrücken, wenn nicht in noch größeren Zahlen. Würde es uns gelingen, das Erbe dieses Volks anzutreten, könnte Orbanaschol ein rasches Ende finden.*

»Es ist noch zu früh für solche Spekulationen«, hörte ich hinter mir Fartuloon. Offenbar hatte er aus meinem Gesichtsausdruck abgelesen, welche Gedanken mich beschäftigten.

»Ich weiß«, murmelte ich und begann mich zu fragen, wie die Arkoniden einen solchen Sprung nach vorne verkraften würden. Binnen einer Generation ein Jahrtausend technischer Fortentwicklung aufzuholen, musste einen gewaltigen Schock auslösen. Mein Blick fiel auf Ra, der mit verschränkten Armen dastand und schweigsam die Vorgänge in den Holos verfolgte. Es war noch gar nicht so lange her, da hätte ich ihn ohne Zögern als primitiven Barbaren bezeichnet, der gerade erst gelernt hatte, mit Feuer und Steinen zu hantieren. Er hatte in erstaunlich kurzer Zeit den noch größeren Unterschied zwischen seiner Steinzeitkultur und der Technologie der Arkoniden aufgeholt, aber ob dies auch meine arkonidischen Artgenossen würden schaffen können …? Ich hatte meine Zweifel, zumal sich allmählich erste Anzeichen einer Degeneration bemerkbar zu machen begannen.

Während ich diesen Gedanken nachhing, steuerte Magantilliken sein Schiff ruhig und sicher auf den Planeten zu. Tabraczon war eine Sauerstoffwelt von ungewöhnlicher Größe. 18.382 Kilometer Durchmesser zeigte eine Einblendung in *Satron*-Schrift. Ich überflog den Textblock. Die Schwerkraft betrug 1,01 Gravos, der Umlauf zweihundert Tage zu 17,75 Tontas.

»Hier hat Ischtar ihren Stützpunkt.« Magantilliken sprach gleichmütig wie immer, mehr zu sich selbst als zu uns. Vielleicht betrachtete er uns als minderwertig und nahm uns nicht ernst, weder als Mitkämpfer noch als Gegner. Mich packte der Wunsch, diese Gleichgültigkeit zu zerstören, dem Mann mit den goldenen Augen und dem langen rotblonden Haar irgendeine Gefühlsäußerung zu entlocken. In meinem Schädel entstand ein Impuls, der einem verzweifelten Kopfschütteln entsprach. Auf diese Weise kommentierte der Logiksektor meinen Wunsch, ich gab ihm rasch Recht. Indes erschien mir der Vargane immer stärker in dem Licht, in dem ihn vor allem Fartuloon sah. Die Besorgnis in mir wurde größer, dass Magantilliken uns lediglich als Werkzeuge betrachtete, mit deren Hilfe er Ischtar aufstöbern konnte und die er anschließend als nutzlos vernichten würde.

Wenig später schwebten wir langsam über die Oberfläche Tabraczons. Das Gebiet, das das Raumschiff überflog, war Teil einer ausgedehnten Savanne mit dichtem Bewuchs. Fährten bewiesen, dass es hier offenbar eine reichhaltige Fauna gab. Weiter südlich erstreckte sich ein erschreckend großes Wüstengebiet, im Norden fanden sich ausgedehnte Wälder, die sich bis hoch in die Gebirge zogen. Aus der Luft konnten wir manchmal leichte Verfärbungen des Bewuchses sehen, vieleckige Flächen hoben sich durch eine winzige Verschiedenheit der Farbe vom einheitlichen Grün ab. Unter dem Gras mussten an diesen Stellen Überreste der Varganen zu finden sein. Die Spuren zeigten, dass dieser Planet tatsächlich vor langer Zeit intelligentes Leben getragen haben musste.

Allmählich senkte sich das Land, fiel sanft der Küstenlinie entgegen. Vor uns lag ein gewaltiges Binnenmeer. In der geografischen Mitte dieses Meeres lag eine riesige Insel. Ohne jeden Ruck setzte das Doppelpyramidenschiff auf dem Boden Tabraczons auf. Wortlos desaktivierte Magantilliken den größten Teil der Anlagen und Aggregate, deren Sinn und Zweck ich nur näherungsweise zu begreifen vermochte. Vieles an der varganischen Technologie war für mich unverständlich, aber ich war gewillt, diese Maschinen gebrauchen zu lernen.

Die Holoprojektion erlosch, kurz darauf kam der Vargane. Wir folgten ihm zum Gleiter. Nur das leise Pfeifen des Fahrtwinds störte wenig später die Stille, mit der der Gleiter über dem Wasser schwebte. Das Meer war grünlich gefärbt und sah von oben verlockend erfrischend aus. Ich verspürte nicht geringe Lust, ein ausgiebiges Bad in den Fluten zu nehmen.

»Die Insel.« Ra deutete nach vorn, wo sich langsam die Küstenlinie über den Horizont schob. Steile, schroffe Felsen ragten vor uns auf, weiß brandete das Meer gegen die Klippen. Magantilliken zog den Gleiter etwas höher. Sobald wir über den Küstenrand blicken konnten, war uns klar, dass wir unser Ziel erreicht hatten. Die Bauwerke nahe der Küste waren bestimmt noch nicht sehr alt, der metallische Glanz bewies es, der zu uns herüberstrahlte. Als wir näher kamen, konnten wir den großen Energieschirm sehen, der sich über der Mitte der ausgedehnten Station wölbte. Nur ein Teil der weitläufigen Anlage war ungeschützt und würde von uns betreten werden können – sofern es keine andere Sicherungen gab.

»Ich schlage vor, Sie landen ein Stück von der Station entfernt«, sagte ich betont gleichmütig.

Magantilliken nickte knapp – zu mehr ließ er sich nicht hinreißen. Fartuloon sah die Bewegung und grinste mich an, als freue er sich, dass ich langsam auch herausfand, was für ein merkwürdiges Wesen dieser Vargane war. Ohne sich um uns zu kümmern, ließ er den Gleiter etwa tausend Meter vor dem ersten Gebäude niedergehen und auf dem grasbedeckten Boden landen. Bevor ich den Gleiter verließ, überprüfte ich noch einmal meine Waffen. Dann nahm ich mir Zeit, die Umgebung sorgfältig zu mustern. Die Luft war schön warm und durchsetzt vom Duft vieler Gewächse, ein angenehmer Kontrast zu den typischen Gerüchen an Bord eines Raumschiffs.

Von meinem Standort aus konnte ich nicht erkennen, nach welchem Grundriss die Station angelegt worden war. Ich sah eine Reihe von niedrigen Flachdachhäusern, die durch weiß glänzende Wege miteinander verbunden waren. Den größten Teil der Anlage konnten wir nur undeutlich sehen, da er unter der gewaltigen Kuppel des Energieschirmes lag. Die Meiler, die die nötige Energie für den Schirm lieferten, mussten beachtliche Ausmaße haben – ihre Leistung entsprach mindestens der großer Schlachtschiffsreaktoren.

»Wie kommen wir in die Station hinein?«, murmelte Fartuloon.

»Ganz einfach«, wurde er von Magantilliken belehrt. »Möglichkeit eins: Der Schirm kann nur von innen aktiviert werden. Dann befindet sich Ischtar im Innern und wird uns einlassen. Möglichkeit zwei: Der Schirm kann auch von außen geschaltet werden. In diesem Fall werden wir nach dem Schalter suchen. Es gibt nur ein paar hunderttausend Möglichkeiten, einen solchen Schalter zu verstecken.«

Fartuloon schüttelte fassungslos den Kopf. Magantilliken sprach von den Versteckmöglichkeiten, als sei es ein Kinderspiel, die hunderttausend Kombinationen durchzuprüfen.

»Woher sollen wir wissen, dass Ischtar tatsächlich etwas mit der Station zu tun hat?«, erkundigte sich Ra.

Magantilliken zog die Brauen in die Höhe und bedachte den Barbaren mit einem vernichtenden Blick. Ra reagierte darauf mit einem Grinsen, das nicht die kleinste Spur von Respekt zeigte.

»Ich weiß es. Also stimmt es.« Die Selbstherrlichkeit dieses Mannes fiel mir auf die Nerven. Ich war allerhand gewohnt. Wir Arkoniden waren immerhin in der Galaxis als arrogant verschrien, aber ein derart übersteigertes Selbstwertgefühl hatte ich noch nicht erlebt. Der Bursche tat, als seien wir mitgekommen, um seine Stiefel zu putzen. Während ich mich zu beruhigen versuchte, wanderte mein Blick seitwärts. Die Insel war mit Wald bestanden, der dringend Pflege gebraucht hätte. Die Fläche vom Meer bis zu uns war mit Gras bewachsen, an den anderen Seiten der Station hatte sich der Wald bedenklich nahe an die Gebäude herangeschoben.

»Ich vermisse etwas«, murmelte Fartuloon, nervös krampfte sich seine Hand um den Griff des *Skarg*.

»Was fehlt dir?«, wollte Ra wissen.

»Unsere Freundin Ischtar hatte schon immer eine besondere Schwäche. Ich vermisse Riesentiere, die …«

»Völlig überflüssig!«, rief ich. »Da kommen sie.«

Als hätten sie auf ein Stichwort gewartet, brach die Horde aus den Wäldern. Es waren Tiere, die wir in ähnlicher Form schon gesehen hatten, nur ins Riesenhafte vergrößert. Von rechts stürzte sich ein Hund auf Ra. In dem weit aufgerissenen Maul des Tieres hätte Ras gesamter Oberkörper Platz gehabt. Mit der gedankenschnellen Bewegung, die für ihn typisch war, griff er zu seiner Waffe und eröffnete das Feuer. Sein Schuss traf den Riesenhund in die Stirn. Das Tier machte noch ein paar Schritte, dann brach es zusammen. Wir spürten, wie der Boden unter dem Aufprall erbebte.

»Los, sucht Deckung hinter dem Hund!« Fartuloon rannte als Erster los. Mit seinem *Skarg* spaltete er einer Ratte den Kopf, die gerade ihre gelblichen Zähne in seinen Magen graben wollte. Grell klang der Todesschrei des Angreifers in unseren Ohren.

Ich rannte los, sprang über den Rattenkadaver und warf mich hinter dem Hund auf den Boden. Es krachte dumpf, als neben mir ein erstaunlich schnellfüßiger Magantilliken aufprallte. Auch er hatte eine stabförmige Waffe gezogen und feuerte auf die Tiere. Sie schienen keine Todesfurcht zu kennen. Ohne sich um unser Schießen zu kümmern, griffen sie gradlinig an. Wir hörten das Donnern der Schüsse, dazwischen das Fauchen und Knurren der angreifenden Tiere. Ra holte mit drei Schüssen vier Vögel aus der Luft, die über unseren Köpfen eine Formation gebildet hatten und gerade zum Sturzflug ansetzten, als Ra die Tiere im letzten Augenblick entdeckte. Ein Wirbel von Federn ging auf uns nieder und nahm uns die Sicht. Dieser Augenblick reichte für die Tiere – zwei, drei Angreifer tauchten unter unseren Schüssen weg und warfen sich auf uns. Ein Hieb traf mich an der Schulter und riss mich von den Beinen; instinktiv feuerte ich, ohne genau zu zielen.

Das Federgewimmel vor meinen Augen löste sich auf, ich blickte in einen weit geöffneten Rachen mit schwärzlich gesäumten Zähnen. Krachend schlossen sich die Kiefer unmittelbar vor meinem Gesicht, durchdringender Raubtieratem schlug mir entgegen. Dann zischte ein Desintegratorschuss eine Handbreit an meiner Nase vorbei. Der Schädel zuckte zurück, das sterbende Tier rollte seitlich ab und brach mir dabei fast den linken Arm. So rasch ich konnte, sprang ich wieder auf und suchte hinter dem Hundekadaver Deckung. Ra grinste mich mit weißen Zähnen an. Er hatte offenbar den Schuss abgegeben, der so dicht an mir vorbeigezischt war.

Unsere Lage wurde nach und nach bedrohlicher. Immer mehr Tiere brachen aus dem Wald hervor und griffen in die Kämpfe ein. Es war ein Schlachten, nahezu jeder Schuss traf ein Ziel. Überall wälzten sich sterbende Tiere auf dem Boden, das Gras färbte sich rot. Solange sie lebten, ob verwundet oder nicht, griffen die Tiere an, ohne Rücksicht auf ihre eigene Existenz.

»Es muss sich um Züchtungen handeln«, keuchte Fartuloon zwischen zwei Schüssen. »Erinnerst du dich an die Plasmagruben auf Za'Ibbisch? Die Androiden dort ließen sich nicht mal von Individualfeldern aufhalten.«

Ich nickte kurz, während ich an Magantilliken vorbeischoss und so Ra etwas Luft verschaffte. Nur zu gut standen mir die Grauen erregenden Monstren noch vor Augen, die uns auf der Schwarzen Welt zugesetzt hatten. Vor uns wuchs ein Wall aus Kadavern in die Höhe, aber auch dieses Hemmnis konnte die Angriffswut nicht brechen. Ich erschrak, als ich sah, wie sich einige Tausendschaften kleinerer Tiere, kaum handspannengroß, daranmachten, den Berg aus Fleisch mit rasender Geschwindigkeit abzutragen.

Ich stellte meinen Kombistrahler auf breitere Streuung und nahm die Aasfresser unter Feuer. Zu Hunderten vergingen sie im

Desintegratorstrahl meiner Waffe, aber für jedes getötete Tier schienen im gleichen Augenblick vier neue förmlich aus dem Boden zu wachsen. Mir war klar, dass es sich bei diesem mörderischen Angriff nicht um eine spontane Aktion der Tiere handeln konnte. Ein solcher Angriff war lange vorher geplant und gesteuert worden. *Vermutlich ist dies die erste Maßnahme, die Ischtar zum Schutz ihrer Station getroffen hat.*

Bevor ich handeln konnte, änderte sich die Angriffsrichtung der Tiere. Während ich stolperte und mit dem Kinn hart auf dem Boden aufprallte, sah ich zwei graubraune Kolosse, die sich mit robotischer Sturheit ihren Weg suchten – gradlinig auf unseren Gleiter zu. Meine Waffe ruckte in die Höhe; mit einer Fingerbewegung stellte ich auf Dauerfeuer und hielt den TZU-4 unverwandt auf die Kolosse gerichtet. Der Erfolg blieb aus, wirkungslos bohrte sich der Strahl durch den Körper. Ich versuchte es mit einem gefächerten Strahl, zielte auf die Beine der Tiere, auch dies ohne Erfolg.

»Magantilliken!«, schrie ich. »Achtung, die Tiere greifen den Gleiter an!«

Der Vargane fuhr herum, ich sah, dass er erbleichte. Auch er richtete seine Waffe auf die beiden Kolosse, die gerade den Gleiter erreicht hatten. Ich hörte das Zischen des Strahls, dann das Kreischen des Metalls, das sich unter dem Anprall der Giganten verformte. Etwas splitterte, ein dumpfes Krachen erklang. Methodisch machten sich die Giganten daran, den Gleiter zu einem unförmigen Klumpen zusammenzutreten. Eine Explosion schien die Bestien ebenso wenig zu stören wie die klaffenden Wunden, die das zerfetzte, scharfkantige Metall der Schale in ihre Leiber schnitt. Ich stöhnte auf, als ich sah, wie das Fahrzeug systematisch zerstört wurde.

Magantilliken stieß eine Reihe wüster Flüche aus. So misslich unsere Lage auch war, es erfüllte mich mit stiller Freude, dass er endlich die Maske der Gleichgültigkeit abgelegt hatte. Jetzt war er darauf angewiesen, sein Raumschiff herbeizurufen, wollten wir die Insel wieder verlassen. Leider hatte ich nicht viel Zeit, mich zu freuen. Der Angriff der beiden Kolosse, die noch immer stur auf den qualmenden Resten des Fahrzeugs herumtrampelten, hatte uns von den anderen Feinden abgelenkt. Gefährlich nahe waren uns die angreifenden Horden gekommen, der Wall existierte nur noch in Überresten. Ra und Fartuloon standen Rücken an Rücken und setzten ihre Waffen ein. In der Linken hielt der Bauchaufschneider einen Strahler, mit der Rechten schwang er das *Skarg*. Ein riesiges Maul, von nadelspitzen Zähnen starrend, öffnete sich vor seiner Brust, aber an dem Harnisch, den Fartuloon trug, prallte der Angriff ab. Augenblicke später sank die Bestie mit eingeschlagenem Schädel zurück.

Ra hatte in jeder Hand einen Strahler und feuerte beidhändig. Der Barbar musste über unglaublich scharfe Augen und ein atemberaubendes Koordinationsvermögen seiner Bewegungen verfügen, denn jeder seiner Schüsse traf, und nur selten war Ra genötigt, einen zweiten Schuss auf das gleiche Ziel abzugeben. Magantilliken und ich sahen keine Möglichkeit mehr, den Gleiter zu retten, daher richteten wir unsere Waffen wieder auf die Gegner rings um meine Freunde. Nur für kurze Zeit gelang es uns, den Angriff zurückzudrängen. Magantilliken und ich stellten uns rasch zu Ra und Fartuloon und konnten so alle vier Himmelsrichtungen abdecken. Ra hatte zusätzlich den Schutz gegen Attacken aus der Luft übernommen. Einen Winkel aber hatten wir vergessen. Ich spürte die Bewegung als Erster – tief unter uns rührte sich etwas im Boden. Auch an anderen Stellen der Grasfläche sahen wir Bewegungen des Bodens. Hügel tauchten plötzlich auf, und aus diesen schoben sich weißliche, glatte Köpfe.

»Bei den Sternengöttern«, stöhnte Fartuloon auf. »Jetzt kommen sie auch noch von unten.«

Ich spürte, wie ich angehoben wurde, verlor den Halt und fiel zur Seite. Magantilliken zog es vor, seinen Umhang zu benutzen und sich fliegend aus der Gefahrenzone zu entfernen. Ra stieß ein Knirschen aus und richtete seine Waffe auf den Varganen; sein Schuss hätte mit Sicherheit getroffen, wäre Fartuloon ihm nicht im letzten Augenblick in den Arm gefallen.

»Das heben wir uns für später auf«, knurrte der Bauchaufschneider. Während er sprach, feuerte er weiter, ein Schuss riss einem Tier den Kopf weg. Der Rumpf stürzte und prallte auf mich, während ich mich gerade wieder aufrichten wollte. Der Aufprall ließ mich fast besinnungslos werden. Etwas schlang sich um meinen Hals und schnürte mir die Kehle zu; ich versuchte, mich zu wehren, aber meine Arme schienen gelähmt zu sein. In meinen Schläfen hämmerte der Puls immer schneller und härter. Ich wollte schreien, Ra und Fartuloon herbeirufen, aber ich produzierte nur ein dumpfes Keuchen, dann verlor ich endgültig das Bewusstsein.

Ich erwachte mit tobenden Kopfschmerzen, die meinen Schädel zu zertrümmern schienen. Um mich war es finster, aber ich spürte, wie ich bewegt wurde. Meine Gliedmaßen versagten den Dienst, ich konnte weder Arme noch Beine bewegen. In meine Nase drang ein merkwürdiger, harziger Geruch.

»Verdammt«, knurrte ich und stellte befriedigt fest, dass ich wenigstens noch reden konnte. Langsam kehrte auch das Gefühl in meinen Armen und Beinen zurück, dennoch konnte ich nicht einmal die Hand heben. Allmählich dämmerte mir, dass ich an Händen und Füßen solide gefesselt war. Wer oder was hatte mich gefesselt und schleppte mich nun mit? Ich hörte ein halblautes Knistern und Knarren. Irgendetwas hatte mich am Kragen meiner Kombination gepackt und schleifte mich unsanft über einen rauen Boden. Ab und zu rutschte ich über spitze Steine, die sich schmerzhaft in meinen Rücken bohrten.

»Ra!«, schrie ich, so laut ich konnte. »Fartuloon!« Ich hörte keine Antwort. Dafür hörte für kurze Zeit der Zug an meinem Hals auf, um dann verstärkt zu werden. Der Geruch wurde übler, ein Hauch der Verwesung umgab mich, ich hatte Mühe, meine aufsteigende Übelkeit niederzukämpfen. Immerhin, noch lebte ich. *Was ist aus Fartuloon geworden, aus Ra? Leben die beiden überhaupt noch?*

Im Geiste stellte ich eine Liste erlesener Flüche zusammen, mit denen ich den feige entflohenen Magantilliken zu bedenken gedachte. Laut auszusprechen wagte ich die Verwünschungen nicht, vielleicht war der Jemand, der mich als hilfloses Bündel fortschleppte, intelligent genug, um meine Worte zu verstehen. Ich wollte keinen zusätzlichen Ärger heraufbeschwören, meine jetzige Lage genügte mir vollauf. Allmählich wurde es heller, der Weg führte ziemlich steil in die Höhe, ich spürte es am veränderten Druck auf meinem geschundenen Rücken. Obendrein verstärkte sich der Druck um meinen Hals. Das Wesen, das mich derart transportierte, kümmerte sich wenig darum, ob ich Luft bekam oder nicht.

Plötzlich fiel grelles Sonnenlicht in meine Augen. Sofort senkte ich die Lider, um nicht völlig geblendet zu werden. Als sich die Augen allmählich an die neuen Verhältnisse angepasst hatten, sah ich mich neugierig um. Viel war nicht zu erkennen. Offenbar hatte mich mein immer noch unsichtbarer Gegner durch einen Gang geschleift. Jetzt rutschte ich holpernd über Waldboden und sah über mir das Grün der Bäume. In tiefen Zügen atmete ich durch und sog die kühle, klare Luft ein, ein Genuss nach dem modrigen Geruch in dem Gang. Plötzlich ließ mich mein Widersacher los, der Zug am Hals hörte auf. Ein Schatten schob sich über mein Gesicht, dann sah ich, in wessen Gewalt ich mich befand: Zwei riesige Facettenaugen, jedes größer als meine beiden Handflächen, starrten auf mich herab. Unmittelbar vor meinem Gesicht öffneten und schlossen sich zwei gefährlich aussehende Greifzangen.

Ich spürte, wie mein Puls zu rasen begann. Ich versuchte, mich zu bewegen, dem unausweichlich erscheinenden Biss zu entrinnen, aber die Riesenspinne hatte mich schon so fest eingesponnen, dass ich mich kaum rühren konnte. Zu schreien wagte ich nicht, um das Tier nicht zu reizen. Eine Weile klackten vor meinen Augen die Greifzangen gegeneinander, dann wandte sich das Tier ab. Augenblicke später zerrte es wieder an meinem Kragen und schleifte mich weiter. Ich wusste nicht, wie viel Zeit vergangen war, seit ich bewusstlos geworden und über welche Strecke ich verschleppt worden war. Ich versuchte die Tageszeit nach dem Stand der Sonne zu schätzen, das Ergebnis war niederschmetternd. Grob gerechnet musste ich seit mindestens einer Tonta in der Gewalt der Spinne sein, die mich unbarmherzig zog und zerrte. Mein Rücken schmerzte von den Steinen und Wurzelstümpfen, über die ich geschleift wurde. Wäre das feste Material der Kombination nicht gewesen, hätten die Hindernisse meinen Rücken wahrscheinlich bereits bis auf die Knochen aufgerissen.

»Ra!«, schrie ich noch einmal. »Fartuloon! Hilfe!«

Ich erhielt keine Antwort, vielleicht befanden sich die beiden Männer in ähnlich scheußlicher Lage. Lebten sie noch, konnten sie mich doch offenbar nicht hören. Ich zermarterte mir das Gehirn, um einen Ausweg zu finden, aber keine Möglichkeit fiel mir ein. Meine Arme lagen an den Seiten und waren nicht zu bewegen. Zwar spürte ich an der linken Hand den Griff des Kombistrahlers, aber die Hand hatte keinen Spielraum. Selbst die gewaltsamsten Bemühungen, meine Beine zu bewegen, schlugen kläglich fehl. Ich konnte nicht einmal die Beine anziehen, um so vielleicht zutreten zu können. Völlig hilflos war ich den Launen des Tiers ausgeliefert.

Der Weg stieg ein Stück an, dann legte mich die Riesenspinne wieder ab. Als sie den Transport fortsetzte, erkannte ich, dass wir offenbar am Ziel angekommen waren. Wieder nahm mich eine

Höhle auf. Ich wurde über harten Fels geschleift, dann spürte ich, wie die Spinne ihren Griff lockerte. Wenig später stand sie über mir. Am Hinterleib schimmerte es feucht – dort mussten die Spinndrüsen sitzen. Mit den Greifzangen packte mich das Tier an den Hüften und hob mich mit spielerischer Leichtigkeit in die Höhe. Angst ließ meinen ganzen Körper erstarren, auch ohne die Fesselung wäre ich zu keiner Bewegung mehr fähig gewesen. Die Spinne machte einige Schritte, dann ließ sie mich plötzlich los.

Laut aufschreiend stürzte ich in die Tiefe. Ich überschlug mich mehrmals in der Luft, ehe ich einen harten Schlag an der Schulter spürte. Etwas schnitt tief ins Fleisch, am Rücken und an den Beinen. Ich fühlte, wie der Widerstand schwächer wurde, mein Sturz langsam abgefangen wurde. Über mir sah ich einen hellen Fleck, dann das Vorderteil der Spinne. Ich begriff schlagartig, was mein Sturz zu bedeuten hatte. Die Spinne hatte mich in einen tiefen Schacht geworfen, über den sie quer ihr Netz gesponnen hatte. Die elastischen Fäden hatten meinen Sturz abgefangen. Ein Faden zog sich vor meinen Augen in die Höhe, bis zur Öffnung der Spalte.

Ich sah, wie die Spinne mit grausiger Langsamkeit den Faden herabkletterte. Nach einer kleinen Ewigkeit stand sie über mich gebeugt und starrte mich aus ihren ausdruckslosen Facettenaugen an. *Ist das Tier vielleicht intelligent? Wenn ja, liegt darin meine letzte Chance, dem drohenden Verhängnis zu entkommen.*

»Ich bin ein Freund von Ischtar«, sagte ich so ruhig, wie es meine aufgepeitschten Nerven zuließen. »Verstehst du, ich bin ein Freund von Ischtar, deiner Gebieterin. Sie wird böse sein, wenn sie erfährt, wie du mich behandelt hast.«

Ich redete wie ein Besessener, schwätzte wie ein Wasserfall, aber die Spinne reagierte nicht. Reglos stand sie über mir und starrte auf mich herab. Noch hatte sie nichts unternommen. War das eine Reaktion auf mein Reden? Ich sprach weiter, beschwor das Tier, schimpfte, fluchte und drohte mit Ischtars Zorn. Allmählich begann ich zu krächzen, meine Stimme überschlug sich. Bald brachte ich nur noch ein Stammeln zuwege. Ich gab auf.

Noch immer starrte mich das Biest an, plötzlich packten die Greifzangen zu. Noch ehe ich anfangen konnte zu schreien, wurde ich herumgewirbelt. Die Umwelt zog sich vor meinen Augen in Streifen, ich konnte nichts mehr erkennen, während ich mit rasender Geschwindigkeit um meine Längsachse gewirbelt wurde. Ich spürte, wie sich etwas um meine Beine legte und rasch höher kroch. Von Grauen geschüttelt, stellte ich fest, dass mich die Spinne in einen festen Kokon einspinnen wollte. Höher und höher stieg der Faden aus dem Hinterleib der Spinne. Schicht um Schicht wickelte die Spinne um meinen Körper. Es wurde warm, als der Spinnfaden zu einer harten Masse erstarrte. Abrupt hörte die Bewegung auf, ich wurde noch ein Stück geschleppt, dann wurde alles ruhig. Nur das Keuchen meiner Lungen war zu hören. Die rasend schnellen Drehbewegungen hatten mich schwindlig gemacht, es dauerte einige Zeit, bis ich wieder klar denken konnte.

Was mir bevorstand, war offensichtlich. Wie ihre kleineren Artgenossen verpackte diese Spinne einen Teil ihrer Jagdbeute in feste Kokons, Vorrat, der bei Bedarf verzehrt werden konnte. Wann das der Fall sein würde, konnte ich nicht wissen. Ein schauerlicher Tod stand mir bevor. Ich konnte in dem Kokon ersticken, wahrscheinlicher aber war die Möglichkeit, dass ich verdursten musste. Vielleicht jedoch kam die Spinne auch früher zurück und fraß mich auf …

»Ruhig, ganz ruhig.« Immer wieder murmelte ich diese Worte. In keinem Fall durfte ich in Panik verfallen, meine einzige Hoffnung lag darin, in aller Ruhe jede nur denkbare Möglichkeit zu prüfen, die mir helfen konnte. Zeit hatte ich einstweilen genug. Ich war nicht erstickt, der Kokon musste folglich luftdurchlässig sein. Bis der Durst meine Sinne verwirrte und mich delirieren ließ, konnten zwei bis drei Tage vergehen. Länger als vier, höchstens fünf Planetentage konnte ich ohne Wasser nicht existieren – dies war die Spanne, die mir verblieb, vorausgesetzt, die Spinne konnte in dieser Zeit ihren Hunger mit anderer Beute stillen.

Zunächst wollte ich versuchen, den Kokon aus eigener Kraft aufzubrechen. Zumindest die Finger konnte ich ein wenig bewegen, aber immer noch nicht genug, um an mein Messer heranzukommen. Ich zog die Beine ein Stück an, spürte, wie mich der Panzer behinderte, der sich aus der Fesselung gebildet hatte. Ich stöhnte vor Schmerz, strengte meine Muskeln weiter an. Es gab ein leises Knacken, dann wich der Druck auf meinen Oberschenkeln. Aufseufzend stellte ich fest, dass ich meine Beine ein paar Zentimeter weit in jeder Richtung bewegen konnte. Nun kamen die Arme an die Reihe, bis auch diese Sperre barst. In meiner Freude über meinen Erfolg nahm ich den stechenden Schmerz kaum wahr. Doch ich musste eine Pause einlegen.

Die Anstrengung kostete viel Luft, und die Poren in dem Kokon ließen nur vergleichsweise wenig Sauerstoff durch. Während sich meine Lungen wieder mit Luft füllten, versuchte ich die Hände zu bewegen. Auch sie wurden von einem verhärteten Spinnfaden gegen den Körper gepresst. Der Faden wies kleine Unebenheiten auf, die bei der geringsten Bewegung die Haut des Handrückens aufrissen. Verletzungen an dieser Stelle schmerzten besonders, dort lag die mit Nerven gespickte Knochenhaut fast unmittelbar unter der Haut. Ein Schnitt, der bis auf den Knochen gegangen sein musste, ließ mich aufschreien. Meine Augen begannen zu tränen, während der Schmerz nur sehr langsam nachließ. In Gedanken fluchte ich, dass ich nicht die Handschuhe des leichten Kampfanzugs angelegt hatte.

Ich war völlig erschöpft, als ich endlich meine Hände wieder ein wenig bewegen konnte. Die Flächen waren feucht von meinem Blut, ich selbst am Rande einer Ohnmacht, so tobten die Schmerzen in den Händen. Der gesamte Handrücken war an beiden Händen aufgerissen und zerschnitten, schickte pochende Schmerzwellen durch den ganzen Körper. Die Verletzungen waren eigentlich unbedeutend, aber sie schufen mehr Qual als ein paar Knochenbrüche.

Es dauerte einige Zeit, bis ich wieder klar denken konnte. Meine Lage hatte sich zweifellos verbessert, es fragte sich nur, ob der Vorteil groß genug war, mir eine Möglichkeit zu geben, aus dieser Todesfälle zu entkommen. Ich versuchte festzustellen, wie viel Bewegungsfreiheit ich besaß. Das Ergebnis war deprimierend. Ich konnte nach Herzenslust ein wenig zappeln, aber kaum mehr. Ich hatte gehofft, mit reiner Körperkraft den Panzer sprengen zu können. Jetzt musste ich einsehen, dass ich meine Kraft verschwendet hatte. Zwar konnte ich mich gegen die Wände des Kokons stemmen, aber die ungünstigen Ansatzwinkel ließen jeden Versuch von vornherein aussichtslos werden.

Auch mein Logiksektor schien keinen Rat zu wissen. Jetzt, da ich seine Hilfe bitter nötig hatte, schwieg er. Vielleicht konnten mir die Gürtelaggregate weiterhelfen. *Wenn es mir gelingt, den Individualschirm zu aktivieren …* Ich verwarf den Gedanken schnell wieder.

Stieß der Schirm in den Augenblicken seines Aufbaus auf ein Hindernis, würde die Schirmenergie zurückschlagen und den kleinen Generator detonieren lassen. Wahrscheinlich hätte ich die Explosion gar nicht mehr wahrgenommen.

*Immerhin eine Möglichkeit, dein Leiden zu verkürzen, falls es nötig sein sollte,* meldete der Logiksektor.

»Danke«, sagte ich laut. »Das war genau der Trost, den ich brauche.«

Das boshafte Organ antwortete nicht. Langsam ließ ich meine zerschundenen Hände über die Armaturen meines Gürtels wandern. Sorgfältig gab ich Acht, dass ich nicht versehentlich den Schirmfeldgenerator aktivierte. Als meine Finger die Kontrollen des Funkgeräts erreichten, begriff ich, warum ich von Fartuloon und Ra nichts mehr gehört hatte. Bei meinem Sturz mussten sie beschädigt worden sein; deutlich konnte ich fühlen, dass die Schaltung an einer Stelle aufgesprungen war. Mir wurde in meinem organischen Gefängnis warm, ich begann zu schwitzen. Ätzend lief der salzige Schweiß über die offenen Wunden und fraß sich in die Verletzungen. Es tat weh.

»… offen halten, damit Atlan uns vielleicht hören kann«, erklang es plötzlich. Instinktiv wollte ich aufspringen, krachte aber nach wenigen Zentimetern mit der Stirn gegen den Panzer des Kokons. Ich stöhnte leise, während ich mich zurücksinken ließ.

»Vielleicht ist sein Sender zwar defekt, aber der Empfangsteil noch in Ordnung«, hörte ich eine Stimme sagen; sofort erkannte ich das Organ Fartuloons. »Bist du sicher, dass du auf der richtigen Fährte bist?«

Ra sagte nichts, aber ich ahnte, wie er darauf reagieren würde: Er würde sich aufrichten und Fartuloon mit einem Blick fassungslosen Unglaubens angesichts einer solchen Frage ansehen.

»Schon gut«, hörte ich Fartuloon sofort beschwichtigend sagen. »Niemand bezweifelt deine Fähigkeiten. Dies ist also die Fährte, die Atlan gegangen ist.«

»Falsch«, ertönte Ras Stimme. »Er wurde geschleppt. Siehst du diese Spuren? Hier zeichnen sich seine Füße ab, genauer gesagt, seine Absätze. Diese langen Kerben beweisen, dass er auf dem Rücken lag, während er bewegt wurde. Diese Rillen lassen darauf schließen, dass Atlan gefesselt gewesen ist. Und daran kannst du erkennen, dass Atlan noch lebt.«

Der Barbar war unvergleichlich; am liebsten hätte ich meine Freude über seinen Scharfsinn laut hinausgeschrien.

»An dem kleinen Blutfleck?«

»Der Stein liegt so, dass Atlan mit dem Kopf dagegen prallen musste, wenn er so geschleppt wurde, wie ich es ermittelt habe.« Ra sprach mit Ruhe und Selbstvertrauen, während ich verzweifelt auszurechnen versuchte, an welcher Stelle sich die beiden aufhalten könnten. Mein Schädel war während der Rutschpartie mit vielen Steinen in Berührung gekommen, ich konnte mir den Platz beim besten Willen nicht vergegenwärtigen. »Tote bluten nicht. Allerdings würde ich gerne wissen, wie derjenige aussieht, der Atlan entführt hat. Wer auch immer es war, er hat seine Spuren gut verwischt.«

»Wir haben ja Atlans Spur. Vorwärts!«

»Ra, Fartuloon!« Meine Stimme klang dumpf in dem engen Gefängnis. Ich erhielt keine Antwort, der Sendeteil meines Geräts war offenbar tatsächlich ausgefallen. Es konnte nicht mehr lange dauern, dann mussten mich die beiden gefunden haben.

*Müssen sie wirklich?,* mischte sich, ungefragt wie immer, der Extrasinn ein. *Das letzte Stück Weges führte über harten Fels, wo sich kaum Spuren ergeben werden. Bedenke, dass sie dich, selbst wenn sie die Spalte finden, wahrscheinlich nicht erkennen werden.*

Natürlich hatte der Extrasinn Recht. Diese Erkenntnis traf mich wie ein Schlag. Seit ich die Stimmen meiner Freunde gehört hatte, war ich überaus sicher gewesen, dass sie mich finden und befreien würden. Die Information des Logiksektors stürzte mich jählings wieder zurück in die furchtbare Wirklichkeit.

»Sobald wir Atlan gefunden haben«, versprach Ra laut, »rechnen wir mit diesem Henker ab. Dieser Feigling hat uns einfach im Stich gelassen.«

Ich hörte seiner Stimme an, dass er seine Worte sehr ernst meinte. Der Barbar war in solchen Dingen extrem empfindlich. Untreue, Verrat oder Feigheit waren ihm zutiefst zuwider.

»Sofern wir Atlan überhaupt finden«, erinnerte Fartuloon mit düsterer Stimme. »Hier ist nur nackter Fels, weit und breit keine Spur von Atlan.«

»Es gibt auch Spuren, die durch die Luft führen.« Ich vermeinte zu sehen, wie Ra selbstsicher grinste. »Wer auch immer Atlan verschleppt hat, er hat bisher keinerlei Umwege gemacht. Also gehen wir gradlinig weiter. Vielleicht gibt es dort oben eine Höhle.«

»Bravo«, murmelte ich. »Weiter so, Barbar.«

*Du musst dich bemerkbar machen,* sagte der Logiksektor. Das Ding hatte leicht reden – ich konnte gerade ein paar Finger krümmen, mehr nicht. Ich war sicher, dass Schallwellen vom Material des Kokons weitgehend abgedämpft wurden, dass es keinen Sinn hatte, nach meinen Freunden zu rufen. Ich musste eine andere Möglichkeit finden, ihr Interesse auf mich zu lenken. Ich dachte angestrengt nach, und die einzige Möglichkeit, die mir einfiel, hatte einige sehr unerfreuliche Nebenaspekte. Ich konnte den Griff meines Kombistrahlers einigermaßen bequem erreichen, es würde auch keine Schwierigkeiten machen, damit einen Schuss abzufeuern. Allerdings musste ich dabei nach Gefühl zielen. Leicht konnte ich mir einen Fuß abschießen oder, was noch schlimmer gewesen wäre, das Netz, in dem ich eingesponnen war, so beschädigen, dass ich abstürzte. Ich wusste nicht, wie tief der Schacht war, in den die Gigantspinne ihr Netz gewebt hatte, aber ich war mir ziemlich sicher …

*Knapp zweihundert Meter.* Vermutlich hatte der Logiksektor mein fotografisches Gedächtnis benutzt und einen Augenblick herausgesucht, in dem ich für wenige Augenblicke den Schacht in seiner ganzen Tiefe gesehen hatte. Aus diesem Bild und bekannten Vergleichsmaßen eine ziemlich gute Schätzung auszurechnen war relativ einfach, für einen Arkoniden mit Extrasinn allerdings.

»Aha«, sagte Fartuloon mit hörbarer Zufriedenheit. »Eine Höhle.«

»Sehen wir nach. Ich bin mir fast sicher, dass wir ihn finden.«

Ich spürte, wie meine Hände feucht und meine Kehle trocken wurde. Jetzt war der entscheidende Augenblick, in dem die beiden in den Schacht hinuntersahen. Ein zu frühes Feuern wäre ebenso verhängnisvoll gewesen wie ein Schuss, der zu spät kam. Ich hörte die Schritte der beiden und fing an zu zählen. Nach meiner Schätzung mussten sie hart am Rande des Schachtes sein, als ich Ras Stimme hörte. »Ein Spinnennetz! Und zwar von einer ziemlich riesigen Spinne.«

Ich schloss die Augen und schoss. Der erwartete Schmerz blieb aus, ich hatte nicht meinen Fuß getroffen. Der Kokon kam leicht ins Schaukeln, mehr geschah nicht.

»Das war doch ein Desintegratorschuss!«, rief Fartuloon. »Ich bin mir sicher, dass dort unten mit einem Desintegrator gefeuert wurde. Atlan, bist du da unten?«

»Fartuloon!«, brüllte ich, dass mir die Kehladern zu platzen schienen.

»Nichts«, hörte ich meinen Freund sagen. »Keine Antwort.«

Noch einmal feuerte ich; den grünlichen Strahl mussten meine Freunde sehen, er durfte ihrer Aufmerksamkeit nicht entgehen.

»Jetzt habe ich ihn deutlich gesehen«, sagte Ra. »Der Schuss kam aus einem der Kokons. Dort muss Atlan sein.«

»Es wird verdammt schwierig werden, ihn da herauszuholen. Ein Seil haben wir nicht, also wird einer von uns an dem Faden in die Tiefe klettern müssen. Eine heikle Sache, wenn man bedenkt, dass das Netz wahrscheinlich an vielen Stellen klebrig sein wird.«

»Bleibe du oben, während ich mich abseile. Ich finde die gefährlichen Stellen eher als du.« Am leisen Rucken des ganzen Netzes spürte ich, dass Ra seinen Abstieg begonnen hatte. Ich atmete erleichtert auf, endlich war die Rettung greifbar nahe. Dann hörte ich wieder Ras Stimme. »Hier gibt es eine kleine Seitenhöhle.«

»Wahrscheinlich ist die Spinne draußen und jagt. Sonst wäre sie sicher schon längst über dich hergefallen.«

»Ra!«, brüllte ich. »Hierher!«

»Ich habe ihn gehört. Er steckt tatsächlich in dem Kokon. Aushalten, Atlan, ich bin gleich bei dir.«

»Es wurde auch langsam Zeit«, murmelte ich erleichtert. Ich wurde plötzlich müde; die Strapazen der letzten Tontas machten sich jetzt bemerkbar.

Es dröhnte dumpf, als Ras Messer auf den Panzer krachte. Das Material platzte unter den wuchtigen Hieben auseinander, nach kurzer Zeit konnte ich in das dunkle Gesicht meines Freundes sehen. Er grinste mich an. »Hat es sehr lange gedauert?«

Ich lächelte schwach zurück. »Ich war nahe daran, die Hoffnung völlig aufzugeben.«

»Vorsicht.« Ra half mir auf die Beine. »Ich gehe voran. Setze deine Füße an exakt die gleichen Stellen wie ich. Ich habe mir die Bereiche gemerkt, an denen das Netz klebrig ist.«

Es war ein scheußliches Gefühl. Die Spinnfäden schwankten heftig; jeden Augenblick mussten wir befürchten, in die dunkle Tiefe zu stürzen. Ra bewegte sich mit unglaublicher Sicherheit auf den Fäden, die die Dicke eines Unterarmes hatten. Wir hatten gerade den Faden erreicht, der in die Höhe führte, als mich Ra mit einem erstickten Gurgeln auf etwas aufmerksam machte. Aus der

Seitenhöhle ragte der Kopf der Spinne ins Freie, die Vorderbeine hatten schon nach dem Faden gegriffen, den wir entlangklettern wollten.

»Ich kann euch nicht helfen!«, rief Fartuloon. »Ihr steht genau in der Schusslinie.«

»Nicht feuern!«, schrie Ra in die Höhe. »Selbst wenn du freies Feld hast. Jeder Treffer kann die Statik des Netzes entscheidend verändern.«

Mit einer Kopfbewegung forderte er mich auf, den Rückzug anzutreten. Ich schluckte und machte zögernd die ersten Schritte. Mein Extrasinn kam mir zu Hilfe, indem er mir jene Stellen ins Gedächtnis rief, die frei von Leim waren. Langsam kam die Spinne hinter uns hergekrochen.

»Ra«, knurrte ich. »Versuche, die andere Seite des Netzes zu erreichen. Klettere über den Kokon.«

Er nickte kurz und machte sich auf den Weg. Ich schlüpfte rasch in die Reste des Kokons und drehte mich so, dass der unbeschädigte Teil meines Gefängnisses nach oben zeigte. Das Seil schwankte stärker, als die Spinne näher kam. Ich hörte die Greifzangen bedrohlich knacken und knirschen, aber sie kletterte über mich hinweg. Sie hatte es auf Ra abgesehen, der sich mit gewagten Sprüngen in Sicherheit zu bringen versuchte. Sobald ich sicher war, dass sich die Spinne weit genug entfernt hatte, kroch ich aus meinem Versteck hervor und riss das Flottenmesser aus Arkonstahl aus dem Gürtel. Mein Logiksektor half mir vorzüglich – er projizierte rote Punkte auf die Stellen des Netzes, die ich ohne Gefährdung durchtrennen durfte.

Der Stahl zerfetzte die Spinnfäden, das Netz bewegte sich heftig. Ra klammerte sich fest, um nicht das Gleichgewicht zu verlieren. Die Spinne klapperte mit den Greifern und kam dem Barbaren bedrohlich näher. Ich folgte dem Tier, soweit es mir möglich war. Dann sah ich unsere Chance gekommen. Die Spinne kroch an einem einzigen Faden entlang. Ra begriff sofort meinen Plan. Sein Messer fuhr auf den Faden nieder, fast gleichzeitig mit meinem Hieb. An zwei Stellen wurde der Faden durchtrennt – die Spinne stürzte ab. Ich sah gerade noch, wie aus dem Hinterleib des stürzenden Tieres eine weiße Masse in die Höhe schoss und gegen einen Faden des Gewebes prallte. Sofort verbanden sich die beiden Spinnfäden, während die Spinne noch an ihrem Faden in die Tiefe glitt. *Es ist nur noch eine Frage der Zeit, bis sie wieder bei uns auftaucht.*

Ich hatte nicht mit Ra gerechnet. Der Barbar stellte blitzschnell die gleichen Überlegungen an wie ich, warf sich mit einem gellenden Schrei nach vorne. Mit beiden Händen umklammerte er den in die Tiefe führenden Faden, das Flottenmesser zwischen die weißen Zähne geklemmt. Ich richtete die Handlampe in die Tiefe und sah erschrocken, dass die Spinne ihren Sturz bereits abgefangen hatte und mit hoher Geschwindigkeit in die Höhe kletterte. Sie war nur noch zwei oder drei Meter von Ra entfernt, als dieser sein Messer durch die Luft sausen ließ. Abermals wurde der Faden durchtrennt, wieder stürzte das scheußliche Tier in die Tiefe. Ich stieß einen erstickten Schrei aus, als ich sah, wie sich die Bestie im Fallen drehte. Wieder richtete sich der Hinterleib in die Höhe und schoss einen Faden ab. Eine Handbreit unterhalb von Ras Körper kam der heraufschnellende Faden zur Ruhe und stürzte dann ebenfalls in die Tiefe.

Inzwischen hatte ich den Kombistrahler aus dem Gürtel gerissen und feuerte in die Finsternis. Salve um Salve gab ich ab, bis mir grünliche Schwaden entgegenwehten. Noch immer hing Ra an dem Faden, der sich langsam hin und her bewegte. Vorsichtig kletterte der Barbar in die Höhe. Ich atmete erleichtert auf, als er wieder halbwegs festen Boden unter den Füßen hatte. Langsam gingen wir zurück zu dem Faden, der hinauf zu Fartuloon führte. Der dicke Bauchaufschneider wischte sich den Schweiß von der Stirn, als wir bei ihm ankamen.

»Ich habe Todesangst ausgestanden«, sagte er ächzend. »Als ich Ra springen sah, glaubte ich, mein Herz würde stehen bleiben.«

»Ich auch.« Ra grinste. »Kommt mit.« Leichtfüßig entfernte er sich. Wir folgten ihm rasch, um ihn nicht aus den Augen zu verlieren. Mit der Spürsicherheit eines wilden Tieres stöberte der Barbar eine Quelle auf, deren Wasser klar und frisch schmeckte. Ra benutzte die Gelegenheit, um sich von der Klebmasse zu befreien, mit der die Spinne ihr Netz versehen hatte. An den Stellen, an denen seine Haut unmittelbar mit dem Leim in Berührung gekommen war, hatte sich die Haut gerötet. Fartuloon verabreichte Ra vorsichtshalber ein Medikament, das er mit sichtlichem Widerwillen schluckte. Dann machten wir uns auf den Weg, zurück zu Ischtars Station.

# 5.

Aus: *Gedanken und Notizen*, Bauchaufschneider Fartuloon

*Die Größe der Öde Insel genannten Galaxis zwingt unweigerlich zur Demut: Abermilliarden Sonnen, ungezählte bewohnte Planeten und eigenständige Zivilisationen – und doch ist das nur eine Momentaufnahme, spiegelt die Gegenwart wider. Rechnet man noch die Jahrmillionen der Vergangenheit hinzu, die Zahl längst ausgestorbener Völker und verschwundener Sternenreiche, muss die Demut noch größer werden.*

*Eins dieser Völker waren unzweifelhaft die Varganen, von denen es anscheinend nur noch wenige lebende Vertreter und rätselhafte Hinterlassenschaften gibt. Einige lernten wir kennen, ohne dass sich bislang ein Gesamtbild hätte zusammenstellen lassen oder klar geworden wäre, was varganischer Herkunft war und was nicht.*

*Die Vergessene Positronik, der Wall der dreißig Planeten, das Schwarze System mit Za'Ibbisch, die fünfzehn Kilometer durchmessende Riesenkugel im System des Kometen Glaathan, Margon, Tabraczon – was erwartet uns noch?*

Das Schlachtfeld war leer. Von den Tieren, gegen die wir gekämpft hatten, war nichts mehr zu sehen. Die getöteten waren von kleineren Tieren weggeschleppt worden, die noch lebenden Angreifer hatten sich verzogen. Wahrscheinlich steckten sie irgendwo in den Wäldern und lauerten auf uns. Es war jederzeit möglich, dass sie erneut über uns herfielen.

Die Wiese war wieder glatt. Die einzigen Spuren, die von dem erbitterten Kampf zeugten, der hier vor Tontas stattgefunden hatte, waren das niedergetrampelte, an einigen Stellen noch verfärbte Gras und die Überreste unseres Gleiters, eine unförmige Masse aus Metall, die tief in den Boden getreten worden war.

Während wir nachdenklich auf das Wrack des Fahrzeugs starrten, erklangen hinter uns leise Schrittgeräusche. Wir drehten uns um und erkannten – Magantilliken. Er trug wieder die Selbstzufriedenheit zur Schau, die uns bereits bekannt war. Er sah wirklich Ehrfurcht gebietend aus, als er sich mit langsamen Schritten unserer kleinen Gruppe näherte und dabei liebenswürdig lächelte.

»Ich sehe«, sagte er freundlich, »es ist auch Ihnen gelungen, sich der Tiere zu erwehren.«

»Trotz Ihrer Flucht«, warf Ra finster ein. Ich sah ihm an, dass er dem Varganen am liebsten sofort an die Gurgel gesprungen wäre. Ein Blick unsäglicher Verachtung traf den Barbaren. Magantilliken machte sich nicht die Mühe, uns zu verraten, was seinen *Ausflug* veranlasst hatte und wo er sich herumgetrieben hatte, während ich als eiserne Ration einer Riesenspinne verpackt worden war. Vermutlich hielt er es für unter seiner Würde, uns Primitivlingen sein Verhalten zu erklären.

»Wir müssen versuchen, in die Station einzudringen«, sagte Fartuloon. »Hier draußen können wir nichts ausrichten. Ich habe keine Lust, den Rest meines Lebens damit zu verbringen, auf Ischtar zu warten.«

Der Blick, mit dem Ra den Bauchaufschneider bedachte, besagte sinngemäß, dass Fartuloon ein schlimmer Banause sei, der nicht begreifen konnte, dass jeder vernünftige Mann mit Geschmack mit Vergnügen den Rest seines Lebens mit Warten auf Ischtar verbringen würde.

*Es wird Schwierigkeiten geben,* flüsterte der Logiksektor. Das war mir klar. Der Barbar liebte »seine Goldene Göttin« mit der ganzen naiven Wildheit eines Barbaren, er war ihr vollkommen verfallen. Und er war extrem eifersüchtig auf mich. Würden wir Ischtar auf Tabraczon begegnen, konnte es leicht zu Auseinandersetzungen kommen, die ich gerne vermieden hätte.

»Ich will sehen, was ich ausrichten kann.« Magantilliken ging langsam auf den Energieschirm zu, der den zentralen Teil der Station einschloss. Wir blieben eine Zeit lang bei den Resten des Gleiters stehen, dann folgten wir dem Varganen. Wo die Grenze genau lag, konnten wir nicht feststellen, wohl aber, dass die Abwehrmechanismen der Station noch einwandfrei arbeiteten. Ein paar Schritte hatten wir gemacht, dann waren die Tiere schlagartig wieder auf uns losgestürmt. Offenbar wurden sie aktiviert, sobald sich Unbefugte der Station zu sehr näherten.

»Auf den Schirm zu!« Ich lief los. Zum Gleiter zurückzukehren wäre sinnlos gewesen. Irgendwann hätten wir versuchen müssen, die Station zu betreten, gleichgültig, ob wir angegriffen wurden oder nicht. Zudem ging Magantilliken unbeirrt geradeaus und hielt so den Schutzmechanismus aktiviert. Wir wehrten uns mit den Strahlern gegen die Tiere und gingen rückwärts. Das scheußliche Gemetzel fand ein zweites Mal statt, zu Hunderten vergingen die Tiere in unserem Feuer. Aus den Augenwinkeln heraus sah ich den Varganen. Er hatte beide Hände auf die Oberfläche des Schirmes gelegt. Entladungen zuckten knisternd zwischen den Spitzen der gespreizten Finger. Dann wurde der ganze Körper des Mannes in ein fahles, grünliches Leuchten eingehüllt. Der Umhang blähte sich auf und verfärbte sich ebenfalls. »Los, vorwärts!«, rief er. »Zwischen meinen Händen befindet sich eine Strukturlücke.«

Ich war skeptisch, aber Ra machte sofort den Versuch, schob sich an Magantilliken vorbei und kroch durch die Fläche, die der Vargane mit den Händen anzeigte. Er musste es tatsächlich fertig gebracht haben, den Schirm teilweise zu neutralisieren. Parakräfte? Unbehelligt durchquerte Ra das leicht gekrümmte Rechteck, dessen Längsseiten von den Lotlinien gebildet wurden, die von Magantillikens Händen zum Boden führten. Fartuloon war der Nächste, der durch die Strukturlücke schlüpfte. Dann war ich an der Reihe. Ich musste mich beeilen, denn die Tiere rückten mit beachtlichem Tempo immer näher. Während ich durch die Strukturlücke kroch, konnten weder ich noch Magantilliken unsere Waffen gebrauchen. Als Letzter schlüpfte der Vargane durch die von ihm geschaffene Öffnung. Er lächelte zufrieden, als er sah, dass die Angreifer plötzlich innehielten und sich ratlos umsahen. Langsam trabten die Tiere zum nahen Wald.

»Im Innern sind wir nun.« Fartuloon sah sich aufmerksam um. »Und wo hält sich Ischtar auf?«

»Wir werden sie suchen.« Ich musterte Magantilliken von der Seite. Ihn schien eine Art Jagdfieber gepackt zu haben, seine Augen leuchteten. Ich sah, dass sich seine Hände unruhig bewegten. Immer noch war ich mir nicht klar darüber geworden, was ich von diesem Mann zu halten hatte. *Ist er nun der Henker der Varganen, auf der Suche nach Ischtar, um sie zu töten? Oder will er uns – und Ischtar – wirklich helfen?* Ich wusste, dass Fartuloon ihm nicht traute, und mir war auch klar, dass der Bauchaufschneider sich in solchen Fällen selten geirrt hatte. Ra mochte Magantilliken ebenfalls nicht, das war ersichtlich; er hatte das Verschwinden des Varganen im Augenblick höchster Gefahr nicht vergessen.

»Ich schlage vor, wir trennen uns«, sagte Magantilliken. »Jeder durchsucht auf eigene Faust die Station. Wer etwas findet, alarmiert die anderen.«

*Nicht schlecht,* kommentierte der Logiksektor trocken. *Niemand kennt Varganen-Stationen so gut wie Magantilliken. Es wird ihm ein Leichtes sein, Ischtar aufzustöbern und zu töten, falls dies sein Vorhaben ist.*

»Fällt uns gar nicht ein«, sagte Fartuloon rasch. »Wir bleiben zusammen.«

Magantilliken zog die Brauen in die Höhe, dann zuckte er gleichmütig die Achseln. »Wenn Sie darauf bestehen.«

Fartuloon machte aus seinem Misstrauen keinerlei Hehl, aber Magantilliken schien dies überhaupt nicht wahrzunehmen. Zumindest störte er sich nicht daran. Das musste einen Grund haben, und ich ahnte, dass dieser Grund für uns nicht positiv sein konnte. Wortlos schritt Magantilliken voran, sein tiefblauer Umhang blähte sich leicht. Das Zeichen auf dem Rückenteil des Umhangs bekam dadurch ein merkwürdiges Eigenleben, der verschlungene Streifen krümmte und wand sich. Für den Bruchteil eines Wimpernschlags hatte ich den Eindruck, als starre mich von dem Umhang ein Auge an, mit allem Hass und aller Verachtung, zu der ein Blick fähig sein konnte. Ebenso rasch, wie er aufgetaucht war, verschwand der Eindruck wieder.

*Eine zufällige Konstellation der Falten des Umhangs,* sagte der Logiksektor.

Ich glaubte ihm; der Extrasinn war in seinen Analysen und Kommentaren unbestechlich. Und doch … mir war nicht ganz wohl, wenn sich meine Gedanken mit Magantilliken beschäftigten. Nachdenklich sah ich mich um. Ich dachte nicht über das nach, was ich sah, sondern übermittelte die Bilder dem Extrasinn, der mir einen Plan der gesamten Anlage liefern sollte. Ging es um solche Probleme, waren die Fähigkeiten eines Arkoniden, der den dritten Grad der ARK SUMMIA errungen hatte, fast mit denen einer Positronik gleichzusetzen. Es dauerte nicht lange, bis mir der Extrasinn die gewünschten Informationen zuleitete.

Aus der Luft betrachtet, glich Ischtars Station einem großen Fünfeck. Die Gebäude, die wir bereits von draußen hatten sehen können, bildeten die Umgrenzungen einer weitläufigen Parkanlage. Das System der Wege und Gebäude zueinander ergab ein Bild von insgesamt drei ineinander geschachtelten Pentagrammen. Im geometrischen Mittelpunkt der Anlage befand sich ein – natürlich fünfeckiges – Gebäude. Dort vermutete der Logiksektor Ischtar. Beim äußeren Fünfeck maß eine Seite etwa sechshundert Meter, die Seitenlänge des Zentralgebäudes belief sich auf rund fünfzig. Insgesamt also eine Anlage von knapp einem Kilometer Durchmesser. Die meisten Gebäude ragten nur wenige Meter auf.

Langsam schritten wir durch die Parks. Fein geschwungene Brücken aus einem glasartigen Material führten über klare Wasserläufe, in denen vielfarbige Fische lebten. Auf den Grasflächen stolzierten langbeinige Vögel, die uns ankrähten, sobald sie uns sahen. Die Blumen und anderen Pflanzen in der Station mussten von weit her zusammengetragen worden sein, Gewächse aus mindestens drei verschiedenen Ökosystemen waren hier mit erlesenem Geschmack zusammengestellt worden. Nur bei sehr genauer Betrachtung fielen die kleinen Energieschirme auf, die ein Beet von irisierend roten Blumen abschlossen. Die Färbung des Bodens, in dem die Pflanzen wuchsen, ließ darauf schließen, dass diese Lebensform auf Silikatbasis begründet war.

Für Magantilliken schien diese Pracht nicht zu existieren, er verschwendete auf die herrlichen Parks keinen Blick. Ich spürte, wie der Zorn in mir zu wühlen begann, und ich sah auch, wie sich die Wut in meinen Freunden regte. Die Stimmung strebte, ohne dass wir dem Vorgang hätten Einhalt gebieten können, einer gewaltsamen Entladung entgegen. Der Zeitpunkt war erreicht, als Magantilliken einen zutraulich näher kommenden Vogel mit goldschimmerndem Gefieder mit einem wuchtigen Fußtritt zurücktrieb. Das Tier kreischte auf, und der impulsive Ra stürzte sich mit einem dumpfen Wutschrei als Erster auf Magantilliken.

Ein Faustschlag trieb den Barbaren zurück. Fartuloon hatte das *Skarg* gezückt und führte einen gut gezielten Hieb auf den Umhang des varganischen Henkers. Wie von einer unsichtbaren Faust getroffen, federte das Schwert zurück und wäre fast Fartuloons Hand entglitten. Ra hatte seinen Strahler gezogen und feuerte beidhändig auf den Henker, doch die Energie der Schüsse wurde eine Handbreit vor dem Körper des Varganen von einem plötzlich aufgeflammten Schutzschirm absorbiert. Auch als ich zusammen mit Ra schoss, änderte der Schirm nur unwesentlich seine Farbe. Wahrscheinlich hätte es eines mittleren Beibootsgeschützes bedurft, um dieses Individualfeld aufzubrechen.

Als auch Fartuloon sein offenbar wirkungsloses *Skarg* wegsteckte – mit dem sich normalerweise Schutzfelder »aufschneiden« ließen! – und zu energetischen Waffen griff, hörte Magantilliken auf, mit vor der Brust verschränkten Armen dazustehen und uns herablassend zu betrachten. Seine Hand fuhr in den Gürtel; im gleichen Augenblick zuckten auch meine Finger hinunter. Ich aktivierte meinen Energieschirm. Magantillikens Stabwaffe richtete sich auf mich. Ich wusste nicht, womit er schoss, jedenfalls entluden sich gewaltige kinetische Schockfronten. Ich flog meterweit durch die Luft und krachte gegen eine Hausmauer. Mein Schädel dröhnte, die Umwelt verschwamm vor meinen Augen.

Wieder feuerte der Vargane, diesmal riss es Ra von den Beinen. Der Barbar wirbelte um seine Längsachse und krachte auf den Boden. Der nächste Schuss galt wieder mir. Hinter mir zerbröckelte das Mauerwerk unter dem Anprall der freigesetzten Energie. Ich schrie vor Schmerz auf, als mich die Gewalten packten und durch die zusammenbrechende Mauer trieben. Für Fartuloon hatte sich Magantilliken etwas Besonderes ausgedacht. Ich sah verschwommen, wie der Vargane die Einstellung seiner Waffe änderte. Dann erst richtete er den Strahler auf den Bauchaufschneider und drückte ab. Fartuloons Individualfeld flammte grell auf.

Ich traute meinen Augen kaum, als ich sah, wie sich der Schirm um Fartuloon zusammenzog und immer mehr verengte. Knisternd sprangen Entladungen von der Hülle auf den Körper über, der Panzer Fartuloons schien in blauen Flammen zu stehen. Der Bauchaufschneider schrie jämmerlich, seine Waffe hatte er längst verloren. Durch das Glühen sah ich, wie sich sein Körper vor Schmerz krümmte. Langsam brach er in die Knie, noch immer vor Schmerz brüllend.

Ra stürzte sich mit einem heiseren Schrei auf Magantilliken, der machte nur eine geringschätzige Handbewegung. Ra prallte aufschreiend zurück, griff sich an den Magen, seine Beine knickten ein. Ich feuerte auf Magantilliken, aber sein Schirmfeld absorbierte mühelos die tödlichen Energiemengen. Seine Waffe schwenkte zu mir herüber, Augenblicke später begriff ich, warum Fartuloon geschrien hatte. Ich konnte kein Glied mehr bewegen. Durch meinen ganzen Körper raste der Strom, den Magantilliken mit seiner Waffe aus dem Schirmfeld auf mich übertrug.

Das Schreckliche an dieser Waffe war, dass sie, wenn überhaupt, erst nach geraumer Zeit tödlich wirken konnte. Mit bösartiger Genauigkeit war der Strahl so bemessen, dass die elektrischen Ströme den Körper nicht allzu sehr schädigen konnten. Auch ich begann zu schreien, während meine Glieder zuckten und zitterten. Die Waffe fiel aus meiner Hand. Ein paar Schritte entfernt lagen Fartuloon und Ra ächzend auf dem Boden. Der Schmerz fraß sich ins Hirn und übertönte jede andere Empfindung. Endlich endete die Folter. Ich kippte nach vorne und schlug hart auf, stöhnte laut und schnappte gierig nach Luft. Aus starren Augen sah ich auf Magantilliken, der mich mit einem leicht verächtlichen Lächeln betrachtete.

»Ich weiß nicht, was Sie sich davon versprochen haben. Ich bitte Sie, dergleichen künftig zu unterlassen. Ich müsste sonst ernstlich böse werden.«

Ich konnte mir keine Steigerung der Qual mehr vorstellen, aber ich war mir sicher, dass Magantilliken noch einiges zu bieten hatte. Ich nickte, meine verkrampften Nackenmuskeln ließen eine neue Schmerzwelle durch meinen Körper rasen. Magantilliken schien dies nicht im Geringsten zu beeindrucken. Überhaupt schien er unseren plötzlichen Angriff nicht sonderlich ernst zu nehmen – er blieb ruhig und gelassen wie zuvor. Hatte er etwa mit einem Angriff von uns gerechnet, ihn vielleicht sogar bewusst herausgefordert, um uns so seine Überlegenheit augenfällig machen zu können? Die Möglichkeit erschien mir gar nicht einmal so abwegig zu sein. Bevor ich den Gedanken weiterverfolgen konnte, sprach der Vargane weiter. »Wir wollen die Parks genauer untersuchen. Folgen Sie mir.«

Unübersehbar hatte er das Kommando an sich gerissen, uns blieb nichts anderes übrig, als uns seinem Willen zu fügen. Folgsam trotteten wir hinter ihm durch die Parks.

Offenbar diente die Anlage Ischtar als Privatzoo und galaktisches Museum. Wir merkten dies, als wir den zweiten Bereich des Pentagons erreichten. Einen kleinen Teil der Wesen kannte ich, die Mehrzahl aber war mir völlig unbekannt. Ich sah vogelköpfige Wesen, deren Krallenpfoten den Sand scharrten, schillernde Schlangen, deren Kiefer Gitterstäbe bissen. Es war kein schöner Zoo, so prächtig viele der Tiere auch anzusehen waren. In einem Energiekäfig sah ich ein Tier, das über Intelligenz zu verfügen schien. Traurig hockte die kleine, blau bepelzte Gestalt in einer Ecke des Käfigs. Als der Blick der großen gelben Augen auf mich fiel, richtete sich das Wesen auf und kam langsam näher.

Die Augen verfärbten sich, aber ich wusste nicht, was für eine Bedeutung dies haben könnte. Rasch wanderte die Farbe der Augen durch das ganze Spektrum. Vermutlich verständigte sich das Wesen auf diese Art und Weise mit seinen Artgenossen. Aber uns sagten die Zeichen und Farbverschiebungen nichts. Erst als das Wesen seinen Körper in der Mitte des Rumpfes öffnete und mir einen faustgroßen Klumpen einer widerlich riechenden Masse entgegenspie, begriff ich, dass das Wesen uns alles andere als freundlich gesinnt war. Das Wesen sah Magantilliken, das Farbspiel der Augen verstärkte sich. Obwohl ich mir nicht sicher war, fühlte ich, dass das Wesen den Varganen hasste.

*Wundert dich das?*, erkundigte sich der Extrasinn. *Wärest du als Zootier glücklich über den Anblick deines Wärters?*

Ich warf einen Blick auf Ra, der sich Mühe gab, seine Beherrschung nicht zu verlieren. Er war sich darüber klar, dass er unter normalen Umständen beste Aussichten gehabt hätte, ebenfalls in einem solchen Käfig zu landen. Damals, als er noch nichts weiter war als ein Steine schleudernder Wilder, hätte er sicher ein prächtiges Stück für diese Ausstellung abgegeben. *Wie grenzenlos überlegen muss sich das Wesen fühlen, das einen derartigen Zoo zu seiner Unterhaltung erbaut?*

*Nicht irgendein Wesen, sondern Ischtar!*, erinnerte mich der Logiksektor kalt und ließ mich frösteln, weil vom fotografischen Gedächtnis auch Bilder von Ras Bericht reproduziert wurden, als dieser erstmals auf die Varganin traf und sie als Goldene Göttin erlebte.

Ich war froh, dass es in diesem Zoo keinen Arkoniden hinter Gittern gab. Um keinen Preis hätte ich meinen Landsmann im Käfig gelassen, und dann wäre es sicher zu einem erneuten Zusammenstoß mit Magantilliken gekommen. Den Varganen berührte das Elend nicht. Wahrscheinlich sah er in den Gefangenen nichts weiter als possierliche, absonderliche oder skurrile Tiere, mit extremem Aussehen und merkwürdigem Gebaren.

»Hier ist Ischtar auch nicht.« Fartuloons Gesicht war finster. Für ihn, der Magantilliken ohnehin nicht ausstehen konnte, war dieser

Zoo der letzte Beweis für seine These, dass man weder ihm noch Ischtar trauen durfte. Ganz allgemein schienen ihm Varganen nicht sonderlich vertrauenswürdig. Wir waren in jedem Fall auf Unvorhergesehenes vorbereitet.

»Langsam wird mir die Sache zu dumm!«, meinte Fartuloon grimmig. Seit drei Tontas irrten wir in der Station umher. Zwar konnte Magantilliken mich nicht in die Irre führen, das verhinderte mein Extrasinn, aber er hatte es immerhin geschafft, an allen wichtigen Anlagen der Station vorbeizulaufen. Wir waren ihm gefolgt, und er hatte uns säuberlich an der Nase herumgeführt. Von Ischtar fehlte jede Spur, von den Geheimnissen der Station wussten wir immer noch nichts.

Ich hatte vorgeschlagen, den Zentralbau zu betreten, aber Magantilliken war der Auffassung gewesen, es sei besser, einfach auf Ischtar zu warten. Es sei vor allem besser, die zentralen Räumlichkeiten nicht ohne ihre ausdrückliche Zustimmung zu betreten. »Irgendwann wird sie erscheinen«, hatte der Vargane gesagt. Dennoch strapazierte das Nichtstun unsere Nerven. Vor allem Ra rannte unentwegt auf und ab und versuchte so, seinem natürlichen Bewegungsdrang nachzukommen.

»Wie lange sollen wir noch auf das Weib warten?«, fragte Fartuloon. »Sicher, irgendwann wird sie die Station schon aufsuchen, aber bis dahin können Ewigkeiten vergehen. Können wir nichts tun, um Ischtars Ankunft zu beschleunigen?«

Die Frage galt Magantilliken, der an einen Baum gelehnt stand und mit ausdruckslosem Gesicht die Landschaft betrachtete. »Weise können warten.«

Das saß. Fartuloon war für eine Weile schweigsam, dann begann er mit seinem Schwert zu spielen. Ich sah währenddessen zu, wie Robots die Insassen des Zoos verpflegten. Ischtar hatte dafür gesorgt, dass die Wesen unter gleichen Bedingungen lebten, wie sie sie von ihren Heimatwelten her gewohnt waren. Jedenfalls verzehrten sie die recht merkwürdig aussehenden Speisen und Getränke mit ersichtlichem und hörbarem Wohlbehagen. Rein mechanisch überprüfte ich die Magazine meiner Waffe. Ich hatte sie seit Beginn des großen Wartens mindestens zehnmal geprüft, aber ich musste irgendetwas tun. Noch war ich zu jung, um lange geduldig warten zu können. Trotz meiner Nervosität waren wir mit unseren Gedanken offenbar nicht ganz bei der Sache.

Ich starrte lange in eine bestimmte Richtung, bevor mir etwas auffiel, was meine Kameraden erst bemerkten, als ich sie darauf aufmerksam machte: »Die Energiekuppel ist verschwunden.«

»Ischtar kommt!«, freute sich Ra.

Sie kam nicht, stattdessen erschienen ihre »Spielzeuge«. Zum dritten Male innerhalb weniger Tontas fiel die Meute über uns her. Und nicht nur über uns. Der blindwütige Zerstörungstrieb machte vor nichts Halt. Ächzend stürzte eine Hauswand ein und begrub ein paar Angreifer unter sich. Einer der Kolosse, die unseren Gleiter platt getreten hatten, schob sich durch die Öffnung und stampfte ungerührt weiter. Eine Porzellanbrücke zersprang klirrend, kreischend flüchteten sich die Stelzvögel in die Luft. Wenig später waren sie von gefiederten Räubern zerrissen, ihre goldenen Federn rieselten langsam auf uns nieder.

Wir zogen uns weiter zum Zentrum der Station zurück. Immerhin hatten wir einen Vorteil: Noch konnten wir uns decken, wir waren nicht mehr, wie beim vorigen Angriff, dem Überfall völlig schutzlos ausgeliefert. Wir versteckten uns in den Gebäuden. Ich feuerte auf alles, was sich bewegte und Klauen, Krallen oder Zähne trug. Hinter mir tobte ein fischäugiger Methanatmer in seiner Druckkammer, dass seine blauen Schuppen stoben. Sein Quieken und Pfeifen sollte vermutlich Angst oder Wut ausdrücken. Ich konnte mich nicht darum kümmern. In anderen Behältern unterhielten sich glucksend die Bewohner einer öligen, stark violetten Flüssigkeit.

Ein Gesteinsregen ging auf mich nieder, als ein wahnsinnig gewordener Raubvogel mit der Wucht einer Granate durch die Decke brach. Ich gab einen raschen Schuss auf das ab, was von dem Vogel noch übrig geblieben war, dann wandte ich mich wieder den Tieren zu. In meiner Nähe brach einer der Kolosse – ich zählte insgesamt acht dieser Giganten – durch das Energiegatter. Ein Geruch nach verbranntem Fleisch stieg mir in die Nase, während sich die Energie des Gitters auf der Haut des Kolosses austobte. Für kurze Zeit verschwand das Tier in einer Rauchwolke. Als es wieder zum Vorschein kam, lag ein paar Schritte weiter der qualmende

Rest des kopfgroßen Generators, der das Energiegatter gespeist hatte.

Unbeirrt marschierte der Koloss weiter. Er kümmerte sich nicht um das Farbspiel in den Augen des Blaupelzes, der Gigant packte das feingliedrige Wesen mit dem mörderischen Horn auf seiner Stirn und wirbelte es durch die Luft. Genau vor mir prallte der schmächtige Körper auf den Boden. Die Augen färbten sich für kurze Zeit noch einmal dunkelbraun, dann wurden sie schwarz. Ich gab einen Feuerstoß ab und erzielte einen Treffer, der das Horn des Kolosses an der Stirn abtrennte. Das Tier schrie auf, zuerst im Bass, dann stieg der Schrei die Tonleiter empor, bis er unhörbar wurde. Die letzten hörbaren Töne gellten noch in meinen Ohren, als hinter mir krachend der Behälter des Methanatmers barst und einen Hagel scharfkantiger Splitter durch den Raum schickte. Ich hatte keine andere Wahl, warf mich mit einem Hechtsprung aus dem Fenster, rollte ab und stand rasch wieder auf.

»Ich helfe dir.« Ra schoss mir einen Weg frei. Dank seiner Hilfe fand ich ziemlich rasch eine neue Deckung. Welchem Schicksal ich entronnen war, zeigte sich wenige Augenblicke später, als sich das Gasgemisch in meinem vorigen Versteck entzündete. In einer gewaltigen Detonation wurde das Haus zerfetzt, eine Rauchsäule stieg in die Höhe und nahm mir die Sicht. Als der Qualm sich verzog, sah ich nur noch einen tiefen Krater dort, wo noch vor kurzem dreißig verschiedene Fremdgasatmer ihr Leben gefristet hatten.

Ich hatte nicht die Zeit, mir über diese Grausamkeiten lange Gedanken zu machen. Was wir in den beiden vorhergegangenen Angriffen erlebt hatten, schien nur ein Vorspiel gewesen zu sein. Jetzt wurde uns eine Aufgabe gestellt, die weit über unsere Kräfte zu gehen schien. Ein Rüsseltier, kaum größer als ich selbst und entfernt einem Unither ähnlich, fegte mit einem einzigen Schlag einen mehr als doppelmannsdicken Baum um. Das Splittern des Holzes drang bis zu mir herüber, Ra belegte den Rüsselträger mit rasendem Feuer, und nach dem dritten Schuss kippte der Angreifer um. Wenig später löste sich der Körper auf, aus den Resten entwickelten sich ein halbes Hundert etwa faustgroße Pelztiere, die ohne Zögern sofort in den Kampf eingriffen.

Bevor sie meine Füße angreifen konnten, zog ich es vor, den Standort zu wechseln. Rasch kletterte ich auf das flache Dach des Gebäudes, das mir als Deckung diente. Wie nützlich diese Maßnahme war, konnte ich wenig später erfahren: Aus einem aufgebrochenen Käfig war eine Walze entwichen, die aus reinem Horn zu bestehen schien. Nur an den beiden Enden der Walze gab es verschiedene Verschlüsse, von denen ich annahm, dass dahinter Sinnesorgane zu suchen waren. Innerhalb kürzester Zeit hatten die gierigen kleinen Nager die mehrere Meter lange Walze gefressen. Nur noch kleine Hornkrümel verrieten den Platz, an dem sich noch kurze Zeit vorher ein lebendes Wesen befunden hatte.

»Ra!«, rief ich.

»Was gibt es?«

Ich konnte nicht erkennen, wo er sich befand, vermutlich halbrechts von mir. »Falls du einen der Kolosse siehst, ziele auf die Stirn.« Ich konnte nur hoffen, dass auch Fartuloon und Magantilliken mich hören konnten. »Sobald der Stoßzahn oder das Horn getroffen ist, stirbt das Tier.«

»Ich habe es gemerkt«, erklang Fartuloons Stimme. »Zwei dringen zum Zentralgebäude vor.«

Das war eine sehr schlechte Nachricht. Dort waren vermutlich die wichtigsten Versorgungseinrichtungen untergebracht, Reaktoren, Regelautomaten, Kontrollen und Steuerungsanlagen. Beschädigten die Kolosse dieses Gebäude zu stark, war es möglich, dass die ganze Station vernichtet wurde – und wir mit ihr.

»Wir müssen sie aufhalten.« Innerhalb eines Wimpernschlags war ich mir darüber klar, wen ich mitnehmen wollte. Von uns vieren schoss Ra am präzisesten, und da es nun auf Zielsicherheit ankam, war er der beste Mann. »Ra?«

»Ich bin schon unterwegs.«

Ich drehte den Kopf zur Seite. Ra hatte schon einen kleinen Vorsprung erreicht, ich beeilte mich, ihm zu folgen. Wir liefen auf den Dächern entlang, ab und zu pausierend, um uns der Angreifer aus der Luft zu entledigen. Ischtars offenkundige Schwäche für große Tiere war für uns von Vorteil. Corpkor hätte an ihrer Stelle ein paar Insekten mit Spezialstacheln losgeschickt, die uns wahrscheinlich in kurzer Zeit erledigt hätten. So aber hatten wir immer genügend große Ziele für unsere Waffen. Ungefährlich waren die Tiere allerdings nicht. Zweimal entging ich nur knapp einem tödlichen Biss, ein anderes Mal schoss Ra einen Vogel ab, der gerade eine Ladung Säure auf mich abschießen wollte. Die ätzende Flüssigkeit fraß sich innerhalb weniger Augenblicke durch das Dach, auf dem ich stand.

Unter mir erklang ein schriller Schrei – zweifellos war ein anderes Wesen an meiner Stelle der mörderischen Säure zum Opfer gefallen.

Der gefährlichste Augenblick war gekommen, als wir ein kurzes Stück Weg über die freie Fläche des Parks zurücklegen mussten. Ra als der wesentlich bessere Schütze übernahm die Sicherung, als ich von dem Dach sprang und so schnell wie möglich über den Rasen rannte. Etwas zischte über meinen Kopf hinweg, aber da ich keine Berührung spürte, rannte ich weiter. Noch waren die Übrigen nicht allzu weit vorgedrungen, aber durch die Breschen, die die beiden Giganten geschlagen hatten, strömten die Angreifer herbei, um ihr Werk der Verwüstung fortzusetzen.

Als ich das Haus erreicht hatte, sprang ich mit aller Kraft in die Höhe. Meine Hände krallten sich um die Kanten des Daches; so rasch es mir möglich war, zog ich mich in die Höhe. Unter mir ertönte das Krachen, mit dem sich zwei Kiefer bei einem vergeblichen Biss schlossen, dann ein Stöhnen, als Ras zielsicherer Schuss den Angreifer tötete. Mit fliegendem Atem erreichte ich die Oberfläche des Daches. »Los, Ra!«, rief ich. »Jetzt bist du an der Reihe.«

Jetzt erst sah ich den riesigen Fangarm, der abgetrennt vor dem Haus lag, dessen Flachdach ich gerade erst verlassen hatte. Das also war das Zischen über meinem Kopf gewesen. Ra brauchte wesentlich mehr Zeit als ich zur Überquerung der freien Fläche, da er seinen Schutz weitgehend selbst in die Hand nahm. Mit einer langen Salve schaltete ich das Ungeheuer aus, das mit allen zwölf Tentakeln gleichzeitig nach Ra greifen wollte und dabei zu viel von seinem monströsen Körper zeigte. Während ich den schleimigen Leib zerschoss, erwischte der aufmerksame Ra einen Vogel, der seinen giftigen Schnabel in meinen Nacken rammen wollte.

Sobald Ra das Dach des Hauses erreicht hatte, sah er sich forschend um. Von Ischtar fehlte jede Spur, obwohl wir die Gegend nach ihr absuchten. Ich fragte mich, was sich die Frau von der Vernichtung ihrer Station versprach. Wir hasteten weiter. Um jeden Preis mussten wir den Zentralbau vor den beiden ausgebrochenen Kolossen erreichen. Wir liefen so schnell, dass die Lungen zu schmerzen begannen. Je weiter wir vordrangen, desto geringer wurde der Widerstand, auf den wir stießen. Während die Kolosse bei ihrem Vormarsch etliche Umwege gemacht hatten – wir sahen es an den Spuren der Vernichtung, die sie hinterlassen hatten –, suchten wir den geraden Weg. Dabei mussten wir darauf achten, dass Ischtar den Zugang zum Zentralbau wahrscheinlich mit allerlei Fallen versehen hatte, um ungebetene Besucher aufzuhalten. Wir suchten nach solchen Hinterhalten, fanden einige davon, nicht eben raffiniert angelegt. Das bestärkte nur meinen Verdacht, dass die Station hervorragend gesichert war.

*Auf zwei Fallen, die man leicht aufstöbern kann, kommen für gewöhnlich zehn andere, die so gut getarnt sind, dass sie selbst der Aufsteller nicht bemerken würde. Entsprechend vorsichtig müssen wir vorgehen.* Dennoch gerieten wir in Schwierigkeiten. Ich brauchte viele kostbare Zentitontas, um Ra aus einem Netz aus fein gesponnenem Stahl zu befreien, in dem er sich verfangen hatte. Als ich den Gärtnerrobot bemerkte, der unermüdlich Pflanzen begoss und dies schon mehrere Jahre lang ohne Unterbrechung getan haben musste, wie mir der Moospanzer auf seiner Oberfläche verriet, wurde ich stutzig. Alle anderen Robots waren sauber und glänzten metallisch, warum dieser nicht? Ich machte die Probe mit einem Strahlschuss und hatte einmal mehr großes Glück.

Der Kasten explodierte und spuckte dabei die gesamte Ladung an Injektionsnadeln aus, mit denen er offenbar Besucher lähmen sollte. Ich dankte dem Geschick, dass mich keine der Nadeln versehentlich traf. Auch Ra blieb unbehelligt und fluchte erbittert, als er endlich das Netz vor den Füßen liegen hatte. Was Ischtar an Fallen aufgebaut hatte, war wirklich imponierend. Es gab altmodische Falltüren, die klassische Fußangel, ja sogar eine uralte Falle aus zwei Fangeisen konnten wir aufstöbern. Langsam dämmerte mir, dass der größte Teil dieser Fallen nicht für uns bestimmt war, sondern für die Insassen des Zoos, die solchen Hinterhalten vermutlich nicht gewachsen waren.

»Wir sollten ihr dankbar sein.« Ra grinste, als er einen der Kolosse entdeckte, der sich in drei Schlingen verfangen hatte. Die Seile bestanden aus Stahldraht, aber sie konnten den Giganten nicht lange aufhalten. Es dauerte nur wenige Augenblicke, ehe die Drähte zerrissen. Aber die Zeit reichte uns. Wir hatten den Kopf im Visier, unsere Schüsse verwandelten das große Horn in eine grünliche Gaswolke. Der Todesschrei des Kolosses gellte in unseren Ohren. Ein Vogel wurde besinnungslos und stürzte auf uns herab.

»Wo ist der zweite Koloss?«, fragte ich mich laut.

»Wir müssen auf das Dach. Dort sehen wir mehr. Das Vieh ist immerhin groß genug.«

Als ich die Ebene des Daches erreicht hatte, sah ich mich zunächst nach Fartuloon und Magantilliken um. Setzte der Vargane gegen die Tiere ähnliche Waffen wie gegen uns ein, mussten die beiden es schaffen, sich die Tiere vom Leib zu halten. Sicher war ich mir da allerdings nicht; inzwischen war ich wie Fartuloon geneigt, dem Henker jede nur denkbare Schandtat zuzutrauen. Aus der Richtung, in der wir die beiden zu suchen hatten, wehte uns fetter Qualm entgegen. Das Feuer, das durch die Explosion ausgelöst worden war, hatte sich ausgebreitet und zwei weitere Gebäude erfasst. Auf den Wegen zwischen den Gebäuden wälzten sich die Tiere vorwärts, dazwischen hasteten die Einwohner des Zoos, soweit sie sich aus ihren Gefängnissen hatten befreien können. Auch unter ihnen hielt der Tod eine entsetzliche Ernte. Sie griffen rücksichtslos alles an, was sich ihnen in den Weg stellte. Zertretene Robots lagen mit qualmenden Aggregaten irgendwo im Gelände.

»Ich habe es.« Ra war quer über das Dach auf die andere Seite gerannt. Ich sah, dass er blass geworden war. »Wir müssen verschwinden. Der Koloss ist bereits im Zentralbereich. Wenn er den richtigen Aggregatkomplex erwischt, fliegt die ganze Station in die Luft.«

Ich presste die Zähne zusammen, aber er hatte Recht. So traten wir gezwungenermaßen den Rückzug an, der sich als weitaus schwieriger erwies, denn nun mussten wir uns dem Strom der Angreifer entgegenstemmen. Jedes Mal, wenn einer von uns gezwungen war, seine Waffe mit einem frischen Magazin zu laden, wurde die Situation bedrohlich. Nur zusammen waren wir in der Lage, dem Angriff standzuhalten. So mussten wir uns jeden Schritt mühsam erkämpfen; nur auf den Dächern konnten wir uns halbwegs schnell vorwärts bewegen.

Es dauerte eine halbe Tonta, bis wir endlich wieder zu Fartuloon und Magantilliken gestoßen waren. Dank der überlegenen Waffen des Varganen war es den beiden gelungen, sich gegen die anstürmenden Tiere zu behaupten. Die Bewohner des Zoos waren entweder getötet worden oder aber in wilder Panik geflüchtet. Was der Koloss im Zentrum anstellte, konnte ich nicht wissen; dass er dort wütete, merkten wir bald. Zuerst brachen sämtliche Energiekäfige zusammen und entließen ihre Bewohner ins Freie. Ein Teil der Insassen stürzte sich sofort mit in den Kampf. Vor allem auf Magantilliken schienen es die Gefangenen abgesehen zu haben.

»Nicht nur ich scheine etwas gegen Varganen zu haben«, sagte Fartuloon grinsend, während er seine Waffe nachlud. Dann begann das Wasser in den Gräben und Bächen allmählich zu dampfen. Vermutlich hatte der Koloss den Thermostaten beschädigt. Innerhalb kurzer Zeit begannen die Gewässer zu kochen. Dampf wallte auf und nahm uns die Sicht, glücklicherweise auch den Tieren. Die Heftigkeit des Angriffs ließ so weit nach, dass wir trotz der Behinderung durch die Dampfschwaden unsere Position behaupten konnten. Hinter uns erklang das Krachen einer Detonation, die den Zentralbau in Stücke riss. Brennende Trümmer jagten durch die Luft, ein zentnerschwerer Metallklumpen schlug neben mir auf das Dach, durchbrach es und fiel ins Innere des Hauses. So schnell ich konnte, suchte ich mir eine andere Deckung. Zu dem Dampf gesellte sich nun dichter, ätzender Rauch. Wir mussten husten und verloren völlig die Sicht.

»Hoffentlich kann uns keines der Viecher am Geruch erkennen«, wünschte sich Ra krächzend.

Ich spürte, wie sich ein Körper an mir vorbeidrängte. Erst als ich das Horn an meiner Hüfte fühlte, war ich mir sicher, dass dies nicht Ra sein konnte. Ein Schritt zur Seite brachte mich in Schussposition. Um uns herum tobte das perfekte Chaos. Wir sahen fast nichts mehr, hörten aber das Fauchen und Schreien der Tiere. Immer wieder erklangen Explosionen, die Station wurde Stück für Stück zerstört. Häuser begannen zu brennen, nachdem sie von herumfliegenden Teilen entzündet worden waren. Von allen Seiten schien sich das Knistern und Prasseln der Flammen zu nähern. Die feuchte Hitze, die von dem kochenden Wasser in den Bächen stammte, nahm uns fast die Luft. Neben mir knickte eine Wand ein, ich konnte gerade noch herumfahren und mit einem glücklichen Treffer in die Stirn einen Koloss daran hindern, das ganze Gebäude zum Einsturz zu bringen.

Kämpfend zogen wir uns langsam zurück. Zeit, unsere Dosimeter abzulesen, hatten wir nicht, daher wussten wir auch nicht, ob bei der Explosion im Zentralbau Strahlung freigesetzt worden war. Zudem wurde unsere Lage auch ohne diese zusätzliche Gefahr zusehends bedrohlicher. Die Tiere hatten völlig den Verstand verloren. Rücksichtslos griffen sich die Tiere jetzt auch gegenseitig an und nahmen uns damit einen Teil der Arbeit ab. Ich schwitzte und keuchte, als ich endlich einen Fleck erreicht hatte, wo ich wieder etwas sehen konnte. Der Wind trieb den fetten Qualm der Brände von mir weg. Kurze Zeit später stieß Ra zu mir, auch er war hochgradig erschöpft.

»Hast du Fartuloon gesehen?«, keuchte ich.

Ra schüttelte den Kopf. »Vor kurzem habe ich noch Schüsse gehört. Aber das kann ebenso gut Magantilliken gewesen sein.«

Ich atmete erleichtert auf, als wenige Augenblicke später der Bauchaufschneider neben uns auftauchte und sich erschöpft gegen die Hauswand lehnte. Sein verbeulter Brustpanzer war mit frischen Kratzern übersät, offenbar waren ihm einige Angreifer gefährlich nahe auf den Leib gerückt. »Jetzt fehlt nur noch Magantilliken«, murmelte er. »Dann sind wir wieder komplett.«

Mit fast mechanischen Bewegungen richtete er den Strahler in die Höhe und schoss eine riesige Schlange ab, die sich uns über das Hausdach nähern wollte. Auch der Vargane ließ nicht lange auf sich warten. Magantilliken machte einen frischen und ausgeruhten Eindruck, nicht den eines Mannes, der sich erbittert gegen eine Meute wild angreifender Bestien zur Wehr gesetzt hatte. Sein tiefblauer Umhang wies nicht den kleinsten Flecken auf.

Mit dem Stabstrahler deutete er auf ein Ziel in unserem Rücken. »Wir bekommen Besuch«, sagte er gleichmütig. Ein offener Schalengleiter schwebte weit über den Hausdächern, langsam glitt das Fahrzeug auf uns zu.

*Narr, willst du mit offenen Augen in die Falle rennen?* Ich kümmerte mich nicht um den Vorwurf des Logiksektors. Fast unbewusst schoss ich eine gehörnte Springratte ab, während ich mit steigender Begierde die Gestalt in der offenen Gleiterschale betrachtete. Das lange goldfarbene Haar der zierlichen Frau wehte im Fahrtwind, als der Gleiter auf uns zukam.

»Ischtar«, murmelte Ra neben mir.

*Aufhören,* schimpfte der Logiksektor. *Diese Frau ist dir schon einmal gefährlich geworden.*

Ich ignorierte die Warnung. Fartuloons Gesicht verfinsterte sich, weil ich nur noch Augen für Ischtar hatte. Der Extrasinn mochte toben, es kümmerte mich wenig. Eine einzige Handbewegung der

Frau genügte, um die umhertreibenden Horden zur Vernunft zu bringen. Friedlich trotteten sie in ihre Wälder zurück, endlich konnten wir unsere Waffen wegstecken. Einzig Fartuloon behielt das *Skarg* in der Hand. Der Gleiter landete vor uns auf dem blutbesudelten Rasen. Ich dachte nicht mehr an den Abscheu, den ich beim Anblick der vielen Gefangenen empfunden hatte. Die unglaubliche Ausstrahlung dieser Frau hielt mich gefangen.

Aber sie schien mich nicht zu beachten, hatte ihren Blick auf Magantilliken gerichtet, der mit verschränkten Armen neben mir stand und sie unverwandt anblickte. Sein blauer Umhang wehte leicht im Wind, und für einen Augenblick sah ich wieder, wie sich das Zeichen in ein hasserfülltes Auge zu wandeln schien. Magantilliken schwieg, auch Ischtar sagte kein Wort. Sie standen sich gegenüber, knapp vier Schritte voneinander getrennt, schienen sich auf geheimnisvolle Weise auch ohne Worte zu unterhalten. Ich versuchte, in Ischtars Augen etwas zu lesen, aber der Ausdruck war für mich nicht deutbar, ebenso wenig wie Magantillikens Blick. Die beiden Varganen schienen unsere Anwesenheit völlig vergessen zu haben. Die stumme Aussprache zwischen den beiden zerrte an meinen Nerven, aber ich spürte, dass ich hier nicht eingreifen durfte. Eine falsche Handlung hätte auch für uns verhängnisvoll werden können. Deutlich erinnerte ich mich an die telepathischen Fähigkeiten Ischtars, die ich selbst erlebt hatte.

*Keine Aktion,* warnte mich auch der Extrasinn. *Du weißt nicht, wie du die Entscheidung beeinflusst, die jetzt stattfindet.*

Dass eine Entscheidung getroffen wurde, war klar zu erkennen. Zwischen Ischtar und dem Henker der Varganen entspann sich ein Kampf, der ohne physische Waffen ausgetragen wurde. Nur in ihren Augen fand die Auseinandersetzung statt, und ich konnte beim besten Willen nicht feststellen, wer in diesem Duell der Sieger sein würde. Nur in einem Punkt war ich jetzt sicher. Es gab keinen Zweifel mehr daran, dass Magantilliken und Ischtar *Feinde* waren. Meschanort hatte also nicht gelogen, nur fragte ich mich, warum sich Ischtar dem Mann, der sie töten sollte, so ohne weitere Vorsichtsmaßnahmen stellte. Wollte Ischtar getötet werden? Aus den vielen Andeutungen und Rätseln, mit denen sie ihre Rede zu spicken pflegte, hätte sich eine solche Einstellung durchaus ableiten lassen können, auf der anderen Seite hielt ich es für möglich, dass Ischtar ihrem Widersacher weit überlegen war. Außerdem – wie passte ihr Wunsch nach einem Kind dazu? *Chapat wollte sie unseren Sohn nennen …*

Sollte sie Schwierigkeiten bekommen, würde ich ihr helfen, mit allem, was ich besaß und aufzubieten hatte. Immer noch dauerte das stumme Duell an, vielleicht würde es Tontas dauern, bis sich etwas tat. Ich wollte gerade eingreifen, als sich Ischtar plötzlich bewegte. Ihre Hand ging zu dem Waffengurt. Entsetzt sah ich, wie sie den Gurt öffnete, die Waffen polterten dumpf auf den Boden. Dann sank die Frau in sich zusammen. In Magantillikens Gesicht rührte sich kein Muskel. Wortlos ging er auf die Liegende zu und hob sie auf. Ebenso schweigend trug er sie fort, auf eines der wenigen noch unzerstörten Gebäude zu. Ich sah ihm fassungslos nach.

Sofort griff ich zur Waffe, aber Fartuloon fiel mir in den Arm. »Lass das!«, fauchte er mich an. »Dieses Weib hat dich offenbar völlig um den Verstand gebracht. Wir müssen abwarten, mehr können wir nicht tun. Wer weiß, mit welchen Mitteln Magantilliken Ischtar bezwungen hat? Wer sagt dir, dass er sie nicht mit den gleichen Mitteln tötet, wenn du ihn angreifst?«

Ich riss mich aus seinem Griff los und sah Ra an. Der Barbar brauchte nichts zu sagen, seine Augen glühten. Auch er war der Ausstrahlung Ischtars völlig erlegen. Das brachte mich wieder etwas zur Besinnung. Ich steckte die Waffe zurück und folgte dem Varganen. Plötzlich blieb er stehen. Sehr langsam legte er den schlaffen Körper Ischtars auf den Boden, dann kippte er, steif wie ein Brett, zur Seite und fiel auf den Rasen. Jetzt begann sich Ischtar wieder zu regen, warf einen Blick auf den starren Körper ihres Gegners und näherte sich uns.

»Er ist ungefährlich«, sagte sie halblaut. »Jedenfalls für einige Zeit.«

»Und ich werde diese Zeit zu nutzen wissen.« Fartuloon zückte grimmig das *Skarg* und ging auf den reglosen Magantilliken zu. »Der Henker wird sein blutiges Geschäft nicht länger fortsetzen. Ich bin es leid, von diesem hinterhältigen Varganen von einer Falle in die nächste gelockt zu werden.«

»Fartuloon!«, rief ich scharf, der Bauchaufschneider verharrte. »Willst du einen Wehrlosen töten?«

Er verzog das Gesicht zu einem spöttischen Lächeln. »Der Bursche ist nicht wehrlos. Soll ich ihn wieder hochpäppeln, damit er uns in einem Zweikampf mit seinen unfairen Mitteln an die Kehle gehen kann? Atlan, dieser Mann ist unser Feind! Er würde in gleicher Lage vermutlich keinen Augenblick zögern, uns die Kehle durchzuschneiden.«

Von mir ließ er sich nicht zurückhalten, aber Ischtar griff ein. »Er soll es ruhig versuchen. Niemand kann Magantilliken jetzt angreifen, denn er ist überhaupt nicht hier!«

»Und was ist das da?« Fartuloon deutete mit der Spitze des *Skarg* auf den starren Körper.

»Er lädt sich mit Energie auf, dann erst wird er diesen Körper wieder mit Leben füllen. Es ist jetzt eine Hülle, nichts weiter!«

»Aber …« Für einen Augenblick vergaß ich meine Gefühle für Ischtar. Wir brauchten Informationen, Daten, mit denen sich etwas anfangen ließ. Was mich besonders ärgerte, war der Umstand, dass wir immer noch nicht wussten, was dieser Stein der Weisen eigentlich war. Unsterblichkeit? Ewiges Leben? Handelte es sich um eine Waffe oder einen neuen Schiffsantrieb, der uns die lästigen Transitionen erspart hätte? Steckte hinter diesem Begriff eine neue Philosophie? Oder hatte der Name rein symbolische Bedeutung? Versteckte sich dahinter etwa der erste Faustkeil, den ein barbarischer Vorläufer der heutigen Varganen hergestellt hatte?

Es gab viele Möglichkeiten, sich etwas vorzustellen, dem man den Namen Stein der Weisen verpassen konnte. Besonders die Varganen liebten offenbar eine blumige Sprache, mit Rätseln, Gleichnissen und rätselhaften Ahnungen gespickt, vielleicht ein Zeichen für die hohe zivilisatorische und kulturelle Reife dieses Volkes, in jedem Fall aber sehr lästig für einen Mann, der handeln musste, wollte er seinen Kopf nicht buchstäblich verlieren. »Und was ist die Eisige Sphäre, in der angeblich die letzten Varganen leben?«

Die Frau lächelte mich an, und ich musste mir Mühe geben, um meine Frage nicht sofort wieder zu vergessen. »Wer viel fragt, bekommt viele Antworten. Aber es gibt für jede Antwort einen richtigen Zeitpunkt. Und jetzt ist keine Zeit für Antworten.«

Fartuloon ließ ein spöttisches Kichern hören. Neben mir stand Ra wie festgewurzelt und starrte unverwandt seine Goldene Göttin an, schien alles um sich herum vergessen zu haben.

*Bist du etwa noch bei klarem Verstand?,* erkundigte sich mein Extrasinn spöttisch. *Du Narr!*

»Dennoch eine weitere Frage«, redete ich weiter. »Wieso bist du hier? Ich dachte, du würdest die Letzten deines Volkes suchen. Sie befinden sich in der Eisigen Sphäre, willst du nicht dorthin?«

Ischtar verzog schmerzlich das Gesicht. »Auch eine ›Göttin‹ kann nicht alles.« In ihrer Stimme schwang ein leiser Ton von Wehmut mit. »Magantillikens Auftauchen hat einiges verändert.«

*Informationsgehalt der Aussagen fast gleich null,* stellte der Logiksektor erbarmungslos fest. *Was hat sich verändert – und wie?*

»Natürlich will ich zu *meinem Volk*«, fuhr sie betont fort und schien damit klar machen zu wollen, dass damit keineswegs jene Varganen gemeint waren, die von der Eisigen Sphäre aus Magantilliken Aufträge und Anweisungen erteilten. Sie warf einen Blick auf den Mann, der mit geschlossenen Augen am Boden lag. Er hatte sogar aufgehört zu atmen, aber ich war mir sicher, dass man ihn nicht als tot bezeichnen konnte. Merkwürdigerweise schien Ischtar ihrem Widersacher nicht einmal böse zu sein, in ihrem Blick las ich eher Mitleid als Zorn. »Aber ich glaube nicht, dass sich meine Sehnsucht erfüllen lässt.«

Ihr persönliches Schicksal schien Ischtar nicht sonderlich viel zu bedeuten. Ich hatte weit eher den Eindruck, als empfinde sie sich als Gestalt eines großen, kosmischen Dramas, dessen erster Akt gerade erst begonnen hatte. Ihre orakelhaften Sprüche ließen den Schluss zu, dass sich dieses Drama vielleicht noch über Jahrtausende erstrecken würde, genau wie es sich vermutlich schon seit Jahrtausenden hinzog. Das Geheimnis um diese Frau war so groß, dass man es mit Händen hätte greifen können. Nichts schien mehr normal zu sein, jede Handbewegung war geeignet, neue Rätsel aufzugeben. Ein Rätsel im Innern eines Geheimnisses, das in Mysterien verpackt ist, umgeben von einem bunten Kranz aus Andeutungen, Legenden, Sagen und Orakeln – so stellte sich für mich das doppelte Problem Ischtar und der Stein der Weisen dar. Solange die Frau nicht von sich aus die Schleier lüftete, sah ich keine Möglichkeit, Fortschritte zu machen. *Und zwingen lassen sich weder Ischtar noch ihr Widerpart Magantilliken. Weit eher werden sie uns zwingen, ihr rätselhaftes Spiel als Statisten mitzumachen.*

»Kommt«, sagte sie leise und ging zu ihrem Gleiter zurück. Ich warf rasch einen Blick auf Fartuloon, der gerade sein *Skarg* zurücksteckte.

*Nur keine Aufregung, ich werde dem lieben Magantilliken schon nichts tun*, besagte die Geste, mit der er auf meinen fragenden Blick reagierte. Ra stapfte als Erster Ischtar nach, machte den Eindruck eines Hypnotisierten. Fast amüsiert stellte ich fest, dass sich sein Lidschlag stark verlangsamt hatte, ein Phänomen, das vor allem bei Hypnotisierten zu beobachten war.

*Narr!*, schalt mich der Logiksektor. *Deine Reaktionen sind auch nicht besser.*

In der Luft hing der widerliche Geruch verbrannten Fleisches, gemischt mit einem starken Geruch nach gekochtem Fisch. Er musste von den Wasserbewohnern stammen, die in den kochenden Seen und Bächen umgekommen waren. Wir nahmen in dem Gleiter Platz. Ischtar betätigte die Steuerung, sanft hob das Fahrzeug ab. Sie ließ den Gleiter steigen und überflog die Reste ihrer Station. Aus der Luft war gut zu erkennen, wie sehr die Anlage bei dem Kampf gelitten hatte. Von dem Zentralbau standen nur noch rauchgeschwärzte Mauern, dazwischen flackerten noch immer Brände auf. Überall auf den Wegen und Plätzen lagen Tierkadaver. Von den anderen Gebäuden war nur ein Zehntel unversehrt, manche Häuser standen in Flammen. Ab und zu sahen wir noch eine Gestalt, die sich bewegte, vielleicht ein übrig gebliebener Gefangener des Zoos.

Ischtar musterte die Verheerungen, ohne mit der Wimper zu zucken. Mit Gleichmut – einer Unsterblichen? – betrachtete sie die Ruinen ihrer Station, ausdruckslos glitt ihr Blick über die geborstenen Wände, die getöteten Tiere. Diese Frau faszinierte mich. Ich kannte ihren Charakter nur in Bruchstücken, die sich nicht so einfach zu einem Bild zusammenstellen ließen. »Letzte Königin« und Erbin eines geistig wie technisch unerhört hoch stehenden Volkes, hatte sie eine Schwäche für das Barbarische. Dafür sprach ihr Hang zu wilden, großen Tieren, die fast monumentale Wucht, die mir bei etlichen Gebäuden der Station aufgefallen war. *Und vor allem ihre Beziehung zu Ra.*

Ischtar zog den Gleiter hoch. Als die Luft dünner zu werden begann, ließ sie ein Prallfeld über der offenen Schale entstehen, das uns vor dem Vakuum schützte. Der Gleiter gewann rasch an Höhe und wurde von Ischtar sicher und ruhig gesteuert. Es dauerte nicht lange, dann hatten wir den Orbit erreicht, kurze Zeit später kam das Schiff Ischtars in Sicht, das golden schimmernde Oktaeder mit seinen acht gleichseitigen Dreiecksflächen. Eine Schleuse öffnete sich auf einen Funkimpuls, wir gingen an Bord. Auch dieses Schiff wurde, wie das von Magantilliken, nur von einer Person gesteuert.

Gern hätte ich gewusst, wie die Varganen dies fertig brachten, aber aus Ischtar war kein Wort herauszuholen.

Ein leises Knurren erklang, als wir die Zentrale erreichten. Fartuloon grinste schief. »Tut mir Leid, aber ich habe seit Tontas nichts mehr gegessen. Kann ich hier etwas bekommen?«

Ischtar nickte lächelnd. Ich sah an mir hinunter. Meine Kombination war blutbefleckt, an einigen Stellen angekohlt. Wie Ra und Fartuloon war ich verdreckt, unrasiert und sehr erschöpft. Hunger und Durst hatte ich ebenfalls. »Kommt«, sagte sie lächelnd. »Wir haben zwar nicht mehr viel Zeit, aber für eine Mahlzeit wird es reichen.«

Ich fragte mich, was sie mit dieser Andeutung gemeint haben mochte. Welches Ereignis stand uns bevor? Warteten wir auf etwas, ohne es zu wissen? Ein Gefühl der Ohnmacht breitete sich in mir aus. Wir hatten keine andere Wahl als die, das Spiel mitzumachen, dessen Regeln wir nicht kannten. Es sah sogar aus, als wisse nicht einmal Ischtar genau, wie es weitergehen würde. Unsere Entscheidungsfreiheit hatten wir eingebüßt. Fartuloon kam zu ähnlichen Schlussfolgerungen, das sah ich ihm an. Verzückt starrte Ra noch immer Ischtar an, mehr schien er nicht wahrzunehmen. Die Varganin verschwand für einige Zeit.

»Wir werden bald essen können«, verkündete sie bei ihrer Rückkehr. »Wollt ihr in der Zwischenzeit euch und eure Kleider reinigen?«

»Ein vorzüglicher Vorschlag«, sagte Fartuloon. »Ein Bad wäre jetzt genau das Richtige für einen müden alten Mann.«

Ich zögerte einen Augenblick lang. Mir war nicht wohl bei dem Gedanken, Ischtar allein zu lassen. Die Frau verfolgte ein ganz bestimmtes Ziel, obwohl ich nicht wusste, wie dieses Ziel aussehen mochte. Immerhin hatte ihr Langzeitplan unter anderem beinhaltet, dass sie ein Kind bekam – und sie hatte diesen Plan auch durchgeführt. Die Erinnerung an Ras Bericht wurde wach: *Als ihr Raumschiff durch die Einsamkeit von Raum und Zeit gestürzt war, hatte sie sich nach der Nähe eines vernunftbegabten Wesens gesehnt. Die Einsamkeit war ihr schmerzlich bewusst geworden. Sie hatte viele Welten entdeckt, doch nirgendwo einen Mann nach ihrem Wunsch gefunden, nicht einmal unter den Raumfahrt betreibenden Arkoniden oder anderen Völkern. Aber Ra war, trotz oder wegen seiner Primitivität, ein Mann, der ihrem Wunschbild nahe kam …*

*»Wir werden einen Sohn zeugen, der das Erbgut der Varganen in die ferne Zukunft weiterträgt«*, hatte sie zu mir gesagt. *»Was weißt du schon von der Liebe, mein Atlan? Du wirst nach mir noch viele Frauen lieben, und jedes Mal wirst du das gleiche tiefe Gefühl für sie empfinden. Du bist zwar ein harter Kämpfer, aber auch ein einsamer Mann, der die Liebe so notwendig braucht wie die Blumen das Licht und das Wasser. Wehre dich nicht gegen die Liebe! Niemals!«*

Ich wusste immer noch nicht ganz genau, ob ihre Hingabe reine Schauspielerei gewesen war. Was sie wirklich für mich empfand, war mir ein Rätsel. Auf ihre Sympathien konnte ich mich also nicht verlassen. Im Gegenteil, ich hatte das dumpfe Gefühl, dass sie, um das unbekannte Ziel zu erreichen, nötigenfalls auch über meine Leiche gehen würde. Hinzu kam Ischtars Verhältnis zu Ra.

*Sie braucht nur mit den Fingern zu schnippen*, spottete der Logiksektor mit beißendem Unterton, *und du würdest wieder in ihre Arme sinken.*

Widerwillig musste ich einräumen, dass er Recht hatte. Hatte sie mich ähnlich umgarnt wie ihn, sah die Sachlage völlig anders aus. Ischtar war zuzutrauen, dass sie sowohl Ra als auch mich nach Belieben als Werkzeuge ihres Planes einsetzte. Der Einzige, den sie nicht hatte betören können, war Fartuloon. Solange der Bauchaufschneider keine Befürchtungen hegte, konnte ich einigermaßen beruhigt sein.

»He, Atlan«, hörte ich seine Stimme. Er rüttelte mich an der Schulter. »Es sieht so aus, als würde es dir schwer fallen, dich von der Ladung Schmutz zu trennen, die du mit dir herumschleppst.«

»Ich habe an Magantilliken gedacht.« Ich wagte es nicht, meine Befürchtungen in Ischtars Gegenwart auszusprechen. »Was wird aus dem Henker?«

»Darum kümmern wir uns später«, sagte Ischtar. Hatte sie wirklich keine Angst vor dem Mann, den man auf sie angesetzt hatte? Oder war in ihrem großen Plan auch ihr Tod enthalten, als zwingend notwendig vorgeschrieben? Wer hatte überhaupt diesen Plan entwickelt, wer zog die Fäden, an denen auch Ischtar zu hängen schien? Sobald ich mich mit der Frau beschäftigte, tauchten bündelweise Fragen auf. Antworten auf diese Fragen fanden sich nur spärlich. Ischtar ging voran. Das Raumschiff war ausgestattet, auch eine große Anzahl Personen zu transportieren. Es gab viele perfekt eingerichtete Kabinen. Goldene Ovalroboter dienten uns als Führer und blieben vor den Türen.

Während sich die Varganin um unser Essen kümmerte, zog ich mich aus und hängte meine Kleider in einen Schrank, der eine große Ähnlichkeit mit entsprechenden arkonidischen Einrichtungen hatte. Ich hatte richtig geschätzt, es handelte sich um eine Ultraschallreinigung. Bereits nach kurzer Zeit konnte ich meine Kleidungsstücke wieder in Empfang nehmen – sie waren keimfrei sauber.

In der Hygienezelle gab es einen breiten Spiegel, der bis zum Boden reichte. Offenbar waren auch Varganen nicht frei von Eitelkeit. Ich betrachtete zufrieden meinen Körper. Die Ereignisse der letzten Zeit hatten dazu beigetragen, dass ich kein überflüssiges Gewicht mit mir herumschleppte. Im Augenblick war ich zwar müde und ausgelaugt, aber grundsätzlich in bester Verfassung. Ich war mir sicher, dass ich bald wieder darauf angewiesen sein würde, körperlich in Hochform zu sein.

»Hm. Wie kann man hier Wasser herbeizaubern?« Ich stöberte in der Hygienezelle herum, bis ich einen übermannsgroßen eiförmigen Körper entdeckte, den man aufklappen konnte. Es gab zahlreiche kleine Düsen, außerdem einen großen Knopf, mit dem man die Anlage offenbar einstellen konnte. Verziert war er mit einer meisterhaft gefertigten Silhouette Ischtars. Ich grinste, dann klappte ich die Schalen zusammen. Ein angenehmes Halbdunkel nahm mich auf. Erwartungsvoll drückte ich den Knopf in die Fassung – und schrie auf: Mit der Gewalt von Faustschlägen spritzte mir das Wasser entgegen, das zudem unerträglich heiß war. Ich hatte das Gefühl, bei lebendigem Leib gesotten zu werden. Wenig später überfiel mich ein eiskalter Sturzregen, und aus den Wänden der Kabine tauchten Robotarme auf, die mich wuschen und massierten.

Als ich ächzend und stöhnend die Kabine wieder verließ, war meine Haut krebsrot, jeder Muskel schmerzte. *Die Varganen müssen enorm widerstandsfähige Körper haben, wesentlich unempfindlicher als meiner*, durchfuhr es mich. Ein Impuls des Extrasinns wies mich darauf hin, dass Ischtar häufig recht freizügig in der Auswahl ihrer eher spärlichen Kleidung zu sein schien. *Angesichts eines überaus robusten Körpers ergibt das dann eine ganz andere Bedeutung.*

Ich brauchte eine Dezitonta, bis ich wieder in meine Kleider geschlüpft war, dann verließ ich die Kabine und trat auf den Gang. Hinter einer verschlossenen Tür ertönte das Schreien und Fluchen Fartuloons, der offenbar ein ähnlich unsanftes Bad nahm, wie ich es bereits genossen hatte.

Der Ovalrobot schwebte voraus und brachte mich zu Ischtar. Nahe der Zentrale hatten flinke Servomechanismen in einem Raum inzwischen den Tisch gedeckt, die Speisen sahen verführerisch aus und verbreiteten einen verlockenden Duft. Ischtar lächelte, als sie meine Hautfarbe sah, dann überreichte sie mir einen Pokal, der eine aromatische, blau schillernde Flüssigkeit enthielt. »Trink das. Es wird die Müdigkeit vertreiben.«

Die Flüssigkeit war wie Feuer, das sich langsam und wohltuend in meinem Körper ausbreitete. Ischtar hatte Recht, kurze Zeit später ging es mir wesentlich besser. Ra erschien und setzte sich wortlos an den Tisch, wenig später kam Fartuloon, ebenfalls mit roter Haut und einer schlechten Laune, die sich aber rasch verflüchtigte, nachdem er die ersten Bissen gegessen hatte.

»Kommt!«, sagte Ischtar, als wir die Mahlzeit beendet hatten. Ich versuchte, von den Einrichtungen des Schiffs so viel wie möglich zu verstehen, aber Ischtar ging zu schnell, als dass ich mehr hätte erkennen können als Schaltpulte und Verkleidungen technischer Geräte.

Schon nach wenigen Metern erreichten wir einen Raum, in dem Ischtar stehen blieb. Zahlreiche Geräteblöcke standen hier, ein leises Summen erfüllte die Luft. Ich sah Schlauchverbindungen, die in der Mitte des Raumes zusammenliefen. Ich trat näher, dann erkannte ich, wozu diese Anlage diente. Es war unzweifelhaft eine Lebenserhaltungsapparatur. In der Mitte der Anlage sah ich auch den Körper, der mit solchem Aufwand am Leben erhalten wurde. In einem unterarmlangen Zylinder schwebte ein Embryo in einer klaren Flüssigkeit, die leicht im Rhythmus der Anlage schwankte.

»Chapat!«, sagte Ischtar leise. »Unser Sohn.«

Hinter mir hörte ich ein Knirschen. Fartuloon hielt Ra fest, der Anstalten machte, sich auf mich zu stürzen.

»Sieh ihn dir an«, flüsterte Ischtar. Fasziniert betrachtete ich den kleinen Körper. Ich glaubte zu spüren, dass kaum wahrnehmbare Schwingungen zwischen meinem Sohn und mir hin und her gingen, ähnlich wie Telepathie. Nur waren diese Schwingungen schwächer und inhaltslos. In diesem Augenblick ging ein sanfter

Ruck durch das Schiff. Ischtar verzog schmerzlich das Gesicht, dann sagte sie zögernd: »Magantilliken.« Ich sah sie erstaunt an. Woher hatte sie diese Information? »Er wartet auf Tabraczon. Ich muss gehen.«

Ich schüttelte energisch den Kopf. »Kommt nicht in Frage. Er wird dich töten. Wenn überhaupt, gehen wir mit dir.«

Sie lächelte mich an. »Ich muss allein gehen. Diesen Kampf muss ich mit dem Henker austragen – und zwar ohne Einmischung. Es muss so sein.« Wieder diese Andeutung, dass sich die Geschehnisse ohne unser Zutun vollzogen. Ich war es satt, Marionette in einem ausgeklügelten Plan zu sein, ich wollte mir meine Entscheidungsfreiheit nicht nehmen lassen. Ischtar verließ hastig den Raum, wir liefen ihr nach. An einer Kreuzung zweier Gänge hielt sie uns auf. »Geht in eure Kabinen und wartet ab. Ihr könnt mir nicht helfen.«

»Lass ab«, mischte sich Fartuloon ein. »Sie hat Recht. Wir werden hier warten.«

Ich war damit überhaupt nicht einverstanden, aber ich fügte mich brummend und zog mich in die Kabine zurück. Sobald die Tür geschlossen war, legte ich das Ohr an das Metall und horchte aufmerksam. Als draußen alle Schrittgeräusche verklungen waren, öffnete ich rasch die Tür und trat wieder auf den Gang. Von den anderen war nichts zu sehen, auch nicht von den Ovalrobotern, also machte ich mich auf den Weg. Es fiel mir nicht ein, Ischtar allein fliegen zu lassen. Ich wollte sie nicht an einen Henker verlieren, um keinen Preis. *Außerdem*, dachte ich, *was geschieht, wenn Ischtar nicht zurückkehrt? Wir können mit dem Varganenraumer nicht umgehen. Magantilliken wird uns sicherlich nicht helfen, sondern bemüht sein, alle Zeugen seiner mörderischen Aktionen so schnell wie möglich zu beseitigen.*

Ich versuchte, so leise wie möglich aufzutreten. Nach kurzer Zeit hatte ich die Schleuse erreicht, durch die wir ins Innere des Schiffes gekommen waren. Dort stand der Gleiter, der uns in den Orbit gebracht hatte. Auf dem Gang hinter mir ertönten Schritte, dem Klang nach zu schließen, kam Ischtar. Ich kauerte mich in den Fußraum vor der hinteren Sitzbank, machte mich so klein, wie es ging, und aktivierte den Deflektorschirm. Es war eng und stickig, aber ich hatte keine andere Wahl. Ischtar summte leise ein Lied, eine wehmütige Melodie. Ich spürte, dass sie sich in den Gleiter setzte und das Prallfeld aktivierte. Mit einem zarten Ruck setzte sich der Gleiter in Bewegung.

Nach kurzer Zeit begannen meine Muskeln zu schmerzen. Meine Lage war äußerst unbequem. Ich hatte die Beine dicht an die Brust gezogen. Das Atmen fiel schwer, außerdem drückten sich zwei Gegenstände tief in das Fleisch meines Oberarms. Anfangs war der Druck unbedeutend, dann aber wurde er qualvoll, je mehr sich meine Gedanken damit beschäftigten, desto tiefer schienen sich die Noppen in mein Fleisch zu pressen. Meine rechte Hand war unter dem Kombistrahler eingeklemmt, sehr langsam versuchte ich meine Lage zu ändern. Ich musste überaus vorsichtig vorgehen, denn ich durfte nicht riskieren, dass Ischtar mich bemerkte. Nach einiger Zeit hörte ich das Pfeifen des Fahrtwinds, wir hatten also die Atmosphäre von Tabraczon wieder erreicht. Es konnte nicht mehr lange dauern, bis ich wieder Magantilliken gegenüberstehen würde. Diesmal, das schwor ich mir, würde nicht der Mann mit dem blauen Umhang gewinnen.

Der Gleiter setzte auf. Ischtar schien viel Geduld zu haben, fast zu viel. Ich glaubte in der qualvollen Enge meines Verstecks ersticken zu müssen, während die Frau auf ihrem Platz sitzen blieb. Salziger Schweiß lief mir über das Gesicht und in die Augen, die sofort zu tränen begannen. Die Versuchung, die Füße ausstrecken zu können, wurde immer größer, gleichzeitig begann mich ein immer stärker werdender Niesreiz zu peinigen. Natürlich durfte ich nicht niesen. Und es war letztlich dieser Gedanke – du darfst nicht –, der den Reiz auslöste. Es verging einige Zeit, die mir endlos lang erschien, dann bewegte sich Ischtar endlich. Ich fühlte, wie sie sich erhob und den Gleiter verließ.

Ich wartete noch ein paar Augenblicke, dann hob ich langsam die Sitzbank an und richtete mich auf. Vorsichtig schob ich den Kopf über die Bordwand des Gleiters. Ischtar stand knapp hundert Meter vom Gleiter entfernt und schien auf etwas zu warten. Von Magantilliken war nichts zu sehen. Das Feuer, das durch die Explosion im Zentralbau entstanden war, hatte sich weitergefressen. Eine riesige Rauchsäule stand über dem Gebiet der Station und wurde nur langsam vom Wind fortgeweht. Immer wieder ertönten kleinere Explosionen, wenn das Feuer leicht entflammbares Material erreicht hatte. Rechts von mir, knapp fünfzig Meter entfernt, begann der Wald. Ich wartete noch einen Augenblick, sprang mit einem Satz aus dem Gleiter und rannte auf die Bäume zu. Der rasenbestandene Boden dämpfte meine Schritte so stark, dass Ischtar mich nicht hören konnte. Jedenfalls rührte sie sich nicht, während ich rasch hinter einem Stamm Deckung suchte. Da ich den Varganen zutraute, dass sie die geringen Streuemissionen meines Deflektors anmessen konnten, schaltete ich das unsichtbar machende Feld aus.

Neben mir krachte es im Unterholz. Ich wandte den Kopf und sah einen Bären, der langsam auf die Lichtung zutrottete. Es war ein riesiges Tier, mindestens acht bis zehn Meter hoch, wenn es sich aufrecht hinstellte. Hinter dem Bären kroch eine gelbe Schlange durch das Gebüsch. Diesmal kamen die Tiere langsam. Sie sammelten sich auf der freien Fläche vor der brennenden Station. Ischtar war in dem Gewimmel kaum zu sehen, sie tauchte förmlich unter in einem Meer aus Tierleibern. Die Macht der Varganin über die Tiere war erstaunlich, sie gehorchten sofort jedem Fingerzeig.

*Kein Wunder,* raunte der Logiksektor. *Schließlich wurden sie von der Varganin künstlich geschaffen und mit Impulsgebern oder vergleichbaren Steuermechanismen ausgestattet.*

Plötzlich tauchte Ischtar wieder auf. Sie hatte sich den Bären als Reittier ausgesucht und saß nun in seinem Nacken. Ihr langes Goldhaar wehte im Wind. Als sie sich umdrehte, um ihre tierische Streitmacht zu mustern, zog ich mich rasch hinter den Stamm zurück. Als ich vorsichtig wieder den Kopf nach vorne streckte, war auch Magantilliken auf dem Kampfplatz erschienen. Sein Umhang flatterte. Er war sehr ruhig, genau wie Ischtar, die auf dem Bären saß und sich nicht rührte. Ich war sicher, dass sich der Kampf diesmal nicht auf einen »Blickwechsel« beschränken würde. Ischtar hatte offenbar alles aufgeboten, was zu finden war; ich sah ein paar Tiere, die hinkten oder aus Wunden bluteten. Sie mussten schon an den ersten Kämpfen beteiligt gewesen sein und bildeten wohl Ischtars letzte Reserven.

Magantilliken zeigte sich von dem Aufmarsch unbeeindruckt. Aufgerichtet stand er da und wartete. Ischtar schickte die Tiere los. Diesmal fingen sie den Angriff schlauer an, behinderten sich nicht gegenseitig. Magantilliken zog seine Stabwaffen und begann zu feuern. Er traf häufig nicht, denn die Tiere bewegten sich abrupt, vollführten einen gespenstischen Tanz. Immer wieder sprang ein Tier mit merkwürdigen Bewegungen zur Seite, einen Augenblick vor Magantillikens Schuss. Jetzt zeigte sich, welchen Einfluss Ischtar auf die Tiere besaß.

Es entwickelte sich ein lautloser Kampf, von beiden Seiten mit gnadenloser Härte geführt. Was wir vor Tontas in der Station erlebt hatten, war ein harmloses Geplänkel gewesen, verglichen mit den raffinierten Angriffszügen, mit denen Ischtar die Tiere führte. Dennoch kamen die Tiere nicht an Magantilliken heran. Näherten sie sich ihm zu sehr, erschoss er sie. Angreifer, die er übersehen oder nicht getroffen hatte, rannten ohne Erfolg gegen das Energiefeld, das der Vargane um sich gespannt hatte. Ich begann mich zu fragen, was dieser Angriff für einen Zweck hatte. Wollte Ischtar, bevor sie ihr Duell mit dem Henker ausfocht, erst noch ihren gesamten Zoo abschlachten lassen?

*Vielleicht wird der Energieschirm Magantillikens mit der gleichen Energie gespeist, mit der er und Ischtar gegeneinander gekämpft haben,* sagte der Logiksektor. *Dann hätte die Attacke den Sinn, Magantillikens mentale Kräfte so zu schwächen, dass Ischtar bessere Aussichten auf Erfolg hat.*

Das ergab einen Sinn, allerdings hatte ich meine Zweifel, ob Ischtars Plan aufgehen würde. Magantilliken erwehrte sich der Tiere mit einer Ruhe und Selbstsicherheit, die vermuten ließ, dass ihm fast unbegrenzte Kräfte zur Verfügung standen. Nicht einen einzigen Schuss gab er auf Ischtar ab, obwohl die Varganin auf dem Rücken des Bären ein leichtes Ziel bot. Auch Ischtar verzichtete darauf, die Waffen in ihrem Gürtel gegen den Henker zu verwenden. Sie blieb auf dem Bären sitzen, der sich nicht rührte, und dirigierte ihre übrigen Tiere, die von Magantilliken mit kalter Systematik abgeschlachtet wurden.

Ich zog mich tiefer in den Wald zurück. Es entsprach zwar nicht meiner Art, aber ich sah die größten Aussichten auf Erfolg, wenn ich versuchte, in Magantillikens Rücken zu gelangen und von dort aus in den Kampf einzugreifen. Sobald ich außer Sichtweite der beiden Kämpfer war, begann ich zu rennen. Es war schwierig, sich durch den Wald zu bewegen, schon nach kurzer Zeit wurde aus dem Laufen mehr ein Stolpern. Knorrige Wurzeln behinderten, stellenweise war der Boden so aufgeweicht, dass ich bis an die Waden versank. Ich orientierte mich am Stand der Sonne. Nach meiner Schätzung hatte ich ein Viertel des Weges zurückgelegt, als ein bekanntes Geräusch an mein Ohr drang. Ich wandte mich nach rechts, wo ein Sturm eine Lichtung in den Wald geschlagen hatte, die bis an die steil abfallende Küste der Insel reichte.

Meine Ohren hatten nicht gelogen. In der Ferne erschien unverkennbar ein varganischer Gleiter; auch der Mann am Steuer war unschwer zu erkennen: Ra war mir nachgeflogen. Ich machte ein paar Schritte, bis ich mitten auf der Lichtung stand. Ich winkte Ra zu, er solle hier landen, um Ischtar und Magantilliken nicht aufmerksam zu machen.

*Vorsicht,* warnte der Logiksektor. *Bring dich in Sicherheit.*

# *6.*

Aus: *Gedanken und Notizen*, Bauchaufschneider Fartuloon

*... gab es Augenblicke, in denen ich diesem Barbaren am liebsten eigenhändig den Hals umgedreht hätte!*

Ich war inzwischen so daran gewöhnt, dass der Extrasinn in jeder Lage Recht hatte, dass ich mich ohne Zögern zur Seite warf und abrollte. Sofort sprang ich wieder auf und warf mich ein paar Schritte weiter abermals zu Boden. Auf dem Fleck, an dem ich gestanden hatte, glühte das Gestein. Dort hatte Ras Schuss eingeschlagen, der mir gegolten hatte. Und wieder schoss der Barbar. Ich rannte wie ein Besessener, schlug Haken und vollführte tollkühne Hechtrollen. Es war ein kleines Wunder, dass Ra mich nicht traf, denn er schoss für gewöhnlich, als habe er eine vollpositronische Zielerfassung im Kopf.

*Die Aufregung lässt ihn zittern,* kommentierte der Logiksektor. *Nach rechts.*

Ich folgte dem Impuls, während Ras Schuss einen Baumstamm in eine hell lodernde Fackel verwandelte. Der Gleiter war inzwischen so nahe gekommen, dass Ra meine Stimme hören musste. »Ra – was soll das? Hör sofort auf!«

»Elender Verräter«, hörte ich ihn brüllen, dann folgten Laute, die seiner Muttersprache angehören mussten. Ich verstand sie nicht, aber der Inhalt war mir klar – Ra deckte mich mit Flüchen und Verwünschungen ein. Der Barbar musste außer sich sein vor Wut. Ich merkte es auch daran, dass er den Gleiter mit einer Wucht auf den Boden setzte, dass sich das Flugzeug fast überschlug. Ich sah, wie Ra sich von dem schleudernden Gleiter abstieß und sich mit hastigen Bewegungen in Sicherheit brachte. Die Schale rutschte auf dem Boden der Lichtung, krachte gegen einen Baum und ging in Flammen auf.

»Wir müssen miteinander sprechen.«

»Schuft«, klang es zurück. »Du willst mir Ischtar wegnehmen.« Ich stöhnte auf. Der Barbar schien vor Eifersucht fast den Verstand verloren zu haben. »Schon einmal hast du mir Ischtar weggenommen. Du wirst es kein zweites Mal mehr können.«

»Ich will Ischtar in ihrem Kampf gegen Magantilliken helfen. *Wir* müssen ihr helfen.«

»Hilf dir selbst, Schurke. Die Goldene Göttin bedarf deiner Hilfe nicht.«

Während des Gesprächs hatte ich mindestens ein Dutzend Mal meinen Standort gewechselt, da Ra sofort jede Deckung mit rasendem Feuer belegte. Ich hatte keinen Schuss auf ihn abgegeben, aber langsam wurde meine Lage brenzlig. Ich wusste, wie treffsicher Ra schoss, und für alle Zeiten würde seine Aufregung nicht vorhalten, die mich jetzt vor Treffern bewahrte. Obendrein machte ich mir Sorgen um Ischtar. Solange ich mit Ra beschäftigt war, konnte ich ihr nicht zu Hilfe kommen. Im Gegenteil: Sobald Ra seine Ruhe und Kaltblütigkeit wiederfand, würde ich ihre Hilfe brauchen können. Innerlich verfluchte ich den Barbaren, obwohl ich mich ziemlich gut in seine Lage versetzen konnte. Aber dieses Mitgefühl half mir jetzt sehr wenig. Ras Stimme war von einer solchen Wut erfüllt, dass ich sicher war: *Er will mich töten!* Meine einzige Rettung lag darin, ihn möglichst lange hinzuhalten. *Vielleicht reicht die Zeit, um seinen Zorn verrauchen zu lassen.*

»Wollen wir diesen Kampf nicht später austragen?« Gerade noch rechtzeitig konnte ich mich vor der Salve in Sicherheit bringen, mit der er meine Deckung in eine Flammenhölle verwandelte. »Verdammter Barbar!«

Zur Besinnung bringen konnte ich ihn nur durch Zureden, aber jedes Wort erhöhte die Gefahr für mich. Dehnte ich diesen Kampf zu lange aus, war ich unter Umständen viel zu geschwächt, um Ischtar noch nennenswerten Beistand leisten zu können. Der Wind wirbelte eine Wolke fetten Qualms über die Lichtung. Ich nutzte die kurze Zeitspanne, in der die freie Fläche in Dunkelheit gehüllt war, um mich von meinem bisherigen Standort zu entfernen. Ra konnte sich ausrechnen, dass ich nach jedem Satz eine neue Deckung suchen musste, und er wusste auch, wie weit ich springen konnte. So war der Barbar gut darüber informiert, wo er mich ungefähr zu vermuten hatte. Wahrscheinlich hatte auch er sich wegen des Qualms von seinem Standort entfernt, den ich anhand der Abschüsse leicht feststellen konnte. Wir schlichen jetzt durch den Wald, jeder auf der Suche nach dem anderen. Wer jetzt seinen Gegner als Erster entdeckte, war vermutlich der Sieger dieses völlig überflüssigen Zweikampfs. Ich fragte mich, warum Fartuloon den Tobenden nicht an Bord gehalten hatte. *Lebt der Bauchaufschneider vielleicht gar nicht mehr?*

Ich hütete mich, Ra direkt danach zu fragen; es hätte ihm mein Versteck verraten. Ein paar Schritte entfernt entdeckte ich eine Höhlung im Wurzelwerk. Rasch kroch ich hinüber und schlüpfte in die Öffnung, die gerade groß genug war, um mich aufnehmen zu können. Ich hatte vor, hier auf Ra zu warten. Der Barbar fieberte meinem Tod so sehr entgegen, dass er es vermutlich nicht lange aushalten würde, auf mich zu warten. Und während er nach mir suchte, hatte ich eine gute Gelegenheit, ihn zu überraschen. Einfach würde dies nicht sein. Ich grinste, als ich Ras wütende Stimme hörte. »Komm heraus, Feigling! Stell dich!«

Veranstaltete er weiter einen solchen Lärm, würde es ziemlich leicht sein, ihn zu überraschen und zu entwaffnen. Aber mein Lächeln schwand schnell, als zwei Stiefel plötzlich vor meinen Augen auftauchten. Ich blickte hoch und sah genau in die Mündung von Ras Kombistrahler, der *nicht* auf Paralysemodus geschaltet war. Der Barbar blickte mich hasserfüllt an. »Steh auf!«, sagte er fauchend. »Und dann schnall deinen Aggregatgürtel ab!«

Ich spürte, wie sich mein Herzschlag beschleunigte, als ich langsam aus meiner Deckung kroch, die Hände zum Gürtel führte und behutsam die Schnalle öffnete. Ein Griff zur Waffe wäre glatter Selbstmord gewesen. »Vorwärts. Zur Lichtung.«

Ich ging langsam voran. Aus den Augenwinkeln heraus konnte ich sehen, dass Ra meinen Gürtel aufhob und sich über die Schulter legte. Was hatte er im Sinn? Wozu nahm er den Gürtel mit? Als Trophäe? Ich unternahm einen neuen Anlauf, ihn zur Vernunft zu bringen. »Was soll das? Du weißt genau, dass Ischtar ihre Entscheidungen selbst trifft.«

Von Ra kam nur ein Grunzen. Wahrscheinlich hatte er den Anblick Chapats nicht ertragen. Ich konnte mir annähernd vorstellen, was der stark emotionell reagierende Ra beim Anblick eines Embryos empfunden haben musste, den seine Geliebte von einem anderen Mann empfangen hatte. Wir erreichten die Mitte der Lichtung. Am Rande lag der Gleiter und brannte noch immer; der Gestank verkohlten Kunststoffs wehte zu uns herüber.

»Ich will dir eine Chance geben«, knurrte Ra. »Ich töte dich mit meinen Händen.«

Ich sah ihm an, dass er seine Worte bitterernst meinte. Seine Hände fuhren zur Gürtelschnalle, auch er wollte sich von seinen Waffen trennen. Ich nutzte die kurze Unaufmerksamkeit und warf mich vorwärts. Hart prallte ich mit der Schulter gegen Ra und riss ihn von den Beinen. Seine Finger hatten den Verschluss schon geöffnet, so dass sich der Gurt von seinen Hüften löste und wegflog. Jetzt hatten wir wieder annähernd gleiche Chancen. Ra reagierte blitzschnell. Noch im Fallen stieß er mir ein Knie in den Bauch. Ich stöhnte vor Schmerz auf und rollte zur Seite. Mit einem wahren Raubtiersprung warf sich Ra auf mich, aber diesmal bekam er meine Beine zu spüren. Ich stemmte sie gegen seine Brust und trat zu. Er knurrte, während er mehrere Meter zurückflog. Rasch kam ich auf die Füße.

Ra war ebenfalls wieder aufgesprungen und stand mir lauernd gegenüber. In seinen Augen brannte das Feuer eines mörderischen Hasses. Ich hatte keine andere Wahl, ich musste ihn kampfunfähig machen. Ich blickte nach den Waffen, aber sie lagen zu weit entfernt, als dass einer von uns sie hätte erreichen können. Wir waren auf unsere Fäuste und Füße angewiesen. Er bewegte sich als Erster. Den Rücken leicht gebeugt, die Arme weit ausgebreitet, schob er sich zur Seite. Ich beugte mich etwas nach vorne, um seinen Anprall aufzufangen.

Ich hatte damit gerechnet, dass er mir den Kopf in den Bauch rammen wollte, aber er reagierte anders, machte zwei Schritte, dann sprang er, und ich sah seine Füße auf mich zustoßen. Die Sohlen trafen mich an der Brust, ein glühender Schmerz zuckte in mir hoch, während sich meine Bauchmuskulatur verkrampfte. Ich schnappte keuchend nach Luft, während ich unter dem Anprall nach hinten fiel. Ich hatte mich kaum aufgerichtet, als er seine nächste Attacke startete. Wieder schnellte er durch die Luft, aber diesmal war ich auf der Hut. Ich bog den Oberkörper zur Seite, während sich meine Hände um sein Fußgelenk klammerten. Mit einer raschen Bewegung verstärkte ich Ras Bewegungsimpuls und ließ ihn durch die Luft fliegen. Der Barbar knurrte, während er auf den Boden krachte und sich überschlug.

Ra war unglaublich zäh. Augenblicklich war er auf den Beinen und griff wieder an. Seine Beingrätsche überraschte mich, wir stürzten zusammen zu Boden. Sofort war er über mir und legte seine Hände um meinen Hals. Zum Glück hatte er seinen Griff nicht richtig angesetzt, sonst hätte er mich mit einem einfachen Druck getötet. Er schnürte mir die Luft ab, ich würgte und schlug mit den Beinen um mich. Vor meinen Augen wallten farbige Schleier. Ich schaffte es, einen Abwehrgriff anzusetzen, legte die Handflächen auf seine Schultern und grub die Daumen unter die Schlüsselbeine. Es war ein hinterhältiger Griff, der rasch seine Wirkung entfaltete. Ra brüllte vor Schmerzen und zuckte zurück. Der Schmerz würde nicht lange anhalten, das wusste ich, und darum rollte ich rasch zur Seite. Keinen Augenblick zu spät, wie mir der dumpfe Aufprall bewies, als Ra sich auf die nun leere Stelle stürzte.

Blitzschnell warf ich mich über den verdutzten Barbaren und setzte einen Klammergriff an. »Willst du jetzt endlich Vernunft annehmen?«

Er schüttelte den Kopf und versuchte, seine Arme freizubekommen, aber mein Griff saß und erlaubte ihm keine Bewegung. Doch plötzlich warf er die Beine in die Höhe, und ehe ich begriff, was vorging, hatte er seine Unterschenkel um meinen Kopf gelegt und zerrte mich nach hinten. Ob ich wollte oder nicht, ich musste meine Klammer lösen und mich nach hinten fallen lassen. Ra drehte sich herum, und wollte ich mir nicht den Kopf abreißen lassen, musste ich der Bewegung folgen. Der Barbar stieß ein triumphierendes Gelächter aus, das sich in ein Schmerzgeheul verwandelte, als ich den unfairsten aller möglichen Schläge ausführte. Er tat mir Leid, als er sich vor Schmerz krümmte, aber ich hatte keine andere Wahl. Obwohl er vor Schmerz ein fast blutleeres Gesicht hatte, gab er nicht auf. Er sprang auf die Füße, seine Faust raste heran und traf. Mir blieb schlagartig die Luft weg, ich konnte mich kaum noch bewegen.

Ra trat auf mich zu und nahm mich in die Arme. Meine Hände legte er vor meine krampfhaft zuckende Brust, dann umklammerte er mich. Obwohl noch halb benommen von dem Faustschlag, begriff ich schnell, was der Barbar vorhatte. Er wollte mich in seinen Armen ersticken. Ich spürte, wie sich meine Brustplatten bogen, als er seine Kräfte voll einsetzte. Zum Glück war mein Skelettbau ein wenig anders als seiner, die Knochen waren elastischer. Die Platten, die in meiner Brust steckten und Ras Rippen entsprachen, ließen sich gegeneinander verschieben. Das schmerzte zwar, aber es war besser als Brüche. Ich versuchte, Ra mit den Füßen umzuwerfen, und es gelang mir auch. Aber er löste seinen Griff nicht.

Ich sah sein Gesicht wenige Zentimeter vor dem meinen, von Anstrengung verzerrt, hasserfüllt leuchteten mich seine Augen an. Ich versuchte herumzurollen, um einen seiner Arme so einzuquetschen, dass er seine Umklammerung aufgeben musste. Aber er machte jede Bewegung mit und verstärkte den Zug seiner Arme. Ich bekam kaum noch Luft, zuckte und trat um mich; mein Keuchen verwandelte sich in ein ersticktes Stöhnen. *Vorsicht*, warnte der Logiksektor. *Neben ...*

Den Rest der Warnung verstand ich nicht mehr. Aufschreiend stürzten Ra und ich in die Tiefe. Unwillkürlich lockerte er den Griff, ich glitt aus seinen Armen, kurz bevor das eisig kalte Wasser des Binnenmeers über uns zusammenschlug.

Wild brandete das Meer gegen die steilen Felsen. Das Dröhnen des Aufpralls klang in meinen Ohren, als ich keuchend wieder auftauchte. Gierig schnappte ich nach Luft, während ich mit Armen und Beinen ruderte, um mich über Wasser zu halten. Eine zurückflutende Welle trieb mich ab und bewahrte mich so davor, an den Klippen zerschmettert zu werden. »Ra!«, rief ich, sobald ich genügend Luft für den Schrei hatte. »Wo bist du?«

»Hier«, erklang es gurgelnd. Ich wusste, dass er schwimmen konnte, aber als Freund größerer Mengen Wassers konnte man ihn schwerlich bezeichnen. Sehen konnte ich nichts von dem Barbaren. Ich orientierte mich an seinem Gurgeln und Husten und schwamm auf ihn zu. Der Seegang war ziemlich hoch, und ich hatte Schwierigkeiten, mich über Wasser zu halten.

»Hilfe!« Daran, dass er mich noch vor wenigen Augenblicken

hatte erdrosseln wollen, dachte er nicht mehr. Ich konnte mir gut vorstellen, was jetzt in ihm vorging. Oben, auf der Insel, hätte er ebenso gut sterben können wie hier. Aber im Wasser war der Barbar recht hilflos, davor hatte er Angst. Vor mir tauchte ein nasser Haarschopf aus dem Wasser auf. Ich griff danach und hielt Ra daran fest. Ächzend und spuckend tauchte sein Kopf über der Wasseroberfläche auf.

»Ruhig bleiben!«, rief ich laut, um das Donnern der Brandung zu übertönen. »Nur nicht die Nerven verlieren.«

»Leicht gesagt.« Plötzlich hatte der Bursche auch seinen unverwüstlichen Humor wiedergefunden. Die kalte Dusche schien Wunder gewirkt zu haben. Allmählich fand er seine Ruhe wieder, seine Bewegungen wurden gleichmäßiger und sinnvoller. Nach einiger Zeit konnte ich ihn loslassen, er hielt sich nun aus eigener Kraft über Wasser.

»Was jetzt?«, fragte er prustend, von einer Welle überspült.

»Wir müssen zurück. Auf dem kürzesten Weg.« Ich bewegte mich im Wasser, bis ich die Küste sehen konnte. Fast lotrecht fielen die Felswände zum Wasser hin ab, an ihrem Fuß schäumte weiß die Gischt. Ob sich unter der Brandung Klippen oder Riffe verbargen, konnten wir in unserer Lage nicht feststellen. Ich musterte die Felswände und stieß einen Fluch aus. Es gab Punkte, an denen man sich festhalten konnte, aber sie waren äußerst dünn gesät. Zu allem Überfluss hing der obere Teil der Felsen ein Stück über. Was vor uns lag, war ein Gesellenstück für Kletterer und Bergsteiger, und wir hatten keinerlei Hilfsmittel. Wenigstens waren unsere Kombinationen dicht. Andernfalls wären wir innerhalb kürzester elend ertrunken. Kein Mann konnte in einer Brandung schwimmen, wenn er bis zum Hals in einem schweren, wassergefüllten Sack steckte. In Gedanken fluchte ich, weil unsere Aggregatgürtel oben im Gras lagen …

»Wir sollten uns beeilen.« Ra schüttelte heftig den Kopf, um ein paar nasse Haarsträhnen aus seinem Blickfeld zu entfernen. »Lange halte ich das nicht aus.«

Ich fühlte mich ebenfalls nicht wohl. Das Wasser war von schneidender Kälte, und ich war als Arkonide ziemlich hohe Temperaturen gewohnt. Die Kälte kroch trotz der Kombination in die Glieder und lähmte die Muskeln.

»Ob eine andere Küste der Insel flacher ist?«

Ich schüttelte den Kopf und antwortete: »Selbst wenn es so wäre, bald wird es dunkel; dieser Planet hat keinen Mond. Wir müssen an dieser Stelle hinauf, anders geht es nicht.«

Ra warf mir einen kläglichen Blick zu. »Tut mir Leid!«, sagte er dann so leise, dass ich ihn kaum hören konnte. Er lachte bitter auf. »Hätte ich dich nicht umbringen wollen, lägen wir jetzt nicht im Wasser. Vielen Dank, ohne deine Hilfe ...«

Ich rang mir ein Lächeln ab. »Schon vergessen.« Für lange Gespräche hatten wir jetzt keine Zeit mehr. Über unseren Köpfen fand das Duell zwischen Ischtar und dem Henker statt, und wir konnten nicht helfen, hatten mehr als genug mit uns selbst zu tun. *Vielleicht ist das Duell auch schon entschieden?* Dieser Gedanke trieb mich noch mehr an. Ich winkte Ra zu, mir zu folgen, und schwamm dann vorsichtig auf die Küste zu. Meterhohe Brecher wälzten uns mit sich, auf die Felsen zu.

Ich versuchte, meine Geschwindigkeit zu drosseln, aber der Druck des Wassers war viel zu groß. Rücksichtslos wurde ich nach vorne gezerrt, spürte einen harten Schlag an der Schulter. Ich wurde herumgewirbelt, prallte auf Fels und überschlug mich mehrmals. Rasch sprang ich auf die Beine. Mir genügte ein Augenblick, um festzustellen, dass wir wieder einmal unverhofftes Glück hatten. Der Brecher hatte mich über ein paar schroffe Felsnadeln gehoben und auf einem kleinen Plateau abgesetzt, das in regelmäßigen Abständen von der Brandung überspült wurde. Etwas prallte unsanft gegen meine Füße und stöhnte schmerzlich auf. Ich erkannte Ra, der von der Brandung praktisch vor meine Füße gelegt worden war. Ich gab ihm die Hand und half ihm auf die Füße, bevor ihn der nächste Brecher wieder herunterspülen konnte.

»Den ersten Teil hätten wir geschafft«, seufzte ich erleichtert, als eine Welle heranrollte und mich von den Füßen riss. Hätte Ra mich nicht gehalten, wäre ich ins freie Wasser zurückgezogen worden.

»Sehr sicher sind wir hier nicht. Es wird leichter sein, wenn die Brandung ein Stück hinter uns liegt.« Er unternahm den Versuch als Erster. Vorsichtig setzte er einen Fuß vor den anderen, schob sich langsam in die Höhe. Ich sah, dass er Mühe hatte, für seine Finger Platz zu finden. Die Haltepunkte waren meist nur so groß wie meine halbe Fußsohle. Auf ebenem Boden konnte man auf einer solchen Fläche relativ sicher stehen. Es sah ganz anders aus, wenn man sich so in fünfzig oder hundert Metern Höhe halten sollte. Ich schätzte, dass wir mehr als zehn Meter zu klettern hatten.

*Du hast unverschämtes Glück gehabt,* flüsterte der Logiksektor. *Du hättest dir beim Sturz sämtliche Knochen brechen können.*

*Hoffentlich hält dieses Glück an*, wünschte ich im Stillen. Wir konnten es brauchen. Ra hatte inzwischen knapp fünf Meter Höhe gewonnen und winkte mir zu.

»Komm nach. Es ist zwar schwierig, aber es lässt sich machen.«

Ich ließ mich von meinem Extrahirn leiten, das mir genau die Stellen zeigte, an denen sich Ra in die Höhe gearbeitet hatte. So kletterte ich langsam dem Barbaren nach, der mit steigender Sicherheit an der Wand emporstieg. Nach unten zu schauen wagte ich nicht, zudem musste ich Ra genau beobachten. Ich musste an die Ödwelt denken, auf der ich zum ersten Mal näheren Kontakt mit ihm gehabt hatte. Auch dort waren wir gezwungen gewesen, eine Felswand zu ersteigen, aber unter wesentlich besseren Voraussetzungen als hier. Wir hatten nicht einmal ein Seil, mit dem wir uns hätten sichern können.

»Kannst du dich halten?«, fragte Ra.

»Einigermaßen. Und du, kommst du gut vorwärts?«

»Spätestens in einem Jahr sind wir oben. Ich glaube auch schon eine Möglichkeit gefunden zu haben, wie wir über den Felsvorsprung kommen.«

Ich nickte anerkennend, denn diese Aufgabe schien mir ebenfalls der schwierigste Teil zu sein. Die Zeit verstrich, während wir langsam kletterten. Der Aufstieg war anstrengend, meine Beine und Arme begannen zu schmerzen. Die scharfen Kanten der Felsen schnitten in das Fleisch der Hände und Finger. Je länger der Aufstieg dauerte, desto größer wurde meine Furcht vor einem Krampf in den Arm- oder Beinmuskeln, die beim Klettern ganz anders beansprucht wurden als sonst. Erste Schmerzen tauchten vor allem im Unterarm auf. Plötzlich war Ra verschwunden. Ich erschrak und sah nach unten, aber dort war nichts zu sehen. Mit wachsender Sorge starrte ich auf das kleine Plateau, von dem aus wir unseren Aufstieg begonnen hatten.

»Hier bin ich. Hier oben gibt es eine Höhle, nicht gerade sehr geräumig, aber passierbar.«

Diese Nachricht verstärkte meine Kräfte. Es dauerte nur nicht lange, bis ich Ra erreicht hatte. Er steckte in einem Loch, gerade groß genug, um den breitschultrigen Mann durchschlüpfen zu lassen. Ich seufzte erleichtert auf, als er meine Hand fasste und mich in die Höhe zog, dann schlängelte er sich rückwärts in die Höhle und zog mich nach. Im Innern blieb ich zunächst einmal liegen und versuchte, meinen hämmernden Puls wieder zu beruhigen und meine Lungen in Ruhe mit Sauerstoff zu füllen.

»Ich möchte wissen«, murmelte Ra, »wo dieser Gang hinführt. Hörst du nichts?« Ich schüttelte den Kopf, denn einstweilen hörte ich außer meinem wie rasend schlagenden Herzen gar nichts. Erst als ich mich beruhigt hatte, vernahm ich das gleichmäßige Rumoren, das aus großer Entfernung und stark gedämpft zu uns drang. »Warte hier. Ich bin gleich wieder zurück.«

Er zerrte mich ein Stück weiter in die Höhle hinein, bis er genügend Platz gefunden hatte, um sich an mir vorbeizwängen zu können. Ich wartete eine Weile, dann kroch ich ihm nach. Mit unglaublicher Gewandtheit hatte Ra den Felsvorsprung überwunden und war jetzt oben auf der Lichtung, wahrscheinlich wollte er unsere Waffen und Aggregatgürtel holen. Ich nickte anerkennend, als er nach verblüffend kurzer Zeit wieder auftauchte und vom Fluggerät getragen herabschwebte. »Wie sollen wir vorgehen?«, fragte er. »Obenherum? Oder untersuchen wir die Höhle? Wer weiß, wohin sie führt.«

Ich überlegte kurz. »Wir nehmen die Höhle.«

Rasch kroch ich zurück, Ra folgte mir sofort. Ich war wesentlich froher, als ich mir wieder meinen Gürtel umschnallen konnte, denn wir konnten nicht wissen, auf was wir in der Höhle stoßen würden. Der Gang wurde allmählich breiter. Nach einigen hundert Metern konnten wir uns aufrichten und normal gehen. Das Licht von Ras Handlampe wanderte über die Wände des Ganges. Hier waren unverkennbar lebende Wesen am Werke gewesen. Wind und Wasser hätten niemals eine so glatte, gleichmäßige Halbkreiswölbung zustande gebracht. Das Rumoren im Hintergrund wurde allmählich lauter. Gewaltige Maschinen mussten hier unter der Oberfläche der Insel arbeiten, denn anders konnte ich mir die Geräusche nicht erklären.

Nach kurzer Zeit standen wir vor einer Tür aus massivem Stahl, die den Gang fugenlos abschloss. Wir konnten nicht wissen, welche Mechanismen wir auslösten, wenn wir die Tür einfach zerschossen. Warten konnten wir allerdings auch nicht, und so hob ich meinen

Strahler, stellte zunächst auf Desintegratormodus und schoss. Die Wirkung war gleich null. Ra stieß eine Verwünschung aus. »Kristallfeldintensivierung?«

Ich nickte, schaltete den TZU-4 um, justierte den Projektor auf feinste Bündelung und nahm die Tür unter Feuer. Langsam fraß sich der nadelfeine Thermostrahl durch das Metall. Vergeblich warteten wir auf Alarm oder Gegenmaßnahmen. Nichts rührte sich, als wir die Tür aus ihrer Fassung schnitten. Polternd kippte die Platte nach hinten, als der Strahler etwa vier Fünftel des Umfanges der Tür bestrichen hatte. Wir warteten eine Zeit lang, bis sich das geschmolzene Metall an den Rändern genügend abgekühlt hatte, dann marschierten wir weiter.

Unsere Lampen konnten wir ausschalten; dieser Teil der unterirdischen Anlagen war von versteckt angebrachten Leuchten erhellt. Das Rumoren der Maschinen wurde lauter, wir folgten den Klängen, bis wir eine große Halle erreicht hatten, die ein verwirrendes Arsenal an verschiedenen Maschinen und Aggregaten enthielt. Etliche Anlagen arbeiteten hier in höchster Lautstärke, knatterten und pfiffen, heulten und zischten. Ohrenbetäubender Lärm erfüllte den Saal. Wir bewegten uns langsam vorwärts und versuchten, Sinn und Zweck dieser Anlage zu ergründen. Irgendwelche Massen wurden hier verarbeitet, ich sah große Stanzen, die aus einem schier endlosen, blauweißen Band skurrile Formen herausschnitten. Die Formen wurden anschließend mit verschiedenartigen Chemikalien geimpft und dann über ein Fließband in einen Nachbarraum geführt.

»Was hat das zu bedeuten?« Ra schien zu flüstern; seine Stimme wurde von den Arbeitsgeräuschen der Maschinen fast unhörbar gemacht.

Ich schüttelte den Kopf, konnte ihm keine Antwort geben. Wir drangen tiefer in den Maschinenpark vor. Als wir den dritten Raum erreicht hatten, wusste ich plötzlich, wozu die gewaltigen Anlagen dienten: In großen stählernen Becken zuckte jene weißblaue Plasmamasse, die wir bereits auf Za'Ibbisch kennen gelernt hatten. Sie war von den Varganen gezüchtet worden, die aus ihnen angriffslustige Monstren konstruiert hatten. Hier wurde ebenfalls mit diesem Plasma gearbeitet. Die Formen, die wir gesehen hatten, waren die Rohschablonen für neue Riesentiere. Die endgültige Form erhielten die Körper erst durch die Impfungen. Anschließend wurden sie in einer Brutkammer zum Wachsen gebracht. Ich warf durch ein schmales Sichtfenster an einer Brutkammer einen Blick in das Innere.

Innerhalb kurzer Zeit verwandelte sich die flache Schablone in einen jener Kolosse, denen die endgültige Vernichtung dieser Station zuzuschreiben war. Ich wechselte einen raschen Blick mit Ra. Wir waren einer Meinung, was mit dieser Fabrik zu geschehen hatte. Schnell hatten wir alle Thermobomben, die wir in den Gürteln trugen, auf mehrere Säle der Fabrik verteilt. Die Zeitzünder waren auf eine halbe Tonta eingestellt. Das würde uns Zeit genug lassen, aus dem System der Hallen, Säle und Gänge wieder zu verschwinden. Nach meiner Schätzung mussten wir uns ziemlich genau unterhalb der Oberflächenstation befinden. Es galt nun, eine Möglichkeit zu finden, wieder nach oben zu gelangen. Es dauerte nicht lange, dann hatten wir den Zugang gefunden. Eine Wendeltreppe führte in die Höhe, oben von einem Luk verschlossen, das sich von Hand nur von innen öffnen ließ. Wer von außen in den Teil der subplanetarischen Station eindringen wollte, bedurfte dazu eines Impulsschlüssels. Wir erkannten den zugehörigen Empfänger auf der Unterseite des Schotts. Daneben saß der Auslöser für eine Selbstschussautomatik, die dann in Aktion trat, sollte das Schott ohne Impulsschlüssel gewaltsam von außen geöffnet werden.

»Stell dir vor, wir hätten das Schott draußen gefunden.«

Ra drehte mittlerweile an dem Handrad, mit dem sich das Schott öffnen ließ. Irgendetwas schien oben auf dem Schott zu liegen, denn er musste sich anstrengen, um das Metall in die Höhe zu wuchten. Sobald sich über unseren Köpfen die kreisförmige Öffnung abzeichnete, kletterte ich in die Höhe. Oben erkannte ich, was das Schott beschwert hatte – ein Tierkadaver hatte unmittelbar auf dem Schott gelegen. Wir mussten mitten im Gebiet der Station herausgekommen sein, denn um uns herum knisterte und prasselte es heftig, Rauch erschwerte die Sicht. Immerhin gab es in der Station kein lebendes Wesen mehr, uns ausgenommen.

Ich warf einen Blick nach oben, um mich zu orientieren. *Nach links,* bestimmte der Logiksektor, der sehr schnell unsere Position ermittelt hatte. Die Sonne war fast ganz untergegangen, im Westen färbten rote und orangefarbene Pastelltöne zwischen grauen Wolken den Himmel. Ich winkte Ra zu, er folgte mir, in jeder Hand eine Waffe haltend. Vorsichtig bewegten wir uns weiter. Ich verbrannte mir fast den Fuß, als ich versuchte, einen der ehemaligen Wasserläufe langsam zu durchqueren. Die Heizkörper, die unter dem Bett der Bäche liegen mussten, waren noch immer aktiv. Überall stießen wir auf die Überreste von Tieren, Leichen der ehemaligen Zoobewohner lagen herum.

Sich widersprechende Gefühle schossen durch meinen Kopf. Bei aller Faszination, die Ischtar ausstrahlte und die weder bei mir noch bei Ra je ihre Wirkung verfehlt hatte, gab es doch Züge an der Varganin, die mir wenig gefielen. Dieser Zoo beispielsweise oder das kalte Manipulieren von Personen, wenn es um irgendeinen unbekannten Zweck ging, der offenbar auch solche Mittel rechtfertigte. Wir wollten das Erbe der Varganen antreten, aber mir war nicht ganz geheuer dabei. Gehörten zu diesem Erbe auch entsprechende Verhaltensweisen oder das rücksichtslose Experimentieren mit pseudointelligentem Plasma, hätte ich lieber auf dieses Erbe verzichtet. *Edel,* hörte ich den Logiksektor spotten. *Sehr edel! Opferst du etwa niemanden, um deine hohen Ziele zu erreichen? Sind nicht schon Männer und Frauen für dich und deine Pläne gestorben?*

Ich musste zugeben, dass der Logiksektor aus seiner Blickrichtung Recht hatte. Aber ich war dennoch anderer Meinung. Es bestand ein gewaltiger Unterschied zwischen dem Vorgehen der Varganen und der Art und Weise, in der wir arbeiteten. Die Varganen spielten ein großes Spiel, in das sie nach Belieben Unbeteiligte einführten und benutzten. Die Männer, die beispielsweise auf Za'Ibbisch gestorben waren, waren zwar für meine Pläne und Absichten gestorben, aber sie hatten sich freiwillig zu derart riskanten Unternehmungen gemeldet.

*Doppelte Moral!*

Ich ignorierte die Bemerkung. Ra war vorangeschlichen und winkte mir zu. Sein Strahler deutete nach vorne. »Da sind sie. Es ist offenbar noch nichts entschieden.«

Bewegungslos standen sich Ischtar und Magantilliken gegenüber, fochten wieder einen lautlosen Kampf mit den Augen aus. Andere Mittel setzten sie nicht ein. Von Ischtars Tierarmee war nichts mehr geblieben. Ein paar Meter neben ihr streckte der riesige Bär seine Pranken in den Himmel. Auf seiner Brust klaffte eine große Wunde, die das Tier sofort getötet haben musste. Was die Varganin mit dem Einsatz der vielen Tiere erreicht hatte, konnte ich nicht feststellen. Magantilliken war keine Schwächung anzumerken. Beide Kämpfer schienen alle Energiereserven mobilisiert zu haben. Ich sah, dass Magantillikens Umhang fast farblos geworden war. Der Möbiusstreifen im schwarzen Feld pulsierte heftig – einen Teil seiner Kraft schien Magantilliken demnach tatsächlich aus dem geheimnisvollen Umhang zu ziehen.

Ra starrte mit verkniffenen Lippen auf die beiden Varganen, dann hob er den Strahler und zielte auf den Rücken des Henkers. Ich schlug ihm den Arm herunter, bevor er feuern konnte. »Lass das!«, zischte ich. »Wenn die beiden in einem mentalen Kontakt stehen, kann dein Schuss auch für Ischtar eine fatale Wirkung haben.«

»Du hast Recht.« Er steckte die Waffe zurück. »Fast hätte ich einen Fehler gemacht.«

*Er hätte tatsächlich Ischtar umbringen können,* stellte der Logiksektor fest. Ich begriff auch, warum Ischtar mich nicht hatte mitgehen lassen wollen. Ich konnte ihr tatsächlich nicht helfen, denn auf diese Art eines Kampfes war ich nicht vorbereitet. Daher stieg meine Erregung allmählich immer mehr an. Ich konnte beim besten Willen nicht sagen, wer bei diesem Zweikampf der Stärkere sein würde, sondern nur hoffen, dass es der Henker der Varganen sein würde, der letztlich geschlagen wurde. Und bei diesem Kampf, da war ich mir sicher, würde der Ausgang nicht so friedlich sein wie beim ersten Waffengang. Diese Niederlage würde, gleichgültig, wen sie traf, entscheidend sein.

Endlich bewegten sich die Kontrahenten, gingen wortlos aufeinander zu, bis sie sich berühren konnten. Sie legten ihre Handflächen gegeneinander, Finger lagen auf Finger. Magantillikens Umhang begann für kurze Zeit grell zu flackern, dann beruhigte sich das Farbspiel wieder. Hatte Ischtar für kurze Zeit die Oberhand gewonnen? Ich konnte es nicht sagen. Auch das plötzliche Zucken in den Augen der Frau lieferte keine weiteren Erkenntnisse.

Der Vorgang erinnerte mich an Garrabo, bei dem die Gegner schweigend etliche hundert Angriffszüge durchdachten, sämtliche möglichen Reaktionen des Gegners vorberechneten, um dann einen lächerlich einfach aussehenden Zug zu machen. Auf Largamenia hatte ich erlebt, wie es aussah, wenn der absolute Gipfel dieser Kunst erreicht war: Ein Spieler fiel nach dem zweiten Zug seines

Gegners in tiefes Grübeln und gab dann die Partie verloren. Die beiden Männer hatten damals das ganze Spiel im Geiste durchgeführt und sich dabei so gut in die Psyche des Gegners hineinversetzt, dass ihre Mutmaßungen über künftige Züge des Widerparts fast immer stimmten. Für Zuschauer war ein solches Spiel wenig erbaulich – von der eigentlichen Leistung beider Kontrahenten sah man nämlich wenig.

Ähnlich gelangweilt hätte mich auch das schweigende Duell zwischen Ischtar und Magantilliken, wäre es dabei nicht auch um unser Schicksal gegangen. Wie immer dieser Zweikampf endete, seine Auswirkungen waren für mich und meine Freunde beträchtlich. Neben mir zappelte Ra. Er fand wenig Gefallen an Kämpfen, die mehr Geduld als aktives Handeln verlangen. Er hätte am liebsten die Angelegenheit mit dem Strahler, dem Messer oder den Fäusten beendet. Diese Methode mochte barbarisch genannt werden, aber ein Duell mit tödlichem Ausgang war ein Duell, gleichgültig, ob es mit scharfen Waffen oder geistigen Kräften ausgefochten wurde.

Magantilliken ging einen Schritt zurück, ohne dabei den Kontakt zu Ischtar zu verlieren, da sie der Bewegung sofort folgte. Wieder geschah nicht mehr, und was diese Bewegung zu besagen hatte, war mir ebenso ein Rätsel wie die Natur der Energie, mit der der Kampf ausgetragen wurde. Paranormale Kräfte? Ich setzte mich auf den Boden und steckte die Waffe weg. Zähneknirschend folgte Ra meinem Beispiel. Uns blieb nichts anderes übrig, als abzuwarten, bis sich eine klare Gelegenheit bot, in die Auseinandersetzung einzugreifen. Fraglich war allerdings, ob uns eine solche Möglichkeit je offen stehen würde. Es sah nicht danach aus. Das einzige Zeichen dafür, dass hier wirklich ein unerbittlicher Kampf stattfand, waren die Schweißtropfen, die sich sowohl auf Magantillikens als auch auf Ischtars Stirn gebildet hatten.

»Wie lange wird das noch dauern?«, flüsterte Ra. »Ich kann mich bald nicht mehr beherrschen, dann gehe ich dem Henker an die Kehle.«

Ich zuckte die Achseln, begriff nicht einmal näherungsweise, was sich da vor unseren Augen abspielte. Es war mir unmöglich, Ras Frage korrekt zu beantworten. Auch der Extrasinn konnte mir nicht weiterhelfen: *Du musst warten. Und du musst ruhig bleiben.*

Diese Weisheiten hätte sich das Ding sparen können. Sie hatten nur den einen Erfolg, dass sie mir noch deutlicher vor Augen führten, dass wir nicht eingreifen durften, was vor allem Ra sichtlich schwer fiel. Ich sah, wie er immer wieder seine Waffen zog und zurücksteckte, ein Vorgang, der ihn mit seiner Regelmäßigkeit vielleicht beruhigen konnte, mich aber nur noch nervöser machte. Ich spürte, dass meine Augen feucht wurden. Zur Abwechslung machte diesmal Ischtar einen Schritt zurück, dem Magantilliken sofort folgte. Hätte man mir dies als spannendes Trivid angeboten, hätte ich bereits nach zwei Zentitontas abgeschaltet oder mein Geld zurückverlangt. Hier aber jagte jede noch so kleine Veränderung riesige Mengen Adrenalin in die Blutbahn, die den Körper zu höchster Leistung befähigte – die wir aber nicht brauchen konnten, weil wir dazu verdammt waren, dem Psycho- oder Paraduell tatenlos zuzusehen.

Schließlich wurde die Spannung unerträglich. Als Ischtar noch einmal zurückwich und diesmal gleich zwei Schritte machte, verlor ich die Beherrschung. Ich stürzte aus meinem Versteck und rannte auf die beiden Varganen zu, Magantilliken sah mich als Erster, er lachte laut auf und schien seinen geistigen Druck auf Ischtar zu verstärken. Die Frau schwitzte stark, jetzt wurde sie bleich und gab ein leises Stöhnen von sich. Offenbar hatte mein Auftauchen Magantillikens emotionale Spannung neu aufgeladen. War ich gar selber schuld an der Vernichtung Ischtars, die sich nun immer klarer abzuzeichnen begann?

Der Boden erzitterte, dröhnte dumpf.

Ich schaute auf meine Uhr – die Thermobomben in den subplanetarischen Anlagen mussten in diesem Augenblick detoniert sein. Aus den schwärzlichen Überresten des Zentralbaus brach eine Feuersäule in die Höhe, die die Abenddämmerung zurückdrängte und die Szenerie mit einem geisterhaft fahlen Licht erhellte. Magantilliken riss die Augen weit auf, vielleicht ein Zeichen des Erschreckens? Bei Varganen, speziell bei ihrem Henker, war ich mir nicht sicher, dass man eine solche Reflexbewegung so deuten konnte.

Donnernd brach sich die in den Bomben gespeicherte Energie Bahn. Vermutlich hatten sich andere, brisante Stoffe in den Anlagen ebenfalls entzündet und heizten das Feuer weiter an. Immer höher stieg die Fontäne, gleichzeitig verbreitete sie sich. Anhand der Stellen, an denen sich das Feuer Bahn schaffte, ließ sich gedanklich ein ziemlich genauer Plan von der subplanetarischen Station machen: An einem halben Dutzend Orten brach der Boden auf und spie meterlange Flammenzungen in die Höhe.

Ischtar begriff als Erste, was vorgefallen war. Es war nur ein Augenblick, den sie als Vorsprung gegen Magantilliken hatte. In diesem kleinen Abschnitt sammelte sie offenbar noch einmal all ihre gewaltigen, geheimnisvollen geistigen Kräfte und bündelte sie auf Magantilliken. Der Henker stöhnte auf und begann zu zucken; seine Haut wurde heller, und auch sein Umhang verlor an Farbkraft. Unwillkürlich dachte ich an den paranormalen Schockstrahl, der den Blinden Sofgart getötet hatte. Über welche Kräfte mussten die Varganen erst verfügen, wenn sie schon mir, einem keineswegs paranormal begabten Arkoniden, ein solches Machtmittel verleihen konnten?

*Halte dich zurück*, ermahnte mich der Logiksektor. *Magantilliken hat offenbar die Anlagen anlaufen lassen, um ein Gegengewicht zu Ischtars Tierarmee zu haben. Der Schock, den Ischtar beim Auftauchen von Magantillikens Ersatzheer mit Sicherheit bekommen hätte, wäre der letzte Anstoß für ihn gewesen, Ischtar zu vernichten.*

*Jetzt geht die Rechnung nicht auf*, ergänzte ich die Überlegungen meines Extrasinns. Nicht Ischtar war geschockt gewesen, sondern Magantilliken hatte erschreckt einsehen müssen, dass seine Hilfstruppen in unseren Thermobomben vergangen waren. Diesen winzigen Augenblick des Erschreckens musste Ischtar zu einem Angriff benutzt haben. Magantilliken war sichtlich angeschlagen. Seine Beine zitterten zusehends heftiger, sein Mund verzerrte sich, er begann zu stöhnen. Dieses Eingeständnis seiner Schwäche stärkte Ischtars Position noch mehr. Sie lächelte, als sie mit ihren Händen die Finger Magantillikens fester drückte. Plötzlich stieß er einen markerschütternden Schrei aus und brach zu Boden.

Ischtar sank leicht in sich zusammen. Ihr Atem ging schwer, obwohl sie sich kaum bewegt hatte. Ich legte meinen Arm um ihre schmalen Schultern und zog sie von der Leiche fort, spürte, dass ihr Körper an allen Gliedern zitterte. Es musste ein furchtbares Duell gewesen sein, das die beiden Varganen ausgetragen hatten. Ra näherte sich. Um nicht neuen Ärger heraufzubeschwören, übergab ich ihm die Frau.

»Wir müssen schnell von hier verschwinden«, sagte sie matt. Ich war nicht gewillt, mich mit Halbheiten abzugeben, daher ging ich auf den Körper des Toten zu. Ischtars leicht ironische Stimme hielt mich auf. »Glaubst du wirklich, du könntest den Henker der Varganen töten?«

Sie lächelte mich spöttisch an, dann zog sie das Messer aus Ras Gürtel und ging damit an mir vorbei. Vor dem Körper Magantillikens hob sie die Waffe in die Höhe und stieß sie ihm kraftvoll in die Brust. Der Körper zeigte *keine* Reaktion, er bäumte sich nicht auf, gab keinen Schmerzenslaut von sich, und auch kein Blut floss, als Ischtar die blanke Waffe wieder aus dem Körper zog und Ra zuwarf. Der Barbar fing die Klinge geschickt auf und schob sie ungerührt wieder in seinem Gürtel.

»Ein alter Körper.« Ischtar wies auf Magantilliken. »Ein uralter Körper. Ich würde gerne wissen, wo er an dieses seltene Exemplar gekommen ist.«

»Gibt es noch mehr solcher Körper, die man töten kann, ohne dass dem Geist etwas geschieht?«, fragte ich fassungslos, während sich schmerzhaft intensiv mein fotografisches Gedächtnis meldete.

»Natürlich.« Sie hatte sich inzwischen leidlich von den Strapazen des lautlosen Zweikampfes gegen den Henker erholt. »Es gibt viele Versunkene Welten, auf denen varganische Körper in Konservierungssystemen liegen. Sie sind völlig erhalten, warten nur auf ein Bewusstsein, das sich ihrer bedient.«

»Und was geschieht«, brachte ich stockend hervor, »wenn ich jetzt den Körper Magantillikens in Stücke schneide oder in einen Konverter werfe?«

»Dann wird er sich einen neuen Körper suchen. Der *eigentliche Magantilliken*, das Wesen, der Charakter der Person, die ihr hier erlebt habt, hat sich zurückgezogen. Nur Magantillikens Geist hat die Eisige Sphäre verlassen, sich diesen Körper ausgesucht, ihn mit Energie gefüllt und ihn zum Henker bestimmt.«

»Entsetzlich. Heißt das, dass wir diesem unheimlichen Jäger auch künftig begegnen könnten?«

Scharfe Impulse mischten sich mit den Bildern, die das fotografische Gedächtnis lieferte. *Die Individualverformer, kurz IV!*, durchzuckte es mich, eine Eiswelle zog mir die Kopfhaut zusammen. Es war die Bezeichnung eines Fremdvolks, das von uns in Ergänzung ihrer vokallosen Sprache auch *VeCoRat XaKuZeFToNaCiZ*, kurz *Vecorat*, genannt wurde. *Diese insektoiden Geschöpfe haben die schockierende Fähigkeit, rein geistig den eigenen Individualkörper verlassen und auf einen anderen überspringen zu können; hierbei kommt es zum Austausch mit dem Bewusstsein des Opfers, das bis zum abermaligen Tausch im Vecorat-Körper zur Handlungsunfähigkeit verurteilt ist.*

Insbesondere in der Regierungszeit von Imperator Barkam I. traten sie massiv in Erscheinung. Es war dem Eingreifen der Großen Feuermutter – unterstützt vom »Dyhanensinn« der Gorianer – zu verdanken gewesen, dass der Invasionsversuch der Vecorat aufgedeckt und abgewehrt werden konnte. Die Ausbildung der allerersten *Tai Zhy Fam* als weibliches Gegengewicht zum männlichen Imperator war ein künstlich stabilisierter Bewusstseinsverbund aus 158 Feuerfrauen von Iprasa. Erst rund 2500 Arkonjahre später wagten die Vecorat einen erneuten Vorstoß, galten seither aber als »Erzfeinde« der Arkoniden.

»Es war nicht der erste Versuch, mich umzubringen«, sagte Ischtar leidenschaftslos und riss mich aus den Gedanken. »Und es wird nicht der letzte bleiben. Magantilliken kommt wieder.«

Ich wollte mich auf den Körper des Mannes stürzen und ihn vernichten, aber der Extrasinn hielt mich davon ab. *Narr!,* lautete die mittlerweile schon vertraute Anrede. *Willst du, dass morgen ein anderer Vargane auftaucht, ohne Magantillikens Körper, dafür aber mit den gleichen Charaktereigenschaften?*

Ich gab dem Logiksektor Recht. Solange es Magantilliken bevorzugte, diesen Körper zu benutzen, konnten wir ihn wenigstens erkennen. Das sagte nicht viel, konnte uns aber doch eine Hilfe sein.

»Kommt mit zum Gleiter«, bestimmte Ischtar. »Unsere Zeit ist knapp.«

*Merkwürdig*, dachte ich, *normalerweise scheint sie über alle Zeit des Kosmos zu verfügen. Hat sie Angst vor Magantillikens Rückkehr?* Ich hoffte, wir würden es erfahren. Ich jedenfalls hatte keine Lust, dem Henker noch einmal zu begegnen. Wer in die Fänge dieses Mannes geriet, konnte mit seinem Leben abschließen. Nur in Glücksfällen, wie wir sie vorgefunden hatten, gab es vermutlich eine Möglichkeit, den Verstrickungen zu entgehen, die zu dem fein gesponnen Schicksal der Sternengötter gehörten, zu jenem großen kosmischen Plan, in dem selbst so imponierende und machtvolle Gestalten wie Ischtar und Magantilliken nichts weiter zu sein schienen als Komparsen.

Wir stiegen in Ischtars Gleiter. Die Frau warf noch einen Blick auf das Schlachtfeld. Besonders lange betrachtete sie den riesigen Bären, auf dessen Rücken sie den ersten Teil des Kampfes ausgefochten hatte. Zum ersten Mal schien ein Anflug von Trauer in ihren Augen zu liegen.

*Ist der Körper, der Magantilliken beherbergt hat, ebenfalls aus einer Plasmamaschine entsprungen?*, durchzuckte mich ein Gedanke. *Ein Maschinenprodukt wie die Tiere, die uns angegriffen, deren Herstellung wir gesehen haben? Wenn es möglich ist, einen so hochkomplizierten Körper wie den eines Riesenbären oder -stiers künstlich in Serie herzustellen, kann sich auch irgendein besonders kühner Forscher der Varganen daran versucht haben, aus dem widerlichen weißblauen Schleim arkonoide Körper zu formen und zu bauen ...*

*Denk an Dovreen*, erinnerte mein Logiksektor. *Der Doppelgesichtige in seiner dreißigfachen Ausfertigung war ohne Zweifel ein solches Kunstwesen.*

Als zarten Nachhall glaubte ich die Stimme des »Weisen« zu hören: *»Ich war für eine Göttin bestimmt, aber ich verstieß sie, weil ich in fleischlicher Liebe einer Sterblichen zugetan war.«*

*Oder denk an das Quaddin-Zentralorgan – entstanden aus der Verschmelzung von Varganen, Tieren und ganz speziellen Pflanzen. Alles Wesen nach Maß. Spezialanfertigungen für jeden erdenklichen Zweck.*

Ich nickte zögernd. Blind und geruchlos geborene Kiementräger, die man in die Kanalisation verbannen konnte? Besonders kleine, kräftige Geschöpfe, die zum Putzen in Triebswerksöffnungen konstruiert waren? Wie hatte Ischtar Magantilliken umschrieben? *»Ein uralter Körper. Ich würde gerne wissen, wo er an dieses seltene Exemplar gekommen ist.«* War damit ein solcher künstlicher Körper nach Maß gemeint? Körper, die vergleichbar den Fähigkeiten der Vecorat nach Belieben beseelt werden konnten? Körper, die aufgrund ihrer Künstlichkeit so robust waren? Körper, die absolut nichts mit jenen Wesen zu tun hatten, die sie scheinbar nach Belieben beseelten? Wie sahen die Varganen wirklich aus? Waren sie überhaupt von arkonoider Gestalt, oder war dies nur die Maske ihrer androidischen Kunstleiber? Schauerliche Bilder drängten sich mir auf und verblassten wieder. Unwillkürlich dachte ich an Ischtar. Diese Frau war perfekt. Vollkommen in ihrer Ausstrahlung, unübertroffen an körperlichen Reizen. War sie vielleicht *zu perfekt?* Gehörte das zum Plan?

*Wir brauchen eine Kontaktperson zu Atlan; so und so muss sie aussehen, diesen und jenen Charakterzug haben. Dann inszenieren wir die Affäre mit Ra, das schafft die notwendige Stimmung, die zum Erreichen des vorgegebenen Zwecks nötig ist. Als Nächstes muss dann Atlans Sohn ins Spiel kommen. Er muss den Eindruck gewinnen, dass er und sein Sohn für das Volk der Varganen von unerhörter Wichtigkeit sind, dass er die Person ist, um die sich alles dreht. Ra lassen wir weiterlaufen, bis wir Atlan nicht mehr brauchen. Er kann den Arkoniden im Zweikampf um Ischtar töten, anschließend setzen wir ihn auf seiner Heimatwelt aus, wo er dann für uns eine Machtübernahme in Szene setzen kann …* Sah das Vorhaben derer, die noch über Ischtar und dem Henker standen, solche Abläufe vor?

*Lass den Unsinn,* meldete sich der Logiksektor. *Du machst dich nur selbst irre. Dein Gedankengang ist ungefähr so sauber durchkalkuliert wie der Zahlenfluss aus einem Zufallszahlengenerator.*

Das mochte stimmen, aber ganz sicher war ich mir nicht. Zu tief saß der Schock, den mir Ischtars letzte Erklärungen versetzt hatten. Vor allem ein Problem beschäftigte mich. *Wer ist diese Frau eigentlich, mit welchem Auftrag, welchem Ziel fliegt sie durch das All? Warum gibt sie uns, ausgerechnet einem Häuflein Männer, die gegen die Führungsspitzen des größten bekannten Sternenimperiums revoltieren wollen, Hinweise und Tipps auf der Suche nach dem Stein der Weisen?* Zunächst hatte ich an reine Sympathie geglaubt, erst bei Ra, dann bei mir. Aber dieser Boden schwankte zu heftig, um darauf ein logisches Gebäude aufrichten zu können. Gab es den »großen Plan« vielleicht doch, gegen dessen Existenz sich alles in mir sträubte? Möglicherweise war dann alles, was wir inzwischen ausgestanden hatten, nichts weiter als eine Nebenhandlung in einem Roman, der ansonsten ohne uns fortgeführt wurde.

Ich hatte angenommen, die Varganen in zwei Gruppen sortieren zu können, eine Gruppe, die uns helfen würde, und eine zweite, aus deren Reihen sich unsere Gegner rekrutierten. Aber das Hin und Her, die Schlangenfährte, der wir gefolgt waren, machte die Annahme absurd. Bekamen wir Hilfe von unseren Feinden und wurden hereingelegt von Varganen, von denen wir annehmen mussten, sie stünden auf unserer Seite?

*Ist Ischtars makelloser Körper ebenfalls künstlich? Sie deshalb unsterblich und ihr Körper so enorm widerstandsfähig?*, durchfuhr es mich abermals beim Gedanken an die Hygienezelle. *Ischtar hat Ra damals die Unsterblichkeit angeboten! Wie soll das möglich sein? Und was ist mit Chapat, unserem Sohn? Ist er letztlich nicht auch nur ein Mischwesen, das seine Existenz gentechnischen Manipulationen verdankt – oder …*

Das Frösteln wurde zum Schaudern. Kälte kroch meine Wirbelsäule hinauf und erfasste meinen gesamten Körper. Ich musste mich mit aller Gewalt zur Ordnung rufen, um mich nicht in den wildesten Spekulationen zu verlieren.

Ischtar hatte den Gleiter in die Höhe gezogen, auf den Orbit zu, wo ihr Raumschiff um Tabraczon kreiste. Das Prallfeld hatte sich geschlossen, das Licht der Sterne fiel ein, in dieser Höhe kaum noch von Wolken und Atmosphäre geschwächt. Dorthin wollte ich, jeden dieser unendlich vielen Punkte kennen lernen. Fremde Welten auffinden, fremde Völker, mit denen man sich anfreunden kann, Handel treibt. Und eines Tages würde sich mir dieser Traum erfüllen.

Es dauerte nicht lange, dann hatten wir Ischtars Schiff erreicht. Sofort nach dem Einschleusen tauchte Fartuloon auf, mit einer verdächtigen Schwellung am Hinterkopf – offenbar hatte Ra gar keine lange Diskussion abgewartet, sondern sofort zu Argumenten gegriffen, denen der überraschte Bauchaufschneider nichts Gleichwertiges entgegenzusetzen hatte. »Was ist passiert?«, fragte er. »Lebt dieser widerliche Henker noch?«

»Ja und nein«, antwortete ich ihm. »Er ist uns entwischt, als Geist sozusagen.«

Er starrte mich wortlos an.

»Magantillikens Körper liegt regungslos auf dem Boden der Insel. Aber nach Ischtars Darstellung hat sich sein Geist in die Eisige Sphäre zurückgezogen, wo er offenbar neue Energie tankt. Mit der kann er nach Belieben den alten Körper wieder übernehmen, sich aber auch den Körper eines anderen Varganen aussuchen, die in großer Zahl auf den Versunkenen Welten zu finden sein sollen. Die Varganen scheinen den Vecorat vergleichbare Fähigkeiten zu besitzen und wechseln nur rein geistig von der Eisigen Sphäre hierher …«

Das war ein Reizwort für den Bauchaufschneider. Wütend fragte er Ischtar: »Wo und was ist diese Eisige Sphäre, wer lebt genau darin, und wie kann man diese Leute finden und aufsuchen? Was sind Versunkene Welten, was genau verbirgt sich hinter dem Begriff? Welchen Sinn haben diese Verstecke, was wollt ihr mit ihnen? Antworte!«

Ischtar zeigte ihre bekannte Ruhe. »Ihr werdet lernen müssen, zu warten. Ein ungeduldiges Volk, das nicht warten kann, ist nicht berechtigt, das Erbe der Varganen anzutreten.«

»Sofern es da überhaupt etwas zu erben gibt«, sagte Ra spöttisch.

Ischtars Blick brachte ihn rasch zum Schweigen. »Wir werden fliehen.«

»Vor Magantilliken?«, erkundigte ich mich.

Sie nickte. »Der Kampf war nur ein Vorspiel. Er wird die Jagd fortsetzen, bis er seinen Auftrag erfüllt hat. Vielleicht werdet ihr mir helfen müssen. Einen weiß ich, der mich sicherlich nicht verlassen wird. Dieser Jemand hat seinen Sohn an Bord!«

Erstaunlicherweise blieben sowohl Ra als auch ich sehr ruhig. Was meinem Sohn zustoßen konnte, war hinter die Frage zurückgetreten: *Wer ist mein Sohn überhaupt? Ist es nicht möglich, nach allem, was ich nun weiß, dass Ischtar nichts weiter ist als ein Plasmaprodukt, in einer Form ausgestanzt, geimpft mit zusätzlichen Erbinformationen und dann schnell ausgebrütet? Habe ich meinen Sohn nur mit einem* Geist *gezeugt? Was wird aus einer solchen Verbindung hervorkommen?*

Die Lichter in der Zentrale des varganischen Schiffes glühten geheimnisvoll. Ich wusste noch immer nichts mit dem komplizierten Steuersystem anzufangen, das von einer Person allein bedient werden konnte. Wir saßen in bequemen Kontursesseln, die sich jeder Körperform automatisch anpassten. Versteckte Lautsprecher berieselten uns mit einer uralten varganischen Komposition.

Ich spürte die Sehnsucht nach der Unendlichkeit, fühlte den Hauch der Einsamkeit, den Ischtar verströmte. Das war ein rein subjektives Gefühl. Aber ich genoss es, in Ischtars Nähe zu sein. Diese faszinierende Frau hatte vermutlich mehr Planetensysteme gesehen, als ich mir in meinen kühnsten Träumen vorstellen konnte. Sie war womöglich schon in anderen Galaxien gewesen, hatte fremde Sternenreiche besucht und war vielleicht sogar von einem

Ende des Universums zum anderen gereist. Was waren die kümmerlichen Transitionsschiffe arkonidischer Bauart schon dagegen?

»Auf Kraumon bist du vorerst sicher«, sagte ich. Sie sah mich aus ihren funkelnden Augen nachdenklich an. Ich glaubte, so etwas wie Resignation in ihnen erkennen zu können. Der Zweikampf zwischen ihr und Magantilliken schien sie in tiefe Mutlosigkeit gestürzt zu haben, hatte auf jeden Fall viel Kraft gekostet.

»Magantilliken lässt niemals locker. Er macht Jagd auf alle Varganen, die sich noch außerhalb der Eisigen Sphäre aufhalten. Früher oder später stehe ich ihm wieder gegenüber.« Sie lächelte matt. »Aber was weißt du schon von den Möglichkeiten des varganischen Henkers? Er wird fortan zu anderen Mitteln greifen; viel zu lange konnte ich ihm entkommen oder ihm ausweichen. Nun weiß er, dass ihr bei mir seid.«

»Statt in Rätseln zu sprechen, wäre es vielleicht hilfreich, mich zu informieren?«, deutete ich an.

Ihre Antwort bestand – wieder einmal – aus Schweigen.

Der Flug nach Kraumon gestaltete sich ebenso problemlos wie die Reise in Magantillikens Schiff von Margon nach Tabraczon. Wiederholt versuchten Fartuloon und ich weitere Informationen zu erhalten, doch Ischtar wich aus und vertröstete uns auf später. Das Einzige, was wir zunächst erfuhren, war die Distanz zwischen Tabraczon und Kraumon: 10.345 Lichtjahre. Da uns die Koordinaten Margons bekannt waren, stand mit Blick auf eine Nutzung der technischen Hinterlassenschaften einem späteren Besuch eigentlich nichts im Wege. Nach dem Dreißig-Planeten-Wall, dem Schwarzen System und – mit Abstrichen – dem System des Kometen Glaathan hatten wir somit einen weiteren Punkt auf einer irgendwann abzuhakenden Liste.

Die Freude und Erleichterung meiner Mitstreiter waren groß, als wir noch am 7. Prago des Ansoor in den Orbit von Kraumon einschwenkten. Dass die FARNATHIA nur kurz vor uns eingetroffen war, bewies ein weiteres Mal, welche technischen Möglichkeiten den Varganen zur Verfügung standen. Ich versuchte eine übermäßige Neugier zwar zu unterdrücken, doch Ischtars sanftes Lächeln war anzusehen, dass sie mich in diesem Punkt genau durchschaute – sofern sie es nicht mit ihren telepathischen Fähigkeiten erfasste.

Ischtars Raumer blieb im Orbit, verborgen unter dem hervorragenden Ortungsschutz, der trotz der geringen Distanz von unseren Geräten nicht zu durchdringen war. Ra verhielt sich überaus schweigsam, verschwand für einige Planetentage in der Wildnis. Ich war glücklich, in Ischtars Nähe sein zu können, erlag mit jeder verstreichenden Tonta mehr ihrer Faszination – sehr zum Unwillen meines Lehrmeisters und Ziehvaters, der mir den Kopf zu waschen versuchte, aber bald aufgab. Selbst die bohrenden Impulse meines Extrasinns drangen kaum zu mir durch.

Natürlich gab es »klare Momente«, in denen mir Tausende Fragen auf der Zunge brannten. Ischtar hatte jedoch eine Art, sie zu übergehen, die mich, wäre es ein anderer Gesprächspartner gewesen, zur Weißglut gebracht hätten. So aber lächelte ich nachsichtig – total bescheuert, behauptete Fartuloon –, hatte Schmetterlinge im Bauch, hing irren Tagträumen nach und verdrängte recht erfolgreich, dass der Henker der Varganen zweifellos nicht aufgegeben hatte und alles daransetzen würde, Ischtars Spur wieder aufzunehmen.

»Du bist jung, neugierig, tatendurstig, ungeduldig«, sagte Ischtar irgendwann. »Hab Geduld mit mir, es ist nicht leicht für mich. Zu lange war ich allein, war nur mir selbst gegenüber verantwortlich. Jetzt gibt es Chapat – und dich, Kristallprinz. Ich weiß, dass dich viele Fragen plagen, und es wird die Zeit kommen, da ich sie beantworten werde. Aber im Gegensatz zu dir habe ich kein fotografisch exaktes Gedächtnis. Die Anfänge und was seither geschehen ist … Das alles ist so lange her, Jahrtausende! Viele davon habe ich im Tiefschlaf überbrückt. Dennoch sind es Jahrtausende, die ich bewusst erlebt habe. Längst sind viele Erinnerungen verblasst, andere habe ich verdrängt. Hab also Geduld, Liebster.«

Ich nickte und zog sie an mich, ohne verhindern zu können, dass mir weiterhin Fragen durch den Kopf schossen. Ischtar sah mich eine Weile aus zusammengekniffenen Augen an und lachte plötzlich glockenhell. »Nein, ich bin *kein Geist*, den Bewusstseinstransfer beherrschen nur jene aus der Eisigen Sphäre. Und mein Körper ist kein künstliches Konstrukt – du darfst dich gern davon überzeugen …«

Später erzählte ich ihr, wie wir auf ihre Spur gekommen waren, von Ras Berichten und den Reaktionen von Kolchos Auge. Interessiert ließ sie sich die Türkisperle zeigen und zuckte zurück, als ich sie ihr reichen wollte. »Materialisierte Geisteskraft!«, ächzte Ischtar. »Ein beachtliches Potenzial, wie ich es bislang nur selten erlebt habe. Sei vorsichtig damit, es könnte leicht außer Kontrolle geraten.«

Und es gab ein zweites Objekt in unserem Besitz, das der Varganin ebenfalls eine Reaktion entlockte: die Silberkugel Dovreens und ihr ovaler Behälter, dessen Oberfläche aussah, als bestünde sie aus grauem Stahl. Trotz eingehender Untersuchungen hatten wir nichts über sie in Erfahrung gebracht. Kugel wie Behälter waren zu sehen und konnten berührt werden, aber für die Messgeräte schien weder das eine noch das andere zu existieren. Weder Masse- noch Energie- oder Konturortung lieferten Daten. Es war zwar möglich, ein Foto oder eine Holoaufnahme anzufertigen, aber damit hatte es sich auch. Sie waren Teil einer völlig fremden Technologie, die von den Messbereichen unserer Instrumente offensichtlich nicht erfasst wurde. Ob es nun an den beiden selbst lag oder Ergebnis einer besonders wirksamen Abschirmung war, blieb offen.

»Ich habe eine ähnliche Silberkugel in meinem Schiff«, sagte Ischtar nachdenklich und wiederholte exakt jene Worte, die sie auch schon Ra gegenüber ausgesprochen hatte: »Ein altes Geheimnis meines Volkes. Nicht einmal ich kenne die ganze Geschichte. Ich brauchte sehr lange Zeit, um ein wenig über die Kugel zu erfahren. Ich weiß nur so viel, dass es das Bindeglied zu den verschollenen Varganen darstellt. Es wird mir bei der endlosen Suche helfen.«

Mein fotografisches Gedächtnis lieferte passend dazu die Szene: *… fällt Ras Blicks auf eine strahlende Energiewolke. Ischtar hat davor gekniet und seltsame Beschwörungen ausgestoßen. Das Gebilde hält eine kleine, faustgroße Silberkugel in der Schwebe. Ringsum stehen schwere Maschinenblöcke, unter deren Abdeckplatten ein Summen hervordringt. Die Kugel selbst scheint zu pulsieren. Die Energiewolke verzerrt den Gegenstand. Unwillkürlich streckt Ra seine Hand aus und will die Silberkugel ergreifen. Ischtar stößt einen Schrei aus und springt ihm in den Weg. »Nein, Ra … Hände weg! Nicht berühren!«*

»Genau so geschah es, Liebster«, flüsterte sie und fügte dann lautlos auf telepathischer Übermittlungsbasis hinzu: *Kolchos Auge wird selbst mir unheimlich. Es hat dir Dinge gezeigt, die … Fast wie bei den Toten Augen des Kyriliane-Sehers.*

»Tote Augen? Kyriliane-Seher?«

Sie lächelte matt. »Ein dunkles Kapitel aus weit zurückliegender Vergangenheit, dessen Einzelheiten ich nur am Rande mitbekam und ansonsten vom Hörensagen kenne. Viele meines Volks verfügen über starke geistige Kräfte, doch Vrentizianex sah Dinge, die er nicht hätte sehen dürfen. Er war der Kyriliane-Seher, der sah, was immer er sehen *wollte* – und wurde bestraft.«

Fröstelnd verschränkte sie die Arme vor der Brust, senkte den Blick.

»Es ist mehr als 675.000 Jahre deiner Zeitrechnung her! Damals kamen wir aus … hm, einem *anderen Universum*, wie du es vermutlich umschreiben würdest. Niemand, der bei diesen Übergang dabei war, alterte fortan noch. Wir waren potenziell unsterblich geworden, alle! Nicht jeder verkraftete diese Erkenntnis, viele nahmen sich das Leben – etliche der konservierten Körper finden sich noch heute in den Stationen der Versunkenen Welten. Unser Reich zerfiel, die meisten gingen eigene Wege, wurden zu rastlosen Nomaden zwischen den Sternen. Irgendwann kam es zu einer Zusammenkunft, die meisten Überlebenden waren entschlossen, dieses Universum wieder zu verlassen, um heimzukehren. Ich gehörte zu jenen, die hier blieben – unter anderem, weil ich Spuren entdeckt hatte, die scheinbar varganischer Natur waren, aber *nicht* von uns stammten. Ich nannte die Unbekannten deshalb die *verschollenen Varganen*, wollte unbedingt die Zusammenhänge herausfinden. Ein Bindeglied scheinen die Silberkugeln zu sein, doch auch nach Jahrzehntausenden der Suche habe ich leider nicht viel in Erfahrung gebracht.«

Sie seufzte. »Eine halbe Ewigkeit verging, nie hatte ich mehr von den Heimkehrwilligen gehört, wusste nicht einmal, ob ihnen der Übergang gelungen war. Einige der Zurückgebliebenen unternahmen später vergleichbare Experimente, konnten mit geeigneten Mitteln hin und her wechseln, begegneten dabei aber keinem anderen Varganen. Von der Eisigen Sphäre erfuhr ich erst, als Magantilliken vor mehr als dreißigtausend Jahren deiner Zeitrechnung seine Jagd begann – einige seiner Opfer entkamen ihm, konnten den anderen berichten, was sie von dem Henker erfahren hatten. Viel war es nicht, aber wir waren gewarnt, verstreuten uns noch mehr, wechselten häufig den Aufenthaltsort, zogen uns in vermeintlich sicheren Verstecken in den Tiefschlaf zurück …«

»Wie Meschanort?«

»Wie Meschanort, richtig. Auch ich hatte schon mehrere Konfrontationen mit dem Henker und entkam ihm jedes Mal; jede weitere könnte die letzte sein.« Ihre Augen hatten sich verschleiert. »Und nein, Liebster, ich weiß nicht, weshalb die Varganen aus der Eisigen Sphäre uns töten wollen.«

# 7.

Aus: *Gedanken und Notizen*, Bauchaufschneider Fartuloon

*Dovreen der Weise sagte: Das Universum ist für den Unkundigen voller Rätsel, für den Kundigen ist es ein einziges Rätsel.*

## *Magantilliken*

Der varganische Henker erwachte. Er wusste sofort, dass irgendetwas anders als sonst war. Fremdartige Empfindungen überschwemmten sein Bewusstsein. Es gelang ihm nicht, Bruchstücke seiner Erinnerung zu einem verständlichen Ganzen zusammenzufügen. Er sah das Bild eines varganischen Oktaederraumers vor seinem geistigen Auge auftauchen und verschwinden. Sein Raumschiff.

»Der Transmitter«, sagte er. »Ich habe mein Schiff durch den Transmitter verlassen.«

Richtig, und dabei musste etwas schief gegangen sein. Magantilliken sah an sich hinunter. Der Umhang fiel ihm weich und locker um die Schultern. So weit war also alles in Ordnung. Er hatte keine Angst, dass man seinen Körper verletzen konnte. Das war nur eine leer gebrannte Hülle, die sein Bewusstsein barg. Es konnte auch ein anderer Körper sein. Hauptsache war, dass sein Ich einen Wirtskörper erreichte, wechselte es aus der Eisigen Sphäre in dieses Universum.

»Die Eisige Sphäre.« Magantilliken atmete tief durch, zwang sich zu äußerster Konzentration. Er wollte so schnell wie möglich herausfinden, wer oder was ihn an diesen Ort versetzt hatte. Dazu war zweierlei notwendig. Er musste sich unbedingt daran erinnern, weshalb er durch den Transmitter gegangen war. Zweitens bestand seine vordringlichste Aufgabe darin, seinen gegenwärtigen Aufenthaltsort zu lokalisieren.

Es war nirgendwo ein Horizont, geschweige denn eine Landschaft zu sehen. Diffuses Licht spannte sich wie eine Glocke über dem reglos dastehenden Varganen. Die Temperatur betrug annähernd dreißig Grad. Es regte sich kein Lüftchen. *Vermutlich kein Planet*, stellte Magantilliken beunruhigt fest. Das erschwerte die Lokalisation. Vielleicht eine planetare Station. Dann musste er den Ausgang finden. Aber um die nähere Umgebung erforschen zu können, musste er sich bewegen. Und das ging nicht – es war so ähnlich wie nach einem Paralysatortreffer.

Plötzlich veränderte sich der Farbton des Lichtes, das ihn umgab. Sein bronzener Hautton wurde plötzlich tiefblau. Seine Augen registrierten energetische Entladungen. Die Glut kam scheinbar aus dem Nichts. Irgendwo spannte sich ein Energiebogen. Zwei mächtige Schenkel erschienen und spien eine grell leuchtende Kugel aus. Magantilliken stand reglos in der Mitte des Saales, von dem er weder Anfang noch Ende erkennen konnte. Er hatte keine Angst vor dem Tod. Der varganische Henker konnte *hier* nicht sterben. Der leuchtende Ball hüllte seinen Körper ein. Die Umrisse verschwammen und lösten sich schließlich in einer Implosion auf. Donnernd krachte Luft in das entstandene Vakuum. Magantilliken war entmaterialisiert worden.

Er lag am Boden, fühlte sich wie gerädert. Gefühle, die ihm bis jetzt nahezu unbekannt gewesen waren. Ein fremder Zwang hatte sein Bewusstsein verändert. Er besaß keine Erinnerungen mehr. Aber er konnte sich wieder bewegen. Magantilliken atmete erleichtert auf. Seine Hände strichen über den Boden. Er lag mit dem Gesicht nach unten im trockenen Sand. *Sand*, durchzuckte es ihn. *Bin ich also doch auf einem Planeten?*

Er kam langsam hoch, drehte sich um. Überall erstreckte sich der weiße Sand. Wellige Dünen begrenzten den Blick. Nicht einmal Pflanzen oder moosbewachsene Felsen waren zu sehen. Der varganische Henker machte ein paar unsichere Schritte. Ein Blick auf das Armbandinstrument bestätigte ihm die erste Vermutung: Die

Schwerkraft lag unter der Norm. *Woher weiß ich, was Schwerkraft ist*?, fragte er sich. *Was sind das für seltsame Instrumente an meinem Handgelenk? Warum weiß ich, was sie aussagen? Wer bin ich?*

Er wollte die nächste Sanddüne hochsteigen, rutschte ab und kroch schließlich auf allen vieren vorwärts. Plötzlich spürte er die Frische eines Sees, konnte den Duft von Gräsern einatmen. Seine Sinne lechzten nach dem Anblick der erspürten Natur. Der Henker entdeckte einen völlig neuen Wesenszug an sich, denn bisher war er die Verkörperung eiskalter Logik gewesen. Und jetzt genoss er den Anblick einer Oase, atmete die köstlich duftende Luft tief ein. Seine Augen verharrten lange beim Anblick des klaren Wassers, in dem sich kleine Fische tummelten. Auf der anderen Seite leuchteten Blumen. Schlingpflanzen hingen bis ins Wasser.

»Wo … wo bin ich?«, stammelte der Vargane fassungslos, beugte sich über das Wasser, schöpfte mit beiden Händen das kühle Nass. Es tat ihm außerordentlich gut. Die köstliche Frische öffnete ihm die Augen für die Wunder der Welt, in der er sich jetzt befand. Trotzdem war die Oase irgendwie steril. Es fehlte der Geruch nach faulenden Blättern. Selbst der Boden war sauber. Die Äste der weit ausladenden Uferbäume faulten an keiner Stelle, wirkten wie präpariert. Trotz dieser Idylle wurde Magantilliken das Gefühl nicht los, in einer furchtbaren Gefahr zu schweben. Woher nahm er eigentlich die Gewissheit, dass seine Umgebung nicht das Produkt einer raffinierten Suggestion war? Der Vargane kannte die vielfältigen Möglichkeiten geistiger Beeinflussung. Als Henker, der alle in diesem Raum-Zeit-Kontinuum zurückgebliebenen Varganen töten musste, kannte er solche Tricks, hatte sie schon häufig selbst anwenden müssen. Er wollte den See umrunden, als er auf eine Bewegung aufmerksam wurde.

»Wer bist du?«, schrie der hochgewachsene Vargane. Im gleichen Augenblick blitzte es drüben grell auf. Magantilliken ließ sich fallen. Keinen Augenblick zu früh, denn ein Schwall heißer Luft nahm ihm für wenige Augenblicke den Atem. Hinter ihm zerschmolz der Ufersand zu einer glasigen Masse. *Der Fremde wollte mich töten*, durchzuckte es den Henker. *Aber warum?*

Er kroch nach rechts unter eine weit ausladende Luftwurzel. Als er sicher war, dass ihn die Schatten deckten, wagte er einen Blick zum anderen Ufer. Der Fremde stand hinter einem Pflanzenvorhang, war nur als Schemen zu erkennen. In der lässig herabhängenden Rechten hielt er einen Strahler. *Einen Stabstrahler*, durchfuhr es Magantilliken siedend heiß. *Der Fremde ist also ein Vargane wie ich.* Hätte er in diesem Augenblick die Erinnerung an sich und seine Vergangenheit besessen, wäre er sofort in die Rolle des gnadenlosen Jägers geschlüpft. Als Henker durfte er keinen anderen Varganen in diesem Universum zurücklassen. So aber rang er mit sich selbst. *Soll ich weiter in der Defensive bleiben oder den Fremden angreifen?*

Es herrschte atemlose Stille. Magantilliken entschloss sich dazu, den Fremden anzugreifen, und tastete nach seinem Strahler. Er kam jedoch nicht zum Schuss. Drüben bewegten sich die Blätter, dann knackte das Unterholz. *Er wechselt den Standort*, dachte er. Langsam streckte er den Arm mit dem Stabstrahler aus, stützte ihn mit der Linken ab und wollte den Auslöser drücken, als ihm eine fremde Hand die Waffe aus der Schussposition riss. Magantilliken wirbelte herum. In seinen Augen stand Zorn, dann aber entspannte er sich.

Vor ihm stand eine wunderschöne Frau. Sie starrte ihn lächelnd an und sagte leise: »Du darfst ihn nicht töten. Das würde Unglück bringen.« Sie sprach in einwandfreiem Varganisch zu ihm. Er fühlte eine schreckliche Leere in sich. Davon konnte ihn auch nicht die Anwesenheit der bezaubernden Varganin ablenken. Ihre Augen blickten ihn groß und traurig an. »Begleite mich!«

»Wohin sollen wir gehen? Ich habe keine Ahnung, wo ich mich befinde. Verrate mir, wo wir sind.«

Sie lächelte ihm beruhigend zu. »Das ist unsere Welt. Du wirst sie mit mir teilen.«

Er wollte aufbrausen. Das erklärte ihm überhaupt nichts. Aber er hielt es für taktisch unklug, sie jetzt schon zu verärgern. Noch war er auf ihre Hilfe angewiesen. Außerdem war da noch der unheimliche Gegner, der womöglich im Wald auf eine günstige Gelegenheit wartete, um ihn zu eliminieren. Warum hatte ihn die Frau überhaupt daran gehindert, den Fremden zu erschießen?

»Ich darf keine Gewaltakte zulassen«, sagte sie. »Das würde nicht nur dein Leben gefährden, sondern diese Welt in Gefahr bringen. Ich muss über beides wachen – über dich und über diese Welt.«

Er sah sie durchdringend an. »Wie heißt du?«

»Dialogpartner.«

»Dialogpartner?« Magantilliken glaube, diesen merkwürdigen

Begriff schon einmal gehört zu haben. Aber wann und wo, das konnte er beim besten Willen nicht sagen. Sein »Dialogpartner« war nach varganischen Maßstäben eine perfekte Schönheit. Er ertappte sich dabei, wie er sie begierig anstarrte. Sie trug die goldenen Haare schulterlang. Bis auf ein Armbandinstrument war sie unbekleidet, ihre Haut schimmerte in einem satten Bronzeton.

»Ich führe dich in unserer Welt herum. Als dein Dialogpartner bin ich dazu verpflichtet, dir alles zu zeigen.« Sie ging voraus und umrundete das Seeufer. Magantilliken wollte unbedingt wissen, ob außer ihm und der Frau noch andere Varganen in der Nähe waren. Der Fremde konnte jederzeit wieder auftauchen und ihn angreifen. Sein Dialogpartner winkte ihm zu. »Komm doch. Hier ist genügend Platz für uns.«

»Wirklich?«, rief er der hübschen Frau provozierend zu. »Und wo steckt der Fremde, der mich vorhin töten wollte?«

Sie machte eine beruhigende Geste. »Du hast nichts zu befürchten.«

Damit gab er sich nicht zufrieden. »Wie heißt der Kerl? Seinen Namen ... schnell!«

»Du hast nichts zu befürchten. Du kannst mir vertrauen. Dir droht keine Gefahr, wenn du alles tust, was ich dir rate.«

Magantilliken wollte sich dem »Dialogpartner« nicht ausliefern. »Hat er dich geschickt?«

Die Frau schüttelte den Kopf. »Nein ... du darfst nicht misstrauisch sein. Wenn ich eure Auseinandersetzung verhindern will, geschieht es zum Wohl dieser Welt.«

Vor ihnen öffnete sich eine breite Schneise, die Bäume standen dicht an dicht. Ihr Blätterdach ließ keinen Lichtstrahl durch. Sie schritten im düsteren Halbdunkel einem unbekannten Ziel entgegen. Die Varganin hatte seine Hand ergriffen. Sachte lenkte sie seine Schritte in eine andere Richtung. Er merkte es zu spät. Unwillig machte er sich frei und schrie sie an: »Was fällt dir ein? Willst du mir diese Welt zeigen, oder willst du mich in eine Falle locken?«

Als er den Pflanzenvorhang mit beiden Händen beiseite schob, stellte sie sich ihm in den Weg. Ihre Augen blitzten, sie drängte ihn zurück. Er hatte nur einen Blick auf die angrenzende Lichtung werfen können. Was er dort erblickte, ließ ihn nach der Waffe greifen. Auf einem sechseckigen Metallgebilde ruhte ein Körper. *Der Fremde!*

»Folge mir. Du darfst nicht zu ihm gehen.« Die Konturen des Fremden erinnerten ihn an jemanden. Aber das Erinnerungsvermögen versagte den Dienst. »Er schläft. Sein Körper ist mit einem Umhang bedeckt.« Sie zerrte ihn von der Lichtung. »Dreh dich nicht um! Schnell, komm mit mir!«

Er schüttelte unwillig den Kopf. »Nein. Du sagst mir sofort, wer dort liegt.«

Sie drängte ihn weiter von der Lichtung ab, wollte ihn mit aller Kraft daran hindern, den Fremden zum Kampf zu fordern. »Er wird dich töten. Er ist der Kämpfer, der dich vernichten wird.« Magantilliken zog seinen Stabstrahler. »Nein, das darfst du nicht!« Ihre Stimme war schrill geworden. Sie stellte sich zwischen ihn und die Lichtung, streckte beide Arme aus, um ihn gewaltsam am Vordringen zu hindern. Es machte ihr anscheinend auch nichts aus, dass er den Strahler schussbereit in der Rechten hielt.

»Aus dem Weg!« Er stieß sie beiseite und wunderte sich, mit welcher Standfestigkeit sie seinen Stoß parierte. Er wollte gerade den Rand der düsteren Lichtung überschreiten, als er einen Luftzug neben seinem rechten Ohr spürte. Er duckte sich automatisch und entging der blitzenden Injektionsdüse einer Betäubungsspritze. Das Ding schien mit ihrer Hand verwachsen, in ihren Augen pulsierte ein goldenes Licht. Magantilliken schoss im Fallen auf seinen »Dialogpartner«. Der Glutstrahl durchbohrte die Varganin und verbrannte hinter ihr einen Baumstamm. Sie gab keinen Wehlaut von sich, sondern krachte schwer auf den Boden. Es stank nach verbranntem Plastikmaterial. Mehrere Überschlagblitze zuckten hoch, Isolationsmaterial verbrannte zischend.

»Ein Roboter … du bist ein Roboter.« Schlagartig überkam ihn die Erkenntnis, dass *jeder* Dialogpartner ein Roboter war. Warum hatte er das nicht eher gewusst? Er wandte sich von dem Robotkörper ab. Der Fremde lag noch immer reglos auf dem Metallgebilde. Ein Summen ging davon aus und verstärkte sich, als er näher herantrat. Der Umhang hatte dieselbe Farbe wie sein eigener. Er stieß den Fremden mit der Stiefelspitze an. Eine ungeheure Spannung hatte sich seiner bemächtigt. *Ist er tot?*, schoss es Magantilliken durch den Kopf. Als er die blau verfärbte Stelle am Nacken des Reglosen sah, wusste er, dass der Dialogpartner ihn betäubt hatte. Jetzt, da er den Dialogpartner als Roboter identifiziert hatte, kam ihm das Ganze nicht mehr so undurchschaubar vor. Ihm fehlte aber die Erinnerung an die Zeit vor seiner Ankunft in dieser keimfreien Welt. Mit diesem verloren gegangenen Wissen hätte er auch die Gefahr, die von diesem Fremden ausging, besser einschätzen können.

Kurz entschlossen drehte Magantilliken den Fremden herum, schob den Umhang von seinem Gesicht und beugte sich über ihn. Er erstarrte, denn der Fremde hatte die Augen geöffnet und blickte ihn eiskalt an. Magantilliken sah in seine eigenen Augen, dieser Fremde war er selbst. Er begann zu zittern. Das war doch nicht möglich. Plötzlich hob sein Ebenbild die Rechte. Im gleichen Augenblick schaute Magantilliken auf die flimmernde Abstrahlmündung der gegnerischen Waffe.

Irgendetwas hinderte ihn daran, ebenfalls auf den Fremden anzulegen, der genauso aussah wie er selbst. Und das war auch seine Rettung. Wäre sein Doppelgänger getötet worden, hätte ihn keine Macht mehr durch den Transmitter geschafft. Dann hätte er in der varganischen Erholungsstation auf ein Versorgungsschiff warten müssen. Er erinnerte sich plötzlich wieder an seinen Auftrag. Er unterlief den Fremden, der von der Metallfläche hochkam, und umklammerte dessen Waffenhand. Er stemmte den Arm des anderen hoch. Der Schuss, der sich löste, zuckte in die diffus leuchtende Decke und zerschmolz ein mehrere Quadratmeter großes Stück der Kulisse.

Magantilliken knickte den Arm seines Doppelgängers blitzschnell ab und stieß ihm das Knie in den Leib. Der Stabstrahler flog in hohem Bogen durch die Luft. Magantilliken ließ seine Faust mit voller Wucht auf den Schädel des anderen herabkrachen, bog ihm den Arm auf den Rücken und drückte ihm sein Knie in den Rückenwirbel. Er hatte schweigend gekämpft. Jetzt erwartete er eine Reaktion seines Ebenbildes, erntete jedoch nur ein hasserfülltes Funkeln in dessen Augen. Sonst nichts.

Er hatte durch den Schock, den der Anblick des Doppelgängers verursacht hatte, einen Teil seiner Erinnerung zurückgewonnen. Er wusste zum Beispiel wieder, dass er der varganische Henker war. Sein Raumschiff hatte ihn in das System des Kometen Glaathan gebracht, weil er hier die varganische Arsenalstation aufsuchen wollte. Um in sie zu gelangen, hatte er den Schiffstransmitter benutzt.

*Ist dabei irgendetwas schief gegangen?* Vielleicht wusste der Doppelgänger mehr. Er würde ihm auch erklären müssen, weshalb es plötzlich zwei völlig identische varganische Henker gab. »Warum willst du mich töten?«

Der Doppelgänger knirschte mit den Zähnen. »Von uns beiden darf nur einer überleben. Zwei von uns würden den großen Auftrag gefährden. Das kann ich nicht zulassen.«

»So ähnlich hat es der Dialogpartner auch gesagt. Hast du ihn etwa programmiert?« Magantilliken wusste, bevor der andere antworten konnte, dass er einen logischen Fehler gemacht hatte. Wäre der Dialogpartner von seinem Doppelgänger programmiert worden, hätte er Letzteren nicht betäubt. Dialogpartner waren dazu da, varganische Edle in die Erholungsstationen einzuweisen. Sie mussten dafür Sorge tragen, dass nichts beschädigt wurde. Sie hatten außerdem darauf zu achten, dass das Gleichgewicht der künstlichen Welten nicht durcheinander gebracht wurde.

Magantilliken trieb den Doppelgänger mit angeschlagener Waffe vor sich her und passte auf, dass ihm der andere keine Falle stellte. Er wollte dessen Tötung vermeiden. Aber wenn es sich nicht anders erledigen ließ, würde er sein Ebenbild eliminieren. Magantilliken verfolgte die Varganen in diesem Universum. Ein Erinnerungsfragment fügte sich ans andere. Seltsam, wie anregend die Anwesenheit des Doppelgängers auf ihn wirkte. Es war, als würden sich zwei Puzzleteilchen aneinander fügen. Das machte den varganischen Henker unsicher. Was geschah, wenn er seinen Doppelgänger wirklich tötete?

Sie passierten eine seewärts geschwungene Halbinsel. Das dichte Blattwerk bildete ein Dach, das keinerlei Blicke in den Hintergrund zuließ. Deshalb wurde Magantilliken auch überrascht, als er mit seinem Gefangenen plötzlich wieder am Rand der Wüste stand. Die weißen Sanddünen stachen ihm grell in die Augen. Irgendwo in der Nähe musste er gelegen haben. Von einem Transmitter war jedoch keine Spur zu entdecken. »Wo ist der Transmitter?«

Der andere zuckte die Achseln. »Du kannst es ja mal in der Wüste versuchen.«

»Damit du bei der erstbesten Gelegenheit davonläufst. Nein, ich bin nicht lebensmüde.« Magantilliken kniff die Augen zusammen. Sofern sie hier keinen Transmitter fanden, wurde das Gerät höchstwahrscheinlich durch einen Funkimpuls aktiviert. Er konnte sich nicht daran erinnern, nach seinem Erwachen transmitterähnliche Geräte gesehen zu haben. »Weiter!«

Magantilliken drückte seinem Doppelgänger die Mündung des Stabstrahlers in die Seite.

»Und wo soll es hingehen, Bruder?«

Magantilliken antwortete nicht. Er dachte verzweifelt darüber nach, wie er seinen Doppelgänger beseitigen konnte, ohne dass er selbst dabei zu Schaden kam. Er beschloss, mit ihm zusammen durch den Transmitter zu gehen. Dazu musste er aber erst einmal den Zugang zu den Schaltsystemen finden. Der varganische Henker war so sehr mit seinen Gedanken beschäftigt, dass er den Fluchtversuch seines Gefangenen zu spät bemerkte. Eine Sandfontäne wirbelte hoch und blendete ihn kurz.

Sein Doppelgänger rollte sich blitzschnell die Düne hinunter. Während Magantilliken sich den Sand aus den Augen wischte, war der andere verschwunden. Der Henker sah sich zornig um, sein Strahler war schussbereit. Im gleichen Augenblick ertönte ein Summen. Es wurde rasch lauter und schien irgendwo hinter den Sanddünen zu entstehen. Magantilliken kroch nach rechts, bückte sich und ließ sich von den abwärts rutschenden Sandmassen in eine Kuhle tragen. Dabei hielt er seinen Strahler fest umklammert. Jetzt schälte sich aus dem Nichts eine grell leuchtende Energiekugel, veränderte mehrmals ihre Position und senkte sich schließlich langsam auf die Sanddünen herab.

Das Summen hatte noch an Intensität gewonnen. *Der Kerl hat den Transmitter aktiviert, will ohne mich verschwinden*, dachte er. *Wenn ich ihn jetzt nicht ausschalte, kann ich hier verrotten.*

Der Doppelgänger des varganischen Henkers wurde von der Leuchtaura des Transmitters erfasst. Nur noch wenige Augenblicke, und das Transportfeld würde ihn entstofflichen. Magantilliken wusste, dass sein Gegner keine Waffe mehr hatte. Den Transmitter hatte er, wie vermutet, durch einen Funkimpuls seines Armbandgeräts aktiviert. Er hetzte keuchend über die Dünen. Die energetischen Entladungen des Transportfelds verursachten ein prickelndes Kribbeln auf seiner Haut. Der andere wollte sein Funkgerät erneut aktivieren, aber da war Magantilliken auch schon heran, wich einem Fußtritt aus, packte seinen Gegner am Handgelenk und hielt sich fest.

Jetzt kam die Entstofflichung. Alles um ihn verschwand in einem diffusen Nebel. Von irgendwoher kam ein gellender Schrei. Aber wer hatte geschrien? Der Doppelgänger oder sein Original? Waren nicht beide völlig identisch? Als sich der Transmitter abschaltete, lag der varganische Henker auf einer sechseckigen Fläche, die von mehreren Lichtquellen angestrahlt wurde. Der Hintergrund schimmerte düster violett. Das Arbeitsgeräusch schwerer Aggregate erfüllte den Raum, aber es war nirgendwo eine Maschine zu sehen. Der Doppelgänger war verschwunden. Magantilliken war wieder eine Person, der Transmitter hatte den Fehler der Materieduplizierung automatisch korrigiert.

# *8.*

Aus: *Gedanken und Notizen*, Bauchaufschneider Fartuloon

*Ich erinnere mich genau: Torren-Box, ein ausgehöhlter Asteroid, der 4,6 Lichtjahre von der nächsten Sonne und 26.862 Lichtjahre von Arkon entfernt im interstellaren Leerraum schwebt, war eines der am meisten gefürchteten Raumgefängnisse des Großen Imperiums und galt als absolut ausbruchssicher.*

*Mörder, politische Gefangene und Deserteure wurden dorthin geschafft – doch am 12. Prago des Tartor 10.466 da Ark glückte zum ersten und angeblich einzigen Mal fünf Arkoniden die Flucht. Für eine Zeit lang sorgten Morgonol, Hectavor, Parvenool, Abrogal Mervin und Letron Parseener im ganzen Imperium für Furore, weil es niemand für möglich gehalten hatte, dass jemand lebend von Torren-Box entkam.*

## *Die Alten*

Der Asteroid wurde in das flammende Licht des Kometen Glaathan getaucht. Die Glut des Schweifes hüllte den kleinen Himmelskörper ein. An vielen Stellen zuckten Strahlenspeere ins All. Das Licht wurde von einem engmaschigen Netz aus silbrigen Stahlfasern reflektiert. Der Asteroid gehörte zu einer Gruppe von drei gleich großen Himmelskörpern, die als Eckpunkte eines gleichseitigen Dreiecks angeordnet waren, Kleinstplaneten, die vor sehr langer Zeit künstlich bahnstabilisiert worden waren. Maschinen sorgten für die Standardgravitation. Das funkelnde Netz, das aus großer Entfernung wie ein Spinnengewebe aussah, generierte Prallfelder, die die Sauerstoffatmosphäre nicht ins All entweichen ließen. Zwischen den Asteroiden und dem Zentralgestirn zogen unzählige Meteoriten, Monde und Materiezusammenballungen ihre Bahnen. Die fünf alten Ex-Sträflinge waren lange Zeit die einzigen Lebewesen im Glaathan-System gewesen.

Abrogal Mervin stieß die Tür der Hütte zu. *Traumstation!* Er zuckte verächtlich mit den Mundwinkeln. Über den hervorstehenden Wangenknochen spannte sich die Haut wie Pergament. »Hat einer von euch Konzentratriegel dabei?«

Hectavor zerrte seine Kombinationstasche aus der Jacke. Sand rieselte in die hohle Hand, sonst nichts. Aus der Kuhle am anderen Ende der düsteren Hütte kam ein Winseln. Es hörte sich erbärmlich an. »Ruhig, Fremmjo. Es gibt jetzt nichts.«

Der dickleibige Körper ließ sich in die Kuhle zurückgleiten. Abrogal Mervin fluchte unterdrückt. Das Vurgizzel hatte sich zu einer Plage ohnegleichen entwickelt. Ein Abschiedsgeschenk Atlans. Er erinnerte sich noch genau an das Abenteuer, das er mit seinen Freunden und Atlan gemeinsam bestanden hatte. Damals war das Vurgizzel noch faustgroß gewesen, seine ultraschrillen Töne besaßen die Eigenschaft, jeden Gegner zu verwirren. Das war Atlans Geheimwaffe gewesen. Die Energieströme des Asteroiden umspannenden Projektornetzes schienen das Tier verwandelt zu haben. Eine andere Erklärung hatten die Greise jedenfalls nicht für Fremmjos Riesenwuchs gefunden. Das Vurgizzel lag jetzt bewegungslos in der Kuhle, sein Hunger nach Konzentratriegeln war unersättlich. Abrogal Mervin fragte sich, ob die Aggregate tief unter der Hütte noch lange Nahrungskonzentrate produzieren würden.

Die fünf Greise rückten enger zusammen, saßen in der Hocke und entspannten sich. Ihre Haltung hatte etwas Meditatives an sich, selbstversunken starrten sie ins Leere. Vor der Hütte hatte das Flammen der Kometenglut den Höhepunkt erreicht, vom Projektornetz ging ein Sirren aus.

»Vergiss das Biest für eine Weile«, schlug Parseener vor. »Diesmal wird uns der Komet wieder einen wunderschönen Traum bescheren. Ich fühle die Suggestivwellen schon. Es ist wunderbar, viel schöner, als es jeder andere Planet sein könnte.«

»Schwarmgeist«, murrte Hectavor. »Hast du vergessen, dass du neulich heimlich nach Kraumon fliegen wolltest? Du hast doch die ganze Zeit über von Atlans Planeten gefaselt.«

Die anderen nickten zustimmend. Parseener sagte nichts, hatte die Augen geschlossen. Sein Mund stand offen und ließ zwei Zähne sichtbar werden, die einsam aus dem Unterkiefer ragten. Der Greis träumte den synthetischen Traum des Kometen, der seine Bahn an dem Asteroiden vorbei durch das Glaathan-System zog. Dabei reagierte das Projektornetz auf seine hyperenergetischen Emissionen, und suggestive Impulse entstanden, die sich in erster Linie an das Unterbewusstsein intelligenter Wesen richteten und psychedelische Träume erzeugten. Die Alten waren süchtig danach, seit nun schon über dreißig Arkonjahren, seit ihrer waghalsigen Flucht aus dem Raumgefängnis Torren-Box. Vor den Häschern des Imperiums hatten sie im Glaathan-System Zuflucht gesucht. Es war ihr Glück – oder Pech –, dass auf einem der drei bahnstabilisierten Planetoiden subplanetarische Maschinenparks existierten, von denen einige Apparate Nahrungkonzentrate produzierten.

Das hatte ihnen das nackte Überleben garantiert, mehr allerdings auch nicht. Sie waren zu ausgemergelten Mumien geworden, die sich einfach nicht von dieser Umgebung trennen konnten. Inzwischen besaßen sie Raumschiffe: Die verlassenen Raumer des Blinden Sofgart trieben durch den Kometenschweif. Nachdem Atlans KARRETON abgeflogen war, hatten die Alten mehrfach Flüge zu den Schlachtkreuzern der Kralasenen unternommen. Die meisten der fünfhundert Meter durchmessenden Kugelraumer konnten ohnehin mit einer Minimalbesatzung von wenigen Personen gesteuert werden – nun waren sie quasi jederzeit startbereit. Sie brauchten nur mit Atlans Kugelbeiboot zu starten, und ihr erbarmungswürdiges Dasein würde eine Wende erfahren. Noch aber hatten sich die Männer nicht gemeinsam dazu durchringen können, diesem System den Rücken zu kehren. Atlans Angebot, nach Kraumon zu kommen, hatte durchaus seinen Reiz. Aber die Traumsuggestionen überwogen.

Plötzlich erstarb das gleichmäßige Knistern des Netzes. Tief im Innern des Planetoiden gab ein Aggregat seinen Dienst auf. Hectavor stieß einen gellenden Schrei aus, die anderen stöhnten unterdrückt. Das Vurgizzel zuckte wie ein Gallertklumpen. Der Komet stand exakt in Traumposition. Hectavor und seine Freunde hatten ihre Sinne wie gewohnt den Suggestivwellen des Kometen geöffnet. Diesmal jedoch wurde die Routine abrupt durchbrochen. Hectavor bemerkte als Erster, dass etwas nicht stimmte. Zunächst riss ihn das rauschhafte Farbenspiel der Kometenglut mit sich. Dann wurden die Empfindungen intensiver, erstreckten sich auf alle Körperbereiche. Es war, als würden ihn die grellbunten Wassermassen eines Sturzbachs mit sich reißen. Es war ein ganzheitliches Erlebnis: Er meinte, exotische Wohlgerüche wahrnehmen zu können, wunderbare Gerichte zu verspeisen, orgiastische Geräusche zu hören und skurrile Farbenspiele zu sehen. Zuerst verblassten die Farben.

Hectavor reagierte erstaunt, suchte im Geist unermüdlich nach den verschwundenen Farben. Sie kehrten nicht zurück. Dafür tauchte das Bild eines Mannes auf. Der Fremde wurde übergroß, teilte sich und kam rasch näher. Hectavor krümmte sich innerlich vor dieser Traumgestalt. Die Augen des Mannes loderten hellrot. Sein schulterlanges Haar besaß einen goldenen Glanz. Eine Ehrfurcht gebietende Gestalt. Auf seinem Umhang erkannte Hectavor einen stilisierten, ineinander verschlungenen Symbolstreifen.

Plötzlich verstummten die traumhaften Geräusche. Es dauerte eine Weile, bis sich Hectavor an diese neue Situation gewöhnt hatte. Eine fremde Stimme drang in sein Bewusstsein. Dann verdoppelte sich die Stimme, so, wie sich wenige Augenblicke zuvor die Gestalt des Fremden verdoppelt hatte. Die beiden Gestalten sprachen miteinander, redeten im gleichen Tonfall, denn sie waren miteinander identisch. Jetzt verschwanden auch die anderen Traumeindrücke, um chaotischen Eindrücken Platz zu machen. Hectavor war dem Stimmenduell der Doppelgänger ausgeliefert, wollte aus dem Traum aufwachen. Aber sosehr er sich auch anstrengte, es wollte ihm nicht gelingen. Die beiden Gestalten drängten sich riesengroß in sein Bewusstsein. Er hätte viel darum gegeben, jetzt zu wissen, ob es seinen Freunden genauso erging. Die Ungetüme wuchsen immer noch, überragten ihn um das Hundertfache. Ihre Gesten wurden ruckhaft, die Worte bis zur Unverständlichkeit verstümmelt.

Hectavor erlebte einen Zweikampf der Traumgiganten. Riesige Klauen schleuderten eine Ladung Sand durch die Luft. Der weiße Staub wirbelte im Zeitlupentempo heran, fächerte auseinander und legte sich auf die Augen des anderen Mannes. Hectavor – oder vielmehr sein geistiges Auge – sah, wie der Getroffene zusammenbrach, das Schreien verstummte für einen Augenblick. Die Traumsphäre war voller Laufgeräusche, keuchender Atem wurde laut. Trotz der Unwirklichkeit, die den übersinnlichen Eindrücken innewohnte, wusste Hectavor, dass er an einem realen Geschehen teilnahm. Wo sich das Duell abspielte, vermochte er allerdings nicht zu sagen.

Er konnte die Eindrücke nicht länger ertragen, seine seelischen Qualen entluden sich in einem grauenhaften Schrei. Aber er konnte immer noch nicht aufwachen. Der Traum ging so lange weiter, bis die Suggestivfronten des Kometen schwächer wurden. Die Doppelgänger klammerten sich aneinander, würgten sich. Ihr Atem ging schmerzhaft laut, sie wollten sich trennen, aber eine grelle Leuchtkugel hüllte sie ein. Damit verebbten auch die Kampfgeräusche. Wohltuende Stille machte sich breit. Hectavor schrie weiter, denn jetzt blendete ihn das Leuchten der Kugel.

Die Gestalten verschmolzen miteinander, waren wieder ein Körper. Die Leuchtkugel riss die Gestalt mit sich in die Unendlichkeit, verschwand und machte der Leere des Weltraums Platz. Normalerweise hätten jetzt die psychedelischen Wellen des Kometen durchbrechen müssen, denn der Störfaktor war beseitigt. Aber in der Zwischenzeit hatte sich der Komet weit genug vom Asteroiden der fünf Träumer entfernt, so dass seine Wirkung nachließ. Hectavor brach ohnmächtig zusammen.

Das Vurgizzel drängte sich keuchend durch die Öffnung seines Schlaflochs, beschnupperte den reglosen Arkoniden. Vielleicht hatte der Mann noch ein paar Konzentratriegel in seinen Kombinationstaschen. Der Hunger des entarteten Vurgizzels war riesengroß, die kleinen Stummelklauen zerrten an Hectavors Taschen. Letron Parseener entdeckte als Erster, dass mit Hectavor etwas nicht stimmte, und versetzte dem aufgequollenen Tier einen Stoß. »Aufwachen! Hectavor ist ohnmächtig.«

Letron legte sein Ohr auf Hectavors Brust. Als er den Herzschlag seines Freundes wahrnahm, nickte er beruhigt. »Scheint nichts Ernstes zu sein. Ein paar Riegel bringen den Knaben wieder auf die Beine.«

»Hat er den letzten Traum so stark miterlebt?« Letron sah zu Morgonol hinüber, der ängstlich auf den Bewusstlosen starrte. Das Ganze war ihm ziemlich unheimlich. Er hatte die Veränderung des Traumverlaufs ebenfalls registriert, nur nicht so stark wie Hectavor. Letron Parseener kratzte sich am Kinn und sagte krächzend: »Wusste gar nicht, dass Hectavor so empfindlich ist. Dieses komische Duell hat mir auch Angst gemacht. Aber da braucht man doch nicht gleich umzufallen.«

»Ich war nahe dran.«

Letron sah Parvenool lange an. »Du warst doch sonst immer unser Stärkster. Meister im Dagor und ...«

Parvenool unterbrach seinen Freund. »Das ist lange her. Vergessen wir es. Jetzt sollten wir uns darum kümmern, dass Hectavor wieder auf die Beine kommt. Ich fürchte, der Exitus unserer Traumstation steht bevor.«

»Das ... das glaube ich nicht.« Letron war blass geworden. Das entartete Vurgizzel drängte sich zwischen die Männer. »Elendes Vieh! Hectavor kommt zuerst dran. Sei froh, dass wir dich nicht längst in der Wüste ausgesetzt haben.«

Fremmjo sträubte sein schneeweißes Fell. Es klang wie das Spiel einer Glasharfe. Die Greise hielten sich die Ohren zu, erinnerten sich genau daran, wie das Tier in Atlans Begleitung sirenenartige Töne ausgestoßen hatte. Instinktiv befürchteten sie, dass Fremmjo wieder damit anfangen könnte. Aber nach seiner Verwandlung hatte das Vurgizzel keine jener Lärmorgien mehr veranstaltet. Dafür übte es jetzt eine Art psychischen Zwang auf die Greise aus, drohte ihnen mit seiner organischen Sirene, zwang sie, regelmäßig Nahrungskonzentrate herbeizuschaffen. Keiner wollte dem Tier zu Diensten sein, aber alle taten es dennoch.

Parvenool und Letron Parseener zerrten den bewusstlosen Freund hoch, wollten ihn durch die Schachtöffnung nach unten in den Maschinensaal schaffen. »Helft uns!«, rief Parvenool ärgerlich. »Allein bekommen wir ihn nicht runter. Oder wollt ihr, dass er in den Schacht stürzt?«

Das Vurgizzel enthob die beiden Greise einer Antwort und schob sich vor die Schachtöffnung, so dass Morgonol und Abrogal Mervin seinen schweren Körper hochstemmen mussten. »Elende Missgeburt.«

Das Vurgizzel ließ sein weißes, gläsern wirkendes Fell gespreizt.

Als die Haare aneinander rieben, erklangen eigentümliche Laute. Das Ächzen und Fluchen der Männer hallte durch den Schacht, der von der Hütte in den Maschinensaal hinunterführte. Durch einen Zufall waren sie auf die Bodenöffnung gestoßen, über der sie später ihre Hütte errichtet hatten. Als die Vorräte ihres Raumschiffs aufgezehrt waren, mussten sie sich mit den Konzentratriegeln der subplanetarischen Station begnügen. Sie hofften, auch diesmal Nahrung mit hochnehmen zu können. Nachdem sich Letrons Augen an das düstere Halbdunkel gewöhnt hatten, das hier unten herrschte, wusste er sofort, dass irgendetwas anders als sonst war.

»Die Maschinen arbeiten unregelmäßig«, bestätigte Morgonol seinen Verdacht.

Die beiden Greise legten Hectavor vorsichtig auf den glatten Boden. Das Vurgizzel rollte aus dem Griff seiner Träger, konnte kaum noch kriechen, so dick war es schon geworden. Aber die Gier nach frischer Nahrung schien das Tier zu beflügeln. Es stürzte sich auf den Sammelbehälter, in den die automatisch produzierten Konzentratriegel fielen. Die Maschinenblöcke eines unbekannten Volks, installiert zu einem ebenfalls unbekannten Zweck, verbreiteten ein milchiges Leuchten. Auf ihren makellosen Frontplatten waren weder Kontroll- noch Bedienungsinstrumente zu erkennen. Aus dem Halbdunkel kam das Wimmern des Vurgizzels.

»Was hat denn unser heiß geliebter Fremmjo?« Morgonol konnte seinen Hohn kaum verbergen, als er die Bescherung sah. Seine Schadenfreude verdrängte die Tatsache, dass sie genauso davon betroffen waren. Fremmjos Fell war mit einem zähflüssigen Brei verklebt. Das Tier schien in den Sammelbehälter gesprungen zu sein. Jetzt war es halb blind. Zu allem Übel verbreitete die Substanz auch noch einen schrecklichen Geruch. Hectavor kam wieder zu sich, rümpfte die Nase, als Fremmjo dicht neben ihm vorbeikroch.

»Was ist denn bei euch los? Das stinkt ja scheußlich.«

Morgonol half seinem Freund auf die Beine. »Scheint so, als müssten wir in Zukunft auf unsere Konzentratriegel verzichten.«

»Aber ... dann werden wir doch verhungern«, jammerte Hectavor spontan und dachte erst im nächsten Moment an den sechzig Meter durchmessenden Kugelraumer von Atlan, in dem es selbstverständlich Vorräte gab.

»Nicht anfassen«, warnte Letron, als die hungrigen Greise die pulsierende Substanz aus dem Sammelbehälter bergen wollten.

»Warum denn nicht? Da hier bislang Konzentratriegel herausgekommen sind, kann der Schleim nicht gesundheitsschädlich sein.«

Morgonol grinste anzüglich. »Hört, was unser faltenreiches Kind da von sich gibt. Damals im Gefängnis haben wir selbst Konzentratriegel für die anderen mischen müssen. Hier wird die Zusammensetzung auch nicht anders sein.«

Die Greise machten unwillige Gesten. Sie wussten, dass die Grundsubstanz aus künstlichen Eiweißverbindungen zusammengestellt wurde. Diese Basissubstanz war giftig. Da die Maschine bisher wartungsfrei gearbeitet hatte und die Männer auch keine Rohstoffzulieferungen bemerkt hatten, nahmen sie an, dass hier ein Materieumwandler arbeitete, der sich des Gesteins des Asteroiden bediente.

»Können wir die Maschine nicht reparieren?«, fragte Morgonol.

»Unmöglich! Zu kompliziert. Sie funktioniert nach einem Prinzip, das nicht in arkonidischen Konstruktionsbüros entwickelt wurde.«

Hectavor war wieder einigermaßen bei Verstand, ging mehrmals um die Schleim ausstoßende Maschine herum. Er konnte es nicht fassen, dass ihr Nahrungsmittellieferant streiken sollte. Unter den fugenlosen Abdeckplatten klopfte und pochte es. »Wo werden wir jetzt noch Nahrung finden?«

»Nicht auf unserem Asteroiden.«

Hectavor war verzweifelt. Nach seinem Albtraum erlebte er nun realen Horror. Das rüttelte an seiner geistigen Verfassung.

»Nicht durchdrehen, Hectavor!« Seine Freunde hatten erkannt, in welcher Gemütsverfassung er sich befand. Ihnen ging es zwar auch nicht besser, aber in ihm hatten sie wenigstens einen gefunden, den man bemuttern konnte. Das Vurgizzel stieß Klagelaute aus. Die Stellen seines Felles, die mit der schleimigen Substanz in Berührung gekommen waren, ließen jetzt das rohe Fleisch durchschimmern. Ihm fielen die Haare büschelweise aus.

»Da habt ihr den Beweis. Das Zeug ist giftig«, stellte Letron Parseener fest. Fremmjo kroch wimmernd durch den Maschinenraum. Trotz seines erbarmungswürdigen Zustands suchte das Vurgizzel unermüdlich weiter nach Nahrungskonzentraten.

»Fremmjo hat was gefunden.« Hectavor folgte der zitternd ausgestreckten Hand Parvenools. Er sah, wie sich Fremmjo unter dem überstehenden Rand eines Sammelbehälters zu schaffen machte. Die gurrenden Laute ließen die Männer neugierig werden. Als sie sich unter die Maschine beugten, rutschte Fremmjo noch tiefer in die metallisch glänzende Höhlung. Das Tier konnte es nicht verhindern, dass mehrere rosafarbene Riegel über den Boden rollten.

Sie drängten sich wie auf ein Kommando unter die Maschine. Ihr Balgen mischte sich mit dem Quieken des Vurgizzels. Die Bestandsaufnahme war ernüchternd. »Für jeden zehn Riegel. Wenn uns Fremmjo nichts wegnimmt.«

Das Vurgizzel versuchte es auf die sanfte Tour, zeigte seine wunden Hautstellen und wimmerte wie ein kleines Kind.

»Gebt ihm was, aber dann ist Schluss«, sagte Hectavor. »Er soll wissen, dass wir jetzt auf eiserne Ration gesetzt worden sind. Je früher er das kapiert, desto besser.«

»Das lernt dieses verfressene Stück doch nie.«

Trotzdem warf ihm Parvenool einen der rosafarbenen Riegel zu, das Vurgizzel schlang ihn genussvoll hinunter. »Schätze, dass wir ihn früher oder später in den Vurgizzel-Himmel jagen müssen. Das Vieh ist eine zu große Belastung für uns.«

Fremmjo musste den Sinn des Gesagten verstanden haben und heulte jedenfalls markerschütternd. Irgendwo gab ein Aggregat rasselnd seinen Dienst auf. Unter einer Abdeckplatte quoll grünlicher Schleim hervor. Als er die Maschinenteile berührte, stiegen ätzende Dämpfe empor.

»Raus hier! Wenn das so weitergeht, bleibt hier bald nichts als ein Trümmerhaufen übrig.«

Sie quälten sich mit Fremmjo wieder nach oben, um dort über ihr weiteres Vorgehen zu beratschlagen.

Atlans Beiboot stand seit dem Kampf gegen die Männer des Blinden Sofgart unversehrt in der Wüste des Asteroiden. Über dem Fahrzeug spannte sich das Projektornetz. Die Sonne warf schimmernde Lichtreflexe auf die Hülle des Sechzig-Meter-Raumers.

»Wir verlassen die Traumstation also für immer, oder?« Hectavors Frage klang mehr wie eine Feststellung. Nachdem er seinen Freunden ausführlich geschildert hatte, welche furchtbaren Dinge er während des Suggestivtraums erlebt hatte, und nachdem sie die chaotischen Entwicklungen im Maschinenraum mit eigenen Augen verfolgt hatten, war ihnen die Entscheidung nicht mehr schwer gefallen.

»Hätten wir auf Atlan gehört, wären wir längst in seinem Stützpunkt.«

Hectavor strich sich nachdenklich über das blank polierte Brustteil seines Raumanzugs. »Du weißt genauso wie wir alle, dass die Suggestivträume des Kometen stärker waren. Kannst du mir sagen, ob wir uns jemals wieder an das normale Leben gewöhnen werden?«

Er sah Morgonol nachdenklich an. Sein Freund hatte Recht. »Wir versuchen es trotzdem. Uns bleibt keine andere Wahl.«

Er schloss seinen Raumanzug und betrat als Erster das Beiboot über die Bodenrampe. »Hier gibt es genügend Konzentrate für eine ganze Weile. Wir brauchen also nicht zu verhungern.«

Er schwenkte strahlend die rot gefärbten Plastikschachteln in der Rechten. Fremmjo steckte halb in seinem ungefügen Raumanzug. Die Männer hatten ihn selbst zusammengeschweißt. Als das Vurgizzel die Konzentratpackungen witterte, riss es sich los. Hectavor verstaute die Konzentrate rechtzeitig in der Tasche seines Raumanzugs. »Packt das Vieh ein. Ich will endlich starten.«

»Eine Energie legst du wieder mal an den Tag. Einfach umwerfend.«

Kopfschüttelnd stopften Parvenool und Abrogal Mervin das kreischende Vurgizzel in den Raumanzug. Da Fremmjo inzwischen zugenommen hatte, war die Einkleidung eine reine Schinderei.

»Na, fürs Erste dürfte das reichen. Fremmjo wird ohnehin abnehmen müssen. Dann passt ihm der Anzug auch wieder.«

»Wohin soll es denn zuerst gehen? Wollen wir in den Kometenschweif fliegen und uns eines von den Kugelraumschiffen vorknöpfen?«

Abrogal Mervin hatte eine andere Idee. »Wir wissen, dass es hier weitere Stationen gibt. Sollten wir irgendwo eine zweite Produktionsstätte für Nahrungskonzentrate finden, wären unsere Suggestivträume auch in Zukunft gewährleistet.«

Hectavor verstand seinen Freund. Aber er musste ihn enttäuschen. Sie konnten nicht mehr hier bleiben. »Irgendeine fremde

Kraft hat die Suggestivwellen des Kometen verändert. Wir werden also nie wieder so träumen können, wie wir es gewohnt sind. Der Albtraum hat mich gründlich kuriert. Könnt ihr etwa mit Sicherheit sagen, dass es bei euch anders sein wird?« Darauf wollten sie sich nicht einlassen. »Möglich, dass die Riesenkugel im Kometenschweif etwas damit zu tun hat. Selbst wenn wir die Fehlerquelle finden würden, ist noch lange nicht gesagt, dass wir sie auch beseitigen können. Vermutlich stehen alle Stationen durch ein Überwachungssystem miteinander in Verbindung.«

Hectavor unterbrach seine Überlegungen für einen Augenblick. Der Antrieb des Beiboots heulte auf. Langsam erhoben sie sich aus dem Wüstensand und näherten sich dem Projektornetz. Hectavor steuerte das Fahrzeug geschickt auf die Lücke zu, die unweit ihrer Hütte im Netz klaffte.

»Wurde das Überwachungssystem durch Atlans Aktionen gestört, hätten wir früher etwas davon merken müssen«, sagte Letron Parseener.

»Ganz recht. Also liegt die Ursache entweder in einer Materialermüdung, oder aber es sind Fremde aufgetaucht.« Hectavor ließ seine Worte wirken, bevor er weitersprach. »Vielleicht sind die Erbauer der Stationen – also die Herren der fünfzehn Kilometer großen Kugel – zurückgekehrt. Dann allerdings sollten wir rechtzeitig verschwinden. Gegen die hätten wir garantiert keine Chance.«

Er schauerte, als er an die Gestalt seines Albtraums dachte. Der Fremde war ihm so realistisch erschienen, dass er an dessen Existenz glaubte. Er hatte Angst vor einer solchen Begegnung. Auf der Panoramagalerie kam ein Meteoritenschwarm in Sicht. Hectavor verlangsamte die Geschwindigkeit und wich den Materiebrocken geschickt aus. Auf den kleinen Bildschirmen links und rechts vom Kommandopult waren die drei Asteroiden eingeblendet. Einer davon hatte ihnen für die meiste Zeit ihres Lebens als Heimat und Wohnstätte gedient. Morgonol weinte. Er und auch die anderen hatten sich einen Abschied anders vorgestellt.

»Ich bin dafür, dass wir uns langsam an den Kometen herantasten. Haben wir wirklich Besuch von fremden Raumfahrern bekommen, will ich nicht unvorbereitet sein. Je mehr wir über die Ereignisse im Glaathan-System erfahren, desto besser für uns. Oder wollt ihr klein beigeben?«

Morgonol hatte sich wieder gefasst, so dass er eine klare Antwort geben konnte: »Wofür hältst du uns? Wir sind schließlich von Torren-Box geflüchtet. Das macht uns so leicht keiner nach. Wenn wir jetzt Schluss machen, töten wir nicht nur uns selbst, sondern auch unseren Ruf.« Die anderen nickten beifällig. »Wir werden eines Tages sterben. Aber wir werden trotzdem unsterblich sein ... als die Männer, die es schafften, von Torren-Box zu fliehen.«

»Klingt ein bisschen pathetisch, aber vielleicht hast du Recht. Wir haben uns selbst zu dem gemacht, was wir sind. Also enttäuschen wir die Geschichtsschreibung nicht.«

Der Kugelraumer nahm Kurs auf Glaathan. Die fünf ehemaligen Sträflinge passierten Meteoritenschwärme, Monde und unzählige Materiebrocken. Sie ließen dabei die Ortungsinstrumente nicht aus den Augen. Aber nicht der Massetaster machte sie auf das regelmäßig geformte Objekt aufmerksam, sondern das stählerne Funkeln auf dem Bildschirm. Hectavor änderte den Kurs, wenig später wurde eine Halbkugel auf dem Schirm sichtbar. »Seht euch das an.«

Die Greise starrten gebannt auf das seltsame Objekt, das auf dem Bildschirm rasch größer wurde. Hectavor umrundete die Halbkugel einmal und hielt das Beiboot in Warteposition.

»Eine lichtdurchlässige Kuppel. Darunter sind Pflanzen ... Was sage ich, darunter ist ein ganzer Dschungel. Chlorophyll in extremer Dichte.«

Das Objekt durchmaß fünf Kilometer, die Kuppelhöhe betrug etwa zwei Kilometer. An einigen Stellen waren Lampen zu erkennen, die ihr milchiges Licht durch einen wuchernden Pflanzenteppich schickten.

»Habt ihr Appetit auf frisches Gemüse?«, fragte Hectavor lächelnd. Die anderen brauchten nicht zu antworten. Das erledigte das Vurgizzel. Das ewig hungrige Tier zitterte und bebte. Die Männer mussten befürchten, dass der notdürftig zusammengeschweißte Spezialanzug aus den Nähten platzte. »Ruhig, Fremmjo. Wir landen ja schon.«

Er drückte den Kugelraumer tiefer, schwebte dicht neben der schimmernden Kuppel, die in regelmäßige Waben unterteilt war. Stahlverstrebungen hielten die einzelnen Elemente zusammen. Die glatte Oberfläche reflektierte das Sonnenlicht; grelle Reflexe kamen auf und verschwanden, wenn das Boot seinen Standort veränderte. Manchmal erhaschten die Männer einen Blick ins Innere.

Dort drängten sich exotische Gewächse. Schlingpflanzen und gelblich leuchtende Riesenblüten.

»Die Anlage wird durch eine Automatik gesteuert«, stellte Morgonol fest, nachdem er die Ortungsinstrumente abgelesen hatte. Komplizierte Apparate wachten im Innern der Halbkugel über den Fortbestand des Dschungels.

»Welchen Sinn mag diese Anlage haben?«, fragte Letron.

»Den gleichen, den unser Asteroid gehabt haben dürfte. Vielleicht Erholungsstation jener, die dieses Sonnensystem mit einem Netz von Stationen, Satelliten und Ähnlichem überzogen haben.«

Hectavor verankerte die Kugel an einer ovalen Schleuse. Ein fünf Meter breiter Vorsprung bot ihnen Halt genug, so dass sie auf die Sicherheitsleinen verzichten konnten. Die Magnetverankerung schnappte klingend ein. »Sehen wir uns das Gewächshaus mal aus der Nähe an.« Hectavor stellte den Druckausgleich her und öffnete das äußere Schott. Vorsichtig drängte er sich nach draußen und ließ sich auf die Trittfläche fallen. Seine schweren Stiefelsohlen fanden sofort Halt. Er musste sich umdrehen, denn aus seinem Helmlautsprecher kamen nur unverständliche Laute. »Was ist los? Habt ihr euren Helmfunk nicht richtig eingestellt?«

Erneut erklang das scheußliche Pfeifen und Zirpen in Hectavors Helmempfänger. Er winkte. Morgonol schien als Erster an die Helmschaltung gedacht zu haben, denn im gleichen Augenblick konnte Hectavor die Stimme seines Freundes laut und deutlich vernehmen; er sagte nur ein einziges Wort: »Fremmjo!«

Hectavor sah, dass drei Männer nötig waren, um das zuckende Bündel aus der Schleuse zu holen.

»Fremmjo hat Angst. Das Biest denkt vermutlich, wir wollten es in den Weltraum stoßen.«

»Keine schlechte Idee.« Hectavor wandte sich erheitert ab. Mit dem Vurgizzel würden sie noch allerhand Unannehmlichkeiten erleben. Aber das Tier gehörte zu ihnen. Sie würden es bestimmt nicht töten oder einem unbestimmten Schicksal überlassen. Er ließ die Rechte über den Schleusenmechanismus der Raumstation gleiten. Seine Handschuhsensoren übertrugen ein leichtes Vibrieren. *Eine Automatik überprüft mich anscheinend*, durchfuhr es den alten Arkoniden. *Das geht hoffentlich gut.*

Im gleichen Augenblick ging ein Ruck durch das ovale Schott.

Das schwere Tor schwang beiseite und öffnete den Zugang zu einem länglichen Raum. Greller Lichtschein flammte auf. Hectavor schloss geblendet die Augen. Er sah nicht, dass sich das Vurgizzel losriss. Hätte Morgonol dem dicken Tier einen derben Tritt versetzt, wäre es tatsächlich in den Weltraum abgetrieben. So aber krachte es im Innern der Schleuse gegen die Wand und blieb reglos liegen. Wenig später waren sie alle im Inneren. Hectavor sah fasziniert, dass sich das äußere Tor schloss, ohne dass er eine Hand rühren musste. Die Akustiksensoren ihrer Raumanzüge übertrugen das Zischen einströmender Atemluft. In kurzer Zeit war der Normdruck hergestellt. Aus dem Bereich hinter dem aufschwingenden Schott kam ihnen ein Schwall heißer Luft entgegen, die sich in Form von Wassertropfen auf ihren Helmsichtscheiben niederschlug.

»Ihr könnt die Helme absetzen. Die Luft ist in Ordnung.« Sie folgten Hectavors Anweisung und öffneten die Raumanzüge, atmeten prüfend durch. Das feuchtheiße Klima im Innern der Pflanzenstation war für sie ungewohnt. Sie hatten einen großen Teil ihres Lebens in der knochentrockenen Atmosphäre des Asteroiden zugebracht. Kein Wunder also, dass sie bald nass geschwitzt waren. Ihre Stiefelsohlen hinterließen tiefe Abdrücke im weichen Boden. Es roch nach Fäulnis und Wasser. Das Vurgizzel regte sich wieder. Morgonol öffnete dem Tier den Raumanzug. Fremmjo zwängte sich keuchend heraus und ließ sich einfach auf den Boden fallen, seine haarlosen Körperstellen sahen grotesk aus.

»Wir bleiben ein paar Tontas hier. Sollten wir nichts finden, können …« Hectavor wurde von einem durchdringenden Knall unterbrochen. »Was war das?«

Die Arkoniden zuckten zusammen und sahen sich aufgeregt um. Doch der künstliche Dschungel war unverändert, kein Lufthauch bewegte die mächtigen Blätter. Bis auf ihr Atmen und das Winseln von Fremmjo war kein Laut zu vernehmen.

»Vielleicht ein Aggregat. Eine Maschine, die für den Wasserhaushalt verantwortlich ist.« Das war natürlich nur eine Vermutung. Letron öffnete den Verschluss der Blastertasche. Morgonol folgte seinem Beispiel. Sollten sich hier intelligente Wesen aufhalten, wollten sie ihnen nicht schutzlos gegenübertreten.

»Da drüben!«, schrie Morgonol. Ein mächtiger Schatten erschien zwischen den Büschen, die Blätter bildeten eine dunkelgrüne Mauer. Nur ein paar gelbe Blütenkelche zitterten, sonst herrschte Ruhe. Jetzt wurde ein schweres Atmen hörbar.

Hectavor wurde bleich. »Da steht einer.«

Sie wussten, dass sie sich in einer Falle befanden. So schnell, wie der Fremde – oder das Ding – aufgetaucht war, konnten sie nicht wieder aus der Dschungelstation fliehen. Sie bereiteten sich auf einen Kampf vor. Hätte der Unbekannte friedliche Absichten gehabt, wäre er anders auf sie zugekommen. Im gleichen Augenblick teilten sich die Äste. Hectavor schloss kurz die Augen. Der Anblick war so entsetzlich, dass er unwillkürlich an seinen Alptraum erinnert wurde. Aber das hier war kein Alptraum, sondern die gefährliche Wirklichkeit einer unbekannten Raumstation, die womöglich schon seit Jahrtausenden mit ihrer tödlichen Besatzung durchs All trieb.

»Schießt doch!«, schrie er gequält. »Schießt … oder das Biest erledigt euch!«

# *9.*

Aus: *Gedanken und Notizen*, Bauchaufschneider Fartuloon

*Die varganische Technik und ihre über die Öde Insel verstreuten Hinterlassenschaften bleiben uns ein Rätsel. Nicht einmal das genaue Alter konnten wir bislang ermitteln, müssen jedoch von mehreren hunderttausend Arkonjahren ausgehen. Ob der Dreißig-Planeten-Wall, das Schwarze System mit Za'Ibbisch oder die Riesenkugel im System des Kometen Glaathan: Stets hatten wir es mit Dingen zu tun, die nicht gerade für Bescheidenheit sprechen. Seit wir damit konfrontiert wurden, versuche ich mir vorzustellen, wie die Galaxis zur Blütezeit dieses Volks ausgesehen haben mag.*

*Gab es damals ein varganisches Großreich, ein Herrschaftsgebiet mit Zehntausenden Siedlungswelten, riesigen Raumflotten und ungezählten Wesen? Wie lange bestand es? Aus welchem Grund und vor allem wie endete es? Warum zogen sich Varganen in das als Eisige Sphäre umschriebene »Refugium« zurück, während sich andere wie Ischtar nicht anschlossen und offenbar seither Ziel des Henkers sind? Aus welchem Grund hinterließen die Varganen dann die Rätselspur zum Stein der Weisen?*

*Oder war alles ganz anders? Gab es dieses vermeintliche Reich gar nicht? Wie aber kam es dann zu den technischen Großtaten? Niemand stampft so ohne weiteres eine Station von fünfzehn Kilometern Durchmesser aus dem Boden, niemand versetzt mal so eben dreißig Planeten und gruppiert sie auf eine gemeinsame Umlaufbahn. Könnte es sein, dass die Varganen in vielerlei Hinsicht gar nicht die Urheber waren, sondern auf noch ältere Hinterlassenschaften zurückgriffen? Nicht einmal das ist ausgeschlossen.*

*Wenn ich an das Tarkihl und die Spinnenwüste von Gortavor denke, an andere Ruinen und Artefakte, die im Laufe der Jahrtausende auf vielen Welten gefunden wurden und sich deutlich von der varganischen Technik unterscheiden, steht für mich fest, dass wir es bei den Varganen mit großer Wahrscheinlichkeit* nicht *mit der als* Großes Altes Volk *umschriebenen Kultur zu tun haben, die viele Jahrtausende vor der arkonidischen Blütezeit die Öde Insel besiedelte. Das allerdings macht das Rätsel noch größer – und mir einmal mehr bewusst, wie wenig wir wirklich wissen.*

## *Magantilliken*

Der varganische Henker hatte sein Ziel erreicht und experimentierte mit den Maschinen des varganischen Arsenals. Er lächelte, denn ihm war bewusst geworden, dass er die Riesenkugel niemals in der kurzen Zeit durchforschen konnte, die ihm zur Verfügung stand. Er würde nur so weit das Geheimnis erforschen, bis er einen konkreten Hinweis auf den Aufenthaltsort Ischtars bekam.

Magantilliken wusste wieder, wer er war, hatte an Bord seines Raumers erfahren, dass die energetischen Ausstrahlungen des Kometen an dem missglückten Transmittersprung schuld gewesen waren. Er war beim ersten Versuch nicht im Arsenal, sondern in einer varganischen Erholungsstation materialisiert. Wie er sich dabei verdoppeln konnte, war ihm auch nicht in allen Einzelheiten klar geworden. Vielleicht entsprach dieser Vorgang einem unterbewussten Wunsch, der Rolle des Henkers für kurze Zeit entfliehen zu können. Da die Emissionen des Kometen paranormale Anteile besaßen, war es durchaus möglich, dass Gedanken Stofflichkeit erlangten. Ein Vorgang, der sich nur mit Hilfe der Interferenztheorie übergeordneter Impulse erklären ließ. Und selbst damit nicht vollständig.

Magantilliken ging bei seinen weiteren Experimenten vorsichtiger zu Werke. Er wusste, dass Atlan im Glaathan-System gewesen war. Und auch Arkoniden, die mit dem Quaddin-Zentralorgan in das varganische Arsenal gekommen waren. *Diese Narren*, dachte er belustigt. Sie wollten den Stein der Weisen finden. Der Henker amüsierte sich köstlich über Atlans Anstrengungen, das kosmische Rätsel zu lösen. *Das varganische Rätsel*, korrigierte er sich. Das Zentralorgan hätte sie auf die richtige Spur bringen können, womit aber noch lange nicht gesagt war, dass die wagemutigen Abenteurer den Stein der Weisen wirklich gefunden hätten. Magantilliken kannte etliche der Gefahren, die die Suchenden erwarteten. Jeder, der nicht die nötige Reife besaß, würde sterben. Niemand konnte den Stein der Weisen für seine Zwecke missbrauchen. Das hatten schon viele versucht, sie waren allesamt gescheitert. *Und da will ein kleiner Abenteurer wie Atlan den Stein der Weisen für sich gewinnen?*

Er lachte unterdrückt auf. Die Besatzungen von neun arkonidischen Kugelraumschiffen hatten hier den Tod gefunden. Jetzt trieben die Schiffe wie kosmische Denkmäler durch den Kometenschweif. Sie würden hier bleiben, bis kosmischer Staub sie zerrieben hatte oder bis jemand wie Magantilliken den Befehl zur Vernichtung gab. Er aktivierte die Positronik, die für einen Teilbereich des Arsenals verantwortlich war. Für den Bereich, in den die kosmischen Schatzsucher vor einiger Zeit eingedrungen waren. Auf den Bildschirmen über dem Bedienungspult erschienen varganische Logiksymbole und verrieten, in welchem Zustand sich die einzelnen Bezirke des Arsenalbereichs befanden. Plötzlich blinkte ein weißes Licht auf. Er wusste sofort, dass etwas nicht stimmte. Weißes Licht bedeutete Gefahr. In einem Bezirk des Arsenals stimmte etwas nicht.

»Spezifizierung!«, rief Magantilliken aufgeregt.

»Organische Substanzen in Deck neunzehn. Säuberungsmechanismen defekt. Defensivanlagen wegen Beschädigungsgefahr desaktiviert.«

*Das sagt mir nicht viel*, dachte er. »Details.«

Es summte, auf dem mittleren Bildschirm wurde der Klartext des verlangten Beobachtungsergebnisses angezeigt: *Deck neunzehn birgt Aktivierungskapseln verschiedener Klassen. Sie wurden unter größtmöglichen Sicherheitsvorkehrungen eingelagert. Auf Wunsch kann der Bestimmungskatalog für folgende Aktivierungskapseln bekannt gegeben werden …*

Er überflog die Planetennamen, für die die Aktivierungskapseln bestimmt waren. Einige kamen ihm bekannt vor, andere erinnerten ihn an Welten, die er im Auftrag seiner Auftraggeber besucht hatte.

*… sind die Eindringlinge mit dem Quaddin-Zentralorgan bis in die Zentrale vorgedrungen. Für die erfolgreiche Aktivierung fehlte das nötige Grundwissen. Es kam zu einer Katastrophe, bei der die meisten intelligenten Wesen getötet oder verwandelt wurden …*

Vor Magantilliken wurden die Aufnahmen jener Ereignisse abgespielt, die zum Untergang der Flotte des Blinden Sofgart geführt hatten. Auch Atlan erschien auf dem Bildschirm. Die automatischen Kameras hatten jede Szene der grauenhaften Ereignisse aufgenommen und gespeichert. Die Wiedergabe war so realistisch, dass selbst Magantilliken einen gewissen Schauder nicht unterdrücken konnte.

*… gingen die Eindringlinge in die Metamorphose über. Das Quaddin-Zentralorgan brauchte aufgrund eines Aktivierungsfehlers ihre organische Substanz, um weiter bestehen zu können. Von den Eindringlingen blieb nichts außer protoplasmatischen Resten übrig, die sich …*

Der Schirm zeigte die Raumfahrer im Stadium ihrer scheußlichen Metamorphose. Die Kralasenen waren hierher gekommen, um den Stein der Weisen zu finden. Jetzt erlebte Magantilliken ihr Ende noch einmal mit, sah, wie die Bordkombinationen der Raumfahrer aufplatzten, wie sich ihre Gliedmaßen verformten und in zähflüssige Schleimhaufen verwandelten. Die Säuberungsmechanismen des Arsenals schafften die Beseitigung der Verwandelten nicht. Während ein Teil im Konverter desintegriert werden konnte, gelangten andere auf Deck neunzehn – eben jenen Bezirk, für den soeben Weißalarm gegeben worden war. Er seufzte. Bevor er weiter mit den Maschinen des Arsenals experimentierte, wollte er sich Klarheit über die Vorgänge von Deck neunzehn verschaffen.

*… besteht Gefahr, dass sie auf die Aktivierungskapseln übergreifen und kontaminieren. Die Sicherheitsschaltung fordert in einem solchen Fall die Entsendung eines Planetenkommissars. Entsprechende Funknachrichten wurden vor acht Zeiteinheiten abgestrahlt. Eine Antwort wurde bis jetzt nicht registriert …*

*Die wird auch nicht eintreffen*, durchfuhr es ihn. *Alle noch lebenden Varganen sind auf der Flucht vor mir. Ich muss sie töten. Denn außer mir darf sich kein Vargane mehr außerhalb der Eisigen Sphäre aufhalten.*

*... nimmt die zentrale Positronik an, dass sich nach Abfrage der Spezifizierung ein legitimierter Vargane im Bereich des Arsenals aufhält. Es werden somit alle Voraussetzungen für das Betreten von Deck neunzehn geschaffen. Die Aktivierungskapseln müssen gerettet werden. Die organische Substanz dringt weiter vor und ...*

Magantilliken schlug mit der Rechten auf die Aktivierungstaste der Positronik. Schlagartig erloschen die Bildschirme. Nur das Freizeichen leuchtete weiter. Wortlos ging der hochgewachsene Vargane zum Antigravschacht hinüber. Hinter ihm blieb das violette Leuchten zurück. Auf dem Podest in der Mitte sank das Bedienungspult der Positronik langsam in den Boden. Wenig später erinnerte nichts mehr daran. Er berührte die Steuersensoren des Antigravschachts, polte die Transportrichtung des Kraftfelds um. Ein optisches Signal zeigte ihm, dass er in den Schacht springen konnte. Langsam schwebte er nach oben, Decks huschten an ihm vorüber. Schließlich brauchte er nur noch einen Schritt zu machen, und er befand sich in der Eingangshalle von Deck neunzehn. Ein ortsunkundiger Eindringling wäre nicht so rasch hierher gelangt. Nur ein Vargane kannte sich hier aus.

An der Decke flammte ein weißes Licht, pulsierte in einem markanten Rhythmus. *Gefahr*, erkannte er und musste sich dazu zwingen, die Stabwaffe im Gürtel stecken zu lassen. Bevor er irgendwelche Entscheidungen traf, wollte er sich informieren. Wie sah die Gefahr aus, die den Aktivierungskapseln drohte? Eine Reihe von Schotten waren aufgebrochen worden. Die Spuren primitiver Gewaltanwendung waren nicht zu übersehen. Magantilliken verzog verächtlich die Mundwinkel. Jetzt sicherten energetische Sperren die Aus- und Zugänge zu Deck neunzehn. Als er vor ein Tor trat, erlosch der Energieschirm. Die Positronik hatte sein Erscheinen, wie bereits angekündigt, vorbereitet.

Magantilliken ging langsam durch den Gang. Deck neunzehn war wie alle anderen Bezirke des Arsenals nach demselben Prinzip angelegt worden. Kurze Zugänge, dann Verteilerbereiche und schließlich die einzelnen Kammern, in denen Geräte, Archive und, wie hier, Aktivierungskapseln aufbewahrt wurden. Er rümpfte die

Nase. Ein eigenartiger Geruch stand in der Luft, es roch verbrannt. Auf dem glatten Boden waren Schleifspuren zu sehen. Schwarze Rußflocken ließen darauf schließen, dass die Eindringlinge versucht hatten, durch die Energiesperren in den Antigravschacht zu fliehen. Das war ihnen selbstverständlich nicht gelungen. Und so hatten sie sich gezwungenermaßen zurückziehen müssen.

Magantilliken fieberte innerlich vor dem Augenblick des Zusammentreffens mit jenen Wesen, die eine mehrfache Metamorphose durchgemacht hatten. Zuerst waren sie varganenähnlich gewesen, dann hatte sie das Quaddin-Zentralorgan in skurrile Schleimwesen von undefinierbarer Form verwandelt. Was in der Zwischenzeit mit ihnen geschehen war, konnte Magantilliken nur ahnen. Die organische Substanz konnte neue Fähigkeiten entwickelt haben, mit denen sie sich aus den Vorratskammern des Arsenals Nahrung beschaffte.

Etwas rutschte über den glatten Boden. Magantilliken stand sofort still und sah in die Runde. Vor ihm erstreckte sich der Gangverteiler. Die Wände glühten hellviolett. In der Mitte des Zugangs stand ein rechteckiger Kasten. *Hat er das Geräusch erzeugt?*, fragte er sich. *Normalerweise sind die Gänge frei von Hindernissen. Das Ding gehört nicht hierher. Aber wer hat es dann in den Weg gestellt?* Er ging prüfend näher. Die Oberfläche des Kastens war glatt und fugenlos. Wenn man genauer hinsah, konnte man winzige Poren erkennen. Die Farbe entsprach dem Violett des Ganges, es gab keine Schalter oder Drucktasten. Ein Summen ertönte, als Magantilliken die Positronik über Armbandsender anrief.

»Welche Funktion hat der Quader im Zugang vor dem Gangverteiler?« Er bekam die Antwort nicht mehr mit. Eine Verwandlung ließ ihn beiseite springen. Aus dem schwach leuchtenden Kasten schossen mehrere fingerdicke Tentakel, näherten sich ihm pfeilschnell und rotierten dabei um die eigene Achse.

*Sie wollen mich durchbohren*, schoss es ihm durch den Kopf. Er konnte nicht mehr ganz ausweichen. Dicht neben seinem Hals spürte er den Luftzug des vorzuckenden Organbohrers. Er stolperte. Der Kasten verformte sich zu einem Peitschenbündel, dessen Zentrum wie ein Herz pulsierte. Die Tentakel formierten sich erneut und griffen an.

Er wirbelte um die eigene Achse, stützte sich auf dem Boden ab, stemmte sich hoch und katapultierte sich mit der Kraft seiner Linken über das Wesen hinweg. Dabei berührte er einen der hochschnellenden Tentakel. Seine Kombination wurde von einer unbekannten Säure zerfressen. Die Substanz schmorte augenblicklich ein tiefe Wunde in sein Bein. Er achtete nicht darauf, kannte keine Schmerzen. Das Pulsieren des hellen Kerns war stärker geworden. Die Fangarme drehten sich weiterhin wie Bohrer, wollten sich in seinen Leib graben, um Säure in seine Organe zu injizieren.

Magantilliken ahnte, dass ihn diese Kreatur in wenigen Augenblicken auflösen konnte. Er hob seinen Stabstrahler, musste absetzen, als ein Tentakel nach der Waffe griff. Schnell eine Kehrtwendung, und er kniete auf einem Bein, richtete den Strahler erneut auf die Kreatur und berührte den Waffenkontakt. Noch bevor der Glutstrahl seine vernichtende Wirkung voll entfalten konnte, dröhnte ein Schrei durch den Gangverteiler. Das Pulsieren des Zentralorgans nahm ungewöhnliche Formen an und verbreitete Geräusche, die bei jedem anderen blankes Entsetzen erzeugt hätten.

Dann war es schlagartig zu Ende. Der Glutstrahl aus Magantillikens Strahler hatte die Kreatur zu einem Aschehäufchen verbrannt. Die Rußflocken trieben träge über den Boden und wurden von der Reinigungsautomatik aufgesaugt. Er stand für einen Augenblick still. Er musste sein weiteres Vorgehen unbedingt koordinieren, konnte nicht mit Sicherheit sagen, wann er in die Starre verfiel, die seinen Körper in unregelmäßigen Zeitabständen überkam. Das waren Augenblicke, in denen sein Bewusstsein in die Eisige Sphäre zurückkehrte. Während dieses Starrezustands war sein Körper ungeschützt. Nicht, dass er das fürchtete, schließlich konnte er jederzeit einen anderen Varganenkörper übernehmen. Aber ein neuer Körper musste erst gefunden und instruiert werden und war dann mühsam zu seinem Raumschiff zu dirigieren.

Er wollte keine Zeit verlieren und drang, alle Eventualitäten berücksichtigend, zu den Lagerräumen vor. Er musste doppelt aufmerksam sein, nachdem er die Möglichkeiten der Bestie von Deck neunzehn kennen gelernt hatte. Es bereitete ihm große Mühe, sich vorzustellen, dass diese Kreatur das Endprodukt einer Metamorphose war, an deren Anfang vernunftbegabte Raumfahrer gestanden hatten. Magantilliken hatte die positronische Aufzeichnung gesehen. Er wusste, dass Arkoniden ins Arsenal eingedrungen waren. Er hatte die Männer vor ihrer Verwandlung auf dem Bildschirm gesehen, dennoch traf ihn der Schock, mit solchen Mutationen konfrontiert zu werden.

Als varganischer Henker kannte er das Grauen in vielfältiger Gestalt. Wollte er die Gefahr von Deck neunzehn überstehen, musste er sein weiteres Handeln nach streng logischen Gesichtspunkten abstimmen. Er war kaum tausend Meter weit vorgedrungen, als er die ersten aufgebrochenen Behälter der Aktivierungskapseln entdeckte und unterdrückt aufstöhnte. Das Chaos war perfekt. Keine Behälterklappe war unversehrt geblieben.

Aktivierungskapseln waren aus varganischer Sicht unantastbar und heilig, durften nicht vor ihrer endgültigen Bestimmung berührt werden. In der Glanzzeit varganischer Expansion waren mit ihrer Hilfe ganze Sonnensysteme »befruchtet« worden. Welten, die erst am Anfang ihrer Entwicklung standen. Aktivierungskapseln enthielten Konzentrate des Lebendigen, entweder in biochemisch reiner Form oder aber in der Gestalt von konservierten Embryonen. Beide Möglichkeiten gab es auch hier. Jede der ausgeplünderten Kapseln besaß ein Programmteil mit der Beschreibung der Bestimmungswelt. Kosmische Kuriere hatten die Aktivierungskapseln damals an ihr Ziel gebracht. Magantilliken wusste, dass viele Völker dieser Sterneninsel aus varganischem Zuchtmaterial entstanden waren. Und nun hatten sich biologische Monstren an dem Stoff des Lebendigen gütlich getan. Er empfand abgrundtiefen Hass auf die Eindringlinge. Sie hatten die Existenz des varganischen Arsenals in Gefahr gebracht.

Die Luft war schlecht. Aus den Kammern der Kapseln stieg fauliger Geruch. Schleimspuren zogen sich über den Boden. Magantilliken bedauerte es, keinen Roboter mitgenommen zu haben, und kam sich plötzlich schutzlos und allein gelassen vor. *Wo sind die Mutierten?* Er ertrug das entnervende Warten nicht länger. Womöglich warteten die Unheimlichen nur darauf, dass er sich einem der aufgebrochenen Behälter unvorsichtigerweise näherte, um dann blitzschnell zuzuschlagen. Magantilliken achtete auf den nötigen Sicherheitsabstand, wusste seit der ersten Begegnung mit einem Metamorphosewesen, dass sie gut funktionierende Sinnesorgane besaßen. Er schritt die Front der aufgebrochenen Behälter ab. Der Gang war etwa zehn Meter breit. Er konnte also genügend Abstand zu den übereinander gestapelten Behältern halten, erreichte schließlich einen unbeleuchteten Zwischengang. Er hatte das unangenehme Gefühl, von unzähligen Augen beobachtet zu werden, sah und hörte aber nichts. Kein phosphoreszierendes Leuchten. Nicht einmal das gierige Atmen eines hungrigen Plasmamutanten.

Aber da war etwas. Magantilliken blieb stehen, war ratlos. Zwischen den hohen Gangwänden lag ein Mann, ein Arkonide. Seine Kombination war zerfetzt, die Arme wiesen schreckliche Wunden auf. Er lebte noch, kroch auf allen vieren vorwärts. *Warum haben mich die Wesen nicht attackiert?* Er konnte sich die Existenz des Bedauernswerten nicht erklären. Er unterdrückte den Impuls, dem Mann aufzuhelfen und ihm Fragen zu stellen. Hatte er mit den Veränderlichen gekämpft, war er gewiss nicht mehr bei Verstand, vielleicht sogar eine Gefahr.

Magantilliken ließ ihn näher herankriechen, ohne dass er auch nur einen Finger gerührt hätte. Wie in Zeitlupe hob der Fremde den Kopf. Der Vargane konnte immer noch nicht genau erkennen, was dem Mann eigentlich fehlte. Das schlohweiße Haar war verklebt, aus den Rissen der Kombination sickerte Blut. Aber irgendetwas stimmte nicht – und dann schrie der varganische Henker laut auf.

Der Fremde hatte kein Gesicht. Die schlohweißen Arkonidenhaare standen ihm knisternd nach allen Seiten ab. Elektrische Entladungen zuckten durch das Gespinst. Der Fremde hatte sich jetzt ganz aufgerichtet, war fast so groß wie Magantilliken. Die Kombination wurde anscheinend nur noch durch die schleimige Konsistenz des Körpers zusammengehalten.

»Wer bist du?«, fragte der Vargane. Unverständliche Laute drangen aus dem schwankenden Körper, wurden nicht von Stimmbändern verursacht. Zuerst klang es wie das zornige Zischen vieler Schlangen, die sich um ihr regloses Opfer geringelt hatten, dann wie das Schmoren elektrischer Verbindungen.

Die Stelle, an der Magantilliken ein Gesicht erwartet hatte, war grellweiß. Flammenspeere zuckten aus der leicht gewölbten Fläche und verbanden sich mit den grotesk nach allen Seiten abstehenden Haaren. Das Weiß veränderte sich langsam zu einem düsteren

Blau, ohne dass man die Konturen eines Gesichts erkennen konnte. Ein eigenartiger Zwang ging von der furchtbaren Gestalt aus, Impulse, die den Varganen zum Stillhalten veranlassen wollten. Sie waren so stark, dass sie ihn tatsächlich unentschlossen verharren ließen. Er war zuerst wie gebannt, dachte nicht mehr an seinen Strahler, dessen Feuerknopf er nur mit dem Daumen niederzudrücken brauchte. Der Anblick lahmte seine Entschlusskraft. Das ging so weit, dass er langsam an seinem Verstand zu zweifeln begann.

Plötzlich wurde es in den Behältern der Aktivierungskapseln lebendig. Das Grauen regte sich überall, wurde wach, als sei es von einem unhörbaren Befehl gerufen worden. Überall schoben sich gelbe, grünlich schimmernde oder rosafarbene Tentakel heraus. Oft waren es auch nur die leer gefressenen Hüllen des biogenetischen Materials, das in den Aktivierungskapseln auf seine Bestimmung gewartet hatte. Jetzt bildete es Trägerkörper. Die Metamorphosesubstanz brauchte offenbar neue Opfer, denn die Vorräte an Aktivierungskapseln waren größtenteils aufgezehrt worden.

Magantilliken wusste, dass ihn die Plasmamutanten als Opfer betrachteten. Er sollte das groteske Leben verlängern helfen, sträubte sich mit aller Kraft gegen diese furchtbare Vorstellung. Der gesichtlose Kopf war immer noch starr auf ihn gerichtet, die leuchtenden Impulse hatten sich auf einen gleichförmigen Rhythmus eingespielt. Das Pochen erlahmte, kam wieder und bohrte sich in sein Bewusstsein. Der Vargane schüttelte sich, musste mit ansehen, wie mannsgroße Raupen aus den Klappen der Kapselschächte krochen. Die Körper waren größtenteils zerfressen, unter ihrer Lederhaut pulsierte die Metamorphosesubstanz. An anderen Stellen schwappte grünlicher Organbrei aus den Behältern, ein ständiges Wogen und Fließen. Unterschiedliche Gestalten entstanden und vergingen wieder, nur in einem waren sich die Geschöpfe einig: in der Richtung.

Magantilliken blieb nur noch wenig Zeit. Die Kreaturen wurden von hinten angestrahlt und ausgeleuchtet, so dass er ihre Körper oft nur als Silhouetten wahrnahm. Er wollte sich nicht kampflos ergeben, seine einzige Chance bestand darin, dass er den Zwang brach. Er versuchte sich zu konzentrieren, zwang sich, das bläuliche Pulsieren des gesichtslosen Kopfes zu ignorieren, dachte an etwas anderes. Vor seinem geistigem Auge entstand das Bild Ischtars. Der varganische Henker konzentrierte sich auf sein Opfer. Ein psychologischer Trick, der ihn vielleicht von dem fremden Zwang befreien konnte. Er sah die Aufgabe, Ischtar hinzurichten, als einzigen Lebensinhalt vor sich. Die Konturen der lähmenden Gestalt verblassten.

Jetzt waren die Kreaturen bis auf fünf Meter an die beiden reglos dastehenden Gestalten herangekommen. Es schien, als ahnten sie, dass hier ein lautloses Duell ausgetragen wurde, kamen immer näher. Nun waren es nur noch vier Meter, die grotesken Körper bildeten einen Halbkreis, wölbten sich wie eine Mauer hoch, um das Opfer ja nicht entweichen zu lassen. Gierig vorgestreckte Fresstentakel erschienen, Saugnäpfe bildeten sich auf den grünen Breimassen, schillernde Pseudoaugen wuchsen auf den Wirtskörpern. Die Verwandlung der Plasmamutanten ging lautlos vonstatten, nur ab und zu klappte ein Deckel der Aktivierungskapseln auf, wenn sich ein Nachzügler an der Jagd beteiligen wollte.

Magantilliken konnte den Blick nicht von der blau strahlenden Gesichtsfläche wenden, fand sich damit ab, dass der Zwang seines Gegners stärker war. Aber er wollte sich nicht so lange bannen lassen, bis die Kreaturen ihn überrannt hatten. Das Bild Ischtars nahm für ihn plastische Formen an, ersetzte in seinem Bewusstsein die Gestalt des Gesichtslosen. Links und rechts wölbten sich die ersten Ausläufer der lebenden Mauer. Magantilliken wusste, dass er jetzt nur noch den Rücken frei hatte, wollte seiner Aufgabe als Henker treu bleiben, wollte Ischtar töten. Seine Rechte, die den Stabstrahler umklammert hielt, hob sich um wenige Zentimeter. Der Daumen spannte sich über dem Aktivierungsknopf.

Der Gesichtslose erkannte die Absicht, kam noch näher auf den Reglosen zu. *Wirf die Waffe weg! Wirf die Waffe weg!* Der Befehl hämmerte klar und deutlich durch sein Bewusstsein. Fast hätte er den Varganen dazu veranlasst, die bereits angehobene Waffe wegzuwerfen. Er sah Ischtar vor sich stehen, wollte seinen Auftrag jetzt sofort erledigen, um wieder in die Eisige Sphäre zurückkehren zu können. *Jetzt!*

Er hatte den Strahler in Schussposition gebracht. Jetzt nur noch schießen. Die Kreatur stand so dicht vor Magantilliken, dass die blaue Glut sein Gesicht beinahe verbrannt hätte. Noch bevor er feuern konnte, brach die Gestalt auseinander. Unzählige ölig leuchtende Organbällchen schwappten heraus, lösten die Kombination der Gestalt auf, irrlichterten stärker als zuvor. In Magantillikens Bewusstsein verblasste die Wunschprojektion Ischtars. Trotzdem berührte der Vargane den Abzug seines Strahlers. Die fauchende Glut bohrte sich in das Zentrum des hypnotischen Leuchtens. Entladungen brausten über die dicht aufgeschlossenen Wesen hinweg. Das schmerzgepeinigte Zischen war weithin zu vernehmen. Die Kreaturen standen genau vor und neben dem Varganen. Er durfte nicht mehr abwarten, bis der fremde Zwang völlig von seinem Bewusstsein gewichen war, musste sofort handeln, denn die Mauer der Metamorphosewesen wölbte sich über ihm und drohte herabzuschwappen.

Magantilliken schoss noch einmal. Der Strahl fraß sich zischend in das Protoplasma und stanzte ein schnell größer werdendes Loch hinein. Lautes Zischen und Heulen erklang. Er rollte sich nach hinten weg und kam blitzschnell wieder auf die Beine. Mit einem weiteren Schuss zerstrahlte er die Tentakel, die ihn am Davonspringen hindern wollten. *Ihr erwischt mich nicht!*

Sie wollten ihm den Weg abschneiden. Er wurde bis an die gegenüberliegende Gangwand gedrückt, hetzte an den herandrängenden Organmassen vorbei, schoss, sprang, schoss wieder. Ätzende Nebel standen in der Luft. Ein raupenförmiger Organbuckel rollte sich in seinen Weg. Er schoss und sprang darüber hinweg, Qualm nahm ihm den Atem, er strauchelte. Noch fünfhundert Meter bis zu den Toren. Ein Einzelner konnte hier nicht viel ausrichten. Es war ein Unternehmen, bei dem höchstens eine speziell dazu programmierte Robotergruppe eingesetzt werden konnte. Magantilliken musste Deck neunzehn so schnell wie möglich verlassen.

Er lief davon. Die Plasmamutanten, die sich ihm in den Weg stellten, lösten sich im Strahl seiner Energiewaffe auf. Die Flucht kam ihm endlos vor. Rechts glitt die fugenlose Wand beiseite. Er lief immer weiter, ohne sich nur ein einziges Mal umzudrehen, hielt erst inne, als er die Tore zu den Antigravschächten sah. Die Energieschirme erloschen kurzfristig und bauten sich dicht hinter ihm wieder auf. Ein paar Metamorphosewesen vergingen in den Gluten. Die Schirme trennten Deck neunzehn hermetisch von den anderen Räumen des varganischen Arsenals ab. Jetzt konnte Magantilliken an die Beseitigung der Kreaturen denken. Er wollte so wenig Zeit wie möglich damit verlieren.

»Deck neunzehn kann mit den vorhandenen Mitteln nicht gesäubert werden. Die organischen Substanzen haben sich nicht nur in den Behältern der Aktivierungskapseln angesiedelt, sondern sind in die Steuerungssysteme eingedrungen.«

Das Rechengehirn hatte die Lage analysiert. Magantilliken überlegte kurz. Dann tippte er seinen Befehl kurz entschlossen in das Hochrangpult ein, gab Deck neunzehn der Vernichtung preis. Die Positronik war auf einen solchen Fall vorbereitet, hätte selbst aber diesen Befehl niemals umsetzen können. Dazu war die autorisierte Bestätigung eines hoch stehenden Varganen notwendig.

»Orderbestätigung!«

Er machte ein ernstes Gesicht. Auch für ihn waren Aktivierungskapseln heilig. Aber er erteilte die gewünschte Bestätigung. Im gleichen Augenblick verschwand das Schaltsymbol der Positronik von den Bildschirmen. Aus verschiedenen Sichtwinkeln wurde der Zerstörungsprozess von Deck neunzehn eingeblendet. Er starrte gebannt auf die Bildschirme.

»Herauslösung von Deck neunzehn beendet«, erklang die Stimme der Positronik aus den Lautsprechern. Deck neunzehn war vom Gesamtkörper des Arsenals getrennt worden, der Bereich wurde von einem Schutzschirm umgeben. Nicht einmal ein Luftmolekül konnte daraus entweichen. Schwere Maschinen drückten das Deck aus der Kugelzelle, schoben es langsam in den Weltraum und stießen es ab. Während im Innern des Arsenals sofort Stützverstrebungen und Kabelverbindungen zu den übrigen Decks ergänzt wurden, trieb Deck neunzehn langsam durch den Kometenschweif, entfernte sich vom Arsenal, kam an den steuerlos durchs All treibenden Kugelraumschiffen vorbei und verschwand im Gewimmel der Asteroiden.

»Fusionsladungen zünden!«, befahl er. Kaum hatte er den Satz beendet, ging auf den Bildschirmen eine künstliche Sonne auf. Der Glutkern fraß sich lichtschnell durch das Deckfragment und löste es in seine atomaren Bestandteile auf. Die Gaswolke dehnte sich rasch aus. Von den Metamorphosewesen war nichts mehr übrig geblieben. Magantilliken atmete auf.

Die Archivanzeige verriet ihm, dass seit der Zeit der Varganen kein lebendes Wesen diesen Hangar betreten hatte. Er war gespannt, was er hier finden würde. Die Positronik hatte ihn lediglich auf

Räume hingewiesen, die nur autorisierten Varganen zugänglich waren. Augenblicke später erklang das Freisignal. Er konnte die Schwelle passieren, der Energieschirm erlosch seit Jahrtausenden zum ersten Mal. Magantilliken hatte das Gefühl, den Hauch der Vergangenheit zu spüren. Die Luft war frisch wie in den anderen Räumen auch. Trotzdem war die Atmosphäre ganz anders als in der Zentrale.

Das düstere Halbdunkel des Hangars erhellte sich. Aus indirekten Lichtquellen kam ein bläulicher Schimmer, der sich über den gesamten Raum ausbreitete. Langsam schälten sich die Konturen eines großen Geräts aus den Schatten. Der Vargane war nahe daran, die Fassung zu verlieren. »Ein Kardenmogher!«, stammelte er entgeistert. Außer der sechzig Meter langen Metallröhre befanden sich keine Maschinen im Saal. Der Kardenmogher war desaktiviert, sein Durchmesser betrug fünfzehn Meter. »Ein Kardenmogher!«, wiederholte er andächtig. »Damit kann ich alle Varganen finden.«

Ein Kardenmogher gehörte zu den faszinierendsten Entwicklungen des varganischen Volks. *Die Aktivierung ist nicht ungefährlich*, dachte der Henker. *Der kleinste Fehler kann zu einer Katastrophe führen. Ich wurde bis jetzt niemals in der Bedienung eines Kardenmoghers unterrichtet. Wer hätte auch schon gedacht, dass ich einmal eine solche Maschine einsetzen könnte!*

Die blaue Metallhülle des Kardenmoghers war unversehrt. Sie strahlte Vertrauen aus – Vertrauen in die Technik der Varganen.

»Aktivierung des Kardenmoghers vorbereiten«, funkte Magantilliken die Positronik an.

»Aktivierung des Kardenmoghers ist nur über die eingebauten Schaltmechanismen möglich.«

Er biss sich auf die Unterlippe. Das war sein erster Fehler gewesen. Hoffentlich blieb es sein einziger Fehler. Er hatte nicht gewusst, dass der Kardenmogher nur an Ort und Stelle mit der eingebauten Positronik gesteuert werden konnte. Etwa in Kopfhöhe öffnete sich eine Klappe. Vor ihm lag das Tastenfeld des Kardenmoghers. Im Innern der sechzig Meter langen Metallröhre summte es. Der varganische Henker zögerte noch, das Allzweckgerät einzuschalten, wusste, dass ein Kardenmogher als ultimative Waffe angewendet werden konnte, wusste, dass er damit ganze Planeten entvölkern konnte. Aber die Möglichkeiten des Geräts erschöpften sich nicht in vernichtenden Anwendungsbereichen. Ein Kardenmogher funktionierte durchaus auch konstruktiv, seine Aggregate waren geeignet, in kürzester Zeit ganze Städte schlüsselfertig aus dem Boden zu stampfen. Ein Kardenmogher ersetzte Kriegsflotten, Transportsysteme oder Verwaltungsapparaturen, konnte auch die Funktion des varganischen Henkers übernehmen, indem er anstelle Magantillikens selbst die noch lebenden Varganen aufspürte.

Magantilliken entschloss sich trotz der Risiken, die eine unsachgemäße Behandlung des Kardenmoghers mit sich brachten, zur Aktivierung des Allzweckroboters.

# *10.*

Aus: *Gedanken und Notizen*, Bauchaufschneider Fartuloon

*Dovreen der Weise sagte: Diese Kugel birgt Leben und Tod, Schrecken und Freude, Sieg und Niederlage. Dem Würdigen aber kann sie den Weg zum Stein der Weisen zeigen. Sie wird euch auf ihre besondere Art leiten, und der Stein der Weisen wird euch das ewige Leben schenken, wenn ihr alle eure Handlungen von Weisheit lenken lasst. Aber der Weg zum Stein der Weisen ist noch lang und führt über einen schmalen Grat, neben dem die Abgründe der Finsternis lauern.*

## *Die Alten*

Magantillikens Experimente im varganischen Arsenal übten einen nicht unbeträchtlichen Einfluss auf das gesamte System aus. Was zuerst zur Modifizierung der Suggestivträume der fünf Greise geführt hatte, wirkte sich nun auch auf die verschiedenen Satelliten und Stationen aus, die überall im Glaathan-System verstreut waren. Morgonol, Hectavor, Letron Parseener, Parvenool, Abrogal Mervin und das Vurgizzel Fremmjo saßen vorerst in der Falle. Das Brüllen erstickte im Fauchen der Blaster. Fremmjo zitterte am ganzen Körper. Seine Wehlaute steigerten sich zu einem typischen Vurgizzel-Heulen.

»Das Biest war sicherlich nicht allein. Haltet auf alle Fälle die Augen offen.« Hectavor blickte sich sichernd um. Das Zucken seiner Wangen verriet die starke Anspannung, unter der er stand.

Morgonol war pessimistisch, machte ein bedrücktes Gesicht. »Wie sollen wir jemals wieder nach draußen kommen? Oder meint ihr, dieser Dschungel lässt uns ungehindert entwischen, nachdem wir das Vieh getötet haben?«

Er sah nur ungern zu dem toten Wesen hin. Das Ding hätte eigentlich gar nicht leben dürfen. Es besaß Beine, mit denen es sich fortbewegen konnte. Beine war im Grunde geschmeichelt, denn die flachen, seetangähnlichen Gebilde waren nur mit einiger Phantasie als Beine zu bezeichnen.

»In seinen Adern pulsiert ein Pflanzenextrakt«, stellte Parvenool fest und verzog sein Greisengesicht zu einer Fratze. Er ekelte sich vor der Kreatur. Aus den Schusskanälen lief eine dunkelgrüne, zähflüssige Masse, die sofort im Boden versank.

»Seht euch das an.« Hectavor umrundete die Kreatur. Vor ihm versickerte der Pflanzensaft aus einer Wunde im Boden. An derselben Stelle hatten sich kleine Keime gebildet, die rasch größer wurden. »Das Ding ist nicht tot. Es kann sich nur nicht mehr bewegen. Sein Lebenssaft lässt sofort neue Keime wachsen. Seht doch, wie schnell das geht.«

Je mehr Saft aus dem Pflanzenleib floss, desto brüchiger wurde die Oberfläche, vertrocknete innerhalb kürzester Zeit. Das Wesen besaß einen kopfähnlichen Auswuchs, der sich wie eine große, überreife Fruchtkapsel auf seinem Leib wölbte. Die tierischen Laute, mit denen er die Greise erschreckt hatte, waren von Luftansaughöhlen erzeugt worden. Sein Metabolismus stellte für die arkonidischen Greise ein Rätsel dar. Da das Wesen vom Boden losgelöst laufen und kämpfen konnte, musste man es für ein Tier halten. Dem Aussehen nach war es jedoch pflanzlicher Natur. Während sie dastanden und die Verwandlung des Wesens verfolgten, sprossen die Keime fast hüfthoch empor.

Hectavor ahnte, dass sich die Kreaturen auf diese Weise ungeschlechtlich fortpflanzten, hatte jedoch nicht mit einer solchen Wachstumsgeschwindigkeit gerechnet. »Wir verschwinden, bevor die Keimlinge kampfbereit sind. Schätze, dass hier gleich der Gork los ist.«

Morgonol und Abrogal Mervin packten das quiekende Vurgizzel. Fremmjo hatte eine dickfleischige Frucht gepackt, krallte sich daran fest und ließ seine Beute auch dann nicht los, als die beiden Greise losrannten. Der Dschungel bildete eine schweigende Mauer, die Pflanzen hatten sich in kürzester Zeit auf eine Offensivtaktik eingestellt, die den Männern das Vorwärtskommen enorm erschwerte. Dornige Äste stellten sich ihnen in den Weg, in Hüfthöhe verschränkten sich Schlingpflanzen zu wippenden Matten. Das Laufen wurde immer schwerer.

»Der Dschungel behandelt uns wie unerwünschte Eindringlinge«, knurrte Hectavor heiser.

Abrogal Mervin ließ Parvenool das Vurgizzel weitertragen, machte ein zweifelndes Gesicht. »Das heißt also, dass dieser Dschungel Intelligenz besitzt? Hältst du mich für so verkalkt, dass ich an dieses Märchen glaube?«

»Das ist keine Frage der Verkalkung. Ist dir nicht aufgefallen, dass uns die Pflanzen in eine ganz bestimmte Richtung abdrängen wollen?«

Abrogal zuckte die Achseln, ihm war das Ganze unheimlich. Er wollte schleunigst wieder in das Beiboot zurück.

»Ist das nicht die falsche Richtung?«, schrie Parvenool.

Hectavor blieb einen Augenblick stehen. Es sah überall gleich aus. Die Schlingpflanzen versperrten ihnen sogar die Sicht auf die Kuppel, so dass sie ihren Standort nicht lokalisieren konnten. »Egal, welche Richtung wir nehmen … Hauptsache, wir rennen nicht im Kreis.« Sein Blaster musste mehrmals in Aktion treten. Zischend verbrannten die breiten Pflanzenstränge, weißlicher Qualm wälzte sich über den Boden. Als Hectavor erneut zum Schuss ansetzte, zuckten die Pflanzenmatten blitzschnell zurück, es klang wie ein Peitschenknall. »Also sind die Gewächse doch vernunftbegabt. Sie haben gemerkt, dass ich sie vernichten kann.«

Parvenool schüttelte ungläubig den Kopf. Hectavors Erklärung für das Verhalten der Pflanzen erschien ihm zu phantastisch. Hectavor trieb sie zu einer schnelleren Gangart an. Sie liefen jetzt durch eine schmale Gasse, die von den zurückweichenden Gewächsen gebildet wurde, und kamen überraschend gut vorwärts. Irgendwo raschelte etwas.

»Halt!« Hectavor packte das Vurgizzel im Pelz. Das Tier verstummte augenblicklich. Die anderen lauschten in die Runde.

»Nichts zu hören.« Parvenool bohrte sich demonstrativ in den Ohren. »Kann natürlich auch sein, dass ich halb taub bin.«

Irgendwo knackte das Unterholz. Es hörte sich an, als würden Pfade durch den Dschungel geschlagen. Die Alten sahen sich fragend an. Fremmjo zog die ihm noch verbliebenen Haare kraus. Es spürte, dass etwas nicht in Ordnung war.

»Weiter!« Sie folgten Hectavor. Die Gasse durch das verfilzte Pflanzengewirr existierte noch immer. War der Dschungel wirklich vernunftbegabt, würde er auch anderen eine Gasse öffnen. Parvenool fühlte sich immer ungemütlicher in seiner Haut, sah sich mehrmals um. Außer der dunkelgrünen Wand konnte er nichts erkennen, doch dann tauchten schwankende Gestalten auf.

»Hinter uns …« Parvenool zitterte am ganzen Leib, verlor seine Kauplatte aus Gussplastik, als er entsetzt aufschrie und zu den herannahenden Kreaturen deutete. »Das sind die Keimlinge des großen Pflanzenwesens. Sie wollen bestimmt den Tod ihres Erzeugers rächen.«

Der Dschungel machte den Geschöpfen bereitwillig Platz. Sie waren etwa mannshoch und wesentlich gewandter als die große Kreatur, die jetzt vertrocknet am Waldboden lag. Der Dschungel versuchte die Greise wieder mit seinen Dornenranken zu umschließen. Hectavor wartete nicht lange, sondern riss den Abzug seines Blasters durch. Er bestrich eine breite Dschungelfläche und hörte nicht eher auf, bis der Griff heiß wurde.

»Sie bleiben stehen! Wir haben gewonnen.«

Hectavor teilte Parvenools Optimismus nicht. Seinen Beobachtungen zufolge reagierte der Dschungel nur kurzfristig auf Außenreize. Die Wirkung seiner Blasterschüsse würde also nicht lange anhalten. »Nutzen wir die Verwirrung der Pflanzen. Weiter … immer weiter, bis zur Außenwand.«

Der Boden wippte unter ihren Füßen. Sie hatten keine Schwierigkeiten beim Laufen, solange ihnen die Gewächse keine Hindernisse in den Weg legten. Der Gang durch das Unterholz machte einen Knick. Hectavor scheute sich davor, blindlings weiterzulaufen, wurde das Gefühl nicht los, dass ihn die Gewächse in diese Richtung drängen wollten. Hinter ihnen hatten die schwankenden Gestalten aufgeschlossen, ragten in etwa hundert Metern Entfernung aus dem Buschwerk. Augen oder ähnliche Sinnesorgane waren nicht zu erkennen, dafür öffneten sie regelmäßig die Luftansauglöcher am »Kragen« ihres kopfähnlichen Gebildes. Die Laute, die dabei erzeugt wurden, klangen pfeifend und gurrend. Vor ihnen wurde es hell.

»Könnte einer von den Wärmestrahlern sein. Sollte man abschalten«, murmelte Hectavor. »Der Dschungel sprießt für meinen Geschmack viel zu üppig.«

Sie konnten nicht lange an einer Stelle verharren. Trotz der Drohung durch Hectavors Blaster kamen die aufrecht stelzenden Pflanzenwesen immer näher heran. Aus ihren Körpern schlängelten sich elastische Stränge, die in faustgroßen Kugeln endeten. Jetzt schwangen sie die Stränge wie Seile über sich, begannen zu kreisen. Immer schneller, bis sie sirrende Töne von sich gaben.

Abrogal Mervin wusste, was jetzt kommen würde. »Die wollen uns einfangen.«

Ein Pflanzenstrang schnellte durch die Luft. Die schwere Kugel riss ihn vorwärts. Parvenool duckte sich instinktiv. Bei seinem Alter hätte man solche Reaktionsgeschwindigkeit eigentlich nicht erwartet. Der Strang erwischte Fremmjo, das Vurgizzel quiekte entsetzt. Das elastische Fangseil wickelte sich mehrmals um den Tierkörper und presste sich fest an den Pelz. Bevor die Greise zupacken konnten, hatte der Strang das hilflose Tier ins Unterholz gezerrt.

»Wir können Fremmjo nicht im Stich lassen.« Hectavor zielte sorgfältig. Seine Augen tränten vor Anstrengung. Der Glutstrahl löste das Pflanzenwesen vollständig auf. Der Strang, der Fremmjo entführen wollte, blieb schlaff im Unterholz liegen. »Passt auf, dass die Biester uns nicht von der Seite schnappen.«

Hectavor wagte sich bis auf zehn Meter an die reglos dastehenden Gegner heran und löste hastig den klebrigen Strang von Fremmjos Körper. Das Vurgizzel wimmerte auf, als der Greis damit fertig war. Der Rückzug war dann eine Angelegenheit von wenigen Augenblicken. Die Wesen hatten keine weitere Attacke gestartet, verhielten sich jetzt passiv.

»Das hält bestimmt nicht lange an«, vermutete Parvenool.

»Dann wagen wir uns weiter«, sagte Hectavor. Das Licht an der Abzweigung des Pflanzenpfades leuchtete geheimnisvoll. Als die Greise nahe genug herangekommen waren, hörten sie die Stimmen.

Parvenool fasste sich zweifelnd an den Kopf. »Bin ich verrückt geworden, oder hört ihr das auch?«

Abrogal und Morgonol nickten beifällig. »Das sind viele Stimmen. Aber sie … sie sind in meinem Kopf!«, rief Letron. »Ich höre sie nicht mit den Ohren, sondern direkt in meinen Gedanken. Viele Stimmen.«

»Gedankenstimmen?« Hectavor lehnte schwer atmend an einem breiten Baumstamm und schloss die Augen. Im gleichen Augenblick bog sich ein Ast herunter und umschloss seinen Hals. Er stieß einen Schmerzensschrei aus, der Ast drückte ihm die Luft ab. »Helft mir … ich ersticke!« Er ließ den Blaster fallen, hing schlaff im Würgegriff des Baumes. Der Ast zog sich wie eine Schlinge zu. »Er … bricht mir das Genick.«

Seine Worte gingen in ein Gurgeln über. Letron spaltete den Baum mit einem Blasterschuss. Das zuckende Gewächs ließ Hectavor langsam los. Der Alte kam schwankend wieder hoch. Eine ölige Fläche stoppte die Flucht der Arkoniden. Das Vurgizzel drückte sich an Hectavors Brust, empfing wie die Alten eine geheimnisvolle Aura, die von der Lichtung ausging. Genau in diesem Augenblick verstummte das Zischen der vorwärts drängenden Pflanzen. Der Dschungel stand wieder starr und reglos da wie zu Beginn ihrer Wanderung. Plötzlich weiteten sich Hectavors Augen vor Erstaunen. »Dort. Raumanzüge!«

Die völlig ebene Stelle im Dschungel wurde von etwa fünfzig kleinen Raumanzügen begrenzt, die allem Anschein nach unbeschädigt waren. »Fremde Raumfahrer! Sind sie tot?«

Letron machte vorsichtig ein paar Schritte auf die nächstliegenden Anzüge zu, streckte die Hand aus, zuckte aber zurück, wie von einem elektrischen Schlag getroffen. »Die merken, dass wir hier sind.«

»Was hast du denn sonst gedacht?«, spöttelte Abrogal. Die Raumanzüge hatten ihre Position nicht verändert. Also wünschten die Fremden keine Kontaktaufnahme. Da der Dschungel keine weiteren Angriffe startete, mussten sich die Fremden irgendwie mit der Pflanzenwelt arrangiert haben.

»Das sind keine Arkoniden. Dafür sind sie viel zu klein«, murmelte Morgonol. Das Vurgizzel stand bebend zwischen den Männern und winselte, seine haarlosen Hautflecken hatten sich gerötet. »Sie starren uns an!«

Hectavor atmete tief durch. Wünschten die Fremden von sich aus keinen Versuch zur Kontaktaufnahme, wollte er wenigstens Klarheit schaffen. Er bückte sich und stöhnte unterdrückt auf. »Verfluchte Bandscheiben. Man wird älter …« Ein Blitz ließ den Greis verstummen. Wimmernd sank er in sich zusammen, erlitt scheußliche Schmerzen. Seine Wange blutete.

»Was war das?« Letron Parseener ergriff Morgonols Arm. Er hatte den Ernst der Lage erkannt und wollte seinen Freund vor unüberlegten Handlungen bewahren. »Er wurde geschockt. Aber frage mich nicht, von wem. Ich weiß nur, dass es passiert ist, mehr nicht. Da müssten wir ihn schon selbst fragen. Leider kann er nicht sprechen. Wird eine Zeit lang dauern, bis er wieder bei Kräften ist.«

In Morgonols Augen stand nacktes Entsetzen, er hatte erbärmliche Angst. Die kleinen, kaum anderthalb Meter großen Raumanzüge flößten ihm Angst ein. Er konnte nicht durch die dunkel getönten Sichtscheiben sehen. Die Fremden wollten allem Anschein nach unerkannt bleiben. Im gleichen Augenblick lösten sich schillernde Blasen vom Boden, schwebten langsam hoch und verharrten reglos.

»Das … das ist ja gar kein fester Boden«, stammelte Morgonol fassungslos. »Irgendeine zähflüssige Substanz. Die hätte uns glatt verschlungen, wären wir weitergegangen. Sieht wie Sumpf aus.«

Ein Netzwerk blutroter Adern tauchte aus der Tiefe auf. Die gesamte Fläche überzog sich damit, dehnte sich wie bei einem Atemzug aus und versank wieder, weitere Blasen stiegen hoch, berührten die anderen und zerplatzten der Reihe nach. Ein fauliger Geruch breitete sich aus.

»Schwefelwasserstoff«, murmelte Letron Parseener.

»Du mit deinen Analysen«, brauste Morgonol auf. »Sag mir lieber, wie es jetzt weitergehen soll. Hectavor kann sich nicht bewegen. Fremmjo muss geschleppt werden. Ich drehe langsam durch. Warum mussten wir auch unbedingt in diese Station eindringen?«

Letron antwortete nicht. Er hatte selbst genug mit sich zu tun. Es fehlte nicht viel, und er hätte sich kopfüber in den Sumpf gestürzt. »Wären wir doch bloß auf unserem Asteroiden geblieben.«

Während sie noch miteinander darüber stritten, ob sie weiter nach dem Ausgang suchen sollten oder ob sie die Fremden in ihren Raumanzügen zu einer Reaktion zwingen konnten, geschah etwas

Seltsames: Hectavor lag starr auf dem Rücken, hielt die Augen krampfhaft geschlossen. Die Schramme an der Wange hatte aufgehört zu bluten, er atmete kaum. Jetzt zuckten die Finger seiner rechten Hand, es war, als versuchte ein Fremder, die Gliedmaßen des Arkoniden zu bewegen. Die Hand winkelte sich an, kam höher.

»Was soll das?«, schrie Morgonol.

Hectavors Arm bewegte sich, als müsse er eine schwere Last heben. Dann streckte er wie in Zeitlupe seine Hand aus. Alle waren wie gebannt. Er öffnete den Mund. »Die Reisenden von Klangoon begrüßen euch.«

Sein Stimme klang fremdartig, irgendwie verzerrt, als würden mehrere Stimmen aus seinem Mund dringen.

»Was sollen die üblen Scherze? Steh auf und lass uns von hier verschwinden.« Statt einer Antwort wurden die Sichtscheiben der Raumanzüge transparent. Letron Parseener stöhnte unterdrückt. »Das … sind ja alles Skelette.«

Er hatte sich nicht getäuscht. In den Raumanzügen steckten die Überreste von gestrandeten Raumfahrern, alle tot. Gestorben auf der Gewächshausstation, die seit Urzeiten durch das Glaathan-System trieb. Aber waren sie wirklich gestorben? Hectavor öffnete erneut den Mund. Die Stimmen, die aus seiner Kehle drangen, hatten einen schrillen Klang angenommen. »Wir sind nicht tot! Reisende von Klangoon sterben niemals. Nichtswürdiger!«

»Was bedeutet Klangoon?« Letron wusste jetzt, dass eine fremde Macht Besitz von seinem Freund ergriffen hatte. Von selbst wäre Hectavor niemals auf solche abstrusen Formulierungen gekommen.

»Was? Ihr kennt Klangoon nicht? Allein eure frevlerische Unwissenheit hat eine Bestrafung verdient. Aber ihr werdet früh genug im Würgegriff des Dschungels sterben. Vorher sollt ihr erfahren, wer eure Henker sind.«

»Die Reisenden von Klangoon, wenn ich mich nicht täusche.«

»Ganz recht, Organischer.«

Letron Parseener sah seine Freunde durchdringend an. Sein Blick sollte so viel bedeuten wie: *Spielt alle Tricks aus, die ihr kennt, damit wir uns retten können.* »Wie habt ihr meinen Freund kampfunfähig gemacht?«

Die Antwort kam sofort. »Bündelung paranormaler Impulse. Aber das dürfte für Kreaturen von eurem Schlage zu hoch sein. Ihr kämpft nur mit primitiven Strahlenwaffen. Dieses Stadium haben wir Reisenden von Klangoon längst überwunden. Wir verachten euch!«

Letron war fest entschlossen, seine ganze Gewitztheit einzusetzen, ahnte, dass die Fremden nicht unbesiegbar waren, sondern vor allem sehr von sich eingenommen zu sein schienen. Er erinnerte sich an den Ausbruch aus dem Raumgefängnis. Damals hatte er einen wachhabenden Naat bis aufs Blut gereizt. Warum sollte er diese Taktik nicht auch hier anwenden? Er fiel Hectavor ins Wort. Die Fremden übermittelten zornige Laute. »Sieht aus, als hätte es euch böse erwischt, meine Lieben. Eure morschen Knochen sind höchstens noch zum Düngen des Dschungels zu gebrauchen.«

Das wirkte. Die bleiern wirkende Fläche der Dschungellichtung wölbte sich ruckhaft hoch. Die blutroten Adern kamen wieder zum Vorschein, verkrampften sich und sonderten übel riechende Gasbläschen ab. Der faulige Gestank wurde langsam unerträglich.

»Sucht ihr etwa den Reiseleiter? Wie wäre es mit mir, meine lieben Klack-Klongs?« Hectavors Körper wurde von Krämpfen geschüttelt. Letron hatte plötzlich Angst. Es war denkbar, dass die Fremden zuerst Hectavor töteten und dann über sie herfielen. Noch zögerte er. Sobald es so weit war, musste er blitzschnell handeln. Schneller jedenfalls als die Fremden, die nur ihren paranormalen Schockstrahl auszusenden brauchten. Wie schnell das ging, hatte er bei Hectavor mitbekommen. »Hat es euch die Sprache verschlagen, werte Reisende?«

Morgonol wagte einen scheuen Seitenblick, kniff die Lippen zusammen und schüttelte den Kopf. Fast so, als wollte er sagen: *Du bist verrückt geworden. Musst du unsere Henker unbedingt herausfordern?*

Hectavors Stimme steigerte sich zu einem hysterischen Kreischen. Die Fremden, die sich als »Reisende von Klangoon« bezeichneten, konnten jeden Augenblick die Schockenergie abstrahlen. Sie benutzten Hectavors Körper weiter dazu, um ihrer aufgestauten Aggression Luft zu machen. Dabei verzichteten sie darauf, die Gliedmaßen des Geschockten für ihre gespenstische Kommunikation zu benutzen. Hectavor lag reglos am Boden, nur sein Mund spie die Schimpftiraden aus. »Wir, die ehrwürdigen Reisenden von Klangoon, haben die Galaxis durchquert. Es gibt keinen Planeten, den wir nicht gesehen haben, denn wir sind unsterblich.

Wir lassen uns nicht von so erbärmlichen Kreaturen, wie ihr es seid, beleidigen.«

Letrons wartete weiterhin. Die Fremden mussten noch zorniger werden, das würde ihre Aufmerksamkeit auf ein Minimum reduzieren. »Wollt ihr nicht einen kleinen Ausflug mit uns ins All machen? Vielleicht einen kleinen Abstecher zum Kometen?«

Er ahnte, dass die Fremden an jene bleierne Substanz gebunden waren, die den Raum der Dschungellichtung bedeckte. Sie konnten nie wieder ins All starten, ihre Pflanzensymbiose nie wieder aufgeben. *Anscheinend stellt die schleimige Fläche so etwas wie ein Herz dar,* mutmaßte Letron. *Vielleicht ist es das Herz des Symbionten, der die Körper aus den Raumanzügen assimiliert hat.* Und Herzen waren schon immer verwundbar. Wie lange er das Psychospiel noch durchhalten konnte, wusste er nicht. Sein gealterter Organismus war für solche Anstrengungen nicht mehr geeignet, er fühlte es schmerzhaft unter den Brustplatten pochen. *Wenn ich schon dabei draufgehen soll, seid ihr mit dran*, durchzuckte es den greisen Arkoniden. Er entspannte sich. Seine Hand umkrampfte den Blaster. *Lange hätte ich sowieso nicht mehr gelebt.*

»Wir verwandeln euch in Pflanzen«, tönte es aus Hectavors Mund. »Dann könnt ihr eure geistige Essenz in den Teich unserer Symbiose abgeben. Ihr werdet bis in alle Ewigkeit unsere Sklaven sein. Gegen die Reisenden von Klangoon lehnt sich keiner ungestraft auf.«

Letron riss den Abzug durch. Der Glutfächer brandete in die bleigraue Substanz, fraß sich zischend in die Tiefe und zerstörte das Herz des Symbionten, bevor die anderen überhaupt wussten, was geschehen war. Die Fremden reagierten zu spät, emittierten noch einen schwachen Schockstrahl. Aber der konnte den Arkoniden nichts mehr anhaben. Sie empfanden nur ein unangenehmes Kribbeln und Brennen auf der Haut. Aber das waren sie ja von ihrer Traumstation her gewohnt gewesen.

»Schnappt euch Hectavor! Ich übernehme Fremmjo.« Letron brauchte seine Freunde nicht extra aufzufordern. Jede Resignation war von ihnen abgefallen, sie waren nun wieder die Ausbrecher von Torren-Box. Sie verschwendeten keinen Blick mehr auf die Raumanzüge. Die bleigraue Masse war größtenteils verbrannt, schwärzlicher Qualm stand über den verschmorenden Resten. Es zischte und stank erbärmlich. »Passt auf, dass euch die Pflanzenkreaturen nicht zu guter Letzt erwischen.«

Letron wuchtete das Vurgizzel hoch. Fremmjo ließ alles mit sich geschehen, machte seinem Träger keine Schwierigkeiten. Morgonol und Parvenool schleppten den bewusstlosen Hectavor, keuchten vor Anstrengung. Aber sie wollten ihren Freund nicht im Stich lassen. Hectavor hatte die Prozedur anscheinend besser überstanden als erwartet, blinzelte erstaunt. Er wollte etwas sagen, aber seine Stimme versagte ihm noch den Dienst. Die Pflanzenwesen tasteten zwar noch instinktiv nach den Arkoniden, aber ihre Angriffe waren ziel- und kraftlos. Abrogal deutete das Knirschen richtig. Als Techniker der Gruppe hatte er ein Gespür für das Funktionieren maschineller Einrichtungen. »Die Druckkuppel bricht auseinander!«

»Was?«, entfuhr es Parvenool. »Das bedeutet, dass die Atemluft explosionsartig ins All entweicht.«

»Genau.«

Waren sie bis dahin nicht in der Schleuse, würden sie zerfetzt werden. Zumindest konnten sie von der entweichenden Atemluft weit hinaus ins All gerissen werden. Da war es schon gnädiger, wenn ihnen jetzt gleich die explosive Dekompression die Lungen aus dem Leib riss. »Schließt eure Raumanzüge!«, befahl Letron. »Und vergesst Hectavor und das Vurgizzel nicht.«

Mit dem Dschungel ging eine erschreckende Veränderung vor sich. Während der wenigen Augenblicke, die sie zum Schließen der Raumanzüge benötigten – bei Fremmjo dauerte es ein Weilchen länger –, verfärbten sich die Blätter von Dunkelgrün in ein mehliges Gelb. Die Schlingpflanzen wanden sich wie gefangene Reptilien umeinander. Ein Blätterregen ging über die Arkoniden nieder.

»Die Kuppel!«, schrien sie fast wie aus einem Mund. Über ihnen wölbte sich die durchsichtige Schutzhaut der Dschungelstation. Das Knirschen des überbeanspruchten Materials war allgegenwärtig. Irgendwo riss eine Überladung die Seitenfläche auf. Ein zerfasertes Netz von Rissen überzog die Kuppel. »Die Klimageräte geben ihren Geist auf. Das kann doch unmöglich vom Ende des Symbionten verursacht worden sein.«

»Darüber mache ich mir jetzt keine Gedanken. Ich will mit heiler Haut hier raus.« Letron kannte ihre Chancen. Und die waren ziemlich gering. Sie sahen zwar die Kuppel über sich, aber es waren noch ein paar hundert Meter bis zur Außenwand. Je weiter sich der Dschungel entlaubte, desto besser konnten sie sich orientieren. »Hier rüber. Die Schleuse liegt weiter rechts.«

Hectavor konnte nicht laufen, behinderte seine Freunde stark. »Lasst mich zurück – wegen mir soll keiner umkommen.«

Ohne den Freund abzusetzen, schleppten Morgonol und Parvenool den Geschockten weiter, gaben ihr Letztes. Es war erstaunlich, welche Zähigkeit in ihren ausgemergelten Körpern steckte. Jetzt löste sich ein breites Kuppelsegment aus der Decke. Die entweichende Atemluft riss das Stück weit ins All. Aggregate arbeiteten nicht mehr regelmäßig, an mehreren Stellen schwebten schwere Baumstämme. Bald würde nirgendwo mehr die künstliche Schwerkraft anzutreffen sein. In dem Augenblick, als Weltraumbedingungen in der Kuppel herrschten und die gesamte Kuppelfläche zersplitterte, erreichten sie die Schleusenkammer, handelten schnell, präzise und wortlos. Wie damals, als sie aus Torren-Box geflohen waren.

Ein kräftiger Stoß, Hectavor schwebte aus der Schleusenkammer. Das äußere Tor hatte sich aus der Verankerung gelöst. Die weit entfernten Sterne glitzerten wie Diamanten auf einem schwarzen Samttuch. Parvenool musste kurz gegen Brechreiz ankämpfen. Morgonol nahm sich Hectavors an; es war, als würde er eine Gliederpuppe in die richtige Richtung dirigieren. Aus ihren Helmempfängern kam das Quieken Fremmjos. Sie waren im allerletzten Augenblick aus der Station herausgekommen. Ein kurzer Seitenblick genügte, um ihnen den Ernst der Lage zu verdeutlichen. Überall trieben die glitzernden Fragmente der Kuppel vorüber. Bruchstücke, die sich wie Vibratormesser durch ihre Anzüge bohren konnten.

Parvenool zerrte Fremmjo in die Schleuse des Kugelraumers. »Alle beisammen?«

»Scheint so«, kam es aus ihren Empfängern. Kurz darauf startete Parvenool mit Höchstgeschwindigkeit.

Die Instrumentenanzeigen spielten plötzlich verrückt. Anzeigen vermittelten Wahnsinnswerte, plötzlich ansteigende Strahlungswerte sanken wie durch Geisterhand weggewischt wieder ab. Hyperimpulse von extremer Intensität zuckten über den Ortungsschirm. »Das gibt es doch gar nicht. Sieht aus, als sei die Kriegsflotte des Großen Imperiums aus dem Hyperraum gekommen.«

Parvenool zwängte sich an Fremmjo vorbei und rief noch einmal die Messwerte der letzten Tonta vom Bordrechner ab. »Das energetische Chaos stammt von Energiequellen, die durchschnittlich hundertzehntausend Kilometer von uns entfernt sind.«

»Die Kuppelstation?«

»Nein.« Parvenool war sich ganz sicher, dass etwas ganz anderes im Glaathan-System Unruhe stiftete. Eine Kraft, die auch am Ende ihrer Traumstation schuld war. »Von der Dschungelstation ist kaum war übrig geblieben.«

Die Bildschirmeinblendung bestätigte Parvenool. Die Basis der Gewächsplattform trieb steuerlos durchs All. Immer wieder lösten sich Aggregatteile heraus, rasten davon und wurden von Meteoritenschwärmen zerfetzt. Einige Maschinen gaben in Entladungen ihre Restenergie ab. Die scharfkantigen Kuppelsplitter waren längst verschwunden. Sie würden noch in Jahrmillionen durchs Glaathan-System treiben, wurden sie nicht vorher vom Glutodem der Sonne vergast.

»Woher stammen denn nun deine Geisterimpulse?«, wollte Morgonol wissen.

»Geduld, mein Lieber. Die Messwerte weisen auf verschiedene Strahlungsquellen an. Es kommen laufend weitere hinzu, aber auch eine Menge Störfaktoren.«

Der Rechner ermittelte schließlich aufgrund der Interpolation aller Messwerte das ungefähre Zentrum der Strahlungsquellen. Als das Ergebnis eingeblendet wurde, fiel es den Männern wie Schuppen von den Augen.

»Darauf hätten wir auch gleich kommen können«, murmelte Hectavor gepresst. Er konnte sich zwar immer noch nicht bewegen, aber mit der Unterhaltung klappte es schon ganz gut.

»Natürlich. Wir waren mit Atlan zusammen dort. Diese riesige Kugel im Kometenschweif! War mir damals schon nicht ganz geheuer.«

»Dem Ding haben wir es zu verdanken, dass unsere Träume nicht mehr funktionieren. Es verändert die Emissionen des Kometen.« Parvenool justierte die Bildschirmeinstellung. Wenig später erschien der Komet auf dem Schirm. Der strahlende Schweif war noch etwa hunderttausend Kilometer entfernt. An seinen Rändern blitzte es immer wieder auf. Materiebrocken schienen in der flammenden Glut zu verbrennen. Aber die Entladungen erinnerten eher an das Aufflammen von Korrekturtriebwerken. Wer jedoch sollte sich im Kometenschweif herumtreiben?

»Wollten wir nicht sowieso zum Kometen fliegen?«, fragte Hectavor. »Langsam habe ich mich an den Gedanken gewöhnt, den Rest meiner Tage bei Atlan verbringen zu müssen. Wäre schlimm, würde uns jetzt einer einen Strich durch die Rechnung machen.«

Ächzend kam er in dem Kontursessel hoch, hatte die Befürchtungen der anderen ausgesprochen. Keiner kannte die Ursache für die energetischen Veränderungen im Glaathan-System. Die Glut des Kometenschweifs verbarg das unheimliche Geschehen vor ihren Augen.

# *11.*

Aus: *Sektion Mascant Tokoontlameer (14.604 bis 19.018 da Ark)*; Text auf einem archaischen Horimadpanzer-Segment; aufbewahrt in den Hallen der Geschichte, Kristallpalast, Arkon I

*Der Hyperraum ist als n-dimensional übergeordnetes Kontinuum definiert; seine Struktur entzieht sich jeder anschaulichen Beschreibung, was in der Natur der Sache liegt. Formalistisch abgeleitete Modelle bleiben trotz ihres holistisch-ganzheitlichen Charakters Simulationen.*

*Verbundenheit von allem mit allem; Ganzheiten, mächtiger als die Summe ihrer Einzelteile; Aufhebung von Subjekt-Objekt-Trennungen; Transzendierung der konventionellen Betrachtungsweisen von Informationsübermittlung; Universalstrukturen bekannter 4-D-Metrik und -Symmetrie, sequenziell kombiniert und eingebettet in den Hyperraum, dessen Wesen das eines umfassenden ALLES-JETZT ist … wie auch immer!*

*Uns Gijahthrakos ist eine erweiterte Zustandsform zu eigen, die nicht der üblichen materiellen Bewusstseinszentrierung entspricht. Wenn wir die Letzte Grenze überschreiten, ist es nicht das Ende, sondern die Einheit. Eine Schneeflocke, höchst ästhetisch strukturiert, bleibt Wasser, auch wenn sie verdunstet. Mein Entschluss steht fest; die Umstände machen es erforderlich, die Letzte Grenze zu überschreiten …*

Ergänzung Hemmar Ta-Khalloup, Imperialer Archivar und Historiker: *Mascant Tokoontlameer hatte fünf Tontas nach seinem Be-*

*fehl, im Attam-System Gravitationsbomben einzusetzen, deren Wirkung den neunten Planeten vernichtete, das Gesuch des unverzüglichen Rücktritts eingereicht; Imperator Gonozal VIII. nahm, soeben vor Ort eingetroffen, schweren Herzens an. Der Gijahthrako wurde kurz darauf als matte Tetraederform entdeckt, weil sein Sphärenschiff abrupt erlosch, sich spurlos auflöste – denn er hatte auf Art seines Volkes seinem Leben ein Ende gesetzt. Die hierbei freigesetzte transzendentale Kraft, in mehr als vier Jahrtausenden Lebenszeit zu einem gewaltigen Potenzial angespeichert, durcheilte als unmittelbare Kugelwelle das Attam-System; paranormal-transpersonale Kräfte stemmten sich den entfesselten Naturgewalten entgegen – und reduzierten sie abrupt auf normales Maß …*

*Tokoons Tod erinnert an Moraht-Them, der als einer der großen Philosophen und Dichter Arkons gilt. In seinem kurzen Leben hatte er fünf Bücher geschrieben, die als die berühmten Fünf Bücher des kristallenen Wassers in die Geschichte eingingen. Im Jahr 10.482 da Ark hatte der damals Vierundzwanzigjährige die Sicherheitsautomatik seines Wohnkelches ausgeschaltet und sich von der Dachterrasse in die Tiefe gestürzt. Im Nachruf hatte es geheißen: »Er hat den Sinn seiner Existenz in einem großen, schöpferischen Akt ausgelebt!«*

*Und später schrieben die Literaturhistoriker in seltsamer Einigkeit: »Der Sinn seines Lebens bestand nicht im Leben selbst, sondern in der Vorbereitung auf den Tod. Er wollte durch den Tod eine höhere Existenzebene erreichen – ähnlich einem Quantensprung. Die dazu benötigte Energie erlangte er durch die Aufgabe seiner materiellen Existenz.«*

*Fast in ähnlichem Sinne äußerte sich Tokoon. Die dem Horimadpanzer-Segment aufgeprägte blutrote Kristallschrift stammt zweifellos von Absonderungen seines Tetraeder-Originalleibs …*

## *Magantilliken*

Fasziniert verfolgte Magantilliken den Weg des Kardenmoghers. Die sechzig Meter lange Metallröhre glitt lautlos auf einem Prallfeld in den Ausschleusungsschacht, hielt für wenige Augenblicke an. Von ihrem Heck klappten zehn Seitenstäbe ab, die sich mit den dafür vorgesehenen Kontakten im Schacht verbanden. Der Kardenmogher ergänzte seinen Energiebedarf, gleichzeitig tauschte die Positronik wichtige Informationen mit dem Steuergehirn des Arsenals aus.

Der Vargane lächelte zufrieden. Diese Maschine würde ihm Ischtar liefern. Und Atlan dazu, sollte es nötig sein. Die automatische Aufzeichnung des Arsenals hatte ihm wichtige Hinweise vermittelt. Jetzt wurden alle Daten in den Kardenmogher programmiert. War dieser genial konstruierte Roboter erst einmal im Weltraum, würde ihn keine Macht der Galaxis mehr von seinem Vorhaben abbringen. Mit der Sturheit einer Maschine würde er die letzten Varganen hetzen.

Magantillikens Gedanken eilten dem Geschehen voraus. Im Geiste sah er sich schon an Bord seines Doppelpyramidenschiffs. Er brauchte dem Kardenmogher nur zu folgen, Spuren gab es genügend. Die Kombinationen, Auswertungen und Schlussfolgerungen würden jedes Mal das Ende eines Varganen bedeuten. Der Kardenmogher löste sich wieder von den Informationskontakten. Magantilliken überzeugte sich davon, dass die Funkverbindung zwischen ihm und dem Roboter bestand.

»Magantilliken an Kardenmogher: Routinemeldung.«

»Kardenmogher an Magantilliken: Ausschleusung nach Grundprogramm. Informationsaustausch beendet. Alle sind noch eine Gefahr. Mit der Eliminierung wird begonnen. Zeitplan frei bleibend …«

»Sehr gut!«, rief er und war mit sich zufrieden. Die Aktivierung eines Kardenmoghers war nicht nur ein seltener Glücksfall in der Laufbahn des varganischen Henkers, sondern auch ein Grund zum Optimismus. Ischtar hatte sich ihm bisher entziehen können. Auch ihr neuer Begleiter Atlan war geschickt, ein Duell mit dem jungen Arkoniden wäre auch für Magantilliken eine spannende Abwechslung gewesen. Er unterbrach den Funkkontakt mit dem Kardenmogher. Selbst wenn er den Superroboter hätte abschalten wollen, wäre ihm das in diesem Stadium nicht mehr gelungen. Er ging nachdenklich zum Transmitter hinüber, wollte sich in sein Raumschiff abstrahlen lassen. Dort konnte er die weiteren Aktionen besser verfolgen. Er wartete darauf, dass der Transmitter das Freizeichen zur Entstofflichung gab.

Als nichts passierte, kam ihm zum ersten Mal der Gedanke, bei der Aktivierung des Kardenmoghers vorschnell gehandelt zu haben. »Warum dauert das denn so lange?« Er wartete eine Weile, dann drückte er die Interkomtaste, die ihn mit der Steuerpositronik verband. »Warum werde ich nicht in mein Raumschiff transportiert?«

»Die Transmitterverbindung ist gestört.«

Es dauerte einige Augenblicke, bis er seine Verblüffung überwunden hatte. »Was? Die Maschinen stehen doch unter Energie. Die Überprüfung hat keine Fehlfunktionen ergeben. Es ist alles in Ordnung.«

Die Positronik antwortete: »Hyperenergetische Störfelder im Ausschleusungsbereich des Kardenmoghers ansteigend …«

Magantilliken spürte ein unangenehmes Kribbeln im Nacken. Da stimmte etwas nicht. Was war schief gegangen? Er ging noch einmal im Geiste die Aktivierung des Kardenmoghers durch, war sich keines Fehlers bewusst. Aber das Erbe der Varganen war technisch äußerst umfassend und vielfältig. Er schaltete den Zentralebildschirm ein, die verzerrungsfreie Wiedergabe des umliegenden Raumquadranten erschien auf der Bildschirmfläche. Magantilliken schluckte, als er den Kardenmogher sah. Der Roboter hatte sich in achtundzwanzig bizarr aussehende Einzelteile aufgespalten. Zwischen ihnen wechselten rasch pulsierende Energiefelder hin und her, gefolgt von einem grellen Aufblitzen. Die Aufspaltung stand nicht im Einklang mit seiner Programmierung. Der Roboter gehorchte seinen Befehlen nicht mehr. Magantilliken stand vor einem Rätsel, seine Gefühle schwankten zwischen Angst und Zorn. Angst vor den nächsten Schritten des Kardenmoghers, Angst vor den nahezu uneingeschränkten Möglichkeiten des Roboters, Zorn auf sich selbst. Warum hatte er die Programmierung auch so vorschnell durchgeführt?

Die Transmitterverbindung zu seinem Raumschiff war noch immer blockiert. Er hütete sich davor, die Schaltung manuell herzustellen. Die Erlebnisse vor seinem Erscheinen im Arsenal hatte er nicht vergessen. Kurz entschlossen funkte er den Kardenmogher an. »Magantilliken an Kardenmogher: Ich befehle die augenblickliche Rückkehr an den Ausgangspunkt. Ich wiederhole …«

Er konnte nicht ausreden. Die Antwort kam sofort über die Lautsprecher der Arsenalpositronik. »Kardenmogher an Magantilliken: Aufforderung zur Rückvereinigung mit den Einheiten eins bis achtundzwanzig wird verweigert.«

Er schlug mit der Faust auf das Schaltpult. »Magantilliken an Kardenmogher: Ich berufe mich auf die Hochrang-Legitimation. Sofortige Rückvereinigung und Kurs auf Warteposition nehmen! Ich wiederhole ...«

»Kardenmogher an Magantilliken: Aufforderung zur Rückvereinigung mit den Einheiten eins bis achtundzwanzig wird verweigert. Aufforderung, Kurs auf die Warteposition zu nehmen, wird verweigert. Ihre Programmierung wurde als zweitrangig und von geringer Bedeutung eingestuft.«

Magantilliken wurde blass. Seine Programmierung war also völlig umsonst gewesen, der Kardenmogher ignorierte sie sogar. Magantilliken schüttelte den Kopf, verstand das Ganze nicht. Er hatte doch klar und deutlich seine Befehle programmiert. Der Roboter hatte außerdem sämtliche Informationen erhalten, die über Ischtar und Atlan vorlagen. »Magantilliken an Kardenmogher: Begründung für die Ablehnung meiner Programmierung.«

»Kardenmogher an Magantilliken: Grundprogrammierung von Ezellikator unlöschbar. Der Befehl für alle Einheiten eins bis achtundzwanzig lautet: Vernichtung aller Objekte, die sich dem Arsenal auf eine Million Kilometer nähern. Ausgenommen sind Objekte, die den Sicherheitskode von Ezellikator übermitteln. Ende!«

Der Roboter hatte sich aus der Funkverbindung ausgeschaltet. Aus den Lautsprechern erklang das Freizeichen der Arsenalpositronik. Der Vargane war hilflos. Jetzt hatte er nicht einmal mehr die Möglichkeit, sich mit dem Roboter über andere Maßnahmen zu verständigen. Solange Magantilliken den Kode nicht kannte, hatte er keine Chance, noch einmal Kontakt mit dem Kardenmogher aufnehmen zu können. *Ezellikator?* Er runzelte die Stirn. Der Name kam ihm bekannt vor, er hatte ihn irgendwann schon einmal gehört oder gelesen. Möglich, dass er in der Eisigen Sphäre mehr über diesen Varganen erfahren konnte. Kurz entschlossen fragte er die Positronik um Rat. »Ich erbitte sämtliche Daten über Ezellikator sowie dessen Kode zur Abschaltung des Kardenmoghers.«

Über den Bildschirm huschten Zeichen. Es dauerte nicht lange, bis sich die Positronik äußerte. »Sämtliche Informationen über Ezellikator wurden gelöscht. Weitere Anfragen zu diesem Komplex sind unerwünscht.«

Er hatte also nicht einmal die Hilfe der Positronik zu erwarten. Was sollte er jetzt tun? Der Kardenmogher würde alle Objekte vernichten, die sich ohne Nennung des Ezellikator-Kodes bis auf eine Million Kilometer an das Arsenal heranwagten. Plötzlich überlief es Magantilliken siedend heiß: *Mein Raumschiff befindet in unmittelbarer Nähe des Arsenals!*

Die Bildschirmeinblendung bestätigte seine schlimmsten Befürchtungen. Er stöhnte unterdrückt auf. Der Kardenmogher demontierte sein Oktaederschiff. Zehn Fragmente waren auf einer Seite damit beschäftigt, die Außenhülle sorgfältig zu zerlegen. Mit der Akribie einer Maschine stapelten die Kardenmogher-Einheiten die Seitenverkleidungen übereinander, lösten Maschinen, Deckteile und Inneneinrichtungsblöcke heraus, leiteten die Energievorräte in den Weltraum ab. Magantilliken musste sich beherrschen. Er war ein Vargane, sein Raumschiff war varganisch und hatte sich nicht in der geringsten Weise feindlich gegenüber dem Arsenal verhalten.

»Die Programmierung des Kardenmoghers ist doch der reinste Wahnsinn!«, schrie er unbeherrscht. Ein greller Blitz raste durch den leuchtenden Kometenschweif. Ein Kurzschluss musste wichtige Maschinen des Doppelpyramidenschiffs vernichtet haben, doch die Demontage wurde nur kurz unterbrochen. Jedes Kardenmogher-Fragment baute blitzschnell einen Schutzschirm auf. Fortan waren sie vor weiteren Entladungen sicher. Die Arbeit konnte weitergehen.

Magantilliken rannte wie ein Besessener durch die Zentrale, blieb für ein paar Atemzüge stehen, hämmerte sich mit den Fäusten gegen die Stirn und stieß wüste Flüche aus. Die Positronik meldete sich: »Können wir Ihr Wohlbefinden wiederherstellen? Psychoregulatoren stehen abrufbereit. Wird ein Dialogpartner gewünscht? In diesem Fall bitten wir um genaue Spezifikation für den Grundtypus ...«

»Ruhe!«, schrie er. Die unterwürfige Art der Positronik konnte ihn nicht darüber hinwegtäuschen, dass er vorläufig ein Gefangener des Arsenals war. Später, wenn er sich beruhigt hatte und von seinem Raumschiff nichts mehr übrig war, würde er vielleicht auf die Angebote der Positronik eingehen. Er dachte nach. Es musste doch eine Möglichkeit geben, dem Kardenmogher zu entkommen. »Vielleicht komme ich heil an die Beiboote meines Schiffes heran?«

Ein Blick auf den Bildschirm genügte, um die Arbeitsweise des Robotkommandos zu erkennen. Die Kardenmogher-Fragmente zerlegten das Raumschiff in Teile von ganz bestimmter Größe. Das Maß eines jeden Blockes betrug sechzig mal sechzig mal sechzig Meter. Die Beiboote waren deutlich kleiner. Er konnte also Glück haben und verlangte: »Ich brauche einen raumfesten Kampfanzug!«

»Unter den gegenwärtigen Umständen raten wir von einer Ausschleusung ab. Die Aktivität des Kardenmoghers darf auf keinen Fall …«

»Einen Kampfanzug!«

In der Wand öffnete sich eine Luke, ein zusammengefalteter Anzug schwang heraus; ein Modell, das sich sowohl als Kampfanzug wie auch als Lebensrettungskapsel benutzen ließ. Wortlos schlüpfte Magantilliken unter die anschmiegsame Haut von goldener Farbe. Im Notfall imitierte es die Umgebung und machte seinen Träger unsichtbar. Der Atemluftvorrat des flachen Tornisteraggregats reichte für maximal vierzig Tage. Magantilliken schloss den elastischen Helm, aus dem ein halbtransparenter Kamm ragte und der ihm einen verzerrungsfreien Rundblick gestattete. Zischend strömte frische Atemluft durch den Anzug. Die Armbandinstrumente zeigten das einwandfreie Funktionieren an. Der varganische Henker konnte das Arsenal verlassen.

Er schritt durch die Transitionsschleuse. Die Wand leuchtete in einem mannshohen Dreiecksbereich hellviolett. Er machte einen Schritt, spürte ein leichtes Kribbeln und trieb im nächsten Augenblick durch das All. Die Kardenmogher-Fragmente hatten sich inzwischen etwas entfernt. Magantilliken konnte sie aber noch mit bloßem Auge erkennen und brauchte die Sichtvergrößerung noch nicht einzuschalten. Außerdem bewiesen ihm die energetischen Entladungen, dass sein Raumschiff noch längst nicht komplett demontiert worden war. Als er knapp tausend Meter vom Arsenal entfernt war, tauchte ein sechseckiger Roboter auf, dessen Oberfläche mit Antennen gespickt war. Er flog genau auf Magantilliken zu.

Ein Strahlfächer raste über den varganischen Henker hinweg. *Sie wollen mich desintegrieren*, hämmerte es in seinen Gedanken. Aber der kurze Blick auf die Armbandinstrumente belehrte ihn eines

Besseren. Das war Paralysatorenergie gewesen. Alle sollten vernichtet werden. So lautete die Wahnsinnsprogrammierung Ezellikators. Ob der Vargane damals gewusst hatte, in welche Gefahr selbst Varganen kommen konnten? Vielleicht hatte diese Programmierung damals einen Sinn gehabt. Heute war sie absolut sinnlos, ja sogar lebensgefährlich.

Magantilliken hielt den Stabstrahler in der Rechten, musste sich um die eigene Achse drehen, um in Schussposition zu kommen. Der kleine Jagdroboter baute ein flimmerndes Energiefeld auf. Der Vargane fluchte, drückte blitzschnell den Waffenkontakt. Eine Strahlenaureole breitete sich aus – der Schutzschirm des Roboters irrlichterte in einem zerfaserten Netzwerk. Magantilliken nahm den Finger nicht vom Feuerkontakt, er musste es schaffen – und er schaffte es auch. Der Roboter drehte sich plötzlich grotesk im Kreis. Die Koordination der kleinen Triebwerke funktionierte nicht mehr einwandfrei, er entfernte sich immer weiter von seinem Opfer, feuerte wahllos in den luftleeren Raum. Magantilliken wollte schon aufatmen, als ihn ein Schockfächer am rechten Bein streifte. »Elender Blechkanister!«

Eine Schmerzwelle raste durch seinen Körper. Der Vargane unterdrückte sie mit aller Gewalt. Schließlich gewann er wieder die Herrschaft über seinen Körper zurück. Der Roboter entfernte sich in rasenden Pirouetten. Wenig später war er nur noch ein Lichtpünktchen am Rande des Kometenschweifs. Magantilliken entfernte sich mit Hilfe seines Tornisteraggregats und hielt genau auf einen Stahlwürfel zu. Erst als die schimmernde, zerschmolzen wirkende Oberfläche vor ihm auftauchte, hielt er an.

*Das war einmal ein Teil meines Raumschiffs*, erkannte er wehmütig. *Vielleicht sogar die Sektion des Naturparks.* Er war oft in die künstliche Landschaft gegangen, um sich von seiner Jagd abzulenken. Nun konnte er von Glück sagen, wenn er das Wüten des Kardenmoghers heil überstand. Langsam schwebte er über den exakt gerade verlaufenden Rand des Demontageblocks. Als er seinen Kopf über den Rand reckte, wusste er, dass es eine Falle war. Die Jagdroboter des Kardenmoghers kamen von allen Seiten auf ihn zu.

# 12.

Aus: *Gedanken und Notizen*, Bauchaufschneider Fartuloon

*Manchmal, wenn mich die Schicksalsschläge und Unbilden, die die tückischen Raumgeister, wankelmütigen She'Huhan und sonstigen kosmischen Mächte und Halunken bereithalten, etwas zu sehr beuteln, überkommt mich der starke Drang, alles in die Ecke zu donnern. Mit einem heftigen, gut zu hörenden Knall! Meist vergeht ein solcher Anfall ebenso schnell, wie er kam, und das Verantwortungsgefühl obsiegt.*

*Es gibt allerdings auch Augenblicke, die in ernste Depression zu münden drohen. Dann sehne ich mich nach der Ruhe und Beschaulichkeit meines geheimen Zeitverstecks und möchte am liebsten* Skarg *und Harnisch in der hintersten Ecke der Rüstkammer verschwinden lassen.*

## *Die Alten*

Der Bildschirm über dem Steuerpult übertrug in aller Deutlichkeit die Demontage des Doppelpyramidenraumschiffs.

»Versteht ihr das?« Hectavor drehte den Kopf zu seinen Freunden hin, lag noch immer schmerzgepeinigt im Kontursessel. Sein Allgemeinzustand hatte sich zwar gebessert, aber jede Bewegung tat ihm weh. Sein Blick drückte Ratlosigkeit aus.

Parvenool hob die Schultern, wusste mit dem Geschehen ebenfalls nichts anzufangen. »Roboteinheiten demontieren ein fremdes Raumschiff. Mehr kann ich nicht feststellen. Ich habe solche Konstruktionen noch nie zuvor gesehen.«

Während sie sich noch über das Wirken der Roboter die Köpfe zerbrachen, gab der Orter Alarm. »Drei Objekte nehmen Kurs auf uns.«

Die Meldung genügte, um Parvenool, Letron Parseener, Morgonol und Abrogal Mervin in Alarmstimmung zu versetzen. »Dort!« Letron zeigte auf die Lichtpunkte, die rasend schnell über den Bildschirm wanderten. »Sie trennen sich. Einer hält direkt auf uns zu, die anderen beiden wollen uns in die Zange nehmen.«

»Bevor wir uns wehren, versuchen wir es auf friedliche Art und Weise. Wir wissen nicht, über welche Waffen die Fremden verfügen.«

Morgonol hatte die Energieentladungen im Bereich des Kometen in bester Erinnerung. Dort wurde offensichtlich mit Werten gearbeitet, die ein normales Kugelraumschiff vermutlich einmal durch die gesamte Galaxis und wieder zurück gebracht hätten. Die Fremden waren also keineswegs zu unterschätzen. Eben blitzte es drüben auf. Morgonol brachte das Beiboot reaktionsschnell aus der Zielgeraden des mittleren Objekts. Dafür hatte er die anderen zwei Einheiten auf dem Hals. Das Raumschiff raste weiter auf den mittleren Roboter zu. Letron Parseener drückte auf den Feuerknopf einer kleinen Impulskanone. Der Strahl fächerte über den Roboter hinweg, der sich durch einen Schutzschirm vor der Vernichtung bewahrte. Im gleichen Augenblick raste das Boot über den Roboter hinweg. Die Greise beschleunigten, konnten die Roboter jedoch nicht abschütteln, während die schwarze Riesenkugel größer und größer wurde.

»So geht das nicht. Wir müssen die Dinger bekämpfen.« Letron Parseener hatte Recht. Ein klobiger Brocken kam in Sicht. Die Analyse ergab, dass es sich um fremdartige Stahllegierungen handelte.

»Das ist ein Teil des zerlegten Raumschiffs«, erkannte Hectavor. »Das können wir gut als Deckung benutzen. Wenn wir uns geschickt anstellen, bringen wir die Roboter zur Raserei.«

Morgonol kicherte kindisch: »Ein nettes Spiel. Immer um den Brocken rum, bis die Blechkerle einen Kreislaufkollaps kriegen, hihihi.« Sie konnten deutlich die Bruchstellen erkennen, die sich in den Umrissen von Maschinenblöcken oder Deckdetails auf der Oberfläche des Objekts abzeichneten.

»Dort treibt ein Mann im All.« Die Greise kniffen die Augen zusammen. Erst als Hectavor die Ausschnittsvergrößerung einblendete, glaubten sie ihm. Dicht über dem Rand des Stahlwürfels schwebte ein Mann in seinem goldenen Raumanzug. Er hielt einen glitzernden Stab in der Rechten. »Er ist bewaffnet. Vielleicht der Kommandant der Robottruppe!«

Morgonol richtete das Fadenkreuz der kleinen Impulskanone auf den Fremden, der jetzt genau im Zentrum der Zielerfassungsoptik trieb. Er brauchte nur noch abzudrücken.

»Schieß doch, sonst schmelzen uns die Roboter zusammen! Sie sind gleich hier.«

Doch Morgonol zögerte noch. In den Lautsprechern knisterte es. Der Fremde strahlte Funksignale ab. Letron Parseener steuerte das Beiboot in schrägem Winkel über den Rand des Stahlbrockens hinweg, tauchte ab und umrundete das Objekt. Die Jagdroboter schossen vorbei. Hectavor ermittelte die genaue Wellenlänge des Fremden: »Wer ihr auch seid, helft mir!«

Die Stimme des Mannes klang verzerrt. Die schlechte Klangqualität konnte an der gestörten Funkaktivität liegen. Die Energieausbrüche des Kometen hielten unvermindert an.

»Und wenn es eine Falle ist?«

Parvenool zuckte die Achseln. Er konnte sich keinen Reim darauf machen.

»Nehmt mich an Bord – schnell … die Jagdroboter des Kardenmoghers kommen. Dann seid ihr auch verloren. Sie werden euch nicht schonen. Ihr müsst mir glauben.«

Ein Energiefächer huschte vorbei. Der Fremde entging der Attacke nur durch seine unglaubliche Reaktionsschnelligkeit, verschwand kurz aus dem Sichtbereich der Beibootoptik. Dann kam er auf der anderen Seite des Stahlbrockens wieder hoch und flog dicht über der kantigen Oberfläche auf das Boot der Arkoniden zu.

»Öffnet die Schleuse! Schnell!« Aufregung schwang in der Stimme des Fremden mit. Es konnte natürlich gespielt sein.

»Wir sollten ihm helfen. Anscheinend ist er vor den Robotern auf der Flucht. Sie haben auf ihn geschossen.« Hectavor nickte, billigte Letron Parseeners Entschluss zwar nicht hundertprozentig, aber er war auch neugierig. Möglicherweise konnte der Fremde ihnen Aufschlüsse über das Geschehen im Glaathan-System geben.

Es hätte nicht viel gefehlt, und die Jagdroboter hätten Magantilliken noch erwischt.

»Sie holen uns ein!«, rief er und runzelte die Stirn, als er einen Greis lachen sah. Das Gesicht des Alten hatte sich mit unzähligen Fältchen überzogen. Sein Lachen klang meckernd.

»Die Blechbüchsen werden gleich eine Überraschung erleben.«

»Was?« Magantilliken schloss geblendet die Augen. Auf dem Bildschirm dehnte sich ein Glutball rasend schnell aus. Die Jagdroboter verschwanden in der Lichtflut.

»Wir haben ihnen ein paar nette Frühstückseier serviert«, kicherte Hectavor. »Wäre traurig gewesen, sie hier vergammeln zu lassen.«

Der Vargane verstand die blumige Ausdrucksweise des Alten. Der Arkonide hatte geistesgegenwärtig mehrere Granaten mit atomaren Sprengsätzen abgefeuert. Das war ihre Rettung gewesen. Plötzlich kniff Magantilliken die Augen zusammen. Er erkannte die fünf Greise, obwohl er ihnen persönlich niemals begegnet war. Aber er hatte sie auf dem Bildschirm der Arsenal-Positronik gesehen, sie waren dort gewesen – mit Atlan. Magantilliken beglückwünschte sich, die Aufzeichnungen des Arsenals ausgiebig kontrolliert zu haben. Jetzt wusste er, wen er vor sich hatte. Die greisen Arkoniden waren mit Atlan ins Arsenal eingedrungen. Darauf baute der varganische Henker seinen rasch gefassten Plan auf, war fest entschlossen, sich zu Atlans Stützpunkt führen zu lassen.

»Wie heißt du? Ein Arkonide scheinst du nicht zu sein.« Hectavors Frage riss Magantilliken aus den Grübeleien.

»Ich heiße Assortan.« Keine Miene zuckte in seinem bronzehäutigen Gesicht. Nichts verriet den Greisen, dass er ihnen seinen richtigen Namen bewusst verschwieg. Er wusste, dass sie Atlans Freunde waren, deshalb würde er seine wahre Absicht so lange wie möglich geheim halten.

»Assortan. Ein seltener Name. Sicher nicht arkonidischen Ursprungs, oder?«

Magantilliken lächelte. Der Alte wollte natürlich mehr aus ihm herauskriegen. »Mein Vater war Arkonide. Er trieb Handel mit den Randwelten des Imperiums. Auf einer Barbarenwelt lernte er meine Mutter kennen. Sie soll sehr schön gewesen sein. Aber fragt mich nicht nach dem Namen ihres Planeten. Ich müsste lügen, wenn ich ihn zu kennen behauptete.«

Hectavor lachte. Der Fremde gefiel ihm. »Schön, Assortan – wir haben dich vor den Robotern gerettet. Jetzt wirst du uns einen Gefallen tun.«

Magantilliken sah zur Panoramagalerie, konnte mehrere Objekte erkennen, die sich in einigen tausend Kilometern Entfernung zum Formationsflug staffelten. »Wir werden zu überhaupt nichts mehr kommen, wenn ihr nicht schnellstens von hier verschwindet!«, rief er aufgeregt. »Wir haben gleich mehr Roboter auf dem Hals, als uns lieb sein kann.«

»Wo ist dein Schiff?«

Magantilliken alias Assortan starrte den Alten entgeistert an. »Mein Schiff?«

»Ja, dein Raumschiff. Wir wollen endlich aus dem Glaathan-System verschwinden. Diese Kugel hat nur eine eingeschränkte Reichweite.«

Magantilliken erkannte schlagartig, dass er sich umsonst Hoffnungen gemacht hatte. Die alten Arkoniden mussten ihr Raumschiff schon lange vor ihm verloren haben. Der Vargane sah seinen stolzen Plan wie eine Seifenblase zerplatzen, war wirklich vom Pech verfolgt. Seit er das Arsenal aufgesucht hatte, war alles schief gegangen. »Ich habe kein Raumschiff mehr, tut mir Leid. Der Kardenmogher hat es in seine Einzelteile zerlegt.«

»Kardenmogher?« Hectavor zog ein ungläubiges Gesicht.

»Das erkläre ich euch später. Wenn es überhaupt noch ein Später geben wird. Die Roboter machen Jagd auf uns, bieten sämtliche Jagdeinheiten auf.«

Hectavor nickte Morgonol aufmunternd zu. »Los ... zeig mal, was in der Kiste steckt.«

Morgonol drückte den Fahrthebel bis zum Anschlag. Das Brummen des Antriebs verstärkte sich. Über den Bildschirm huschten glutende Leuchtfetzen, dann passierte das kleine Raumschiff ein Arbeitskommando des Kardenmoghers. Mächtige Stahlstreben trieben durchs All. Dahinter bündelte ein Robotfragment mehrere Maschinenblöcke.

»Das war mal ein Schiff der Kralasenen«, sagte Hectavor. »Dein komischer Roboter demontiert auch wirklich alles, was nicht niet- und nagelfest ist.«

Magantilliken konzentrierte sich, betrachtete aufmerksam die Ortungsmeldungen auf dem Steuerpult. *Neun Kugelraumer,* stellte er fest. *Richtig.* In aller Aufregung hatte er nicht mehr an die arkonidischen Raumschiffe gedacht, die er nahe der Arsenalstation treibend vorgefunden hatte. Ihre Besatzungen waren in der Metamorphose des Quaddin-Zentralorgans zugrunde gegangen. »Wir nehmen uns eines von diesen Schiffen!«, rief er laut. Seine Augen leuchteten vor Unternehmungsfreude. »Der Kardenmogher kann unmöglich schon alle Schiffe demontiert haben. Das ist unsere Chance, die Raumer sind mit wenigen Handgriffen startbereit.«

Bei Nummer sieben hatten sie Glück. Hectavor kniff die Lippen zusammen, spürte, wie ihm das Herz bis zum Hals schlug. Sie mussten unbedingt schneller als die Roboter sein. In Schleichfahrt schoben sie sich durch das Leuchten des Kometenschweifes. Hectavor entschloss sich, aufs Ganze zu gehen. »In Höchstgeschwindigkeit auf die Hangarschleuse. Funkimpuls zum Öffnen erst kurz vorher abstrahlen.« Das Beiboot schlingerte, dann raste es durch das Glühen. »Schneller!«

»Geht nicht.« Schweißperlen standen auf Morgonols faltenreichen Stirn. »Schleuse öffnen!«

Vor dem abstoppenden Beiboot öffnete sich ein Hangarschott oberhalb des Ringwulstes. Glutnebel des Kometen wehten ins Innere, wurden aber von automatisch hochspannenden Prallfeldern wieder hinausgetrieben. Die Magnethalterung verankerte das Beiboot, das Schleusentor schloss sich, frische Atemluft flutete in den Hangar. Sie konnten aussteigen.

»Und weiter?«, fragte Magantilliken. »Viel Zeit bleibt uns nicht.«

Sie traten aus der Bodenschleuse. Fremmjo hüpfte wie ein Gummiball heraus.

»Kommt, sofort in die Zentrale. Ich überprüfe die Triebwerke. Wir starten mit allen zur Verfügung stehenden Reserven.«

Magantilliken und die anderen sprangen in den aufwärts gepolten Antigravschacht. Fremmjo landete in einem anderen Stockwerk. Sie würden sich später um das Vurgizzel kümmern. Jetzt hatten sie nur eins im Sinn: Flucht vor den entfesselten Fragmenten des Kardenmoghers!

Die Jagdroboter, die wie zornige Insekten heranrasten, wurden vom Schutzfeld des Kralasenenraumers zur Seite gedrängt. Aus dem äquatorialen Ringwulst des Schlachtkreuzers schossen die mächtigen Glutsäulen der Impulstriebwerke. Achtzehn Projektionsfelddüsen trieben das Schiff mit Maximalbeschleunigung aus dem Kometenschweif. Ein kleiner Roboter verglühte trotz seines Schutzschirms, Wrackteile wurden davongewirbelt. Ein Außenstehender hätte den Vorgang für die Geburt eines zweiten Kometen halten können: Aus dem Schweif löste sich ein Feuerschemen, dessen Schweif auffächerte. Die leuchtenden Schemen trennten sich. Glaathan blieb mit den emsig demontierenden Kardenmogher-Fragmenten zurück. Die Roboter würden so lange weiterarbeiten, bis sich kein Fremdobjekt mehr bei dem Arsenal befand.

»Wir schaffen es«, stieß Magantilliken hervor, stützte sich mit beiden Händen auf eine Instrumentenkonsole und musterte die Distanzanzeige. Bald war die Arsenalstation mehr als eine Million Kilometer entfernt – und das Raumschiff näherte sich der Sprunggeschwindigkeit, die nötig war, um den Normalraum zu verlassen.

»Noch zehn Millitontas bis Nottransition! Mann, ich kann euch gar nicht sagen, was das für ein Gefühl ist«, sagte Hectavor schwer atmend. »Endlich wieder ein richtig großes Raumschiff unter den Füßen. Ich könnte mich ohrfeigen, dass wir unser halbes Leben auf dem Traum-Asteroiden vergeudet haben.«

»Noch drei Millitontas ... zwei ... eins ...« – Dann wurde der Schlachtkreuzer entmaterialisiert.

**Kraumon: 15. Prago des Ansoor 10.498 da Ark**

*Durch die Zentrale in der Hauptkuppel gellt der Ortungsalarm. Auf dem Hauptschirm ist Kraumon aus dreißigtausend Kilometern Entfernung eingeblendet. Mehrere Ortungssatelliten überwachen den Kraumonsektor, haben den Strukturschock des materialisierenden Raumers gemeldet. »Das ist ein Kralasenenschiff«, stößt Morvoner Sprangk aufgeregt hervor, als weitere Orterdaten ausgewertet sind. »Sicherheitsalarm!« In den Gängen ertönt das Getrappel schwerer Raumstiefel. »Geschützbatterien im Tbor-Gebirge klarmachen! Raumer bereit für Alarmstart!«*

*Der Verc'athor ist in Fahrt, will keine Defensivmöglichkeit ungenutzt lassen. Das Ganze kann ein Zufall sein, aber wenn der angemessene Schlachtkreuzer nur einen Rafferspruch absetzt ...*

*»Geschützbatterien feuerbereit! Erwarten weitere Befehle.«*

*Plötzlich knackt es in den Hyperfunkempfängern. »Der Kralasene will mit uns sprechen, kennt unseren Geheimkode. Wie ... wie ist das möglich?«*

*Morvoner ist bleich geworden, steht vor einem Rätsel. Der Bildschirm zeigt ein verwaschenes Muster. »Ich möchte wissen, wer uns da beglücken will.« Er starrt gebannt auf den Bildschirm. Die Farbwirbel entzerren sich. Fünf grinsende Mumiengesichter schälen sich aus dem bunten Liniengewirr. Der Verc'athor verschluckt sich beinahe. »Was … ihr seid das?«*

*Die Geschützmannschaften im Tbor-Gebirge fragen nach, ob das fremde Raumschiff nun tatsächlich vernichtet werden solle oder nicht. »Kommando zurück! Das sind alte Freunde. Auf euch haben wir die ganze Zeit gewartet. Dachte schon, ihr könntet euch nie von diesen verrückten Träumen im Glaathan-System lösen. Macht keine Bruchlandung.« Für einige Augenblicke erscheint das aufgequollene Vurgizzel, macht ein paar müde Bewegungen und rutscht wieder aus dem Erfassungsbereich der Kamera. »Wer war das?«*

*»Bloß Fremmjo, unser kleiner Nimmersatt.« Hectavor kann sich kaum beruhigen, als er Morvoners ratlosen Blick erkennt. Sein meckerndes Gelächter lässt die Lautsprecher scheppern.*

*Morvoner will sich keinen Vortrag über Vurgizzel-Zucht anhören. »Folgt dem Leuchtfeuer und landet auf dem großen Raumhafen. Wir geben euch die genauen Daten durch, dann könnt ihr die Hände in den Schoß legen und …«*

*»Wofür hältst du uns eigentlich? Wir sind die Ausbrecherkönige von Torren-Box! Wir holen jetzt richtig nach, was wir versäumt haben. Die Galaxis wird noch von uns reden. Wir stecken diesen Orbanaschol mit der linken Hand in die Tasche.«*

*»Noch was?«, fragt Morvoner respektlos. Aber die Alten haben schon abgeschaltet.*

*Rund eine Tonta später senkt sich der Kugelraumer langsam aus dem stahlblauen Himmel herab. Leicht wie eine Feder schwebt er über dem Landefeld. Die Robotlöschmannschaften werden zurückbeordert. Die alten Arkoniden verstehen ihr Handwerk wirklich. Kurz darauf steht das Schiff auf seinen zwölf Teleskoplandestützen, die Bodenrampe wird ausgefahren. Die Projektionsfelddüsen im Ringwulst schimmern dunkelviolett. Meteoritenschrammen kreuzen sich auf der Haut des Raumers.*

# 13.

1185. positronische Notierung, eingespeist im Rafferkodeschlüssel der wahren Imperatoren. Die vor dem Zugriff Unbefugter schützende Hochenergie-Explosivlöschung ist aktiviert. Fartuloon, Pflegevater und Vertrauter des rechtmäßigen Gos'athor des Tai Ark'Tussan. Notiert am 10. Prago des Ansoor, im Jahre 10.498 da Ark.

*Bericht des Wissenden. Es wird kundgegeben: Seit unserer Ankunft auf Kraumon gibt sich Ischtar schweigsam und reagiert kaum auf unsere Fragen; wenn doch, läuft es eher auf Orakelsprüche und Ausflüchte hinaus, die einen in den Wahnsinn treiben können. Das Schlimme ist, dass ich ihr Verhalten bis zu einem gewissen Grad sogar sehr gut verstehen kann – als letzter Calurier habe ich ja ebenfalls meine Geheimnisse. Diese Erkenntnis macht es jedoch keineswegs einfacher.*

*Inwieweit die Langlebigkeit der Varganin, ihre in Jahrtausenden gepflegte Einsamkeit eine Rolle spielen, lässt sich kaum beurteilen. Wer über eine unbestimmte Zeitspanne ausschließlich allein lebt, verwandelt sich nicht über Nacht in die Mitteilsamkeit in Person. Bei allem Verständnis und mühsam erzwungener Geduld bleibt dennoch festzuhalten, dass die Situation mehr als unbefriedigend ist. Mit Atlan ist leider derzeit nicht zu rechnen – sobald es um Ischtar geht, ist mit dem Jungen in seiner verliebten Trance nichts anzufangen. Und Ra verhält sich nicht anders.*

*Um allerdings der Ehrlichkeit Genüge zu tun: Selbst ich kann mich dem Charisma, dieser ungeheuren Ausstrahlung nur schwer entziehen! Was immer man auch über Ischtar denken mag – sie ist wirklich etwas Besonderes und trägt die Umschreibung Letzte Königin der Varganen ohne Zweifel völlig zu Recht.*

*Ihr Raumschiff hat sie im Orbit zurückgelassen – obwohl wir seine Bahn genau kennen, versagen unsere Orter und Taster, können nicht das Geringste anmessen. Stünde uns diese varganische Technologie zur Verfügung, würde unser Kampf gegen Orbanaschol um ein Vielfaches einfacher werden, dessen bin ich gewiss. Schon aus diesem Grund wappne ich mich mit Geduld und warte ab; vielleicht braucht Ischtar ja nur etwas Zeit, um »aufzutauen«. Was sind schon ein paar Pragos im Leben einer Unsterblichen, der offenbar die Ewigkeit offen steht?*

*Einen ersten Erfolg gab es immerhin vor einer Tonta – sie hat fünf ihrer Beiboote landen lassen und sich bereit erklärt, uns die Hypnoschulung ihrer Handhabung zu gestatten. Das lässt hoffen …*

**Kraumon: 15. Prago des Ansoor 10.498 da Ark**

»Hallo, Freunde!« Ich empfing meine Kampfgefährten aus dem Glaathan-System mit offenen Armen. Die alten Kerle strahlten über das ganze Gesicht. Und Fremmjo machte ein paar ungeschickte Sprungversuche. Sie endeten kläglich, Corpkor war sofort zur Stelle. Der Kopfjäger kannte sich von allen am besten mit Tieren aus. »Den Burschen solltest du auf Diät setzen.« Zu den Greisen gewandt, sagte ich: »Was starrt ihr so auf euer Schiff? Erwartet ihr noch jemanden?«

Hectavor verzog das Gesicht. »Assortan – ich habe ihm viel von dir erzählt. Verstehe nicht, dass er sich nicht blicken lässt; war doch eben noch da. Für so schüchtern halte ich ihn nun auch wieder nicht.«

»Assortan?« Ich runzelte die Stirn.

»Im Kometenschweif machten Roboter Jagd auf alles, was sich bewegte und nicht zu dieser komischen Riesenkugel gehörte, die plötzlich wieder da war. Assortan konnten wir gerade noch retten. Ein toller Bursche. Größer als du und …« Hectavors Blick wurde starr, als er Ischtar erblickte.

»Seht euch diesen alten Knaben an! Will sich auf seine reifen Tage noch in eine varganische Göttin verlieben«, spöttelte Fartuloon. Aber Hectavor ging nicht darauf ein, starrte nur auf Ischtar und murmelte unverständliches Zeug.

»Was hast du?«, fragte ich.

»Dieser Assortan … sieht genauso aus wie diese wunderbare Frau!«

Erschrecken glitt über Ischtars ebenmäßige Züge, ihre Hand verkrampfte sich zu einer Faust. »Beschreibt mir den Fremden!«

Hectavor setzte vorsichtig an, beschrieb sichtlich unwohl ihren Mitreisenden.

»Ihr habt Magantilliken nach Kraumon gebracht. Ihr Unglückseligen.« Ischtars Gestalt bebte. Ich hatte sie noch nie so fassungslos erlebt, wollte ebenfalls nicht glauben, dass der Henker der Varganen derart schnell nach Kraumon gefunden hatte.

»Durchsucht das Schiff. Sofort schießen, wenn ihr den Kerl seht.« – Doch meine Anweisung kam zu spät. Von Magantilliken war keine Spur zu finden, der varganische Henker war verschwunden.

Ischtars goldene Augen blitzten mich unwillig an. »Ich muss fort. Glaubst du wirklich, ich sei hier auf Kraumon sicher?« Ich setzte zu einer Antwort an, aber die Varganin fuhr ärgerlich fort: »Magantilliken hat zweifellos mein Schiff bemerkt. Bin ich erst an Bord, kann er mir nicht mehr so leicht etwas anhaben, immerhin hat er seinen eigenen Raumer verloren. Wirklich sicher werde ich mich allerdings erst fühlen, wenn ich einen neuen Stützpunkt gefunden habe.«

Wir standen am Rand des Landefelds. Das Beiboot, mit dem Ischtar zu ihrem im Orbit kreisenden Raumschiff fliegen wollte, war startklar. Es handelte sich um eins der rund fünfzig kleinen tropfenförmigen Fahrzeuge, eigentlich nichts anderes als eine mit Atemluft gefüllte Kraftfeldzelle, die ich schon aus Ras Bericht kannte. Es war von außen verspiegelt, so dass weder ein Einstiegsluk noch eine Sichtscheibe zu erkennen war. Kleine Seitenstabilisatoren und ein spitz zulaufendes Heck verdeutlichten, dass es hauptsächlich für den planetennahen Betrieb konstruiert worden war. Nicht weit entfernt standen vier weitere Kleinraumer gleichen Typs – ein Zugeständnis Ischtars zu unserer Unterstützung wie auch zu ihrer eigenen Sicherheit.

Die hochgewachsene Varganin schlug mich weiterhin völlig in ihren Bann. Wie sie jetzt vor mir stand, wäre ich bedenkenlos bereit gewesen, mein Leben für sie hinzugeben. Der sanfte Wind, der von den Bergen herüberwehte, spielte mit ihrem langen Haar. Das ebenmäßige Gesicht leuchtete in der Sonne, als hätte ein begnadeter Künstler es aus purem Gold geformt. Alles in mir sträubte sich dagegen, sie jetzt gehen zu lassen, noch dazu allein.

Ich war mir jedoch sehr wohl der Tatsache bewusst, dass Ischtar ganz gut ohne meine Hilfe auskam – eine Erkenntnis, die ernüchternd war. Unser Stützpunkt war in ihren Augen nicht geeignet, Magantilliken von einem direkten Angriff zurückzuhalten. Dachte ich an unsere bisherigen Erfahrungen mit dem varganischen Henker, musste ich ihr sogar Recht geben. Selbst ohne eigenen Raumer war er nicht zu unterschätzen. Widerstrebend rang ich mich zu der Erkenntnis durch, dass es für uns alle besser war, wenn ich endlich nachgab. Aber ehe ich noch dazu kam, ihr das mitzuteilen, sah ich Fartuloon. Der Bauchaufschneider rannte auf uns zu, als seien tausend wilde Gorki hinter ihm her. Beunruhigt trennte ich mich von der Varganin.

»Magantilliken hat sich gemeldet«, keuchte er, als wir uns gegenüberstanden. »Er ist in Ischtars Schiff!«

Als ich mich umdrehte und Ischtars vor Schreck geweitete Augen sah, kam auch mir die ganze Tragweite dieser Botschaft zum Bewusstsein. Unser Sohn Chapat befand sich in dem Doppelpyramidenschiff! Ischtar hatte ihn dort zurückgelassen, als sie mit uns auf Kraumon landete. Er war an das Lebenserhaltungssystem angeschlossen, winzig klein, ein Embryo, absolut hilflos. Ich wusste, wie sehr Ischtar dieses noch ungeborene Geschöpf liebte, und obwohl sein Anblick nicht unbedingt dazu geeignet ist, in einem Mann väterliche Gefühle zu erwecken, bestand auch zwischen Chapat und mir eine gewisse Bindung. Es versetzte mir einen Schock, zu wissen, dass sich dieses wehrlose Wesen nun in der Gewalt des Henkers befand.

»Was hat er gesagt?«, fragte Ischtar.

»Bisher nichts Wesentliches«, sagte Fartuloon, der inzwischen wieder einigermaßen zu Atem gekommen war. »Er teilte uns nur mit, dass er dich zu sprechen wünscht. Allerdings klang das eher nach einem Befehl als nach einer Bitte.«

»Wie ist er überhaupt in das Schiff gekommen?«, fragte ich bedrückt, während wir zum Raumhafenkontrollturm gingen.

»Es gibt nur eine logische Möglichkeit.«

Fartuloon hatte Recht. Magantilliken musste Ischtars Schiff beim Anflug auf Kraumon entdeckt haben und war unbemerkt übergewechselt. Ischtar schwieg immer noch, als wir den Funkraum betraten. Ein Blick auf die bedrückten Gesichter der Versammelten verriet mir, dass sie die Realität erkannten. Und mit Chapat besaß Magantilliken ein Druckmittel, dem wir nichts entgegenzusetzen hatten. Die Verbindung zu dem varganischen Henker bestand noch, Ischtar fragte ohne jede Begrüßung: »Was willst du?«

»Dich!«, erwiderte er genauso formlos.

Sie schwieg. Nur an der Art, wie ihre Hände sich öffneten und schlossen, war zu erkennen, wie aufgewühlt sie innerlich war. »Und wenn ich nicht komme?«

»Töte ich zuerst deinen *Sohn*. Anschließend werde ich dafür sorgen, dass dieser Planet vernichtet wird. Du kennst die Möglichkeiten unserer Schiffe.«

Dass er das *Sohn* besonders betonte, entging mir nicht, ich wusste mit diesem Hinweis jedoch nichts anzufangen. Ischtar lächelte kühl. »Die Sicherheitsschaltungen an Bord verhindern, dass du mich direkt angreifen kannst, mein Lieber! Welche Sicherheit gibst du mir, dass Chapat am Leben bleibt, wenn ich mich ergebe?«

»Du hast mein Wort. Das muss genügen. Wir beide wissen, welchen Wert dieses Kind für die letzten Varganen hat.«

Ich sah das lächelnde Gesicht des Henkers. Ohnmächtige Wut stieg in mir auf. Ich wollte neben Ischtar treten, aber Fartuloon hielt mich zurück.

»Wann?«, fragte Ischtar flüsternd.

»Sofort!«

Als der Vargane die Verbindung unterbrach, war es totenstill. Niemand regte sich. Ischtar war die Erste, die aus dieser Erstarrung erwachte. Sie drehte sich mit eckigen Bewegungen um und wollte zur Tür gehen. Ra stürzte sich mit einem wilden Schrei auf sie und versuchte sie festzuhalten. Sie schüttelte ihn ab, als sei er ein lästiges Tier. Dieses Ereignis brachte auch mich wieder auf den Boden der Tatsachen zurück. Bisher hatte ich eigentlich nur an Chapat gedacht. Jetzt kam mir erst eindringlich zum Bewusstsein, dass Ischtar mit großer Wahrscheinlichkeit drauf und dran war, in den Tod zu gehen. Der Henker würde sich bestimmt nicht auf einen fairen Zweikampf einlassen.

Ich sprang vor, und es gelang mir, sie am Arm zu packen. »Du darfst nicht gehen«, stieß ich hervor. »Glaubst du im Ernst, dass er Wort hält? Sobald er dich umgebracht hat, wird er auch Chapat töten.«

Sie schien gar nicht zuzuhören, und ich warf einen Hilfe suchenden Blick in die Runde.

»Es muss uns etwas einfallen, wie wir Magantilliken ausschalten können, ehe er sich an dem Embryo vergreift«, sagte Fartuloon.

Ischtar lachte schrill auf. »Ausschalten?«

»Wir könnten versuchen, ihn aus dem Schiff zu locken«, überlegte ich halblaut und achtete nicht auf die Beschimpfungen meines

Logiksektors. »Dann hätten wir Gelegenheit, Chapat in Sicherheit zu bringen und …«

»Nein!«, unterbrach sie mich heftig. »Er wird sich nicht auf irgendwelche Tricks einlassen. Ich muss zu ihm, um unseren Sohn zu retten. Noch hat er nicht alle Sicherheitsschaltungen meines Raumes überbrückt oder ausgeschaltet!«

Sie hatte offensichtlich nicht die Absicht, sich auf weitere Diskussionen einzulassen. Ihr Entschluss stand fest, und als ich sie mit Gewalt daran hindern wollte, hinauszulaufen, bekam ich deutlich zu spüren, dass die körperlichen Kräfte einer Varganin nicht zu unterschätzen waren. Mit einem Ruck riss sie sich los und rannte davon. Ich setzte ihr augenblicklich nach, aber ich ahnte, dass es sinnlos war. Ischtar hatte zwar nur einen geringen Vorsprung, aber der mochte durchaus genügen. Sie würde das Beiboot auf jeden Fall früher als ich erreichen. Saß sie erst einmal darin, konnte sie niemand mehr von diesem sinnlosen Opfergang abhalten.

Wieder einmal war es Fartuloon, der konsequenter und schneller handelte als ich. Er schrie mir etwas zu, ich warf mich fast unwillkürlich zur Seite, dann hörte ich auch schon das Zischen eines Paralysators. Ischtar brach mitten im schnellen Lauf zusammen. Ich wandte mich um und sah Fartuloon an. Der Bauchaufschneider steckte eben die Waffe wieder ein, sein Gesicht war düster. Er traute den Varganen insgesamt nicht, das galt auch und gerade für Ischtar. Aber als echter Freund achtete er meine Gefühle und hatte verhindert, dass sie unüberlegt handelte. Wir wussten jedoch beide, dass damit nicht viel gewonnen war. *Chapat befindet sich nach wie vor in der Gewalt des Henkers*, dachte ich, *und die Drohung, Kraumon zu vernichten, besteht weiterhin. Es sei denn …*

Eine verwegene Idee schoss mir durch den Kopf. Es war purer Wahnsinn, eine Verzweiflungstat, nichts weiter. Aber ich war Chapats Vater. Fartuloon hatte mich beobachtet. Als sich unsere Blicke trafen, wusste ich, dass er zu demselben Schluss gekommen war: »Geh schon.«

Für eine detaillierte Planung meines Vorgehens blieb keine Zeit. Wir mussten damit rechnen, dass sich Magantilliken noch einmal meldete. War Ischtar dann unerreichbar, ohne dass er den Start eines Beiboots festgestellt hatte, musste er zwangsläufig misstrauisch werden. Abgesehen davon kannten wir den varganischen Henker nicht gut genug, um seine Reaktionen vorherzusehen. Damit der Schwindel nicht sofort aufflog, stieg ich rasch in einen schweren Schutzanzug. Das Ding war so klobig, dass es keine Rückschlüsse auf den Träger zuließ. Der Helm war massiv, das Visier verspiegelt. Dafür hatte ich den Vorteil, dass Magantilliken selbst auf kürzeste Entfernung nicht erkennen würde, dass es nicht Ischtar war, die vor ihm stand.

Nach dem Start des Beiboots schaltete ich die Funkanlage auf Empfang. Nach kurzer Zeit drang Fartuloons Stimme aus dem Lautsprecher. »Ischtar ist soeben gestartet.«

»Warum meldet sie mir das nicht selbst?«, wollte Magantilliken misstrauisch wissen.

»Sie brach in höchster Eile auf«, log Fartuloon grimmig. »Genauer gesagt, sie verlässt Kraumon gegen unseren Willen. Weshalb sie nicht antwortet, müssen Sie sie schon selbst fragen.«

Ich wartete gespannt auf Magantillikens Entgegnung, aber der Vargane schluckte diese Lüge. Ich war erleichtert, denn nun war ich der Notwendigkeit enthoben, mich vor dem direkten Zusammentreffen mit dem Henker auf Gespräche einzulassen. Die Gefahr einer vorzeitigen Aufdeckung des Täuschungsmanövers war somit etwas geringer geworden. Dennoch fühlte ich mich nicht besonders wohl in meiner Haut. Ich wusste nur zu gut, dass ich in einem direkten Kampf nur wenig Chancen hatte. Daher war ich auch nicht so vermessen, anzunehmen, ich könnte Ischtars Erzfeind ein für alle Mal aus dem Verkehr ziehen. Es kam lediglich darauf an, dass ich Chapat in Sicherheit brachte.

Je höher das Beiboot stieg, desto nervöser wurde ich. Der Verdacht, dass die Varganen sich über eine gewisse Distanz auf paranormalem Weg gegenseitig spürten, bereitete mir zunehmend Sorge. Jetzt konnte ich nur hoffen, dass ich mich irrte. Ich erreichte die Umlaufbahn, ohne dass der Henker sich noch einmal meldete. Die zur Handhabung des Beiboots notwendigen Handgriffe waren mir nach den Hypnoschulungen Ischtars so vertraut, dass ich mich auf sie nicht mehr zu konzentrieren brauchte. Das war in dieser Situation eher ein Nachteil – ich hatte viel zu viel Zeit zum Nachdenken. Eine der üblichen, zynisch-trockenen Bemerkungen meines Extrasinns wäre mir jetzt willkommen gewesen, aber die lautlose Stimme in meinem Kopf schwieg sich aus. Wahrscheinlich hielt dieser streng logisch denkende Teil meines Gehirns das ganze Unternehmen für so verrückt, dass er sich jeden Kommentars enthielt.

Endlich sah ich Ischtars Schiff. Das gewaltige Oktaeder schwebte wie ein gigantischer Kristall vor dem sternenblitzenden Hintergrund. Auf einem anderen Schirm zeichnete sich die braungelbe Oberfläche Kraumons ab. Dort unten hielten meine Freunde jetzt wahrscheinlich den Atem an. Ich passte die Geschwindigkeit des Beiboots der des Varganenschiffs an. Eine schier endlos erscheinende Zeit verstrich, ehe sich oberhalb der Äquatorkante in der Wandung eine Öffnung bildete. Ich manövrierte das kleine Tropfenboot in den Hangar. Als es zum Stillstand gekommen war, warf ich noch einen Blick auf Kraumon. Durch das sich schnell schließende Schott sah ich den Wüstenplaneten seitlich weggleiten. *Magantilliken beschleunigt*, dachte ich. *Er scheint es sehr eilig zu haben, geht kein Risiko ein.*

Während wir Kraumon rasch hinter uns ließen, kletterte ich aus dem Beiboot und musterte den Hangar. Den Empfangsteil des Helmfunkgeräts stellte ich auf die Wellenlänge ein, die Magantilliken benutzt hatte. Ich rechnete damit, dass er sich bald mit genauen Anweisungen melden würde. Mein eigentlicher Plan lief darauf hinaus, den Henker aus der Zentrale zu locken. Ich hoffte, dass er sich jetzt sicher genug fühlte, um Chapat wenigstens für kurze Zeit aus den Augen zu lassen. Er hielt mich für Ischtar und musste davon ausgehen, dass sich die Varganin in ihrem Schiff ausgezeichnet zurechtfand. Der Hangar war bestens für mein Vorhaben geeignet. Mehrere Schotten führten in das Innere des Raumers, dort gab es unzählige Verstecke. Magantilliken würde suchen müssen. Inzwischen – so hoffte ich – konnte ich zu der Lebenserhaltungsanlage Chapats vordringen.

Ich öffnete also alle Zugänge zum Hangar, um meine Spur zu verwischen, dann betrat ich einen Gang, der in die Richtung der Zentrale führte. Es war beileibe nicht die kürzeste Verbindung, aber ich legte ja auch keinen Wert darauf, Magantilliken direkt in die Arme zu laufen. Leider unterschätzte ich meinen Gegner. Der Vargane hütete sich wohlweislich, seine wertvolle Geisel allein zu lassen. Ich hatte schätzungsweise die Hälfte der Entfernung zurückgelegt, als er sich über Funk meldete.

»Ich warte. Mir scheint, du bist dir nicht bewusst, wie ernst die

Lage für deinen Sohn ist. Ich halte die Waffe auf ihn gerichtet. Wenn du nicht sofort hierher kommst, wird dein Kind sterben.«

Es hatte keinen Sinn, diesem brutalen Abgesandten aus der Eisigen Sphäre mitzuteilen, was ich persönlich von Leuten hielt, die mit dem Mord an einem wehrlosen Kind drohten. Ich ballte die Hände zu Fäusten und riss mich zusammen. Auch in meinem Volk gab es Verbrecher – das hatte ich am eigenen Leibe erfahren. Aber die kalte Berechnung, mit der Magantilliken handelte, brachte mich zur Weißglut. Dieser Vargane hatte anscheinend überhaupt kein Gefühlsleben. Mein schöner Plan nützte mir nichts mehr. Es würde zur direkten Konfrontation kommen – und das warf eine Menge Probleme auf. Sobald der Henker erkannte, dass er genarrt worden war, ging es um mein Leben. Wie ich unter diesen Umständen Chapat befreien sollte, war mir rätselhaft. Immer bedrückender kam mir zum Bewusstsein, dass ich mich überstürzt auf ein nahezu aussichtsloses Unternehmen eingelassen hatte.

Trotzdem kam mir nicht einmal der Gedanke, einfach aufzugeben. Auch ein Vargane musste irgendeinen wunden Punkt haben, an dem man ihn packen konnte. Es gab keinen Gegner, der absolut unbesiegbar war. Ich erreichte die Zentrale und ließ vom Logiksektor den Lageplan reproduzieren. Rechts befand sich eine der Zugangsschleusen, links mündete der Gang auf jene kleine Halle mit dem Zugang zur Nottreppe, von der aus wir auf Frossargon Ischtars Tiefschlafraum erreicht hatten. Ich betrat die Schleuse, das Innenschott schwang auf. Der Henker stand in der Mitte der kreisrunden Zentrale, hielt eine Stabwaffe in der Hand und sah sich aufmerksam nach allen Seiten um. Durch eine offene Tür im Hintergrund erkannte ich den Raum mit der Lebenserhaltungsanlage, in der Chapat untergebracht war. Die Versuchung war groß.

Ich tastete nach dem Kombistrahler, um Magantilliken gleich jetzt auszuschalten. Noch hatte er mich nicht gesehen. *Ischtar ist durch Fartuloons Lähmschuss zusammengebrochen*, dachte ich. *Obwohl Magantilliken ein Geist ist, der einen uralten Körper als Werkzeug benutzt, muss auch er in dem Augenblick handlungsunfähig werden, in dem ich den Körper paralysiere.*

Magantilliken stand günstig. Ich hob die Waffe – und hatte für einen Augenblick vergessen, in welchem Monstrum von Schutzanzug ich steckte. Es gab ein leises Klirren, als ich mit der Waffe gegen ein Metallteil in Brusthöhe stieß. Magantilliken hörte das Geräusch und reagierte sofort. Ein einziger Sprung, bei dem sich sein tiefblauer Umhang gespenstisch aufblähte, brachte ihn in die Nähe der Tür, hinter der ich Chapat wusste. Ich ließ die Waffe sinken. Es war klar, dass ich die winzige Chance verpasst hatte. Schoss ich jetzt auf den Henker, würde auch der Embryo die Auswirkungen zu spüren bekommen. Ich wusste nicht, wie ein solch winziges Wesen darauf reagieren würde. Die Gefahr, dass ich Chapats Leben gefährdete, war zu groß.

*Narr!*, teilte mir mein Extrahirn zu allem Überfluss mit. *Jetzt weiß er, wo du bist.*

Es gab Augenblicke, in denen ich dieses Ding verwünschte. Es entwickelte zeitweilig eine geradezu beleidigende Fähigkeit, das Offensichtliche festzustellen.

»Ischtar.« An der Art, wie Magantilliken sich bei diesem Ruf umsah, erkannte ich, dass er meinen genauen Standort doch nicht kannte, und hütete mich zu antworten. Stattdessen duckte ich mich und beobachtete den Henker angespannt. »Komm her!«

Ich biss mir auf die Lippen. *Gibt es denn keinen Weg, diesen Kerl aus Chapats Nähe zu locken?*

»Komm her«, forderte er erneut. Diesmal ließ er keinen Zweifel mehr daran, dass seine Geduld am Ende war, richtete die Waffe auf das Lebenserhaltungsgerät. Es hatte keinen Sinn, noch länger zu warten. Sofern ich es überhaupt noch schaffte, Magantilliken zu verwirren und von dem Embryo abzulenken, konnte das nur im Moment meiner Demaskierung geschehen. Entschlossen richtete ich mich auf und marschierte geradewegs auf ihn zu. Er blickte mir entgegen. Sein bronzefarbenes Gesicht war ruhig und beherrscht. Nur die goldenen Augen glitzerten triumphierend.

»Du hast mich lange warten lassen«, sagte er spöttisch. Ich beobachtete ihn aufmerksam und wartete auf den günstigsten Moment. »Wie ich sehe, hast du dich bis zur Unkenntlichkeit vermummt«, fuhr er unwillig fort, und ich registrierte zufrieden, dass mein beharrliches Schweigen ihn nervös machte. »Was soll das? Glaubst du, der Anzug und die Waffe würden dich schützen? Du solltest es eigentlich besser wissen.« Ich sagte noch immer nichts. Regungslos stand ich vor dem varganischen Henker, der mich seinerseits mit steigender Nervosität beobachtete. »Worauf wartest du? Auf ein Wunder? Es wird keins geschehen. Nimm endlich diesen albernen Helm ab.«

Langsam hob ich die Hände. Magantilliken legte zwar die Waffe nicht weg, aber er ließ sie etwas sinken. Ich hätte an seiner Stelle das Gegenteil getan. Dann dachte ich an den Zweikampf zwischen ihm und Ischtar, den ich auf Tabraczon beobachtet hatte. Die Erkenntnis, dass der Henker auch ohne Waffe zu töten vermochte, ließ mich kurz zögern, aber ich riss mich zusammen. Ich wusste nicht, wie Ischtar in dieser Situation reagiert hätte, aber ich kannte ihre Selbstbeherrschung. Dass sie mit zitternden Fingern am Helmverschluss herumgefummelt hätte, war kaum anzunehmen.

Betont langsam lockerte ich die Verschlüsse. Magantilliken wurde zusehends ruhiger. Er sah sein Ziel vor Augen. Ich klappte den Helm zurück und sah, wie sich seine Augen vor Überraschung weiteten. Der Schock musste beachtlich sein. Das war der Augenblick, auf den ich gewartet hatte. So schnell ich konnte, wirbelte ich herum und brachte mich mit wenigen Sprüngen in Sicherheit. Magantilliken stieß einen Laut der Enttäuschung aus, fing sich jedoch sofort. Der Sprung, mit dem auch er Deckung suchte, war genau berechnet. Noch im Abrollen verschwand er hinter einem der zahlreichen Instrumentenpulte entlang des Zentralepodestrands, befand sich weiterhin zwischen Chapat und mir. Aber seine jetzige Position hatte für ihn einen großen Nachteil: Die Lebenserhaltungsanlage war nun auch für ihn außer Reichweite. Er hätte schon die Fähigkeit besitzen müssen, um die Ecke zu schießen, wollte er den Embryo töten.

Aber auch ich hatte noch nichts gewonnen. Genau wie Magantilliken benutzte ich einen Geräteblock als Deckung, von dem ich hoffte, dass es wichtig war. Die Tatsache, dass der Henker bisher noch keinen Schuss abgefeuert hatte, sprach dafür. *Oder …* Ich erinnerte mich an Ischtars Bemerkung hinsichtlich der Sicherheitsschaltungen. *Seine Möglichkeiten sind vermutlich eingeschränkt, er hat keine vollständige Kontrolle über den Raumer, will kein Risiko eingehen.* Dafür schien zu sprechen, dass die Panoramagalerie desaktiviert war. Die Tür zum Nebenraum lag fast auf der anderen Seite der Zentrale. Ich musste den Varganen also unbedingt aus seinem Versteck locken. Aufmerksam betrachtete ich meine Umgebung. Es musste mir gelingen, Magantilliken in die Irre zu führen. *Aber wie?*

Der klobige Schutzanzug, der mir bis hierher gute Dienste geleistet hatte, erwies sich nun als Hemmschuh. Ich musste das ungeschlachte Ding schleunigst loswerden. In einem normalen Kampf hätte es mir nichts ausgemacht, in dieser Rüstung herumzulaufen, aber gegen den Henker halfen nur Schnelligkeit und List. Während ich so lautlos wie möglich die Magnetverschlüsse lockerte, wartete ich angespannt darauf, dass der Vargane die Initiative ergriff. Ich vermochte mir nicht vorzustellen, dass Ischtars Todfeind abwartete, bis mir die Geduld ausging. Der gefährlichste Augenblick kam, wenn ich mich aus dem Anzug schälte. Das ging nicht ohne Geräusche ab. Der Henker würde sie mit Bestimmtheit richtig interpretieren und wissen, dass ich in diesem Augenblick nahezu wehrlos war.

Die Verschlüsse waren offen. Ich maß noch einmal die Entfernung, die ich zurücklegen wollte, dann atmete ich tief durch. Meine Waffe lag griffbereit vor mir. Bis jetzt war alles geräuschlos verlaufen. Vorsichtig befreite ich meine Arme von der lästigen Hülle. Dann kam das Brustteil an die Reihe, ein Klirren entstand. Ich hörte aus der Richtung, in der ich Magantilliken wusste, ein kurzes Rascheln und vergaß alle Vorsicht. Mit einem einzigen Ruck warf ich mich nach vorne und befreite mich so von dem Rest der Schutzkleidung. Im gleichen Bewegungsablauf hatte ich meine Waffe ergriffen. Indem ich mich noch einmal kräftig abstieß, rutschte ich auf dem Bauch hinter das nächste Pult. Blitzschnell war ich wieder auf den Beinen und sah Magantilliken wie ein Geschoss auf mich zufliegen. Sein seltsamer Umhang wölbte sich in der Form eines fast gespenstischen Gleitschirms.

Es wäre mir sicher gelungen, ihn im Sprung zu treffen. Aber auch er hielt die Waffe im Anschlag. Ich hatte keine Zeit, mir das merkwürdige Ding anzusehen, hinter dem ich mich befand. Es war jedoch offensichtlich, dass der Henker es nicht zu zerstören wagte. Erst wenn er sicher sein konnte, nur mich zu treffen, würde er abdrücken. Das verschaffte mir einen winzigen Zeitvorteil. Ich überlegte nicht lange, sondern sprang. Hatte Magantilliken mit einem nicht gerechnet, war es die Tatsache, dass ich ihm entgegenkam, statt vor ihm zu fliehen. Sein Sprung fiel infolge meines überraschenden Hervorschießens zu weit aus. Hinzu kam, dass er immer noch zögerte, in der rund zwanzig Meter durchmessenden Zentrale vernichtende Energiestrahlen einzusetzen, rechnete vermutlich auch nicht damit, dass ich einen solchen Waffeneinsatz riskierte. Hätte ich um den Bruchteil eines Wimperschlags gezögert, wäre er direkt neben mir gelandet, und wie ein Handgemenge mit dem Henker ausgefallen wäre, vermochte ich mir lebhaft vorzustellen.

Er landete mit ausgebreiteten Armen an genau der Stelle, die ich vorausgesehen hatte. Nur befand ich mich zu diesem Zeitpunkt etwa zwei Schritte weiter seitlich. Der Augenblick, den er brauchte, um sein Gleichgewicht wiederzufinden und sich auf die veränderten Verhältnisse umzustellen, reichte völlig. Ich holte aus und schlug mit dem Kombistrahler zu. Es war ein Hieb, der einen Arkoniden zu Boden geschickt hätte. Ich traf genau den Nacken, Magantilliken wankte. Ich dachte bereits, ich hätte es geschafft. Aber zu meinem Entsetzen blieb der Henker auf den Beinen. Er schien zwar leicht betäubt, aber das war auch alles. Ich fand noch Zeit, mich in die Schleuse zu werfen, durch die ich die Zentrale betreten hatte, und blitzschnell den Eingang wieder zu schließen. Dann hörte ich den Körper des Henkers gegen die andere Seite prallen und wusste, dass er die Folgen des Schlages bereits überwunden hatte.

Ich hastete auf den Korridor hinaus, erreichte die Gangkreuzung und bog nach rechts ab. Wie überall in diesem Schiff war es absolut still. Ich hörte nur meine eigenen Schritte und meine keuchenden Atemzüge. Die kleine Halle erstrahlte im Schein der Deckenlampen, bunte Lichtkaskaden blitzen über das Mosaik aus unzähligen bunten Edelsteinen, das Wände und Decke lückenlos bedeckte. Links sah ich das Tor, das aus massivem Gold zu bestehen schien, in die ein begnadeter Künstler Szenen aus irgendwelchen Kriegen geritzt hatte. Galt das Kodewort noch? Ausprobieren.

*»Engidu!«*, sagte ich laut. Wie auf Frossargon glühten die Edelsteine in farbenprächtigem Feuer auf. Lichtkaskaden sprühten durch die Halle. Das Motiv einer unbekannten Komposition erklang und brach ab. Als die Kaskaden erloschen, sah ich, dass das goldene Tor weit offen stand. In der von bläulichem Licht erhellten Halle erhob sich der grüngoldene Sockel, auf dem damals Ischtar gelegen hatte. Weiter zur Tür im Hintergrund der Halle. Der große Raum, der von einem riesigen weichen Lager beherrscht wurde, war in rosa Licht getaucht, Wände von golden glänzenden Spiegeln bedeckt. Meine Füße versanken in dem rosa getönten weichen Teppichboden bis fast an die Knöchel. Zierliche Möbel und das breite, von seidigen Fellen überzogene Lager in der Nische mit den ständig die Farben wechselnden Vorhängen – Ischtars Zimmer! Ich schritt über den weichen Teppich, der das Geräusch meiner Schrit-

te schluckte, und für einen Moment flackerten Erinnerungen in mir auf.

*Ischtar!* Ich riss mich zusammen, hatte keine Zeit für melancholische Sehnsüchte. Die Tür rechts führte durch einen weiteren Raum und dann auf einen Gang hinaus, von dem aus eine zweite Zugangsschleuse zur Zentrale erreicht werden konnte. Während meines Weges hatte ich von Magantilliken nichts mehr gehört. Das war erstaunlich. Verzichtete er darauf, mir nachzulaufen, konnte das nur einen Grund haben: Er hatte sich erneut auf seine Geisel besonnen. An seiner Stelle wäre ich auf schnellstem Wege zu Chapat geeilt. Solange er mit gezogener Waffe neben dem Embryo stand, war ich zur Untätigkeit verdammt. Es war der einfachste Weg, mich zur bedingungslosen Kapitulation zu bewegen. Ich musste also damit rechnen, dass Magantilliken entweder in der Zentrale oder neben der Lebenserhaltungsanlage auf mich wartete. Benutzte ich die zweite Schleuse, gelang es mir vielleicht noch einmal, den Henker zu überraschen.

Ich durchquerte den Nebenraum, öffnete vorsichtig die Tür. Der Gang war still und leer. Ich huschte nach rechts, erreichte die Schleuse. Das Schott zur Zentrale schwang zurück. Selbstverständlich hätte ich mir von vornherein sagen müssen, dass man einen varganischen Henker nicht so leicht für dumm verkaufen konnte. Er musste nach meinen Verschwinden sofort die richtigen Schlussfolgerungen gezogen haben, hatte auch ganz richtig erkannt, dass mein eigentliches Ziel Chapat war. Somit war es für ihn leicht, den Ort meines Erscheinens vorherzusagen. Ich wäre allerdings auch dann nicht besser beraten gewesen, hätte ich allen seinen Überlegungen zum Trotz den anderen Weg gewählt. Das hätte lediglich zu einer Neuauflage jener Situation geführt, mit der dieser Kampf begonnen hatte.

Magantilliken hatte sich die Zeit genommen, seine Bewaffnung grundlegend zu ändern. Wahrscheinlich war er es leid, selbst in günstigster Position nicht schießen zu können oder zu dürfen, weil er Rücksicht auf irgendwelche Geräte zu nehmen hatte. Ich wünschte, ich wäre seinem Beispiel gefolgt. Noch nie hatte ich einen Varganen so kämpfen sehen, aber das sagte nichts. Schließlich kannte ich bisher nur sehr wenige Angehörige dieses Volkes. Jedenfalls bewies Magantilliken mir hinreichend, dass er auch mit einer primitiven Waffe hervorragend umzugehen verstand. Er schwang ein langes Schwert, das er irgendwo in der Nähe der Zentrale aufgetrieben haben mochte.

Der erste Streich ging daneben, weil ich instinktiv reagierte. Beim zweiten war Magantilliken so dicht bei mir, dass mich nur ein wilder Sprung rettete. Für einen Augenblick war ich außer Gefahr, aber ich merkte, dass es keinen Sinn hatte, noch einmal mit dem Versteckspiel zu beginnen. Obwohl in den Augen des Henkers eine wilde Wut loderte, beherrschte er sich meisterhaft. Er blieb im Türrahmen stehen, das Schwert erhoben, und wartete ab. Er wusste genau, dass ich keinen Schuss riskieren durfte, wollte ich Chapat nicht in Gefahr bringen. Diesmal hatte er in allen Punkten die Übermacht, und er war sich dessen bewusst. Chapat war verloren, wenn ich ihn nicht doch noch ausschaltete. Aber wie? Sein wallendes rotblondes Haar leuchtete unwirklich. Die bronzefarbene Hand hielt das Schwert so sachkundig, dass ich keine Hoffnung hatte, es ihm mit einem Trick abzunehmen.

Seltsamerweise sprach er nicht, stand einfach nur da, bereit, zuzuschlagen, sobald ich mich in seine Reichweite begab. Er drohte nicht – und er hatte das auch nicht nötig. Als ich unwillkürlich nach dem Kombistrahler tastete, kräuselten sich seine Lippen zu einem verächtlichen Lächeln. Ich ließ die Hand sinken, überlegte es mir dann jedoch anders. Mit einem Ruck riss ich die Waffe hoch. Magantilliken reagierte blitzschnell. Mein Wurfgeschoss verfehlte seinen Kopf nur um Zentimeter. Aber ich hatte ohnehin nicht damit gerechnet, ihn auf diese Weise auszuschalten. Fast gleichzeitig sprang ich ihn an. Sein Schwert nutzte ihm jetzt wenig, auf diese Distanz vermochte er es nicht einzusetzen. Ich krallte mich in seinem Umhang fest, stieß den Kopf von unten gegen sein Kinn und trat gleichzeitig nach seinem Schienbein. Er wankte kurz, fing sich jedoch schnell. Ehe ich die Wirkung meines Angriffs ausnutzen konnte, fühlte ich den Griff seiner linken Hand an meinem Arm. Es war, als hätte ich mit der stählernen Klaue eines Roboters Bekanntschaft gemacht.

Es gelang mir noch, ihm einen weiteren Tritt zu versetzen, dann wurde ich mit unheimlicher Kraft zu Boden geschleudert. Trotz der Schmerzen, die wie flüssiges Feuer durch meine Muskeln pumpten, gelang es mir, mich noch rechtzeitig zur Seite zu rollen. An der Stelle, an der sich eben noch mein Hals befunden hatte, schlug das Schwert klirrend auf den Boden. Aber schon hob Magantilliken die

Waffe von neuem. Er hatte inzwischen begriffen, dass er sich mir gegenüber keine Blöße geben durfte. Das lange Schwert versetzte ihn in die Lage, nach mir zu schlagen, ohne sich in gefährliche Nähe meiner Hände oder Füße zu begeben. Meine eigene Waffe hatte ich verloren – sie lag außerhalb meiner Reichweite.

Ich sah die Klinge herabzucken, wich noch einmal dem tödlichen Schlag aus. Ich bereitete mich auf den nächsten Angriff vor, als es geschah. Ich hatte es schon einmal erlebt – auf Tabraczon: Magantilliken hatte das Schwert bereits erhoben, als er plötzlich zu schwanken begann. Mit letzter Kraft schleuderte er die Waffe nach mir, verfehlte mich aber. Während sie scheppernd aufschlug, fiel Magantilliken bereits, sank in sich zusammen, als sei sein Körper ein Bündel nasser Lappen – im letzten Augenblick griff er allerdings an seinen Gürtel und wurde in ein golden transparentes Schutzfeld gehüllt.

Mühsam erhob ich mich. Der rechte Arm, an dem Magantilliken mich herumgeschleudert hatte, schmerzte stark, aber er war nicht gebrochen, das war die Hauptsache. Ich hob das Schwert auf, ehe ich mich dem Henker vorsichtig näherte. Der Vargane schwebte regungslos in der ellipsoiden Blase. Es gab keinen Zweifel, die Symptome waren dieselben, sein Bewusstsein hatte den Körper verlassen.

Ich sah das Schwert an und stieß einen Fluch aus. Mit Fartuloons *Skarg* hätte ich den Individualschirm vielleicht aufschneiden können, mit dem Schwert hatte ich keine Chance. Und den Kombistrahler wagte ich nicht einzusetzen. Magantilliken hatte seinen verlassenen Leib wirkungsvoll geschützt. Ich suchte und fand meine Waffe und ging endlich in den Raum, den der Henker so hartnäckig verteidigt hatte. Während ich vor die Lebenserhaltungsanlage trat, zerbrach ich mir den Kopf darüber, was ich nun mit Chapat anstellen sollte. Der Behälter, in dem er sich befand, war transparent. Ich hätte ihn mir leicht unter den Arm klemmen können. Die Schwierigkeit bestand darin, dass der Zylinder mit schiffseigenen Anlagen verbunden war.

Soweit ich darüber informiert war, musste Chapat zugrunde gehen, sobald er von diesem Versorgungssystem abgeschnitten wurde. Ich starrte den winzigen Körper an. Die Haut war noch durchsichtig, schemenhaft zeichneten sich darunter Adern, Muskeln und zierliche Knochen ab. Deutlich war das Herz zu sehen. Es hatte noch nicht die richtige Form, aber es pochte regelmäßig und kraftvoll. Die im Verhältnis noch viel zu kleinen Arme und Beine bewegten sich langsam. Die Augen waren kleine, dunkle Flecken in einem Gesicht, das in erster Linie aus einer vorgewölbten Stirn und einer kaum angedeuteten Nase bestand.

Wie sollte ich dieses hilflose Wesen schützen? Immer wieder landete ich bei demselben Problem: Chapat selbst musste weggeschafft werden. In den Hangars befanden sich Beiboote. Ich wusste nicht, wie groß die Strecke war, die das Varganenschiff, das ich nicht steuern konnte, inzwischen zurückgelegt hatte, aber befand ich mich erst einmal im freien Raum, würde ich auch Hilfe finden. Zweifelnd betrachtete ich die Anschlüsse, die von dem Zylinder wegführten, aber immer wieder glitten meine Blicke zu dem Embryo zurück. Es war seltsam – fast wie ein Zwang!

Ich wusste, dass ich keine Zeit zu verlieren hatte, dass Magantilliken jederzeit aufspringen und erneut gegen mich kämpfen konnte. Und doch verschwendete ich wertvolle Augenblicke damit, einfach nur dazustehen und meinen geheimnisvollen Sohn anzustarren. Immer deutlicher wurde das Gefühl einer so tiefen Verbundenheit mit Chapat, wie ich es nie zuvor erlebt hatte. Und plötzlich kam der Kontakt zustande. *Du hast mich vor dem Tode bewahrt*, flüsterte eine zarte Stimme in meinen Gedanken. *Aber die Gefahr ist noch nicht vorüber.*

»Chapat?«, stieß ich hervor. Ich kannte diese Art innerer Stimme. Mein Extrasinn machte sich auf ähnliche Weise bemerkbar. Dennoch bestand ein großer Unterschied. Nur vermochte ich mir nicht vorzustellen, dass dieser Embryo die unglaubliche Fähigkeit besaß, mir seine Gedanken mitzuteilen. Sein Gehirn war noch nicht voll entwickelt, er konnte nicht denken, geschweige denn die Gabe der Telepathie besitzen.

*Aber es ist so*, hörte ich die Stimme erneut, ohne dass ein Geräusch an meine Ohren drang. Ich wirbelte herum – Magantilliken lag noch immer leblos da. Die Gefahr, dass ich einem Trick des Henkers aufsaß, schied somit aus.

*Es ist nicht so erstaunlich, wie du denkst*, teilte mir der Embryo gelassen mit. *Eine Schutzmaßnahme, die Ischtar für mich traf. Wir haben keine Zeit zu verlieren. Ich weiß, mit welchem Problem du dich be-*

*schäftigt hast. Es ist sehr leicht zu lösen. Der Behälter, in dem ich mich befinde, verfügt über ein eigenes Versorgungssystem. Die Vorräte sind natürlich nicht groß, aber für einige Zeit geht es. Jedenfalls lange genug, bis wir aus dem Schiff geflohen sind und eine andere Anlage gefunden haben.*

»Moment«, wandte ich hastig ein, ohne mir bewusst Rechenschaft darüber abzulegen, dass ich mit einem Embryo diskutierte. »Solche Anlagen stehen nicht einfach überall herum. Wir müssen zuerst einen Planeten erreichen ...«

*Das ist bereits geschehen. Das Schiff ist inzwischen gelandet. Ich weiß, dass Magantilliken eine der Versunkenen Welten ansteuerte. Die Station dürfte nicht weit vom Landeplatz entfernt sein – sobald wir uns im Freien befinden, werde ich dir den Weg zeigen können.*

Es klang verrückt. Aber die Eindringlichkeit, mit der sich mir dieses Wesen mitteilte, verdrängte jeden Zweifel. Ich unterhielt mich auf telepathischem Wege mit meinem ungeborenen Sohn! Chapats Wissen umfasste auch die nötigen Kenntnisse, um unser Vorhaben zu ermöglichen. Nach seinen Anweisungen betätigte ich Schalter, deren Bedeutung ich erst durch ihn erfuhr, löste Verbindungen und stellte andere her, bis ich schließlich den kleinen Behälter anhob. Es erschien mir als absolut selbstverständlich, dass Chapat auch die Richtung angab, in die ich mich zu wenden hatte. Schließlich raffte ich mich noch zu einer Frage auf. »Könntest du mir notfalls auch erklären, wie ich dieses Raumschiff zu steuern hätte?«

*Ja*, erwiderte das Wispern in meinem Schädel. *Aber es würde uns nichts nützen. Wir wären nicht sicher genug. Sobald Magantilliken zu sich käme, würde er mich töten.*

Im Unterbewusstsein entstand in mir der Einwand, auch die Flucht in eine fremde, uns unbekannte Umwelt sei ein sehr fraglicher Ausweg. Seltsamerweise sprach ich diesen Gedanken nicht aus, vergaß ihn sogar. Wir durchquerten die Zentrale, die noch stiller war als sonst. Die Bildschirme blickten wie erloschene Augen auf uns herab. Ich hätte gerne einen von ihnen in Betrieb gesetzt, was mit Chapats Hilfe wohl kein Problem darstellte. Mir wäre bedeutend wohler gewesen, hätte ich wenigstens einen kurzen Blick auf die Umgebung werfen können, in der das Schiff sich befand. Aber das winzige Geschöpf in dem Behälter ließ eine solche Zeitverschwendung nicht zu.

Die Flucht durch Ischtars Schiff glich einem Alptraum. Nicht, dass sich uns Gefahren entgegenstellten. Im Gegenteil. Es gab nichts als die leeren, sterilen Gänge, alle in bläuliches Licht getaucht. Nirgends eine Bewegung oder ein Laut. Nur die wispernde Stimme in meinen Gedanken, die mir mitteilte, wohin ich gehen sollte. Ständig verfolgte mich der Gedanke an Magantilliken, der irgendwo hinter mir in seinem scheintoten Zustand lag. Das bloße Vorhandensein des Henkers war wie ein dunkler Schatten, der drohend über mir hing und mich vorwärts trieb. Erst als die Schleuse vor uns lag, erwachte ich wie aus einer Betäubung. Ich begriff, dass es eigentlich *Chapats Angst* war, die mir so zu schaffen machte.

Ich öffnete das innere Schott. Als es fast lautlos hinter uns zuglitt, zögerte ich einen Augenblick. Doch dann überwog wieder der Gedanke an den Henker und an Chapats Sicherheit. Ich betätigte einen Kontakt, das Außenschott in der unteren Spitze des Oktaederraumers öffnete sich.

## *14.*

Aus: *Sinnsprüche zur ARK SUMMIA*

*Trefflich, majestätisch und groß: ein Adler zu sein. Was aber, wenn das Schicksal dich zum Aasgeier bestimmt hat oder zur feigen Hyäne?*

Mein erster Eindruck von der Welt, die mich draußen erwartete, ließ mich zurückweichen. Durch das sich öffnende Schleusenschott schlug mir heiße, trockene Luft entgegen. Sie brachte Unmengen von Sand mit sich, der mir die Augen fast verklebte, in die Nase drang und zwischen den Zähnen knirschte. Draußen tobte ein Sturm, wie ich ihn in dieser Heftigkeit selten zuvor erlebt hatte. Von der näheren Umgebung war so gut wie nichts zu erkennen. Staub in der Luft, Sand am Boden – es war kaum auszumachen, wo das eine begann und das andere aufhörte. Ein schrilles Kreischen mischte sich in die übrigen Sturmgeräusche. Es rührte von den scharfkantigen Sandkörnern her, die mit beträchtlicher Wucht über die Außenflächen des Varganenschiffs getrieben wurden. Binnen weniger Atemzüge bildeten sich am Rand der Schleuse die ersten Verwehungen.

*Du brauchst einen Raumanzug,* meldete sich mein Extrasinn energisch. *Sonst wird dir der Sand sehr schnell die Haut vom Körper schmirgeln.*

Erst jetzt bemerkte ich, dass der Logiksektor schon seit einiger Zeit versucht hatte, sich mit mir in Verbindung zu setzen. Chapats angsterfüllte Ausstrahlungen mussten die warnende Stimme überlagert haben, sonst wäre ich gewiss nicht so kopflos davongestürmt. Mit Schrecken stellte ich fest, dass ich bei dieser wilden Flucht sowohl meine Waffen als auch den Schutzanzug zurückgelassen hatte. Vor der überwältigenden Furcht des Embryos hatte mein Verstand restlos kapituliert. Erst der Anblick der draußen herrschenden Verhältnisse hatte mich zur Ordnung gerufen. Von Chapat kam ein drängender Impuls. Das kleine Wesen war in seinem Behälter relativ sicher und verstand nicht, warum ich zögerte. Seine Angst drohte erneut, meine gerade wieder erwachte Vernunft hinwegzuschwemmen, aber diesmal hielt ich stand, konzentrierte mich auf den Monoschirm. Als der Ungeborene endlich begriff, worum es ging, reagierte er sofort.

*Verzeih mir,* wisperte die lautlose Stimme. *Ich habe sehr unvernünftig gehandelt.*

»Diese Einsicht kommt etwas zu spät«, erwiderte ich grimmig, nachdem ich Sand ausgespuckt hatte. »Was nun? Den ganzen Weg noch einmal zurück?« Unwillkürlich schüttelte es mich bei diesem Gedanken.

*Das ist nicht nötig. Nahe der Schleuse befindet sich eine Ausrüstungskammer. Dort wirst du alles finden, was du brauchst.*

Ich fand den Raum, den Chapat meinte, auf Anhieb. Allerdings gab es dort längst nicht alles, was ich gerne mitgenommen hätte. Der Gedanke, waffenlos auf einem fremden Planeten herumzuirren, war mir unangenehm, aber von Waffen irgendwelcher Art fehlte jede Spur. Obwohl Chapat immer ungeduldiger wurde, durchstöberte ich jeden Winkel, ohne auch nur den simpelsten Strahler aufzutreiben. Schließlich gab ich es auf. Chapat versicherte mir immer wieder, es gäbe auf dieser Welt keine feindlich gesinnten Lebewesen, aber ich traute dem Frieden nicht. Immerhin fand ich einen Anzug, der mir einigermaßen passte. Als ich ihn untersuchte, fand ich neben der üblichen Notausrüstung auch Konzentrate und Wasser. Ich atmete auf. Auch das war ein Problem, das der Embryo, der ja keine praktischen Erfahrungen besaß, nicht berücksichtigt hatte.

In weiser Voraussicht plünderte ich auch die Taschen und Vorratsbehälter der anderen Anzüge, obwohl Chapat inzwischen fast die Geduld verlor. Abermals befasste ich mich mit dem Anzug und stellte fest, dass auch dieses Ding einen Schönheitsfehler hatte. Entweder besaß es gar keinen Schwerkraftregler, oder die Kontrollen waren so fremdartig, dass ich den betreffenden Schalter nicht fand. Das war bei dem derzeit herrschenden Sturm ein arges Hindernis. Chapat reagierte nicht auf meine Fragen, wurde wieder völlig von seiner Furcht beherrscht. Mir blieb also keine andere Wahl, als loszumarschieren.

Erneut klemmte ich mir den Behälter mit meinem Sohn unter den Arm und stapfte zur Schleuse. Der Sturm hatte unterdessen keineswegs nachgelassen. Mir graute es bei dem Gedanken, in den treibenden Sandmassen umherzuirren, hielt es für sicherer, noch ein wenig zu warten – aber diesmal siegte Chapat. Ich sprang aus der Schleuse. Der Moment, in dem ich mich in der Luft befand, reichte dem Sturm aus, um mir zu zeigen, wer der Herr des Planeten war. Eine Bö erfasste mich, wirbelte mich herum, als sei ich ein welkes Blatt, und schleuderte mich in eine der Sandverwehungen, die sich inzwischen gebildet hatten. Ein Schauer kleiner Steine prasselte auf meinen Rücken. Das Doppelpyramidenschiff, dessen Höhe 848 Meter betrug, bildete ein Hindernis in der Bahn des Orkans. Die dadurch entstehenden Luftwirbel stellten sich mir wie Mauern entgegen. Verbissen kämpfte ich um mein Gleichgewicht, aber sobald ich einen neuen Vorstoß machte, um aus der Nähe des Schiffes zu gelangen, schlugen Böen und Sandmassen wie titanische Fäuste auf mich ein und warfen mich zurück.

*Du musst kriechen, bis du aus der Wirbelzone herauskommst,* sagte mein Logiksektor. *Die eigentliche Richtung des Sturmes ist genau die, in der auch die Station liegen soll.*

Ich fluchte vor mich hin, als mir bewusst wurde, dass Chapats zielbewusstes Streben nach der Sicherheit der mysteriösen Station mir erneut einen ungewollt gefährlichen Streich gespielt hatte. Seine Impulse hatten mich dazu verführt, sinnlos gegen die Gewalten des Sturmes zu kämpfen und so eine Menge Kraft zu verschwenden. Ich musste erst noch lernen, mit den Ausstrahlungen des Embryos fertig zu werden. Das, was er in seiner lautlosen Gedankensprache formulierte, ließ sich leicht ignorieren. Die unterschwelligen Impulse, mit denen er mich nach seinen Wünschen zu dirigieren versuchte, erkannte ich dennoch meistens erst, wenn es zu spät war. Immerhin hatte ich aber schon eine gewisse Übung darin, mit einem »Gedankenpartner« fertig zu werden. Nach der Aktivierung meines Extrasinns hatte ich einer ähnlichen Situation gegenübergestanden. Diese Erkenntnis half mir, gegen die nagende Ungeduld des Ungeborenen anzukämpfen.

Ich bemühte mich, die Kraft des Sturmes zu meinem Vorteil zu nutzen, stemmte mich nicht mehr dagegen, sondern ließ mich treiben, sobald die Situation günstig war. Zwar landete ich auf diese Weise immer wieder in den Sandhaufen, aber ich sparte Kraft. Nach etlichen Bauchlandungen verrieten mir waagerecht vorbeistreichende Staubschwaden, dass es an dieser Stelle keine Wirbel gab. Ich überließ mich dem Sturm und torkelte in die Wüste hinaus und befolgte Chapats Anweisungen, denn ich selbst hatte keine Ahnung, in welche Richtung ich mich wenden musste. Schon nach kurzer Zeit hatte ich die Orientierung verloren. Ich wunderte mich, woran der Embryo den Weg erkannte, aber ich hatte zu viel mit mir selbst zu tun, um ihn jetzt danach zu fragen.

Allmählich verlor ich nicht nur die Orientierung, sondern auch jedes Zeitgefühl. Die Sicht reichte nach allen Seiten nur wenige Meter weit. Es gab keine Abwechslung, die mich aus meiner Lethargie hätte reißen können. Es gab nur den Sand. Automatisch setzte ich einen Fuß vor den anderen. Der Boden war in ständiger Bewegung. Das infernalische Kreischen und Heulen des Sturmes hörte ich kaum noch. Dann buckelten urplötzlich rund geschliffene, pechschwarze Felsen vor mir auf. Meine Reaktion kam fast zu spät. Im letzten Augenblick bemerkte ich die Gefahr, schlang die Arme schützend um den gläsernen Behälter und prallte schwer gegen das Hindernis. Halb benommen blieb ich liegen. Ich fühlte mich unsagbar müde, aber die Felsen boten keinen Schutz. Binnen weniger Augenblicke bedeckte der Sand meine Beine, und obwohl ich im Raumanzug vor der Gefahr des Erstickens sicher war, fürchtete ich doch, dass die Verwehung schnell so weit anwachsen könnte, dass ich mich aus eigener Kraft nicht mehr zu befreien vermochte. Fast willenlos folgte ich den Impulsen des Embryos, kroch um das Hindernis und taumelte weiter. Ich wusste nicht mehr, wie viel Zeit verstrichen war, als das Wüten endlich etwas nachließ.

*Dort vorne sind Felsen*, raunte Chapat. *Du brauchst etwas Ruhe.*

Ich folgte dem Rat des Ungeborenen und suchte mir einen Platz, an dem der Sand keine Bedrohung für mich darstellte. Eine Hand voll Schlaf hätte mir gut getan, aber ich wagte es nicht, der Müdigkeit nachzugeben. Nicht nur Magantilliken war eine Gefahr, sondern auch der Sturm. Allmählich wurde die Luft etwas klarer. Ich stellte fest, dass es noch mehr Felsgruppen gab. Sie waren von den Sandstürmen zu den abenteuerlichsten Gebilden geschliffen worden. Eine plötzliche Laune des Orkans wirbelte die Staubschleier über mir auseinander. Zum ersten Mal erblickte ich den Himmel dieser Welt. Düstere Wolken jagten darüber hin. Als sie einmal kurz aufrissen, gaben sie den Blick auf einen rostfarbenen Himmel frei, in dem eine bleiche Sonne wie eine silbrige Blase schwamm.

Ich war verblüfft, als ich bemerkte, dass das Gestirn fast im Zenit stand. Die durch die Sandwolken bedingte Dämmerung hatte mich zu dem gefühlsmäßigen Schluss verleitet, es sei später Abend. Nachdem ich einen Konzentratriegel zerkaut hatte, kehrten meine Kräfte allmählich zurück. Nach einiger Weile totaler Entspannung war ich bereit, den Kampf gegen die Wüste wieder aufzunehmen.

»Wo sind wir hier eigentlich?«, erkundigte ich mich bei Chapat, als wir den Windschatten der Felsen hinter uns gelassen hatten.

*Auf Sogantvort*, erwiderte er lakonisch. Der Name sagte mir gar nichts. Ich wusste nur, dass es sich um eine der Versunkenen Welten handelte, die einst von Varganen besiedelt worden waren. Dieses alte Volk hatte in manchen Dingen sehr merkwürdige Ansichten, aber ich konnte mir beim besten Willen nicht vorstellen, was an diesem Planeten so verlockend war, dass man einen Stützpunkt darauf eingerichtet hatte. Allerdings war seitdem viel Zeit verstrichen, und früher mochte es hier ganz anders ausgesehen haben. Eben wollte ich Chapat danach fragen, was ihm über die Vergangenheit von Sogantvort bekannt war, als etwas geschah, was mich fassungslos stehen bleiben ließ. Der Sturm mochte auf ein für hiesige Verhältnisse mildes Format gesunken sein, aber für mich handelte es sich immer noch um einen mittleren Orkan, dessen Kräften ich mich ohne zwingenden Grund nicht ausgesetzt hätte. Jetzt musste ich feststellen, dass es Wesen gab, die darüber entschieden anders dachten. Über einer vom Sand fast begrabenen Felskuppe tauchten dunkle, schattenhafte Geschöpfe auf. Das Erstaunliche war, dass sie sich fliegend in der Luft hielten.

»Was sind das für Wesen?«, wollte ich von Chapat wissen. Aber der Embryo schwieg. Ich hatte den Eindruck, als sei auch er verwirrt und beunruhigt. Aufmerksam beobachtete ich die Schemen. Es waren unzweifelhaft Lebewesen, wenngleich ich vorerst nicht wusste, ob es sich um Tiere handelte oder um hypothetische Eingeborene. Sie besaßen Flughäute, mit denen sie geschickt umgingen. Es erforderte sicher viel Kraft und Behändigkeit, um bei diesem Wetter nicht nur in der Luft zu bleiben, sondern sogar gegen den Sturm zu kreuzen. Ihr genaues Aussehen konnte ich noch nicht erkennen, behielten diese Wesen aber ihre jetzige Flugrichtung bei, musste es zwangsläufig zu einem Zusammentreffen kommen.

In Anbetracht der Tatsache, dass ich unbewaffnet war, lag mir nichts daran, die Flughäutler näher kennen zu lernen. Sie waren noch ziemlich weit entfernt. Ich hoffte, dass sie mich noch nicht entdeckt hatten. Obwohl sie mit dem Sturm scheinbar mühelos fertig wurden, trieben ihnen scharfe Sandkörner entgegen, die ihre Sicht behindern mussten. Ich wich also von der bisherigen Richtung ab. Chapat erhob diesmal keinen Protest, war ebenfalls daran interessiert, jeden Aufenthalt zu vermeiden. Der Zeitverlust, der durch einen Umweg entstand, war sicher geringer als der, den uns ein möglicher Kampf gegen die Unbekannten eingebracht hätte.

Leider erfüllte sich meine Hoffnung nicht. Als ich mich nach einigen Schritten umsah, folgten mir die dunkelhäutigen Flugwesen. Ich begann zu rennen, aber mein Vorsprung schrumpfte schnell. Plötzlich tauchte direkt über mir ein dunkler Schatten auf. Gleichzeitig erhielt ich einen Stoß in den Rücken, der mich der Länge nach in den Sand schleuderte. Es war, als hätte mich ein Baumstamm ins Kreuz getroffen. Ich wälzte mich hastig herum, bereit, mein Leben so teuer wie möglich zu verkaufen. Aber mein Gegner befand sich bereits außer Reichweite und segelte etliche Meter über mir. Vorsichtig richtete ich mich auf. Nichts geschah.

Als ich mich umsah, stellte ich fest, dass mich inzwischen etwa fünfzig dieser Fluggeschöpfe eingekreist hatten. Sie gaukelten in einem seltsam schlingernden Flug. Misstrauisch beobachtete ich sie, aber es schien fast, als gäben sie sich damit zufrieden, mich zu beobachten. Oder warteten sie auf etwas? Da ich keine Ahnung hatte, was sie von mir wollten, setzte ich mich schließlich in meiner ursprünglichen Marschrichtung in Bewegung. Das ging ihnen offensichtlich gegen den Strich. Ein lang gezogener, unglaublich hoher Schrei erklang. Eins der Wesen löste sich aus dem Kreis und schoss wie ein drohender Schatten auf mich zu. Geistesgegenwärtig ließ ich mich fallen und entkam so dem nächsten Schlag. Und auch diesmal zog sich der Angreifer sofort zurück. Ratlos erhob ich mich wieder. *Was sind das für Wesen? Habe ich es mit Tieren zu tun, die mit ihrer Beute spielen, ehe sie sie töten? Oder wundern sie sich lediglich darüber, dass ich nicht fliegen kann wie sie?*

Obwohl ich sie mir jetzt aus der Nähe ansehen konnte, waren kaum Einzelheiten auszumachen. Sie waren so eintönig dunkel gefärbt, dass alle Konturen ineinander übergingen. Ich glaubte einmal, als eines dieser Wesen vor einem helleren Hintergrund schwebte, zwischen den Flughäuten einen Körper zu sehen, der dem eines Arkoniden nicht unähnlich war. Und als ein Gefährte von ihm bedrohlich nah auf mich herabstieß und sich erst kurz vor mir wieder hochriss, blickte ich für einen Moment in düster glimmende Augen. Man ließ mir jedoch keine Zeit für weitere Beobachtungen. Erneut schoss einer der dunklen Segler auf mich herab, und unwillkürlich wich ich zurück. Sofort kreuzten einige meiner seltsamen Gegner in diese Richtung.

Da begriff ich endlich. Ich sollte ihnen folgen. Sie zeigten mir den Weg, und sie ließen keinen Zweifel daran aufkommen, dass sie mich mit Gewalt hindern würden, mein ursprüngliches Ziel zu verfolgen. Ich machte die Probe aufs Exempel, indem ich zunächst nachgab. Umgehend zogen sich die Wesen auf die für sic anscheinend günstigste Flughöhe zurück. Als ich jedoch nur zwei Schritte in die Richtung versuchte, die Chapat mir angab, griffen sie an.

*Es hilft nichts*, teilte ich dem Embryo mit. *Wir müssen uns damit abfinden.*

Ich spürte Chapats Furcht, aber ich verschloss mich eisern seinen Impulsen. Es war sinnlos, gegen diese Kreaturen zu kämpfen. Selbst wenn ich einen Strahler bei mir gehabt hätte, wäre es mir schwer geworden, auf diese Geschöpfe zu schießen. Noch wusste ich nicht, ob es sich wirklich um Tiere handelte oder um intelligente Eingeborene. Es stand auch keineswegs fest, dass sie meine Feinde waren. Vielleicht meinten sie es sogar gut und führten uns zu einem Ort, an dem wir in Ruhe das Ende des Sturmes abwarten konnten.

*Träumer,* warf mein Extrasinn ein, aber ich ignorierte die sarkastische Bemerkung. Unser neuer Weg führte uns wieder in die offene Wüste hinaus. Die Felsen gerieten schon bald außer Sichtweite.

Unsere Führer hatten es eilig. Sie trieben mich unbarmherzig an. Sobald ich versuchte, das Tempo herabzusetzen, bekam ich mit ihnen Ärger. Trotz der kurzen Ruhepause machten sich die Anstrengungen allmählich bemerkbar. Ich fragte mich, wie sie mich wohl weiterzutransportieren gedachten, sollte ich schlappmachen. Um mich abzulenken, begann ich eine Unterhaltung mit Chapat. »Hast du inzwischen herausgefunden, was das für komische Gestalten sind?«

Der Ungeborene zögerte nur kurz mit der Antwort. *Es müssen mutierte Eingeborene von Sogantvort sein.*

»Ach nein«, erwiderte ich spöttisch. »Ich denke, hier draußen gibt es keine feindlichen Lebewesen?«

*Ich dachte nicht, dass es noch welche von ihnen gibt. Wie du siehst, ist es ein recht unwirtlicher Planet. Es war damit zu rechnen, dass sie aussterben würden, nachdem die Varganen sich zurückzogen. Aber wie es scheint, haben sie sich den Verhältnissen angepasst.*

»Sie sind also intelligent?«

*Ja, ich glaube schon. Jedenfalls kann ich mir nicht vorstellen, dass diese Wesen aus einer der Tierarten von Sogantvort hervorgegangen sind. Es kann sich nur um die Eingeborenen handeln. Wir werden es bald selbst sehen. Ihr Ziel scheint schon ziemlich nahe zu sein.*

»Du kannst ihre Gedanken lesen?«

*Leider nicht*, wisperte die Stimme des Ungeborenen in meinen Gedanken. *Ich nehme nur verschwommene Gefühle von ihnen auf.*

*Schade*, dachte ich, denn damit war ich um eine Erkenntnis ärmer. Ich hielt Ausschau in der Hoffnung, das Ziel dieser Wüstenwanderung zu erkennen. Aber die eintönige Umgebung zeigte keine markante Änderung. »Konnten die Burschen früher schon fliegen?« Noch ehe mich Chapats verneinende Antwort erreichte, stieß ich auf ein viel wichtigeres Problem. »Woher weißt du eigentlich, dass dieser Planet Sogantvort heißt, dass es hier Eingeborene gab, wo die Station liegt und all die anderen Dinge?«

*Mir steht fast die gesamte Erinnerung meiner Mutter zur Verfügung*, raunte der Ungeborene seelenruhig. *Und somit auch ein großer Teil des Wissens, das Ischtar erworben hat.*

»Dann wird mein Sohn also ein Wunderkind«, stieß ich einigermaßen erschüttert hervor. »Wenn ich mir das vorstelle. Als Telepath geboren und noch dazu mit diesem Wissen ausgestattet …«

*Im Augenblick meiner Geburt werde ich diese Fähigkeiten verlie-*

*ren. Ich werde auch das vergessen, was wir gemeinsam erleben. Alle meine jetzigen Kenntnisse werden ausgelöscht werden.*

»Auch die Gabe der Telepathie?«

*Ich weiß es nicht. Vielleicht bleibt etwas davon zurück, eine Veranlagung. Was sich daraus entwickelt, kann nur die Zukunft zeigen. Jedenfalls weiß ich, dass ich kein Telepath bleiben werde.*

Ich schwieg. Mir war klar, dass Chapat meine Gedanken erkennen konnte, und darum bemühte ich mich, möglichst ruhig zu bleiben. Die ganze Angelegenheit verwirrte mich maßlos. Zum ersten Mal wurde ich mir voll darüber bewusst, was Chapat in diesem Moment war. Ich musste mich mit Gewalt an die Fremden erinnern, die ein solches Verhalten zweifellos missverstanden hätten, sonst wäre ich auf der Stelle stehen geblieben, um meinen Sohn ungläubig zu betrachten. Es schien in meinen Augen total unmöglich, eine solche Fülle von Informationen im kaum entwickelten Gehirn eines Embryos zu verstauen. Hinzu kam, dass Chapat sehr genau über seine nächste Zukunft orientiert war. Zumindest wusste er, was bei seiner Geburt mit ihm geschehen würde. Geburt? Wie, bei allen Gorki der Galaxis, ließ sich dieser Begriff auf ein Wesen anwenden, das in einer künstlichen Gebärmutter aufwuchs? Chapat traf keine Anstalten, mich über diese Frage aufzuklären, denn wir waren plötzlich am Ziel der Eingeborenen angelangt.

Hinter schwarzen Felsbarrieren, die von angewehtem Sand fast verdeckt waren, fiel der Boden steil ab. Vor uns lag ein nahezu kreisförmiges Tal. Die Fremden führten uns am Rand des Abgrunds entlang. Erst als mich eine unerwartete Bö beinahe in die Tiefe geschleudert hätte, zogen sie es vor, mich hinter den steinernen Schutzwall zu drängen. Die meisten landeten jetzt, schlugen die Flughäute wie Mäntel um sich und stießen mich vor sich her. Sie legten eine immer größere Hast an den Tag. Es war offensichtlich, dass auch sie die starken Böen über den Felsen fürchteten. Ich wunderte mich darüber, dass sie es nicht vorzogen, einfach in das schützende Tal hinabzusegeln. Zehn hätten für meine Bewachung völlig ausgereicht. Aber es schien, als benutzten sie ihre Flügel nur draußen im freien Gelände. Mir blieb auch gar keine Zeit, Spekulationen über die Gründe für dieses Verhalten anzustellen. Ich war restlos damit beschäftigt, mich auf den Beinen zu halten.

Endlich tat sich vor uns eine breite Lücke in dem steinernen Schutzwall auf. Dahinter führte ein halsbrecherisch schmaler Pfad in Serpentinen zu Tal. Der Steilhang mochte hier etwa einhundert Meter hoch sein. Unten erblickte ich eine Vielzahl kleiner, runder Hütten. An den Hängen klebten seltsame, unregelmäßig geformte Windschirme. Und überall wimmelte es von Eingeborenen. Sie gaben mir zu verstehen, dass ich mich gefälligst beeilen sollte. Sie hätten sich ihre Bemühungen sparen können, denn fast im selben Moment packte mich der Sturm und warf mich durch das steinerne Tor, als sei ich ein Bündel Lumpen.

Ich landete auf dem Weg, aber ehe ich mich aufrichten konnte, wurde einer meiner Bewacher von der gleichen Bö erfasst und schoss durch das Loch wie die sprichwörtliche Kugel aus einer Pistole. Es gelang mir noch, den Behälter schützend in meinen Armen zu bergen, dann prallte der Fremde mit voller Wucht gegen mich. Der Stoß warf mich über den Rand des Pfades. Jenseits der steinernen Begrenzung gab es nichts als weichen Sand. Mein Gewicht brachte ihn in eine fließende Bewegung, und ich wurde in rasender Fahrt nach unten gerissen. Als riesige Wand sah ich etwas Dunkles auf mich zukommen – einer der Windschirme. Ich trieb genau in ihn hinein und stellte mit Entsetzen fest, dass meine abenteuerliche Fahrt dort ein absolutes Ende finden musste. Ich erblickte ein dichtes Geflecht von Zweigen, an denen fingerlange, blitzende Dornen prangten. Unmengen speerartiger Stangen ragten noch vor dieser Todesfalle aus dem Sand. Das ganze Gebilde war nur noch wenige Meter von mir entfernt.

Plötzlich hörte ich über mir das Sausen von Flughäuten. Ein stechender Schmerz zuckte durch meine Schultern, ich wurde hochgerissen. Fast hätte ich den Behälter mit meinem Sohn fallen lassen. Dann stellte ich fest, dass ich noch längst nicht gerettet war, denn der Eingeborene, in dessen Klauen ich hing, gewann zu wenig Höhe. Im letzten Augenblick zog ich verzweifelt die Beine an, der Rand des Dornengeranks huschte nur um Zentimeter unter mir vorbei. Eine schräge Sandfläche folgte. Ich bemühte mich, dem Flugwesen die Last zu erleichtern. Es hatte mich vor einem grauenhaften Tod bewahrt, und mir war klar, dass es dabei auch sein eigenes Leben riskiert hatte. Relativ sanft wurde ich auf der nächsttieferen Biegung des Pfades abgesetzt. Meine Beine knickten unter mir weg, meine Arme, die den wertvollen Behälter fest umklammert hielten, waren fast ohne Gefühl. Von den Schultern ging ein pochender Schmerz aus, der mich beinahe betäubte. Am liebsten wäre ich einfach liegen geblieben, aber eine Rotte von Eingeborenen stürzte sich auf mich.

Große, knochenharte Hände griffen nach mir und schleiften mich wie ein Gepäckstück weiter. Diese Transportmethode ließ mich um meine Knochen fürchten. Ich raffte mühsam meine letzten Energien zusammen. Die Fremden bemerkten meine Bemühungen und richteten mich auf. Ein sehniger Arm, der von einer ledrigen Flughaut umflattert wurde, zeigte in einer hastigen Bewegung noch oben. Für Augenblicke sah ich, wie sich der Windschirm, der mir fast zum Verhängnis geworden wäre, durchbog – und verstand. Mein Absturz hatte Sandmassen in Bewegung gesetzt, die sich nicht mehr kontrollieren ließen. Wir mussten schleunigst aus dem Gefahrenbereich verschwinden, ehe eine mit Dornen gespickte Lawine uns unter sich begrub.

Während ich von zwei Eingeborenen eher getragen wurde, als dass ich wirklich lief, fragte ich mich, warum sie nicht auch jetzt von ihren Flughäuten Gebrauch machten. Erst als einer der Fremden den Kopf verlor, die Häute entfaltete und sich mit einem verzweifelten Schrei über den von Steinen gesäumten Rand des Weges warf, begriff ich. Die Gleithäute versagten in dieser Region des Tales. Es gab hier unten nicht mehr genug Auftrieb, der Fremde stürzte wie ein Stein zu Boden. Irgendwann hörte ich es hinter uns krachen. Wir wurden mit Staub überschüttet, aber die eigentliche Lawine ging ein Stück weiter entfernt zu Tal. Meine beiden Begleiter ließen mich einfach fallen, ich sank zu Boden und spürte, wie mein Bewusstsein schwand.

Das Erwachen war eigenartig und beinahe traumhaft. Ich fragte mich verwundert, ob ich vielleicht unter dem Einfluss einer Droge stand. Meine Umgebung schien mit den vorangegangenen Ereignissen in keiner Weise in Verbindung zu stehen. Ich lag auf etwas sehr Weichem. Die Luft war kühl und sauber. Über mir wölbte sich eine vielfarbige, von blitzenden Juwelen durchsetzte Decke, in deren Mittelpunkt eine etwa kopfgroße Kugel ein sanftes Licht erzeugte. Die Schmerzen waren verschwunden, ich fühlte mich so frisch und ausgeruht wie nach einem langen, erholsamen Schlaf.

Ich blieb auf dem Rücken liegen und bewunderte die Farbenpracht. Nur langsam kam meine Erinnerung zurück. Die Flugwesen, der Absturz, die Lawine … Ein eisiger Schreck durchfuhr mich, und ich richtete mich hastig auf. *Wo ist Chapat?*

*Links neben dir*, wisperte zu meiner Erleichterung die Gedankenstimme.

Ich sah den Behälter, der auf einem niedrigen, kunstvoll geschliffenen Block aus schwarzem Gestein stand. »Wo sind wir hier?«, erkundigte ich mich und schwang die Beine über den Rand des Lagers. Verwundert befühlte ich die bunte Decke, auf der ich gelegen hatte. Ich kannte das Material nicht, aus dem man sie gefertigt hatte. Sie war weich und wirkte wie ein wertvoller Pelz, obwohl ich sicher war, dass es sich nicht um die Haut eines Tieres handelte.

*In einer der Hütten, die du von oben gesehen hast. Von außen wirken sie wie bessere Lehmklumpen, aber innen sind sie offenbar recht komfortabel.*

Das fand ich allerdings auch. Allein der Sockel, auf dem Chapats Behälter stand, hätte so manchen sammelwütigen Arkoniden in Begeisterung versetzt, von den Geweben an den Wänden ganz zu schweigen.

*Man brachte dich hierher. Einer von den Fremden behandelte dich mit einer Salbe, seitdem hat sich niemand mehr blicken lassen. Du hast nur etwa zwei Tontas geschlafen. Ich versuchte einmal, dich durch Gedankenimpulse zu wecken, aber es gelang mir nicht. Wahrscheinlich hatte die Salbe eine betäubende Wirkung.*

Erst jetzt fielen mir die Wunden ein, die ich bei dem Rettungsmanöver des Fremden davongetragen hatte. Das äußerst widerstandsfähige Material des Schutzanzugs wies auf jeder Seite vier daumendicke Löcher auf. Verwundert bewegte ich die Arme – nur ein leichtes Ziehen in den Schultern machte sich bemerkbar. Ich öffnete vorsichtig die Magnetverschlüsse. Die Stellen, an denen die scharfen Klauen des Fremden meine Haut durchbohrt hatten, waren deutlich zu erkennen, aber die Wunden hatten sich schon fast geschlossen. Es gab keine Anzeichen für eine Entzündung.

Nachdenklich schloss ich den Anzug wieder. Diese Fremden gaben mir Rätsel auf. Sie lebten unter primitivsten Bedingungen in einer wilden, lebensfeindlichen Umgebung, aber ihre Hütten erwiesen sich als luxuriöse kleine Paläste. Und sie verfügten über Heilkräfte, die ich ihnen nie zugetraut hätte.

*Wir müssen weiter,* machte Chapat sich bemerkbar. *Magantilliken wird bald erwachen, sofern er nicht sogar schon auf dem Weg hierher ist.*

»Er wird uns in diesem Tal kaum aufspüren.« Schließlich waren wir von unserem eigentlichen Ziel noch weit entfernt, und das Dorf der Eingeborenen lag weit abseits der direkten Verbindung zwischen dem Varganenschiff und der alten Station.

*Er wird mich überall finden.*

Ich hätte nichts dagegen gehabt, mich noch ein wenig auszuruhen. Diese eigenartige Hütte wirkte wie ein sicherer Hafen in der tobenden Sandwüste Sogantvorts. Andererseits sah ich durchaus ein, dass wir hier nicht bleiben konnten. Nicht nur der Gedanke an Magantilliken trieb mich weiter. Chapat würde es nicht mehr lange aushalten, ohne frischen Nachschub aus einem großen Lebenserhaltungssystem zu erhalten. *Die Frage ist nur, ob mich die Eingeborenen einfach gehen lassen.*

Seufzend stand ich auf. Obwohl ich nur sehr kurze Zeit geschlafen hatte, fühlte ich mich ausgesprochen wohl. Die Erschöpfung war von mir abgefallen. Unternehmungslustig sah ich mich um. Mitten in den mit prächtigen Matten ausstaffierten Wänden erblickte ich eine schmutzig braune Stelle, die wie ein Schandfleck in dieser ausgewogenen Umgebung wirkte. Das musste der Ausgang sein. Ich nahm den Behälter und marschierte los. Die »Tür« bestand aus einer nur grob bearbeiteten Tierhaut, die einen seltsamen Kontrast zu den dicht daneben hängenden, zarten Geweben bildete. Ich schlug den primitiven Vorhang zur Seite – und blickte genau in zwei gefährlich funkelnde Speerspitzen.

Die Eingeborenen hatten sich rechts und links des Ausgangs postiert. Da ich mich noch nicht daran gewöhnt hatte, meine Fragen an Chapat nur gedanklich auszudrücken, waren sie durch meine Stimme auf mein Kommen vorbereitet gewesen. Selbst wenn ich mich lautlos angeschlichen hätte, wäre meine Situation hoffnungslos gewesen, denn die Hütte stand fast im Zentrum des Dorfes, und draußen waren überall Sogantvortler unterwegs. »Was soll das?«, fragte ich. »Sind wir Gefangene?«

Die beiden Fremden schwiegen. Dafür hielt es mein Logiksektor wieder einmal für angebracht, mich mit einer dummen Bemerkung an seine Existenz zu erinnern. *Was sonst, du Dummkopf?*, spottete er. *Denkst du, das ist eine Ehreneskorte?*

Zum ersten Mal hatte ich Zeit, mir zwei dieser Eingeborenen in Ruhe anzusehen. Je länger ich sie betrachtete, desto fremdartiger erschienen sie mir. Sie sahen aus, als hätte man sie aus Lederstücken zusammengeflickt. Alles an ihnen war erdfarben. Die Haut war faltig und wettergegerbt. Sie trugen keine Kleidung, dafür schlotterten die weiten Flughäute wie groteske Mäntel um ihre dürren Körper. Diese Häute setzten ungefähr in Kniehöhe an und endeten kurz vor den Handgelenken. Die Arme waren von bizarrer Länge. Die Gleitflächen wurden von schmalen Sehnensträngen durchzogen. Die beiden hatten offenbar nicht die Absicht, mich umzubringen, solange ich nicht weiter hinausging. Ich stand regungslos in der Türöffnung, und die Eingeborenen starrten mich aus ihren seltsam glimmenden Augen abwartend an. Ihre ledrigen Gesichter blieben völlig ausdruckslos.

Ich war etwas irritiert von der Tatsache, dass sie nicht ein einziges Mal blinzelten, bis ich feststellte, dass sie offenbar gar keine Augenlider hatten. Ihre Köpfe waren kahl und runzelig. Außer zwei verschließbaren Löchern, die wohl das Gegenstück zu einer Nase darstellten, und einem strichförmigen Mund ohne Lippen war nichts zu erkennen, was einem Gesicht im arkonidischen Sinne geähnelt hätte. Diese Anstarrerei wurde mir zu dumm. Ich wollte endlich wissen, was man mit mir vorhatte. Schließlich hatten einige der Fremden mich unter Einsatz ihres eigenen Lebens gerettet. Man hatte meine Wunden behandelt und mich in diese luxuriöse Hütte gebracht.

»Wie geht das eigentlich weiter?«, wandte ich mich erneut an die Eingeborenen, aber die einzige Reaktion, die ich erzielte, war, dass sie die Spitzen ihrer Speere noch ein Stückchen näher schoben.

*Sie verstehen dich nicht. Aber ich weiß, dass sie dich nicht töten wollen.*

*Das ist mir klar*, gab ich zurück – diesmal jedoch lautlos, denn die Speerspitzen waren nur etwa eine Handbreit von meinem Hals entfernt. *Sie hätten es vorhin leichter gehabt. Kannst du herausfinden, warum man uns festhält?*

*Nein. Ich fühle, dass sie sich auf etwas freuen, aber ich weiß nicht, worauf.*

Unschlüssig stand ich da. Eine Verständigung mit diesen Wesen war offensichtlich unmöglich. Einige Eingeborene, die über den freien Platz vor der Hütte eilten, unterhielten sich schnatternd miteinander. Ihre Sprache war so fremdartig, dass ich kein Wort davon verstand. Wie sollte ich friedlich mit Wesen auskommen, mit denen ich mich nicht unterhalten konnte? Da man mich freiwillig nicht fortließ, blieb nur die Flucht. Aber auch das war eine riskante Sache. Die beiden Wachen hätte ich vielleicht durch eine List ausschalten können, aber damit war nicht viel gewonnen. Ich befand mich mitten im Dorf, überall huschten die düster wirkenden Eingeborenen umher. Ganze Trauben von ihnen hingen an den Windschirmen und beseitigten die Schäden, die der Sturm angerichtet hatte. Auf dem Serpentinenpfad, den ich von meinem Standort aus gut sehen konnte, herrschte ein ständiges Kommen und Gehen.

Ich hatte keine Chance, unbemerkt aus dem Dorf herauszukommen, geschweige denn das Tal zu verlassen, solange noch ein solcher Betrieb herrschte. Ganz langsam, um die Wachen nicht zu provozieren, legte ich den Kopf in den Nacken. Der Himmel war noch immer bewölkt, aber ich hatte den Eindruck, als sei der Sturm inzwischen fast abgeflaut. Von der Sonne war nichts zu sehen, obwohl nach wie vor eine bleierne Dämmerung über diesem Teil von Sogantvort hing, die der ganzen Umgebung etwas Alptraumhaftes verlieh, war ich mir sicher, dass es bald Abend werden musste. Ich fragte mich, ob die Eingeborenen auch nachts draußen herumschwirrten.

Sie besaßen Beleuchtungskörper, wie die Kugel bewies, die in der Hütte am höchsten Punkt der Wölbung in die Decke eingelassen war. Andererseits war gerade diese Lampe ein neuer Faktor, der sich nicht in das allgemeine Bild dieses Dorfes einfügen wollte. Es war eigentlich unwahrscheinlich, dass dieses merkwürdige Volk mit Elektrizität arbeitete. Es gab so viele Ungereimtheiten, dass mir der Kopf zu schwirren begann. Irgendetwas stimmte nicht mit diesen Fremden!

Etwa eine Dezitonta lang blieb ich in der Türöffnung stehen und betrachtete das Treiben der Eingeborenen, dann gaben die beiden Wächter mir zu verstehen, dass ich ihrer Meinung nach genug zu sehen bekommen hatte. Entmutigt ließ ich mich drinnen wieder auf das weiche Lager fallen. Chapat schien ebenfalls sehr bedrückt.

»Wir müssen die Nacht abwarten«, versuchte ich ihn zu beruhigen. »Vielleicht sieht es dann günstiger aus.«

Der Embryo antwortete nicht. Als ich ihn ansah, schwebte er ganz ruhig im Behälter. Eine eisige Hand schien nach meinem Herzen zu greifen. *Sind die Vorräte, die ihm zur Verfügung stehen, bereits verbraucht?* Ich beugte mich hinab und sah, dass sein Herz regelmäßig schlug. Er lebte also noch, aber die Unruhe in mir wuchs. Ich musste zu der alten Station gelangen, ehe Chapat zu schwach war, um mir die nötigen Hinweise zu geben. Die Technik der Varganen war fremdartig für mich. Allein auf mich gestellt, hatte ich keine Hoffnung, ein funktionierendes Lebenserhaltungssystem zu finden und den Behälter ordnungsgemäß anzuschließen. Ich versuchte, mich mit der Hypothese zu beruhigen, dass auch ein Embryo ab und zu eine Ruhepause brauchte und dass Chapat bald wieder erwachen würde. Bis dahin wollte ich wenigstens ein paar Vorbereitungen getroffen haben.

Am meisten interessierte mich die geheimnisvolle Leuchtkugel. Gelang es mir, sie zu löschen, konnte ich die Wachen vielleicht überrumpeln. Ich kletterte also auf das Lager, um die Lampe genauer zu betrachten. Die Hütte war niedrig genug, dass ich die Kugel erreichen konnte. Zu meinem Erstaunen stellte ich fest, dass sic keine Wärme ausstrahltc. Zögernd berührte ich die milchglasartige Oberfläche. Sie fühlte sich kühl und glatt an. Ich glaubte, eine verschwommene, schattenhafte Bewegung in ihrem Innern zu erkennen. Vergeblich suchte ich nach einer Energiezuleitung. Das ganze Gebilde war fest in den Lehm eingefügt, aus dem die Hüttenwand bestand. Aber irgendwo musste es doch einen Schalter geben, der diese Kugel in Betrieb setzte. Ich suchte die Wände ab, aber es war nichts zu entdecken. Die Wand ging fugenlos in einem sanften Bogen in den Fußboden über. Die ganze Hütte wirkte, als hätte jemand aus einem Lehmkloß eine perfekte Halbkugel geformt. Nirgends gab es Verstrebungen oder einen anderen Hinweis darauf, wie man diesen Bau errichtet hatte.

Das, was ich vorher für einzelne Matten gehalten hatte, erwies sich als ein zusammenhängendes Gespinst, das nur hier und da einige unregelmäßige Risse zeigte. Bei meiner Suche nach einem Ding, das einem Lichtschalter entsprach, stieß ich gegen einen der blitzenden Steine, die mir schon aufgefallen waren. Das Ding strömte eine Kälte aus, die mich unwillkürlich an Eiskralle erinnerte. Damit war geklärt, warum es in diesem Raum so angenehm kühl war, aber das Rätsel wurde dadurch nicht geringer. Eine Klimaanlage war in dieser Umgebung genauso verwirrend wie diese Kugel, die ohne erkennbare Energiezufuhr kaltes Licht erzeugte.

Ich kehrte nachdenklich zum Bett zurück und setzte mich. Es schien sinnlos, noch weiterzusuchen. Außer dem Lager und dem schwarzen Steinblock gab es keine Einrichtung. Das Bett selbst bestand aus einem Rahmen, den man geschickt aus Steinplatten zusammengefügt hatte. Die eine Hälfte war mit Sand gefüllt, die andere mit seidigen Decken. In der ganzen Hütte gab es nichts, was sich notfalls als Waffe verwenden ließ.

*Ich habe meine Erinnerung durchforscht*, meldete Chapat sich überraschend. *Leider ist nicht viel dabei herausgekommen. Auch ich kann dir keine Lösung für das Rätsel bieten, das diese Eingeborenen umgibt.*

Ich berichtete ihm, was ich inzwischen herausgefunden hatte, aber ehe er noch seinen Kommentar abgeben konnte, erklang von draußen ein so grässlicher Schrei, dass ich zusammenzuckte und aufsprang. Etwas zischte heftig. Es hörte sich wie ein überhitzter Dampfkessel an. Dann kam ein lautes Fauchen, das plötzlich abbrach. Gleichzeitig wurde der Schrei zu einem grauenvollen Wimmern, das allmählich in lautes Röcheln überging. Kurz darauf hörte ich triumphierendes Gebrüll, das nur von den Eingeborenen stammen konnte. Die Tierhaut am Eingang schwankte, und ich dachte schon, ich würde Besuch erhalten, aber dann hörte ich meine beiden Wächter aufgeregt schnattern. Da sie nicht zu mir hereinsahen, nahm ich an, dass ihr Interesse den Vorgängen im Dorf galt.

Die Gelegenheit war günstig. Vielleicht gab es da draußen ein solches Durcheinander, dass ich fliehen konnte. Selbst wenn das nicht der Fall war, musste es mir gelingen, den Grund für die Aufregung der Eingeborenen herauszufinden. Vorsichtig hob ich den Vorhang an. Obwohl inzwischen die Nacht hereingebrochen war, war es auf dem Dorfplatz erstaunlich hell. Ein paar Dutzend Fackeln, die man auf hohe Stangen gesteckt hatte, warfen ihr rötliches Licht über eine Unmenge von Sogantvortlern, die sich am Rand des Platzes drängten. Direkt vor mir sah ich eine Kette von etwa vierzig Eingeborenen.

Ich erhaschte einen kurzen Blick auf ein halbkugeliges Gebilde, das fast wie ein fertiges Haus der Fremden aussah. Das Ding stand genau in der Mitte des Platzes. Ich war mir sicher, dass es sich vorhin noch nicht dort befunden hatte. Dann gewahrte ich das Aufblitzen eines Speeres. Der Ring, den die Eingeborenen um etwas gebildet hatten, was vor der Halbkugel auf dem Boden lag, löste sich auf. Entsetzt schnappte ich nach Luft, als ich sah, was die düsteren Körper verborgen hatten. Das Tier war nicht einmal besonders groß, etwa zwei Meter lang und fast ebenso dick, aber es wirkte sehr gefährlich. Der beinahe kugelförmige Leib hatte ein Dutzend Beine. Messerscharfe Krallen, jede fast so lang wie ein Unterarm, zerfurchten den Sand. Ich stöhnte auf und dachte an das Erlebnis auf Tabraczon.

Der Speer steckte im vorderen Drittel des Spinnenkörpers, schwankte leicht hin und her. Es schien, dass das Tier tödlich getroffen war. Sonst wäre es wohl nicht an seinem Platz stehen geblieben. Ein lautes Zischen erklang. Die Beine knickten in den Gelenken ein. Das Tier versuchte, im Sand Halt zu finden, aber die Krallen peitschten durch die Luft. Qualvoll langsam rollte der schwere Körper hilflos zur Seite. An seiner Unterseite wurde eine runde, mit blitzenden Zähnen ausgestattete Mundöffnung sichtbar, und das, was in diesem grässlichen Maul steckte, war unverkennbar die untere Hälfte eines Eingeborenen. Er schien noch am Leben zu sein, denn seine Beinc bewegten sich. Das konnte allerdings auch auf die mahlenden Maulbewegungen zurückzuführen sein.

Schweigend warteten die Sogantvortler, bis das Leben erloschen war. Dann erst wagten sich einige in die unmittelbare Nähe der Riesenspinne, stiegen vorsichtig über die verkrampften Beine hinweg und zogen das Opfer zwischen den immer noch schnappenden Kiefern hervor. Der Fremde war grauenhaft zugerichtet. Einer der Umstehenden trat heran, wälzte ihn herum und begann, seine Wunden zu behandeln. Dabei erblickte ich die Fesseln, die man um die Handgelenke des bedauernswerten Opfers geschlungen hatte.

Die übrigen Dorfbewohner verloren jedes Interesse an ihrem halb toten Artgenossen. Während er verarztet wurde, eilten sie zu der neuen Hütte, warfen neugierige Blicke hinein und stießen kehlige Laute hervor. Auch die tote Bestie wurde gebührend bewundert. Meine Bewacher tauschten in ihrem unverständlichen Geschnatter kurz ihre Meinung aus, dann bemerkten sie, dass der Vorhang verschoben worden war. Als sich die Speerspitzen ruckartig auf mich zubewegten, zog ich hastig den Kopf ein.

Meine Beobachtungen reichten aus, um meine Lage neu zu beurteilen, der Logiksektor half mir bei der Auswertung der gewonnenen Fakten. Das Ergebnis war nicht dazu angetan, mich aufzumuntern. Zwar blieb vieles ungeklärt, aber das Prinzip, nach dem die Eingeborenen lebten, schien mir jetzt klar zu sein. Diese wundervollen Hütten waren nichts anderes als die Behausungen der Spinnen. Vielleicht stellten sie spezielle Bruthöhlen dar. Ich hatte keine Ahnung, wie die Tiere die Leuchtkugel und die kühlenden Kristalle fabrizierten, aber so langsam erschien es mir, als sei auf den ehemals von Varganen bewohnten Planeten alles möglich.

Die neue »Hütte« hatte nur einen sehr dünnen Lehmmantel. Den würde man wohl noch verstärken. Aber sie war bereits erleuchtet, so viel hatte ich erkennen können. Und zweifellos war das ganze Gebilde genauso phantastisch ausgekleidet wie der Raum, im dem ich mich befand. Das Tier, das man getötet hatte, passte gerade noch durch die Türöffnung. Krallte es sich drinnen mit seinen Füßen fest, musste es nahezu unangreifbar sein. Selbst wenn man es mit einem geschleuderten Speer tödlich traf, musste es ungeheuer schwierig sein, es stückweise aus seiner eigenartigen Höhle herauszuholen. Ganz abgesehen davon konnte es den »Kokon« im Todeskampf zerstören. Darum waren die Sogantvortler auf einen bequemeren Ausweg verfallen.

Zweifellos waren die Spinnen Fleischfresser. Man lockte sie also mit einem lebenden Köder aus ihrer Höhle, und wenn sie die Beute erfasst hatten, nutzte man den Augenblick, in dem sie nicht weiter auf die Umgebung achteten. Ich fragte mich, warum man keine Tiere zu diesem Zweck verwendete. Wahrscheinlich war es einfach so, dass es in der Wüste nur wenig jagdbares Wild gab. Die Sogantvortler setzten ihren unfreiwilligen Hauslieferanten nichts vor, was für sie selbst essbar war. Obwohl ich nicht wusste, wie es um die Moral dieser Eingeborenen stand, nahm ich nicht an, dass sie ihre nächsten Nachbarn den Bestien zum Fraß vorwarfen. Wahrscheinlicher war, dass sie Verbrecher auf diese Weise bestraften, und wenn aus dieser Richtung der Nachschub ausblieb, dienten vermutlich die Angehörigen feindlicher Stämme demselben Zweck. Einer Jagdexpedition dieser Art war ich unglücklicherweise über den Weg gelaufen.

Mir graute es bei dem Gedanken, demnächst die Rolle des Lockvogels übernehmen zu müssen. Der Eingeborene hatte das Drama lebend überstanden. Bei den hoch entwickelten Heilmethoden der Fremden war er vermutlich auch zu einem zweiten Einsatz zu gebrauchen. Die Flughäute und die ledrige Haut setzten den Zähnen der Riesenspinne einigen Widerstand entgegen. Geriet dagegen mein vergleichsweise zerbrechlicher Körper in diesen mahlenden Schlund …

*Du wirst einen Leckerbissen abgeben,* kommentierte mein Extrasinn trocken. *Nur schade, dass man dem lieben Tierchen so wenig Zeit lassen wird, diese Delikatesse zu genießen.*

Wahrhaftig, das Ding in meinem Kopf hatte eine herzerfrischende Art, mich aufzumuntern. Gegen meinen Willen faszinierte mich die Lebensweise dieser Wüstenbewohner. Die Spinnen lieferten ihnen vergleichsweise komfortable Behausungen. Um die Kokons in das Tal zu bringen, setzten sich die Sogantvortler zweifellos großen Gefahren aus. Andererseits hatten sie wohl auch hauptsächlich wegen der Riesenspinnen die Kunst der Wundbehandlung zu einer solchen Höhe entwickelt. Allerdings erhob sich die Frage, warum die so intensiv gejagten Tiere nicht längst ausgestorben waren. Handelte es sich bei den Hütten wirklich um Bruthöhlen – und die Mühe, die sich die Tiere mit dem Bau dieser Gebilde gaben, sprach dafür –, gefährdeten die Eingeborenen doch ihre eigene Existenz. Die von den Tieren irgendwie in den Leuchtkugeln und Kühlkristallen gespeicherte Energie musste sich im Lauf der Zeit verbrauchen, dann war die Hütte relativ wertlos. Mein Blick wanderte automatisch zu der Deckenlampe. Wieder glaubte ich, hinter der glasähnlichen Oberfläche eine Bewegung wahrzunehmen, und plötzlich schnappte etwas in meinem Kopf ein.

*Es hat lange genug gedauert, bis du endlich darauf gekommen bist,* lästerte der Logiksektor, während ich auf die Kugel starrte.

*Ein Ei?* Ich war mir nicht sicher, aber alle Indizien sprachen dafür. Ein kalter Luftzug schien mich anzuwehen. Natürlich, nur so kam Logik in die Angelegenheit. Unwillkürlich wich ich bis zur Wand zurück. Misstrauisch beobachtete ich die Kugel, entsann mich, dass mir, als ich zum ersten Mal das Treiben im Dorf beobachtet hatte, eine Gruppe von Eingeborenen aufgefallen war, der ich nur wenig Bedeutung beigemessen hatte. Auf einer Art Bahre hatten sie einen leblosen Körper zu dem Serpentinenweg transportiert. Es war mir so vorgekommen, als hätten sie regelrechte Angst vor dem Toten. Jedenfalls hielten sie Abstand und fassten die

Tragstangen am äußersten Ende an. Alle anderen Eingeborenen waren ihnen in weitem Bogen ausgewichen. Hatte es sich wirklich um einen gewöhnlichen Leichenzug gehandelt?

Vielleicht gaukelte mir meine überreizte Phantasie Bilder vor, die grauenhafter als die Wirklichkeit waren, aber ich glaubte nicht an diese Möglichkeit. Im Gegenteil, ein Steinchen fügte sich zum anderen, und es entstand ein perfektes Bild des Kreislaufs, in dem das Leben der Eingeborenen und der monströsen Spinnen sich abspielte. Die erwachsenen Tiere wurden getötet. Ihre Brut aber musste geschützt werden, wenn die Eingeborenen sich nicht selbst schaden wollten. Es gab auf verschiedenen Welten eine ganze Reihe von Tieren, die zu dem Zeitpunkt abstarben, in dem ihre Jungen ausschlüpften. Der Körper der toten Mutter diente dann den eigenen Kindern als erste Nahrung, durch die sie überhaupt erst zum Überleben fähig waren. Da die Bestien diese von der Natur vorgeschriebene Rolle nicht mehr übernehmen konnten, lieferte man ihren Sprösslingen einen Ersatz.

Wieder starrte ich zur Lampe hinauf. War die Bewegung hinter der milchigen Oberfläche nicht bereits heftiger geworden? Wie lange dauerte es, bis das Ding da oben ausschlüpfte und sich meiner bemächtigte? Oder warf man den Jungen nur bereits getötete Opfer vor? Ich hatte keine Lust, so lange zu warten, bis mir die Antwort auf diese Fragen in der Praxis demonstriert wurde. *Ich muss hier raus, und zwar schnell.*

*Die Wachen …* Wieder einmal hielt mich mein Logiksektor davor zurück, unüberlegt zu handeln und mich dadurch höchstens in noch größere Gefahr zu bringen. Natürlich war es nicht damit getan, die beiden Sogantvortler auszuschalten, die sich vor dem Ausgang postiert hatten. Ich war ein kostbarer Gefangener, das ganze Dorf würde mich behüten und beschützen, damit ich einen guten Köder abgab. Jetzt wünschte ich mir Magantilliken beinahe herbei. Der varganische Henker würde nicht zögern, seine Waffen gegen die Eingeborenen zu richten. Kam es zwischen ihm und den Fremden zum Kampf, ergab sich vielleicht eine Chance, zu entkommen. Aber dann fiel mir ein, dass der Henker das Risiko einer blutigen Auseinandersetzung gar nicht auf sich zu nehmen brauchte. Es reichte, dass er sich in die verlassene Station begab und sich vergewisserte, dass wir dort vor Ablauf einer gewissen Zeitspanne nicht eintrafen. Dann hatte sich sein Problem von selbst erledigt, da Chapat ohne die Hilfe der Lebenserhaltungssysteme verloren war.

*Er wird sich damit nicht zufrieden geben*, meldete sich der Embryo, der meine Gedanken verfolgt hatte. *Erstens weiß er nicht genau, welche Sicherheitsmaßnahmen meine Mutter für mich getroffen hat. Ehe er sich nicht persönlich davon überzeugen konnte, dass ich tot bin, wird er die Jagd nicht abbrechen. Zweitens vergisst du, dass er noch andere Ziele verfolgt. Es geht nicht um mich, sondern um Mutter. Nur wenn er mich lebend in die Hand bekommt, kann er sie erpressen.*

Das winzige Geschöpf dachte logisch, seine Erklärungen hatten Hand und Fuß. Es gab viele Unbekannte in diesem Spiel, aber Magantilliken war nicht weniger gefährlich als alle Bewohner dieses seltsamen Dorfes zusammengenommen. Dennoch war es offensichtlich der einzige Ausweg, der noch blieb. Wollte ich die geringe Chance nutzen, so musste ich allerdings einige Vorkehrungen treffen.

Die Nacht verging qualvoll langsam, obwohl ich ausreichend beschäftigt war. Immer wieder trat ich an die Tür und lauschte nach draußen. Ich rechnete damit, dass Magantilliken noch im Laufe der Nacht angriff. Aber der Vargane ließ sich Zeit. Der wichtigste Punkt in meinem Fluchtplan war, einen zweiten Ausgang aus dem Tal zu entdecken. Da Magantilliken vermutlich in gerader Linie auf uns zustrebte, geleitet von dem eigenartigen Instinkt, der auch meinem Sohn zur Verfügung stand, würde er meiner Berechnung nach auf den Pfad treffen, der mir beinahe zum Verhängnis geworden wäre. Ich wollte nicht warten, bis Magantilliken bereits im Dorf beschäftigt war, sondern schon bei Beginn des Kampfes flüchten. Selbst wenn der Henker die Serpentinen bereits hinter sich gelassen hatte, ehe ich dort eintraf, konnte dieser Pfad sehr leicht zu einer Falle werden. Ich würde ihn nur im äußersten Notfall benutzen, glaubte jedoch nicht daran, dass es nur diesen einen Aufstieg gab.

Meine Wächter ließen keinen Zweifel daran aufkommen, dass ich mich von der Tür fern zu halten hatte. Außerdem war mir der Teil des Tales, den ich von dort aus überblicken konnte, bereits einigermaßen bekannt. Fenster hatte die eigenartige Hütte nicht. Ich musste mir also selbst eine Gelegenheit verschaffen, die Umgebung einer näheren Betrachtung zu unterziehen. War Magantilliken erst einmal eingetroffen, blieb mir bestimmt nur noch wenig Zeit.

*Es tut mir so Leid*, bekannte Chapat bedrückt. *Hätte ich dich im Schiff nicht zur Eile gedrängt, könntest du jetzt die Waffen einsetzen, die du bei dir hattest.*

Er hatte natürlich Recht, aber mit Selbstvorwürfen war uns auch nicht gedient. Verbissen untersuchte ich noch einmal jeden Quadratzentimeter der Hütte. Vielleicht hätte ich eine Öffnung in der Wand schaffen können, indem ich den Steinblock dagegen warf. Aber erstens wäre ein solcher Versuch nicht ohne verräterische Geräusche abgegangen, und zweitens war das Ding ziemlich schwer. Schließlich blieb mein Blick an einem der Kristalle hängen. Er hatte sehr scharfe Kanten. Es erschien fraglich, ob ich mich damit durch die Lehmwand kratzen konnte, aber ein Versuch konnte nicht schaden.

Ich zog einen der Schutzhandschuhe an, die am Gürtel des varganischen Raumanzugs hingen, und berührte vorsichtig den eigenartigen Stein. Wie ich es erwartet hatte, hielt die Isolierschicht die Kälte von meinen Händen fern. Es kostete einige Mühe, den Stein aus dem Gespinst zu lösen. Als ich ihn endlich in der Hand hielt, bemerkte ich etwas Seltsames: Jene Spitze, die in den Innenraum der Hütte ragte, strahlte die meiste Kälte ab. Die Fläche des Steines, die ursprünglich der Wand zugekehrt war, fühlte sich dagegen fast normal an. Das brachte mich auf eine Idee, und ich unternahm sofort einen Versuch.

Das Gewebe war zäh und ließ sich nur schwer zerreißen, aber nach einiger Anstrengung lag die Lehmwand vor mir. Ich drückte die eisige Spitze des Kristalls dagegen – und prompt veränderte die Wand ihr Aussehen. Der Lehm durchzog sich mit unzähligen feinen Rissen. Als ich den Kristall zur Seite legte und mit der Hand über die »vereiste« Stelle strich, bröckelte das Zeug unter meinen Fingern ab. Ich grinste triumphierend. Die Hütte der Eingeborenen war also doch nicht so stabil gebaut.

Der Erfolg gab mir neuen Auftrieb, grimmig machte ich mich an die Arbeit. Ich hatte nach etwa einer halben Tonta vier Gucklöcher in die Lehmwand gebohrt. Draußen war es stockfinster. Nur an den Stellen, an denen die Eingeborenen immer noch damit beschäftigt waren, die Auswirkungen des Sturmes zu beseitigen, blakten primitive Fackeln. In ihrem unruhigen Licht beobachtete ich, dass das

Dorf kaum bewacht war, und ich registrierte auch, dass der Sturm sich jetzt anscheinend völlig gelegt hatte. Schon bald arbeiteten nur noch wenige Eingeborene, die anderen zogen sich nach und nach in ihre Behausungen zurück. Von einem anderen Zugang zum Talkessel sah ich leider noch immer nichts. Dafür entdeckte ich, dass man den Serpentinenpfad abgesichert hatte. Ein paar Eingeborene hockten an seinem unteren Ende im Schutz eines aus Ranken geflochtenen Daches. Sie hatten eine Fackel neben sich in den Sand gesteckt, deutlich sah ich die Speere, die sie griffbereit neben sich liegen hatten.

Dennoch schien mir die Gelegenheit zur Flucht günstig. Mit Hilfe des Kristalls war es nicht schwierig, ein Loch in die Wand zu bohren, durch das ich hinauskriechen konnte. Die Wachen vor der Tür würden mit einem Angriff aus dieser Richtung nicht rechnen. Hatte ich erst ihre Speere, würde ich irgendwie auch mit den Posten am Aufstieg fertig werden. Ich wollte gerade mit der Arbeit beginnen, als ich eine ungeheure Schwäche in mir aufsteigen fühlte. Ich taumelte und schaffte es gerade noch, bis zu dem Bett zu kriechen, ehe ich die Gewalt über meinen Körper verlor. Verzweifelt kämpfte ich gegen den mir unerklärlichen Anfall, bis endlich Chapats Stimme zu mir vordrang.

*Es ist das Mittel, mit dem man deine Wunden behandelt hat. Die Wirkung ist jetzt vorbei. Es ist besser, du ruhst dich aus. Dein Körper braucht Schlaf.*

»Und wenn Magantilliken inzwischen eintrifft?«

*Ich werde es spüren*, versuchte mich der Ungeborene zu beruhigen. *Sobald es so weit ist, werde ich dich durch Gedankenimpulse wecken. Schlaf jetzt.*

Ich wehrte mich noch immer. Aber die Müdigkeit war stärker, schließlich gab ich auf. Auch der Logiksektor war der Meinung, es sei besser, dass ich mich jetzt schonte. Es konnte sein, dass der Henker uns noch bis zum nächsten Abend warten ließ, und so lange hielt ich es ohne Ruhepause nicht durch. Vor allem musste ich bedenken, dass ich nach der Flucht aus dem Tal noch einen weiten Weg durch die Wüste zurückzulegen hatte.

# 15.

Aus: *Kampftechnikenbuch der Dagoristas*; *Ratschläge der Dagor-Ausbildung*; Shandor da Lerathim, um 5700 da Ark

*In der Zeit, in der du nicht zu kämpfen brauchst, musst du deinen Verstand benutzen; bedenke still Vergangenes, Gegenwärtiges und Zukünftiges. Dann wirst du im nächsten Kampf gewinnen.*

**Sogantvort: 16. Prago des Ansoor 10.498 da Ark**

Zu behaupten, ich hätte in dieser Nacht schlecht geschlafen, war eine schlichte Untertreibung. In meinen Träumen kämpfte ich abwechselnd gegen eine Riesenspinne und den varganischen Henker, manchmal auch gegen beide gleichzeitig. Mehrere Male schrak ich schweißbedeckt hoch, glaubte Kampflärm von draußen zu hören und wankte schlaftrunken zu meinen Gucklöchern, nur um festzustellen, dass im Dorf alles ruhig war. Erst gegen Morgen fiel ich in festen, traumlosen Schlaf.

Schnatternde Eingeborenenstimmen weckten mich. Ich setzte mich verwirrt auf. Die Hütte war leer, aber die Stimmen der Fremden waren ganz nahe, als fände die Unterhaltung direkt neben der Lehmwand statt. Erschrocken sprang ich auf und sah hinaus. Ich hätte mir die Aufregung sparen können, meine Gucklöcher waren noch nicht entdeckt worden. Es handelte sich nur um ein paar Dorfbewohner, die sich mit meinen Wächtern auf ein Schwätzchen eingelassen hatten.

Es war noch sehr früh, soweit sich das bei der ständigen Dämmerung beurteilen ließ. Ich fühlte mich zerschlagen, verzichtete jedoch darauf, mich noch einmal hinzulegen. Nach einem knappen Konzentratfrühstück bezog ich erneut Posten und beobachtete das Dorf. Allmählich wurde es etwas heller. Meine Nervosität wuchs. Zwar waren die Löcher in der Wand nur etwa daumendick, aber einem aufmerksamen Beobachter mussten sie auffallen. Außerdem fürchtete ich, ein Eingeborener könnte hereinkommen und mich bei meinen Beobachtungen überraschen. Es erschien mir schon seltsam genug, dass man sich bisher überhaupt nicht um mich gekümmert hatte.

Ich verfluchte die Müdigkeit, die mich daran gehindert hatte, im

Schutz der Nacht zu fliehen. Inzwischen waren die Sogantvortler wieder auf den Beinen, unsere Lage hatte sich in keiner Weise verbessert. Chapat versicherte mir, es ginge ihm gut und er würde es noch bis zum nächsten Tag aushalten. Das beruhigte mich etwas. Der Ungeborene drängte auch nicht mehr zum Ausbruch, wie er es anfangs immer wieder versucht hatte.

Die körperlichen Kräfte der Eingeborenen hatte ich gestern am eigenen Leib zu spüren bekommen. Unbewaffnet konnte ich ihnen tagsüber kaum entwischen, solange sie nicht anderweitig stark beschäftigt waren. Kaum war der während der Nacht nur schwach bewölkte Himmel einigermaßen hell geworden, tauchten auch schon die Vorboten des Sturmes auf, der auf Sogantvort täglich zu toben schien: Lange Sandfahnen wehten über die Ränder des Steilhangs, aber die Windschirme, die überall wie seltsame, flache Pilze an den Felswänden verteilt waren, fingen das meiste auf.

Die Eingeborenen waren an die Zustände in diesem Tal offensichtlich gewöhnt und nahmen seelenruhig ihre Arbeiten wieder auf. Ich konnte mir nicht vorstellen, dass sie das Tag für Tag durchhielten. Aber vielleicht gab es auch günstigere Jahreszeiten. Für den Bau ihrer Befestigungen verwendeten sie Holz, also mussten auch irgendwo Pflanzen gedeihen. Es war mir ein Rätsel, warum sie sich nicht längst in diese freundlicheren Gefilde zurückgezogen hatten. Während mir diese Überlegungen durch den Kopf wanderten, suchte ich immer wieder nach einem Ausweg aus dem Talkessel. Je länger ich die steilen Hänge betrachtete, desto merkwürdiger erschienen sie mir. Es gab Stellen, die aus glatten, wie glasiert aussehenden Felsen bestanden. Irgendwie wirkte dieser Zufluchtsort künstlich. Die obere Begrenzung des Tales war so regelmäßig, als hätte man hier einen gigantischen Krater in die Wüste geschmolzen.

Auf jeden Fall war es unmöglich, ohne Hilfsmittel den Hang hinaufzukommen. Weder die Felsen noch die Sandflächen hätten mir einen Halt geboten. Ich dachte schon, es gäbe tatsächlich nur den einen Weg, als ich auf der entgegengesetzten Seite zum Dorfplatz eine Gruppe von Eingeborenen bemerkte, die aufgeregt nach oben deuteten. *Der Henker?* Ich verrenkte mir fast den Hals, aber dann stellte ich fest, dass die Erregung der Fremden eine andere Ursache hatte. Auf dem steinernen Rand des Tales standen einige Sogantvortler. Sie gaben denen, die unten warteten, offensichtlich bestimmte Zeichen, denn ein lautes Freudengeheul drang zu mir herüber. In aller Eile rannten einige der Wesen zu einer Anlage, die ich bisher für einen Teil der Schaufelräder gehalten hatte, die den angewehten Sand wieder wegbeförderten. Es stellte sich jedoch heraus, dass es sich um eine Plattform von schätzungsweise zehn Metern Durchmesser handelte. Als ich das misstönige Quietschen hörte und sah, wie sich diese Platte allmählich hob, wusste ich Bescheid.

*So also transportieren sie die Kokons mit den Riesenspinnen in das Tal.* Die Seile, an denen die Plattform hing, sah ich erst jetzt. Man hatte sie oben an den Felsen verankert. Wahrscheinlich funktionierte die ganze Sache nach dem Prinzip eines Flaschenaufzugs. Die eigentliche Apparatur blieb hinter den Körpern der Fremden verborgen, die alle Hände voll zu tun hatten, die Plattform zu bewegen. Ich hielt den Atem an, als ich sah, wie der schwere Kokon über den Felsrand geschoben wurde. Die Plattform schwankte, aber die Eingeborenen hingen in Trauben an den Seilen. Sie schafften es tatsächlich, die schwere Last sicher herabzuholen. Das Ganze spielte sich in etwa zweihundert Metern Entfernung ab. Bis in die Hütte hinein hörte ich deutlich ein wildes Zischen – die Spinne schien zu ahnen, was ihr bevorstand.

*Du ahnst es hoffentlich auch,* bemerkte mein Extrasinn lakonisch.

Ich schrak zusammen. Über meinen angestrengten Beobachtungen hatte ich fast vergessen, welche Folgen das Jagdglück der Fremden für mich haben musste. Mir blieb nicht mehr viel Zeit. Im Moment nahm der Sturm noch an Kraft zu. Die Fremden hatten ihre liebe Mühe mit dem Abseilen des Kokons, überall waren Sandmassen zu beseitigen, die trotz der Schutzvorkehrungen in das Tal geweht wurden. Aber sobald die Lage weniger kritisch war, musste ich mich darauf gefasst machen, dass man mich als Köder präparierte.

Unter diesen Umständen durfte ich nicht mehr auf Magantilliken warten. Ehe ich mich abschlachten ließ, wollte ich lieber die gefährliche Flucht riskieren. An der Stelle, an der sich der Flaschenzug befand, bestand die Steilwand zum größten Teil aus glattem Fels. Die Seile verliefen schräg nach oben, einige waren dem Gestein sehr nahe. Hangelte ich mich an ihnen hoch, konnte ich mich zumindest stellenweise mit den Füßen abstützen. Entschlossen begann ich, meinen Ausbruch vorzubereiten.

Die Plattform war unterdessen am Boden angekommen. Über ein System von Seilen zog man den Kokon samt seinem zischenden und fauchenden Bewohner weiter. Ab und zu unterbrach ich meine Arbeit, um die weiteren Vorgänge zu beobachten. Die Spinne, deren Opfer ich vermutlich werden sollte, war äußerst gereizt. Immer wieder langte eines der langen schwarzen Beine aus der Öffnung. Klauenfüße mit stählern blinkenden Krallen schlugen nach den Arbeitern. Aber die Eingeborenen hielten sich in sicherer Entfernung, waren an den Umgang mit diesen Tieren gewöhnt. Die Jüngeren unter ihnen schienen sogar ihren Spaß an der sinnlosen Wut der Riesenspinne zu finden, versuchten, ihre Geschicklichkeit zu beweisen, indem sie das Tier mit langen Stangen reizten. Wäre es plötzlich aus der Öffnung seines Nestes gekrochen und über sie hergefallen, wäre ihr Übermut wohl rasch gesunken. Aber es war wohl eine Eigenart dieser Tiere, selbst bei großer Gefahr in ihrer Höhle zu verharren.

Ich kannte jetzt die Dicke der Lehmwand und arbeitete deshalb schnell und zielstrebig. Auf einer Fläche, die groß genug war, um mir ein müheloses Hindurchspringen zu ermöglichen, zerbröckelte ich mit Hilfe des eiskalten Kristalls den Lehm. Ich ließ nur eine dünne Kruste stehen, damit man von außen nichts sah. Ein Fußtritt würde ausreichen, um dieses Hindernis zu beseitigen. Angespannt beobachtete ich die Fremden weiter. Chapats Behälter hielt ich griffbereit, um keine Zeit zu verlieren. Ich wollte fliehen, sobald die Eingeborenen sich auf dem Platz versammelten. Es schien sich bei der Überwältigung der Spinnen um eine Art Volksbelustigung zu handeln, und ich hatte vor, die allgemeine Vorfreude auf das Schauspiel auszunutzen.

Aber dann kam alles ganz anders. Das erste Anzeichen bildeten einige Eingeborene, die in wilder Hast den Pfad herunterkamen. Erst dachte ich, es habe sich wieder einmal eine Lawine gelöst, aber dann bemerkte ich, dass sie verletzte Artgenossen mit sich schleppten. Kaum waren sie im Dorf angekommen, ertönten schrille Rufe, die alle Eingeborenen zusammeneilen ließen. Nach einigen Augenblicken spritzten sie aufgeregt auseinander. Manche rannten in ihre Hütten und liefen dann – mit Speeren bewaffnet – auf das Ende des Pfades zu. Die Kinder, die sich außer in der Größe durch nichts von den Erwachsenen unterscheiden ließen, wurden in die Hütten geschickt. Nachdem diese Vorbereitungen getroffen waren, breitete sich lähmendes Schweigen über dem Dorf aus.

Ich wechselte meinen Standort und bekam einen der Verletzten zu sehen, den man auf dem Dorfplatz behandelte. Deutlich erkannte ich die Spuren eines *Strahlschusses*. Aus den Gesten der Dorfbewohner, die sich um die Verwundeten kümmerten, glaubte ich, Entsetzen herauszulesen. Das war leicht zu begreifen. Diese Wesen kannten keine besseren Waffen als ihre Speere. Energiestrahlen mussten ihnen wie die vernichtenden Kräfte böser Dämonen erscheinen. Für mich dagegen ließen diese Vorfälle nur eine Schlussfolgerung zu: *Magantilliken!* Im nächsten Moment konnte ich feststellen, wie nahe er bereits war. Ein greller Blitz zuckte durch die bedrückende Dämmerung, dann fiel eine der Hütten in sich zusammen. Die Gewebe im Innern fingen Feuer, mannshohe Flammen schlugen aus den Lehmtrümmern.

Die Schreie verletzter und sterbender Eingeborener erfüllten plötzlich das Tal, Panik brach aus. Die Erkenntnis, dass ihre Behausungen ihnen diesem Feind gegenüber nicht den geringsten Schutz boten, musste für die Sogantvortler furchtbar sein. Einige versuchten, sich in die Luft zu erheben. Die meisten rannten kopflos durcheinander. An Gegenwehr schien keiner zu denken. Und dann kam einer der eben herbeitransportierten Behausung der Riesenspinne zu nahe. Das Tier musste bis aufs Blut gereizt sein. Ohnmächtig hatte es alles über sich ergehen lassen müssen. Hinzu kamen der plötzliche Lärm, das Geschrei der Verwundeten, der grelle Energieblitz und die Flammen in der Nähe. Und zu allem Überfluss rannte einer seiner Todfeinde ihm fast in die Fänge. Ich sah, wie der schwere Körper durch die Öffnung katapultiert wurde, und schloss für einen Augenblick unwillkürlich die Augen. Als ich wieder hinsah, wälzte sich die Riesenspinne wie ein Panzerfahrzeug durch die Reihen der vor Entsetzen erstarrten Eingeborenen.

Die scharfen Klauen schlugen zielbewusst zu. Das Tier mähte Dutzende seiner Peiniger nieder, ehe diese überhaupt begriffen, welches Unheil über sie hereingebrochen war. Die Kraft und die Geschwindigkeit, die die Spinne an den Tag legte, waren erstaunlich. Im Vergleich dazu hatte das Tier, das man gestern Abend so elegant erledigte, geradezu verschlafen gewirkt. In wilder Wut tobte es über den Platz. Die beiden Wachen vor meiner Tür warfen sich dem Ungeheuer in den Weg. Ihre Speere flogen fast synchron durch die Luft. Aber die scharfen Spitzen blieben im glänzenden

Panzer der Riesenspinne stecken, ohne ihr ernsthaften Schaden zuzufügen.

Das Tier warf sich herum und wandte sich den neuen Angreifern zu. Ein einziger Tritt mit einem der riesigen Beine reichte, dann lagen zwei zerfetzte Körper im Sand. Die anderen Sogantvortler wandten sich schreiend zur Flucht. Direkt in meiner Nähe ging eine zweite Hütte in Flammen auf. Glühende Fetzen wirbelten durch die Luft. Einer traf die Spinne und blieb auf ihrem Rücken hängen. Halb wahnsinnig vor Wut und Schmerzen, raste sie auf die Behausung zu, in der ich steckte.

Damit war die Entscheidung gefallen. Ich hätte Magantilliken lieber noch etwas Zeit gelassen. Je tiefer er in das Tal kam, je intensiver er sich mit den Flugwesen befassen musste, desto leichter musste es mir werden, unbemerkt zu fliehen. Aber das heranrasende Vieh zwang mich, meine Pläne zu ändern. Ich trat die dünne Lehmkruste ein, die mich noch von der Freiheit trennte. Als ich mich durch die Öffnung warf, sah ich aus den Augenwinkeln, wie die Tierhaut vor dem Eingang von einer metallisch blitzenden Kralle zerfetzt und zur Seite geschleudert wurde. Dann rollte ich mich im Sand ab und duckte mich in den Schatten der Hüttenwand.

Erst draußen roch ich den entsetzlichen Gestank. Der Qualm, der aus den brennenden Hütten aufstieg, mischte sich mit dem Geruch nach verbranntem Fleisch. Von der anderen Seite der Behausung schrillten die Schreie der Eingeborenen herüber. Nur eine Hütte lag zwischen mir und dem freien Gelände, das bis an die Seilwinde heranreichte. Der Weg war frei, aber obwohl mein Instinkt mich dazu drängte, in wilder Flucht davonzustürmen, beherrschte ich mich mühsam. Ich musste wissen, was im Dorf vorging und was Magantilliken tat.

Lautlos schob ich mich an der Wand entlang. Jenseits der Lehmkruste zischte und fauchte die Spinne. Der Rauch, der aus den von mir gebohrten Löchern drang, verriet mir, dass das Tier geradewegs in neue Schwierigkeiten gestolpert war. Offenbar hatte es den glimmenden Fetzen mit sich geschleppt, und die von seinen Artgenossen gesponnenen Gespinstmatten entflammten leicht. Entweder kam die Spinne also in der Hitze um, oder sie verließ die Hütte rechtzeitig und führte ihren Kampf gegen die Eingeborenen weiter.

Ich blickte an der gekrümmten Wand der Hütte entlang auf den Platz hinaus. Niemand schien sich mehr um mich zu kümmern. Die Eingeborenen mussten annehmen, dass ich längst ums Leben gekommen war – sofern sie überhaupt noch einen Gedanken an mich verschwendeten. Die meisten hatten sich inzwischen zurückgezogen, denn sie begriffen wohl, dass sie es mit einer tobenden Riesenspinne nicht aufzunehmen vermochten. Am Rande des Platzes sah ich eine Gruppe bewaffneter Männer vorbeieilen. Sie liefen in Richtung auf den Pfad davon. Dort musste sich jetzt schon eine ganze Menge von Dorfbewohnern versammelt haben. Hielten sie sich geschickt in der Deckung der Felsen, hatten sie durchaus die Chance, Magantilliken Schwierigkeiten zu bereiten.

Den Standort des Henkers erkannte ich, als der Vargane den nächsten Schuss abgab. Er war bereits etwa auf der Hälfte des Hanges angelangt. Die Hütte, die er diesmal traf, explodierte förmlich. Ein Regen flammender Fetzen ergoss sich über die Siedlung. Ein paar Eingeborene hielten sich im Bereich des Feuerregens auf. Ihre Flughäute gerieten sofort in Brand. Obwohl diese Wesen mir ein nicht gerade erfreuliches Schicksal zugedacht hatten, biss ich die Zähne zusammen, als ich die armen Kreaturen sah, die sich schreiend im Sand wälzten, während das Feuer sich rasend schnell über ihre Körper ausbreitete.

Ich verstand Magantilliken nicht. Keiner der Eingeborenen wäre auf Speerwurfweite an ihn herangekommen, solange er den Strahler in der Hand hielt. Er hätte Chapat und mich in aller Ruhe holen können, ohne dass einer der Fremden ihn anzugehen gewagt hätte. Stattdessen schien er es darauf anzulegen, dieses Dorf völlig zu vernichten. Wie konnte er der Tatsache gewiss sein, dass der Embryo sich nicht in einer der vernichteten Hütten befand? Oder irrten wir uns, wenn wir annahmen, dass er Chapat auch weiterhin als Druckmittel gegen Ischtar einzusetzen gedachte?

Ich hatte keine Zeit, mir darüber den Kopf zu zerbrechen. Die Gelegenheit zur Flucht würde nie wieder so günstig sein. Gerade als ich aufspringen und in Richtung auf die Seilwinde davoneilen wollte, wurde ich jedoch noch einmal durch das wütende Tier in meinem Vorhaben gehindert. Die Hitze innerhalb der Hütte musste inzwischen beträchtlich sein. Die Lehmwand fühlte sich außen bereits sehr warm an. Ich rechnete schon damit, dass die Riesenspinne in ihrem selbst gewählten Gefängnis verenden würde, aber die Riesenspinne war widerstandsfähiger, als ich dachte.

Ich zuckte zurück, als ich nur etwa zwei Meter vor mir eine der scharfen Klauen aufblitzen sah. Der Körper folgte mit ungeheurer Wucht nach. Das Ding zischte wie ein Dampfkessel kurz vor der Explosion. Seine Wut musste unvorstellbar sein. Mit untrüglichem Instinkt raste es auf eine Gruppe von Eingeborenen los, die sich in der fragwürdigen Deckung einer Hütte verborgen hatten und wohl auf den Tod des Ungeheuers warteten. Das Ende ereilte sie nun selbst. Aber so tragisch das für die Eingeborenen sein mochte, mir bescherte es einen unschätzbaren Vorteil.

Magantilliken musste inzwischen bemerkt haben, dass die Panik im Dorf einen Punkt erreicht hatte, an dem sie kaum noch zu steigern war. Er gab im Augenblick keinen weiteren Schuss ab. Die Dorfbewohner vergaßen beim Anblick der wütenden Spinne prompt den Gegner, der ihnen das ganze Unglück eingebrockt hatte. Die letzten Überlebenden flohen aus der Umgebung des Dorfplatzes. Die Spinne, die sich jetzt durch alles reizen ließ, was sich bewegte, verfolgte sie unter lautem Fauchen. Schon vorher hatte ich den Speer bemerkt, der vor dem Eingang lag. Die Spinne musste die Waffe abgestreift haben, als sie durch das Loch brach. Solange sie noch in der Hütte hockte, hatte ich es nicht gewagt, mir diese willkommene Beute anzueignen.

Mit einem letzten Blick vergewisserte ich mich, dass niemand mich beobachtete, dann hechtete ich vorwärts. Als ich die Stange aus erstaunlich hartem, elastischem Holz in der Hand spürte, fühlte ich mich wohler. Wenigstens war ich nun nicht mehr ganz wehrlos. Jetzt gab es für mich keinen Grund mehr, auch nur einen Wimpernschlag länger zu warten. Im Laufen befestigte ich Chapats Behälter mit Hilfe des Gürtels und der Magnetverschlüsse so vor meiner Brust, dass er auch bei der Turnerei an den Seilen nicht herabfallen konnte. Den Speer behielt ich in der Hand. Selbst wenn es so aussah, als seien die Eingeborenen in ihrer Panik unfähig, auch nur die einfachsten Überlegungen anzustellen, musste ich doch damit rechnen, einige von ihnen bei der Winde anzutreffen. Es war der einzige Fluchtweg aus dem Tal, seit Magantilliken den Serpentinenpfad versperrte.

Meine Vorsicht erwies sich als berechtigt. Ungefähr ein Dutzend der Sogantvortler drängte sich um die primitive Apparatur. Einer turnte bereits an einem Seil hinauf. So geschickt diese Eingeborenen jedoch sonst waren – das Klettern schien nicht ihre Stärke zu sein. Der Fremde kam nur langsam voran. Sozusagen in der Luft zu hängen und doch nicht zu fliegen war für ihn sicherlich ein ungewohnter Zustand. Instinktiv entfaltete er die Flughäute, als das Seil ins Schwanken geriet, und gerade damit besiegelte er sein Schicksal.

Der Sturm, der sich heulend an den oberen Felsen brach, bildete entlang der Hänge unberechenbare Turbulenzen. In den eigentlichen Talkessel drang er nur gedämpft vor, aber in halber Höhe, wo sich der Fremde inzwischen befand, besaßen die Wirbel bereits verheerende Kräfte. Ich sah, wie sich die Flughäute unter dem Ansturm der Luft durchbeulten. Nur kurz vermochte der Fremde sich noch an das Seil zu klammern, dann wurde er davongeweht. Das alles ging so schnell, dass er nicht mehr dazu kam, seine Geschicklichkeit im Fliegen einzusetzen. Wic einen Stofffetzen schleuderte die Bö ihn herum und warf ihn gegen die Felsen.

Kein lebendes Wesen konnte einen solchen Aufprall und den nachfolgenden Sturz überstehen. Als der Körper des Fremden mit einem dumpfen Laut in den Sand neben der Winde fiel, begriffen seine Artgenossen, dass dieser Ausweg genauso gefährlich war wie die Vorgänge, die sich hinter ihnen im Dorf abspielten. Sie kannten Sogantvort besser als ich und hatten vermutlich schon vorher an einem Erfolg gezweifelt. Bis auf einen wandten sie sich ab. Eine kleine Gruppe lief ins Dorf zurück, andere hasteten weiter zu dem nächstliegenden Sandschaufelgerät. Was sie dort wollten, wusste ich nicht, denn die beiden dünnen Seile, an denen in etwa über zwei Metern Abstand aus Holzstücken zusammengefügte Eimer hingen, boten nun schon gar keinen Fluchtweg. Der Letzte lief direkt auf mich zu.

Er bemerkte mich erst, als es für ihn schon zu spät war. Die überall aufflackernden Brände und der unbeschreibliche Lärm mussten ihn restlos verwirrt haben. Hinzu kam, dass er sich noch immer nicht an den Gedanken gewöhnt hatte, er könne innerhalb des Tales einem Feind begegnen. Es widerstrebte mir, einen Wehrlosen zu töten, aber der Kerl sprang mich an. Dabei spreizte er die Arme etwas ab, um mit seinen Flughäuten seine Richtung korrigieren zu können. Dadurch wurde er jedoch auch etwas langsamer – so erhielt ich Zeit, mich auf seinen Angriff vorzubereiten. Eines war klar: Genau wie bei dem varganischen Henker durfte ich mich auf einen direkten Kampf nicht einlassen. Obwohl die Wunden an meiner Schulter inzwischen praktisch verheilt waren, erinnerte ich mich noch zu gut an die Kraft, die in diesen sehnigen, dürren Armen steckte. Ich wich mit einem Sprung zur Seite in der Absicht, ihm den Speer über den Kopf zu schlagen und ihn zu betäuben. Aber der Fremde änderte blitzschnell seine Flugbahn, jedoch in der Hast des Angriffes nicht gut genug, um mich doch noch zu erwischen. Stattdessen raste er genau in den Speer hinein und starb auf der Stelle.

Ich riss den Speer aus dem Körper meines Gegners, rannte weiter und bemerkte, dass ein anderer Eingeborener inzwischen an den Seilen entlangturnte. Er entdeckte mich, als ich mich an einem Seil hinaufhangelte. Sofort verdoppelte er seine Bemühungen. Gelangte er aus dem Tal hinaus, wo er seine Flugkünste wieder einsetzen konnte, hatte ich es mit einem Gegner zu tun, der mir zumindest einen neuen Aufenthalt bescherte. Mir blieb nichts anderes übrig, als mir diesen potenziellen Feind vom Hals zu schaffen. Es ging nicht nur um mein Leben, sondern auch um das meines Sohnes. Die beiden Seile waren nur etwa eineinhalb Meter voneinander entfernt. Die Arme des Eingeborenen waren lang genug, dass er mich packen konnte, sobald ich in seine Reichweite kam. Ich hing ein paar Meter unter ihm, den Speer zwischen den Zähnen. Er kam langsamer voran als ich. Mir war klar, dass es zum Kampf kommen musste. Noch zögerte ich. Schließlich gab der Eingeborene durch sein Verhalten den Ausschlag. Er hielt im Klettern inne und streckte vorsichtig den linken Arm aus, bemüht, seine Flughaut nicht zu weit auszubreiten.

Ich wusste, was er vorhatte. Gelang es ihm, das benachbarte Seil zu packen, konnte er es in Schwingungen versetzen. Selbst wenn es mir gelang, mich trotzdem zu halten – was ich stark bezweifelte –, verschaffte er sich einen Vorsprung. Auch ich spürte jetzt den Sog des Sturmes. Der Fremde hatte nur noch wenige Meter zurückzulegen, dann konnte er sich wieder auf seine Flughäute verlassen. Ich klammerte mich mit einer Hand und den Beinen an das raue, aus zähen Pflanzenfasern geflochtene Seil und griff mit der Rechten nach dem Speer. Die Spitze war lang und besaß drei rasiermesserscharfe Schneiden. Während der Wind an meinem Körper zerrte und unten im Dorf erneut eine Hütte in Flammen aufging, setzte ich die eine Kante gegen das Seil, an dem der Sogantvortler hing. Nur wenige Schnitte waren notwendig, dann zerriss das Geflecht.

Als das Seil plötzlich schlaff wurde und er auf die Felsen zufiel, gingen seine Nerven mit ihm durch. Der Sturm fuhr unter seine ausgebreiteten Flughäute, ich hörte seinen schauerlichen Schrei, als er davongewirbelt wurde. Ich klemmte den Speer wieder zwischen meine Zähne und kletterte hastig weiter. Aber meine Flucht war offensichtlich doch nicht unbemerkt geblieben. Ich hörte das Sausen eines Speeres, der verdammt gut geworfen worden war. Zum Glück änderte der Wind die Flugbahn etwas ab, sonst hätte mein Ausbruchsversuch in diesem Moment ein jähes Ende genommen. Ich sah nach unten. Zwei Sogantvortler standen dort, beide starrten zu mir herauf. Eben wollte der eine seinen Speer werfen, als sein Gefährte eine bessere Idee hatte und nach meinem Seil griff. Die Felswand kam auf mich zu, doch ich hatte bereits die Beine ausgestreckt und konnte den Aufprall einigermaßen abfangen. Bislang hatte sich die Wand einige Meter entfernt befunden, nun fanden meine Füße einen sicheren Halt.

Der Plan der beiden Eingeborenen, mich an den Felsen zu zerschmettern, hatte somit genau die entgegengesetzte Wirkung. Ich kam jetzt viel schneller voran. Mir lief der Schweiß aus sämtlichen Poren, als ich die Felsbarriere am Rand des Tales erreichte. Hier oben erfasste mich der Sturm mit voller Kraft. Ich musste den Speer fallen lassen und den Helm des Raumanzugs schließen, denn der Sand prasselte mir ins Gesicht und ließ meine Augen so stark tränen, dass ich fast blind war. Die Wirbel waren unberechenbar. Im einen Augenblick zogen sie mich in die Luft hinaus, im nächsten Moment schon schleuderten sie mich wieder gegen die Wand. Ich klammerte mich fest und arbeitete mich in den Augenblicken, in denen ich Halt unter den Füßen fand, Zentimeter um Zentimeter nach oben. Für die Vorgänge im Tal hatte ich jetzt keinen Blick mehr übrig.

Dann kam der Punkt, an dem das Tau über den Felsen lief, und ich holte die letzten Reserven aus meinem geschundenen Körper. Irgendwie schaffte ich es, mich über den Kamm zu ziehen, lag plötzlich in einer windgeschützten Mulde. Über mir kreischten die Sandkörner auf den Felsen. Halb besinnungslos blieb ich liegen.

Erst nach einer Weile fand ich die Kraft, um weiterzukriechen. Ich bewegte mich in einer Rinne zwischen zwei parallelen Steinwällen und machte mir Sorgen um Chapat, der bei dieser Flucht kräftig durchgerüttelt worden war. Aber der Embryo beruhigte mich schnell. *Es geht mir gut. Allerdings wird es Zeit, dass wir uns auf den Weg machen. Meine Reserven werden bald erschöpft sein.*

»Kannst du feststellen, was Magantilliken macht?«

*Leider nein. Aber ich fühle seinen Hass. Er ist uns ziemlich nahe.*

»Gib mir ein Zeichen, sobald wir uns in gerader Linie zwischen dem Tal und der Station befinden«, bat ich erschöpft. »Ich möchte so lange wie möglich im Windschatten bleiben, um Kräfte zu sparen.«

Der Weg schien endlos lang. Einmal kam ich an einer Stelle vorüber, an der die Felsbarriere zum Tal hin eine schmale Lücke aufwies. Unten im Dorf brannte es immer noch. Die meisten Hütten waren zerstört. Von den Eingeborenen sah ich nichts mehr. Die Überlebenden waren in panischer Angst geflohen. Die Riesenspinne, der ich als Köder hatte dienen sollen, lag in der Nähe des Serpentinenpfades regungslos am Boden. Im Feuerschein sah ich jedoch eine Gestalt in schimmerndem Raumanzug, die von Hütte zu Hütte eilte: *Magantilliken!* Er suchte uns noch immer zwischen den rauchenden Trümmern des fast zerstörten Dorfes.

*Er weiß, dass ich noch lebe und in der Nähe bin*, flüsterte Chapat sofort. *Aber er kann mich nicht genau lokalisieren. Sobald wir uns von dem Tal entfernen, wird er aufmerksam werden.*

Ich biss die Zähne zusammen, kroch von der Lücke weg und legte eine kurze Pause ein. Ich durchsuchte die Taschen meines Anzugs und fand unter der Notausrüstung einen kleinen Medikamentenkasten. Eine Büchse erregte meine Aufmerksamkeit.

*Wundspray*, teilte Chapat mir lakonisch mit. Ich sah nach den Befestigungen des Behälters. Im Weiterkriechen zerkaute ich einen Konzentratriegel. Wahrscheinlich befanden sich unter den Medikamenten auch Anregungsmittel, die ich jetzt dringend hätte brauchen können. Aber ich zögerte, eine solche Droge zu nehmen. Was in diesem Anzug steckte, war für den Körper eines Varganen bestimmt – auf mich hätten diese Mittel vielleicht eine ganz andere Wirkung ausgeübt.

Etwa eine Dezitonta später kam Chapats Zeichen. Ich kroch über die Felsen hinweg, vor mir öffnete sich erneut das Chaos aus Sturm und fliegendem Sand.

Ich rannte um mein Leben. Nur die Gewissheit, dass uns der varganische Henker im Nacken saß, trieb mich weiter. Ich war so erschöpft, dass ich mich am liebsten an Ort und Stelle in den Sand geworfen hätte, um zu schlafen. Aber dem übermächtigen Drang nach Ruhe nachzugeben wäre zweifelsohne eine andere Form von Selbstmord gewesen. Seit Tontas folgte ich den Hinweisen, die Chapat mir gab. Ich selbst hatte keine Ahnung, wo wir uns befanden. Ich hätte niemals zum Tal, geschweige denn zu Ischtars Schiff zurückgefunden. Der Sturm hielt unvermindert an. Nur selten gönnte ich mir eine kurze Rast. Es kostete mich jedes Mal mehr Selbstüberwindung, aufzustehen und weiterzulaufen. Längst war ich so abgestumpft, dass ich an etwaige Gefahren gar nicht mehr dachte.

Und dann kam die Nacht. Zum Glück waren die Sandflächen hell genug, mich wenigstens die gröbsten Hindernisse rechtzeitig erkennen zu lassen. Aber die Dunkelheit stellte ein weiteres Problem dar. Ich hatte bisher nicht feststellen können, wie lange eine Nacht auf Sogantvort dauerte.

»Wie weit ist es noch?«, erkundigte ich mich bei Chapat, als ich mich kurz im Windschatten eines Felsens ausruhte.

*Ich weiß es nicht*, erwiderte der Embryo niedergeschlagen. *Ich kenne die Richtung, nicht aber die Entfernung.*

Das waren ja herrliche Aussichten!

*Magantilliken ist nicht ohne Grund auf Sogantvort gelandet*, mischte sich mein Extrasinn ein. *Er hat sich von der alten Station einen Nutzen versprochen. Schon deshalb ist anzunehmen, dass der Stützpunkt nicht allzu weit vom Schiff entfernt liegt.*

Das mochte durchaus richtig sein. Der wunde Punkt war nur, dass uns die Eingeborenen zu einem großen Umweg gezwungen hatten. Zwar waren Chapats Reserven noch nicht erschöpft, aber der Augenblick, an dem es für den Embryo zu spät war, kam unweigerlich näher. Magantilliken hatte zwar im Tal eine Menge Zeit verloren, aber wie mein Sohn mir berichtete, hatte er unsere Spur inzwischen wieder gefunden. Also marschierte ich weiter. Es war irgendwie merkwürdig. Ich war allein – und doch in gewisser Weise zu dritt. Chapat war bei mir. Ein Embryo, nichts weiter, und dennoch das einzige Wesen, das mir den Weg zu zeigen vermochte. Und dann gab es noch den Extrasinn, der sich auf intellektueller Basis wie ein selbständiges Wesen verhielt.

Als ich merkte, dass der Boden anzusteigen begann, fragte ich mich, wie lange diese Finsternis noch dauerte. Die Steigung wurde steiler. Sand rutschte unter meinen Füßen weg. Mir wurde klar, dass wir ein Gebiet erreicht hatten, in dem es Wanderdünen gab. In der Dunkelheit herumzuirren war auf jeden Fall lebensgefährlich. Chapat war beunruhigt, aber nachdem er mit seinen seltsamen Sinnen gelauscht hatte, erklärte er sich mit einer Pause einverstanden. Magantilliken war uns in der letzten Zeit nicht näher gekommen. Entweder legte auch er eine Rast ein, oder etwas hielt ihn auf.

Ich hockte mich am Fuß der Düne hin. Der Wind stand günstig – hier drohte mir keine Gefahr. Aber die Ruhe war auch gefährlich. Ehe ich es merkte, war ich eingenickt. Nur die energischen Impulse des Embryos rüttelten mich wieder auf. Es war absolut verrückt, aber ich begann, ihm alles Mögliche zu erzählen. Ich sprach über alles, was mir gerade einfiel, nur um wach zu bleiben. Als endlich eine leichte Dämmerung den Sand erhellte, atmete ich erleichtert auf. Es war zwar immer noch fast dunkel, aber ich erkannte die Dünen deutlich. Es waren riesige Gebilde, gar nicht mal besonders hoch, aber von beachtlicher Ausdehnung. Nachdem ich die erste erklettert hatte, wusste ich, dass ich diese Hindernisse nicht umgehen konnte. Also stolperte ich stur die unter mir weggleitenden Hänge hinauf, ließ mich vom Wind über die Kämme treiben und rutschte auf der anderen Seite hinunter.

Chapat drängte mich nicht mehr zur Eile, spürte wohl, dass ich an der Grenze meiner Leistungsfähigkeit angekommen war. Aber ich merkte seine ständig wachsende Furcht und wusste, dass Magantilliken näher kam. Eigentlich wunderte es mich nur, dass er uns nicht längst eingeholt hatte. Er war besser ausgerüstet als ich, und nachdem er in seiner rätselhaften Weise in der Eisigen Sphäre frische Kräfte getankt hatte, musste er mir auch körperlich weit überlegen sein.

Einmal wäre ich bei meiner Rutschfahrt an einem Dünenhang hinunter fast einer Riesenspinne direkt ins Maul gerast. Im letzten Moment sah ich den schwachen Lichtschimmer direkt vor mir und warf mich in einer verzweifelten Reaktion zur Seite. Ein klauenbewehrtes Bein zischte durch die Luft und verfehlte mich nur um etwa einen Meter. Deutlich hörte ich das wohl bekannte Zischen, mit dem das Tier seine Enttäuschung ausdrückte. Hätte sie sich zu einer Verfolgungsjagd entschlossen, so wäre ihr die Beute sicher gewesen. Aber die Spinne blieb, wo sie war. Wenig später lag der Kokon bereits weit hinter mir. Ich fand nicht einmal mehr die Kraft, mich über mein Glück zu freuen oder mich darüber zu wundern, wie diese Tiere hier draußen überlebten. Die Wüste war leer. Ich sah weder Pflanzen noch Tiere. *Was ist dann die Beute der Wesen?*

Ich erfuhr es etwas später, als ich von einer ungewöhnlich heftigen Bö gegen den Hang einer anderen Düne geworfen wurde. Ein Teil des Sandes glitt herab. Nachdem ich mich freigearbeitet hatte, erblickte ich zu meinem Erstaunen ein Geflecht dunkelbrauner Pflanzenfasern, zwischen denen einige kleine, bepelzte Tiere herauskletterten.

*Pflanzen, die sich in dieser Jahreszeit einwehen lassen,* bemerkte mein Logiksektor. Ich akzeptierte diese Erklärung, ohne weiter darüber nachzudenken. Kommentarlos machte ich mich an einer anderen Stelle an den Aufstieg. Das Gebiet der Dünen endete so plötzlich, wie es begonnen hatte. Ich stolperte den letzten Hang hinunter und lief wie ein Roboter weiter. Steine lagen im Sand. Sie wurden zahlreicher, ich suchte mir mühsam meinen Weg zwischen ihnen hindurch. Niedrige, vom Wind zerfressene Mauerreste stellten sich mir in den Weg.

*Schneller,* mahnte Chapat angsterfüllt. *Wir sind fast am Ziel, aber Magantilliken ist uns jetzt ganz nahe.*

Ich verzichtete darauf, einen Blick in die Richtung zu werfen, aus der wir gekommen waren. Die Luft war von Staub durchsetzt. Selbst wenn Magantilliken mich bereits hätte sehen können, wäre ich jetzt nicht mehr fähig gewesen, nach dem Eingang zu suchen, von dem Chapat sich die Rettung versprach. Flüchtig kam mir zum Bewusstsein, wie trügerisch diese Hoffnung war. *Gesetzt den Fall, wir kommen tatsächlich vor Magantilliken in der Station an – was soll dann geschehen?* In den alten Anlagen kannte sich der Henker besser aus als ich, und ich war noch dazu unbewaffnet. Dennoch ging ich weiter, über die halb verwehten, geborstenen Reste einer einstmals vermutlich prächtigen Anlage, bis ein Gebäude in Sicht kam.

Es handelte sich um eine niedrige, stumpfe Pyramide, die nur aus Sand zu bestehen schien. Erst als ich näher kam, bemerkte ich, dass ich einen terrassenförmig angelegten Bau vor mir hatte, der vom Sturm fast zugeweht worden war. Nur einige steinerne Kanten ragten noch hervor. Auf eine davon führte Chapat mich zu. Kurz darauf stand ich vor einer etwa fünf Meter hohen Verwehung, die die unterste Stufe der Pyramide zu mehr als zwei Dritteln verdeckte. Nach den Aussagen des Embryos musste der Eingang zur Station genau hinter dem Sand liegen. Entmutigt schüttelte ich den Kopf. Selbst wenn es mir gelang, mich da hindurchzugraben, ehe der Henker uns einholte, musste der Gang ins Innere des Gebäudes längst verschüttet sein.

*Es gibt ein Schott*, raunte Chapat.

Ich seufzte. Dann dachte ich an Magantilliken und sah mir den Sandberg genauer an. Der Sand war sehr feinkörnig – hier eine Lawine auszulösen war ein Kinderspiel. Das Risiko bestand darin, dass ich nicht auch das Zeug in Bewegung setzen durfte, das auf der nächsten Stufe lagerte. Mühsam kroch ich den ständig unter mir weggleitenden Hang hinauf, bis ich mich laut Chapat direkt über dem verschütteten Eingang befand. Ich wusste, dass es ein sehr gefährliches Spiel war, das ich da trieb. Eine einzige falsche Bewegung, und die Lawine würde ins Rollen kommen.

Unter mir bildete sich eine Rille, in die der Sand von allen Seiten her sofort nachströmte. Immer wieder warf ich ängstliche Blicke zu den lockeren Massen auf der nächsthöheren Stufe, bereit, mich zurückzuwerfen, sobald die Katastrophe begann. Aber noch war es nicht so weit. Geschah es, ehe ich mich innerhalb der Station befand, würde auch die schnellste Reaktion mich nicht mehr retten. Endlich erreichte ich die raue Steinwand. Vorsichtig richtete ich mich auf. Umgehend rutschte ich ein Stück tiefer, aber ich krallte die Hände in das rissige Mauerwerk und hielt mich fest. Behutsam zog ich die Füße aus dem Sand, der immer stärker in Bewegung kam.

Wahrscheinlich war dieses Gebäude im Laufe der Zeit schon oft restlos begraben worden, aber die immer wiederkehrenden Stürme von Sogantvort begannen das grausame Spiel jedes Mal von neuem. Es war ein glücklicher Zufall, dass wir einen Zeitpunkt erwischt hatten, zu dem wenigstens ein Teil der Anlage zugänglich war. Ich hielt den Atem an, als von oben eine staubfeine Fahne herunterrieselte. Unterdessen rutschte auch der Hang unter mir immer tiefer, ich hatte Mühe, in der Nähe der Wand zu bleiben. Verbissen klammerte ich mich mit beiden Händen an die Kante und trat mit den Füßen auf den Sand ein. Plötzlich glitt der Boden unter mir weg, ich hing für einen Moment nur mit den Händen an der

Wand. Ich ließ mich fallen, wurde nach unten gerissen und spürte, wie der Sand über mir zusammenschlug.

Nur mühsam arbeitete ich mich heraus. Zum Glück war die Mauer dicht vor mir. Und dann sah ich das Schott, das sich seitlich in der Wand abzeichnete. Aber die leichte Erschütterung ließ nun auch das staubfeine Zeug auf den anderen Stufen reagieren. Die wasserähnlichen Rinnsale verstärkten sich. Ich wusste, dass mir wahrscheinlich nur noch Augenblicke blieben, und warf mich nach vorne. Eine Metallschlaufe ragte aus der Wand, ich klammerte mich daran fest. Verzweifelt suchte ich mit der freien Hand nach dem Öffnungsmechanismus, fand die Kontaktfläche und schlug darauf.

Im selben Augenblick gellte hinter mir ein Schrei durch das Tosen des Sturmes. Chapat hätte sich seine angsterfüllte Warnung sparen können, denn es war klar, worum es ging. Im Grunde genommen war es völlig gleichgültig, ob Magantilliken eingetroffen war oder nicht. Versagte der uralte Mechanismus, war ich so oder so verloren. Das Schott rührte sich nicht. Wütend trommelte ich mit der Faust gegen die Kontaktplatte, dann sah ich den Spalt. Keine Zeit mehr, zu warten, bis das Ding sich endlich ganz geöffnet hatte. Ich zwang meinen Körper zu einer letzten Anstrengung und bekam den Rand des Schotts zu fassen. Als ich gerade über die Kante glitt und mich nach vorn werfen wollte, zischte eine Energiewaffe. Eine glühende Bahn erhitzter Staubkörner bildete sich zwischen der Gestalt auf einem etwa hundert Schritt entfernten Mauerrest und dem Schott.

Ich schlug hart auf. Hinter dem Schott war es dunkel, das Dämmerlicht, das durch den Schlitz hereindrang, reichte nicht aus, um Einzelheiten in meiner Umgebung zu erhellen. Ich hatte das Gefühl, dass mein ganzer Körper nur noch aus blauen Flecken bestand, aber mein Extrasinn ließ mir keine Zeit, mich dem Selbstmitleid hinzugeben. *Das Schott!*

Taumelnd kam ich hoch. Vor meinen Augen tanzten feurige Punkte, aber ich ignorierte die entsetzliche Schwäche, die nach meinem Körper griff. Verbissen tastete ich die Wände ab. Ich musste das Schott schließen. Danach konnte ich ausruhen – hoffentlich! Ich fand die Druckplatte. Von draußen drang ein Rauschen zu mir herein, das zu ohrenbetäubendem Lärm anschwoll. Gewaltsam riss ich mich zusammen. Meine Faust traf die Platte, dann sprang ich zurück. Gleichzeitig wurde es stockfinster. Ich hörte den Sand hereinrauschen. Das alte Schott knirschte und ächzte, und die Körner prasselten wie ein feiner Hagel auf mich herab. Aber noch ehe das Zeug mir gefährlich werden konnte, trat Ruhe ein. Ich taumelte ein Stück weiter in den Gang hinein, gab den Kampf auf. Ich ließ mich auf den harten Boden sinken und schloss die Augen. Irgendeine lästige Stimme wisperte durch mein Gehirn und ließ mich nicht schlafen. Dabei war Schlaf das Einzige, was ich mir jetzt wünschte.

*Liegen bleiben, keinen Schritt mehr gehen müssen, einfach ausruhen …*

*Noch nicht!* Diesmal war die Stimme von solch zwingender Kraft, dass ich gegen meinen Willen aufstand. Als zögen mich unsichtbare Fäden, ging ich auf die Wand zu, die ich in der totalen Finsternis gar nicht sehen konnte. Mein Arm hob sich von allein, als gehöre er mir gar nicht. Meine Finger fuhren über eine Erhöhung und drückten darauf. Licht flammte auf, ich blinzelte erstaunt in die plötzliche Helligkeit. Etwas zwang mich, mich wieder zu setzen. Plötzlich hielt ich das kleine Etui mit den Medikamenten in der Hand. Ich starrte auf eine winzige weiße Tablette, bemerkte, dass ich inzwischen den Helm geöffnet hatte, würgte das Ding hinunter. Dann erst rutschte ich endgültig zu Boden. Als ich wieder zu mir kam, fühlte ich mich frisch und klar. Ich erschrak, als ich erkannte, dass ich tatsächlich geschlafen hatte. *Der Henker …*

*Du hast nur kurz geruht*, machte sich Chapat bemerkbar. *Wir haben nicht viel Zeit verloren. Aber es ist trotzdem besser, wenn du jetzt weitergehst. Noch sind wir nicht ganz in Sicherheit.*

Jetzt, im hellen Licht einer rechteckigen Deckenlampe, erkannte ich, wie knapp wir dem Tod entronnen waren. Wir befanden uns in einer geräumigen Kammer, die fast zur Hälfte von einem Sandberg ausgefüllt war. Das Schott, das ins Innere der Station führte, stand offen. Der Gang dahinter war dunkel. *Wie mag es draußen aussehen? Ist tatsächlich die ganze Pyramide freigelegt worden? Wenn ja, gibt es da jetzt ein Hindernis, das selbst den Varganen vor einige Probleme stellen muss.*

*Eben nicht*, behauptete Chapat nachdrücklich. *Gut, dieser Eingang ist blockiert. Aber dem Henker stehen viele Wege offen.* Gab es noch andere Möglichkeiten, in die Station einzudringen? Warum hatten wir dann den Eingang gewählt, der die meisten Gefahren für uns barg? *Ich meine das etwas anders. Du wirst es bald selbst sehen. Komm!*

Ich folgte seinen Anweisungen und betrat den stockfinsteren Gang. Schon nach kurzer Zeit gab mir der Ungeborene ein Zeichen. Ich blieb stehen, suchte die Wand zur Rechten ab und fand eine Tür. Der dahinter liegende Raum war nur schwach beleuchtet. Es handelte sich um ein kleines Lager, in dem es allerlei Werkzeuge und Ersatzteile gab. Chapat machte mich auf eine Handlampe aufmerksam, deren Speicherteil an eine Energiezufuhr angeschlossen war. *Der obere Teil der Anlage ist weitgehend zerstört. Auf dieser Etage gibt es nur wenige Einrichtungen, die noch funktionieren. Erst weiter unten werden wir in Regionen kommen, die noch gut erhalten sind. Ich kann dich zwar auch im Dunkeln dorthin führen, aber es ist leichter, wenn du etwas siehst.*

Zu meinem Erstaunen funktionierte die Lampe. Ich gab es schnell auf, mir den Kopf darüber zu zerbrechen. Chapat dirigierte mich durch leere, oft halb zusammengebrochene Gänge zu einer steilen Rampe, die uns tiefer in die Station führte. Im hellen Schein meiner Lampe sah ich, dass das Material, aus dem die Wände bestanden, an vielen Stellen geborsten war. Sand und Schuttmassen füllten einige Gänge fast völlig aus. Ich schwitzte Blut und Wasser, als ich mich durch die Spalten schob. Was für mich eine Gefahr bedeutete, musste jedoch auch Magantilliken Hindernisse in den Weg stellen. Falls er es schaffte, den verschütteten Eingang freizulegen, bedeutete das noch lange nicht, dass er auch zu uns vordrang. Dieser Teil der Anlage jedenfalls war eine einzige Todesfalle. Die geringste Erschütterung mochte reichen, um den Weg in die Tiefe oder zurück endgültig abzuschneiden. Chapat reagierte nicht auf diese Gedanken. Entweder war er zu sehr damit beschäftigt, den richtigen Weg zu finden, oder er wusste, dass ich mir unnötige Sorgen machte. Die Station war riesig, es mochte Dutzende von Fluchtwegen geben.

Unwillkürlich atmete ich auf, als ich vor mir einen schwachen Lichtschimmer sah. Nur ein kurzes Gangstück, dessen Boden von Steinen übersät war, trennte mich noch von einer steil nach unten führenden Rampe. Vom nächsttiefer gelegenen Stockwerk leuchtete eine Lampe herauf. Als ich unten war, merkte ich, dass wir den gefährlichsten Teil unseres Weges hinter uns hatten. Die Rampe endete in einem kreisrunden Raum, von dem mehrere

Gänge abzweigten. Einige waren beleuchtet, andere lagen im Dunkeln. Unwillkürlich wollte ich mich an unsere bisherige Richtung halten, aber Chapat machte mich auf einen Korridor zur Rechten aufmerksam. Dort war die Beleuchtung besonders hell. Am Ende erkannte ich ein graues Schott, in dessen Mittelpunkt ein Symbol eingraviert war, das mir bekannt vorkam. »Was gibt es dort?«

*Eine Aufgabe für dich*, erwiderte Chapat rätselhaft. *Geh hinein!*

Zögernd öffnete ich die schwere Tür. Als ich den dahinter liegenden Saal überblicken konnte, stockte mir der Atem. *Varganen! Dutzende!* Erst nach Augenblicken überwand ich den Schock. Es war tatsächlich dumm von mir, mich so überraschen zu lassen. *Handelt es sich nicht um tief schlafende Angehörige dieses Volkes wie Meschanort oder um konservierte Körper?*

Sie ruhten in den Nischen entlang der Wände. Obwohl sie schon seit undenkbaren Zeiten dort liegen mochten, waren ihre Körper einwandfrei erhalten.

*Diese Körper sind konserviert, aber jederzeit von einem Varganenbewusstsein wieder zu beleben. Sobald der Henker feststellt, dass er auf normalem Wege nicht zu uns gelangen kann, wird er einen der Konservierten übernehmen, deshalb musst du diese Körper vernichten. Was glaubst du wohl, wie er zu seinem jetzigen Körper gekommen ist? Sie sind in deinem Sinne schon sehr lange tot. Es wird ohnehin nicht mehr lange dauern, bis die Energie verbraucht ist. Sobald sich die Konservierungsanlage abschaltet, werden diese Körper zerfallen.*

Ich versuchte, seine Argumente zu ignorieren. Aus rein logischer Sicht hatte er Recht, doch ich brachte es nicht fertig, mich an diesen »Toten« zu vergreifen. Außerdem – wie hätte ich sie überhaupt vernichten sollen? Mit bloßen Händen? Dieser Raum war sehr groß. Es mochten an die hundert Varganen sein, die aussahen, als schliefen sie erst seit kurzer Zeit. Viele lächelten, als träumten sie von einer herrlichen Vergangenheit. Ich fühlte mich wie ein Grabschänder. Aber noch während ich mich gegen das wehrte, was der Embryo plante, setzte ich mich unter Zwang in Bewegung. Ich schritt auf ein Schaltpult zu. Genau wie vorhin, als Chapat mich dazu gebracht hatte, ein Aufputschmittel aus Ischtars Vorrat zu schlucken, entwickelten meine Hände ein Eigenleben. Ich begriff, was ich tat, aber ich konnte es nicht verhindern.

Die Befehle, die mein Verstand erteilte, schienen meine Muskeln gar nicht zu erreichen.

Meine Finger glitten über Schalter und Tasten, deren Funktion mir unbekannt war. Ich nahm Veränderungen vor, sah das hektische Blinken von Kontrolllampen, bewegte endlich einen letzten Hebel, dann erloschen die kleinen, bunten Lichter. Noch immer stand ich unter dem unheimlichen Einfluss, den der Embryo auf mich ausübte. Wie eine Marionette drehte ich mich und schritt auf eine der Nischen zu. Als ich davor stand, hätte ich am liebsten aufgeschrien, aber eine eisige Klammer in meinem Gehirn hielt mich fest und zwang mich dazu, das grausige Schauspiel zu verfolgen.

Natürlich war es nicht Ischtar, die ich vor mir hatte, aber die Varganin in der Nische sah ihr geradezu verblüffend ähnlich. Nur allmählich entdeckte ich einige kleine Unterschiede. Sie war jünger als Chapats Mutter. Auf ihrem Gesicht lag ein leichtes, friedliches Lächeln. Sie hatte die rechte Hand auf ihre Brust gelegt. Zwischen den schlanken Fingern hatte sich eine dünne Haarsträhne verfangen, die golden aufblitzte, als das Licht aus meiner Lampe darauf fiel. Ich blickte wieder auf das Gesicht. Die Augen waren geschlossen, aber es schien nur eines Zauberwortes zu bedürfen, um die Varganin zu wecken. Und gerade als ich das dachte, begannen die Veränderungen. Runzeln bildeten sich auf der glatten Haut der Stirn und der Wangen. Die Augen sanken ein. Mit einem kaum hörbaren Rascheln fiel das rotblonde Haar zur Seite. Die Lippen schrumpften und gaben den Blick auf die sich verfärbenden Zähne frei. Die Hand auf der Brust der Schläferin schien zu zucken, aber als ich genauer hinsah, bemerkte ich, dass die scheinbare Bewegung nur dadurch entstand, dass auch der übrige Körper mit ungeheurer Geschwindigkeit verfiel.

Der von Chapat ausgehende Zwang war bereits bei Beginn des schrecklichen Vorgangs erloschen. Er war vollauf damit zufrieden, sein Ziel erreicht zu haben. Ich dagegen wurde durch mein Entsetzen an diesen Ort gebannt. Ich vermochte es nicht, mich von diesem grauenhaften Zerrbild Ischtars loszureißen. Erst als mir nur noch ein von dünner Haut umspannter Totenschädel entgegengrinste, fuhr ich mit einem Schrei herum und stürzte in wilder Flucht dem Ausgang dieser Grabkammer entgegen. Im Vorbeilaufen sah ich, dass sich auch die anderen Konservierten rapide veränderten. Was wie eine Versammlung friedlich ruhender Varganen gewirkt hatte, war jetzt eine makabre Ausstellung von Mumien.

*Bleib stehen, du Narr!* Der schmerzhaft intensive Impuls meines Extrasinns brachte mich zur Vernunft. Ich wischte mir den Schweiß von der Stirn und ging langsamer. Ohne mich noch ein einziges Mal nach den Nischen umzusehen, verließ ich das Mausoleum. Chapat schwieg. Ich selbst verspürte auch keine Lust, mich jetzt mit ihm zu unterhalten. Er hatte mich gegen meinen Willen gezwungen, die Konservierten zu vernichten. Meine eigene Tat stieß mich ab, wenngleich ich keine Verantwortung für das Geschehene trug. Chapat einen Vorwurf zu machen wäre jedoch ebenfalls verfehlt gewesen – er folgte seinem Selbsterhaltungstrieb. Mein Logiksektor klärte mich Punkt für Punkt darüber auf, dass es auch in meinem Interesse lag, Magantilliken an der weiteren Verfolgung zu hindern. *Außerdem ist deine extrem gefühlsmäßige Reaktion hauptsächlich auf das Medikament zurückzuführen, das in deinen Adern kreist.*

Das war alles schön und gut, aber das Bild der zum Skelett zerfallenden Varganin verfolgte mich trotzdem noch lange Zeit. Unsere Probleme waren noch längst nicht gelöst. Ein ängstlicher Hinweis Chapats überzeugte mich davon, dass wir uns beeilen mussten. Seine Vorräte waren fast erschöpft. Gelang es mir nicht, schnellstens eine funktionierende Anlage zu finden, an die ich den Behälter anschließen konnte, war der Erfolg dieser Rettungsaktion tatsächlich in Frage gestellt. Mein erster Gedanke galt dem Mausoleum. Obwohl sich alles in mir dagegen sträubte, noch einmal in diesen Raum zurückzukehren, so hätte ich es um meines Sohnes willen doch getan.

*Sinnlos*, kommentierte Chapat. Täuschte ich mich, oder waren seine Impulse wirklich schon schwächer geworden? *Diese Anlage ist abgeschaltet. Um sie wieder in Gang zu setzen, brauchen wir mehr Energie, als uns zur Verfügung steht.*

Ich eilte durch die uralten Korridore. Der Ungeborene gab mir nur noch selten Hinweise. Er schien sich verausgabt zu haben, als er mich zum Abschalten des riesigen Systems gezwungen hatte. Um mich herum war die fremdartige Technik eines Volkes, von dem ich noch immer fast nichts wusste. Es gab unzählige Geräte, die ich nicht kannte. Ohne die Hinweise des Embryos war ich hier unten so hilflos wie ein Kind in der Zentrale eines Großraumschiffs. Wenn er selbst mir nicht sagen konnte, wo ich seinen Behälter anschließen sollte, würde ich den rettenden Ort niemals finden. Dann war Chapat nach all den Strapazen doch noch verloren. *Und du mit ihm,* stellte der Logiksektor sarkastisch fest. *Wie willst du ohne Hilfe jemals hier herausfinden?*

»Halt den Mund!«, knurrte ich unwillkürlich, obwohl ich wusste, dass der Extrasinn sich durch solche Bemerkungen nicht beeindrucken ließ.

# *16.*

Hemmar Ta-Khalloup: *Jahre der Krise, Betrachtungen zum beginnenden 20. Jahrtausend*; Arkon I, Kristallpalast, Archiv der Hallen der Geschichte, 19.035 da Ark

*Galaktische Mythen, Legenden und Sagen gehören zu den bewohnten Planeten der Milchstraße wie das Licht ihrer Sonnen. Raumfahrer verbreiten sie in Raumhafenkneipen oder erzählen sie bei langen Wachen vor den Ortungsgeräten; Pionier- und Prospektorentrupps tragen sie an den Rand der Zivilisationen, schmücken sie aus, verzerren sie und passen sie ihren Kulturen an.*

*Manche dieser Geschichten überbrücken die Abgründe der Zeit oder führen weit über die galaktischen Grenzen hinaus; manche zeugen von fremden Dimensionen, anderen Universen. Ihr Realitätsgehalt ist meist kaum zu bestimmen. Dennoch finden immer wieder Historiker, Archäologen und private Forscher winzige, über die Galaxis verteilte Artefakte, die vermuten lassen, dass in vielen dieser Erzählungen ein Anteil Wahrheit liegt.*

**Sogantvort: 17. Prago des Ansoor 10.498 da Ark**

Ich hatte meinen Sohn unterschätzt. Obwohl er mir jetzt, um Kräfte zu sparen, keine direkten Hinweise mehr gab, wirkte er doch auf mein Unterbewusstsein ein und lenkte meine Schritte genau in die Richtung, in der er sich Erfolg versprach. Wir eilten durch düstere Etagen, in denen es nichts mehr zu geben schien, was die lange Zeit unbeschadet überstanden hatte. Mehr als einmal wollte ich umkehren, um wieder in den relativ gut erhaltenen Teil der Station zu gelangen, aber ein unbestimmbares Gefühl trieb mich voran.

Ich hatte früher schon ähnliche Situationen erlebt. Rein verstandesmäßig hatte man unzählige Argumente dafür, dass sich ein gesuchter Gegenstand an einem bestimmten Platz gar nicht befinden konnte. Aber es gab immer Informationen, die nicht zum Bewusstsein aufstiegen, sondern sozusagen unterwegs stecken blieben. Folgte man solchen »Ahnungen«, war man oft besser dran, als wenn man sich einzig und allein auf die Logik verließ. So war es auch hier. Über Rampen, die bröckelnden Abhängen glichen, drang ich tiefer in die Anlagen vor. Zielstrebig durcheilte ich die nach einem mir unbekannten Schema angelegten Verbindungsgänge. Ab und zu zweifelte ich daran, dass meine Suche einen Sinn hatte, Chapat antwortete auf keine meiner Fragen. Bis ich endlich erkannte, dass ich praktisch schon am Ziel war.

Am Ende einer Rampe lag ein Raum, der dem vor dem Mausoleum bis auf Kleinigkeiten glich. Es gab sogar funktionierende Deckenlampen. Sie spendeten weniger Licht, aber ich erkannte deutlich die Tür, hinter der der Saal mit den Lebenserhaltungsanlagen liegen musste. Als ich den Raum betrat, stöhnte ich vor Enttäuschung auf. Chapat musste sich letzten Endes doch geirrt haben. Nur wenige Leuchtkörper glommen. Ihr Licht enthüllte ein wahres Chaos. Ein Teil der Wand hatte der Belastung nicht standgehalten und war zusammengebrochen. Berge von Schutt türmten sich rechts neben mir auf. Links gab es noch einige der mir bereits bekannten Nischen, aber diesmal lagen keine Schläfer darin. Staub und Schmutz bedeckten die Lager. An einer Stelle sah ich blanke Knochen hell aufleuchten, und ich wandte mich hastig ab. Allmählich waren meine Nerven ziemlich überanstrengt.

»Was nun?«, fragte ich den Embryo in der Hoffnung, doch noch einen Hinweis zu erhalten. Aber Chapat meldete sich nicht. Ein furchtbarer Verdacht keimte in mir auf. Ich richtete den Lichtstrahl der Lampe auf den durchsichtigen Deckel des Zylinders. Der Ungeborene lebte noch. Sein Herz schlug deutlich erkennbar, aber noch immer wartete ich vergebens auf den telepathischen Kontakt. Qualvoll langsam bewegte das winzige Wesen einen der Miniaturarme und streckte ihn mir wie anklagend entgegen. Es dauerte etwas, ehe ich begriff, was Chapat meinte.

Hinter mir befand sich eine der Nischen. Sie war leer bis auf einige kleine Steine, die auf einer dicken Staubschicht lagen. In der Wand konnte ich Schaltelemente und Anschlüsse erkennen, wie ich sie auch in Ischtars Schiff gesehen hatte. Unschlüssig trat ich näher. Bei all der Zerstörung hielt ich es für unmöglich, dass diese Anlage noch in Betrieb war. Aber Chapat wurde immer unruhiger. Und endlich, als hätte er seine letzten Kräfte zusammengerafft, stand eine deutliche Grafik vor meinem inneren Auge. Ich wusste, wie und wo ich den Behälter anzubringen hatte. Ob es für Chapat die Rettung war, blieb unklar. Aber was hätte ich tun sollen? Der Embryo war offensichtlich am Ende. Entweder lieferte dieses System das, was er so dringend brauchte, oder …

Ich riss mich zusammen und verbannte die düsteren Gedanken in den letzten Winkel meines Gehirns. Stattdessen konzentrierte ich mich auf meine Arbeit. Das Aufputschmittel ließ allmählich in seiner Wirkung nach. Die Müdigkeit machte mir zu schaffen. Meine Finger begannen unkontrolliert zu zittern, als ich Chapats Behälter in die richtige Position rückte. Unwillkürlich griff ich in die Tasche des Anzugs, in der ich das Mittel wusste. Aber Chapat schien immer noch über einige Reserven zu verfügen.

*Nein*, wisperte die Stimme in mir.

Ich wartete auf eine Erklärung, aber es kam nichts mehr. Dafür meldete sich der Logiksektor. *Das Mittel ist zu stark für dich. Noch eine solche Dosis würde deinen Zusammenbruch herbeiführen, vielleicht sogar tödlich wirken. Reiß dich zusammen. Du schaffst es.*

Die Zeit schien stillzustehen. Ich tastete wie ein Betrunkener nach Hebeln und Schaltern, ließ Verschlüsse einrasten und hatte dabei das Gefühl, in einer dicken Watteschicht zu liegen und eher einen Traum als die Wirklichkeit zu erleben. Als ein kleines, violettes Licht aufflammte, sank ich neben dem Behälter zu Boden. Den Aufprall spürte ich schon nicht mehr.

*Guten Morgen*, begrüßte mich eine wispernde Stimme. Ich schlug die Augen auf. Direkt über mir brannte eine violette Kontrolllampe. Staub drang mir in die Nase, ich nieste heftig. *Ich bin sehr froh, dass du endlich wach bist.*

Ruckartig kehrte die Erinnerung zurück. Ich richtete mich hastig auf und sah den Behälter an. Das kleine Geschöpf bewegte sich unruhig. Ich erblickte die Leitungen, die den Behälter mit der Wand verbanden, atmete erleichtert auf. Wir hatten es also doch noch geschafft.

*Ja*, bestätigte Chapat. *Es war knapp.*

»Wie lange habe ich geschlafen?«, fragte ich, dann fiel mir ein, dass der Embryo mir darüber kaum Auskunft geben konnte. Ein Impuls des Extrasinns erreichte mein Wachbewusstsein. Acht Tontas waren vergangen, seit ich diesen Raum betreten hatte. Kein Wunder, dass mir sämtliche Knochen wehtaten.

*Es ist kein weiches Lager. Aber diese Pause war dringend notwendig.*

Ich verzog das Gesicht, wischte mir den Staub aus den Augen und richtete mich vorsichtig auf. Meine Muskeln protestierten zwar, aber das würde vergehen. Wir hatten einen Ort erreicht, an dem ich mich ausruhen durfte, das allein zählte. Mochte Magantilliken da oben im Sturm herumsuchen, solange er wollte. Vielleicht fand ich irgendwo eine brauchbare Waffe. Zum Glück verfügte ich noch über einen ausreichenden Vorrat an Konzentraten. Ich würde jetzt erst einmal in aller Ruhe frühstücken und mir dann die Umgebung der Halle ansehen.

*Genau das wirst du tun. Allerdings mit einem anderen Ziel, als du jetzt denkst.*

»Was soll das nun wieder bedeuten?«, fragte ich ärgerlich. Ich war immer noch etwas benommen, und der bloße Gedanke, schon wieder Pflichten vorgesetzt zu bekommen, machte mich ungeduldig.

*Wir müssen Hilfe herbeirufen*, raunte Chapat seelenruhig.

»Gute Idee. Was darf es denn sein? Rauchzeichen? Oder vielleicht lieber eine große Flagge?«

Chapat seufzte gedanklich. *Es gibt Funkgeräte.*

»Ja, natürlich. In Ischtars Schiff. Der Henker lässt sie sicher mit Vergnügen benutzen.«

*Halt den Mund und iss etwas!*, befahl mein Logiksektor, ehe mich die Antwort des Embryos erreichte. *Du bist im Augenblick zu logischem Denken nicht fähig.*

Der Verweis machte mich wütend, aber schon im selben Moment wurde mir klar, dass ich mich wirklich unmöglich verhielt.

Dieses Varganenmedikament hinterließ offensichtlich sehr seltsame Nachwirkungen. Ich befolgte den Rat. Mein Hunger war maßlos. Die Flucht und das aufreibende Umherirren in diesen Anlagen hatten mich völlig ausgelaugt. Trotz des langen Schlafes fühlte ich mich noch immer wie zerschlagen. Ich erinnerte mich an das, was Fartuloon mir beigebracht hatte, legte mich flach auf den Rücken und zwang mich, ruhig und konzentriert zu atmen. Nur langsam wich die Verkrampfung aus meinem Körper. Und allmählich lösten sich auch meine Gedanken von der unmittelbaren Vergangenheit und schlugen neue Wege ein. Vorsichtig richtete ich mich auf, fühlte mich noch etwas schwindelig und ahnte, dass ich noch längst nicht wieder fit war.

Die varganische Droge hatte die natürlichen Grenzen meines Körpers aus meinem Bewusstsein gelöscht. Ohne dieses Zeug hätte ich mich niemals derart verausgabt. Ich hatte tatsächlich das Letzte aus mir herausgeholt. Nun dauerte es seine Zeit, bis die Reserven sich wieder auffüllten. Erst jetzt war ich bereit, über Chapats Worte nachzudenken. Wir saßen hier unten fest. Der Zugang zur Station war verschüttet. Aber es gab bestimmt weitere Eingänge, die dem Henker vermutlich bekannt waren. Die meisten konnten kaum besser begehbar sein als das Schott, durch das wir gekommen waren. Andere mochten längst zerstört sein.

Was also würde der Vargane unternehmen? Entweder wartete er ab, bis wir von selbst wieder an die Oberfläche kamen. Oder er legte einen der Eingänge frei und suchte uns. Wahrscheinlich würde er beide Möglichkeiten kombinieren. Während er uns auf dem am besten erhaltenen Weg verfolgte, konnte er die anderen in Frage kommenden Stellen mit Fallen spicken.

Wieder fiel mir Fartuloon ein. *Der Bauchaufschneider hat mir einmal einen langen Vortrag darüber gehalten, was man zu tun hat, wenn man in einer Falle sitzt. Es ist in solchen Lagen unsinnig, tatenlos auf Hilfe von draußen zu warten, hat er behauptet. Die meisten Fallen sind so beschaffen, dass sie den Schlüssel zur Freiheit enthalten. Das Problem besteht einzig und allein darin, ihn auch zu finden.* Auf unseren Fall übertragen, hieß das nichts anderes, als dass Chapat Recht hatte. Meine Reaktion tat mir Leid, sie war unvernünftig gewesen. »Bist du sicher, dass es hier irgendwo ein Funkgerät gibt?«

Das Durcheinander in dieser Halle war wenig ermutigend. Aber das System, an das ich den Behälter angeschlossen hatte, funktionierte reibungslos. Damit war bewiesen, dass die Zerstörung längst nicht so groß war, wie es dem ersten Anschein nach aussah.

*Ich kenne das Schema, nach dem die Varganen ihre Stationen anlegten. Daher weiß ich, dass es in jeder mehrere Notrufstellen gibt. Es sind autarke Geräte, die von der allgemeinen Energieversorgung unabhängig sind. Selbstverständlich weiß ich nicht, ob sich ein betriebsbereites Gerät in unserer unmittelbaren Nähe befindet. Viele mögen im Laufe der Zeit entweder ausgefallen sein oder wurden unter den Trümmern begraben. Aber ich kann dich zu den betreffenden Stellen führen, an denen die Dinger stehen. Eines von ihnen muss in Ordnung sein. Magantilliken wäre niemals hierher geflogen, wäre diese Station völlig unbrauchbar.*

Mein strapaziertes Gehirn war momentan nicht in der Lage, die Logik in Chapats Ausführungen voll zu würdigen. Ich wusste nur eines: Selbst wenn es mir gelang, einen der Sender in Betrieb zu setzen, waren wir damit noch längst nicht gerettet. Auch Chapat vermochte mir keine Auskunft darüber zu geben, wie weit Sogantvort von Kraumon entfernt war. Ich zweifelte nicht daran, dass Fartuloon und die anderen alles in Bewegung setzten würden, um mich wieder zu finden. Aber die Reichweite des Notsenders musste begrenzt sein. Ischtars Schiff befand sich ebenfalls auf Sogantvort. Ihr standen somit nur noch die technischen Einrichtungen der vier auf Kraumon verbliebenen Beiboote zur Verfügung.

*Meine Mutter wird den Ruf empfangen*, behauptete Chapat, der meine Gedankengänge verfolgte. *Und sie wird uns hier herausholen.*

»Vielleicht«, murmelte ich deprimiert. »Aber ohne ihr Raumschiff und die Dinge, die sich darin befinden, wird auch sie mit Magantilliken kaum fertig werden.«

Chapat antwortete nicht. Seufzend stand ich auf. Auch wenn es tausend Argumente und Einwände gab, es war sinnlos, lange darüber zu diskutieren. Schlug der Versuch fehl oder traf Ischtar zu spät ein, waren wir ohnehin verloren. Meine Vorräte reichten nur noch für ein paar Tage. In der Station gab es sicher keinen unverdorbenen Nachschub. Die grenzenlose Erschöpfung, in die das varganische Medikament mich getrieben hatte, rief eine tiefe Mutlosigkeit in mir hervor. Es schien alles so sinnlos zu sein. Schön, ich hatte einiges geschafft, hatte dem Henker ein Schnippchen geschlagen – und war dadurch nur noch tiefer in die Falle hineingerannt. Die Rache an Orbanaschol und seinen Spießgesellen, der

Kampf um mein Erbe als Kristallprinz des Großen Imperiums – das schien so weit entfernt, dass ich mich kaum noch daran erinnerte. Nichts existierte – außer der verfallenen Station und dem unerbittlichen Henker.

*Armer Atlan,* spottete mein Extrasinn. *Nimm dir einen Strick und häng dich auf. Dann sind alle Probleme gelöst, und mir bleibt dein Selbstmitleid erspart.*

Ich zuckte zusammen. »Verdammtes Zeug«, murrte ich und wandte mich dann entschlossen an den Embryo: »Zeig mir den Weg!«

Ich kam mir merkwürdig nackt vor, seit ich den Behälter nicht mehr bei mir trug. Aber Chapat hatte darauf bestanden, dass ich ihn zurückließ und mich alleine auf die Suche begab. Mir war nicht wohl dabei, aber es blieb mir nichts anderes übrig. Die Vorräte in der Anlage des Behälters waren noch immer nicht voll ergänzt. Im Übrigen sah ich auch bald selbst ein, dass es besser war, dass ich nicht mehr auf das zerbrechliche Gerät achten musste. Ich kam ohne Chapat schneller und leichter voran, zumal er auch weiterhin in telepathischer Verbindung mit mir stand und mich zielstrebig durch die halb zerfallenen Korridore leitete.

Ich untersuchte zuerst die Etage, auf der wir uns befanden. Einige Gänge waren sehr gut erhalten, überall brannten Leuchtplatten. Einmal kam ich an einem Gitter vorüber, aus dem frische Luft strömte. Also war sogar noch ein Teil der Klimaanlage in Betrieb. Es reizte mich, die Türen zu öffnen, die ich in den Wänden bemerkte, aber Chapat kam mir zuvor. *Dafür hast du später noch Zeit*, behauptete seine geisterhaft wispernde Gedankenstimme. *Ich weiß, dass Magantilliken fieberhaft nach einem Eingang sucht.*

Das war richtig. Der Notruf ging vor. Chapat schien überhaupt immer Recht zu haben. Die Vorstellungen, die ich mir von einem gerade entstehenden Baby machte, stimmten keineswegs mit dem Verhalten dieses Wesens überein, das mein Sohn war. Natürlich war das eine der Fragen, die er mir nicht beantwortete. Schon nach ziemlich kurzer Zeit erreichte ich die Region, in der sich das Funkgerät befinden sollte. Hier sah es schon weniger erfreulich aus. Ein Teil der Leuchtplatten war ausgefallen. Im Dämmerlicht bemerkte ich breite Risse in den Wänden und Decken der Gänge. Vorsichtig schlich ich weiter. Einmal spürte ich, dass ein sanftes Vibrieren durch das alte Gemäuer ging. Ich blieb stehen und hielt den Atem an. Nur wenige Meter von mir entfernt erlosch eine Lampe. Gleich darauf hörte ich lautes Klirren. Hoffentlich wandte Magantilliken keine allzu rabiaten Mittel an, um sich den Zugang zu erzwingen. Sonst löste er am Ende Zerstörungen aus, die diesen Teil der Anlage in einen Trümmerhaufen verwandelten.

*Er will mich lebend*, erinnerte Chapat mich an die Behauptung, die er auch früher schon aufgestellt hatte.

Ich schnitt eine Grimasse und stieg vorsichtig über die Reste der zerbrochenen Deckenlampe hinweg. Meinen Scheinwerfer wollte ich erst dann einsetzen, wenn mir keine andere Lichtquelle mehr zur Verfügung stand. Einmal musste die Batterie erschöpft sein. Der Gedanke, im Finstern durch diese Gänge zu irren, war nicht gerade ermutigend. Wenig später gelangte ich in einen lang gestreckten, niedrigen Raum, in dem es verschiedene Geräte gab. Da Chapat der Meinung war, ich hätte mein Zielgebiet erreicht, begann ich, ihm die technischen Einrichtungen zu schildern. Einige wiesen deutliche Spuren von Zerstörung auf, was ein wenig rätselhaft war, denn der Raum an sich war in Ordnung. Schon beim vierten Schaltpult schickte Chapat mir einen triumphierenden Impuls.

*Das ist es!*

Ich betrachtete das unscheinbare Gerät genauer und sah das faustgroße Loch, das in seiner Seitenwand klaffte. Lose Drähte hingen daraus hervor. Der Lichtkegel meiner Lampe enthüllte mir eine Vielzahl von Schaltelementen. Ich leuchtete die Kontrollfläche ab – mehrere Hebel waren abgebrochen. »Das war es«, kommentierte ich grimmig. »Das sieht nach Sabotage aus.«

Da der Embryo darauf bestand, nahm ich einige Kontrollschaltungen vor, aber das Gerät war tot. Widerstrebend befolgte ich Chapats Anweisung, mich in die nächsttiefere Etage zu begeben. Ich hätte lieber weiter oben gesucht. Zwar erinnerte ich mich daran, dass wir auf unserer Flucht durch völlig verwahrloste Regionen der Station gerannt waren, aber zumindest in der Nähe des Mausoleums musste es noch um einiges besser aussehen. Der Embryo überging meinen Protest. Da ich zugeben musste, dass er besser orientiert war als ich, schlug ich mich bis zur nächsten Rampe durch. Unten herrschte totale Finsternis. Ich schaltete meine Lampe an und musterte mein neues Betätigungsfeld misstrauisch. Die

Gänge waren leer und tot, hier gab es keinen Funken Energie mehr.

*Das hat nichts zu sagen. Geh weiter!*

Gänge, Verteilerhallen, Maschinenräume, die still und verlassen vor mir lagen, dann neue Gänge. Meine größte Sorge war die Lampe. Ohne sie fand ich das Gerät auf keinen Fall. Einmal hörte ich es aus einem der Seitengänge tropfen, und unwillkürlich blieb ich stehen. Das Geräusch alleine genügte, um mich durstig zu machen. Vermutlich gab es hier unten noch Rohre, die Wasser führten. Eins davon mochte gebrochen sein. Die Versuchung, nach dem kostbaren Nass zu fahnden, war riesig.

*Später*, mahnte Chapat schon wieder.

Endlich stand ich in einem Raum und ließ den Lichtkegel über die Geräte wandern – es gab keine Spuren von Zerstörung. Nur die Anordnung war anders. Weil für mich diese Schaltpulte alle gleich aussahen, fing das mühsame Geschäft von vorne an. Das erste, das ich Chapat beschrieb, entpuppte sich als zuständig für die Inbetriebnahme von Reinigungsmaschinen. Ich musste lachen, als ich mir vorstellte, wie vollautomatische Staubsauger durch diese Trümmerstation schnurrten. Die Heiterkeit verging mir, als mein Extrahirn mich darauf aufmerksam machte, dass ich mich wieder einmal ziemlich irrational benahm. Die lästigen Nachwirkungen des Aufputschmittels hielten also noch immer an. Vielleicht waren sie auch für den brennenden Durst verantwortlich, den ich verspürte. Nur mit Mühe konzentrierte ich mich wieder auf meine Arbeit. Endlich kam das erlösende Signal, ich konnte es kaum glauben.

*Noch weißt du nicht, ob es auch funktioniert,* brachte der Logiksektor mich schnell wieder auf den Boden der Tatsachen zurück. Ernüchtert lauschte ich Chapats Erklärungen. Wieder betätigte ich die Kontrollschaltungen, diesmal fand der Embryo die kaum wahrnehmbaren Reaktionen zufrieden stellend. Der Rest war überraschend einfach. Ein einziger Hebel musste betätigt werden. Alles andere passierte laut Chapat automatisch. Ich fragte erst gar nicht danach, wie das Gerät überhaupt arbeitete, woran Ischtar erkennen sollte, dass wir es waren, die da um Hilfe riefen. Ich sah nichts, was mit einem unserer Funkgeräte etwas gemein hatte. Aber ich konnte mir vorstellen, dass Chapats Auskunft alles andere als erschöpfend ausfallen musste. Ich wandte mich zufrieden ab, um zu meinem Sohn zurückzukehren – als die Lampe erlosch. Ich saß im

Dunkeln in den unbekannten Gewölben einer uralten Station, auf die Impulse Chapats angewiesen, der als einziges Wesen imstande war, mich wieder an den Ausgangsort dieses Unternehmens zurückzuführen.

Nach etwa einer Tonta hörte ich auf, die Beulen zu zählen, die ich mir an den Wänden holte. Erst als ich wieder an die Stelle kam, an der man deutlich das Wasser tropfen hörte, wurde ich munter. Das Geräusch zog mich fast magisch an. Ich überlegte hin und her. Von hier aus war es nicht mehr weit bis zu der Rampe, die mich in beleuchtete Regionen führte. Gab es hier unten noch Wasser, musste oben erst recht welches zu finden sein. Aber das Durstgefühl war stärker als die Vernunft. Ich tastete mich an den Wänden entlang. Um die Spuren der Feuchtigkeit zu finden, hatte ich meine Handschuhe abgelegt. Chapat konnte mir keinen Rat geben. Er kannte das Gewirr von Gängen, aber wo sich hier ein geborstenes Wasserrohr befinden sollte, entzog sich seiner Kenntnis.

Ich zuckte zurück, als ich in eine weiche, schwammige Masse hineinlangte, die sich genau zwischen mir und dem Klatschen der auf Stein treffenden Tropfen befand. Unsicher wartete ich ab, aber nichts rührte sich. Die absolute Finsternis machte mich nervös. Ich sah buchstäblich nicht die Hand vor Augen, fühlte mich hilflos und verwundbar. Mit angehaltenem Atem lauschte ich. Ich glaubte, ein schmatzendes Saugen zu hören, als schiebe sich ein Schleimwesen über den Stein. Aber je angestrengter ich die Ohren aufsperrte, desto lauter rauschte das Blut in meinem Kopf. Ich überlegte, ob ich einer Täuschung zum Opfer gefallen war. Vielleicht hatte sich gar nichts bewegt. Es mochte sich bei der seltsamen Masse um irgendeinen Fäulnispilz handeln, der sich am Wasser festgesetzt hatte. Endlich überwand ich meinen Ekel und streckte die Hand wieder aus. Meine Finger trafen auf kahlen Fels. Das schleimige Ding war verschwunden.

Mein Instinkt warnte mich davor, noch weiter nach dem Wasser zu suchen, das so verheißungsvolle Geräusche erklingen ließ. Unschlüssig blieb ich stehen. Ich konnte mir nicht vorstellen, dass es hier unten noch Leben gab, aber das Gegenteil wurde mir drastisch bewiesen, als ein dünner Faden über mein Gesicht tastete. Ich wich einen Schritt zurück, stolperte über einen Stein und fiel zu Boden. Hinter mir hörte ich etwas klatschen, dann folgte ein leises Zischen, als würde die Luft langsam aus einem beschädigten Ballon entweichen. Meine Nackenhaare sträubten sich, vorsichtig zog ich die Füße an. Wieder tastete einer dieser Fäden nach mir, diesmal hörte ich ganz deutlich das leise Schleifen, mit dem sich ein unbekanntes Etwas den Gang entlangbewegte. Mir fielen die Riesenspinnen ein, die Versuchung, aufzuspringen und zu fliehen, wuchs. Nur die Erkenntnis, dass ich mir auf diese Weise sehr schnell den Schädel einrennen würde, zwang mich, an Ort und Stelle zu bleiben. Etwas Schleimiges wischte über mein Gesicht. Ich ärgerte mich darüber, dass ich den Helm nicht geschlossen hatte, und hob die Hand, um das Ding wegzuwischen, als mich eine Warnung Chapats erreichte: *Bleib ganz still sitzen. Keine Bewegung, hörst du?*

*Was ist das für ein Tier?*, fragte ich lautlos.

*Ich weiß es nicht. Vielleicht stammt es von der Oberfläche und mutierte. Aber ich spüre schwache Impulse, die mir verraten, dass es nicht angriffslustig ist. Du scheinst nur eine Art Hindernis darzustellen, das ihm unbekannt ist. Es scheint neugierig zu sein. Sobald es dich untersucht hat, kriecht es vermutlich weiter.*

*Und wenn es nun bei seiner Untersuchung feststellt, dass ich essbar bin?*

*Ich werde dich rechtzeitig warnen.*

*Zu freundlich*, dachte ich sarkastisch, aber ich hatte keine andere Wahl, als Chapats Ratschlag zu befolgen.

Es dauerte eine Ewigkeit. Dünne Fäden glitten über mein Gesicht und meine Hände und hinterließen klebrig feuchte Spuren, von denen ein schier unerträglicher Juckreiz ausging. Da der Embryo aber immer noch behauptete, weder Hunger noch Angriffslust zu spüren, riss ich mich zusammen. Ich hatte keine Ahnung, wie viel Zeit tatsächlich verstrichen war, ehe sich die Tentakel zögernd zurückzogen. Widerwärtiges Schmatzen ertönte, dann plumpste vor mir etwas auf den Boden. Kurz darauf veränderte sich die Geräuschkulisse. Die Wassertropfen, wegen denen ich diesen Gang betreten hatte, fielen nicht mehr auf harten Stein, sondern auf eine weiche Unterlage.

*Es trinkt*, flüsterte Chapat mit messerscharfer Logik. *Ich denke, jetzt kannst du es wagen.*

Ich erhob mich zentimeterweise und wich langsam zurück. Der Durst war mir inzwischen vergangen. Ich hatte nur noch den Wunsch, diesen Ort schleunigst zu verlassen, und war so auf das trinkende Schleimwesen konzentriert, dass ich das Zischen völlig vergaß. Erst als ich auf einer schleimigen Unterlage ausrutschte, kam ich auf die Idee, dass ich es möglicherweise mit zwei von diesen Kreaturen zu tun hatte. Chapats Warnruf gellte in meinem Gehirn. Ich versuchte mich hochzuschnellen, aber etwas hielt mich an den Fußknöcheln fest. Ringsum zischte es empört, ich ahnte, dass ich in ein regelrechtes Nest dieser Wesen hineingetappt war.

Ich schlug wild mit den Armen um mich, traf auf einen Wulst von schleimigen Fäden und erwischte endlich den Stein, über den ich zuvor gestolpert war. Ich fasste ihn wie einen Faustkeil und schlug auf die weiche Masse ein, auf der ich hilflos zappelte. Aber das seltsame Körpermaterial des fremden Tieres gab wie Gummi nach. Neue Tentakel schlugen nach mir und schlangen sich um meine Arme. Rechts neben mir war das Zischen noch lauter geworden. In der Hoffnung, wenigstens einen dieser unheimlichen Gegner unschädlich zu machen, schleuderte ich den Stein in diese Richtung. Ich verfehlte mein Ziel, wie ich an dem lauten Krachen hören konnte, mit dem der Stein auf die Mauer traf. Aber gerade das führte unerwarteterweise meine Befreiung herbei.

Vermutlich hatten die Wesen schlechte Erfahrungen mit niederprasselnden Steinen gemacht, oder sie reagierten nur auf das ungewohnt laute Geräusch, während gleichzeitig der Druck von meinen Armen und Beinen wich. Ich begriff, dass das Wesen sämtliche Pseudopodien eingezogen hatte, um sich mit Höchstgeschwindigkeit zu entfernen. Ich wurde dabei einfach mitgeschleift. Ich warf mich nach vorne und kullerte kopfüber auf den Boden. Was auch immer diese Wesen darstellten, sie würden schnell feststellen, dass ihnen keine Gefahr drohte, und zu ihrer Wasserstelle zurückkehren. Ich tastete mich so rasch wie möglich weiter, während hinter mir das aufgeregte Zischen allmählich verklang.

In höchster Eile kehrte ich in den Hauptgang zurück und vermied jeden Aufenthalt. *Keine zehn Naats bringen mich in diese Region zurück, solange ich nicht wenigstens eine Lampe und eine Waffe habe*, schwor ich mir. Wenig später tauchte ein kleiner Lichtfleck vor mir auf, ich rannte darauf zu. Erst als ich in einem beleuchteten Gang stand, in dem weit und breit kein Schleimwesen zu erblicken war, widmete ich mich der Tätigkeit, nach der es mich seit meiner Begegnung mit den Bewohnern dieser Unterwelt am meisten verlangte: Ich schälte mich aus dem Anzug und kratzte mich mit wahrer Wonne eine halbe Ewigkeit. Zum Glück erwiesen sich die klebrigen Sekrete der schleimigen Geschöpfe als recht ungefährlich. Wo mich die Tentakel berührt hatten, bildeten sich rote Flecken auf der Haut, die jedoch bald wieder verschwanden. Dennoch musste etwas von dem Zeug von der Haut aufgenommen und in die Blutbahn geleitet worden sein. Jedenfalls juckte es mich tatsächlich überall.

*Eine harmlose, allergische Reaktion*, behauptete der Logiksektor. *Vergiss es. Es vergeht bald wieder.*

Das Ding hatte leicht reden. Schmerzen waren eine Sache, Juckreiz eine andere. Noch lange Zeit kämpfte ich gegen das Verlangen an, eine wahre Kratzorgie zu veranstalten. Noch einmal musste ich ein Gebiet durchqueren, in dem die Leuchtplatten außer Betrieb waren, aber diesmal war ich gewarnt. Alle paar Schritte blieb ich stehen und lauschte. Aber ich hörte weder ein Zischen noch ein Schmatzen, das mir die Anwesenheit von Schleimwesen verkündet hätte. Entweder gab es sie nur in den untersten Etagen, oder sie versammelten sich an den wenigen Orten, an denen sie Wasser fanden. Der Embryo ließ mir Zeit, schien vollauf damit zufrieden zu sein, dass der Notruf hinausging. Selbst die Tatsache, dass es in der Station Leben gab, interessierte ihn nicht weiter. *Ich bin sicher, dass es sich um harmlose Geschöpfe handelt. Sonst wärst du nicht so leicht entkommen.* Ich schwieg und versuchte, an etwas anderes zu denken, um den lästigen Juckreiz loszuwerden. Kurze Zeit später stand ich in der Halle vor Chapats Behälter. *Magantilliken sucht uns weiterhin.*

»Das kann ich mir denken«, erwiderte ich. »Wie lange wird es deiner Meinung noch dauern, bis wir Hilfe erhalten?«

*Ich weiß es nicht.*

Ich war todmüde, aber die Aussicht, wieder auf dem harten Boden zu schlafen, lockte mich nicht besonders. Ich entsann mich der gut erhaltenen Korridore in der Nähe der Lebenserhaltungsanlage. »Hast du etwas dagegen, dass ich mir einen etwas gemütlicheren Platz suche?«

*Keineswegs. Meine Vorräte sind ergänzt. Ich komme wieder ein paar Tage lang damit aus. Es besteht kein Grund, weshalb wir in dieser halb zerfallenen Halle bleiben sollten.*

Ich durchsuchte die Räumlichkeiten und fand heraus, dass es sich um Unterkünfte gehandelt zu haben schien. In einigen Zimmern gab es sogar noch Überreste der Möblierung. Das Wertvollste jedoch entdeckte ich, als ich ohne große Hoffnung ein aus der Wand ragendes Ding betätigte, das eine gewisse Ähnlichkeit mit einem Wasserhahn aufwies. Die Flüssigkeit, die daraus hervorrann, war nicht unbedingt mit Quellwasser zu vergleichen. Immerhin erwies sie sich als trinkbar. Das gab den Ausschlag. Ich schleppte etwas von dem Gerümpel aus den angrenzenden Räumen herbei, bereitete mir ein primitives Lager und stellte Chapats Behälter daneben. Ich genoss die Wohltat, still dazuliegen, bis es mich wieder zu jucken begann. Während ich mich gedankenverloren kratzte, kreisten meine Gedanken um Magantilliken.

Gab es für mich wirklich keine andere Möglichkeit, als tatenlos auf Hilfe zu warten? Ich nahm mir vor, nach Waffen zu suchen, sobald ich etwas geschlafen hatte. Es musste mir einfach gelingen, den Weg in die Freiheit zu erzwingen. *Auch der varganische Henker ist nicht unverletzbar. Es gibt noch andere Eingänge.*

*Eingänge ja*, mischte mein Sohn sich in meine Gedanken. *Dem Henker stehen die technischen Mittel des Raumschiffs zur Verfügung. Er kann sich damit durch Sand und Stein bohren. Wir haben diese Möglichkeit nicht. Wir können nur warten.*

Ich schwieg. Was hätte ich auch noch sagen können? Es gab keinen Weg nach oben. Wir mussten warten, bis uns jemand heraus holte. Wer würde zuerst kommen? Ischtar – oder Magantilliken?

# *17.*

*»Bist du plötzlich verrückt geworden, Bauchaufschneider?«, keuche ich entsetzt.*

*Fartuloon antwortet nicht, wendet mir nur kurz sein breites Gesicht zu; ein hässliches Grinsen entblößt seine Schneidezähne. Breitbeinig steht er da, sein uralter verbeulter Brustharnisch über der Kleidung, das* Skarg *stoßbereit in der Hand. Es zielt auf ein Opfer – und dieses Opfer ist Ischtar, die Varganin. Ischtar, die Goldene Göttin, die nun schon seit einiger Zeit mein Schicksal so weit bestimmt, dass sie fast zu meinem einzigen Lebensinhalt geworden ist.*

*Fartuloon muss tatsächlich übergeschnappt sein, denn er hat eindeutig die Absicht, sie umzubringen. Warum nur, bei allen Göttern Ar-*

*kons? Doch mir bleibt keine Zeit, darüber nachzudenken, was den Behüter meiner Jugend und Mitstreiter gegen Orbanaschol III. und seine Häscher zu diesem sinnlosen Schritt bewegen mag. Ich muss eingreifen, ehe es zu spät ist. Ich muss es tun, selbst auf die Gefahr hin, Fartuloon zu verwunden oder gar zu töten. Kein einfaches Vorhaben, denn ich bin unbewaffnet, während der Bauchaufschneider sein Dagorschwert hat, mit dem er meisterlich umzugehen weiß. Zweifellos wird er zögern, das* Skarg *gegen mich zu richten. Darin liegt meine Chance. Ein Augenblick genügt, dann kann er ausgeschaltet sein.*

*Mein Körper strafft sich zum entscheidenden Sprung, mein Gehirn gibt den Angriffsbefehl – aber nichts geschieht. Meine Muskeln versagen ihren Dienst, ich stehe unbeweglich da, wie angeschmiedet. Entsetzt muss ich zusehen, dass Fartuloon das Schwert langsam hebt, um zum tödlichen Stoß anzusetzen. Mein Mund öffnet sich, um einen Schrei auszustoßen, aber kein Laut kommt über meine Lippen. Fartuloon scheint sich an meinem Zustand zu weiden, denn sein Grinsen wird noch breiter.*

Fartuloon – *das ist doch gar nicht der Bauchaufschneider! Seit wann trägt er einen blauen Umhang? Fassungslos sehe ich, dass sich nun auch sein Gesicht zu verwandeln beginnt und einen goldbronzenen Farbton annimmt. Große goldene Augen starren mich plötzlich an. Und auf einmal weiß ich, wer da in Wirklichkeit steht:* Magantilliken, der Henker der Varganen …

*Er kommt aus der geheimnisvollen Eisigen Sphäre, sein Auftrag ist, alle Varganen zu töten, die sich außerhalb dieser Sphäre befinden. Er hat Meschanort umgebracht, jetzt schickt er sich an, Ischtar zu töten. Das ist zu viel für mich. Mit einer gewaltigen Willensanstrengung überwinde ich meine Erstarrung, nun kommt auch der Schrei aus meiner Kehle …*

… und mit diesem Schrei erwachte ich. Magantillikens Gestalt wurde zu einem Schemen und verblasste ebenso wie Ischtar. Als ich die Augen geöffnet hatte, blickte ich in das bleiche Licht einer kleinen quadratischen Deckenleuchte, die sich seitlich über mir befand. Noch immer war ich so verstört, dass ich nichts begriff.

*Du hast nur geträumt*, meldete sich mein Extrasinn. *Dein Unterbewusstsein hat sich mit den Ereignissen der letzten Tage beschäftigt und dabei etwas zu viel des Guten getan. Du befindest dich auf Sogantvort in einer alten Anlage der Varganen mit dem Embryo deines Sohnes Chapat. Magantilliken hat euch noch nicht gefunden.*

Erleichtert atmete ich auf, die Erinnerungen kamen zurück. Ich warf einen Blick in die Ecke neben meinem Lager, sah den zylindrischen Behälter. Chapat, *mein Sohn* – welch ein seltsames Gefühl.

*Werde nicht sentimental, Kristallprinz*, spottete der Logiksektor. *Deine Lage ist mehr als fragwürdig, denn über kurz oder lang wird sich der Henker Zugang zur Station verschaffen …*

So unangenehm mir dieser Warner auch war, ich musste ihm Recht geben. Zwar hatte ich auf Chapats Verlangen hin einen Hilferuf über Funk abgesetzt, doch ob er auf Kraumon empfangen worden war, war mehr als fraglich. Noch viel fraglicher war es, ob sie mir zu Hilfe kommen konnten, ehe Magantilliken kam.

Chapat riss mich aus meinen unerfreulichen Gedanken, schien bemerkt zu haben, dass ich aufgewacht war, und stellte die Verbindung auf telepathische Übermittlungsbasis her. *Was ist geschehen? Dein Geist ist verstört, als hättest du etwas Schreckliches mitgemacht. Kann ich dir helfen?*

Unwillkürlich musste ich lächeln, denn auf den ersten Blick erschien es geradezu absurd, dass dieses ungeborene Wesen dazu imstande sein könnte. Chapat war es gewesen, der mir immer wieder geholfen hatte. Ich unterrichtete ihn über mein Traumerlebnis, und eine Welle des Mitgefühls sprang von ihm auf mich über.

*Ich selbst träume noch nicht*, teilte er mir lautlos mit, *aber ich begreife, um was es sich dabei handelt. Fiktive Erlebnisse, durch irgendwelche Begebenheiten oder Reize ausgelöst, die vom Unterbewusstsein verarbeitet werden oder dann fast wie Realitäten erscheinen. Richtig?*

»Richtig. Im Allgemeinen vergisst man das meiste davon beim Erwachen wieder, aber dieser Traum war so intensiv, dass ich die Erinnerung daran behalten habe.«

Ich richtete mich vollends auf, schwang mich von meinem Lager und starrte durch den transparenten Deckel des Behälters, in dem der Embryo schwebte. *Könnte ich doch etwas tun*, dachte ich ungeduldig. *Irgendetwas, das uns hier heraushilft oder doch wenigstens unsere Lage verbessert. Nur hier herumzusitzen und darauf zu warten, dass Hilfe oder der Henker kommt, ist unerträglich.*

Halb war ich darauf gefasst, dass sich nun mein Extrasinn mit einer seiner weisen Bemerkungen meldeten würde, doch diesmal schwieg er. Dafür machte sich Chapat telepathisch bemerkbar.

*Vielleicht könntest du mir etwas über dich, über dein bisheriges Leben berichten. Bisher weiß ich ja von dir eigentlich nur, dass du der Kristallprinz Atlan und mein Vater bist.*

Mir war sofort klar, dass mich der Embryo vor nutzlosem Grübeln bewahren wollte, aber ich griff die Anregung dennoch auf. Ich streckte mich auf meinem Lager aus und überlegte. Was sollte ich Chapat über mich erzählen? Wo sollte ich beginnen? Vielleicht ganz am Anfang, einer Zeit, die ich nur vage in Erinnerung hatte, weil ich zu jung gewesen war, um die Tragweite der Dinge zu begreifen, die sich damals zugetragen hatten? Ich kannte sie inzwischen. Ja, dort wollte ich ansetzen, so schmerzlich die Tatsachen, die ich Chapat mitteilen würde, auch für mich waren. Ich schob die Arme unter meinen Kopf, entspannte mich und versank gedanklich weit in der Vergangenheit.

*Schon in der arkonidischen Frühzeit wurde die Familie derer von Gonozal als eine der maßgeblichen genannt: Der Gonozal-Khasurn erlangte zwar rasch die Hochadelswürde eines Großen Kelches, brachte etliche Admirale, Sonnenträger und hoch gestellte Beamte hervor, stellte jedoch, obwohl zu den Fürsten gehörend, im Jahre 6255 da Ark erstmals einen Imperator des Tai Ark'Tussan: Er folgte Robal V. als 106. Herrscher auf dem Kristallthron; weil Robal seine Frau so sehr liebte – oder wähnte sie zu lieben –, hatte er einen Admiral aus Eifersucht erschossen und wurde zum Tod verurteilt, konnte allerdings fliehen. In jener Zeit hatten die Gonozal im Großen Rat ausreichend machtvolle Positionen besetzt, so dass sie einen der Ihren als neuen Höchstedlen durchsetzen konnten.*

*Mesdon da Gonozal, das alte Oberhaupt des Khasurn, nannte sich nun Gonozal I., verschwand jedoch nach nur drei Jahren Herrschaft spurlos in einem Hypersturm. Sein erstgeborener Sohn Mylar, selbst schon 58, bestieg 6258 da Ark den Kristallthron und regierte bis zu seinem Tod im Jahr 6295 da Ark als Gonozal II. das Tai Ark'Tussan.*

*Mapoc da Gonozal, insgesamt neunmal verheiratet, regierte als Gonozal III. 47 Jahre; er war der Initiator des Projekts der Synchronwelten Arkons, später kurz Tiga Ranton – Drei Welten – genannt: Die Planeten Arkon I, II und III umkreisten seither als exakt gleichseitiges Dreieck die Sonne, und es war eine derart außergewöhnliche Erscheinung, dass sie der Selbstglorifizierung diente und ihre wahre Entste-*

*hung mit zu den größten Staatsgeheimnissen gehörte. In den Kreisen der Gonozal erhielt sich jedoch stets das Wissen um die wahren Hintergründe; dieses sicherte ihrem Khasurn die fürstliche Macht, wurde jedoch niemals zur eigenen Profilierung ausgenutzt.*

*Gonozal IV. – als Maspron da Gonozal geboren – war nur eine kurze Regierungszeit beschieden: Im Jahr 6342 da Ark inthronisiert, wurde er drei Jahre später ermordet, und mit ihm starben auch der Kristallprinz sowie etliche Gonozal-Fürsten. Inwieweit der 6345 da Ark an die Herrschaft gelangte Khasurn derer von Metzat in dieses Komplott eingebunden war, wurde nie eindeutig geklärt. Fest stand jedoch, dass die Gonozal für fast vier Jahrtausende ins zweite Glied zurücktraten.*

*Erst mit Mascar da Gonozal bestieg 10.386 da Ark erneut ein Gonozal, der fünfte in ihrer Rechnung, den Kristallthron: Ernannt vom Großen Rat, wurde er Nachfolger von Arthamin I., weil dieser keinen Kristallprinzen-Nachfolger hatte. Gonozal V., mein Urgroßvater, blieb bis zu seinem natürlichen Tod im Jahr 10.418 da Ark an der Macht.*

*Imperator bis 10.446 da Ark wurde nun Mallacen da Gonozal; mein Großvater mit dem Thronnamen Gonozal VI. war dreimal verheiratet: Klyna da Quertamagin, die Mutter des Kristallprinzen Mascudar, starb kurz nach dessen Geburt 10.423 da Ark; Moryty da Zoltral war die Mutter des 10.429 da Ark geborenen Upoc – ihre Verwicklung in eine Adelsintrige führte zur Aufhebung der Ehe, weshalb Upoc von jeglicher Thronnachfolge ausgeschlossen wurde; schließlich Ashlea da Orbanaschol – sie gebar 10.439 da Ark Veloz, der sich jedoch schon in seiner Jugend nur Orbanaschol rufen ließ und maßgeblich von seiner herrischen und machtbesessenen Mutter beeinflusst wurde.*

*Mein Vater, Mascudar da Gonozal, regierte als Imperator Gonozal VII. in der Zeit von 10.446 bis 10.483 da Ark. Seine Frau und Imperatrix Yagthara, eine geborene Agh'Hay-Boor, zehn Arkonjahre jünger als ihr Gemahl, kam am 35. Prago des Dryhan 10.479 da Ark nieder; der Junge – von ihr nach einem der Zwölf Heroen »Atlan« genannt – war als Gos'athor Mascaren Gonozal designierter Nachfolger des über das Große Imperium der Arkoniden herrschenden Zhdopanthi. Ashlea da Orbanaschol starb 10.480 da Ark; wie es hieß, aus Gram, weil ihrem über alles geliebten Veloz-Orbanaschol keine Möglichkeit zur Nachfolge als Imperator mehr gegeben war.*

*Und mein Vater starb, als ich vier Arkonjahre alt war, am 17. Prago des Tarman 10.483 da Ark auf dem Jagdplaneten Erskomier. Für lange Zeit blieb die »offizielle Version« eines Jagdunfalls verbreitet …*

*Fartuloon aber war in der Nähe gewesen, als Imperator Gonozal VII. »verunglückte«. Es war kein Unfall gewesen, sondern ein wohl vorbereiteter Mord! Filmaufnahmen, geheime Staatsdokumente, abgehörte Gespräche und Fartuloons Bericht gestatteten eine Rekonstruktion der Ereignisse. Es mochte manche Lücke enthalten sein, anderes beruhte auf Indizien, aber im Großen und Ganzen entsprach alles den Tatsachen. Es stand aber eindeutig fest, dass mein Vater im Auftrag seines jüngeren Bruders, des heutigen Imperators Orbanaschol III., getötet worden war.*

*Fartuloon hatte mich mit Hilfe hoch stehender Flottenoffiziere in Sicherheit gebracht. Einer von ihnen war Admiral Tormanac da Bostich gewesen, Erzfürst im Schneeflöckchen genannten Kugelsternhaufen Cerkol. Er hatte die Verfolgungsraumschiffe gnadenlos abschießen lassen. Allerdings hatte man ihm niemals eine staatsgefährdende Manipulation nachweisen können. Wäre er nicht so mächtig und beliebt gewesen, hätte er zweifellos sein Leben eingebüßt. So aber hatte es selbst ein Orbanaschol damals in den Wirren nicht wagen können, diesen vom arkonidischen Volk verehrten Flottenadmiral zu beseitigen. Tormanac war unter Hinweis auf seine beiden Beinprothesen, die ihn im Fronteinsatz niemals gestört hatten, aus dem aktiven Dienst entlassen und zum Prüfungsplaneten Largamenia abgeschoben worden.*

*Der Zeitpunkt für dieses Verbrechen war günstig gewesen. Ich, der Kristallprinz des Reiches, einziger Sohn des Herrschers, war noch minderjährig. Mein Oheim Veloz erfasste die Gelegenheit beim Schopf und konnte die vom Volke frei gewählten Mitglieder des Hohen Rates von Arkon davon überzeugen, dass er, Orbanaschol, bis zum Zeitpunkt meiner Reifeprüfung die Regentschaft im Sinne meines verunglückten Vaters, zu meinen Gunsten und im Interesse des Großen Imperiums, ausüben müsse. Nur wenige Perioden nach Antritt seiner Regentschaft ergriff Orbanaschol die absolute Macht. Der Hohe Rat wurde wegen angeblich verwerflicher Machenschaften und Unfähigkeit aufgelöst. Die Kreaturen des Orbanaschol nahmen die frei gewordenen Plätze im Parlament des Reiches ein. Er wurde offiziell zum Imperator bestimmt. Damit war mein Leben nichts mehr wert gewesen.*

Ich erwachte aus meiner Versunkenheit und sah wieder die matte Deckenleuchte über mir. Tontas mussten vergangen sein, seit ich mit meiner Schilderung angefangen hatte, und ich begann Hunger zu verspüren. Chapat aber war noch nicht zufrieden. *Wie ging es dann weiter?*, fragte er telepathisch. *Wie kam es, dass Orbanaschol dich nie gefunden hat, obwohl er doch über so große Machtmittel verfügte?*

Ich lächelte leicht. »Mein Vater hatte seinem Bauchaufschneider bereits zu seinen Lebzeiten ungeheure finanzielle Mittel und Ausrüstungsgüter aller Art zur Verfügung gestellt. Er hatte immer mit einem Attentat gerechnet – die arkonidische Geschichte belegte, dass die wenigsten Herrscher sanft eines natürlichen Todes starben. Er hatte Fartuloon voll und ganz vertraut, was sich als sehr weise erwiesen hatte, denn Fartuloons Vertraute saßen überall, und als sie erfuhren, dass Gonozal tot war, begannen sie zu handeln. Naturgemäß gab es in allen wichtigen Institutionen des Reiches, besonders in der Flotte, zahlreiche Personen, die Gonozal treu ergeben gewesen waren. So hatte Fartuloon weitere Verbündete gewonnen. Falsche Spuren wurden gelegt, die sich wieder im Sande verloren, und einer dieser Männer löschte meine Individualdaten aus dem großen Zentralgehirn auf der Kristallwelt. Von da an war ich, das hilflose Kind, auf Grund solcher Unterlagen nicht mehr auffindbar. Nun gab es praktisch keine Unterlagen mehr über mich, und der Bauchaufschneider konnte mit Merikanas Hilfe meine Erziehung in die Hand nehmen. Mit Erfolg, wie du siehst.«

*Und was ist aus den Verschwörern geworden, die deinem Onkel halfen? Hatte dein Vater nicht einen von ihnen während des Attentats getötet?*

Ich schüttelte den Kopf. »Sofgart hatte Glück, denn der Strahlschuss traf nicht ihn selbst, sondern den Felsbrocken, den er werfen wollte. Er erlitt allerdings Verbrennungen im Gesicht und verlor das Augenlicht, so dass er später eine positronische Sehhilfe tragen musste. Orbanaschol machte ihn zum Anführer der berüchtigten Kralasenen. Er kam schließlich auf meine Spur, aber es gelang mir, ihn zu töten. Nun sind nur noch vier Mörder übrig, selbstverständlich haben die Attentäter allesamt Karriere gemacht: Offantur, der den letzten Stein warf, befehligt die Tu-Gol-Cel, die sich unter ihm so entwickelt hat, dass sie fast so schlimm wie die Kralasenen ist. Er ist eine Bestie in Arkonidengestalt. Orbanaschol hätte kein willfährigeres Werkzeug finden können als ihn, den Beherrscher der Politischen Geheimpolizei des Imperators. Psollien wurde zunächst Tato von Erskomier, verschwand vor einigen Jahren aber spurlos. Fartuloon vermutet, dass er Orbanaschol zu erpressen versuchte und deshalb untertauchen musste. Amarkavor Heng ist jetzt *Mascant* und Kommandeur des Hauptflottenstützpunktes Trantagossa und dafür berüchtigt, dass er Schiffe sinnlos opfert, weil sein taktisches Geschick mit seinem Ehrgeiz nicht Schritt halten kann. Doch Orbanaschol kann es sich nicht leisten, ihn abzusetzen – sie haben sich gegenseitig in der Hand.«

*Vielleicht bringen sie sich eines Tages gegenseitig um. Dann bist du deine Sorgen mit einem Schlag los.*

Ich setzte mich auf und protestierte energisch. »Nur das nicht! Eines Tages will ich vor dem Brudermörder stehen, und dann soll dieser Feigling zittern und sich winden, ehe er stirbt!«

*Ein sehr unfrommer Wunsch, der dazu noch weit von seiner Verwirklichung entfernt ist*, flüsterte Chapat sarkastisch. *Hast du vergessen, wo du dich zur Zeit befindest und wie prekär deine Lage ist?*

Ich nickte ernüchtert. »Leider hast du nur zu Recht, mein Sohn.«

Ich fuhr zusammen, denn im Korridor war ein Geräusch zu hören. Doch es war nur ein Stück der altersschwachen Deckenverkleidung, das herabgefallen war. Ich beruhigte mich schnell wieder und griff nach meinem Vorrat an Nahrungskonzentraten, um meinen knurrenden Magen zu befriedigen.

*So ist es richtig*, spottete Chapat. *Der Vater will essen, aber sein Sohn kann ruhig verhungern, wie? Es ist Zeit, dass du mich wieder an das Lebenserhaltungssystem anschließt.*

Ich seufzte und entsprach seinem Verlangen, doch ich war nicht ganz bei der Sache. Halb befand ich mich noch in der Vergangenheit. Die Schilderung der Vorgänge um den Tod meines Vaters hatte mich aufgewühlt. Mein weiterer Lebensweg war von Fartuloon bestimmt worden; ich hatte auf Largamenia bewiesen, dass seine Schulung erstklassig gewesen war.

Lustlos kaute ich auf den Konzentratriegeln herum und trank von dem abgestanden schmeckenden Leitungswasser. Ich war hier unten gefangen und zur Tatenlosigkeit verdammt, bis mich und den Embryo jemand fand. *Wer kommt zuerst? Ischtar, Fartuloon und meine Freunde? Oder der varganische Henker?*

Eine der Kammern war wie die andere. Ich wusste kaum mehr, wie lange ich unter der Oberfläche des Planeten Sogantvort umherirrte. An einer Stelle musste die Decke undicht sein, denn Wasser tropfte auf den Boden. Die Tropfen kamen in regelmäßigen Zeitabständen, aufreizend und mit ermüdender Sicherheit. Sie unterbrachen die absolute Stille der Station. Schlief Chapat? Ich fragte ihn laut: »Störe ich, Chapat?«

Die Antwort kam sofort: *Nein, ich schlafe nicht. Magantilliken plant Unheil. Es wird nicht mehr lange dauern …*

»Warne mich rechtzeitig.«

*Wenn ich kann – natürlich.*

Die Verbindung brach wieder ab. *Wahrscheinlich muss sich der Embryo auf die Gedanken Magantillikens konzentrieren, um seine Spur nicht zu verlieren.* Vorsichtig setzte ich den Zylinder mit der Nährflüssigkeit auf den Boden, um mehr Bewegungsfreiheit zu erhalten. Durch den Gang, den ich gekommen war, wollte ich nicht zurückkehren. Die Kammer, die wir erreicht hatten, war geräumig und besaß eine hohe Decke. Aber sie war leer, jede Einrichtung fehlte. Sollte es in den massiv wirkenden Mauern noch weitere Türen geben, sah ich sie nicht. Sie mussten hervorragend getarnt sein. Systematisch suchte ich jeden Winkel ab, immer in der Hoffnung, irgendetwas zu finden, was mir weiterhelfen konnte. Der telepathische Impuls Chapats erreichte mich: *Magantilliken hat etwas vor, aber ich weiß nicht, was genau.*

»Was rätst du?«

*Warten.*

Die Zeit verging in quälender Langsamkeit. Chapat warnte mehrmals, konnte aber keine näheren Angaben machen, wusste nur, dass Magantilliken irgendwo hoch über uns offenbar damit beschäftigt war, uns das Leben in der Unterwelt schwer zu machen.

Plötzlich hörte ich ein fernes Grollen. Ich nahm den Behälter mit dem Embryo und hielt ihn fest. Genau vor mir brach die Wand in der Mitte auseinander, als sei sie mit einem gigantischen Beil gespalten worden. Eine grelle Lichtflut überschwemmte die bisher dämmerige Kammer. Die gespaltene Wand blieb, das Licht ebenfalls – von ihm ging eine fast suggestive Verlockung aus. Ohne nachzudenken, ging ich los, glaubte, ein gleichmäßiges, weit entferntes Summen oder Brausen zu hören, das mir irgendwie bekannt schien, aber ich war mir nicht sicher. Das Brausen wurde deutlicher, erinnerte jetzt an den Gesang von vielen Kinderstimmen. Es wurde lauter und schriller, bis ich mir am liebsten die Ohren zugehalten hätte. Vor mir war eine riesige Halle, die derart von Licht durchflutet war, dass ich im ersten Augenblick nichts erkennen konnte. Gleichzeitig verspürte ich eine eisige Kälte, die wie Nadelspitzen in meine Haut eindrang. Meine Hände wurden steif, fast konnte ich den Behälter nicht mehr halten. Ich sah, dass sich Reif niederschlug.

*Dieses Licht und diese eisige Kälte …* Auf Margon war es eine Energiekugel gewesen, die eine rätselhafte Verbindung zur Eisigen Sphäre der letzten Varganen herstellte. Eine Verbindung, die offenbar auch hier und jetzt bestand. Ich stand gelähmt inmitten tanzender Eiskristalle, eingehüllt von dem eintönigen Singsang. Meine Augen hatten sich an die Helligkeit gewöhnt. Ich konnte nun besser sehen und auch Einzelheiten erkennen – Einzelheiten jedoch, mit denen ich nichts anzufangen wusste. Die Wände waren dick mit Eis überzogen. Auf dem Boden lag weißer Puder wie frisch gefallener Schnee. Aus dem Licht heraus materialisierten plötzlich Gestalten – aber sie materialisierten nicht vollständig, sondern verharrten in einem halb verstofflichten Zustand. Ihre Füße berührten den Boden nicht, sonst hätte ich Spuren sehen müssen. Die Gestalten wirkten wie ätherische Wesen, durchaus arkonoid und fast fraulich zart. Durchsichtige Schleier umwehten sie wie eine Aura.

»Was ist das?«, fragte ich Chapat fassungslos.

Die Antwort kam sofort: *Es sind die zwölf Erinnyen.*

*Erinnyen? Was ist das denn nun wieder?*

Chapats Impulse verrieten Erregung, aber auch Verwirrung und Unentschlossenheit. Es würde wenig Sinn haben, ihm weitere Fragen zu stellen. Nochmals versuchte ich, die Halle zu verlassen, aber etwas hielt mich fest. Chapats Gedankenimpulse flüsterten: *Seit undenkbaren Zeiten wurde kein Vargane mehr geboren …* Ich überlegte, was das mit dem Erscheinen der zwölf Gestalten zu tun hatte, die von Chapat »Erinnyen« genannt worden waren. Stellten sie die Verbindung zur Eisigen Sphäre her, in der angeblich die letzten Varganen lebten? Gleichzeitig erinnerte ich mich der seltsamen Betonung, mit der Magantilliken von Ischtars Sohn gesprochen hatte. *Ich bin wertvoll und unersetzbar!*

Ich wusste, dass ich umkehren musste, aber ich konnte mich nicht von der Stelle rühren. Unbeweglich stand ich da und sah zu, dass die zwölf Gestalten näher heranschwebten, langsam und unaufhaltsam. Sie streckten ihre Arme aus, als wollten sie mich in ihr Reich der ewigen Kälte mitnehmen. Jetzt waren sie vor mir und kamen nicht mehr näher. Aber sie streckten ihre halb durchsichtigen Arme aus – und nahmen mir den Behälter mit Chapat aus den gefühllosen Händen. Während sie langsam zurückschwebten, von wirbelnden Flocken und Kristallen eingehüllt, erreichten mich wieder die Gedankenimpulse des Embryos. Diesmal verrieten sie Entsetzen und Todesangst.

*Atlan! Informiere Mutter! Nur sie kann mich aus der Eisigen Sphäre befreien, in die man mich bringen will. Sie muss mich retten! Fliehe!*

Ich versuchte laut zu antworten, konnte jedoch meine Lippen nicht bewegen. *Ich kann nicht.*

*Bald wirst du frei sein, doch dann ist es zu spät, mir zu helfen. Tu, was ich dir …*

Die zwölf Gestalten wurden undeutlicher. Auch der Behälter mit Chapat verlor an Substanz und wurde allmählich durchsichtig. Die Wolken der Eiskristalle waren nicht mehr so dicht, spürbar ließ die furchtbare Kälte nach, die mich an meinen Platz bannte und bewegungsunfähig machte. Als der seltsame Gesang schließlich verstummte, waren die zwölf Gestalten verschwunden – und mit ihnen auch der Behälter mit Chapat. Vorsichtig versuchte ich, mich zu bewegen. Die Starre verlor sich nach und nach, bald war ich in der Lage, einen Fuß vor den anderen zu setzen. Aus dem Gang strömte warme Luft in die Halle, die nun völlig leer war.

Das Licht erlosch. Die Dunkelheit kam so überraschend, dass ich unwillkürlich stehen blieb und wartete, bis sich meine Augen an die Umstellung gewöhnt hatten. Vorsichtig tastete ich herum, bis meine suchenden Hände die Mauer des Ganges berührten. Schritt für Schritt trat ich den Rückzug an, aber in mir war keine Hoffnung mehr. Irgendwo wartete Magantilliken auf mich. Was war mit Chapat geschehen? Hatte man ihn wirklich in die Eisige Sphäre geholt – und warum? Er war ein halber Vargane, würde es zumindest sein, sobald er den Behälter verlassen konnte. Er war Ischtars Sohn. Ich aber war ein Arkonide – und Chapats Vater. *Seit undenkbaren Zeiten wurde kein Vargane mehr geboren …* – was hatte das zu bedeuten? Lag darin der Schlüssel? Einerseits unsterblich, andererseits steril? *Aber das passt nicht – auf den Welten des Dreißig-Planeten-Walls haben wir doch Varganennachkommen angetroffen und …*

Unwillkürlich tastete ich mich weiter. Meiner Schätzung nach musste ich bald die Stelle erreicht haben, an der ich mich vorher versteckt gehalten hatte. Ich konnte nichts sehen. Die Notbeleuchtung war endgültig ausgefallen. Irgendwo waren Geräusche, die ich nicht identifizieren konnte. Einmal glaubte ich, schleichende Schritte zu vernehmen, dann wieder ein unbestimmtes Scharren und Knirschen. Hatte Magantilliken es aufgegeben? Ich blieb wie angewurzelt stehen, als plötzlich Licht aufflammte und mich zwang, die Augen zusammenzukneifen. Es handelte sich um einen Scheinwerfer, der genau auf mich gerichtet war. Was dahinter lag, war in absolute Finsternis gehüllt. Magantillikens Stimme erklang: »Es ist aus, Atlan. Ich gehe kein Risiko mehr ein. Nein, ich töte Sie nicht – noch nicht. Mein Paralysator ist auf Sie gerichtet. Berichten Sie, was geschehen ist.«

Ich öffnete vorsichtig die Augen. Die Helligkeit tat weh. »Das wissen Sie nicht? Sie wissen nicht, dass ihn mir die *Erinnyen* abgenommen haben, um ihn mit sich in die Eisige Sphäre zu nehmen? Chapat ist für Sie verloren.«

Er ging nicht auf meine Fragen ein, sondern sagte brummig: »Wir setzen die Unterhaltung unter bequemeren Verhältnissen fort.«

Ich blieb ruhig stehen, wusste, dass jeder Fluchtversuch meine Lage nur verschlimmern würde. Der Henker würde mir vermutlich wirklich kein Haar krümmen, solange ich als Geisel diente. Insofern war es von Vorteil, dass Chapat verschwunden war. Das Strahlenbündel des Paralysators hüllte mich ein. Haltlos sackte ich zusammen und konnte kein Glied mehr rühren. Etwas hob mich auf und ließ mich schweben. Der Scheinwerfer war nun nach vorn gerichtet. Ich spürte, wie sich die Lähmung weiter ausbreitete, und wurde bewusstlos.

Als ich wieder zu mir kam, lag ich gefesselt auf einem Ruhelager, befand mich zweifellos im Doppelpyramidenschiff. Der varganische Henker war nicht zu sehen, hatte wohl in der Zentrale zu tun, denn vermutlich hatte das Schiff die Oberfläche von Sogantvort bereits verlassen. Ich wusste, dass meine Lage hoffnungslos war. Die Tür glitt auf, der Henker trat ein. »Ich sehe, Sie sind wieder wach.« Er lächelte maliziös. »Berichten Sie!«

Er setzte sich und wartete. Ich überlegte nicht lange. Es hatte wenig Sinn, seinen Zorn unnötig herauszufordern. Also berichtete ich. Meine Frage, wer die geheimnisvollen *Erinnyen* waren, blieb auch diesmal unbeantwortet. Magantilliken schwieg lange. Endlich sagte er: »Ich bringe Ihnen zu essen und zu trinken. Sie bleiben gefesselt. Ich weiß, dass Sie einen Funkspruch gesendet haben, und hoffe mit Ihnen, dass Ischtar ihn empfing.«

»Und dann?«

Er lächelte kalt. »Ich tausche Sie gegen Ischtar aus. Aber vielleicht fällt mir noch eine bessere Lösung ein. Nichts wird mich daran hindern, meinen Auftrag durchzuführen.«

»Obwohl man Ihnen ins Handwerk pfuscht?« Es war ein Schuss ins Blaue.

»Was wissen Sie schon?« Er warf mir einen verächtlichen Blick zu. »Mir pfuscht niemand ins Handwerk. Ich bin der Henker der Varganen. Und ich werde auch Ihr Henker sein, sollten Sie nicht vernünftig sind.«

*Es war geplant!*, behauptete mein Logiksektor. *Er hat die* Erinnyen *gerufen – oder zumindest die Voraussetzungen geschaffen, dass sie Chapat entführen konnten. Das hat eine Weile gedauert – erinnere dich an die Wartezeiten auf Margon! Nur deshalb konntest du so lange ungestört in der Station sein. Die Verbindung zur Eisigen Sphäre ist zweifellos nicht jederzeit und überall möglich. Hätte der Henker gewollt, wärst du viel früher eingefangen worden. Aber das wollte er gar nicht.*

Magantilliken stand auf und ging, ließ aber die Tür geöffnet. Drehte ich mich ein wenig zur Seite, konnte ich in die Zentrale sehen. Ein Teil der aktivierten Panoramagalerie befand sich genau in meinem Blickfeld. Die Oberfläche des Planeten Sogantvort drehte sich langsam unter dem Schiff. Der Vargane nahm einige Korrekturen vor, ehe er mir einen Becher mit Wasser und einige Konzentrate brachte. Er löste die stählernen Fesseln nur so weit, dass ich ohne fremde Hilfe essen und trinken konnte, dann kehrte er in die Zentrale zurück. Ich stärkte mich und streckte mich dann auf dem Lager aus. Meine Gedanken eilten zu Ischtar und zu Fartuloon, der mir schon aus mancher Klemme geholfen hatte. Ob es ihm auch diesmal gelang? Und ich musste an Ra denken, der weiterhin in Ischtar verliebt war. Ich schloss die Augen. Obwohl ich es nicht erwartet hatte, übermannte mich die Müdigkeit; die Strapazen der letzten Tagen forderten ihren Tribut.

Ich erwachte, als Magantilliken mich heftig rüttelte. »Ihre Freunde haben tatsächlich Ihren Notruf empfangen und kommen.«

Ich wollte aufspringen, entsann sich aber noch rechtzeitig meiner Fesseln und sank auf das Polster zurück. »Nehmen Sie Verbindung auf. Soll ich mit Ischtar sprechen? Warum antworten Sie nicht?«

Er schüttelte den Kopf und kehrte in die Zentrale zurück. Auf der Panoramagalerie war der Ortungspunkt eines Raumschiffs eingeblendet. *Die FARNATHIA?* Das Schiff näherte sich unbeirrt dem Planeten und sandte dabei pausenlos das vereinbarte Rufzeichen aus. Magantilliken steuerte den Varganenraumer aus der Kreisbahn und ging offenbar auf Angriffskurs. Ich sah die Katastrophe kommen, selten war ich mir so hilflos vorgekommen. *Magantilliken stürzt sich wie ein gigantischer Raubvogel auf die ahnungslose Beute …*

## *18.*

1187. positronische Notierung, eingespeist im Rafferkodeschlüssel der wahren Imperatoren. Die vor dem Zugriff Unbefugter schützende Hochenergie-Explosivlöschung ist aktiviert. Fartuloon, Pflegevater und Vertrauter des rechtmäßigen Gos'athor des Tai Ark'Tussan. Notiert am 18. Prago des Ansoor, im Jahre 10.498 da Ark.

*Bericht des Wissenden. Es wird kundgegeben: Es kann keinen Zweifel darüber geben, dass ich in einer fatalen Fehleinschätzung der Lage das Leben des Kristallprinzen auf das Höchste gefährdet habe! Ich ließ mich von Atlans Sorge und Verliebtheit blenden und handelte, ohne über ausreichende Informationen zu verfügen. Völlig zu Recht reagierte Ischtar, als sie bereits kaum eine Zentitonta nach Atlans Start die Paralyse abschüttelte, mehr als ungehalten, um es einmal dezent zu umschreiben.*

*Selbstverständlich plagte sie ebenfalls die Sorge um ihren Sohn, als sie auf Magantillikens Erpressung eingehen und zu ihrem Schiff fliegen wollte. Und selbstverständlich wäre der Flug für sie wie Chapat risikoreich gewesen. Gerade ich hätte mir allerdings denken müssen, dass es nicht in der Natur dieser Varganin liegt, panisch oder unüberlegt zu handeln. Sie wies uns nach ihrem Erwachen mit beißendem Spott darauf hin, dass sich Magantilliken immerhin in ihrem Schiff aufhalte und schon aus Zeitgründen keineswegs bereits sämtliche Absicherungen und Schutzmechanismen lahm gelegt oder ausgeschaltet haben könne.*

*Dass sie sich nicht wie eine Furie gebärdete, sondern mit eiskalter Stimme sprach, verstärkte die völlig berechtigten Vorwürfe noch. Sie wusste genau, was sie tat, als sie zu ihrem Schiff fliegen wollte. Sie wusste, dass der Henker sie gar nicht mit den Schiffswaffen angreifen konnte, dass sie durch Fernkontakt sogar Verbindung zur Positronik aufnehmen und ihn zumindest in Bedrängnis bringen konnte, und vor allen Dingen wusste sie, dass sie per Überrang-Kodewort die Überlebensanlage ihres Sohnes hätte abriegeln können!*

*Zu alldem kam es nicht, weil ich vorschnell und unüberlegt handelte und zuließ, dass sich Atlan an ihrer Stelle in die Hand des Henkers begab. Somit wurde nicht nur er gefährdet, sondern auch Chapat – und Ischtar überdies am Eingreifen gehindert. Dass Ischtar meine eher hilflose Entschuldigung wortlos akzeptiert hat, macht es nicht besser; allerdings weiß sie zweifellos, dass ich mir selbst mehr Vorwürfe mache, als sie es je könnte. Hinzu kommt, dass sie mir mit einem mehr als eindeutigen Blick – verbunden mit einem scharfen Gedankenimpuls! – zu verstehen gab, dass sie mich und meine Körpermaske durchschaute! Sie weiß um meine calurische Herkunft, verzichtete allerdings darauf, mich bloßzustellen!*

*In mehreren Besprechungen versuchten wir Pläne zu entwickeln, um Atlan und Chapat zu Hilfe zu eilen, mussten allerdings bald einsehen, dass unsere Möglichkeiten zu eingeschränkt waren. Niemand wusste, wo sich Magantilliken mit Ischtars Schiff inzwischen aufhielt. Da das Ziel des Henkers weiterhin Ischtar ist, mussten wir darauf hoffen, dass er sich melden würde. Doch nichts dergleichen geschah, die Zeit verging in quälender Langsamkeit – bis gestern die varganischen Tropfenbeiboote einen Funkspruch empfingen, der von den Hyperfunkgeräten Kraumons* nicht *empfangen werden konnte!*

*Von Ischtar war zu erfahren, dass die überlichtschnelle Kommunikation der Varganen in einem den Arkoniden technisch nicht zugänglichen höherfrequenten Band des hyperelektromagnetischen Spektrums stattfand. Das empfangene Signal war eindeutig ein Notruf und stammte unzweifelhaft von Atlan, der das Gerät mit Chapats Hilfe bedient haben musste. Auch das eine weitere Überraschung, als die Var-*

*ganin uns eher am Rande über die Fähigkeiten des Ungeborenen informierte!*

*Dass sich Magantilliken nicht gemeldet hat, scheint darauf hinzudeuten, dass es Atlan und Chapat gelungen ist, sich dem Zugriff des Henkers zu entziehen und eine varganische Station zu erreichen. Natürlich konnte es auch eine Falle sein, aber uns blieb keine Wahl. Wie dem auch sei: Für die Varganin war es ziemlich einfach, den Ursprung des Hypersignals zu ermitteln. Laut Ischtar stammt es von Sogantvort, einer weiteren Versunkenen Welt der Varganen, bei der es sich um den dritten von acht Planeten einer weißen Sonne handelt, 9464 Lichtjahre von Kraumon entfernt. In die Arkonkataloge wurde der Planet nur als Kodenummer aufgenommen und als unwirtliche Wüstenwelt mit primitivem eingeborenem Leben gekennzeichnet.*

*Wir haben ein Ziel, sind mit der FARNATHIA gestartet, nachdem wir zwei von Ischtars Beibooten eingeschleust hatten, und werden es voraussichtlich mit der fünften Transition erreichen. Was uns dort erwartet, bleibt abzuwarten.*

**An Bord der FARNATHIA: 18. Prago des Ansoor 10.498 da Ark**

Morvoner Sprangk hatte persönlich die Kontrolle über die FARNATHIA übernommen, ehe das Schiff nach der letzten Korrekturtransition im System des Planeten Sogantvort materialisierte und nach kurzer Orientierung begann, auf den dritten Planeten zuzurasen. Neben ihm saßen Fartuloon und Ischtar. Ra war zu den leitenden Navigationsoffizieren gegangen und tat, als interessiere ihn die bevorstehende Rettungsaktion nicht. Morvoner sagte nach einem Blick auf die Kontrollen: »Die Koordinaten stimmen. Atlan muss von hier aus gefunkt haben. Aber warum antwortet er nicht auf das vereinbarte Rufzeichen?«

Die Varganin, mit einer blauen und eng sitzenden Kombination bekleidet, die ihre Formen hervorhob, erwiderte zögernd: »Ich weiß es nicht. Wir müssen feststellen, wo sich mein Schiff befindet.«

Fartuloon begann sofort mit seiner Arbeit. Eine Standleitung war zu einem der Varganen-Beiboote geschaltet, denn nur sie waren in der Lage, den Oktaederraumer trotz seines Antiortungsschutzes anzumessen. Alle Daten wurden simultan übermittelt. Die Funkpeilung wiederholte die Ergebnisse ihrer Anmessung und lieferte die Bestätigung; noch arbeitete der automatische Sender.

Ischtar lehnte sich zurück, während Sogantvort schnell näher kam. »Es gibt viele subplanetarisch angelegte Stationen. In eine von ihnen muss Atlan vorgedrungen sein, von dort aus wird gefunkt.«

Nebenan fuhr Fartuloon aus seinem Sitz hoch. »Ortung! Dein Schiff, Ischtar!«

Sie zeigte keine Überraschung. »Magantilliken! Distanz?«

»Verlässt Orbit um Sogantvort. Sieht nach einem Angriffskurs aus, wenn du mich fragst.«

»Gut.« Ihre Stimme klang eisig. »Wir tun so, als hätten wir es nicht bemerkt. Er wird sich im Ortungsschutz sicher fühlen.«

Morvoner sah unschlüssig zu Fartuloon hinüber, der als eigentlicher Kommandant fungierte.

»Tu, was sie sagt!«, knurrte der Bauchaufschneider, während die Ortungsdarstellung des Oktaederschiffs auf einer Ausschnittsvergrößerung der Panoramagalerie erschien.

»Schutzschirme?«, fragte Morvoner heiser.

»Nein«, lehnte Ischtar ab. »Sollte der Henker anzugreifen versuchen, wird er eine böse Überraschung erleben. Mein Schiff ist gar nicht in der Lage, *mich* anzugreifen! Nicht einmal der Henker kann diese Basisprogrammierung umgehen; soeben habe ich die paramechanische Bestätigung erhalten. Er wird uns jedoch nicht vernichten wollen, ohne vorher Kontakt aufzunehmen und …«

Während sich die FARNATHIA Sogantvort weiter näherte, brach die Varganin ab und verzog das Gesicht. Falls Magantilliken doch anzugreifen versuchte und entgegen Ischtars Aussage eine Möglichkeit gefunden hatte, die Sicherheitsschaltung zu umgehen, hatte der Schwere Kreuzer keine Chance. Fartuloon schwieg verbissen, als er Ischtars Gesicht sah. In ihm war nicht die geringste Spur von Besorgnis zu erkennen, nur verhaltener Triumph. Dann wurde ihr Blick abwesend, als lausche sie tief in ihr Inneres. Auf Morvoners Stirn standen einige Schweißperlen.

»Immer mit der Ruhe«, sagte Ra von den Navigationskontrollen her. »Ischtar weiß, was sie tut.«

Die Varganin warf ihm einen kurzen Blick zu. »Du hast Recht.«

Fartuloon sah zur Panoramagalerie, auf der sich Magantillikens Flugmanöver ausgezeichnet verfolgen ließ – versorgt mit den Daten, die das Beiboot lieferte. Die Absicht des Henkers war nun völlig klar. Es konnte kein Zweifel mehr daran bestehen, dass er einen Angriff flog. Er schien weiterhin anzunehmen, dass er noch nicht bemerkt worden war. Was – bezogen auf die arkonidischen Orter und Taster – ja auch stimmte.

»Soll ich doch nicht lieber den Energieschirm …«, begann Morvoner, wurde aber von Ischtar unterbrochen.

»Nein!«

Inzwischen war Magantillikens Schiff praktisch auf Nahkampfdistanz herangerast. Aber nichts geschah, kein Geschützfeuer blitzte auf. Das Pyramidenschiff schoss an der FARNATHIA vorbei, wendete in einer weiten Schleife und schwenkte auf Parallelkurs ein, während der Schwere Kreuzer abbremste. Morvoner drückte auf die Taste des Feuerleitcomputers und sah Ischtar fragend an. Sie schüttelte den Kopf. »Ich will wissen, was er uns mitzuteilen hat. Er muss einen Trumpf in den Händen haben. Ich hoffe, dass es nicht Atlan ist.« Sie runzelte die Stirn und schloss kurz die Augen. »Ich habe keinen mentalen Kontakt zu Chapat!«

»Funkkontakt!«, rief Fartuloon.

Magantillikens Stimme war klar und deutlich: »Ich hatte euch im Visier, aber die Geschütze reagierten nicht. Schade!«

Ischtar antwortete voller Genugtuung: »Du vergisst, Henker, dass es *mein* Schiff ist, dem du den Befehl gabst, mich zu vernichten. Kannst du dir nicht denken, dass es eine Sicherung gibt? Du bist nicht in der Lage, auch nur einen einzigen Energieschuss auf mich abzugeben. Dafür sorgen die Sperre und …«

»Willst du Atlan töten?«

Ihr Gesicht blieb ausdruckslos, aber Fartuloon sah, dass sie die Hände zu Fäusten ballte. »Atlan befindet sich tief unter der Oberfläche von Sogantvort. Das weißt du genauso gut wie ich.«

»Du irrst. Soll ich es dir beweisen?«

»Das musst du schon.«

Der Hyperkomschirm leuchtete auf, als Magantilliken die Kamera dazuschaltete. Deutlich waren die Zentrale und die weit geöffnete Tür zum Nebenraum zu erkennen. Auf einer der Liegen saß Atlan, an den Händen gefesselt – er nickte stumm in die Kamera. »Sag etwas, damit sie nicht denken, es sei eine Aufzeichnung.«

Fartuloon rief: »Bist du gesund? Was sollen wir tun?«

Der Gefangene lächelte mühsam. »Gesund bin ich schon, aber er hat mich geschnappt. Chapat ist fort, er wurde in die Eisige Sphäre entführt! Ischtar? Ja, jetzt kann ich dich sehen. Ihr seid dem Angriff entkommen?«

»Darüber zerbrich dir nicht den Kopf!«, sagte sie rau, ging mit keinem Wort oder einer Regung auf das Schicksal ihres Sohnes ein. »Wir werden schon mit ihm fertig. Ich weiß jetzt, wo du bist und was ich zu tun habe. Magantilliken, hast du ein Angebot zu machen?«

Die Bildübertragung erlosch, der Ton blieb. »Ich will dich, das weißt du. Komm mit einem Beiboot her, dann lasse ich Atlan frei.«

»Ich glaube dir kein Wort. Abgelehnt.«

»Dann wird der Arkonide sterben.«

Sie lachte spöttisch. »Ich kenne dich, Henker. Du gibst niemals deinen einzigen Trumpf ohne Gegenleistung aus der Hand – und auf keinen Fall wirfst du ihn einfach weg. Wir können weiterverhandeln, wenn du einen besseren Vorschlag machst.«

Sie schaltete ab. Fartuloon, ein wenig blass geworden, sagte stockend: »Du gehst ein großes Risiko ein. Atlans Leben liegt in der Hand des Henkers.«

»Er wird ihn nicht umbringen, glaube mir. Sein Auftrag lautet, *mich* zu töten. Und dazu hat er nur eine Chance, wenn er Atlan als Faustpfand behält. Ich will mehr Sicherheit, dann gehe ich auf seine Forderung ein und stelle mich dem Kampf.«

»Das willst du wirklich?« Ra sah Ischtar aus verengten Augen an. »Du willst von der Hand des Henkers sterben, um Atlan zu retten?«

Sie drehte sich nicht um, als sie erwiderte: »Ich habe nichts davon gesagt, dass ich sterben will, um ihn zu retten. Ich habe nur gesagt, dass ich mich dem Kampf stelle.«

»Und wie?«

»Das lass meine Sorge sein. Er wird sich gleich wieder melden.«

Es war dem Bauchaufschneider klar, dass Ischtar einen Plan verfolgte. Immerhin beeindruckte ihn ihre Sicherheit. Sie verhandelte mit Magantilliken, als könne sie die Bedingungen stellen, nicht er. Der Henker meldete sich in der Tat nach kurzer Zeit: »Ich mache es kurz und betone gleich, dass es keine Alternative zu meinem Vorschlag gibt. Willst du Atlan lebend wiedersehen, komm nach *Zercascholpek*. Ich weiß, dass du die Koordinaten kennst. Sobald du das System erreichst, geh auf Funkempfang. Gleiche Frequenz. Ich melde mich und stelle dir den Rest meiner Bedingung. Ich gehe gleich auf Hypergeschwindigkeit. Wir sehen uns wieder – auf der *Welt der Toten Augen*.«

Damit wurde die Verbindung unterbrochen. Fartuloon, der die Panoramagalerie nicht aus den Augen gelassen hatte, sah das sich entfernende Doppelpyramidenschiff allmählich transparent werden, bis es abrupt verschwand. Magantilliken und Atlan waren Augenblicke später vielleicht schon viele Lichtjahre entfernt, unerreichbar für die FARNATHIA.

»Zercascholpek! Ausgerechnet Zercascholpek!«

Morvoner lehnte sich zurück und starrte auf die Kontrollen. »Was ist damit? Warst du schon einmal dort? Und was heißt *Welt der Toten Augen?*«

»Es ist ebenfalls eine der Versunkenen Welten ...«

»Warum hat er sich ausgerechnet diesen Planeten Zer... Wie hieß er doch?«, begann Fartuloon.

»Zercascholpek.«

»Ja. Warum hat er sich ausgerechnet diesen ausgesucht?«

Ischtar seufzte. »Eine Falle, was sonst? Wir haben aber keine Wahl, müssen seine erste Bedingung erfüllen. Atlan darf nicht sterben. Er hat noch einen langen Weg vor sich.«

»Einen *sehr* langen!«, bestätigte Fartuloon leise.

»Was hat es mit den *Toten Augen* auf sich?«, fragte Morvoner erneut.

»Sie gehörten Vrentizianex, dem Kyriliane-Seher. Vor langer Zeit sah er Dinge, die er nicht sehen durfte, und wurde bestraft: Man nahm ihm seine Augen und verbarg sie auf Zercascholpek. Aber sie ließen dort die Natur mutieren. Zercascholpek war schon in alten Zeiten berühmt-berüchtigt.«

Ra mischte sich wieder ein: »Also eine Urwelt? Damit kenne mich aus. Wenn ich mich recht erinnere, lernten wir uns auf einer kennen und hatten dort eine sehr schöne Zeit.«

Ihre Augenbrauen zogen sich zusammen. »Ich liebe Atlan! Warum lässt du nicht endlich die Vergangenheit ruhen?« Sie lächelte ihm beschwichtigend zu. »Ra, sei vernünftig. Was wärst du ohne Atlan? Ein Barbar, den man auf einem der Sklavenmärkte des Großen Imperiums verkauft hat. Er hat dich befreit und wurde dein Freund.«

Ra nickte ein wenig beschämt. »Ich bemühe mich, es nicht zu vergessen.«

Fartuloon unterbrach die fruchtlose Diskussion: »Ischtar, die Koordinaten. Wir dürfen keine Zeit verlieren. Je länger wir warten, desto mehr Zeit bleibt Magantilliken, seine Fallen aufzubauen.«

Die Varganin stellte mit ihrem Armbandgerät die Verbindung zu einem ihrer Beiboote her, las die übermittelten Daten, überlegte kurz und tippte Werte in eine Konsole des Hauptpults. »Das sind die Koordinaten. Ich schätze, dass wir zwischen fünfzehn und zwanzig Transitionen absolvieren müssen. Die Entfernung ist groß, knapp sechsunddreißigtausend Lichtjahre. Ihr werdet verstehen, dass ich mich nun in meine Kabine zurückziehe. Vor der letzten Transition ruft mich.«

Morvoner sagte: »Sonnentyp?«

»Blassgelb; insgesamt vier Planeten. Zercascholpek ist Nummer zwei von innen«, murmelte Ischtar und verließ die Kommandozentrale der FARNATHIA.

Fartuloon sah ihr nach, bis sich die Tür geschlossen hatte. »Sie ist verzweifelt! Chapat wurde in die Eisige Sphäre entführt, Atlan ist in Magantillikens Hand! Wahnsinn! Sie muss sich ausruhen, sonst versagt sie im entscheidenden Augenblick. Morvoner, du bleibst vorerst an den Kontrollen?«

Der alte Orbton nickte. »Natürlich, Transitionsberechnung kann anlaufen.«

**An Bord der FARNATHIA: 20. Prago des Ansoor 10.498 da Ark**

Insgesamt benötigte die FARNATHIA siebzehn Transitionen und acht weitere Korrektursprünge, um das von Magantilliken angegebene Ziel zu erreichen, das 35.890 Lichtjahre von Sogantvort und 30.574 Lichtjahre von Kraumon entfernt war. Für den zweihundert Meter durchmessenden Schweren Kreuzer war die Überbrückung der Distanz ein wahrer Gewaltflug gewesen, zermürbend für Besatzung und Material.

Sie waren in der Zentrale versammelt, als sie außerhalb des Systems rematerialisierten, das zu einer dicht stehenden Sternenballung aus fünfundzwanzig Sonnen gehörte, zwischen denen die Wirbel eines schwachen Hypersturms tobten. Die Orter und Taster begannen sofort mit ihrer Tätigkeit, erfassten die hyperphysikalischen Bedingungen im Bereich der nur 4,3 Lichtjahre durchmessenden Sonnenkonstellation.

»Der Hypersturm gefällt mir nicht«, murmelte Morvoner. »Sollte er stärker werden, sitzen wir hier fest und können froh sein, wenn noch die Notaggregate funktionieren und uns die Hyperkristalle nicht um die Ohren fliegen.«

Die Sonne Zercascholpeks war in der Tat ein wenig beeindruckender blassgelber Stern, der von vier Welten umlaufen wurde. Die Vergrößerung des zweiten Planeten zeigte eine fast durchgehende grüne Dschungelfläche, die nur von Vulkangebieten und größeren Sumpfseen unterbrochen wurde. Von einer Besiedlung oder einer einst vorhandenen Zivilisation war nichts zu entdecken, aber die Orter des zugeschalteten Varganen-Beiboots maßen ein Objekt mit der Masse von Ischtars Doppelpyramidenschiff an.

Da auf eine weitere Transition aus Sicherheitsgründen verzichtet werden sollte und die FARNATHIA mit Unterlichtgeschwindigkeit flog, dauerte es einige Tontas, ehe sie Zercascholpek erreichten. Der Oktaederraumer umkreiste auf einer stabilen Bahn den zweiten Planeten, die energetischen Schutzschirme waren aktiviert. Ischtar bat Morvoner, Funkkontakt mit Magantilliken auf der vereinbarten Frequenz aufzunehmen. Zu ihrer aller Verblüffung blieb der Empfänger jedoch stumm, der Henker antwortete entgegen der Abmachung nicht. Fartuloon sagte: »Vermutlich hat er mit einem Beiboot das Schiff verlassen und ist zur Oberfläche geflogen, um seine Vorbereitungen zu treffen. Ich nehme an, dass er Atlan mitgenommen hat. Wir werden bald von ihm hören.«

Ischtar war anderer Meinung. »Es kann durchaus sein, dass er das Schiff verlassen und gesichert hat, aber wir werden nichts von ihm hören – wenigstens vorläufig nicht. Er will, dass auch wir landen. Er will uns in eine Falle locken.«

»Dann tun wir ihm doch den Gefallen – erkannte Gefahr ist halbe Gefahr«, sagte Morvoner grimmig. »Wir landen mit einem Beiboot und lassen die FARNATHIA im Orbit. Im Gegensatz zu ihm haben wir eine Mannschaft an Bord.«

Ischtar nickte. »Ja, und dich als Kommandanten! Fartuloon und Ra werden mich begleiten. Wir nehmen eins eurer Beiboote, meine beiden bleiben als Rückendeckung hier – eins wird ja ohnehin zur Verbesserung eurer Ortung benötigt. Ihr wartet in der Kreisbahn. Diesen Rückhalt werden wir vermutlich bitter nötig haben.«

Morvoner schwankte zwischen Ärger und Geschmeicheltsein. Als er Fartuloons energischen Blick sah, nickte er seufzend. »Es ist am besten so«, sagte der Bauchaufschneider. »Sobald wir die FARNATHIA verlassen haben, schaltest du die Schutzschirme ein. Es könnte ja sein, dass Magantilliken auf dumme Gedanken kommt. Sobald Ischtar nicht an Bord ist, funktionieren die Waffen des Varganenschiffes.«

Fünfmal umrundeten sie den Planeten, ohne auch nur die geringste Spur von Magantilliken oder Atlan zu entdecken. Die Oberfläche selbst bestand aus einer einzigen Urwaldwildnis, die keinen Durchschlupf bot. Es gab keinen Landeplatz, wollte man nicht gerade in einem Vulkankrater niedergehen. Ischtar überhörte die Flüche Fartuloons und sagte: »Ich suche den *Baum der Erinnerungen*.«

Fartuloon warf ihr einen fragenden Blick zu. »Was ist denn das nun wieder?«

»Dort befinden sich die Toten Augen des Kyriliane-Sehers. Wir müssen sie finden! Der *Baum der Erinnerungen* umfasst mit seinen riesigen Ästen und Zweigen exakt zwei Dutzend Vulkane.«

»Wenn du es sagst.«

»Du wirst ihn bald sehen«, versprach die Varganin und wies auf die Ausschnittsvergrößerungen der Dschungeloberfläche. Alle sahen nun die gigantischen schwarzstämmigen Bäume, deren Ausmaß alles übertraf, was sie je gesehen hatten. Jeder der »Bäume« musste viele Quadratkilometer Fläche bedecken. Die äußeren Zweige überlappten und bildeten ungenaue Grenzen.

»Es wird dir schwer fallen, ihn zu finden. Ziemlich viele aktive Vulkane dort unten. Weshalb brauchst du die Toten Augen, wie du sie nennst?«

»Sie sehen immer noch Dinge, die anderen verborgen bleiben.«

»Verstehe.« Fartuloon grinste schief. »Ähnlich wie Kolchos Auge?«

»Genau.«

Zercascholpek war ein relativ junger Sauerstoffplanet mit einem Durchmesser von 15.682 Kilometern, einer Gravitation von 1,23 Gravos, einem Umlauf von 282 Tagen zu 22,5 Tontas und einer mittleren Temperatur von 30,5 Grad. Die beiden Monde, die trotz unterschiedlicher Kreisbahn einen weitgehend synchronen Umlauf aufwiesen und somit von Zercascholpek aus stets als nahe zusammenstehend erscheinen mussten, erreichten Durchmesser von 3894 und 3473 Kilometern. Die Atmosphäre war durch die vulkanische Tätigkeit getrübt und an vielen Stellen rauch- und ascheverhangen. Es gab Binnenmeere, die jedoch mehr große Seen waren. Sie allein unterbrachen die ungehemmt wuchernde Wildnis der Riesenbäume und der pflanzlichen Schmarotzer, die auf ihnen wuchsen. Intelligentes Leben oder gar Spuren einer Zivilisation zeigten die Instrumente nicht an.

Ischtar sagte: »Ich weiß, dass es auf dieser Welt Stationen gegeben hat. Wo sind sie?«

Hier hatte Fartuloon eine logisch klingende Erklärung: »Sieh dir die aktiven Vulkane an! Es könnte sein, dass die Stationen von ihnen verschüttet und vernichtet wurden. Sie liegen vielleicht unter einer kilometerdicken Schicht von Lava und Asche, da versagen unsere Instrumente. Ich glaube, du kannst diese Reste eurer Zivilisation vergessen – zu viel Zeit ist inzwischen vergangen. Es wäre ein Wunder, würde dein *Baum der Erinnerungen* noch existieren.«

»Das wäre überhaupt kein Wunder, denn die Bäume sind mutiert und widerstandsfähiger als alles andere. Ein Einfluss der Toten Augen!«

Ra sah interessiert hinab auf die grüne Wildnis, und Fartuloon vermutete: »Das erinnert dich wohl an deine Heimatwelt, wie?«

»Ein wenig. Auf meiner Welt gab es Steppen und weite Prärien, große Meere und viele Ströme. Dort unten sind Wald, ein paar Seen und viele Vulkane – ist mir aber lieber als Beton- und Stahlgebirge.«

Fartuloon grunzte unwillig. »Ich bin nicht besonders scharf auf diesen Dschungel. Wenn ich daran denke, dass Atlan möglicherweise in ihm umherirrt, von dem Henker begleitet oder verfolgt, wird mir übel. Auf der anderen Seite frage ich mich, was das soll. Warum stellt Magantilliken nicht einfach seine Bedingungen? Warum diese Umstände?«

»Magantilliken hat seine Gründe«, antwortete die Varganin. »Wir müssen den *Baum der Erinnerungen* finden. Er hilft uns weiter!«

Fartuloon wollte etwas sagen, aber dann schwieg er doch. Ischtar kannte das Erbe ihrer verschollenen Zivilisation besser als er oder ein anderer. Und sie liebte Atlan wirklich. Inzwischen war die Kartografisierung auf der Basis der Höhenfotos und Ortungsdaten abgeschlossen. Die Haupt-KSOL des Raumers hatte eine markante Formation von exakt zwei Dutzend Vulkanen knapp nördlich des Äquators markiert. Ischtar rief aufgeregt: »Dort muss es sein – der *Baum der Erinnerungen!*«

Wenig später schleuste die F-1 aus, verließ die Umlaufbahn und glitt dann über die grünen Wipfel dahin, die sich zwischen zwei- und fünfhundert Metern über der eigentlichen Oberfläche wiegten. Ein großer See kam in Sicht. Unwillkürlich verringerte Fartuloon die Höhe und ging noch tiefer. Die Ufer wurden von undurchdringlichem Dickicht begrenzt, das auf und zwischen den Ästen der Riesenbäume wucherte. Im Wasser selbst entdeckte Ra die ersten Lebewesen der Urwelt – Echsen. Sie lagen träge im seichten Sumpfwasser oder krochen faul am Strand herum. Fartuloon zog den Diskus etwas höher und musterte die Kegel der angesteuerten vierundzwanzig Vulkanberge, von denen einer rauchte.

Ischtar wies nach vorn. »Kannst du dort landen?«

»Landen?« Fartuloon schüttelte voller Bedenken den Kopf. »Wo soll ich denn da landen – außer auf dem Baum selbst?«

»Eben! Versuche, einen günstigen Platz zu finden.«

Seine Sorge galt jetzt nur Atlan und dessen Schicksal. Er kannte den Kristallprinzen seit seiner Geburt, hatte ihn auf Gortavor erzogen – und Ischtar liebte ihn. Die Kraft der Liebe kannte auch der Bauchaufschneider; er war sich inzwischen sicher, dass Ischtar alles tun würde, um Atlan zu retten – und sie kannte Magantilliken besser als er. »Ich werde es versuchen.«

Das Beiboot besaß einen Durchmesser von zwanzig Metern, war in der Mitte acht Meter dick und hatte vier Landebeine. Die Kommandokuppel wölbte sich in der Mitte der Oberseite und war transparent. Die Schleuse lag auf der Unterseite. Der riesige Baum – ein ganzer Wald für sich – befand sich nun genau unter der F-1, die sich langsam hinabsenkte. Mit dem bloßen Auge war nicht abzuschätzen, ob das grüne Dach die Last tragen würde, selbst wenn die Antigravfelder halfen.

Fartuloon bemerkte die Netze der Schlingpflanzen, die regelrechte Hängematten bildeten und die stabil wirkten. Darunter lag der undurchdringliche Dämmer einer unbekannten Urwelt. Er entsann sich, einmal eine ähnliche Welt besucht zu haben, auf der die Pflanzen die Tiere bekämpften. Fartuloon fuhr die vier Landestützen aus, obwohl er wusste, dass sie auf dem Pflanzenteppich keinen festen Halt finden und ihn durchdringen würden. Aber sie konnten für Stabilität auf dem schwankenden Untergrund sorgen. Das Beiboot setzte sanft auf. Wie erwartet sanken die Landestützen durch das Dickicht, erst der flache Körper des Schiffes selbst fand festen Halt. Die dichte grüne Fläche schwankte zwar hin und her, kam jedoch allmählich zur Ruhe. Fartuloon schaltete den Antrieb ab und justierte das Antigravfeld, dann lehnte er sich zurück. »Um uns und unter uns ist nichts als wild wuchernde Vegetation.«

Ischtar lächelte matt. »Und irgendwo darunter fester Boden.«

Fartuloon winkte ab und musterte aus zusammengekniffenen Augen die Anzeigen der Hyperorter. Aus dem All gingen stärker werdende Streuemissionen ein, die ihren Ursprung im Hypersturm hatten. Vereinzelt erklang ein Knattern von den Strukturtastern, doch es waren keine transitierenden Raumer, die angemessen wurden, sondern Ausläufer des Hypersturms.

»Ich habe gute Augen«, sagte Ra. »Dort drüben habe ich etwas gesehen, was sich bewegte. Aber jetzt sehe ich nichts mehr. Es muss sich also versteckt haben.«

Der Bauchaufschneider kratzte sich den Bart. »Magantilliken klettert bestimmt nicht durch die Riesenbäume. Es wird sich nur um ein Tier handeln.«

»Was immer es auch sein mag, wir müssen nach unten«, sagte Ischtar bestimmt und kontrollierte ihre Armband- und Gürtelgeräte.

Fartuloon überprüfte die Ortszeit und stellte fest, dass die Sonne ihren höchsten Stand erreicht hatte. Es würde noch etwa fünf Tontas hell bleiben. Wortlos schnallte er das *Skarg* um und stand auf. »Na, dann wollen wir …«

Er wurde unterbrochen, weil sich die FARNATHIA meldete: »Morvoner an F-eins: Der Hypersturm zwischen der Sternenballung verstärkt …« Misstönende Störungen überlagerten die Stimme. »…mit rechnen, dass Technik … Aussetzer … kein Verlass …«

Mit einem lauten Pfeifen und Rauschen brach der Kontakt ab. Fartuloon stieß einen Fluch aus. »Das hat uns noch gefehlt. Wenn wir Pech haben, ist mit den Aggregaten der Schutzanzüge wenig oder gar nichts anzufangen.«

Ra überprüfte seelenruhig seinen Kombistrahler und schob Konzentrate in die Außentasche seines leichten Kampfanzugs. »Weichling! Wir schaffen es auch ohne deine Technik.«

Ischtar nickte Fartuloon ebenfalls zu, der leise sagte: »Ich habe die Automatik programmiert. Sobald wir das Boot verlassen haben, schaltet sie den Schutzschirm ein – und wieder ab, sobald wir zurückkehren. Wollen wir hoffen, dass er nicht ausfällt.«

# 19.

Zercascholpek: *Obwohl Kara die Königin des Stammes war, musste sie heute für Nahrung sorgen. Die Reihe kam an jeden, auch an die Königin. Das war ein ungeschriebenes Gesetz, dem sich sogar die jeweiligen Stammeshäuptlinge zu beugen hatten, ob sie nun weiblichen oder männlichen Geschlechts waren. Kara führte ihren Stamm seit vielen Doppelmonden. Sie hatte nicht so viele Finger und Zehen, um sie zählen zu können, aber bisher war es ihr stets gelungen, jeden möglichen Nachfolger, der sie zum Kampf stellte, zu besiegen. Und das sollte so bleiben.*

*Sie duckte sich in der mächtigen Astgabel des Baumes und beobachtete das Fenar, das sich träge aus dem Uferschlamm des Sees herausarbeitete, bis es trockenes Land erreichte, das Karas Stamm gehörte. Sie verhielt sich absolut ruhig, in ihrer freien Hand hielt sie den faustgroßen Gegenstand, der noch von den »Alten« stammte und von denen es nicht mehr viele gab. Warf man ihn auf die Beute, gab es einen lauten Krach, und die Beute war tot und zerfetzt. Nur der jeweilige Häuptling durfte die restlichen »Mongods« benutzen.*

*Kara war zur ersten Ebene hinabgeklettert. Ein Baum hatte viele Ebenen. Karas Stamm lebte in der obersten, nahe dem Himmel, aus dem ihre Vorfahren, die »Alten«, einst gekommen waren. Doch das war schon lange her, viele Generationen und unzählige Doppelmonde. Denn es gab zwei dicht nebeneinander stehende Monde, die ihre Welt umkreisten. Sie standen viele Nächte am Himmel, ehe sie für die gleiche Zeitspanne verschwanden, um dann wiederzukehren.*

*Ein dumpfes Grollen ließ Kara zusammenzucken. Sie hielt sich fest, als der Ast erzitterte und ein plötzlicher Wind die Blätter rauschen ließ. Unter ihr drehte das Fenar um und schlängelte in sein Element zurück. Für heute war die Beute verloren, denn die Feuerberge wollten es anders. Auf der anderen Seite des Sees glomm rötlicher Feuerschein, gefolgt von einem plötzlichen Donner, unter dem glühende Steine in die Höhe geschleudert wurden. Das meiste fiel in den See, aber an manchen Stellen begann der Wald zu brennen, der aus nur wenigen Bäumen bestand, die allerdings riesig waren. Einige waren zweihundertmal so hoch wie ein Mann von Karas Stamm, die Äste und Zweige bedeckten ein Gebiet, das zehnmal so groß war wie der See. Aber sie brannten nicht lange, waren zu feucht und zäh. Feuer bedeutete keine*

*Gefahr, denn überall gab es das Wasser, auch in den Zweigen und Blättern der Riesenbäume, die eine ganze Welt bedeckten.*

*Kara wartete, bis der Ausbruch des Feuerbergs vorüber war, dann ging sie erneut auf Pirsch. Sie tat es, ohne einmal den sumpfigen Boden unter sich berühren zu müssen. In einer Astgabel geboren, war der Baum ihre Heimat. Sie kannte einige andere Bäume in der Nachbarschaft, denn man konnte viele Monde wandern, ohne auf den festen Boden hinabsteigen zu müssen.*

*Bald wurde es dunkel, aber sie durfte nicht ohne Beute zurückkehren. Es wurde sechzigmal während eines Doppelmondes Nacht, aber es gab dreißig helle und dreißig dunkle Nächte – und natürlich sechzig sehr helle Tage. Die beiden Monde spendeten nicht viel Licht, aber es genügte für die Jagd. In dieser Nacht jedoch standen sie nicht am Himmel, es würde richtig dunkel werden. Kara hatte nur einen einzigen Mongod bei sich und würde ihn nur dann werfen, wenn sie sich ihrer Beute ganz sicher war.*

*Sie war nur mit einem Tierfell bekleidet, Beine und Oberkörper waren unbedeckt. Die Haare reichten bis über ihre Brüste. Um ihren Hals hing die Kette aus Zähnen, das Zeichen des Häuptlings. Im Gürtel aus Leder steckte ein Messer. Kara hatte es nicht allein ihrer für eine Frau ungewöhnlichen Körperkraft zu verdanken, dass sie die Königin geworden war, sondern mehr noch ihrer Klugheit und vor allen Dingen ihrer Schönheit. Jeder Mann des Stammes der* Koniden *hätte sie gern besessen, darum gab er ihr seine Stimme, als der letzte Häuptling starb. Nebenbuhler gab es keine mehr, aber Kara hätte sich nicht vor einem Zweikampf gefürchtet. Sie blieb ihrem Grundsatz »Teile und herrsche« treu und nahm sich keinen Mann, so dass alle weiter hoffen konnten. Trotzdem zog sie sich damit die Missgunst der anderen Frauen zu, die sie jedoch ihrer Kampferfahrung wegen fürchteten und nichts gegen sie zu unternehmen wagten.*

*Vorsichtig wanderte sie weiter und hielt sich in der Nähe des Seeufers. Nachts kamen die Fenare gern an Land, es gab sogar welche, die auf den Baum kletterten. Vor ihnen musste sich Kara besonders in Acht nehmen, denn ein Schlag des kräftigen Schuppenschwanzes genügte, sie in den Sumpf stürzen zu lassen. Geschah das, war sie verloren. Die unteren Äste waren breit, so dass man bequem auf ihnen laufen konnte, bis man den nächsten erreichte und überwechseln konnte. Über Kara war undurchdringliches Grün, das selbst am Tage die Sonne kaum bis in diese Tiefe vordringen ließ. Nur am Ufer des Sees war es hell und sonnig.*

*Doch jetzt war die Sonne schon untergegangen. Die Monde kamen nicht, also wurde es rasch finster. Vielleicht sollte sie doch zum Stamm zurückkehren? Morgen war noch immer Zeit zur Jagd, niemand würde bis dahin verhungern. Sie nahm den nächsten Ast, der nach oben führte, und erreichte bald die mittlere Region. Sie hätte den Lichtstab mitnehmen sollen, aber nun war es zu spät, darüber nachzudenken. Der Stamm besaß nur einen einzigen funktionierenden Lichtstab, der ebenfalls noch von den Alten stammte. Niemand wusste heute, warum er einen grellen weißen Lichtschein erzeugte, sobald man einen Knopf verschob.*

*Auf allen vieren kroch Kara immer höher, bis sie die oberste Ebene erreichte. Hier waren die Äste nicht mehr so dick und stark, aber dafür hatten die Schlingpflanzen regelrechte Matten und Netze gebildet, auf denen man gehen konnte. Allerdings lauerten hier auch die gefährlichen Schillerblumen, die von Fleisch lebten. Kara schob den Mongod in die Tragtasche am Gürtel und zog das Messer. Die Schillerblumen verrieten sich in der Dunkelheit durch ihre schwach leuchtenden Blüten; wenn man geschickt war, schnitt man einfach ihren Stängel durch, bevor sie angriffen. Dann starben sie.*

*Weit vor sich sah Kara Licht durch das Dickicht schimmern. Das war das Lager. Sie nahm den gewohnten Pfad über die Schlingpflanzen, mit denen ihr Stamm in Freundschaft lebte. Selbst wenn man den Halt in dieser Höhe verlor und abrutschte, würde man nie den Boden erreichen. Früher oder später landete man in einem Netz und konnte sich retten.*

*Das Schillern der Blüte warnte Kara rechtzeitig. Am Tage hätte sie den Gegner nicht bemerkt, aber jetzt verriet er sich. Das schwache Leuchten kündigte höchste Angriffsbereitschaft an – und Hunger. Kara packte das Messer fester und bewegte sich langsamer und vorsichtiger. Sie hätte dem tödlichen Feind ausweichen können, denn er konnte ihr nicht folgen. Seine Wurzeln saßen in einem morschen Ast oder in einer der vielen feuchten Astgabelungen. Aber Kara wusste, dass jede am Leben gelassene Schillerblume schon am nächsten Tag eines der Kinder erwischen konnte. Die Blüte – das eigentliche Maul – hatte einen Durchmesser von der halben Länge eines Mannes. Sie öffnete sich, bereit, die willkommene Beute zu verschlingen – und wartete.*

*Kara lächelte grimmig, als sie daran dachte, welches Glück es doch war, dass die Schillerblumen dumm waren. Sie blieb ein Stück vor dem drohenden Maul stehen – und dann schoss ihre Hand mit dem Messer blitzschnell vor. Mit einem gekonnten Hieb säbelte sie den armdicken Stängel durch und sprang zurück. Die Blüte schloss sich sofort, während die Blume selbst umkippte und im Pflanzendickicht liegen blieb. Nun war sie ungefährlich, weil sie ohne die Befehle ihrer Wurzel nicht mehr handeln konnte. Morgen schon würde sie vertrocknet sein.*

*Kara ging weiter, auf das Licht zu. Über ihr waren nur noch wenige dünne Äste und Blätter. Darüber war der dunkle Himmel, der nach dem Ausbruch des Feuerberges wieder mit schwarzen Wolken verhangen war und nach Schwefel stank. Selbst wenn die Monde ihre Bahn gezogen hätten, Kara hätte sie nur durch einen Schleier sehen können. Als sie den Rand des Lagers erreichte, blieb sie stehen und lauschte: Es war immer gut zu wissen, was der Stamm während der Abwesenheit seiner Königin trieb.*

*Die Hütten standen auf Plattformen aus Holz, die von den größeren Ästen getragen wurden. Dicke Zweige und Schlingpflanzen wiederum bildeten einen festen Untergrund für die Steine, die mühevoll heraufgeschleppt worden waren. Man hatte sie so gelegt, dass sie eine Plattform bildeten, auf der das Feuer brannte. Einige Männer hockten um die Flammen, andere saßen vor ihren Hütten, die man aus Ästen und Blättern errichtet hatte. Es war wenig sinnvoll, festere Behausungen zu bauen, weil der Flammenregen der nahen Feuerberge schon mehr als einmal das Baumdorf vernichtet hatte. Zwei Frauen kamen mit Behältern von unten, sie hatten Wasser geholt. Nur wenn es regnete, sammelte es sich in Astgabeln, und man musste es nicht vom See holen.*

*Kara wartete nicht mehr länger, erreichte die Lichtung und ging zum Feuer, wo sie sich zwischen die Männer setzte, die sie erwartungsvoll ansahen. Sie konnten an ihr kein Stück der erhofften Beute entdecken, das sie zum Zeichen einer erfolgreichen Jagd mitgebracht hätte. »Als ich das Fenar töten wollte, donnerte der Feuerberg«, sagte sie, als sie die Fragen in ihren Augen las. »Es floh und entkam. Dann war es zu dunkel zum Jagen. Wir müssen bis morgen warten.«*

*»Wir haben noch Fleisch«, sagte einer begütigend.*

*Sie nickte. »Sicher haben wir noch Vorräte, aber auch sie gehen zur Neige. Ihr müsst morgen die Schillerblüten vernichten. Seit der letzten Ernte sind es wieder mehr geworden. Sie drohen unsere Siedlung einzuschließen. Die Kinder werden nicht mehr sicher sein.« Sie besprachen noch einige ihrer Probleme, die für den Stamm lebenswichtig waren, dann erhob sich Kara. »Ich gehe schlafen. Hat noch jemand etwas zu sagen?«*

*Teron stand auf. »Ich muss mit dir sprechen, Kara. Heute noch.« Er warf den anderen Männern einen Blick zu. »Allein, in deiner Hütte.«*

*Er war der älteste Mann des Stammes und hatte die besten Erinnerungen. Er allein wusste noch, was damals geschehen war – behauptete er wenigstens. Und da er alt war, kam niemand auf dumme Gedanken, wenn er nachts mit Kara allein war. Sein Rat galt viel beim Stamm. Kara nickte. »Gut, komm mit. Ich bin neugierig, was du mir zu berichten hast. Du weißt, dass ich gern deinen Geschichten zuhöre, das tat ich schon als Kind.«*

*Die Männer blickten ihnen nach, bis sie in der Hütte verschwanden. Ein Fettlicht verbreitete trübe Helligkeit, aber sie genügte, um die Einzelheiten erkennen zu lassen. Da war das einfache Lager der Stammeskönigin, Laub und ein Fell. Daneben ein Regal, in dem ein Ersatzmesser und einige Mongods lagen. In der Wand steckte ein kurzer Ast, der als Haken diente. Der wertvolle Lichtstab lag auf einem Balkenvorsprung, für jeden zugänglich, der ihn im Notfall brauchte.*

*Teron setzte sich auf den wackeligen Schemel, während Kara sich ungeniert auf ihrem Lager ausstreckte und ihn fragend ansah. »Ich habe schon immer gesagt, Kara, dass sie eines Tages wiederkommen – jene nämlich, die unsere Vorfahren zu dieser Welt brachten, die wir nun als unsere Heimat betrachten. Du weißt, dass ich noch die alten Aufzeichnungen kenne, die uns die Alten hinterließen. Sie wurden von einem Feuerberg vernichtet, als wir fliehen mussten. Deine Mutter war damals noch ein Kind – so lange ist das schon her. Aber ich erinnere mich noch gut. Und auch daran, was ich gelesen habe.«*

*Sie seufzte. »Das hast du mir und den anderen schon oft genug erzählt. Wir leben heute ein anderes Leben, die Vergangenheit ist tot.«*

*»Sie ist niemals tot, denn ohne sie gäbe es die Gegenwart und die Zukunft nicht. Was aber, wenn diese Vergangenheit zu uns zurückkehren würde? Was dann?«*

*»Ich verstehe dich nicht.«*

*»Das kommt daher, weil du nicht richtig zuhörst.« Nur Teron konnte sich erlauben, so mit der Königin zu reden. Sie hätte jeden anderen aus der Hütte geworfen und vielleicht sogar aus dem Stamm verstoßen. »Ich muss dir leider noch einmal von dem berichten, was einst geschah, damit du verstehst, was morgen oder übermorgen geschehen wird: Unsere Vorfahren kamen aus dem Himmel, sagt die Überlieferung. Und das stimmt. Sie kamen wirklich aus dem Himmel, mit großen Kugeln, die von Stern zu Stern flogen. Sie waren wie die Götter. Die*

*Himmelsschiffe brachten unsere Vorfahren hierher und verließen sie dann wieder. Den Grund kenne auch ich nicht. Sie gaben ihnen nur einige Dinge mit, von denen wir heute noch ein paar besitzen – die Mongods, den Lichtstab, die Messer. Und das Ding, mit dem wir Feuer machen. Das ist alles, was geblieben ist.«*

*»Ich bin müde von der Jagd«, erinnerte ihn Kara.*

*»Du wirst schnell wieder munter werden, wenn ich dir sage, dass ich gestern Nacht eines dieser Schiffe gesehen habe, mit denen unsere Vorfahren kamen.«*

*Sie richtete sich überrascht auf, sank aber wieder in die Blätter zurück. »Du hast ein solches Himmelsschiff gesehen und berichtest mir erst heute davon? Warum?«*

*»Weil ich erst alles gut überlegen musste. Du weißt, dass die Männer über mich lachen und dass sie nicht wissen wollen, was einst geschah. Auch der Priester ist dagegen, der Zauberer ebenfalls. Dir aber muss ich es sagen. Ich habe das Schiff gesehen. Es war klar gestern Nacht, die Sterne waren gut zu sehen, weil die Monde nicht da sind. Und einer dieser Sterne wanderte von Horizont zu Horizont.«*

*Kara wirkte enttäuscht. »Warum sollte ein Stern nicht über den Nachthimmel wandern? Ich habe schon welche sehr schnell wandern sehen.«*

*»Das ist etwas anderes. Dieser Stern wanderte langsam. Es kann kein normaler Stern gewesen sein, sondern nur ein Himmelsschiff der Ahnen.«*

*»Warum sollte es dann wie ein Stern aussehen?«*

*»Auch das habe ich in den alten Aufzeichnungen gelesen: Weit entfernt sehen sie aus wie Sterne, wenn die Sonne untergegangen ist und sie noch anstrahlt. Sie sind zurückgekommen.«*

*»Warum sollten sie, da sie unsere Vorfahren hier absetzten und sich selbst überließen – falls deine Geschichte überhaupt wahr ist.«*

*»Ich weiß nicht, warum sie zurückkehren. Vielleicht sind es auch andere, die nichts von uns wissen. Fremde …«*

*»Fremde?«*

*»Ja, Fremde! Ich habe gelesen, dass es Wesen gibt, die uns fremd sind, wie uns auch die Fenars und die Schillerblumen fremd sind. Diese Wesen haben ebenfalls Schiffe, mit denen sie von Stern zu Stern eilen können. Sind sie es, die da kommen, müssen wir uns verbergen, denn sie würden uns töten. Das ist es, was ich dir sagen wollte. Sie dürfen uns nicht finden!«*

*Kara sah ihn an. »Würde ich deiner Geschichte Glauben schenken, müsste ich versuchen, erst einmal herauszufinden, ob das Schiff Fremden gehört oder den Nachkommen unserer Ahnen. Wie aber soll ich das, wenn ich mich verstecke?«*

*Teron machte eine abwehrende Handbewegung. »Noch bin ich nicht ganz sicher, ob das, was ich gesehen habe, wirklich ein Schiff ist. Landet es, werde ich hingehen und Fragen stellen. Ich bin ein alter Mann, ich habe nicht viel zu verlieren.«*

*»Nein!« Sie richtete sich sichtlich aufgeregt auf. »Du wirst nicht gehen, denn sollten es Fremde sein, werden sie dich ausfragen, und du wirst uns verraten. Wir warten.« Sie legte sich wieder hin. »Aber ich glaube nicht an deine Geschichte. Du hast einen Stern gesehen, der gewandert ist. Was soll daran Besonderes sein? Und nun geh schlafen oder zu den anderen ans Feuer. Ich bin müde.«*

*Er stand auf. »Das Feuer sollte nachts gelöscht werden.«*

*Sie blickte ihm nach und sah, dass er sich zu den anderen Männern ans Feuer setzte und mit ihnen sprach. Jetzt, nachdem er Kara berichtet hatte, durfte er auch ihnen mitteilen, was er beobachtet hatte. Sollte er, sie würden ihn ja doch nur auslachen. Keiner nahm ihn ernst, wenn ihn auch jeder achtete. Hatte er vielleicht doch Recht? Kara wusste von ihrer Mutter, dass Teron der Einzige war, der die verbrannten Unterlagen noch kannte. Er musste mehr wissen als sie alle. Aber die Geschichten, die er oft erzählte, waren zu phantastisch. Sie drehte der offenen Tür den Rücken zu und versuchte zu schlafen. Aber sie konnte den Stern nicht vergessen, von dem Teron gesprochen hatte.*

**Zercascholpek: 20. Prago des Ansoor 10.498 da Ark**

Die Luft war würzig und warm, roch aber nach Schwefel. Der Diskus ruhte auf einem dichten Gewirr von Ästen, die durch Schlingpflanzen fest miteinander verbunden waren. Das Ganze bildete einen Teppich, der an die Oberfläche eines verfilzten Moorsees erinnerte, über den man hinweggehen konnte. Es war schwer, eine Lücke zu finden. Fartuloon zog kurz entschlossen sein *Skarg*, stieß es in den grünen Teppich und erzeugte blitzschnell ein Loch, durch das sie hinabsteigen konnten. Sie erreichten unter dem dichten Dach eine Ebene, die von dickeren Ästen durchzogen war und die damit das weitere Vordringen einfacher gestaltete. Dafür wuchsen die merkwürdigsten Pflanzen in den fauligen Astgabeln. Farbenprächtige Blüten reckten sich in die Höhe, dem schwachen Licht der Sonne entgegen, und ein fast betäubender Duft ging von ihnen aus.

»Sie sind schön, aber auch gefährlich«, warnte Ischtar. »Geht nicht zu nahe an sie heran. Sie leben von Fleisch.«

Fartuloon kletterte weiter, immer tiefer hinab ins halbdunkle Ungewisse, das tausend unbekannte Gefahren bergen mochte. Sein *Skarg* vollbrachte wahre Wunderdinge. Wo immer sich ihm ein Hindernis entgegenstellte, das Schwert beseitigte es in wenigen Augenblicken. Meistens brauchte er nicht einmal stehen zu bleiben, so geschickt war er im Umgang mit der Waffe. Ischtar hielt sich in der Mitte. Ra bildete den Abschluss, hielt sich dicht hinter Ischtar und verfolgte jede ihrer Bewegungen mit brennenden Augen. Fartuloon blieb stehen. Sie befanden sich auf einem fast waagerecht verlaufenden Ast, der mehrere Meter breit war. Unter ihnen waren Pflanzenteppiche, die sanft hin und her schwankten. »Da vorn ist etwas. Ein Tier, halb so groß wie einer von uns, aber arkonoid. Sieht nicht sehr gefährlich aus.«

»Dann geh doch weiter«, sagte Ischtar.

»Nicht bevor ich weiß, was es ist. Wartet hier.«

Der Bauchaufschneider hob sein Schwert, bis die Spitze nach vorn zeigte, dann ging er vorsichtig weiter. Mit der linken Hand hielt er sich an den lianenartigen Gewächsen fest, die fast wie Brückengeländer wirkten. Selbst wenn er vom Stamm rutschte, würden sie ihn halten. Er schrak zusammen, als von oben herab etwas Dunkles auf ihn fiel und sich an seinem massigen Körper festklammerte. Die kleinen, dunklen Hände spannten sich um seinen dicken Hals, aber wohl weniger in der Absicht, ihn zu erwürgen, als sich vielmehr festzuhalten. Dabei stieß das Wesen pausenlos schrille Laute aus, als wolle es damit seine Artgenossen herbeirufen. Fartuloon kam es so vor, als teile das Tier seinem Stamm mit, dass es eine – im wahrsten Sinne des Wortes – fette Beute gemacht habe.

»Dir werde ich helfen«, knurrte er wütend und versuchte, den lästigen Begleiter abzuschütteln. Als das nichts half, blieb er ruhig stehen und fuhr fort: »Ich rate dir, eiligst zu verschwinden. Wir wollen nichts von euch, also lasst uns zufrieden.«

Der kleine Kerl mit fünffingrigen Händen und dem koboldhaften Aussehen kicherte schrill, als lache er Fartuloon aus. Das brachte diesen erst richtig in Rage. Mit der linken Hand griff er nach hinten und erwischte das zottige Fell. Mit einem harten Ruck riss er das Tier von seinem Rücken und hielt es mit ausgestrecktem Arm vor sich, um es genauer zu betrachten. Die fünf Finger waren beweglich und zum Greifen sehr geeignet. Das dunkle Fell war dicht und verfilzt. Das Tier war höchstens einen Meter groß und sah aus seinen runden braunen Augen Fartuloon furchtlos an.

»Kommt her!«, rief er Ischtar und Ra zu, die gewartet hatten. »Harmlos, aber frech und lästig.«

Ischtar nickte, als sie es betrachtet hatte. »Es gab sie früher schon massenweise hier. Sie leben vegetarisch und vertilgen mit Vorliebe Fleisch fressende Pflanzen, aber diese revanchieren sich und sorgen dafür, dass sich die Botiks nicht allzu sehr vermehren.«

»Botiks?«

»So wurden sie genannt. Lass ihn laufen.«

»Ich bin davon überzeugt, dass wir weder ihn noch seine Freunde so schnell loswerden. Sie scheinen ungemein neugierig zu sein. Sehr euch mal vorsichtig um: Sie haben uns regelrecht umzingelt. Überall stecken sie hinter dem Laub und dem Dickicht und beobachten uns. Sollte mich nicht wundern, wenn sie bald über uns herfallen.«

»Was willst du tun? Sie anbrüllen?«

Fartuloon grinste, setzte seinen Gefangenen auf den Ast und ließ ihn frei. »Verschwinde, mein Kleiner. Bleibt uns fern, sonst muss ich euch leider eine Lektion erteilen.«

Der kleine Botik machte einen Satz zur Seite und landete sicher auf einem anderen Ast. Er drehte sich noch einmal um, zog eine Grimasse, als wolle er Fartuloon ärgern, und verschwand mit einem zweiten Satz im nächsten Dickicht. Fartuloon schüttelte den Kopf und ging weiter.

Ra starrte auf Ischtars wohlgeformten Nacken, biss die Zähne zusammen und folgte ihr schweigend. Fartuloon war inzwischen damit beschäftigt, einen Stamm zu finden, der weiter nach unten führte. Längst hatten sie die Anzuglampen einschalten müssen, um in dem Gemisch aus Dämmer und Dunkelheit ausreichend sehen zu können. Insekten tanzten in den Lichtkegeln ihren Reigen. Ras Schätzung nach hatten sie bisher etwa einen Kilometer zurückgelegt und befanden sich noch immer einige hundert Meter über dem Boden. Die Botiks hielten sich in respektvoller Entfernung, aber ihr Geschnatter machte den Bauchaufschneider langsam nervös. Er befolgte Ischtars ironischen Rat und brüllte sie einige Mal heftig an, mit dem Erfolg, dass zwar für einen Augenblick Ruhe herrschte, dann aber das Gekeife mit doppelter Lautstärke fortgesetzt wurde. Die Botiks schienen seine Reaktion für eine Art Spiel zu halten.

Sein Schwert schuf immer wieder Lücken in dem dichter werdenden Pflanzendickicht. Er schwang es mit einer Beharrlichkeit und Regelmäßigkeit, als habe er nie im Leben etwas anderes getan. Fast hätte man glauben können, die Pflanzen wichen vor dem *Skarg* zurück, noch ehe sie Bekanntschaft mit der Schneide machen konnten, die wiederholt vom grünlichen Flirren der Desintegratorenergie umgeben war. Einer der Botiks war zu unvorsichtig, näherte sich von vorn und brachte sich nicht rechtzeitig wieder in Sicherheit – Fartuloon schlug dem kleinen Kerl versehentlich den Kopf ab. Die Leiche stürzte in die Tiefe, blieb aber schon nach zwei Dutzend Metern in einer Matte aus Schlingpflanzen hängen. Ein ohrenbetäubendes Gekreische, das aus allen Richtungen kam und so schrill und laut wurde, dass Fartuloon stehen blieb und sich entsetzt die Ohren zuhielt, kommentierte das Unglück. Auch Ischtar und Ra verzogen ihre Gesichter, als bereite ihnen der Lärm körperliche Schmerzen.

Und dann stürzten sich mehr als hundert Botiks auf Fartuloon. Ra und Ischtar standen am Rand einer Astgabel, die mit trockenem Laub gefüllt war – vielleicht ein Schlaflager der Botiks, in deren Revier sie eingedrungen waren. Als der Überfall erfolgte, wollte Ra Fartuloon zu Hilfe eilen, aber Ischtar hielt ihn fest. »Bleib! Er wird allein mit ihnen fertig.«

Als hätte Fartuloon es geahnt, rief er: »Bleibt dort, da seid ihr sicher. Ich verjage sie schon …«

In der Tat bemühte er sich, die Angreifer in die Flucht zu schlagen, ohne sie zu verwunden oder gar zu töten, nachdem er mit einem Fluch festgestellt hatte, dass sich das Individualfeld nicht aktivieren ließ. Er schrie die Tiere an und schwang drohend das Dagorschwert. Aber die schiere Masse der Angreifer erdrückte ihn geradezu. Er hätte sein *Skarg* kreisen lassen können, dann wäre kein Botik lebend an ihn herangekommen, aber er brachte es nicht fertig, die im Grunde harmlosen Tiere abzuschlachten. Wären sie bösartig gewesen, hätte es für ihn keine Probleme gegeben, aber so hart Fartuloon einem echten Gegner gegenüber auch sein konnte, in diesem Fall kam er sich hilflos vor.

Er verlor den Halt, rutschte vom Stamm ab und stürzte in die Tiefe. Ra, der sich vorbeugte, verfolgte seinen Sturz und stellte fest, dass die Pflanzen und das wiederholt stotternd einsetzende Flugaggregat seinen Fall immer wieder abbremsten, bis er auf einem Teppich landete, ihn allerdings durchbrach und dann verschwand. Zurück blieb nur ein Loch, das seinem Körperumfang entsprach. Die Botiks stießen schrille Schreie aus und verschwanden blitzschnell. Ra war mit Ischtar allein.

Es gelang Fartuloon, endlich seinen Sturz abzufangen und zwischen dichten Lianen und bunten Pflanzen hängen zu bleiben, die ihm allerdings gefährlicher schienen als die Botiks. Einigermaßen erleichtert registrierte er, dass das Flugaggregat nicht komplett versagt hatte. Er blieb ganz ruhig liegen und wartete, bis sich der schwankende Untergrund beruhigt hatte. Dann sah er auf die Uhr und drückte auf den Knopf des kleinen Minikoms am Armband. Es dauerte nur wenige Augenblicke, bis Ischtar sich meldete, zum Teil von Störpfeifen unterbrochen: »Lebst du … noch … Fartuloon?«

»Es gehört mehr dazu, mich umzubringen. Seid ihr noch oben an der alten Stelle?«

»Ja.«

»Ich glaube, von hier aus kommt man relativ leicht hinab zum Boden. Problematisch ist allerdings der Technikausfall. Immerhin fiel ich fast hundert Meter. Es wäre zu gefährlich für euch, den Abstieg jetzt zu beginnen, und ich habe keine Lust, nach oben zu klettern. Bleibt also vorläufig, wo ihr jetzt seid. Wir bleiben in Verbindung. Ich suche mir einen sicheren Platz und schalte auf Empfang. Wir sollten abwarten und beobachten, wie sich der Hypersturm entwickelt..«

»Also gut. Wir bleiben. Ende.«

Fartuloon lauschte dem Tonfall nach und glaubte, Bedenken daraus hören zu können. Bedenken wegen der Botiks? Wohl kaum. Ra vielleicht? Er schüttelte den Kopf, sah sich um und schob das *Skarg* in die Scheide. Dafür zog er das Messer, schnitt alle in der Nähe stehenden Fleischfresser-Blüten ab und warf trockene Zweige, von denen es genügend gab, in eine Mulde des Pflanzenteppichs. In der Ferne sah er einen rötlichen Schein durch die Dämmerung unter den Blättern dringen. Das musste der aktive Vulkan sein. Fartuloon bemerkte die ersten Botiks, die sich langsam heranschlichen. Schliefen die Biester überhaupt nicht? Er schaltete seinen Kombistrahler auf schwache Paralyseleistung. Er wollte keines der possierlichen Tiere mehr töten, aber er musste sie verscheuchen. Er sah die Botiks in die Tiefe purzeln, einen nach dem anderen, bis keiner mehr vorhanden war. Gleichzeitig trat Ruhe ein. Der Wind hatte sich auch gelegt, kein Blatt rührte sich. Fartuloon grunzte befriedigt, schaltete die Anzuglampe aus und streckte sich auf seinem provisorischen Lager aus. Sein Minikom war auf Empfang geschaltet.

Ra schüttelte das trockene Laub zurecht und sagte zu Ischtar: »Ruh dich aus, ich sehe mich inzwischen um. Ich bin sicher, dass das Nest den Botiks gehört. Sie werden kommen, und das gibt Ärger.«

Sie schwieg und streckte sich in der Astgabel aus. Den Minikom hatte sie abgeschaltet, aber ein Druck auf den Knopf genügte, um den Sender einzuschalten. Dann würde Fartuloon jeden Laut hören können. Sie hoffte, dass sie das Gerät nicht brauchte.

Ra entdeckte einige Botiks, die er paralysierte. Die restlichen tauchten im Dunkel der wuchernden Pflanzen unter und kehrten nicht zurück. Später würden sie feststellen, dass ihre Gefährten nicht tot waren und ihr Nachtlager wieder frei war. Vorsichtig näherte er sich wieder der Astgabel. Seine Augen hatten sich an den ewigen Dämmer gewöhnt. Er konnte das Laublager erkennen, sah Ischtars Umrisse. Er betrachtete die Schlafende voller Begierde, die Eifersucht auf Atlan erwachte, der Gedanke an Chapat ließ sein Blut aufwallen. Nur die Erinnerung an die Ereignisse auf Frossargon hielten ihn davon ab, sich einfach auf die Goldene Göttin zu stürzen. Er befand sich in einem Zwiespalt, mit dem er nicht fertig wurde. Auf der einen Seite die durchaus gewachsene Freundschaft und Loyalität zu Atlan, auf der anderen sein unbezähmbares Verlangen, Ischtar erneut zu besitzen – und sei es nur noch für ein einziges Mal.

Wirklich nur noch einmal? Würde sein Verlangen nach ihr nicht nur noch größer werden? Würde er es vor Atlan verbergen können, falls er noch lebte? Je länger er Ischtar betrachtete, desto besser konnte er sie erkennen. Es schien etwas heller zu werden, aber außer dem fernen Schein des Vulkans gab es kein Licht. Endlich nahm er allen noch verbliebenen Mut zusammen und stieg vorsichtig in die Astgabel hinab. Das trockene Laub raschelte, Ischtar drehte sich auf die andere Seite, murmelte etwas Unverständliches. Er legte sich neben sie, ohne sie dabei zu berühren. Fast hoffte er, sie würde aufwachen und sich umdrehen. Aber sie blieb liegen und atmete regelmäßig.

Schlief sie, oder tat sie nur so? Er lag neben ihr und wusste nicht, was er nun tun sollte. Sie waren allein im Urwald, fast allein auf einer ganzen Welt. Auf einer Welt, auf der Atlan auf Hilfe wartete. Behutsam legte Ra seinen Arm um Ischtars Schultern. Sie rührte sich nicht und atmete immer noch gleichmäßig. »Ischtar?«, flüsterte er. »Schläfst du?«

Keine Antwort. Der Druck seines Armes wurde etwas stärker, er fühlte die Wärme ihres Körpers. Aber er beherrschte sich, denn immer wieder tauchte Atlan vor seinem geistigen Auge auf. Aber Ischtar war auch da, das Verlangen nach ihr wurde unerträglich und war nicht mehr zu bändigen – mit einem Ruck zog er sie an sich. Sie wehrte sich nicht, aber sie sagte mit kalter Stimme: »Lass mich los!«

»Warum erlaubst du mir nicht wenigstens …«

»Ich erlaube dir nichts, gar nichts!«

Der Griff seiner Hand lockerte sich. »Ischtar«, flüsterte er schließlich. »Ich kann nicht anders. Deine Nähe, die Wärme deines Körpers, deine Schönheit … Ich liebe dich!«

Sie sah ihn nur mit einem Blick an, der ihn zurückweichen ließ.

Fartuloon meldete sich, als Ischtar ihn einige Tontas später über Funk rief. »Alles in Ordnung?«

»Kein Zwischenfall«, sagte Ischtar mit einem Seitenblick auf Ra. »Die Hypersturmausläufer scheinen nachgelassen zu haben, mein Flugaggregat funktioniert einwandfrei.«

»Das Einfachste wäre es also, ihr lasst euch fallen, dann kommt ihr problemlos bei mir an. Aber vielleicht ist es doch besser, ihr klettert. Da führt ein breiter Ast nach unten, an der Stelle, an der ich abstürzte. Habt ihr Botiks gesehen?«

»Nur in einiger Entfernung. Sie scheinen genug von uns zu haben.«

»Gut, macht euch auf den Weg. Der Feuerschein des Vulkans ist heller geworden. Ich fürchte, er wird uns noch Ärger bereiten.«

»Wir müssen zu den Wurzeln des Baumes«, sagte Ischtar mit Betonung. »Dort finden wir die Toten Augen des Sehers.«

»Weshalb habt ihr sie Tote Augen genannt? Soweit mir bekannt ist, können tote Augen gar nichts mehr sehen.«

»Diese sehen mehr als lebendige, gerade weil sie tot sind. Wir machen uns jetzt auf den Weg. Bleib auf Empfang.«

Diesmal ging Ra voran, den Strahler schussbereit in der Rechten. Mit der Linken hielt er die Zweige so lange fest, bis Ischtar gefahrlos vorbei war. Die Botiks hielten sich in respektvoller Entfernung, schienen aus den Ereignissen gelernt zu haben – außerdem schien ihnen das Licht der Anzuglampen nicht geheuer zu sein. Der Ast war breiter als der, den sie nun verließen, und führte in einem recht steilen Winkel schräg nach unten. Endlich konnten sie Fartuloon in den Lichtkegeln sehen. Er stand auf einer grünen Wiese – wenigstens sah es so aus. Ringsum lagen die geköpften bunten Blumen, die so gefährlich werden konnten, wenn man ihnen zu nahe kam. »Gleich habt ihr es geschafft!«, rief er ihnen zu. »Ich habe den weiteren Weg erkundet. Wir erreichen bald den Boden.«

»Wir haben noch etwa zehn Kilometer bis zum Hauptstamm«, schätzte Ischtar. Ohne ein Wort zu sagen, übernahm Fartuloon wieder die Spitze, das *Skarg* in der Hand und – wie es schien – voller Zuversicht und Optimismus. Sie gelangten immer weiter nach unten, über ihnen wurde das Dach des Baumes undurchdringlicher und dunkler. Vom Himmel war keine Spur zu sehen. Die Strahlen der Sonne konnten das Pflanzendickicht nicht durchbrechen, dennoch gab es eine fahle Dämmerung – Moose, Pilze und merkwürdige Blüten verbreiteten einen schwachen Schimmer. Schließlich sahen sie im Licht der Anzuglampen den eigentlichen Waldboden, erkannten ihn nur an einem kleineren Sumpfsee und einigen nackten Felsen, auf denen keine Vegetation wuchs. Fartuloon machte Halt. »Ich versuche, Morvoner zu erreichen.« Nach einigen Anrufen erhielt er Antwort. »Immer noch nichts?«

Morvoner erwiderte: »Ich bin ständig auf Empfang, aber Magantilliken meldet sich nicht. Sein Schiff – oder vielmehr Ischtars Schiff – umläuft unverändert den Planeten. Es ist mit Sicherheit niemand an Bord. Der Henker und Atlan müssen sich auf dem Planeten aufhalten, dessen Namen ich mir nicht merken kann. Das Zentrum des Hypersturms kam etwas näher, hat sich dann aber wieder entfernt, aber insgesamt an Kraft gewonnen. An Bord gab es erste Ausfälle. Was soll ich tun?«

»Weiterkreisen und den Hypersturm beobachten. Gib Bescheid, sofern sich etwas ändert, du eine Spur von Magantilliken entdeckst oder er sich meldet. Wir sind fortan immer auf Empfang.«

»Gut. Viel Glück! Ende.«

Fartuloon schaltete ab, nahm wieder das *Skarg* und kletterte weiter, diesmal steil nach unten. Er nahm das letzte Hindernis mit einem Sprung und landete am Ufer des Sumpfsees im weichen Boden. Ra stand kurz darauf auch auf festem Boden und sah sich forschend um. »Wenn wir den Stamm finden wollen, müssen wir uns nach der Stärke der Äste richten. Je näher dem eigentlichen Hauptstamm, desto dicker.«

Der Bauchaufschneider deutete auf die andere Seite des kleinen Sees, dessen Oberfläche glatt wie ein Spiegel war. »Also dorthin. Aber wer weiß, was unter der Wasseroberfläche auf uns lauert? Ich glaube, wir überqueren den Sumpf auf althergebrachte Weise – im Baum.«

Die beiden anderen stimmten zu. Das ruhige und trüb aussehende Wasser wirkte wenig Vertrauen erweckend. Sie fanden einen Ast, der wie eine Brücke zum anderen Ufer führte und sich dann im Dickicht verlor. Mühelos kletterten sie hinauf. Da er an einigen Stellen angefault war, riet Fartuloon, dass sie einzeln und nacheinander den Sumpfsee überqueren sollten.

»Wenn ich heil drüben ankomme, dann ihr bestimmt.« Das *Skarg* in der Scheide, machte er den Anfang und befand sich bald mitten über dem nicht sehr breiten See, der rechts und links in Morast endete. Fartuloon balancierte sein Körpergewicht geschickt aus und wirkte fast graziös; der Lichtkegel der Lampe schwankte über überdimensionierte Farnfächer. »Gleich habe ich es geschafft.«

Er machte den nächsten Schritt, ohne darauf zu achten, dass der Stamm eine dunklere Farbe angenommen hatte, rutschte aus und strauchelte. Mit beiden Armen fuchtelte er Halt suchend in der Luft, aber keine Schlingpflanze war in der Nähe. Seine letzte Rettung sah er wohl darin, sich blitzschnell zu bücken, um sich mit den Händen festzuhalten. Zwar krallten sich seine Finger in das morsche Holz, aber er zog sie sofort mit einem Aufschrei wieder zurück, wollte sich aufrichten – und fiel kopfüber in die sumpfige Brühe, keinen Meter unter der Naturbrücke. Es platschte, träge Wellen verrieten den moorigen Charakter des Sees. Fartuloon durchbrach schnaufend die Oberfläche, stand bis zum Bauch im Wasser, sackte aber langsam immer tiefer ein.

»Nun steht nicht so herum!«, rief er und versuchte, sich nicht zu bewegen. Die nach dem Aggregatgürtel tastende Hand kam wieder hoch. »Ausgefallen! In dem Ast hausen fingerlange Insekten, die verflucht unangenehm stechen. Holt mich hier heraus!«

Ra, der schon unterwegs war, blieb stehen. »Insekten? Haben sie dich gestochen?«

»Was meinst du wohl, warum ich in den Dreck gefallen bin?«

Ra sah sich suchend nach allen Seiten um und entdeckte das Stück einer lose herabhängenden Schlingpflanze. So schnell er konnte, rannte er hin und zog an ihr, bis er ein langes Stück abschneiden konnte. Als er zum Ufer des Sumpfsees zurückkam, reichte das Wasser Fartuloon bereits bis zur Mitte des Brustharnischs, den er über dem Einsatzanzug trug. Ra stieg auf den Ast und ging so weit, bis Fartuloon ihn warnte. Dann warf er ihm das provisorische Seil zu, das der Bauchaufschneider nur mit Mühe auffing und dabei wieder einige Zentimeter an Boden verlor. Aber er hielt die Liane fest. Ra begann zu ziehen. Unendlich langsam gab der Schlamm auf dem Grund des Sees sein Opfer wieder frei. Fartuloon half mit eigener Kraft nach, bis er endlich unter dem Ast war und ihn mit Hilfe Ras erkletterte.

»Ein Schlammbad«, sagte er und betrachtete seine verschmierte Kleidung. »Ist auch nicht das Gesündeste hier …«

»Du hast Glück gehabt«, erinnerte ihn Ra.

»Mistbrühe.« Fartuloon deutete auf den See, dessen Oberfläche im Licht der Lampen wieder wie erstarrt wirkte. »Wie kommen wir jetzt auf die andere Seite? Über diesen Ast jedenfalls nicht. Wir müssen einen anderen weiter oben nehmen.«

Ra machte ihn auf andere niedrige Äste aufmerksam, die weiter rechts den Sumpf überspannten. Es war also nicht nötig, dass sie auf den Baum kletterten und ihre Kräfte vergeudeten. Ohne große Diskussion übernahm nun Ra die Führung und brachte sie sicher auf die andere Seite. Die nächsten zwei Kilometer waren einfach zu bewältigen und boten kaum nennenswerte Hindernisse. Von einem nahen Vulkanschlot war vor langer Zeit ein Lavastrom herabgeflossen und dann erstarrt. Auf ihm wuchs nahezu nichts, aber das dunkelgrüne Dach des Baumes spannte sich auch über ihn und bildete ein undurchdringliches Dickicht. Nur wenige der gewaltigen Luftwurzeln waren in die Lava eingedrungen. Wie Seile hingen sie von oben herab und schaukelten halb vertrocknet hin und her.

»Erstaunlich«, stellte Fartuloon fest. »Man kommt sich vor wie in einer riesigen Halle mit einer Decke und Wänden aus Pflanzen. Ich würde mich überhaupt nicht wundern, käme uns ein Zhygor'ianta entgegen, in der Hand einen Zauberstab, mit dem er uns in Vögel oder Würmer verwandelt …«

Ischtar sagte spöttisch: »Du scheinst das Schlammbad gut überwunden zu haben, zumindest hat deine Phantasie nicht darunter gelitten. Einem Zauberer werden wir wohl kaum begegnen, aber einem größeren Wunder und Rätsel, nämlich den Toten Augen – und ihrer *Wächterin!* Weiter!«

Erneut drangen sie in das Unterholz ein, die Äste wurden allmählich dicker und umfangreicher. Ohne Zweifel näherten sie sich dem Stamm. Ra blickte immer wieder nach links, wo der Feuerschein des nächsten Vulkans abermals heller geworden war. Aus dem Kegel und kleineren Seitenschloten quollen Rauchwolken und verpesteten die Luft. Überhaupt war das Dickicht in dieser Richtung dünner und spärlicher, manchmal war sogar ein Stück Himmel durch das ewige Grün der Pflanzen und Schwarz der Stämme zu erkennen. »Die Rauchwolken gefallen mir nicht.« Ra blieb stehen. »Sie sind ein Warnzeichen. Nicht mehr lange, dann kommt ein Ascheregen – oder ein flüssiger Lavastrom. Wir müssen die Wurzeln des Erinnerungsbaums bald erreichen, Ischtar, oder wir erreichen sie nie.«

»Noch fünf Kilometer«, sagte sie fast kühl. »Sieh dir die Äste an. Es gibt hier unten keine dünnen mehr.«

Fartuloon sah ebenfalls zu dem Vulkan hinüber, der nur teilweise sichtbar war. Der Rest wurde von dem dunkelgrünen Vorhang verdeckt. »Ra hat Recht, das sieht ganz nach einem bevorstehenden Ausbruch aus. Wir müssen weiter, Freunde. Wenn es gefährlich wird, klettern wir einfach wieder in den Baum.«

Eine Tonta später brach der Vulkan aus. Ascheregen fiel in das Dach des Riesenbaumes. Trockene Blätter und Äste fingen sofort Feuer, das aber zum Glück in den tiefer gelegenen Regionen keine Nahrung mehr fand und allmählich erstickte. Vom Vulkan selbst näherte sich ein rotflüssiger Lavastrom, walzte die auf dem sumpfigen und teils felsigen Grund recht spärliche Vegetation nieder und setzte einige dickere Äste des Baumes in Brand. Das Holz hier unten war feucht und extrem zäh, vielleicht sogar zum Teil versteinert. Aber für Fartuloon, Ra und Ischtar und die Tiere, die nicht weiter oben lebten, war es noch immer zu heiß.

Zercascholpek besaß eine reichhaltige Fauna. Riesige Echsen, sonst träge und faul, hetzten aus den kochenden Sumpfseen und suchten ihr Heil in eiliger Flucht. Sie beachteten die drei Zweibeiner nicht, sondern hasteten an ihnen vorbei und verschwanden in der entgegengesetzten Richtung. Insekten wanderten in langen Kolonnen daher und suchten nach einem dicken Ast, der bis zum Boden herabreichte, um dann in den Baum zu klettern. Es gab Schlangen und gefährlich aussehende Großinsekten, kleine und größere vierbeinige Tiere, die nun vor dem Feuer flohen, aber nur die wenigsten von ihnen kamen auf den Gedanken, in den Baum zu steigen, der ihnen Sicherheit geboten hätte.

Fartuloon begann zu laufen, zog einen Zweig so weit nach unten, bis ein dickerer Ast in Reichweite kam, der ihn tragen konnte. »Nun kommt doch endlich!«, rief er. »Wollt ihr vielleicht gebraten werden? Unsere Aggregatgürtel funktionieren mal wieder nicht.«

Er hatte einen dicken Nebenast erreicht und setzte sich. Ra hob Ischtar wortlos empor, damit sie mit ihren Händen den rettenden Ast ergreifen könnte, und schob nach, bis sie neben Fartuloon saß. Geschickt zog Ra sich in die Höhe. Sie blickten nach unten. Der Lavastrom kroch schon langsamer, kam aber noch immer voran, schob ungeschmolzene Brocken vor sich her, nahm sie allmählich in sich auf und verflüssigte sie. Eine unerträglich werdende Hitze ging von ihm aus. Sie fanden einen schräg nach oben führenden Stamm, der allerdings von Lebewesen aller Art bevölkert war. Eine fast zwei Meter lange Echse kroch langsam an ihm hoch und machte Platz, als Fartuloon sie mit der Spitze des *Skarg* kitzelte. Botiks protestierten mit schrillem Gekreische gegen die Tierinvasion. Fartuloon brüllte ihnen ein paar Schimpfworte zu, dann waren sie für eine Weile ruhig. Etwa fünfzig Meter über dem Lavastrom hielten sie an. Selbst in dieser Höhe war die Hitze noch deutlich bemerkbar, einige der bunten, Fleisch fressenden Blüten ließen die Köpfe hängen.

»Hat der Vulkan also wenigstens auch etwas Gutes«, stellte Ischtar trocken fest. »Weiter! Wir müssen die Wurzeln des Baumes erreichen.«

Fartuloon stützte sich auf sein *Skarg* und sagte: »Liebste Ischtar, du bist eine wunderschöne Frau, und Atlan liebt dich. Aber ich wäre dir unendlich dankbar, würdest du endlich die verdammte Geheimniskrämerei beenden. Wäre es nicht besser, wir versuchten, Atlan zu finden, indem wir mit dem Beiboot diesen Urplaneten systematisch absuchen?« Ischtar stand vor Überraschung starr und sah ihn aus großen goldenen Augen an. Auch Ra schien sich über den Wutausbruch zu wundern. Fartuloon grunzte und fuhr fort: »Du findest keine Worte, holde Göttin? Soll das heißen, dass du mit meinem Vorschlag einverstanden bist und wir umkehren?«

»Durchaus nicht!«, fauchte sie. »Wir gehen bis zu den Wurzeln. Du kannst mir glauben, dass wir auf diese Weise früher etwas über Atlan und Magantilliken erfahren werden, als würden wir mit dem Beiboot herumgondeln und planlos suchen.« Sie wandte sich an Ra. »Ich gehe weiter. Begleitest du mich?«

Damit brachte sie ihn in arge Verlegenheit. Er sollte sich zwischen ihr und Fartuloon entscheiden. Rein instinktiv drängte alles in ihm danach, mit ihr allein zu sein, und folgte er nun ihrer Bitte, wäre das der Fall gewesen. Vielleicht hätte sie sich ihm gegenüber sogar dankbar erwiesen und wäre seinen Wünschen nachgekommen. Auf der anderen Seite war da Fartuloon, der beste Freund und Lehrmeister Atlans. Stellte er sich ihm entgegen, hatte er einen Todfeind, dessen war er sich sicher. Lohnte sich das wirklich? »Ich begleite dich nur«, sagte er endlich, »wenn Fartuloon mit uns geht.«

Fartuloon nickte und deutete in die alte Richtung. »Na schön, gehen wir weiter. Ich hoffe nur, dass du Recht hast und Ischtar beizeiten den Mund aufmacht.«

Die »Landschaft« änderte sich. Etwa fünfzig bis achtzig Meter über dem Planetenboden, über den der Lavastrom kroch, hatte sich praktisch eine zweite Oberfläche gebildet. Die Äste waren derart verfilzt und von Pflanzen überwuchert, dass sich eine feste und stabile Unterlage gebildet hatte. Fartuloon marschierte als Erster durch das hohe Gras, das hier wuchs. Humus hatte sich angesammelt und bot Nahrung für Hunderte von verschiedenen Pflanzenarten, von denen viele ein fahles Leuchten verbreiteten. Mannsgroße Pilze wucherten in Gruppen, riesige Farnwedel wuchsen neben kopfgroßen Blüten, die in allen Farben des Spektrums schimmerten.

»Die Wurzeln können nun nicht mehr weit sein«, sagte Ischtar. »Bald wissen wir, wo sich Atlan und Magantilliken befinden.«

Fartuloon öffnete schon den Mund, um eine Frage zu stellen, aber dann schloss er ihn wieder und schüttelte den Kopf, als wolle er sich selbst bestätigen, wie sinnlos Fragen waren, wenn man doch keine Antwort erhielt. Wortlos ging er weiter und verscheuchte einen Botik, der sich zu nahe heranwagte und im Licht der Anzuglampe die Augen zusammenkniff. Obwohl der Ascheregen nachgelassen hatte, war es dunkler geworden. Fartuloon fand eine »Wiese«, um die die gefährlichen Blumen wuchsen und einen willkommenen Schutzwall gegen ungebetene Besucher bildeten. Mit dem *Skarg* schlug er eine Gasse.

## *20.*

Zercascholpek: *Als Kara die Jäger ausschickte, ging es ihr weniger darum, dass sie Beute machten. Vielmehr sollten sie feststellen, ob sich in der näheren Umgebung etwas verändert hatte oder dabei war, sich zu verändern. Teron hatte den Männern von dem wandernden Stern erzählt und von dem, was er vermutete. Eine Gruppe wanderte nördlich um den See bis zu den Feuerbergen und dem riesigen Baum, der selbst die höchsten Gipfel überragte und als heilig galt. Eine andere Gruppe wanderte nach Süden, ein Stück am See entlang und dann in das unerforschte Gebiet. Hatte Teron Recht und es gab wirklich fliegende Schiffe, konnten diese zwar hier nie landen, aber vielleicht sah man sie wenigstens dicht über den Wald. Die restlichen Jäger verteilten sich und blieben ebenfalls in Wipfelnähe, um den Himmel ständig im Auge behalten zu können.*

*Kara blieb im Lager und beaufsichtigte die Frauen, die Holz sammelten und Wasser holten. Dann nahm sie einige von ihnen mit, um die neu gewachsenen Schillerblumen zu töten. Später setzte sie sich zu Teron, der vor der noch warmen Asche des Feuers hockte und döste. »Ich habe alles getan, was du vorgeschlagen hast. Bist du zufrieden?«*

*Er nickte. »Ich möchte wissen, was vor vielen Generationen geschah und warum unsere Vorfahren auf dieser Welt blieben. Wenn man den Berichten Glauben schenken kann, gibt es schönere Welten als diese. Es war aber auch von Krieg die Rede und von Meuterei.«*

*»Unser Leben hier ist auch nicht leicht.«*

*»Aber wir sind frei. Wir haben Feinde, aber wir werden mit ihnen fertig.«*

*»Und doch willst du, dass wir das Schiff von den Sternen finden?«*

*»Aus vielen Gründen. Ich will Fragen stellen, falls es welche gibt, die darauf antworten. Und wenn das nicht möglich ist, wissen wir wenigstens, dass die verbrannten Berichte nicht gelogen haben.«*

*»Vielleicht ist es besser, wir bleiben in unseren Verstecken.«*

*»Das kannst du noch immer entscheiden, sobald wir mehr wissen.«*

*Sie verbrachte die Zeit damit, den Kindern zu zeigen, wie sie sich am leichtesten einer Schillerblüte näherten und sie mit dem Messer abschnitten. Dann ging sie auf die Jagd und erlegte ein noch junges Fenar. Die Frauen zerlegten die willkommene Beute, während die Königin das Feuer entzündete. Die Jäger kamen schließlich einzeln oder in Gruppen, keiner von ihnen hatte etwas gesehen, was anders als sonst gewesen wäre. Erschöpft und hungrig von der Wanderung durch die Wipfelebene des Waldes, ließen sie sich am Feuer nieder und verschlangen hastig ihre Portionen, die ihnen von den Frauen zugeteilt wurden. Teron, der abseits hockte, würdigten sie keines Blickes.*

*Jene Jäger, die nach Norden zu den Feuerbergen gezogen waren, ließen auf sich warten. Der Feuerschein sollte ihnen den Weg weisen. Es wurde später und später, aber die Erwarteten kamen nicht. Irgendwann hörte Kara dann doch das Rascheln von Zweigen, das langsam lauter und deutlicher wurde. Jemand näherte sich auf dem bekannten Weg dem Lager, es konnte also nur einer der Männer sein. Endlich trat ein junger Mann mit Lendenschurz in den Schein des Feuers, schob das Messer in den Gürtel zurück und setzte sich zwischen Kara und die anderen noch wachen Krieger.*

*»Es ist zu unserer Welt gekommen, wir haben es mit unseren eigenen Augen gesehen«, sagte er, nach Atem ringend. »Die anderen bleiben in der Nähe, mich haben sie ins Lager geschickt, damit ich berichte. Teron hatte Recht.«*

*Kara schickte einen der Jäger, um Teron zu wecken, dann sagte sie zu dem jungen Mann: »Warte, bis Teron bei uns ist.«*

*Der alte Mann kam bereits nach wenigen Augenblicken und wäre fast über einen Stein gestolpert, so eilig hatte er es. Noch bevor er sich setzen konnte, fragte er: »Wer ist es, der das Schiff gesehen hat? Du, Bron? Wie groß ist es? Wie sieht es aus? Wo?«*

*»Ja, es war Bron«, sagte Kara. »Unterbrich ihn nicht, er wird uns alles erzählen.«*

*Teron bezähmte sich und hielt den Mund. Bron berichtete, was er gesehen hatte: »Unsere Gruppe hielt sich in der Nähe des Ufers, weil es dort heller ist. Der eine Feuerberg raucht noch immer, und wir hatten Angst, er könnte ausbrechen. Doch sein Gipfel blieb unsichtbar, weil er von den Ästen des Heiligen Baumes überragt wird. Immer mehr näherten wir uns der Grenze. Wir blieben in der obersten Ebene, um besser sehen zu können. Niemand von uns glaubte, dass Teron Recht behalten würde und dass der wandernde Stern, den er gesehen haben wollte, ein Schiff der Ahnen sei. Aber dann sahen wir es. Wir hatten die Grenze erreicht. Vor uns war das Gebiet des Heiligen Baumes. Wir hielten an, um uns zu beraten. Über uns waren keine Äste und Blätter mehr, nur der Himmel. Etwas tiefer lag das grüne Dach des Heiligen Baumes, das zum Teil die Kegel der Feuerberge verdeckt. Einige wollten weitergehen, andere waren dagegen. Das Betreten des Heiligen Baumes ist nicht ausdrücklich von dir verboten worden, Kara, aber wir taten es nie. Schon unsere Vorfahren mieden ihn. Doch heute war es etwas anderes. Noch während wir berieten, erblickten wir hoch über uns einen schimmernden Punkt am Himmel, fast sah er aus wie ein Stern. Aber es war hell, und da gibt es keine Sterne. Er wurde schnell größer, und wir sahen, dass er sich auf den Heiligen Baum herabsenkte.«*

*Teron hielt es nicht mehr aus. »Ein Stern? War es wirklich ein Stern?«*

*»Nun warte doch ab!«, rief Kara erbost, nickte Bron zu. »Rede weiter.«*

*Bron fuhr fort: »Wir saßen versteckt in den Zweigen und sahen zu, wie der Gegenstand immer näher kam und schließlich über dem Heiligen Baum schwebte, als kenne er sein Ziel nicht genau. Jetzt erst war zu erkennen, was es war. Teron hat uns vom Schiff der Vorfahren erzählt, das von Stern zu Stern fliegen konnte. Dies war so ein Schiff, nur war es viel kleiner, als Teron es beschrieb. Zehn Mannslängen, nicht mehr. Wie eine runde Scheibe sah es aus, in der Mitte dicker. Es kam dann langsam tiefer und setzte sich auf den obersten Ästen des Heiligen Baumes. Dort blieb es eine Weile reglos stehen. Nichts rührte sich. Wir aber blieben in unserem Versteck und warteten. Endlich öffnete sich ein Loch. Ein Mann kam heraus. Wir erschraken, als wir ihn sa-*

*hen. Er war sehr dick und trug in der Hand ein gewaltiges Schwert – so, wie uns Teron die alten Waffen unserer Vorfahren beschrieb. Er war von oben bis unten bekleidet und sah wirklich Furcht erregend aus. Ihm folgte ein anderer Mann, stark und kräftig gebaut, mit seltsamen Gegenständen am Gürtel seiner Kleidung. Und schließlich kam noch eine Frau aus dem Schiff.«*

*Er machte eine kleine Pause, aber niemand stellte eine Frage. Selbst Teron blieb schweigsam, wenn seine Augen auch vor Erregung fast aus ihren Höhlen quollen. Der Traum seines Lebens hatte sich verwirklicht.*

*»Eine sehr schöne Frau, schön wie eine Göttin! Sie trug einen blauen Anzug. Und sie gab Kommandos, muss also eine Königin sein. Das Loch im Schiff wurde geschlossen, und als sich die beiden Männer und die Frau entfernt hatten, flammte plötzlich ein Licht auf, das das Schiff einhüllte. Wir mussten eine Zeit lang die Augen schließen, um nicht geblendet zu werden, und als wir sie wieder öffneten, waren die beiden Männer und die Frau verschwunden. Das Schiff aber war noch da. Und es steht noch jetzt dort. Ich kam, um es euch zu sagen. Das ist alles.«*

*Kara sah die heftige Debatte voraus und griff ein: »Teron hat das Wort. Er soll uns erklären, warum das Schiff so klein ist. In so einem kleinen Schiff können unsere vielen Vorfahren doch niemals auf diese Welt gekommen sein.«*

*Teron nickte. »Natürlich nicht. Es handelt sich um ein* Beiboot. *Das sind kleine Flugkörper, mit denen man das Mutterschiff verlassen kann, um eine fremde Welt zu besuchen. Das Mutterschiff könnte nie auf den Bäumen landen.«*

*»Hast du das auch aus den Aufzeichnungen der Alten?«*

*»Dort stand es so. Die beiden Männer und die Frau sind nur Späher. Die anderen warten im Mutterschiff. Sie werden später folgen.«*

*»Und wir? Was sollen wir tun?«*

*Teron überwand seine persönliche Neugier und dachte in erster Linie an das Wohl des Stammes. »Es ist gefährlich, in die Nähe des Lichtscheins zu kommen, den Bron erwähnte. Er ist kaltes Feuer, das sofort tötet. Wir können nur beobachten.«*

*»Wir befolgen deinen Rat, Teron. Bron, du wirst schlafen und morgen mit weiteren Männern zum Heiligen Baum zurückkehren. Haltet euch gut versteckt und schickt jeden Tag einen zurück, der uns berichtet.«*

*Das Feuer war niedergebrannt und erlosch allmählich. Einer nach dem anderen verschwanden sie in den Hütten, um zu schlafen. Teron begleitete Kara bis zu ihrem Lager. »Nun sind sie da, und wir können nichts tun«, sagte er mit kaum unterdrückter Enttäuschung. »Wäre ich nicht so alt, würde ich selbst zu ihnen gehen und meine Fragen stellen. Was wollen sie hier?«*

*Kara legte sich hin. »Wenn wir sie nicht fragen, werden wir es nie erfahren.«*

**Zercascholpek: 21. Prago des Ansoor 10.498 da Ark**

Die Pause verlief ohne Zwischenfall. Ischtar schlief zwischen den beiden Männern. Nach einigen Tontas fand Ra ein riesiges Blatt, in dem sich wie in einer Wanne Wasser gesammelt hatte. Damit war das Waschproblem gelöst. Nach dem frugalen Frühstück, das aus Konzentraten bestand, sagte Fartuloon: »Sofern nichts dazwischenkommt, werden wir bald die so genannten Toten Augen erreichen. Danach, meine liebe Ischtar, lasse ich mich nicht mehr davon abhalten, intensiv nach Atlan zu suchen. Das sollte auch in deinem Interesse liegen.«

Sie nickte. »Natürlich tut es das, aber zuerst will ich die Augen des Sehers befragen. Sie werden uns Antwort geben.«

Ihr Benehmen machte Fartuloon langsam, aber sicher rasend. Aber er beherrschte sich, warf Ra einen bezeichnenden Blick zu und erhob sich dann. »Machen wir uns auf den Weg.«

Sie fanden die Lücke in dem tödlichen Blumenwall und erreichten nach einer Weile ein übersichtliches Gebiet der unteren Ebene, etwa fünfzig Meter über dem Boden. Der Lavastrom war abgekühlt und bewegte sich nicht mehr voran. Einige geflohene Tiere kehrten bereits in ihr ursprüngliches Revier zurück. Ra, der wieder den Abschluss bildete, rief Fartuloon zu: »Die Äste gefallen mir nicht.«

Der Bauchaufschneider studierte die langen, dünnen Äste, die wie Schlingpflanzen von oben herabhingen, und erwiderte: »Ich kann nichts Verdächtiges an ihnen finden. Was ist mit ihnen?«

»Sie sehen wie Schlangen aus.«

»Der Baum ist harmlos.«

»Der Baum vielleicht, aber nicht alles, was in ihm wächst. Die dünnen Äste müssen schließlich nicht zum Baum selbst gehören.«

Fartuloon gab keine Antwort, hob sein *Skarg* und ging weiter.

Nach Ras Warnung wich er zunächst den dünnen Ästen aus. Sie hingen lose von der höheren Ebene herab, bewegten sich nicht und erinnerten an Luftwurzeln. Als wolle er Ras Warnung betont in den Wind schlagen, schob er mit der linken Hand einige der dünnen Äste beiseite, als sie ihm im Weg waren. Nichts geschah. Er drehte sich um und lachte. »Siehst du? Sie sind harmlos.«

Er ging weiter. Ra ließ die verdächtigen Äste nicht aus den Augen, achtete dabei aber stets auf Ischtar, die unmittelbar vor ihm ging. In der Hand hielt er den Kombistrahler. Und dann geschah genau das, was er befürchtet hatte: Ischtar war Fartuloon gefolgt und hatte den lichten Vorhang der dünnen Äste ebenfalls mit der Hand zur Seite geschoben. Im nächsten Augenblick schnellten die Äste herab und umschlangen die Varganin wie ein Dutzend Reptilien. Im Nu konnte sie sich nicht mehr rühren und hing in dem Gewirr der geschmeidigen »Äste«, die sie langsam in die Höhe zogen. Fartuloon hatte den überraschten Schrei Ischtars gehört, war stehen geblieben und sah sich um. Sein *Skarg* war viel zu kurz, um von Nutzen zu sein. Ra hingegen hob den Strahler. Fartuloon wollte eine Warnung rufen, sah aber zu seiner Erleichterung, dass Ra die Waffe wieder sinken ließ, hastig in den Gürtel schob und dann an einem stabil wirkenden Ast in die Höhe kletterte.

»Schneide sie weiter oben ab!«, rief der Bauchaufschneider hinter ihm her; seiner Stimme war anzumerken, wie sehr er sich darüber ärgerte, nicht so gelenkig und geschickt zu sein wie der Barbar. Dieser war bald auf gleicher Höhe mit Ischtar, die ihn mit ihren Blicken gespannt verfolgte, während die lebenden Zweige sie immer weiter in die Höhe zogen. Wahrscheinlich waren sie die Fangarme einer riesigen Fleisch fressenden Pflanze, die sich ihre Nahrung sogar von der untersten Ebene und vielleicht vom Boden selbst besorgte. Wollte man sie erledigen, nützte das Verbrennen einiger Fangarme wenig. Vielmehr musste das Zentrum des Geschöpfes selbst vernichtet werden. Das war der Grund, warum Ra das Risiko einging und Ischtar vorerst nicht zu befreien versuchte.

Er blieb in ihrer Nähe und rief ihr mehrmals beruhigende Worte zu. Sie gab keine Antwort und verhielt sich ruhig, wehrte sich auch nicht gegen die Umklammerung der Äste, schien zu wissen, was Ra plante. Als sie nach unten blickte, erkannte sie Fartuloon, der auf dem breiten Ast stand und ihr nachsah. Die Fangarme verschwanden in der Vegetationsebene etwa hundertfünfzig Meter über dem

Boden. Es gab eine Öffnung, und der Ast, an dem Ra emporkletterte, war von Grün umwuchert. Trotzdem stieg er weiter, bis er sogar Ischtar überholte und die Unterseite der Ebene erreichte. Er schob Moos und Gras beiseite, kroch durch einen dichten Dschungel und stand dann auf nahezu festem Untergrund.

Zehn Meter entfernt war ein Loch, mehr als fünf Dutzend eng gebündelter Fangarme füllten es fast aus. Sie alle endeten in einem Monstrum von Pflanze, dessen Blütenmaul weit geöffnet die Beute erwartete. Die Fangarme glitten langsam nach oben und verschwanden in dem gigantischen Körper des Schmarotzers. Ra stellte den Thermostrahlmodus auf schärfste Energiebündelung ein, wartete, bis Ischtar in der dichten Vegetationsdecke erschien, und eröffnete das genau gezielte Feuer in das Maul des Pflanzenungeheuers. Der Erfolg war verblüffend.

Das Maul schloss sich abrupt mit einem schmatzenden Laut, während die Fangarme ihren Halt zu verlieren schienen. Sie glitten aus der Pflanze zurück wie Ankerketten aus dem Bug eines Schiffes. Ischtar rutschte mit ihnen wieder auf das Loch in dem Vegetationsteppich zu und wäre in die Tiefe gestürzt, hätte Ra nicht blitzschnell gehandelt. Mit einem Satz war er bei dem Astbündel und packte jene, die Ischtar hielten. Es gehörte eine beträchtliche Kraftanstrengung dazu, ihr Gewicht und das der Äste zu halten, aber es gelang ihm. Mit letzter Anstrengung zog er sie auf »festen Boden« und zerschnitt die Fangarme mit seinem Messer. In ihren Augen war Dankbarkeit. Vielleicht war es das, was Ra in diesem Moment missverstand. Er zog sie an sich und versuchte sie zu küssen. Sie aber holte mit der Rechten aus und schlug ihm mit der flachen Hand ins Gesicht. Fast hätte Ra sie losgelassen, aber dann wäre sie vielleicht in das Pflanzenloch gerollt und in die Tiefe gestürzt.

»Warum?«, fragte er fassungslos.

Sie sagte mit eisiger Stimme: »Herzlichen Dank für die Rettung, Barbar, aber du glaubst doch nicht, dass ich meine Meinung geändert hätte?«

Ra stammelte hilflos: »Ich glaubte … ich …«

»*Denke* lieber! Wir müssen zurück zu Fartuloon.«

Er nickte zögernd, fand den Ast, an dem er heraufgeklettert war. Fartuloon stand auf einem sicheren breiten Ast, leuchtete herauf, gab gute Ratschläge und wirkte ungemein erleichtert, dass Ra mit

Ischtar zurückkehrte. »Tut mir Leid«, bekannte er, »dass ich nicht auf deine Warnung hörte. Wie konntest du wissen, dass sie die Fangarme einer Fleisch fressenden Pflanze sind?«

»Es war mehr eine Ahnung, dazu noch eine unlogische.«

»Unlogisch? Wieso?«

Ra grinste schwach. »Hätte das Ungeheuer logisch gedacht, wärst gerade du die bessere Beute gewesen, denn du wiegst deutlich mehr als Ischtar. Aber sie verschonte dich, was ich niemals begreifen werde.«

Fartuloon verzog das Gesicht. »Du entwickelst einen merkwürdigen Sinn von Humor.«

»Humor?« Ras Grinsen verschwand. »Es ist doch wirklich merkwürdig, dass sie dich weitergehen ließ und ausgerechnet Ischtar schnappte, die viel weniger wiegt.«

Fartuloon warf ihm einen bezeichnenden Blick zu. »Vielleicht liebt sie Frauenfleisch mehr? Oder *Varganenfleisch?*«

Ischtar enthielt sich eines Kommentars.

Das Dickicht wurde immer undurchdringlicher, je näher sie dem Hauptstamm kamen. Ständig begegneten ihnen die Lebewesen dieser Urwelt. Die Tiere waren nicht so schlimm wie die heimtückischen Fleisch fressenden Pflanzen, deren Beweglichkeit selbst Ra verblüffen musste. Scheinbar aus dem Nichts schossen Fangarme hervor und suchten ihr Opfer, und nur den schnellen Reaktionen von Ischtar und Ra war es zu verdanken, dass sie erfolglos blieben. Fartuloon hatte genug damit zu tun, mit dem *Skarg* einen Weg durch den Dschungel zu schlagen.

Das Sonnenlicht drang kaum noch bis in diese Tiefen vor. Alle Lebewesen, die hier unten vegetierten, hatten sich an das ewige Dämmerlicht und an die totale nächtliche Finsternis gewöhnt. Sie sahen besser als die drei Eindringlinge und besaßen so gewisse Vorteile. Fartuloon wieder hatte die Spitze der Gruppe übernommen, nachdem Ra ihn eine Weile abgelöst hatte, schwang das *Skarg*, als befinde er sich in einer Schlacht. Was ihm im Weg stand, schlug er nieder. Er wusste, dass die Zeit knapp wurde. Rücksichtnahme konnten sie sich nicht leisten. Der *Baum der Erinnerungen* war anders als die anderen Bäume, schien auf seine Weise vielleicht sogar zu denken und zu fühlen. Eine Atmosphäre der Drohung umgab ihn und alles, was in ihm lebte oder vegetierte. Es war, als hole er zum entscheidenden Schlag gegen die drei Fremden aus, die nicht auf diese Welt gehörten. Der Ast, auf dem sie vordrangen, besaß bereits einen Durchmesser von mehr als fünfzehn Metern, war wie ein Pfad und musste direkt zum Hauptstamm führen. Und der Hauptstamm wiederum entsprang den Wurzeln.

»Wir haben es bald geschafft«, sagte Ischtar optimistisch.

Fartuloon blieb stehen und schlenkerte seinen Arm aus. »Ja, natürlich haben wir es bald geschafft, wenigstens bis zu deinem *Baum der Erinnerungen*. Aber schließlich müssen wir den ganzen Weg wieder zurück, ganz abgesehen von den Schwierigkeiten, die uns der Baum selbst noch bereiten kann, und dann kommen noch die Toten Augen und die von dir erwähnte *Wächterin*. Ich weiß nicht, ob es vernünftig war, deinem Rat zu folgen.«

Die Varganin sah ihn geheimnisvoll lächelnd an. Hinter ihr war Ra mit dem schussbereiten Strahler. »Es *war* richtig, das wirst du bald erkennen. Gerade du solltest doch wissen, dass häufig ein kleiner Umweg schneller zum Ziel führt. Wir werden Atlan sehr bald gefunden haben, wo immer er auch sein mag.«

Fartuloon knurrte etwas Unverständliches, sah auf seine Uhr und sagte: »Weiter.«

Während das dunkle Grün immer intensiver und dichter wurde, gab es nun weniger Tiere, je weiter sie vordrangen. Dafür begegneten sie immer öfter verschiedenen Arten von Fleisch fressenden Pflanzen. Pflanzen und Laub waren so feucht, dass sie nur schwer Feuer fingen – ein natürlicher Schutz gegen die ständigen Vulkanausbrüche. Allmählich stiegen sie in die unterste Region über dem Boden hinab. Dieser bestand aus nacktem Felsen und Sumpfseen, die mit pflanzenüberdeckten Mooren wechselten. In ihnen lagen große Echsen oder Saurier und lauerten auf Beute. Ihre Augen bewegten sich kaum, wenn sie die Bewegung über sich sahen, aber sie warteten. Fartuloon tat ihnen nicht den Gefallen, noch einmal auszurutschen und in ihr weit geöffnetes Maul zu fallen. Er blieb doppelt vorsichtig. Als sie schon den gewaltigen Hauptstamm sahen, passierte es …

Der Sumpf lag hinter ihnen, der Boden war trockener, sogar vereinzelte Büsche mit fingerlangen Dornen wuchsen zwischen den überdimensionierten Wurzeln, die von dem Hauptstamm aus in alle Richtungen verliefen. Zwei solcher Wurzeln mit einem Durchmesser von mehr als dreißig Metern flankierten als Säulen eine dunkle Öffnung. Davor war glatter Felsen, ein künstlich erschaffenes Plateau, in das Stufen eingeschmolzen worden waren. An einigen Stellen wuchs Gras aus den Ritzen.

»Vorsicht!«, rief Ischtar. »Die Wächterin der Toten Augen hat uns bemerkt!«

Fartuloon blieb ruckartig stehen. »Wo?«

»Dort, im Höhleneingang!« Angestrengt sah er in das dämmerige Dunkel, aber er konnte nur den viele hundert Meter durchmessenden Stamm, das Loch darin und die Wurzeln erkennen. Und eine der Wurzeln schien sich zu bewegen – genau auf ihn zu. Der Ast, auf dem er mit Ischtar und Ra stand, befand sich knapp acht Meter über dem Felsplateau. »Fartuloon! Sie kommt ...«

Die »Wurzel«, gut zwei Meter dick, schnellte plötzlich fast senkrecht in die Höhe und prallte gegen den Ast, auf dem Fartuloon und die anderen standen. Die Erschütterung war so stark, dass Ra taumelte und in die Tiefe gestürzt wäre, hätte er nicht reaktionsschnell seine Waffe fallen lassen und sich an den Schlingpflanzen festgehalten. Ischtar, rechtzeitig gewarnt, sprang zur Seite und klammerte sich an einem Nebenast fest, der ihr genügend Halt gab. Allerdings benötigte sie beide Hände, so dass es ihr unmöglich wurde, den eigenen Strahler einzusetzen. Am schlechtesten erging es Fartuloon, der die Hauptwucht des Aufpralls mitbekam. Außerdem behinderte ihn das *Skarg*, seine linke Hand genügte nicht, um sich irgendwo festzuklammern. Er rutschte ab und landete genau auf dem zuckenden »Etwas«, das alles andere als eine Wurzel war. Es war der schuppige Leib einer *gigantischen Riesenschlange*, wie sie selbst Fartuloon noch nie erblickt hatte. *Die Wächterin!*

Er glitt schräg nach unten, bis er das kleine Felsplateau direkt unter sich sah, und rettete sich mit einem entschlossenen Sprung auf den festen Boden. Ein Blick zum Baum hinauf zeigte, dass Ischtar und Ra in Sicherheit waren. Die Schlange verließ die Höhle – war mindestens dreißig Meter lang. Ihr Kopf stieß von oben auf ihn herab. Fartuloon packte den Griff seines Schwertes fester und wich ein wenig zurück, suchte einen sichereren Stand. Da Ischtar nichts davon erwähnt hatte, dass es verboten sei, die Wächterin der Toten Augen anzugreifen oder zu töten, war er zu allem entschlossen.

Der Kopf der Schlange war riesig. Das breite geöffnete Maul entblößte zwei Reihen scharfer und spitzer Zähne, eine mächtige, gespaltene Zunge zuckte hervor. Fartuloon verspürte wenig Lust, sich verspeisen zu lassen. Sein Schwert zuckte vor und schnitt einen Teil der Zunge ab. Der Kopf der Schlange fuhr zurück, der Leib ringelte sich zusammen, um dem Kopf mehr Bewegungsfreiheit zu geben. Weiter oben machte Ra Anstalten, den Baum zu verlassen. Fartuloon bemerkte es aus den Augenwinkeln heraus. »Oben bleiben!«, rief er. »Ich werde schon allein mit dem Biest fertig.«

Er fixierte die schillernden Augen, die ihn offenbar hypnotisieren wollten – wenigstens hatte er diesen Eindruck. Ischtar war auf den dicken Ast zurückgekehrt, auf dem auch Ra stand. Sie schüttelte den Kopf, als er ihren Strahler haben wollte. »Fartuloon hat Recht. Wir würden ihn nur gefährden. Wir greifen nur im Notfall ein.«

»Ist das hier vielleicht keiner?«

»Nein, noch nicht.« Zu Fartuloon gewandt, rief sie: »Aufpassen! Die Wächterin hat nicht nur einen, sondern *drei* Köpfe!«

Gebannt sahen sie auf das Plateau hinab, wo sich der Bauchaufschneider auf den nächsten Angriff vorbereitete. Er hielt sein Schwert waagerecht, die Spitze war genau auf den Kopf der Schlange gerichtet, die noch zögerte. Aus der verletzten Zunge tropfte eine dunkelrote Flüssigkeit auf den Fels. Dann stieß das Ungeheuer abermals zu, aber Fartuloon war darauf gefasst. Mit einer blitzschnellen Bewegung sprang er einen Schritt auf den Angreifer zu und ließ das Schwert kreisen. Ein weiterer Teil der vorschnappenden Zunge fiel dem Streich zum Opfer, außerdem ritzte die scharfe Spitze den Hals der Schlange an einer empfindlichen Stelle. Auch hier trat sofort Blut aus der Wunde.

»Das nächste Mal schlage ich ihr den Kopf ab«, versprach der Bauchaufschneider, über die eher langsamen Reaktionen seines Gegners ein wenig verblüfft. Grünliches Feuer huschte die Klinge des Dagorschwerts entlang und begann zu pulsieren. »Ich glaube, da ist der Panzer am dünnsten.«

Der Kopf der Schlange schaukelte langsam hin und her, die Augen starrten Fartuloon unentwegt an. Weiterhin ging von ihnen eine lähmende Wirkung aus, die er jedoch erfolgreich abwehren konnte. Er wartete, bis der Hals in die günstigste Schlagposition kam, sprang einen weiteren Schritt vor und schlug mit aller Kraft zu. Die Riesenschlange reagierte abermals viel zu langsam, wich nicht einmal zurück, sondern riss das Maul nur noch weiter auf, als wolle es Fartuloon in einem Stück schnappen. Das Maul blieb auch offen, als der Kopf – von seinem Rumpf getrennt – davonrollte. Er fiel in das Dornengebüsch und verschwand darin. Fartuloon blieb stehen und wartete darauf, dass der Körper der Schlange zusammensackte, aber er wartete vergeblich.

Von oben rief Ischtar: »Sie ist nicht tot! Sie greift wieder an …«

Fartuloon wich vorsichtshalber ein paar Meter zurück, als ihn die beiden angekündigten Köpfe zu gleicher Zeit angriffen und aus dem Dickicht schnellten. Sie kämpften mit einer anderen Taktik als der erste Kopf – und vor allen Dingen gemeinsam. Sie kamen von beiden Seiten und nahmen ihn in die Zange. Um sie nicht näher herankommen zu lassen, hob er das Schwert und drehte sich so schnell, dass den Köpfen keine Zeit blieb, auf Fartuloon herabzustoßen. Dann stieß er überraschend zu. Das *Skarg* drang fast bis zum Griff in das weiche Halsfleisch des einen Angreifers ein, der nicht abgemilderte Schwung ließ die von Desintegratorenergie umgloste Scheide seitlich wieder herausdringen. Der Kopf wurde zwar nicht vom Rumpf getrennt, kippte aber nach unten und schien leblos zu werden. Nun hatte die Schlange nicht mehr Köpfe als jede andere auch, allerdings war sie wesentlich größer und inzwischen auch vorsichtiger. Sie begann, sich in die Höhle zurückzuziehen, mit dem Schwanz voran.

Ischtar rief: »Töte sie! Wir helfen dir!«

»Ihr bleibt, wo ihr seid!«, rief er und folgte der Schlange.

»Sie lockt dich in eine Falle.«

Fartuloon winkte ab und bewegte sich schneller, um dem Riesentier den Rückzug abzuschneiden – der halbe Körper war bereits in der Baumhöhle verschwunden. Er erreichte die Säulenwurzel neben der Höhle. Der Schlangenkopf sah in eine andere Richtung und schien ihn zu suchen, während der Leib weiter in die Höhle glitt. Fartuloon hob das Schwert und packte es mit beiden Händen. Die Schneide schwebte über dem schuppigen Leib, der dünner wurde, bis er sich dreifach teilte. Ein Hals war ohne Kopf, am zweiten hing pendelnd der leblose nach unten, nur der dritte war noch voll aktiv. Fartuloon wartete, bis der Nacken genau unter dem *Skarg* war, dann ließ er es mit aller Wucht herabsausen. Ra half Ischtar, vom Baum zu klettern. Sie wirkte erschöpft, als habe sie die

Schlange besiegt, nicht Fartuloon, der sich ihr zuwandte: »So, Gnädigste, ich erwarte eine Erklärung, was es mit dieser Wächterin auf sich hat. So hast du die Schlange doch genannt, wenn ich mich nicht verhört habe.«

Sie nickte und lehnte sich gegen die Wurzel neben der Höhle. »Die Wächterin der Toten Augen des Sehers Vrentizianex – richtig! Sie wurde eigens für diesen Zweck gezüchtet und hierher gebracht. Du hast sie getötet, die einzige Möglichkeit, in die Höhle zu gelangen.«

Fartuloon hielt sie fest, als sie sich umdrehte. »Gibt es noch andere Wächter? Von dieser Schlange hast du uns ja auch nichts erzählt – bis es beinahe zu spät war.«

»Es gibt nur eine Wächterin. Ich wusste nicht, ob sie noch hier war.«

»Aha, sehr rücksichtsvoll. Ra, du sorgst für Rückendeckung, ich dringe in die Höhle ein.«

»Ich komme mit!«, sagte Ischtar bestimmt.

Fartuloon nickte gleichmütig, zog die kleine Stablampe aus einer Anzugtasche und schaltete sie ein. »Wie du willst – falls der holden Göttin der Gestank nichts ausmacht, bitte.«

In der Tat schlug ihnen aus der Höhle ein wahrer Pesthauch entgegen, der ihnen fast den Atem raubte. Der Stamm des *Baumes der Erinnerungen* schien im untersten Teil völlig ausgehöhlt zu sein. Stufen führten in die Tiefe unter den Wurzeln, nach kurzer Zeit erreichten Fartuloon und seine Begleiter den Schwanz und damit das Ende der toten Schlange.

»Es stinkt bestialisch«, stellte Ra überflüssigerweise fest.

»Halt dir die Nase zu«, riet der Bauchaufschneider. Am Ende der Treppe befanden sie sich etwa zehn Meter unter dem Felsplateau. Der Boden war weich und mit fahlem Moos bedeckt, das in der Dunkelheit fahl leuchtete. Die Höhle selbst war keineswegs natürlichen Ursprungs. Ra, der seinen Kombistrahler wieder an sich genommen hatte, blieb stehen, als Fartuloon und Ischtar den Rundraum erreichten, der zugleich das Ende der Höhle darstellte. Der Schein der Anzuglampen wanderte über die verschlungenen Baumwurzeln an den Wänden, über den unebenen Boden und die Decke aus versteinertem Holz. Fartuloon sagte grimmig: »Eine halbe Ewigkeit sind wir durch diese überdimensionierte Wildnis geklettert, haben mit einer dreiköpfigen Androidenbestie gekämpft, und nun? Ich sehe nichts, was den Toten Augen eines Sehers auch nur ähnlich sähe. Du vielleicht?«

»Schalt die Lampe aus.«

»Ich soll – was?«

»Dann wirst du die Augen sehen.« Er brummte Unverständliches, dennoch schaltete er das Licht aus; Ischtar und Ra ebenfalls. Die Höhle wurde nicht absolut dunkel. Moos, schleimige Pilze und Wurzeln glommen weiterhin sanft und verbreiteten eine diffuse Dämmerung, die allmählich sogar intensiver zu werden schien. Das versteinerte Holz an der Decke glomm ebenfalls. Im Hintergrund des abschließenden Rundraums war das Leuchten ein wenig stärker, kam aus einer Mulde an der Wand, formte einen bleichen Kegel und zeichnete an der feuchten Decke wenige Meter darüber ein Oval. »Geh hin und sieh es dir an.«

Fartuloon zögerte. »Sind sie das?«

»Geh hin!«

Als er näher an die Mulde herantrat, sah er, dass es zwei fahle Leuchtquellen gab, nicht nur eine. Sie ruhten, rund wie ein Kinderball, nebeneinander in der mit Moos ausgefüllten Vertiefung.

»Siehst du sie?«, fragte Ischtar.

»Ich sehe zwei Kugeln, aber sie sind zu groß für Augen.«

»Sie sind es – die Toten Augen von Vrentizianex! Wir sind am Ziel.«

Fartuloon blieb skeptisch. »Ich sehe nur zwei schwach leuchtende Kugeln, das ist alles. Wie sollen sie uns helfen, Atlan zu finden?«

»Nimm sie aus der Mulde. Aber sehr vorsichtig. Sie dürfen nicht verletzt werden.« Ischtar war herbeigekommen. Er seufzte und schaltete die Stablampe wieder ein, um sich die beiden rätselhaften Gegenstände genauer ansehen zu können. Sie schienen fest mit ihrer Unterlage verbunden zu sein, waren weißgelb, von feinen Äderchen durchzogen und erreichten die Größe einer Kinderfaust. Aber sie besaßen keine Pupillen oder Iris, sonst hätten sie in der Tat wie Augen ausgesehen. Ra überwand seine Scheu und ging weiter, bis er neben Ischtar stand. Er starrte verständnislos auf die weißgelben Kugeln.

»Und jetzt?«, erkundigte sich Fartuloon.

»Aus der Mulde nehmen«, wiederholte Ischtar. »Es gibt eine Symbiose mit dem *Baum der Erinnerungen*. Du musst die Verbindungsfasern durchtrennen.«

»Ich dachte, es seien die *Toten* Augen? Wie sollte es da eine Symbiose geben?«

»Schneide sie durch.«

Fartuloon war trotz aller Zweifel in seinem Element, schließlich war er ein hervorragender Arzt und Chirurg – ein echter Bauchaufschneider der vornehmen Arkoniden. Vorsichtig berührte er den linken Augenball und hatte das Gefühl, dass er aus hartem Gummi bestand oder aus einer Kunstmasse, die an Gummi erinnerte. Es gelang ihm, das Auge etwa zehn Zentimeter anzuheben, dann erst spürte er den Widerstand. Im Licht der Lampen sahen sie die feinen, haardünnen Würzelchen, die in das Moos reichten. »Wahrhaftig – mit dem Baum verbunden.«

»Schneide die Wurzeln durch«, drängte Ischtar, die die Augen geschlossen hatte und sich konzentrierte.

Der Bauchaufschneider zuckte die Achseln, zog das Auge ein wenig nach oben, damit die Wurzeln gestrafft wurden – und schnitt sie durch, eine nach der anderen, bis die Kugel frei war. »Halte sie fest. Nicht fallen lassen.«

Ra nahm den Gegenstand nur zögernd und rührte sich nicht vom Fleck. Die zweite Operation gelang ebenfalls, zumindest passierte nichts. Das zweite Auge kam frei, während sich die Wurzeln abrupt in das dichte Moospolster zurückzogen. Fartuloon nahm Ra das erste Auge wieder ab. Ischtar betrachtete die unbedeutend wirkenden Bälle. Es schien, als warte sie auf etwas, aber sie schwieg.

»Und nun?« Wer Fartuloon genau kannte, hörte aus seiner Stimme den Unterton von Ungeduld heraus. »Jetzt haben wir die Dinger. Kannst du mir verraten, wie sie uns helfen sollen, Atlan oder Magantilliken zu finden? Die Toten Augen eines Sehers?«

»Urteile nicht voreilig«, ermahnte ihn Ischtar. »Sie müssen erst unsere Gedanken verarbeiten und erfahren, was wir von ihnen wollen. Alles dauert seine Zeit.«

»Unsere Gedanken?« Fartuloon betrachtete die beiden Augen voller Skepsis. »Sind die vielleicht telepathisch begabt?«

Ischtar gab keine Antwort, konzentrierte sich abermals, als wolle sie einen stummen Befehl erteilen. Unentwegt blickte sie auf die beiden Augen, fast starr wirkend, die eigenen Augen selbst weit geöffnet. Endlich sagte sie: »Viele meines Volks verfügen über starke paranormale Kräfte, doch der Kyriliane-Seher sah Dinge, die er niemals hätte sehen dürfen, denn er sah, was immer er sehen *woll-*

*te* – deshalb wurde er bestraft. Vrentizianex' Augen wurden entnommen, durch Kristalle ersetzt und er selbst zu einer anderen Welt gebracht. *Helpakanor*, wenn ich mich richtig erinnere. Die Kristalle seiner neuen Augen wirkten als natürliche paranormale Sperre, so dass er niemals zu seinen eigenen zurückkehren konnte, die Kristalle andererseits aber auch nicht herauslösen konnte. Unsterblich wie alle Varganen, sollte er eine Ewigkeit leiden und tausend Tode sterben, ohne wirklich vergehen zu können – so lautete das Urteil. Ein Urteil, an das sogar Magantilliken gebunden sein dürfte. Wenn überhaupt, wird er Vrentizianex als Letzten töten. Ich sagte es schon Atlan: ein dunkles Kapitel aus weit zurückliegender Vergangenheit, dessen Einzelheiten ich nur am Rande mitbekam und ansonsten vom Hörensagen kenne.«

Fartuloon lehnte sich fröstelnd gegen die feuchtkühle Wand der Höhle.

»Diese Augen, von denen du glaubst, dass sie wertlos seien, haben mehr gesehen als wir drei zusammen. Und sie können uns weit Entferntes wie auch Verborgenes zeigen, unabhängig von der Distanz. Man muss sich nur auf sie mental einstimmen.«

Es war völlig still in der Höhle, nur das Atmen war zu hören und das gelegentliche Herabfallen von Wassertropfen. Fartuloon begriff sofort die Bedeutung von Ischtars Worten. Doch in erster Linie ging es jetzt darum, Atlan zu finden. Der Bauchaufschneider wandte seine Aufmerksamkeit den Augen zu, die er in seinen Händen Ischtar entgegenhielt. Sie leuchteten noch immer schwach, aber manchmal war es, als huschten Schatten über sie hinweg. Die feinen Äderchen pulsierten, wurden zu sanft glühenden Drähten; fast sah es so aus, als wollten sie sich zu ganz bestimmten Mustern ordnen – und das geschah bei beiden Augen synchron. Obwohl Fartuloons Geduld auf eine harte Probe gestellt wurde, verhielt er sich ruhig und abwartend. Immerhin hielt er keine leblosen Gummibälle in der Hand.

»Sie haben Atlan gefunden«, sagte Ischtar plötzlich und unterbrach das Schweigen. »Gleich werden wir wissen, wo er sich befindet.«

Nun starrten auch Fartuloon und Ra angestrengt auf die schimmernden und sich ständig verändernden Augen des Sehers, auf denen sich allmählich Bilder abzuzeichnen begannen. Einzelheiten waren noch nicht zu erkennen, die Teilstücke mussten sich erst ordnen. Eine Szene entstand auf den Wölbungen der Augen, chaotisch noch, dann deutlicher und klarer. Fartuloon erkannte den mehrfach geteilten Kegel eines Vulkans, dazwischen Bruchstücke eines seltsam geformten Riesenbaumes, schließlich Atlans Gesicht …

»Es dauert nicht mehr lange«, flüsterte Ischtar triumphierend. Immer deutlicher wurde das Bild, auch Fartuloon konzentrierte sich nun auf Atlan. Er lebte! Aber er befand sich offensichtlich in Schwierigkeiten. Der Vulkan war nun vollständig und in seiner Form unverkennbar. Fartuloon wusste, dass er ihn schon auf den Höhenbildern gesehen hatte. Auch der Baum, der am Hang des Vulkans wuchs, würde leicht zu finden sein. Zweifellos war Atlan der Gefangene dieses Baums.

»Wir müssen sofort zurück zur F-eins, müssen zu dem Vulkan«, knurrte Fartuloon in die Stille und zögerte. Es war ihnen klar, dass Magantilliken ihnen eine Falle gestellt hatte. Er hatte Atlan ausgesetzt und würde in der Nähe warten, um Ischtar endlich töten und damit seinen Auftrag erfüllen zu können, den er aus der Eisigen Sphäre erhalten hatte. Trotzdem blieb ihnen keine andere Wahl. »Sind es wirklich *Augen?* Deine Geschichte klingt zu phantastisch.«

»Und was ist mit Kolchos Auge? Atlan hat mir davon erzählt. Es *sind* die Toten Augen des Kyriliane-Sehers.«

Er schnaubte wütend. »Ja, ja, das hast du schon ein paarmal gesagt. Ich will wissen, *wie* sie funktionieren.«

Darauf gab sie keine Antwort, sondern sagte nur: »Wir müssen jetzt gehen … Ich frage mich, warum die Augen nicht auf meine Frage nach Magantilliken reagiert haben.«

Fartuloon gab auf, schob die Augen in seine Tragtasche und ging voran. Die beiden anderen folgten wortlos.

Über den Kadaver der toten »Wächterin« erreichten sie das Freie. Hier hatte sich nichts verändert. Über dem dicken Vegetationsteppich des Baumes war die Sonne längst untergegangen. Eine Prüfung der Gürtelaggregate ergab, dass sie weiterhin von den Kräften des Hypersturms gestört waren. Der Bauchaufschneider seufzte und deutete auf den nächsten Ast, der in die Höhe führte. »Halten wir uns nicht länger auf. Wir steigen bis dicht unter den Wipfel, dort kommen wir am schnellsten voran. Ischtar wieder in die Mitte, und du, Ra, gehst dicht hinter ihr. Fertig? Dann los!«

Während des Aufstiegs versuchte er mehrmals Kontakt mit Morvoner aufzunehmen, hatte aber erst beim fünften Versuch Erfolg. In der FARNATHIA gab es ebenfalls technische Aussetzer, sonst war alles unverändert. Sie kamen gut voran und wichen den Fleisch fressenden Pflanzen aus. Auch in größerer Höhe waren die Äste stark genug, Fartuloon, Ischtar und Ra zu tragen. Die Botiks ließen sich kaum sehen. Einmal tauchte im Licht der Lampen ein ganzes Rudel auf und versperrte ihnen den Weg. Es steckte keine bösartige Absicht dahinter, und Fartuloon hatte das Gefühl, dass sie einfach nur spielen wollten. Doch zum Spiel war jetzt keine Zeit. Er brüllte sie an, sie wichen ein wenig zurück. Aber dann hielten sie sein Gebrüll wohl für eine Art Aufforderung. Wie auf Kommando begann ein ohrenbetäubendes Konzert aus mehreren hundert Kehlen. Das war ein schrilles Gekreische mit quietschenden Aufschreien und gellenden Pfiffen, die jedem Schiedsrichter bei einer Sportveranstaltung das Blut in den Adern hätten gefrieren lassen.

Fartuloon hielt sich entsetzt die Ohren zu und nickte Ra zu. »Atlan ist in Gefahr, wir dürfen keine Zeit vergeuden. Schieß endlich! Wir müssen weiter!«

Ischtar hatte festen Halt gefunden und ihre Waffe gezogen, begann als Erste zu feuern. Ra folgte ihrem Beispiel. Die Botiks purzelten gelähmt von ihren Ästen und verschwanden zwischen dem undurchdringlichen Grün der oberen Ebenen. Es war so gut wie ausgeschlossen, dass sie allzu tief stürzten, denn früher oder später wurden sie von den Vegetationsteppichen aufgefangen. Es musste schon ein Zufall sein, fiel einer von ihnen ausgerechnet in das weit geöffnete Maul einer der bunten Blüten, und wenn, würde die Wucht des Aufpralls der gefräßigen Blume kaum gut bekommen. Es war ein Spiel, das den Botiks überhaupt nicht gefiel. In wilder Flucht stoben die von den Lähmstrahlen Verschonten davon und brachten sich eiligst in Sicherheit. Fartuloon nickte seinen Begleitern zu und ging weiter.

Den Armbandinstrumenten zufolge waren sie schließlich nur noch zwei Kilometer vom Beiboot entfernt, als Fartuloon stehen blieb. »Legen wir eine Rast ein. Eigentlich müsste der Hypersturm bald nachlassen, dann können wir endlich ohne Gefahr die Fluggeräte einsetzen und den Restweg fliegen.«

Sie aßen von ihren Konzentraten und ruhten sich eine Tonta aus.

Ringsum war die Wildnis mit ihren Geräuschen. Überall raschelte es in den Zweigen, manchmal hörten sie einen Botik kreischen. Aber das beunruhigte sie nicht sonderlich. Ihre einzige Sorge war, Atlan rechtzeitig zu finden. Nochmals konzentrierte Ischtar sich auf die Toten Augen, die Bilder blieben gleich. Abermals gab es jedoch keine Reaktion auf ihre Frage nach dem Henker der Varganen, woraufhin der Bauchaufschneider vermutete. »Wird wohl mal wieder sein Bewusstsein in die Eisige Sphäre zurückgezogen haben.«

»Möglich«, flüsterte Ischtar, aber Fartuloon entging nicht die Skepsis und Verunsicherung in ihrer Stimme.

Schließlich brachen sie wieder zu Fuß auf; der Hypersturm hatte nicht nachgelassen und störte weiterhin die hyperenergetischen Funktionen der vergleichsweise schwachen Gürtelaggregate. Die Lampen spendeten zwar Licht, aber der Schein reichte nicht sehr weit. Immerhin genügte es, immer den richtigen Ast zu finden, auf dem es weiterging. Ischtar war nun dicht aufgerückt und kletterte unmittelbar hinter ihm, gefolgt von Ra, der seinen TZU-4 in den Gürtel geschoben hatte, um beide Hände frei zu haben. Fartuloon sah auf das Armbanddisplay. »Noch dreihundert Meter, etwas nach links.«

Sie fanden den richtigen Ast, dann sahen sie im Schein der Sterne die silbern glänzende Kuppel des Beiboots durch die letzten Zweige schimmern. Fartuloon atmete erleichtert auf. Nun waren sie am Ziel und konnten mit der Suche nach Atlan beginnen. Er blieb abrupt stehen, als er den Schatten vor sich sah. Ein Botik? Er richtete den Strahl der Lampe auf den Schatten und hielt unwillkürlich die Luft an, als er den alten Mann im Lendenschurz sah. Er stand auf dem Ast nahe der F-1 und hatte beide Hände zum Zeichen des Friedens erhoben. Seine Augen waren weit geöffnet.

*Als der dritte Jäger mit seiner Meldung zurückkam, dass sich das Schiff aus dem Himmel weiterhin unbeweglich und von seinen Insassen verlassen am gleichen Fleck befand, wurde Kara ungeduldig. Sie rief Teron zu sich und sagte: »Was ist mit den Fremden? Sie kletterten in den Baum der Wunder und kommen nicht zurück. Wurden sie bestraft? Hast du eine Antwort?«*

*»Ich habe keine Antwort, aber ich bin bereit, sie für uns alle zu holen. Gib mir die Erlaubnis, den Heiligen Baum zu betreten.«*

*»Du willst …« Sie starrte ihn fassungslos an, dann schüttelte sie den Kopf. »Ich kann dir eine solche Erlaubnis nicht geben, aber ich werde es dir auch nicht verbieten. Genügt das?«*

*»Sage den Jägern Bescheid.«*

*»Einer wird dich zum Heiligen Baum begleiten.«*

*Teron brach sogleich auf, wollte keine Zeit verlieren. Die Frage nach der Vergangenheit seines Volkes brannte ihm so auf der Seele, dass er die Antwort wissen musste, wie immer sie auch ausfallen sollte. Die Fremden würden sie geben können, davon war er überzeugt. Sie erreichten das Grenzgebiet, die Jäger wurden unterrichtet und ließen Teron passieren. Sie sahen in ihm einen Todeskandidaten, denn niemand betrat ungestraft den Heiligen Baum. Teron aber kletterte mühsam auf der obersten Ebene bis zu dem schimmernden Objekt, das vom Himmel gekommen war. Er hielt sich in respektvoller Entfernung, denn er wusste, dass der Schein den Tod bedeutete. Auch das hatte er in den alten Aufzeichnungen gelesen. Es wartete geduldig, blieb auf seinem Posten, obwohl ihn die Müdigkeit zu überwältigen drohte.*

*Kurz vor der Morgendämmerung hörte er ein ungewohntes Geräusch und Stimmen. Seine Stammesbrüder konnten es nicht sein, denn die hielten sich in der entgegengesetzten Richtung auf und waren auch zu weit entfernt. Vorsichtig erhob Teron sich und sah in der Ferne Lichter durch die Äste und Zweige wandern. Es war keine Fackel, das erkannte er sofort. Es mussten die Fremden sein, die von ihrem Ausflug zurückkehrten. Er umrundete das kleine Schiff in respektvollem Abstand, dann blieb er stehen und wartete.*

Fartuloon überwand seine Überraschung und wusste sofort, dass von dem alten Mann keine Gefahr drohte, wer immer er auch sein mochte. »Wer bist du?«, fragte er verblüfft.

Er war noch verblüffter, als der Alte ihm in *Satron* antwortete: »Ich bin Teron, der Älteste meines Stammes. Die Königin Kara schickt mich, damit ich dir Fragen stellen kann. Wirst du antworten?«

Ischtar drängte sich neben Fartuloon. »Wir haben keine Zeit …«

Fartuloon schob sie ein wenig unwirsch zurück. »Frage!«

»Ihr seid mit einem großen Schiff gekommen, das nun um unsere Welt kreist. Warum kamt ihr?«

»Wir suchen jemand. Was ist mit deinem Stamm? Lebt ihr schon immer hier?«

»Das ist es, was wir wissen wollen. Es heißt, unsere Vorfahren seien einst von einer anderen Welt gekommen, in einem Kugelschiff, das sie hier absetzte und wieder wegflog. Aber das muss schon lange her sein, viele Generationen. Warum wurden unsere Vorfahren zurückgelassen? Ihr müsst es wissen!«

Fartuloon schüttelte den Kopf. »Nein, wir müssen es nicht wissen, denn wir wissen nicht, was damals geschah oder warum. Aber es ist möglich, dass eure Vorfahren Meuterer waren, die dazu verurteilt wurden, den Rest ihres Lebens auf dieser Urwelt zu verbringen. Sie überlebten, ihr seid die Nachkommen.«

»Ja, so ist es gewesen«, stimmte Teron zu. »Nun weiß ich, dass die Überlieferungen nicht logen. Ihr seid also nicht gekommen, um uns in die alte Heimat zurückzuholen?«

Fartuloon erkannte mit einem Schlag die ganze Tragik der damals Ausgesetzten, aber er konnte ihr Schicksal nicht mehr ändern. Schon gar nicht das der Nachkommen, die eine neue Heimat gefunden hatten und sich im Großen Imperium nicht mehr zurechtfinden würden. »Nein, deshalb sind wir nicht gekommen, aber wir werden von eurem Schicksal berichten. Vielleicht kümmert man sich darum. Grüße deine Königin und deinen Stamm. Wir haben andere Aufgaben und müssen schnell weiter.«

»Warum wollt ihr nicht unsere Gäste sein? Es gibt noch viel zu berichten. Versteht doch: Wir haben die Erinnerung verloren.«

»Vielleicht ist das gut so, mein Freund.«

»Ich bin Teron, der Älteste des Stammes, und ich bitte dich, unsere Einladung anzunehmen: Kara würde mir zürnen, würde ich ohne euch zurückkehren.«

»Sie wird nicht zürnen.« Fartuloon griff in seine Tasche. »Hier, nimm das mit, als Geschenk von uns. Es ist ein Instrument, mit dem sich Feuer machen lässt. Du musst nur auf den Knopf drücken. Ihr werdet es gebrauchen können.«

Teron nahm das kleine, flache Kästchen und schob es in die Falten seines Lendenschurzes. »Ihr wollt uns also wirklich wieder verlassen?«

»Ja, wir müssen. Lebe wohl. Grüße deinen Stamm und Kara. Und nun weiche zurück, bis die Zweige dich schützen. Wir gehen jetzt ins Schiff.«

Wenig später startete die F-1 und nahm Fahrt auf. Ischtar warf Ra einen bezeichnenden Blick zu. Dieser blieb stumm. Im Innersten seines Herzens begann erneut der unheilvolle Kampf zwischen dem Wunsch, Ischtar zu besitzen, der Eifersucht und seiner Freundschaft zu Atlan, der gerettet werden musste.

# *21.*

Zercascholpek: *Teron zögerte, dann drehte er sich um und ging, tastete sich über den Stamm und hielt sich an den darüber hängenden Zweigen fest, bis er einigermaßen sicheren Boden in Form eines Pflanzenteppichs erreichte. Hier blieb er stehen, drehte sich um und sah die drei durch die Öffnung unter dem Schiff in dessen Inneres klettern, nachdem der Schein erloschen war. Die Öffnung schloss sich, und wenig später schwebte das Schiff langsam nach oben, gewann schnell an Höhe und verschwand in den von dem Vulkan herantreibenden Wolken.*

*Teron war wieder allein. In seiner Tasche fühlte er den kleinen Kasten, mit dem man Feuer machen konnte. Natürlich kannten die Koniden das Feuer, aber es war immer schwer, eines zu machen, weil ihr eigenes Gerät nicht mehr richtig funktionierte. Jetzt würde es einfacher sein. Teron fand auch in der Dunkelheit den Weg zurück zu den wartenden Jägern und berichtete ihnen von seiner Begegnung mit den Fremden. Sie wollten ihm nicht glauben, aber sie mussten es, als er ihnen das Feuerzeug zeigte.*

*Noch bevor der Morgen endgültig anbrach und es hell wurde, erreichten sie das Lager hoch oben unter den letzten Zweigen. Das Feuer brannte nur mäßig, einer der Jäger hielt Wache. Er sprang auf, als er die Rückkehrer bemerkte. »Wecke die Königin!«, befahl Teron, sich seiner neuen Autorität vollauf bewusst. »Ich werde ihr berichten, was geschehen ist.«*

*Kara wirkte verschlafen, aber als sie die Jäger und Teron am auflodernden Feuer sah, wurde sie munter. Schnell kam sie herbei. »Was haben die Fremden gesagt? Wo sind sie?«*

*Er berichtete wortreich von seiner Begegnung mit den beiden Männern und der Frau, wobei er reichlich übertrieb und seine Rolle als Vermittler hochspielte.*

*»Nun haben wir Gewissheit und werden sie unseren Kindern weitergeben«, sagte Kara. »Unser Leben geht weiter. Wir gehören hierher, auf unseren Baum und in unser Dorf. Jene, die mit uns verwandt sein mögen, sind nun Fremde. Wir haben nichts mehr mit ihnen gemeinsam. Vermutlich würden sie uns nur auslachen, wollten wir zu ihnen zurück. Die Fehler der Vergangenheit lassen sich nicht ändern. Sie lassen sich auch nicht rückgängig machen. Bron, du wirst morgen auf die Jagd gehen und ein Fenar mitbringen.«*

*Damit war für Kara das Thema erledigt. Aber auch für die übrigen Jäger und Frauen des Stammes. Die Männer gingen schlafen, denn sie hatten lange gewacht, während die Frauen sich an ihre gewohnte Arbeit machten. Auf Teron achtete niemand mehr; für kurze Zeit war er der Held gewesen, nun vergaß man ihn bereits wieder …*

In den letzten Tontas waren meine Körperkräfte langsam zurückgekehrt, die Wirkung des Paralysatorschusses, mit dem mich der Henker der Varganen außer Gefecht gesetzt hatte, war allmählich abgeklungen. Im gleichen Maße, in dem sich das Gefühl für meinen Körper wieder einstellte, war der Druck auf meine Gliedmaßen gewachsen. Der Baum, in dessen Geäst ich hing, war überaus empfindlich, reagierte sofort auf das kleinste Lebenszeichen seines Opfers. Bewegte es sich, zogen sich die elastischen Luftwurzeln und Zweige schlagartig enger zusammen. Es hatte mich alle Konzentration gekostet, die unvermeidlichen Zuckungen zu unterdrücken, die zu den typischen Nebenwirkungen gehörten, sobald die Paralyse endete. Einstweilen schien der Baum nicht zu wissen, was er von mir zu halten hatte. Er hielt mich fest umklammert, verstärkte aber den Druck auf meinen Körper nicht.

»Wenn ich diesen Magantilliken erwische …«, murmelte ich finster. Höhnisch grinsend hatte er mich in das sofort zuschnappende Astwerk des Vulkanbaums gestoßen. Die ungeschwächte Wirkung des Paralysators hatte verhindert, dass ich mich wehren konnte.

»Viel Vergnügen«, hatte der Henker gekichert, ehe er aus meinem Blickfeld verschwand. »Sobald die Paralyse nachlässt, wirst du erleben, was für einen reizenden Spielkameraden ich dir ausgesucht habe. Mit etwas Selbstbeherrschung kannst du überleben, wenigstens eine Weile.«

Mit Ausnahme der Muskeln, die willentlich nicht beeinflusst

werden konnten, unterlag die gesamte Muskulatur der Lähmung. Eine Ausschaltung des Herzmuskels hätte schließlich den sofortigen Tod bedeutet. Das Unangenehme eines Paralysatortreffers war der Umstand, dass die geistige Betäubung wesentlich schneller verflog als die Muskellähmung. Je nach Stärke des Schusses konnte man tontalang bei vollem Bewusstsein daliegen, ohne auch nur einen Finger krümmen zu können. Und genau dieses Schicksal hatte mir Magantilliken mit voller Absicht zugedacht.

Immerhin hatte mir die Zeitspanne zwischen dem geistigen Erwachen und der Rückkehr meiner Körperkontrolle Gelegenheit geboten, mich gedanklich auf die Lage einzustellen. So hatten mir die von Fartuloon beigebrachten Konzentrationsübungen geholfen, das unwillkürliche Muskelzucken zu unterdrücken, das sich stets einstellte, wenn die Nerven wieder fähig wurden, die Muskeln zur Tätigkeit anzuregen. Mit ganz behutsamen Bewegungen hatte ich festgestellt, dass ich wieder voll über meinen Körper verfügen konnte. Gehindert wurde ich nur noch von dem gnadenlosen Griff des Baums.

Drehte ich ganz langsam den Kopf nach rechts, konnte ich ein bleiches Skelett sehen, das ebenfalls im Geäst des Vulkanbaums hing. Es war Hinweis genug auf das, was mir bevorstand, machte ich einen Fehler. Den Kopf konnte ich bewegen, vorausgesetzt, ich ließ mir entsprechend viel Zeit. Mehr war mir nicht möglich. In dem Augenblick, in dem eine der Luftwurzeln von mir bewegt wurde, würden sie sich alle zusammenziehen und meine Brust zerquetschen. An dem Skelett konnte ich sehen, dass viele Knochen gebrochen waren. Mitten in der Stirn des Schädels klaffte ein großes Loch.

Über mir bewegten sich sacht die Blätter. Ein leichter Wind wehte, der mir aber keine Erleichterung brachte. Selbst für einen Arkoniden waren die Temperaturen mörderisch hoch. Pausenlos lief mir der Schweiß über das Gesicht und am Körper entlang. Es war durchaus strapaziös, den natürlichen Bewegungsdrang des Körpers tontalang zu unterdrücken. *Verlierst du weiterhin so viel Flüssigkeit*, meldete sich der Logiksektor, *wirst du spätestens nach zehn Tontas anfangen zu delirieren.*

Ich unterdrückte ein bitteres Lachen. Die knappe Analyse des Extrasinns besagte, dass ich tontalang zu warten hatte, bis mich der Durst völlig um den Verstand brachte. In diesem Zustand würde ich mich mit Sicherheit heftig bewegen und so wahrscheinlich von meinem Tod nicht mehr viel spüren. Wie die Zeit bis dahin aussehen würde, verschwieg der Logiksektor. An meinen Körper zu greifen, hatte ich gar nicht versucht. Ich wusste, dass Magantilliken mich entwaffnet hatte. Nicht einmal ein Flottenmesser aus Arkonstahl hatte er mir gelassen. Und mit den bloßen Händen auf diesen Baumriesen loszugehen wäre Selbstmord gewesen. Immerhin wusste ich eins – war ich von der Hitze und dem Durst zermürbt, konnte ich mich innerhalb kürzester Zeit umbringen. Ich brauchte nur zu zappeln …

Zu allem Überfluss peinigten mich die Sorgen um Fartuloon und meine anderen Freunde. Ich wusste von Magantilliken, dass er Ischtar und meine Begleiter mit mir als Köder nach Zercascholpek gelockt hatte, um hier die endgültig letzte Falle für Ischtar aufzustellen. Waren sie etwa schon tot? *Das sollte dir gleichgültig sein!* Wie immer nahm der Logiksektor keinerlei Rücksicht auf meine Gefühle. *Du solltest dich darum kümmern, wie du dem Tod entgehst.*

»Sehr weise.« Ich hatte festgestellt, dass der Baum auf meine Stimme nicht reagierte. Andernfalls hätte ich das erste schmerzliche Stöhnen nicht überlebt, das mir die Nachwirkungen des Paralysatorschusses entrissen hatten. Ich hätte sogar laut um Hilfe brüllen können, aber mir war klar, dass mich niemand hören würde. In dieser Lage konnten mir meine Freunde nicht helfen. Ein mittelgroßes Wunder hätte geschehen müssen, dass sie mich fanden, vorausgesetzt, sie waren überhaupt noch fähig, nach mir zu suchen. Meine Fingerspitzen ruhten auf den Armaturen meines Gürtels, aber ich erinnerte mich genau, dass Magantilliken sämtliche Speicherzellen entfernt hatte, bevor er mich meinem Schicksal überließ. Er hatte auch etwas von einem heraufziehenden Hypersturm gemurmelt. Ich konnte daher weder ein Zeichen geben noch die anderen Gerätefunktionen einsetzen. Der varganische Henker hatte an alles gedacht, auch daran, dass man auf einer unzivilisierten Welt wie dieser die Streustrahlung der Gürtelaggregate normalerweise mühelos anmessen konnte. Seit dreißigtausend Jahren war er auf der Jagd …

Ringsum war das dunkle, dämmrige Grün des Dschungels, angefüllt mit feuchtwarmer Luft, die nach Tod und Verwesung roch. Der dumpfe Moder mischte sich mit den Düften der Blumen und den Körpergerüchen der Tiere, die diese urtümliche Welt belebten. Intelligente Wesen, die mich hätten finden und retten können, schien es nicht zu geben. Zercascholpek war einstmals von den Varganen bewohnt worden, aber deren Spuren lagen zweifellos unter Urwald, Lava und Vulkanasche begraben. Selbst massivste Bauten konnten den Ansturm der alles überwuchernden Pflanzenwelt nur wenige Jahrhunderte überstehen. Laut Ischtar lag die Zeit der Varganen aber mehr als 675.000 Arkonjahre in der Vergangenheit. Ich wusste, dass bestimmte Pflanzenkeimlinge einiger Welten sogar in der Lage waren, zentimeterdicken Arkonstahl zu durchbohren. Die Jahrhunderttausende, die seit der Blütezeit der Varganen verstrichen waren, hatten sicherlich ausgereicht, auch die kleinsten Hinweise zu vernichten, die auf eine frühere Besiedlung hätten schließen lassen.

In meiner Nähe keckerten einige Tiere. Kaum handspannengroß, wiesen sie in ihrem fein gegliederten Körperbau erstaunliche Ähnlichkeiten mit arkonidischen *Sinaks* auf. Aus dem dichten, flauschigen Pelz, der intensiv rot schimmerte, wuchsen an den Schultern zwei beachtliche Schwingen aus dünner gelblicher Haut. Mit diesen Flügeln bewegten sich die Sinaks vorwärts, sofern sie keine Möglichkeit fanden, sich von Ast zu Ast zu schwingen. Dank der Griffsicherheit ihrer Füße bewegten sie sich mit größter Geschwindigkeit in den Baumkronen. Auch auf meinem Baum gab es diese Tiere – und erstaunlicherweise verzichtete die Riesenpflanze darauf, nach den Tieren zu schnappen. Waren sie für sie zu schnell? Oder enthielt das Fleisch der Sinaks einen Stoff, der den Vulkanbäumen nicht bekam?

Für kurze Zeit vergaß ich meine Sorgen und beschäftigte mich mit diesem Problem, bis mich der Logiksektor mit einem drängenden Impuls daran erinnerte, dass für solche Studien keine Zeit war. Eins der Tiere kam langsam näher und beäugte mich. Dem Tonfall seines Keckerns nach schien es mich zu beschimpfen. Ich blickte in zwei dunkelgrüne Augen, die in einem bemerkenswert arkonidenähnlichen Gesicht saßen. Anstelle einer Nase gab es einen mehrere Zentimeter langen hellblauen Fortsatz aus einem hornähnlichen Material. Wozu diese Verzierung dienen konnte, war mir ein Rätsel, aber sie schien nicht unwichtig zu sein, denn der Sinak kam mir langsam immer näher und richtete seinen Blick unverwandt auf meine Nase. Bald konnte ich den eigentümlichen Harzgeruch wahrnehmen, der dem Körper des Tieres entströmte.

»Hau ab!«, rief ich. »Verschwinde!«

Ich wusste nicht, was das Tier vorhatte, aber gut für mich würde es bestimmt nicht sein, dessen war ich mir sicher. Der Sinak …

*Das Sinak!*, unterbrach der Extrasinn mit dem lautlosem Hinweis auf eine Schulung, die in meinem fotografischen Gedächtnis gespeichert war. *Sinaks sind dreigeschlechtlich.*

Das Sinak streckte die dünnen Arme aus und tastete nach meiner Nase. Ich hatte Mühe, einen Schmerzensschrei zu unterdrücken, als mich das Tier ungeniert kniff. Immerhin gelang es mir, den Impuls zu unterdrücken, den kleinen Plagegeist mit einem Schlag davonzujagen. Die geringste Bewegung konnte mir den sofortigen Tod bringen. Auf dem Bauch des Sinaks erkannte ich einen kleinen Beutel, hinter dessen halb durchsichtiger Haut es im gleichen Hellblau schimmerte wie am Horn. Mit der Rechten fuhr das Sinak in den Beutel und kam mit einer Hand voll dieser Substanz zurück – und machte sich daran, mit der Beutelmasse meine Nase einzureiben. Ich wusste nicht, um was es sich bei dieser Masse handelte, aber das Zeug brannte fürchterlich.

»Verschwinde, du Ausgeburt aller stellaren Dämonen!«, brüllte ich. »Scher dich zu deinen Artgenossen zurück!«

Hätte ich Magantilliken nicht schon aus anderen Gründen inbrünstig verwünscht, hätten diese Augenblicke völlig ausgereicht, meine Wut auf ihn zu konzentrieren. Ich hatte den starken Verdacht, dass der Henker der Varganen diese Szenerie mit hämischer Genauigkeit vorausgesehen und einkalkuliert hatte. Ich hing wehrlos, den sicheren Tod vor Augen, im Geäst des Riesenbaums – und in Griffweite vor mir hockte eine bepelzte Bestie und schmierte mir immer neue Ladungen des schrecklich brennenden und juckenden Beutelstoffs auf die Nase. Ich glaubte förmlich sehen zu können, wie meine Nase anschwoll und sich rötete. Und der Juckreiz wurde immer stärker.

*Nur nicht niesen*, warnte der Extrasinn. *Um keinen Preis niesen! Die unwillkürlichen Zuckungen werden den Baum sofort zuschlagen lassen.*

Ich fluchte und tobte, belegte das eifrige Sinak mit allen Schimpfnamen, die mir einfielen, aber diese Bestie ließ sich in ihrem Tun nicht hindern. Ich spuckte ihm in das Gesicht, aber das Tier kümmerte sich nicht darum. Ich konnte so laut schreien, wie ich wollte, meinen Quälgeist wurde ich nicht los. Ich war nahe daran aufzugeben, als sich das Sinak plötzlich entfernte. Es schrak zusammen, sah sich kurz um und verschwand dann im Geäst, nun mindestens ebenso wütend schimpfend wie ich.

Ich atmete erleichtert auf und stieß einen Seufzer aus. Das hätte ich besser nicht getan. Die Bewegung meiner Brust reichte dem Baum aus. Ich schrie schmerzerfüllt auf, als sich der Druck auf meinen Körper schlagartig verstärkte. Noch schien die Pflanze nicht voll entschlossen zu sein, versuchte offenbar festzustellen, was sie da in ihrem Astwerk gefangen hielt. Meine Brust wurde zusammengepresst, gleichzeitig zogen sich die elastischen Schlingen auch um Arme und Beine zusammen. Sofern ich nicht erstickte, würden mir nach kurzer Zeit die Gliedmaßen absterben – deutlich war zu spüren, wie das Blut abgeschnürt wurde. Vor meinen Augen tanzten feurige Funken, während ich ganz langsam meine Muskulatur anspannte, um wenigstens einen Teil des Drucks zu verringern. Es war ein reines Zeitproblem – konnte ich noch eine Weile atmen, ohne den Baum stutzig zu machen, lockerte er vielleicht seinen Griff wieder. Zwang mich die Luftnot zu krampfhaften Atembewegungen, war es binnen weniger Augenblicke vorbei.

In der Nähe hörte ich ein Krachen, das Splittern von Holz, dann schwere, stampfende Schritte. »Hierher! Hier bin ich!«

Instinktiv versuchte ich den Arm zu bewegen – und der Baum reagierte sofort. Ich glaubte, mir würde der Arm aus dem Schultergelenk gerissen, als die Luftwurzeln daran zerrten. Die Brustplatten meines Skeletts verschoben sich gegeneinander, ein unerträglicher Schmerz durchzuckte meinen Körper. Er war zu spät, die Nerven zu beruhigen. Ich begann mich zu bewegen, versuchte um mich zu schlagen. Der Riesenbaum griff härter zu und schnürte mir den Atem ab. Ich war schon halb bewusstlos, als ich schwach das typische Zischen eines Strahlschusses hörte. Für Augenblicke lockerte sich der würgende Griff, um sich dann wieder zu verstärken. Eine Welle heißer Luft schlug gegen mein Ohr. Ich hörte, wie jemand ohne Pause auf den Baum feuerte. Wer immer meine Helfer sein mochten, sie mussten sich beeilen, wollten sie mein Leben retten, denn der Fleisch fressende Baum zog seine Schlingen immer enger.

Dann endlich sah ich verschwommen, wer mir zu Hilfe gekommen war: Unter mir standen auf dem weichen Boden eines Pflanzenteppichs mindestens zwanzig Roboter, die aus ihren Waffenarmen pausenlos feuerten. Die mörderische Pflanze schlug mit ihren

Ästen und Luftwurzeln um sich, zischend peitschten die Lianen durch die Luft. Planmäßig nahmen die Robots vor allem den Stamm unter Beschuss. Ich konnte das Zittern spüren, das die Pflanze bei jedem Treffer erschütterte. Stickiger Qualm schlug mir entgegen, der das Atmen noch mehr erschwerte. Weiterhin hing ich hilflos in den Zweigen. Noch dachte die Pflanze nicht daran, sich von ihrer Beute zu trennen. Aber immerhin konnte ich nach einer Weile meine Hände wieder bewegen. *Halt dich fest*, riet der Extrasinn. *Lässt dich der Baum los, stürzt du in das Strahlfeuer der Roboter.*

Der Hinweis kam um den Bruchteil eines Wimpernschlags zu spät. Der Baum lockerte seinen Griff. Offenbar war ich jetzt nebensächlich geworden. Im nächsten Augenblick stieß ich einen Schrei aus, während ich wild mit den Armen ruderte, um im Fallen irgendetwas zu fassen zu bekommen. Mit den Knien landete ich auf einem Ast, kippte vornüber und stürzte genau auf die weiterhin feuernden Roboter zu. Zweige peitschten mir ins Gesicht und versperrten die Sicht. Hart prallte ich zu Boden, schlug mit dem Kopf auf, dass ich fast das Bewusstsein verlor. Als sich die Schleier vor meinen Augen wieder hoben, erkannte ich die Robots, die damit beschäftigt waren, den Baum buchstäblich in Stücke zu schießen. Sie ließen erst ab, als nur noch verkohlte Reste übrig geblieben waren, von denen dünne Rauchfäden aufstiegen.

»Ihr seid verdammt spät gekommen.« Ächzend stand ich auf und dehnte meine geschundenen Gliedmaßen. Es schmerzte, als das Blut wieder in die fast abgestorbenen Arme und Beine zurückströmte. Während ich mich lockerte und das fürchterliche Kribbeln standhaft ignorierte, sah ich mir die Maschinengestalten genauer an. Wer auch immer sie entworfen haben mochte, einen festen Bauplan hatte er mit Sicherheit nicht gehabt. Es sah aus, als hätten sich hier die Robotmuster von etlichen galaktischen Völkern ein Stelldichein gegeben. Zwei der Robots sahen entfernt Modellen ähnlich, wie sie auf den Arkon-Welten verwendet wurden; ein anderer hätte einer Bauserie der Maahks entstammen können. Einige bewegten sich auf hochmodernen Prallfeldern, waren aber mit altertümlichen Optiken ausgerüstet. Zum Ausgleich schwebte ein Robot mit vollpositronischer Ortung auf einem archaischen Luftkissen.

»Ich möchte wissen, wem ihr davongelaufen seid.« Die Gestalten, die jetzt ruhig vor mir standen oder schwebten, sahen aus, als seien sie einem völlig übergeschnappten Robotbastler vom Band gehüpft. »Wer hat euch geschickt? Ischtar?«

Vier Robots hatten deutlich erkennbare Lautsprecher eingebaut, dennoch hörte ich keine Antwort. Ich wiederholte meine Frage, wieder mit dem gleichen Ergebnis. Entweder hatte der Konstrukteur vergessen, seinen Geschöpfen neben Lautsprechern auch Mikrofone mitzugeben, oder die Roboter verstanden mich nicht. Nacheinander ging ich alle Sprachen, Dialekte und Idiome durch, die mir bekannt waren, und stellte den Robots Fragen. Antworten bekam ich nicht, die Robots blieben stumm und sahen mich an. Wahrscheinlich wurden die Bilder, die sie aufnahmen, an eine entfernte Zentrale weitergeleitet. Anders konnte ich mir die Reaktionslosigkeit kaum erklären. Kein Metallglied rührte sich, als ich den Schmutz von meiner Kleidung entfernte und meine geschundenen Muskeln wieder geschmeidig zu machen versuchte.

Ich zuckte mit den Achseln und gab auf. Aus diesen stählernen Klötzen war wohl nichts herauszuholen. Ich wollte mich gerade umwenden und gehen, als sich die Robots plötzlich in Bewegung setzten. »He, was soll das?«, brüllte ich, als sich metallene Greifer um meine Oberarme krallten. Die Füße wurden mir unter dem Leib weggezogen, völlig hilflos hing ich in den Armen der Roboter. »Lasst mich los!«

Die Kunstgeschöpfe blieben von meinen Schreien unbeeindruckt und schleppten mich fort. Steckte vielleicht Magantilliken hinter diesem Geschehen? *Schwerlich*, behauptete der Logiksektor trocken. Wo war der Henker der Varganen? Wusste er überhaupt, was mit mir geschah? Hatte er sich versteckt? Ich versuchte gar nicht erst, mich gegen die Roboter zur Wehr zu setzen. Ans Leben würde es einstweilen nicht gehen, sonst hätten mich sie mich gar nicht zu retten brauchen. Ich konnte die Zeit meines Abtransports dazu nutzen, um über meine alles andere als angenehme Lage nachzudenken. Was fehlte, waren die Antworten. In einem Punkt wurde ich ziemlich rasch von meinen Extrasinn informiert: *Die Robots wurden weder von deinen Freunden noch von deinen Feinden ausgeschickt.*

Was der bei der ARK SUMMIA aktivierte Gehirnteil offenbarte, ließ mir für einen Augenblick den Atem stocken. Die kurze Bemerkung konnte nur eins bedeuten. *Eine neue, uns bislang noch unbekannte Macht hat in das Spiel eingegriffen. Außer Orbanaschol und meinen Freunden gibt es zweifellos eine dritte Gruppe, die am Stein der Weisen interessiert ist ...*

*Deine Schlussfolgerungen sind voreilig*, warnte der Logiksektor. *Bekannt ist nur, dass Robotkonstruktionen dieser Art von keiner uns bekannten Machtgruppe verwendet werden.*

Er hatte zweifelsohne Recht. Aber das immer stärker werdende Gefühl des Unbehagens, das sich in mir ausbreitete, ließ sich damit nicht bekämpfen. Ich versuchte, mich gegen den Zugriff der Robots zu wehren, und tatsächlich gelang es mir, einen Arm freizubekommen. Bevor ich diesen Vorteil jedoch nutzen konnte, zischte schon ein anderer Greifarm heran und umklammerte das Handgelenk. Ich knirschte mit dem Zähnen, zu mehr war ich nicht fähig.

Was mochten die Roboter mit mir vorhaben? Wohin schleppten sie mich? Ich versuchte mich umzusehen, ein schwieriges Unterfangen in meiner Lage. Die Robots hatten mich an Armen und Beinen gepackt, ich hing mit dem Bauch nach oben in der Luft. Zudem arbeiteten die Flugaggregate der eigentümlichen Konstruktionen ziemlich unregelmäßig – immer wieder sackte eine der Maschinen ein Stück ab oder stieg aufwärts, so dass die Landschaft, über die wir flogen, vor meinen Augen tanzte. Ich konnte nur wenig erkennen. Sofern mich meine Sinne nicht täuschten, flogen wir geradlinig auf einen Vulkankegel zu, und ich musste erschreckt feststellen, dass über der Bergspitze dichter schwarzer Rauch in die Höhe stieg.

War ich dem Riesenbaum nur entrissen worden, um anschließend in weiß glühender Lava verbrannt zu werden? Ich ruckte und zerrte, versuchte mich aus dem Griff der Maschinen zu befreien, aber sie waren nicht zu beeindrucken. Zielsicher flogen sie an den kahlen Hängen des Vulkans in die Höhe. Unter mir sah ich das Schwarz der zum Stillstand gekommenen Lava, ab und zu von Öffnungen unterbrochen, aus denen weißer Dampf mit hohem Druck ins Freie gepresst wurde. Dass dieser Vulkan keineswegs erloschen war, war jeden Augenblick zu hören. Die Luft war erfüllt von einem Unheil verkündenden Grollen, die Geysire zischten und pfiffen, und ein leises, gerade noch hörbares Blubbern bewies, dass es unter der dunklen Lavakruste verflüssigtes, Blasen werfendes Gestein gab.

In der Luft hing ein durchdringender, übler Geruch, der sich aus Schwefel und einem halben Dutzend anderer Bestandteile zusammensetzte. Unverkennbar war der Geruch, den ich von beschädigten Raumschiffen kannte; er entstand immer dann, wenn Metall verbrannt wurde, sei es durch Strahlbeschuss, oder in den Funken, die Schleifmaschinen hervorstäuben ließen. Ich begann zu husten, als die Luft noch stickiger wurde. Er konnte nicht mehr lange dauern, bis wir die Kante des Kegelstumpfs erreicht hatten. Dass wir am Gipfel angelangt waren, merkte ich wenig später an der Hitzewelle, die mir entgegenschlug. Wider Erwarten ließen mich die Robots nicht einfach los, sondern schwebten langsam mit mir abwärts.

Unter mir hörte ich das Brodeln und Gurgeln der Lava, während über mir der helle Fleck der Krateröffnung immer kleiner wurde. Ein dunkelrotes Dämmerlicht nahm uns auf. Hatte der Unbekannte, der mich von seinen Maschinen hatte retten lassen, im Inneren des Vulkankegels vielleicht eine Station, einen hervorragend getarnten Unterschlupf? Ich konnte nicht wissen, was auf mich wartete, aber ich begann zu ahnen, dass die nächsten Tontas oder Pragos anstrengend sein würden.

Dunkelheit umgab mich, ich konnte nicht die geringste Kleinigkeit erkennen. Zu hören war nur das bedrohliche Geräusch des aktiven Vulkans. Mir wurde langsam übel, denn noch immer hing ich mit dem Kopf nach unten in den harten Griffen der Roboter. Zart besaitet waren die Maschinen nicht. Die Kanten ihrer Greifer schnitten mir ins Fleisch und schmerzten, aber mir war dieser Schmerz lieber als die Angst, durch zu sanftes Anfassen plötzlich abzustürzen und in weiß glühender Lave zu verschwinden.

*Gäbe es unter dir weiß glühende Lava, könntest du etwas sehen*, belehrte mich der Extrasinn pedantisch. Der knappe Hinweis hob keineswegs meine Stimmung. Ich hasste das Gefühl, völlig ausgeliefert, der eigenen Handlungsfähigkeit vollkommen beraubt zu sein. Ich konnte ein bisschen zappeln und nach Herzenslust schreien, mehr aber ließen die Maschinen nicht zu. Irgendetwas hatten die Robots mit mir vor, und das Warten auf dieses Etwas machte mich fast rasend.

Endlich zeichnete sich in Flugrichtung ein schwacher Lichtschimmer ab, auf den mich die Robots zuschleppten. Lag dort unser Ziel? Mir war schon vor einiger Zeit aufgefallen, dass wir uns kaum noch in vertikaler Richtung bewegten. Das Licht wurde etwas heller, gleichzeitig meinte ich sehen zu können, dass wir uns in einem langen Gang befanden, dessen Durchmesser sich rapide verkleinerte. Es schepperte, als die Robots auf dem felsigen Boden aufsetzten und mich ziemlich unsanft auf die Füße stellten. Allerdings dachten die Maschinen nicht daran, meine Arme freizugeben. Rücksichtslos zerrten sie mich vorwärts. Nur der schmerzhaft harte Griff um die Oberarme verhinderte einige Male, dass ich in dem Dämmer stolperte und der Länge nach hinschlug.

Allmählich wurde die Beleuchtung besser, ich konnte nun den Boden deutlich erkennen. Der Gang führte tief in das Felsgestein des Vulkans; die Zeichen für künstliche Bearbeitung waren unübersehbar. Es musste ein sehr risikofreudiges Wesen sein, das sich seine Unterkunft unmittelbar neben den brodelnden Lavamassen anlegte, in einem Vulkan, der jeden Augenblick ausbrechen konnte. *Oder das Wesen verfügt über eine Technologie, die es ihm erlaubt, auch mit Vulkanausbrüchen fertig zu werden.*

Ganz perfekt schien die Technik des oder der Fremden nicht zu sein. Ich merkte es an der Hitze, die mich umgab. Die Wände des Ganges schienen immer näher zu rücken und strahlten eine beträchtliche Wärme ab, allerdings nicht genug, um gefährlich zu werden. Ein Thermometer stand mir nicht zur Verfügung, aber mein Gefühl sagte mir, dass die Temperatur stark in Richtung des Siedepunkts von chemisch reinem Wasser zu tendieren schien. Dass ich nicht gesotten wurde, lag einzig daran, dass die Luft fast völlig frei von Wasser war. Die einzige Feuchtigkeit stammte von mir, der Schweiß lief mir in Strömen über den Körper und das Gesicht. Das Verdampfen dieser Flüssigkeit hielt meinen Körper noch einigermaßen kühl.

»Langsamer!«, brüllte ich die Roboter an, die mich unbarmherzig weiterzerrten. Die heiße Luft brannte in den Lungen. Ich fühlte das Hämmern meines Herzens. Von dem Flug und dem vorhergehenden Kampf mit dem Vulkanbaum war ich noch so erschöpft, dass ich dieser Belastung nicht allzu lange standhalten konnte. Zudem hatte ich seit vielen Tontas weder Nahrung noch Flüssigkeit zu mir genommen.

Ein Ende des Ganges zeichnete sich ab. Sobald sich meine Augen an das plötzlich über mich hereinbrechende Licht gewöhnt hatten, sah ich mich um. An dieser Stelle war der Gang im Fels zu einer großen Halle erweitert worden. Die Wölbung der Decke war sehr unregelmäßig, ein Zeichen dafür, dass man sich beim Bau dieser Anlage keine große Mühe gemacht hatte. Der Boden bestand aus stumpfem Metall, Stahl vermutlich. Deutlich konnte ich ein gleichmäßiges Vibrieren spüren. *Keine Vulkangeräusche*, sagte der Extrasinn. *Das sind Maschinen.*

Die Halle selbst war nahezu leer. Ich konnte nur in der Mitte vier Säulen erkennen, die aus dem Boden ragten. Auf den achteckigen und knapp hüfthohen Säulen lag eine Metallplatte. Für eine nähere Betrachtung der Konstruktion blieb keine Zeit, denn die Roboter schleppten mich ohne Zögern weiter und stellten mich auf dem Podest ab. Endlich lockerten sie den Griff ihrer metallenen Hände und Greifer, und ich seufzte leise, als das Blut wieder ungehindert strömte. Ich schnappte nach Luft und versuchte, meiner Benommenheit Herr zu werden, während sich die Maschinen ein paar Schritte zurückzogen und dann verharrten.

»Worauf wartet ihr?« Ich fühlte mich nicht wohl in meiner Haut. Hielt die Hitze in der Halle an, würde ich in kurzer Zeit zusammenbrechen. Außerdem war die teilweise hochwertige Technik der Maschinen keinerlei Versicherung gegen primitive, barbarische Riten. Auch Wesen, die subminiaturisierte Positroniken bauen konnten, opferten zuweilen Fremdlinge auf Altären, um abstruse Götter milde zu stimmen, die man so in einer hoch stehenden Kultur kaum vermutete.

Das Podest kam mir nicht ganz geheuer vor, daher versuchte ich, diesen Ort zu verlassen. Ich hatte kaum den Fuß gehoben, als mit einem bösartigen Knacken die Waffenarme der Robots in die Höhe zuckten und sich auf mich richteten. Die Maschinen waren offenbar nicht gewillt, mich von diesem Podest herunterzulassen. Zu welchem Zweck es erbaut worden war, merkte ich wenige Augenblicke später: Rings um die Fläche begann es rötlich zu leuchten, nach kurzer Zeit stand ich präzise in der Mitte eines dunkelrot glühenden Rings aus pulsierender Energie. Jetzt noch einen Fluchtversuch zu wagen wäre Selbstmord gleichgekommen. Die Robots ließen auch prompt die Waffen sinken, während ich mir überlegte, wozu der Energiering wohl zu gebrauchen sein könnte.

*Ein Transmitter!*, behauptete der Extrasinn. *Zumindest eine transmitterähnliche Anlage.*

Ich merkte es nun ebenfalls bewusst, das zunächst kaum merkliche Ziehen und Zerren im Nacken war unverkennbar. Ich kannte diesen Entzerrungsschmerz von zahlreichen Transitionen, aber für gewöhnlich traten die Schmerzen erst bei der Wiederverstofflichung auf. Dass ich schon jetzt davon gepeinigt wurde, konnte zweierlei bedeuten: Entweder wurde ich über sehr große Entfernungen transportiert, oder die Anlage arbeitete nicht völlig einwandfrei. Mit fiel der Hypersturm ein, von dem Magantilliken gesprochen hatte – lag es vielleicht daran?

Ich schrie nun vor Schmerzen, hatte das Gefühl, als wolle mich der Transmitter portionsweise befördern. Mir war, als solle mein Körper in Stücke gerissen werden. Vor meinen Augen tanzten bunte Schleier. Ob sie von dem Transmitterring herrührten oder Auswirkungen meines geschundenen Nervensystems waren, konnte ich nicht sagen. Plötzlich lösten sich die Gestalten der Roboter vor meinen Augen auf, die Halle verschwand. Das Transmitterfeld hatte mich endgültig erfasst und strahlte mich ab …

ENDE

---

ATLAN-Band 25

*Attacke der Maahks*

erscheint im Herbst 2004

---

# Atlan

## Zyklus »Die Zeitabenteuer«

Band 1: An der Wiege der Menschheit
ISBN 3-8118-1500-8

Band 2: Säulen der Ewigkeit
ISBN 3-8118-1501-6

Band 3: Karawane der Wunder
ISBN 3-8118-1502-4

Band 4: Hüter des Planeten
ISBN 3-8118-1503-2

Band 5: Strafkolonie Erde
ISBN 3-8118-1504-0

Band 6: Wolken des Todes
ISBN 3-8118-1505-9

Band 7: Söldner für Rom
ISBN 3-8118-1506-7

Band 8: Ritter von Arkon
ISBN 3-8118-1507-5

Band 9: Herrscher des Chaos
ISBN 3-8118-1508-3

Band 10: Balladen des Todes
ISBN 3-8118-1509-1

Band 11: Kontinente des Krieges
ISBN 3-8118-1510-5

Band 12: Samurai von den Sternen
ISBN 3-8118-1511-3

Band 13: Die letzten Masken
ISBN 3-8118-1512-1

## Zyklus »Die Arkon-Trilogie«

Band 14: Imperator von Arkon
ISBN 3-8118-1513-X

Band 15: Monde des Schreckens
ISBN 3-8118-1514-8

Band 16: Juwelen der Sterne
ISBN 3-8118-1515-6

## Zyklus »Der Kristallprinz«

Band 17: Der Kristallprinz
ISBN 3-8118-1516-4

Band 18: Die Folterwelt
ISBN 3-8118-1517-2

Band 19: Piraten der Sterne
ISBN 3-8118-1518-0

Band 20: Flucht ins Chaos
ISBN 3-8118-1519-9

Band 21: Der Weltraumbarbar
ISBN 3-8118-1520-2

Band 22: Ring des Schreckens
ISBN 3-8118-1521-0

Band 23: Die Goldene Göttin
ISBN 3-8118-1522-9

Band 24: Die letzten Varganen
ISBN 3-8118-1523-7

Band 25: Attacke der Maahks
ISBN 3-8118-1524-5

# *Kleines Arkon-Glossar*

**Andruckabsorber/Andruckneutralisator:** Aggregate, die zur Neutralisation jener Beharrungs- und Trägheitskräfte dienen, die bei hochrelativistischen Beschleunigungsmanövern der Raumschiffe entstehen und ohne entsprechende Kompensation Raumschiff und Besatzung in Sekundenbruchteilen zerquetschen würden.

**Antigravschacht:** Liftähnliches Transportsystem zur Beförderung von Personen und Lasten; Antigravgeneratoren neutralisieren die Schwerkraftwirkung innerhalb eines (meist runden) Schachtes. Zusätzliche Zug-, Prall- und Kraftfelder ermöglichen es dann, die zu transportierenden Objekte kontrolliert in der Vertikalen zu bewegen – zum Beispiel in einem aufwärts und einen abwärts »gepolten« Bereich. Kraftfelder helfen auch beim Ein- und Ausstieg. In anderen Fällen kommen kraftfeldgetragene Liftkabinen zum Einsatz, oder diese werden durch entsprechende Holoprojektionen optisch vorgegaukelt.

**Antigravtriebwerk:** Bezeichnung für die Hochleistungs-Antigravsysteme, die sich an Bord von Gleitern und Raumschiffen befinden. Sie bestehen aus einer variablen Anzahl von Antigravgeneratoren, die zu einem Funktionskomplex zusammengeschaltet werden. Für den Flug über Planetenoberflächen oder den Start von Himmelskörpern können Antigravtriebwerke in beschränktem Umfang eine Abstoßprojektion erzeugen und so ein Objekt auf niedrige Geschwindigkeit beschleunigen (Gravo-Antrieb). Zum Erreichen hochrelativistischer Geschwindigkeitsbereiche sind sie jedoch nicht geeignet.

**Antiortungsschirm:** Sammelbegriff für alle Kraftfelder, die die Ortung beispielsweise eines Raumschiffs be- oder sogar ganz verhindern. Dies geschieht sowohl durch Ablenkung auftreffender Ortungsstrahlen als auch durch die Neutralisierung der durch Schiffsaggregate erzeugten Streustrahlung.

**Archaische Perioden:** Bezeichnung für die Epoche des Niedergangs zwischen etwa 3000 und 3760 da Ark, als galaxisweite, aus dem Galaktischen Zentrum hervorbrechende Hyperstürme die Kontakte zwischen den Welten abbrachen, weil nahezu die gesamte fünfdimensionale Hypertechnik lahm gelegt war. Nach dem Abflauen der Hyperstürme musste die arkonidische Raumfahrt quasi von null an neu beginnen und aufgebaut werden.

**Arkon:** Die große weiße Sonne liegt fast genau im Zentrum des Kugelsternhaufens Thantur-Lok. Sie wird von 27 Planeten begleitet. Als Besonderheit gilt, dass sich drei Arkon-Planeten mit gleicher Geschwindigkeit und auf derselben Umlaufbahn bewegen, als Eckpunkte eines gleichseitigen Dreiecks angeordnet. Die Sonnenentfernung der drei Planeten Arkon I, II und III beträgt 620 Millionen Kilometer.

**Arkoniden:** Im neunzehnten Jahrtausend vor Beginn der christlich-terranischen Zeitrechnung entwickelte sich auf dem dritten Planeten der Sonne Arkon im Kugelsternhaufen Thantur-Lok das Volk der Arkoniden. Es stammte von akonischen Auswanderern ab; diese wiederum sind direkte Nachfolger der Lemurer, der so genannten *Ersten Menschheit*. Sie sind von der äußeren Gestalt her absolut menschenähnlich; meist mit 1,8 bis zwei Metern Körpergröße recht hoch gewachsen, weisen sie einen vergleichsweise langen Schädel auf.

Anatomisch gesehen gibt es im Vergleich zu Terranern einige weitere Besonderheiten: Statt Rippen verfügen sie im Brustbereich über massive Knochen- und Knorpelplatten, die Haarfarbe ist im Allgemeinen weiß oder weißblond und die Augenfarbe rötlich bis rotgolden. Bei starker Erregung sezernieren die Arkoniden aus den Augenwinkeln ein Sekret, ohne dass es allerdings zur einer Einschränkung der Sicht käme. Die weit verbreitete Behauptung, bei den Arkoniden handle es sich grundsätzlich um Albinos, ist mit Vorsicht zu genießen: Weißes Haar und (scheinbar) farblose Iris allein sind kein ausreichendes Merkmal, berücksichtigt man, dass außerhalb der Kultivierung möglichst bleicher Haut in Adelskreisen normale Hautbräunung ebenso auftritt, wie die Haarfarbe auch im Sinne bestmöglicher Reflexion der starken Sonnenstrahlung Arkons angesehen werden kann.

**Arkonidische Geschichte:** Mitte des neunzehnten vorchristlichen Jahrtausends existierte das Imperium der *Akonen*, das von *Drorah (Akon-System)* aus beherrscht wurde. Weil sie sich bevormundet und übervorteilt fühlten, bauten die Bewohner einer bedeutenden Kolonialwelt (*Arbaraith*) insgeheim eine eigene Flotte auf. Unter anderem benutzten sie dafür zunächst erbeutete akonische Schiffe. In der Folge begann die Besiedlung des – zunächst *Urdnir* genannten – Kugelsternhaufens. Diese nutzte man dazu, sich eine eigene Machtbasis zu schaffen. Zentrum dieses Vorhabens war das Arkonsystem nahe der Sternhaufenmitte; eine Welt, die den Akonen zunächst unbekannt blieb. Ausgehend vom überlieferten Datum des Siedlungsbeginns (18.509 vor Christus), vergingen zunächst knapp sechzig Erdjahre, die die »Arkoniden« nutzten, um Urdnir zu erforschen.

Später kam es dann auf der »Zentralwelt« zur ersten Unabhängigkeitserklärung, die in den *Großen Befreiungskrieg* mündete und unter anderem zur Vernichtung dieses Planeten führte. Sein Name erhielt sich nur in Legenden und abergläubischen Anrufungen, beispielsweise im Ausspruch: *»Bei den Kristallobelisken von Arbaraith.«* Der Krieg dauerte 17,5 Arkonjahre (entspricht 20,7 Erdjahren) und war von mehreren »heißen Phasen« geprägt; mit seinem Ende verbunden war offensichtlich das Eingreifen des *Magnortöters Klinsanthor*, von dem später jedoch nur Legenden berichteten. Zwölf Arkonjahre (14,2 Erdjahre) nach dem Großen Befreiungskrieg lebten die Überlebenden, die sich nun Arkoniden nannten, ausschließlich im Kugelsternhaufen, waren allerdings in die Familienfehde zwischen Akondas und Sulithurs verwickelt, während die Akonen ihrerseits gegen die »Abtrünnigen« aufrüsteten.

Reichsadmiral Farthu von Lloonet rief wenige Jahre später den imperialistischen Absolutismus aus und wurde als Imperator Gwalon I. inthronisiert. Er nutzte einige Arkonjahre zur intensiven Aufrüstung, bis es zum Beginn des *Zentrumskriegs* kam; dieser endete mit dem arkonidischen Sieg über die Akonen. Gwalon regierte bis zum Jahr 18.294 vor Christus; unter seinen Nachfolgern Volgathir I. und II. setzte die Geschichtsverfälschung ein. Die Verbindungen zu den »Stammvätern« wurden geleugnet, und es wurde eine eigene Zeitrechnung eingeführt. Dabei bezog sich die Jahreslänge auf den Planeten Arkon III.

Der Beginn der Zeitrechnung wurde ab dieser Zeit gleichgesetzt mit einem von Arbaraith überlieferten legendären Ereignis, in dem – bei genauerer Betrachtung – noch deutlich ältere Sagen eingebunden wurden, welche bis in lemurische oder gar noch frühere Zeit hineinreichten. Als dieses legendäre Ereignis wurde das »Entrückungsjahr« des Heroen Tran-Atlan angenommen; Gwalons Inthronisation erfolgte hiernach im Jahr 1774 da Ark. Mit Orbanaschol III. regierte in Atlans Jugendzeit der 208. Imperator das Tai Ark'Tussan.

**Arkonidische Gesellschaft:** In der arkonidischen Gesellschaft sind beide Geschlechter gleichberechtigt; die im öffentlichen und politischen Leben nach außen hin scheinbar dominierende Rolle der Männer besitzt in der starken, wenn auch extrovertierteren Stellung der Frau ein klares Gegengewicht, dem eine maßgebliche Bindungsfunktion zugeschrieben wird. Im Übrigen ist die Arkon-Gesellschaft aristokratisch geprägt.

Die Mitglieder der großen Familien (Ragnaari, Zoltral, Gonozal, Quertamagin, Orcast, Monotos, Orbanaschol, Tutmor, Tereomir, Anlaan, Metzat, Thetaran, Arthamin, Ariga und viele mehr) kontrollieren auch zur aktuellen Handlungszeit die politischen, wirtschaftlichen und militärischen Schlüsselfunktionen. Zum Teil handelt es sich hierbei um Familienverbände von mehreren hunderttausend Einzelmitgliedern. Von Zeiten tyrannischer oder absolutistischer Herrschaft abgesehen, handelt es sich bei der Regierungsform Arkons um eine parlamentarische Monarchie, in der allerdings dem jeweiligen Imperator als Staats- und Regierungschef sowie Oberbefehlshaber der Flotte stets eine starke Rolle zugewiesen war.

Wie stark ein Imperator tatsächlich werden konnte, hing im Verlauf der arkonidischen Geschichte weitgehend von dem Gegengewicht ab, das ihm seine direkte Regierungsmannschaft (der Zwölferrat/Berlen Than), der Große Rat (Tai Than) sowie das frei vom Volk gewählte Parlament des Hohen Rates (Thi Than) entgegenstellten. Weiterhin ist – schon unter dem Aspekt der immensen Größe des Arkon-Imperiums! – zu berücksichtigen, dass der Imperator in den Jahrtausenden der Geschichte zwar letztlich über Besitzansprüche, Handelsrechte, Autarkiebestrebungen und dergleichen entschied. Aber hierbei war als Entscheidungsträger die Imperiale Ebene – mit Imperator, Großem und Hohem Rat, Flottenzentralkommando (Thektran), dem Präsidium der Justiz von Celkar sowie die Kontrollfunktion der Medien – von der der Planetaren Selbstverwaltung autonomer Welten und Ökoformsphären ebenso zu unterscheiden wie die der Herzogtümer völlig autarker Habitate der Raumnomadenclans oder der Herzoglehen des Adels, welche im Allgemeinen mehr als hundert Sonnensysteme umfassten. Sogar mit bester positronischer Unterstützung war es nicht möglich, sich um alle Einzelheiten zu kümmern.

Vor diesem Hintergrund ist auch der verfassungsmäßig verankerte Grundsatz der Erbmonarchie zu sehen: Zwar war als Kristallprinz (Gos'athor) jeweils der leibliche Sohn eines Imperators designierter Nachfolger, doch im Todesfall ohne Nachkommen bestimmte der Große Rat aus den Reihen der Adelsfamilien einen neuen Imperator, oder es wurde der *»TEST«* als Auswahlverfahren eingesetzt; bei erwiesener Unfähigkeit konnte der Herrscher auf dem Kristallthron sogar abgesetzt werden.

**Arkonidische Herrschafts- und Machtstrukturen und Regierungsform:** Neben dem Imperator (Tai Moas = Erster Großer) an der Spitze ist der Berlen Than (Zwölferrat) als Unterausschuss des Tai Than (Großer Rat mit 128 Ex-officio-Mitgliedern) maßgebliches Regierungsgremium – einem Kabinett mit seinen Ministern vergleichbar –, in dem die Entscheidungen vorbereitet und diskutiert werden. Im erweiterten Kreis des Großen Rates (mit seinen »untergeordneten Ministern«) folgt die weitere Debatte. Regierungssitz ist der Kristallpalast auf dem Hügel der Weisen (Thek-Laktran) auf der Kristallwelt Arkon I.

In einigen Epochen wurde als Gegenpol zum männlichen Imperator eine Große Feuermutter (Tai Zhy Fam) eingesetzt: Als Auswahlmechanismus diente eine modifizierte Form des Dagor-Mystizismus; die Feuerfrauen wurden zu Geheimorten gebracht und in die Stasis-Konservierung suspendierter Animation versetzt, ihr Wahres Sein auf eine stabilisierte Körperprojektion übertragen. Der Multibewusstseinsblock dieser Zhy-Famii war mehr als die reine Summe seiner Teile und dank der katalytischen Funktion des Imperators mit paranormalen Kräften ausgestattet (= realer Hintergrund der traditionellen Anrede des Imperators: »Seine millionenäugige, alles sehende, alles wissende Erhabenheit, Herrscher über Arkon und die Welten der Öden Insel, Seine Imperiale Glorifizienz, *XY, NAME* da Arkon, Heroe aus dem Geschlecht der Weltältesten …« usw.).

Die Ratsmitglieder sind laut Verfassung grundsätzlich zwar wissenschaftlich ausgebildet, stammen aber aus Flotte, Kristallpalast, Diplomatie, Geheimdienst, Wirtschaft und Verwaltung. Zudem repräsentieren sie die wichtigsten Khasurn, so dass sie, mit dem Imperator als Vorsitzendem, in den »Rats-Ausschüssen« wie beispielsweise dem »Medizinischen Rat« oder dem »Thektran« des Flottenzentralkommandos das oberste Exekutivgremium im Großen Imperium darstellen. Zweimal je 36-Tage-Periode (= Arkonmonat) sind Sitzungen anberaumt, in denen der Imperator Rechenschaft abzulegen, Sorgen, Nöte und Probleme zu besprechen hatte, während die Ratsmitglieder im Gegenzug Vorschläge, Anträge und Ausführungsberichte lieferten. Die ersten drei Tage einer jeden der zehn Perioden des Arkonjahres waren überdies der Generaldebatte von Großem und Hohem Rat vorbehalten; für Entschlüsse zu Richtlinien seiner Politik benötigte der Imperator qualifiziert-absolute Mehrheiten von 51 Prozent. Die endgültige Verabschiedung von Gesetzen erfolgte im Thi Than (Hoher Rat – das frei vom Volk gewählte Parlament).

Überall hat der Imperator zwar Vetorecht, kann aber überstimmt werden. Bei eklatantem Versagen ist sogar seine Absetzung möglich. Im umgekehrten Fall kann ein Imperator durch Einsetzung und Förderung von Günstlingen, durch Korruption und dergleichen und mit Bezug auf »Notstandsgesetze« diktatorische Macht an sich ziehen: Solches war in der Früh- und Hauptexpansionszeit meist mit Krisenphasen verknüpft. Als Beispiel dient auch stets Orbanaschol III.; er ermordete mit seinen Helfern Atlans Vater, gleichzeitig weitete sich der Methankrieg aus. Beim Fortschreiten der arkonidischen Degeneration kam solches häufiger vor – bis auch die Imperatoren selbst zu träge wurden – und somit auch die oben genannten Sitzungsperioden bestenfalls noch in der Theorie gültig waren, kaum jedoch in der Praxis.

**arkonoid:** Äußerlich einem Arkoniden entsprechend.

**Arkonit/Arkonstahl:** Strukturverdichtete, bläulich schimmernde Speziallegierung der Arkoniden für den Raumschiffsbau. »Strukturverdichtung« umschreibt hierbei den Effekt einer extremen Kohäsionsverstärkung nach einer hyperenergetischen Aufladung, die dem Material eine besondere Festigkeit und einen Schmelzpunkt bei etwa 30.000 Grad Celsius verleiht. Die Dichte beträgt 23,6 Gramm pro Kubikzentimeter.

**ARK SUMMIA:** Bezeichnung der elitären Reifeprüfung im Großen Imperium, unterteilt in drei Stufen oder Grade; die beiden ersten betreffen in erster Linie theoretische Examina und entsprechen ihrem Abschluss nach einem Laktrote (Meister) bzw. Tai-Laktrote (Großmeister). Die Zulassung durch die Faehrl-Kommission der »Kleinen Runde« zur Teilnahme an den abschließenden Prüfungen (charakterliche Eignung, Anwendung des erlernten Wissens in der Praxis unter Extrembedingungen usw.) ist auf wenige Hertasonen eines jeden Jahrgangs beschränkt, von denen wiederum noch weniger den dritten Grad bestehen – dies ist dann gleichbedeutend mit der Aktivierung des Extrasinns in den Paraphysikalischen Aktivierungskliniken der jeweiligen Faehrl-Institute. Um beispielsweise überhaupt zur ARK SUMMIA-Reifeprüfung zugelassen zu werden, sind mindestens dreißig *Lerc* Eingangsvoraussetzung; die Gehirnsektoraktivierung schlägt sich dann mit einer Aufstockung um bis zu zehn Punkten nieder. Im Großen Imperium gibt es insgesamt nur fünf ARK SUMMIA-Prüfungswelten: Iprasa ist die älteste, Largamenia die bedeutendste, hinzu kommen noch Goshbar, Soral und Alassa.

**Bauchaufschneider:** In den *Archaischen Perioden* entstandene arkonidische Umschreibung von Ärzten und Medikern; ihr Zeichen ist eine Amtskette aus Cholitt.

**Blaster:** Im Raumfahrer-Jargon Bezeichnung für großkalibrige Energiewaffen; auch Plasmastrahler genannt und manchmal mit dem Thermostrahler verwechselt; in einer Fusionskammer wird eine kleine Menge atomaren Plasmas erzeugt, das dann von einem Kraftfeld durch eine Art energetische Röhre – zur Stabilisierung, Beschleunigung und Bündelung – ins Ziel abgestrahlt wird.

**Chronner(s):** Währungseinheit auf imperialer Ebene; Unterteilung: 1 Chronner = 10 Merkons = 100 Skalitos. Als Bargeld in Form von Lochmünzen mit den Münzeinheiten zehn, hundert, tausend, zehntausend hergestellt, die zu Bündeln zusammengefasst werden (genormte Stäbe mit Verschraubung; Münzen in Form von einen Millimeter dicken Scheiben aus Cholitt-III). Eine Million Chronners, als Zehntausender-Münzen gebündelt, ergeben beispielsweise einen »Stab« von 100 Millimetern Länge. Kaufkraft: Der Jahresverdienst eines einfachen Orbtonen beträgt rund 30.000 Chronners, 100.000 kostet ein kleineres Privatschiff, Leka-Luxusraumjachten von fünfzig Metern Durchmesser sind nicht unter einer Million Chronners zu haben.

**da Ark:** Arkonzeitrechnung – die Jahreszahl »von Arkon«; das Jahr 10.497 da Ark, in dem Atlan seine wahre Herkunft erfährt, entspricht dem Jahr 8023 vor Christus.

**Dagor:** Meist als »All-Kampf« übersetzt; i. e. S. die (waffenlose) Kampfkunst der Arkoniden (angeblich vom legendären Heroen Tran-Atlan geschaffen; siehe: *Arbaraith*), i. w. S. die damit verbundene Philosophie/Lebenseinstellung – vervollkommnet beim Arkon-Rittertum (Dagorista), dessen Hauptkodex um 3100 da Ark entstand: die *Zwölf Ehernen Prinzipien*. Weitere Hauptwerke, auf die sich die Dagoristas beziehen: *Bekenntnisse eines Dagoristas* (Ashkort da Monotos, um 3500 da Ark), *Buch des Willens* (Dolanty, um 3100 da Ark), *Das Buch der fünf Ringe* (Horkat da Ophas, um 3800 da Ark), *Die Zwölf Regeln des Schwertkampfes im All* (Meklosa da Ragnaari, um 4000 da Ark), *Kampftechnikenbuch der Dagoristas* (Shandor da Lerathim, um 5700 da Ark).

**Deflektor/-feld/-schirm:** Kraftfeld, das Lichtwellen um einen Körper herumleitet. Ein außen stehender Beobachter kann das so geschützte Objekt nicht erkennen, da er quasi nur wahrnimmt, was sich hinter diesem befindet. Andere, ebenfalls von einem Deflektor unsichtbar Gemachte bleiben allerdings unsichtbar, sofern nicht weitere Ortungsmethoden eingesetzt werden.

**Desintegrator:** Offensivwaffe mit lichtschnellem, grünlich leuchtendem Waffenstrahl, der mittels eines Hyperfeldes die Bindungskräfte fester und flüssiger Stoffe neutralisiert. Die getroffene Materie im Zielbereich zerfällt daraufhin als Ergebnis des nichtthermischen Auflösungsprozesses zu Ultrafeinstaub. Desintegratorfelder können in scharf gebündelter oder breit gestreuter Form und auch in Verbindung mit einem Prallfeld als zusätzliche Waffenwirkung zum Beispiel eines Schwertes eingesetzt werden; Materialien, die einer Kristallfeldintensivierung unterliegen, bleiben im Allgemeinen unbeschädigt. In Atlans Jugendzeit waren Modelle der Serie ZZ-3 im Einsatz.

**Einsatz-, Transport-, Schutz- und Kampfanzug:** Bekleidung, die in diversen Ausführungen vorliegt, von leichter bis zu schwerer. Normale Bordkombinationen haben kaum mehr als Aggregatgürtel mit integriertem Mikrograv, gepanzerte Druckkombis für den Einsatz auf Gasriesen dagegen klobige Rückenaggregate und Muskelkraft verstärkende Gestänge in Exoskelettfunktion und massive Raumrüstungen überdies schützende Protektorschalen und Harnische aus Arkonstahl, der sogar durch Kristallfeldintensivierung aufgeladen und zusätzlich verstärkt werden kann. Transportanzüge der leichten, flugfähigen Ausfertigung sind zum Beispiel ausgestattet mit zu Nackenwülsten zusammenrollbaren Folienhelmen und Aggregatgürteln, in die Antigrav- und Individualfeldprojektoren integriert sind. Andere Kombinationen verfügen über einen Schulter-Hals-Kragenring, bei dem es sich um eine fingerstarke Metallplastikplatte handelt, die vorne halbkreisförmig ausläuft, über den Schultern wulstig verdickt ist und auf dem Rücken V-förmig bis zur Taille hinabreicht. Sie birgt Aggregate der Mikrotechnik: Antigrav-, Individualschirm- und Deflektorprojektoren, Kleinstreaktor samt Umformer und Speicherbank sowie den Minikom als Standardkommunikator.

Je nach Ausführung reicht die äußere Gestaltung von engen Vollkombinationen über solche, die an Samurairüstungen erinnern, bis hin zu kompakten Panzern, die schon eher ein Miniaturraumschiff darstellen. Die Helme reichen von der flexibel-kapuzenförmigen (durch Memoeigenschaften des Materials und Innendruckaufblähung zur Kugelform stabilisiert) bis hin zur starr-abnehmbaren Bauweise. Die Helminnenseiten können als Head-up-Display verwendet werden; die Steuerung erfolgt zum Teil durch Sprachbefehle unter Rückgriff auf leistungsfähige Mikropositroniken (Mikro-KSOL) der Anzüge. Als Standardausstattung gelten Mikrograv, Deflektor und Individualfeldprojektor; die Energieversorgung übernehmen kleine Speicherzellen, Speicherbänke oder

Mikro-Fusionsreaktoren. Die Innenklimatisierung und Luftversorgung ist von der Ausfertigung abhängig, ebenso die übrige Ver- und Entsorgung.

**Energieschirm:** Starke Kraftfelder, die in der Lage sind, auftreffende (Waffen-)Energie oder feststoffliche Objekte abzuwehren und das umhüllte Objekt vor deren Wirkung zu schützen; unterschieden wird zwischen einfachen normalenergetischen und den weitaus stärkeren hyperenergetischen (auch hyper- oder gravomechanischen), die zugleich die Struktur des Normalraums verändern.

**Erskomier:** Zweiter von vier Planeten der Sonne Erskom, zwölf Lichtjahre von Arkon entfernt; eine als Jagdplanet dienende Urwelt, auf der Imperator Gonozal VII. »tödlich verunglückt« – so die offizielle Darstellung, tatsächlich handelte es sich um Mord.

**Extrasinn:** Im Verlauf eines fünfdimensional-hyperenergetischen Aufladungsprozesses als dritter Grad der ARK SUMMIA aktivierbarer Gehirnbereich der Arkoniden, mit dessen Hilfe Dinge erfasst werden, die infolge eines noch fehlenden Erfahrungsschatzes nur mit einer unbewusst einsetzenden Logikauswertung gemeistert werden können (deshalb auch die Zweitbezeichnung Logiksektor). Verbunden damit ist die Ausbildung eines fotografisch exakten Gedächtnisses. Arkoniden, die auf einen aktivierten Extrasinn (auch Extrahirn) zurückgreifen können, sind ihren »normalen« Zeitgenossen überlegen: Sie erfassen, verstehen und kalkulieren Vorkommnisse deutlich schneller und folgerichtiger, als Wissenschaftler erzielen sie zum Beispiel wesentlich bessere Erfolge.

Bis zu einem gewissen Grad entwickelt der Extrasinn ein eigenständiges, wenn auch mit seinem Träger permanent verbundenes Bewusstsein (mitunter wird als Vergleich eine gezielt herbeigeführte und kontrollierte »Bewusstseinsspaltung« verwendet); die Kommunikation zwischen beiden erfolgt per Gedankenkontakt und ist für den Extrasinn-Inhaber mit dem Gefühl verbunden, ein Unsichtbarer spreche in sein Ohr. Die Eigenständigkeit des Extrasinns bedingt, dass er seine Kommentare selbständig abgibt und sich nicht »abschalten« lässt; mit wachsender Lebensdauer besteht die Gefahr, dass Schlüsselreize das fotografische Gedächtnis anregen und die Assoziationen zum gefürchteten »Sprechzwang« auswachsen, bei dem die gespeicherten Informationen detailgetreu erneut durchlebt und dabei berichtet werden. In Einzelfällen ist mit der Aktivierung die Ausbildung von telepathischen oder sonstigen Parakräften verbunden. Der Extrasinn unterstützt den Träger bei der Ausbildung eines Monoschirms zur Abschirmung gegen telepathische Ausspähung.

**Gleiter:** Sammelbezeichnung für alle radlosen, nicht bodengebundenen Fahrzeuge. Ursprünglich handelte es sich ausschließlich um Fahrzeuge, die mittels eines Antigrav-Abstoß- bzw. -Prallfeldes wenige Zentimeter über dem Boden glitten. Später wurde dieser Begriff auf sämtliche Fahrzeuge und Beiboote ausgedehnt, die mit Hilfe eines Antigravtriebwerks innerhalb von Planetenatmosphären fliegen. Typen, die für Orbital- oder interplanetare Missionen Verwendung finden, werden als Raumgleiter bezeichnet.

**Gos:** Das Wohlgestaltete/Makellose, im Allgemeinen im Sinne von Kristall verwendet.

**Gos'athor:** Kristallprinz, abgeleitet von *Gos, Athor.*

**Großes Altes Volk:** Nur aus Legenden und vagen Überlieferungen oder Ruinen und Artefakten auf vielen Welten bekanntes Volk, dass mehrere Jahrzehntausende vor der Blütezeit der Arkoniden die Milchstraße besiedelte (Lemurer).

**Großes Imperium:** Sternenreich der Arkoniden, das *Tai Ark'Tussan*; umfasst um 10.500 da Ark mehrere zehntausend besiedelte Planeten und noch mehr rein industriell genutzte Welten. Kerngebiet sind die Welten im Kugelsternhaufen Thantur-Lok, allerdings sind auch viele im Bereich der galaktischen Hauptebene zu finden, wo der Durchmesser des Verbreitungsgebiets mehr als 30.000 Lichtjahre erreicht hat.

**Hyperenergie/hyperenergetisch:** Übergeordnete Energieform des Hyperraums. Häufige Verwendung als Zusatzbezeichnung für die mit den übergeordneten Kräften und Wechselwirkungen des Hyperraums arbeitenden Aggregate und Energiesysteme. Alle konventionellen Wechselwirkungen haben ihre übergeordneten Äquivalente im hyperenergetischen Spektrum; Sonnen haben zum Beispiel neben ihren elektromagnetischen Emissionen solche auf übergeordnetem Niveau – sie sind ebenso *Hyperstrahler*, wie sie durch ihre Masse die Raumzeit krümmen und durch die in ihnen ablaufenden Fusionsprozesse Wärme, Licht und hochenergetische Quanten abstrahlen.

**Hyperfunk:** Bezeichnung für die überlichtschnell arbeitenden Funk- und Kommunikationssysteme, die den übergeordneten Hyperraum als Trägermedium benutzen.

**Hyperraum:** Allgemeine Bezeichnung für das übergeordnete Kontinuum, in das das vierdimensionale Raum-Zeit-Gefüge des so genannten Standarduniversums sowie ungezählte andere (Parallel-) Universen des *Multiversums* eingebettet sind. Im Hyperraum als Kontinuum außerhalb vertrauten Raumes und vertrauter Zeit verliert die im Standarduniversum höchstmögliche Ausbreitungsgeschwindigkeit in Form der Lichtgeschwindigkeit ihre Gültigkeit, so dass er für überlichtschnelle Fortbewegungen verwendet werden kann. Aufgrund der im Hyperraum geltenden (hyper-)physikalischen Gesetze verwandelt sich dort ein materieller Körper zwangsläufig in einen übergeordneten Energie-Impuls, sofern er nicht durch spezielle Kraftfelder vor den Einflüssen des Hyperraums geschützt wird und somit quasi ein Miniatur-Universum für sich bildet. Sofern keine Schutzmaßnahmen ergriffen werden, bedeutet für uns das Eindringen »in den Hyperraum« den Verlust der raumzeitlich fixierten Struktur, vereinfachend »Entmaterialisation« genannt. Modell hierzu kann ein Dia-Projektor sein, dessen Bild nur dann sichtbar ist, wenn die Projektionsebene einer Leinwand in den Strahlengang gehalten wird. Sowie diesem flächig projizierten Bild aber Gelegenheit gegeben wird, Tiefe und Körperlichkeit zu entwickeln – beispielsweise die Projektion in einen Glasbehälter erfolgt, der mit trüber Flüssigkeit gefüllt ist –, wird das ursprünglich klare und konturenscharfe Abbild undeutlich, fließt auseinander und verschwimmt.

**Hypnoschulung (-geräte):** Häufig auch »aufstockende Hypnoschulung« genannt; Informationsübertragung durch meist glockenförmige, mit einem Sessel kombinierte Geräte, die den großen Vorteil haben – neben der Schnelligkeit der Schulung an sich –, dass der Lerninhalt stets bereitsteht und nicht vergessen wird; das Wissen existiert quasi parallel zu den normalen Erinnerungen in einem paramechanisch geprägten Reservoir; Gedankenassoziationen rufen die Daten ab und lassen sie ins Wachbewusstsein treten. Es gleicht einer riesigen positronischen Bibliothek, aus der unbewusst der richtige Text geladen wurde, sobald das Thema aktuell wird.

**Hypersturm:** Hyperphysikalisches Phänomen im Standarduniversum, ausgelöst durch chaotische Konzentrationen von Hyperenergie; häufig begleitet von Verzerrungen des Raumes und der Zeit; kann zum Ausfall von Hypertechnik führen.

**Impulsstrahler:** Von den Arkoniden als *Luccot* bezeichnete Waffe, bei der als Ergebnis von Deuterium-Katalysefusionsladungen den Impulstriebwerken vergleichbare Hochenergie-Plasmaimpulse zum Einsatz kommen, die durch hyperenergetische Felder gebündelt und beschleunigt werden; die Wirkung entspricht der beim Massendefekt freigesetzten Energie. Die beste Wirkung entfaltet der Impulsstrahler im Vakuum des Weltalls; innerhalb einer Atmosphäre ist die Reichweite deutlich verringert, da es zu Streuverlusten kommt, und unter Wasser oder dichteren Medien kann es zu Energierückschlägen kommen. Es ist angeraten, Impulsstrahler auch bei Handwaffenausführung nicht innerhalb geschlossener Räume einzusetzen, will man nicht selbst gebraten werden. In Atlans Jugendzeit waren Modelle der Serie TS-11 im Einsatz.

**Impulstriebwerk (Tsohlt-Taàrk):** Die Wirkungsweise eines Impulstriebwerks wird als die »Ausstoßung eines in hyperstrukturellen Energiefeldern gebändigten, eingeengten und gleichgerichteten Partikelstroms von höchster Dichte und absoluter Lichtgeschwindigkeit« umschrieben. Hierzu arbeiten die in den Impulstriebwerken eingesetzten Fusionsmeiler im so genannten Direktstrahlverfahren: Nach der Fusionszündung wird das Plasma zum *Thermalumformer* geleitet und dann zum *Impulskonverter*; hier kommt es durch mehrstufige Verdichtung, Gleichrichtung sowie »Strukturumformung« zum eigentlichen Impulsstrahl, welcher dann durch die Felddüse austritt. Das hyperstrukturelle Kraftfeld der letzten Triebwerksstufe, aus projizierter Hyperenergie bestehend und damit dem Hyperraum eng verwandt, nutzt die Gesetzmäßigkeiten des Hyperraums aus. Für das Impulstriebwerk heißt das, dass sonnenheißes Plasma und Hyperfeld für sich alleine keine Wirkung haben. Sobald sie aber beim Kontakt in Wechselwirkung treten, entsteht eine »labile Energieflusszone«, so dass als maßgeblicher Anteil des Impulsstrahls die Hyperenergie angesehen werden muss, die sich dem katalytisch wirkenden Plasma in Form von zusätzlicher Massenenergie anlagert. Das Strukturfeld des Impulskonverters benötigt für höhere Beschleunigungen größere dieser Katalysatormengen, d. h. für den kontinuierlichen Hyperenergie-Abfluss ist zur Stabilisierung des Effekts eine »fettere Mischung«, sprich zusätzliche Stützmasse, erforderlich (umso mehr, je höher die Beschleunigung und je relativistischer die zu erreichende Endgeschwindigkeit ist). Die automatisch aus dem Hyperraum abfließenden Energien, zu normaler Masse degeneriert, übernehmen die eigentliche Aufgabe der Schuberzeugung, so dass Beschleunigungen von 500 $km/sec^2$ und mehr möglich werden.

**Individualfeld:** Auch Individualschirm oder kurz IV-Feld/-Schirm; mit Hilfe eines tragbaren oder in Schutzanzüge integrierten Gerätes erzeugter Körperschutzschirm zur Abwehr festmaterieller oder energetischer Einwirkungen (zum Beispiel der von Waffen); in Abhängigkeit von der Energieversorgung nur bis zu einem gewissen Grad belastbar. Basiert im Allgemeinen auf einem hyper- oder gravomechanischen Feldliniensystem, das den Körperkonturen angepasst ist oder zur Sphärenform ausgeweitet werden kann.

**Khasurn:** Wörtlich »Kelch« (Bezeichnung des arkonidischen Riesenlotos), abgeleitete Bezeichnung für Adel insgesamt, auch im Sinne von »Haus, Geschlecht« verwendet. Unterteilung beim Adel in Kleine, Mittlere und Große Kelche bzw. mit Blick auf die Adelsklasse in Unterer Adel, Mittlerer/Großadel und Oberer/Hochadel. Insgesamt wird von etwa 5000 maßgeblichen Kelchen ausgegangen.

**Kombistrahler:** Kombinationswaffe mit wahlweiser Thermostrahl-, Desintegrator- oder Paralysatorwirkung; robust und praxiserprobt. In Atlans Jugendzeit waren Modelle der Serie TZU-4 im Einsatz.

**Kralasenen:** Söldner- und Geheimtruppe des *Blinden Sofgart* (leiten ihre Bezeichnung von Tormana da Bargk ab, der als Wettergott ebenso der von Sturm und Stärke war und in den Archaischen Perioden auch *Kralas* genannt wurde).

**Kraumon:** Mondloser einziger Planet einer namenlosen roten K8V-Sonne, von Arkon 28.243 Lichtjahre entfernt. Durchmesser: 10.399 Kilometer; Schwerkraft: 0,66 Gravos; Umlaufdauer: 172 Tage zu 22,5 Tontas (32 Stunden); Neigung der Polachse: drei Grad, Durchschnittstemperatur: 25 Grad Celsius. Der größte Teil der Oberfläche hat wüstenartigen Charakter. Nur am Äquator und am Rand der Poleiskappen gibt es eine reichhaltige, teilweise üppige Vegetation – riesige Wälder, Steppen und Savannen, auf denen das Gras mannshoch wächst. Die Fauna ist artenarm. Im Tal »Gonozals Kessel« liegt der Stützpunkt *Gonozal-Mitte*.

**Kristallpalast (Gos'Khasurn):** Zentralgebäude auf dem Hügel der Weisen (Thek-Laktran) von Arkon I, die Perle Arkons; Sitz des Imperators. Mitunter auch *Gos'Teaultokan* genannt. Trichterbau von tausend Metern Höhe und einem oberen Durchmesser von fünfzehnhundert Metern auf einem fünfhundert Meter durchmessenden Sockel; kristalline Außenstruktur. Der Kristallpalast ist mehr als der Wohnsitz des Imperators, Tagungsort des Großen Rates (Tai Than) oder Stätte prunkvollster Repräsentation und von Empfängen – er ist Symbol der unumschränkten Macht des Großen Imperiums.

**Kristallprinz:** Siehe: *Gos'athor.*

**KSOL (-plus Kodezahl):** Bezeichnung von Positroniken; in Atlans Jugendzeit sind KSOL-73/85 bis -73/95 im Einsatz.

**Kugelraumschiff/-raumer:** Standardform arkonidischer Raumschiffe mit einem Durchmesser zwischen 60 und 800 Metern. Einzeltypen: *Ultraleichtkreuzer, Leichter Kreuzer, Schwerer Kreuzer, Schlachtkreuzer, Schlachtschiff.*

**Largamenia:** Name des zweiten von fünf Planeten der Sonne Larga; bedeutendste der fünf ARK SUMMIA-Prüfungswelten.

**Lebenserhaltungssysteme:** Sammelbegriff für alle Subsysteme an Bord eines Raumschiffes, die primär zur Aufrechterhaltung der Lebensbedingungen für die Besatzung dienen. Dazu gehören zum Beispiel die Strahlenschutzsysteme, Klimaanlagen sowie die Luft-, Wasser- und Nahrungsmittel-Regeneratoren.

**Leichter Kreuzer:** Arkonidisches Kugelraumschiff von 100 Metern Durchmesser. Haupteinsatz bei Aufklärung und Kurierdiensten oder zur taktischen Unterstützung von Schlachtkreuzern; häufig als »mobile Einsatzgeschwader« zusammengefasst. Nur zweifach gestaffelte Schutzschirme, geringe Panzerung, aber große Beweglichkeit: »Schneller als stärkere Schiffe und stärker als schnellere Einheiten.« Beschleunigung bei achtzehn Ringwulst-Impulstriebwerken: 500 $km/s^2$ (geschickte Leitende Ingenieure holen durch Modifizierung der Impulstriebwerke, sprich Beschickung mit höheren Stützmassen-Durchflusswerten zum Teil bis zu 550 $km/s^2$ heraus). Besatzung: 200 – davon zwanzig für Beiboote (fünf Einmannjäger, fünf Flugpanzer, vier Einheits-Rettungsboote).

**Leka:** Bezeichnung für arkonidische Diskusraumer mit Durchmessern zwischen 20 und 50 Metern, eingesetzt als Beiboot oder Jacht mit unterschiedlichen Reichweiten sowie mit und ohne Transitionstriebwerk. Die Typbezeichnungen spiegeln die Größe wider: LE-50-15 (Durchmesser 50 Meter, Höhe 15 Meter), LE-35-20 (Durchmesser 35 Meter, Höhe 20 Meter) etc.

**Lemu(u):** Auf Artefakten gefundene alte galaktische (tote) Sprache, die gewisse Ähnlichkeiten mit dem *Satron* als »klassisches Interkosmo« aufweist.

**Logiksektor:** Siehe: *Extrasinn.*

**Luccot:** Arkonidische Bezeichnung für einen Hochenergie-Impulsstrahler.

**Mascant:** Admiral Erster Klasse, höchster Admiralsrang = »Reichsadmiral« = ein Dreisonnenträger mit besonderer Auszeichnung.

**Minikom:** Abkürzung für Miniatur-Kommunikator; im Allgemeinen ein Hyperfunkgerät von eingeschränkter Reichweite in kompakter Bauweise, zum Beispiel in ein Armbandgerät oder in Schutzanzüge integriert.

**Monoschirm:** Durch Willenskraft erzeugte gedankliche Abschirmung gegen telepathische Ausspähung, häufig in Verbindung mit einem aktivierten Extrasinn oder durch Dagor-Meditation.

**Naats:** Die schwerfällig wirkenden Wesen leben vor allem auf Naat, Naator und den anderen Monden des fünften Planeten der Sonne Arkon. Sie sind drei Meter groß, weisen kurze, stämmige Säulenbeine, überlange Arme und Kugelköpfe mit drei Augen, einem sehr schmalen Mund und einer kleinen Nase auf; die Hautfarbe ist schwarzbraun, sie verfügen über keinen Haarwuchs; häufig gehen sie auf allen vieren. Seit Jahrtausenden sind sie ein Hilfsvolk der Arkoniden, oftmals nicht mehr wert als Sklaven, andererseits aber auch bevorzugte Mitglieder der Leibgarde des Imperators. Trotz ihrer hohen Intelligenz werden sie aufgrund ihres erschreckenden Äußeren von vielen arroganten Arkoniden nur als dumme Wesen betrachtet.

**Öde Insel:** Bezeichnung der Arkoniden für die Milchstraße, die auch Nebelsektor genannt wird.

**Orbton(en):** Offizier(e) ab dem Rang eines einfachen Mondträgers.

**Ortung:** Fernerkundungssystem; unterschieden wird im Allgemeinen zwischen: Die *(Passiv-)Ortung* umschreibt den puren *Empfang* der von externen Objekten ausgehenden Emission hyperphysikalischer Art (beispielsweise Streustrahlungen von Triebwerken, Hyperstrahlung von Sonnen usw.) und kann durch Vergleich mit den immensen Speicherwerten der Datenbanken blitzschnell dem jeweiligen Verursacher zugeordnet werden. Die *(Aktiv-)Ortung* oder *Tastung* gleicht im Gegensatz dazu dem konventionellen RADAR, d. h. es wird ein mehr oder weniger eng gebündeltes Paket multifrequenter Hyperstrahlung *aktiv* ausgesandt, um aus den von den externen Objekten *reflektierten Impulsen* auf das entsprechende Objekt und seine Eigenschaften Rückschlüsse ziehen zu können. Entsprechend den unterschiedlichen Teilbereichen wird – ebenfalls vereinfachend – von *Struktur-, Kontur-, Masse- und Energieortung* gesprochen, und die jeweiligen Ergebnisse werden in der Panoramagalerie oder auf Detaildisplays in Gestalt von »Reliefs« einschließlich der zusätzlich eingeblendeten Erläuterungen dargestellt.

**Panoramagalerie:** An der Wand von Raumschiffszentralen verlaufende große Bildfläche oder Holoprojektion, der zumeist die 360-Grad-Umgebung des Schiffes zeigt. Neben den normaloptischen Informationen können Ortungsdaten oder Positroniksimulationen eingeblendet werden; Filtersysteme wirken als Blendsicherung usw. Im Sinne einer optischen Beobachtung hat diese Darstellung vor allem psychologische Bedeutung: Man sieht, wohin man fliegt.

**Paralysator:** Strahlenwaffe, die das dem Willen unterworfene periphere Nervensystem von Lebewesen lähmt. Das für die lebenswichtigen Körperfunktionen notwendige autonome Nervensystem bleibt dabei weitgehend unbeeinflusst, nur die dem bewussten Willen unterstehende Muskulatur wird gelähmt, das Schmerzempfinden ausgeschaltet (deshalb auch Einsatz in der Medo-Technik zur Narkose). Die getroffene Person ist vollkommen bewegungsunfähig (= Paralyse), kann aber noch normal denken, sehen und hören. Die Wirkung des Paralysestrahls hält meist für einige Stunden an. In Atlans Jugendzeit waren Modelle der Serie U-156 im Einsatz.

**Parakräfte:** Einzelkräfte wie Telepathie, Telekinese, Teleportation, Hypnosuggestion u. v. a. Siehe: *paranormal.*

**paramechanisch:** Wirkung, die den paranormalen Kräften von Lebewesen entspricht, aber durch Geräte künstlich/technisch erzeugt wird; zum Beispiel bei der Hypnoschulung, in Psychostrahlern oder den Emotio-Masken.

**paranormal:** Wörtlich »neben dem Normalen«; im Allgemeinen Fähigkeiten und/oder Kräfte, die nicht zum Bereich der normalen Sinne gehören, meist eine von Lebewesen erzeugte Wirkung, die dem ultrahochfrequenten Bereich des hyperenergetischen Spektrums zugeordnet wird (zum Beispiel Telepathie, Telekinese, Teleportation etc.), auch als psionisch, mental oder *transpersonal* (»über die Person hinaus[gehend]«) umschrieben. Die Arkoniden stießen bei der Expansion ihres Tai Ark'Tussan auf etliche Fremdvölker, bei denen Parakräfte eine nicht unwesentliche Rolle spielten (Individualverformer/Vecorat, Mooffs, Voolyneser, Vulther u. v. a.). Ihre eigene Erforschung des Paranormalen und Transpersonalen konnte, nicht zuletzt mit Blick auf Dagor und die damit verbundene Philosophie, etliche Ergebnisse vorweisen, die über die paramechanischen Psychostrahler, Fiktiv- und Simultanspielprojektoren und Anlagen, die der Aktivierung des Extrasinns dienten, hinausreichten. Der Paraphysiker Belzikaan (um 15.600 vor Christus) bezeichnete die Paraforschung offiziell als »zwiespältige Wissenschaft«, um den Unterschied und die Trennung von den übrigen konventionellen und hyperphysikalischen Fakultäten zu markieren. Diese Erkenntnisse gehörten allerdings stets zur höchsten militärischen Sicherheits- und Geheimhaltungsstufe oder waren auf bestimmte Kreise beschränkt. Kräfte des Paranormalen sind deshalb gar nicht so selten, wie es auf den ersten Blick vielleicht aussieht. Vor allen Dingen sind sie keineswegs zwangsläufig Ausdruck einer wie auch immer gearteten »Mutation«, so dass die Aussage »Parabegabter gleich Mutant« ein etwas schiefes Bild erzeugt. Grundsätzlich handelt es sich beim Paranormalen zunächst einmal um Dinge, die zumindest latent *jedem* Bewusstsein zu eigen sind. Ob und inwieweit der Einzelne sich dieser Kräfte und Fähigkeiten dann bewusst ist oder gar aktiv bedienen kann, ist eine andere Frage.

**Periode:** Bezeichnung für den arkonidischen Monat zu 36 Tagen (Pragos).

**Positronik:** Bezeichnung der Standardrechner-Technologie, bei der statt Elektronen Positronen zum Einsatz kommen, hierbei allerdings Hyperkristalle zur Handhabung erforderlich machen.

**Prago(s):** Arkontag zu 20 *Tontas*.

**Prallfeld:** Ein hyper- oder gravomechanisches Kraftfeld mit aktiv abstoßender Wirkung, das im Allgemeinen wie eine nicht oder kaum sichtbare undurchdringliche Haut wirkt und nahezu in beliebiger Form projiziert werden kann.

**Satron:** Abkürzung von *Same Arkon trona* = »hört Arkon sprechen«; Bezeichnung für die *lingua franca* im Großen Imperium der Arkoniden: als *Satron* = klassisches Interkosmo aus dem *Altakona* der »Stammväter« hervorgegangen (welches wiederum der auf Artefakten gefundenen alten galaktischen (toten) Sprache *Lemu(u)* gleicht, weil aus ihr rund 30.000 Jahre zuvor entstanden), als *Satron-I* = Interkosmo (ab Verleihung des Handelsmonopols an die Springer im Jahr 6050 vor Christus), als *Arkona-I* = Hofsprache vor allem auf Arkon I (verbunden mit einer Wandlung von der Buchstabensprache hin zu einer komplexen Silbensprache mit Silbenschrift, die ab etwa 3000 vor Christus *Arkona-II* oder *Arkona-Kalligraf* genannt wurde). Um etwa 1000 nach Christus entwickelte sich das »moderne Interkosmo« (umschrieben als *Satron-Ia*); der forcierte Handel von Springern mit Aras und Antis/Báalols führte zur verstärkten Einbindung medospezifischer Begriffe wie auch religiöser Wortschöpfungen, so dass ca. 300 Arkonjahre später auch die Version *Satron-Ib* weit verbreitet war. Satron ist eine Buchstabenschrift: Während sich die Sprache selbst im Verlauf der Jahrtausende durchaus wandelte, wurden die Schriftzeichen beibehalten, ebenso die Aussprache der Einzelbuchstaben, denen bestimmte Laute (Phoneme) zugeordnet sind. Das Alphabet umfasst die Selbstlaute A-E-I-O-U und zunächst siebzehn weitere Buchstaben, die jedoch schon beim Übergang vom *Altakona* zum *Satron* auf einundzwanzig erweitert wurden; die Reihenfolge entspricht hierbei selbstverständlich *nicht* dem Terranischen.

**Schlachtkreuzer:** Arkonidisches Kugelraumschiff von 500 Metern Durchmesser. Stellt das Rückgrat der Arkonflotten dar; deshalb große Typenvielfalt und Verwendungsmöglichkeiten je nach Anforderung: zum Beispiel als »bewaffnete Transporter« der *Carracon-Klasse* oder als »reduzierter Schlachtschiff-Typ«; weiterhin sind »reduzierte Schlachtkreuzer« von nur 300 Metern im Einsatz; Einheiten vom Typ RAAL-MAT mit 310 Metern Durchmesser werden mitunter auch als (Über-)Schwere Kreuzer eingestuft. Beschleunigung bei achtzehn Ringwulst-Impulstriebwerken: 470 bis 500 $km/s^2$. Zwölf Teleskop-Landestützen. Besatzung: 900 – davon 380 für Beiboote (je nach Einsatzaufgabe auch bis zu 5000, von denen dann der Hauptteil als Raum-Landungstruppen eingesetzt wird). Beiboote: drei 60-Meter-Kugelraumer, zwanzig Leka-Disken bis maximal 35 Meter Durchmesser, fünfzig Flugpanzer. Ab 10.510 da Ark werden die neu entwickelten Schlachtkreuzer der *Fusuf-Klasse* in Dienst gestellt, die mit einer reduzierten Besatzung von 600 Personen auskommen.

**Schlachtschiff:** Arkonidisches Kugelraumschiff von 800 Metern Durchmesser. Für Jahrtausende die größten Einheiten des Imperiums und Stolz der Arkoniden. Einsatz als Hauptkriegsschiff; je nach Aufgabenstellung ausgeführt und ausgestattet als Kommando- oder Schwere Schlachtschiffe oder bei maximaler Beibootausstattung als »strategische Träger« (hierbei auch als Großtruppentransporter mit bis zu 8000 Mann Raumlandetruppen zusätzlich zur Stamm- und Beibootbesatzung). Kommandant ist im Allgemeinen ein Has'athor, oder – wenn es sich um eine Lakan oder gar einen größeren Verband handelt – ein solcher fungiert als »Kommodore«, also Geschwader- bzw. Verbandskommandeur. Beschleunigung bei achtzehn Ringwulst-Impulstriebwerken: 500 $km/s^2$. Zwölf Teleskop-Landestützen. Minimal-Besatzung für Betrieb/Handhabung: 2300 – davon bis zu 1190 für Beiboote. Beiboote: vier bis maximal zwölf 60-Meter-Kugelraumer (in »Ultraleichtkreuzer«-Ausführung beim Einsatz des Schlachtschiffes als »strategischer Träger«), zwanzig Leka-Disken bis maximal fünfzig Meter Durchmesser, hundertzwanzig Einmannjäger (= zwei komplette Rhagarn), hundert Dreimannzerstörer, dreißig Flugpanzer.

**Schutzschirm (auch: Schutzfeld):** Mitunter an Seifenblasen erinnerndes Kraftfeldsystem, das für äußere Einflüsse mehr oder weniger undurchdringlich ist, eine ganze Reihe von Sonderfunktionen besitzt und in nahezu beliebiger Form projiziert werden kann – vereinfachend Schutzfeld, Abwehrschild, Energieschirm und ähnlich genannt. Das Einsatzgebiet ist ebenso umfangreich wie die detaillierte Funktions- und Projektionsweise: Die Abwehr der verschiedensten Waffen gehört in gleicher Weise dazu wie der Schutz vor Reibungshitze beim Eintritt in Atmosphären, vor Meteoriten und kosmischer Mikromaterie oder Strahlung aller Art. Als »konventionell« oder »normalenergetisch« werden jene Schutzschirme umschrieben, deren Wirkung(en) sich auf konventionelle Dinge beziehen und für übergeordnete Wirkungen *kein* Hindernis darstellen. Zu den Sonderfunktionen gehören beliebig schaltbare Strukturlücken, einseitig wirksame Durchlassfenster, permanente oder intermittierende Projektionsweisen, auf Energie und/oder Masse beschränkte Wirkung oder geometrische Formen, die von einer einfachen sphärischen Projektion abweichen.

**Schwerer Kreuzer:** Arkonidisches Kugelraumschiff von 200 Metern Durchmesser. Gelten als vielseitig einsetzbare »Arbeitstiere« der Flotten und stellen der Gros der Einheiten eines Geschwaders/Flottille/Flotte; Aufgabenverteilung dementsprechend weit gefächert: Schlachtschiffunterstützung, Jagdverbände, in Lakans auf Patrouille, mit Schlachtkreuzern als Flankenschutz, als reine Träger für Raumjäger etc. (DOR-KATI-Kreuzer z. B. vom Typ BATA mit großer Sekundärbeibootausstattung in der Funktion als »Fernaufklärer«; vom Typ AL-KA in der Funktion als »Jagdschutz«). Beschleunigung bei achtzehn Ringwulst-Impulstriebwerken: 500 $km/s^2$ (ältere Modelle auch 450 $km/s^2$). Zwölf Teleskop-Landestützen. Besatzung: 400 – davon 130 für Beiboote (als Truppentransporter bis zu 1800); Beiboote: zwei Leka-Disken bis Maximaldurchmesser dreißig Meter, dreißig Einmannjäger (bei der Ausführung als reine Träger gibt es nur eine Rhagarn an Bord; sprich: eine Staffel zu sechzig Maschinen), dreißig Flugpanzer.

**She'Huhan:** Sternengötter; je zwölf Frauen und Männer, die jeweils zur Hälfte dem »Unterreich« (verkörpert durch das Große Schwarze Zentralloch der Öden Insel) und dem »Oberreich« (symbolisiert durch die Sternenweite der Halo-Kugelsternhaufen) zugerechnet werden; u. a. *Ipharsyn* (Gott des Lichts und der Dreiheit), *Merakon* (Gott der Jugend und Kraft), *Qinshora* (Göttin der Liebe und unendlichen Güte), *Tormana da Bargk* (als Wettergott auch der von Sturm und Stärke, wurde in den Archaischen Perioden auch *Kralas* genannt).

**Sogmanton-Barriere:** Nach seinem Entdecker Sogmanton Agh'Khaal benanntes, fast vierhundert Lichtjahre breites, verdreht schlauchförmiges, überaus turbulentes Gebiet mit Hyperstürmen und dergleichen unangenehmen Phänomenen, denen über Jahrtausende hinweg ungezählte Raumschiffe zum Opfer fielen. Eine Zone im Weltraum, der hier nicht schwarz, sondern von eigentümlich rötlicher Farbe war, durchzogen von riesigen bräunlich roten

Schlieren. Arkonidische Hyperphysiker deuteten das Phänomen als höherdimensionale Bezugsebene, die das Standardkontinuum tangierte.

In der Sogmanton-Barriere selbst kam es zu hyperenergetischen Einbrüchen und Aufrissen: Der Austausch von Normal- und Hyperenergie löste Hyperstürme, starke Strukturerschütterungen und Verzerrungen aus, und es gab übergeordnete Wirbel, Strudel und wechselnde Sogrichtungen. Staubballungen waren von Energieorkanen und Quantenturbulenzen durchdrungen. Stellenweise führten die Kraftfeldlinien zu Transmitter- oder Transitionseffekten, bei denen Objekte um Lichtstunden und mehr versetzt wurden oder aber gar nicht mehr im Standardkontinuum auftauchten.

Das Zentrum der Barriere, fünf Lichtjahre im Durchmesser, war eine Ansammlung kosmischer Materie, in der es ständig brodelte und gärte: Dort konzentrierten sich die fremdartigen Energieströme und machten sich am deutlichsten bemerkbar. Im weiten Umkreis der Aufrisse waren Orter und Taster gestört. Sogmanton Agh'Khaal hielt das Barrierenzentrum für den Standort des legendären Ursprungsplaneten Arbaraith, eine Vermutung, die erst sehr viel später indirekt bestätigt werden sollte. Die Sogmanton-Barriere verschwand beim Höhepunkt rings um die Auseinandersetzung mit den Cyén/Tekteronii der Jahre 2046 bis 2048 spurlos (siehe ATLAN-Buch 16 und 19).

**Strukturerschütterung:** Mit einer Transition verbundene hyperphysikalische Erscheinung im normalen Raum-Zeit-Kontinuum (Standarduniversum), die sich überlichtschnell ausbreitet und angemessen werden kann (Strukturorter/-taster).

**Strukturorter/-taster:** Fernortungsgerät zur Erfassung von Transitionen, da bei dem Sprung durch den Hyperraum eine Strukturerschütterung des Normalraums (Standarduniversum) erfolgt, die durch das Gerät angemessen und zur Positionsbestimmung des georteten Schiffes benutzt wird.

**Tai Ark'Tussan:** Großes Arkon-Imperium, meist nur als *Großes Imperium* übersetzt; umfasst neben den Kugelsternhaufen *Thantur-Lok* und *Cerkol* große Bereiche der als *Öde Insel* umschriebenen

Milchstraßenhauptebene mit insgesamt mehreren zehntausend von Arkoniden und Fremdvölkern besiedelten Welten.

**Teleskop-Landestützen:** Bezeichnung für die teleskopartig ausfahrbaren Stützen eines arkonidischen Raumschiffs; bei Kugelraumern meist zwölf Stück.

**Thantur-Lok:** Wörtlich »Thanturs Ziel«, nach dem Flottenadmiral Thantur (ursprünglich Talur) bezeichneter Kugelsternhaufen im Halo-Bereich der als *Öde Insel* umschriebenen Milchstraße (Durchmesser 99 Lichtjahre, etwa 100.000 Sterne), der das Herz des Großen Imperiums darstellt. Von hier gingen die Besiedlungswellen der Arkoniden aus. Die terranische Bezeichnung lautet M 13 bzw. NGC 6205.

**Thermostrahler:** Einem auf Lichtwellenverstärkung arbeitenden Laser vergleichbare Waffe, bei der elektromagnetische Strahlung des nicht sichtbaren Infrarotbereichs als ultraheiße, lichtschnelle Wirkung zum Einsatz kommt, also hauptsächlich Wärmeenergie produziert wird; die Reichweite ist innerhalb von Atmosphären begrenzt, weil das Medium Luft einen Teil der Wärme aufnimmt und ableitet, so dass dieser Streuverlust auch nicht mehr im Ziel freigesetzt werden kann. In Atlans Jugendzeit waren Modelle der Serie T-15 im Einsatz.

**Tiefschlaf:** Auch *Bio-Tiefschlaf* oder *suspendierte Animation* oder *Hibernation*. Es handelt sich hierbei um ein Verfahren, das in gewisser Weise den Winterschlaf von Tieren simuliert, obwohl Menschen normalerweise dazu nicht in der Lage sind. Mit Hilfe von Spezialmedikamenten (unter anderem modifizierte *Gerf*-Derivate), Abkühlung des Organismus sowie diverser Hyperfelder zur Unterstützung der Stasis wird ein Zustand erreicht, bei dem Herzschlag, Atmung und alle anderen Lebensfunktionen fast auf Nullwert gesenkt werden und das Bewusstsein ausgeschaltet ist. Eine Ernährung erfolgt, soweit bei diesem »medizinisch toten« Zustand nötig, intravenös. Das Prinzip des arkonidischen Tiefschlafes, dessen Erfindung aus den ersten Jahren der stellaren Raumfahrt stammte, sah eine freie Auswahl der Phasenlänge innerhalb bestimmter Grenzen vor; als Maximalwert galt eine Dauer von ca. 423 Arkon-(bzw. 500 Erd-)jahren.

Um ein über diesen »Scheintod« hinausgehendes völliges Sterben (Gehirntod) zu verhindern, war natürlich permanente medizinische Überwachung notwendig. Dennoch handelte es sich um einen belastenden Vorgang: Je nach Tiefschlaflänge vergingen zwischen 35 und 40 Stunden, bis der Tiefschläfer erstmals wieder das Bewusstsein erlangte. Hierbei war es vor allem für Arkoniden notwendig, dass das Erwachen von akustischen und optischen Reizen begleitet wurde, die unmittelbar vor dem Tiefschlaf stattfanden, um das Gehirn zur höheren Aktivität anzuregen: Vor dem Schlaf paramechanisch aufgezeichnete Szenen wurden abgespielt, um den »Anschluss« ans bewusste Leben zu gewinnen, weil ansonsten unter Umständen Wahnsinn drohte.

In einem zweiten Schritt musste dann der Körper wieder ans bewusste Leben gewöhnt werden: Massagen, Aktivierungsprozeduren und eine langsame Rückgewöhnung an feste Nahrung waren erforderlich. Anschließend folgte das Muskelaufbautraining. Insgesamt handelte es sich um ein Procedere, das, ebenfalls in Abhängigkeit von der Tiefschlaflänge, mitunter 200 und mehr Stunden in Anspruch nahm. Erst dann war ein Tiefschläfer in der Lage, normal zu agieren.

**Tonta(s):** Arkonidische »Stunde« = 1,42 Erdstunden (85,2 Minuten bzw. 5112 Sekunden); Unterteilung in Zehntel, Hundertstel, Tausendstel, also *Dezitonta* (8,52 Minuten bzw. 511,2 Sekunden), *Zentitonta* (0,852 Minuten bzw. 51,12 Sekunden), *Millitonta* (5,112 Sekunden).

**Torren-Box:** Eins der gefürchtetsten *Raumgefängnisse* des Großen Imperiums, 26.862 Lichtjahre von Arkon entfernt. Der ausgehöhlte Asteroid schwebte 4,6 Lichtjahre von der nächsten Sonne entfernt im interstellaren Leerraum und galt als absolut ausbruchssicher – am 12. Prago des Tartor 10.466 da Ark glückte jedoch zum ersten und angeblich einzigen Mal fünf Arkoniden die Flucht; für eine Zeit lang sorgten Morgonol, Hectavor, Parvenool, Abrogal Mervin und Letron Parseener im ganzen Imperium für Furore, weil es niemand für möglich gehalten hatte, dass jemand lebend von Torren-Box wegkommt. Die fünf tauchten im Sternenmeer der Öden Insel unter und wurden nie gefasst.

**Traktorstrahl/-projektor:** Zugstrahlprojektor, der Objekte mittels eines hyperenergetischen Feldes erfasst und in eine beliebige Richtung bewegt (im Allgemeinen aber auf den Projektor zu). Meistens gekoppelt mit einem Fesselfeld-Projektor, der das eingefangene Objekt immobilisiert und verankert.

**Transition:** Hyperphysikalische Ortsversetzung, begleitet von Strukturerschütterungen und Entzerrungsschmerzen.

**Transitionstriebwerk:** Für die überlichtschnelle Fortbewegung eingesetzte Aggregate, deren Kernstück jeweils Strukturfeld-Konverter sind und Gesamtreichweiten je nach Schiffstyp von bis zu 500.000 Lichtjahren erreichen; im Allgemeinen erfolgt eine Transition im hochrelativistischen Bereich nahe der Lichtgeschwindigkeit und ist verbunden mit Strukturerschütterungen und Entzerrungsschmerzen – je weiter der Sprung, desto gravierender. In Notfallsituationen können Transitionen durchaus schon bei geringerer Geschwindigkeit (quasi »aus dem Stand heraus«) eingeleitet werden, doch verstärken sich hierbei die Nebenwirkungen; im Extrem zerreißt es das ganze Schiff. Der Sprung direkt in ein Sonnensystem hinein oder aus einem solchen heraus, erst recht in direkter Nähe von Planeten, ist wegen der Negativauswirkungen verboten (weil verbunden mit tektonischen Erschütterungen und dergleichen). Bei militärischen Einsätzen wird darauf jedoch häufig keine Rücksicht genommen, im Gegenteil: Ein solcher Direktsprung bringt taktische Vorteile. Als Standardweite je Einzelsprung gelten Distanzen zwischen 500 und 5000 Lichtjahren. Großraumer ab 500 Metern Durchmesser können auch Gewaltmanöver bis maximal rund 35.000 Lichtjahre durchführen – diese sind jedoch extrem belastend für Besatzung und Material. Trotz positronischer Berechnung bleiben die Sprungdatenermittlungen kompliziert und langwierig.

**Transmitter (auch: Materie-Transmitter):** Stationäre Anlage zur zeitverlustfreien Beförderung von Personen und Gegenständen, die als Transportmedium den Hyperraum benutzt. Das eigentliche Transportfeld ist dem Transitions-Strukturfeld vergleichbar, der Transportvorgang an sich stets ein *ganzheitlicher.* Transmitter bedürfen neben dem »Sender« auch des »Empfängers«.

**Trantagossa:** 21.288 Lichtjahre von Arkon entferntes Sonnensystem mit zwölf Planeten; seit Atlans Jugend zusammen mit *Amozalan* und *Calukoma* einer drei Hauptflottenstützpunkte des Großen Imperiums neben Arkon III; Hauptwelt ist der vierte Planet Enorketron.

**Tu-Gol-Cel (TGC):** Arkonidisches Akronym von *Tussan Goldan Celis*, frei übersetzt »(die) Argusaugen des Imperiums« – die »Politische Geheimpolizei des Imperators«.

**Tu-Ra-Cel (TRC):** Arkonidisches Akronym von *Tussan Ranton Celis*, frei übersetzt »(die) Augen der Imperiums-Welten« – der Geheimdienst im Großen Imperium.

**Votan(ii):** Wörtlich »Periode(n)«, auch »Zyklus, Kreis(lauf)«; arkonidische Bezeichnung für »Monat«.

**Yoner-Madrul:** Bauchaufschneider; in den *Archaischen Perioden* entstandene arkonidische Umschreibung von Ärzten und Medikern; ihr Zeichen ist eine Amtskette aus Cholitt.

**Zeitrechnung:** Ein Arkonjahr entspricht dem siderischen Umlauf von 365,22 Arkontagen (Pragos) zu exakt 28,37 (Erd-)Stunden. Gerechnet wird mit 365 Arkontagen je Arkonjahr: Alle 50 Arkonjahre ergibt sich somit ein Schaltjahr, in dem elf Arkontage angehängt werden (diese elf Schalttage entsprechen den elf Heroen, die Schaltperiode selbst wird nach dem mythischen zwölften Heroen »Pragos des Vretatou« genannt). Das Arkonjahr ist unterteilt in zehn Perioden (= »Monate«) zu je 36 Arkontagen, hinzu kommen die fünf Pragos der »Katanen des Capits« (Feiertage, die auf uralte Riten zurückgehen; früher wurden damit die Fruchtbarkeitsgötter geehrt, mit der Zeit verloren die Katanen an Bedeutung). Folgende Namen-Reihenfolge gilt: 1. der Eyilon, 2. die Hara, 3. der Tarman, 4. der Dryhan, 5. der Messon, 6. der Tedar, 7. der Ansoor, 8. die Prikur, 9. die Coroma, 10. der Tartor, dazu die Katanen des Capits vor dem Jahreswechsel. Umrechnung: 0,846 Arkonjahre = 1 Erdjahr; 1 Arkonjahr = 1,182 Erdjahre.

**Zhygor'ianta:** Wörtlich »Lichtkampf/Kampf ums Licht« + »zugehörig zu, Mitglied von, Inhaber/Träger von«, im Allgemeinen in der Bedeutung von »Lichtkämpfer« als Umschreibung für paranormal begabte Wesen, je nach Satzzusammenhang auch »Mutant« oder »Zauberer, Magier«.